강상련·개량박타령

嵐沙張在烈親筆本

김진영·김동건 역주

보고사

머리말

온 나라가 숭례문 화재로 인한 충격과 탄식에 휩싸여 있다. 이제는 잿더미로 내려앉은 숭례문은 우리에게 전통에 대한 반성을 새롭게 하도록 만든다. 필자는 국민의 한 사람으로써 안타까움을 금할 길이 없을 뿐만 아니라 우리 고전을 공부하고 있는 한 사람으로서 많은 생각을 하지 않을 수 없었다.

전통 문화 유산은 잘 보존하는 것 못지않게 현대적 활용 또한 중요한 문제인 것은 사실이다. 그러한 연유로 최근에 들어와 보존보다 활용에 더욱 많은 관심과 노력을 기울여 왔다. 그러나 눈앞에서 국보 1호가 허무하게 무너져 내려 앉는 것을 목도한 지금, 많은 사람들은 '보존'이라고 하는 것이 얼마나 어렵고 소중한 일인지 다시금 뼈저리게 깨닫고 있는 듯하다.

한때 숭례문이 국보 1호인 것이 옳으냐는 논란도 있었다. 1호, 2호는 단순한 일련번호일 뿐이라는 문화재청의 설명에도 불구하고, '1'이라는 그 상징적인 의미 때문에 많은 사람들이 한글을 국보 1호로 새로 지정해야 한다는 목소리가 높아지기도 하였다. 지금, 그 논란의 중심에 섰던 숭례문이 사라졌다.

새로 들어설 정부는 무엇보다 영어 교육에 골몰하는 듯하다. 이제 영어에 밀려 국어 교육과 한글로 이루어진 문화 전체가 찬밥 신세가 될지도 모르는 위기에 처해 있다. 판소리 또한 다행히 세계 구전 문화유산

걸작으로 지정되었으니 망정이지 그렇지 않았다면 또 길이 어떻게 달라졌을지 모르는 일이다.

디지털 시대, 세계화 시대에 고전문학은 새로운 도전과 과제를 안고 있다. 많은 고전문학들이 먼지 쌓인 고서의 옷을 벗고 디지털이라는 새 옷을 갈아입게 되었다. 우리 연구실에서는 오랫동안 우리 판소리 자료를 중심으로 고전 자료들을 디지털로 데이터베이스화하는 작업들을 진행시켜 왔고 이를 활용한 연구 성과물들을 세상에 내어 놓기도 하였다.

'문화 콘텐츠'라고 불리는 새로운 흐름은 고전문학에 생기를 불어넣고, 침체된 인문학의 새로운 돌파구가 될 수 있으리라는 믿음을 주기도 하였다. 그러나 이 또한 잘 '보존'된 문화가 바탕이 되어야 가능한 일이다. 새로운 공연 양식에 밀려 판소리가 대중에게서 외면당한 뒤에도 꾸준히 판소리를 아끼고 보존하고자 한 소중한 노력들이 있었기에, 판소리는 오늘의 세계 구전 문화유산이 될 수 있었다. 하지만 '세계'의 문화유산이기 이전에 '우리'의 문화유산이라는 점을 망각해서는 안 될 일이다. '우리'가 없다면 '세계'도 없다. 우리가 아끼고 보존하지 않으면 세계에 내 놓을 것도 없기 때문이다.

그런 의미에서 이번에 심청전의 새로운 이본인 <강상련>과 홍보전의 새로운 이본인 <개량박타령>을 발굴하여 세상에 내 놓게 됨은 고전문학을 공부하는 학자로서는 여간 기쁜 일이 아닐 수 없다. 학계에는 수많은 이본들이 소개되어 있으나, 이처럼 하나씩 추가되는 신출 자료와 연구 성과들이 거듭되어야 판소리 문학은 더욱 풍성해질 수 있을 것이다. 또 이러한 보존과 연구가 바탕이 되어야만 '빛나는 활용'도 가능할 것이라 믿어진다.

이 작업을 하면서 일찍이 소중한 판소리 자료를 엮어낸 장재열(張在烈) 선생님과 가장(家藏)해 오던 자료를 선뜻 제공해 주신 장최하(張崔河) 선생님께 우선 깊은 감사를 드린다. 손이 많이 가는 여러 가지 작업을 도와준 박사과정의 서유석·김현주·김진선 선생, 그리고 어려운 출판 여건 속에서도 영리를 돌보지 않고 민족 문화의 창달을 위해 이를 기꺼이 출판해 준 보고사의 김홍국 사장님과 편집부 여러분께도 깊은 감사의 뜻을 전한다.

불타버린 숭례문을 애도하며

戊子年 正月

漢山 金鎭英

차 례

일러두기

1. 이 역주본은 장재열이 필사한 <강상련>과 <개량박타령>의 원본을 영인한 부분, 원문을 그대로 옮기어 쓰되 띄어쓰기를 하고 어휘에 주석을 가한 원문 부분, 원문 독해를 다시 하여 현대어로 변역한 부분, 그리고 <호남기담>을 이해하는 데 도움이 되는 연구 논문 부분, 이렇게 네 부분으로 구성되어 있다.
2. 체제는 원문 독해를 먼저 제시하고, 현대역은 그 뒤에 제시하였다. 원문 독해와 현대역 부분에 원본의 장수를 표기하여 원본을 참조하는 데 용이하도록 하였다.
3. 주석은 원문 독해 부분에 번호를 붙이고 하단에 각주하였다.
4. 현대역은 판소리 고유의 운율성과 토속성을 그대로 보존한다는 취지에서 될 수 있는 한 판소리 고유의 방언을 변화시키지 않으려고 애썼으며, 모든 한자 어휘에는 한자를 괄호 안에 병기하는 것을 원칙으로 하였다.
5. 주석 표제어는 원문 표기가 잘못되었으면 정음(正音)과 현대 표기함을 원칙으로 하였다.
6. 주석 어휘에 대한 찾아보기를 권말에 붙여 어휘의 성격을 한눈에 알 수 있게 하였을 뿐만 아니라 어휘 이해를 통한 작품 접근을 보다 용이하게 하였다. 그리고 쪽수가 아니라 주석번호를 달아 좀더 빨리 해당 어휘에 닿을 수 있도록 하였다.
7. 원본에 표기된 ○, ○○, ∞ 등의 음악적 기호는 그 형태대로 제시하였고, 복자의 경우 '■'로 표시하였다.

〈강상련〉은 장재열이 필사한 한글 필사본으로, 책의 크기는 가로 18cm, 세로 22cm이다. 표지에 "江上蓮"이라는 표제와 "심쳥가"라는 표제가 나란히 쓰여 있다. 매면 11~14행, 매행 20자 정도인데 4~5자 단위로 띄어쓰기를 하여 읽기 편하게 되어 있다. 총 81장 162면의 완결본으로 본문은 139면에서 끝나고, 그 뒤에 여러 편의 단가와 화용도 토막소리, 잡가 등 여러 편의 노래가 첨가되어 있다. 필사연기는 기록되어 있지 않다. 작품 전편에 걸쳐 ○, ○○, ○○○ 등 음악적 표지로 보이는 기호들이 표시되어 있다. 내지 뒷면에 "이 심청가난 즁머리 자진머리 진양죠 비두표를 기ᄅᆡ로 씩고 가로 씩고 그 분간은 못 칭기고 안니리나 장단 맛쳐 ᄒᆞ난 ᄃᆡ목이나 표만 그져 쑥쑥 씩어씨니 쇽 모르고 실젹 보면 분간 업난닷 ᄒᆞ것기로 그 허물을 발명ᄒᆞᆷ"으로 이들 표지들이 음악적 기호임을 밝히고 있다.

〈강상련〉은 귀덕어미나 안씨 맹인이 등장하는 대목이 보이지 않는 등 전체적으로 축약된 양상을 보인다. 그러나 심청이 장승상댁에서 음식을 얻어오자 뺑덕어미가 와서 전일의 은혜를 거짓말로 둘러대며 음식을 얻어먹는 등의 독특한 대목이 첨가되어 있기도 하다.

〈강상련〉 원문

1-앞

심쳥가 비두[1]엿다

○도덕 노픈 우리 셩상[2] 만세만세ᄒᆞ옵쇼셔 뇌급만방[3]ᄒᆞ니 가급인족[4]이요 화피쵸목[5]이라 우순풍죠[6]로다 오곡이 등풍[7]ᄒᆞ니 집집마닥 싸인 곳집[8] 이럭케 노파거날 노가동요[9] 우리 ᄇᆡᆨ셩 함포고복[10] 노라보자 사경[11]으 연화난 만발ᄒᆞᆫᄃᆡ 죠양[12]으 봉 울고 운간으 학 ᄯᅳ고 쳔고일졍[13]

---

1) 비두(飛頭) : 편지나 문서 따위의 첫머리.
2) 성상(聖上) : 임금을 높여 부르는 말.
3) 노급만방(勞及萬方) : 공로가 온 세상에 미침.
4) 가급인족(家給人足) : 집집마다 먹고 사는 것에 부족함이 없이 넉넉함.
5) 화피초목(化被草木) : 덕화(德化)가 초목에까지 미침.
6) 우순풍조(雨順風調) : 비와 바람이 때를 어기지 아니하고 순조로움.
7) 등풍(登豊) : 농사를 지은 것이 아주 잘됨.
8) 곳집(庫-) : 곳간으로 쓰려고 지은 집.
9) 노가동요(路街童謠) : 길거리에서 들리는 아이들의 노래 소리.
10) 함포고복(含哺鼓腹) : 배부르게 먹고 배를 두드림.
11) 사경(四境) : 사방(四方).
12) 조양(朝陽) : 아침볕.
13) 천고일정(天高日晶) : 하늘은 높고 해는 빛남. 구양수(歐陽修)의 <추성부(秋聲賦)>의 한 구절.

말근 경물14) ᄐᆡ평셩ᄃᆡ15) 이 안이냐

군의신츙16)ᄒᆞ니 신하 되여 인군으게 츙셩ᄒᆞ고 사람으 자식 되여 부모으게 효도홈언 삼강17)으 즁함이요 ᄯᅥᆺᄯᅥᆺᄒᆞ미라

효도라 ᄒᆞ난 것슨 ᄇᆡᆨᄒᆡᆼ18)으 근원이라 어렵고도

1-뒤

어렵건이와 즁ᄒᆞ고도 장홀진져 ᄃᆡ슌19) 징모20) 장컨이와 자로21)난 ᄇᆡᆨ니으 ᄡᆞᆯ을 지고22) ᄆᆡᆼ죵23)언 읍쥭ᄒᆞ야 눈 쇽으 쥭슌 엇고 왕상24)언 곡빙ᄒᆞ야 어름 궁기 이어25) 어더 그 부모를 밧드러시니 명천감동 이 안니냐 ᅇᅧ바라 ᄃᆡ범26) 천지 음양 이치라 ᄒᆞ난 거슨 틀님업시 갓탄 겐ᄃᆡ 져러

---

14) 경물(景物) : 계절에 따라 달라지는 경치.

15) 태평성대(太平聖代) : 어진 임금이 다스리는 태평한 세상.

16) 군의신충(君義臣忠) : 임금은 의롭고 신하는 충성스러움.

17) 삼강(三綱) : 유교의 도덕에 있어서 근본이 되는 세 가지 강령(綱領). 군위신강(君爲臣綱), 부위자강(父爲子綱), 부위부강(夫爲婦綱).

18) 백행(百行) : 모든 행동.

19) 대순(大舜) : 순(舜)임금을 높여 부르는 말.

20) 증모(曾某) : 공자의 제자이며 『효경(孝經)』을 지은 증자(曾子).

21) 자로(子路) : 중국 춘추 전국시대의 유학자로 공자의 제자. 성격이 강직하고 용기가 있어 공자의 사랑을 받았다. 공자 사후 위(魏)나라로 들어가 벼슬을 했으며 위국의 반란을 진압하다가 오히려 죽음을 당했다.

22) 자로(子路)는 백리(百里)의 쌀을 지고 : 자로(子路)가 어버이를 봉양하기 위해 백리(百里)나 떨어진 곳에서 쌀을 지고 왔다는 고사.

23) 맹종(孟宗) : 중국 삼국시대 오(吳)나라의 효자. 겨울날에 숲 속에서 그의 어머니가 즐기시는 죽순이 없음을 애탄하자 홀연히 눈 속에서 죽순이 나타났다고 한다.

24) 왕상(王祥) : 중국 진(晋)나라의 효자. 자는 휴징(休徵). 위에서 벼슬하여 태위(太尉)에 올랐다가 진(晋)나라에 들어가서 태보(太保)가 되었다. 성품이 극진하며 계모가 한겨울에 살아있는 고기를 원하니 상(祥)이 강에 가서 옷을 벗고 얼음을 깨고 들어가 살아있는 고기를 잡으려 할 때 얼음이 자연히 풀리고 두 마리의 잉어(鯉魚)가 뛰어 나와서 이를 잡아다 드렸다고 한다.

25) 이어(鯉魚) : 잉어.

26) 대범(大凡) : 무릇.

ᄒᆞᆫ 효자더리 이와 갓치 나어난듸 효녀들 안이 날 ᄂᆡ가 잇건나냐 ○과연 춤 만고으 업난 츌쳔지효녀[27] ᄒᆞ나가 낫시되 셩씨난 뉜고 ᄒᆞ니 심씨요 아마 일홈은 쳥이라 ᄒᆞ난듸 ○그러ᄒᆞ나 남으 집 쳐자라도 유만부득[28]이졔 츌천지효녀 일홈을 ᄃᆡ고 부르자니 쳬리상[29] 실죠[30] 듯 시푸건만 그 효힝을

2-앞

표창ᄒᆞ기 위ᄒᆞ야 이와 갓치 좀 ᄒᆡ보것다 ○ ⁂ 심쳥으 ᄂᆡ력을 드러바라 심쳥으 ᄂᆡ력을 드러바라 ○그 부친언 심학구요 그 모친언 곽씨로 다 살기난 황쥬 ᄶᅡ 도화동 사난듸 심학구 연장사십[31]으 안ᄆᆡᆼ[32]ᄒᆞ고 사고무친쳑[33]이요 가세죠차 빈ᄒᆞᆫᄒᆞᆫ 즁 실ᄒᆞ으 혈육 업셔 일일장탄[34] 날 보ᄂᆡᆯ 졔 ○현쳘[35]ᄒᆞ온 곽씨 부인 병신 가장 밧들 젹으 여자으 이력으로 다란 슈난 별 슈 업고 밤낫 업시 품을 팔되 이와 갓치 쏙 파러 보것다 ○강ᄐᆡ공[36]이 죠작[37]ᄒᆞ야 집집마닥 유젼ᄒᆞ니 쥴을 들고 힘을 쥬며 어기

---

27) 출천지효녀(出天之孝女) : 하늘이 낸 효녀.

28) 유만부득(類萬不得) : 어림없이 사리에 맞지 아니함.

29) 체리상(體理上) : 체면과 이치상.

30) 실조(失調) : 조화나 균형을 잃음.

31) 연장사십(年長四十) : 나이가 40살임.

32) 안맹(眼盲) : 눈이 멂.

33) 사고무친척(四顧無親戚) : 의지할 만한 사람이 아무도 없음.

34) 일일장탄(日日長歎) : 날마다 길게 탄식함.

35) 현철(賢哲) : 어질고 밝음.

36) 강태공(姜太公) : 중국 주(周)나라 초기의 정치가. 강상(姜尙), 여상(呂尙), 태공망(太公望) 등 다양하게 불린다. 나이 칠순에 위수(渭水)에 낚시를 드리우며 때를 기다리다 주문왕(周文王)에게 발탁되었다. 병법의 이론에 밝아 문왕은 그가 조부인 태공이 항시 바라던 사람이라는 뜻에서 '태공망(太公望)'이라고 했다. 문왕 사후 무왕(武王)을 도와 목야(牧野)의 전투에서 은(殷)나라 주(紂)왕의 군대를 물리치고 주(周)나라를 세우는 데 큰 공을 세웠다.

37) 조작(造作) : 물건을 지어 만듦. 옛날 방아를 만들 때 방아에다 지신(地神)의 재앙을 방지하기 위하여 경신년경신월경신일경신시(庚申年庚申月庚申日庚申時) 강태공조작(姜太公

영ᄎᆞ 방아찌키
○신롱씨[38] 지으신 법 쳔ᄒᆞᄃᆡ본[39] 농사로다 얼널널

2-뒤

상사뒤오[40] 이 방 져 방 모슈모기
○쳔동지졍[41] 구든 이치 너를 두고 일너구나 휘휘둘둘 독ᄆᆡ[42] 갈기 ○ᄇᆡᆨ셕쳥탄[43] 셔답[44] 빨기 ○건달 머심 슈건 졉기 ○두례[45] 걸궁[46] 쇠옷[47] 짓키 ○기 밧탕으 영짜 박기 ○ᄒᆡᆼ인 과객[48] 헌옷 푸ᄉᆡ[49] ○부자집으 장ᄃᆡ루기 ○집장ᄒᆞ고 밧 ᄆᆡ기를 노지 안코 셔두러도 복 업난 곽씨 신세 어이ᄒᆞ여 감당ᄒᆞ리
8하로난 곽씨 부인 젼후사를 ᄉᆡᆼ각ᄒᆞ야 신셰 자탄가로 우름을 운다
○불쵸[50]ᄒᆞ온 이년 몸이 젼ᄉᆡᆼ으 무신 죄로 이ᄉᆡᆼ으 게집 되여 ᄒᆞ날 가탄 우리 가장 만련안ᄆᆡᆼ[51]이 웬 닐이며 사십 연광[52]이 지ᄂᆡ시되 일졈혈육[53]

造作)이라 썼다.

38) 신농씨(神農氏) : 중국 삼황(三皇)의 한 사람. 성은 강(姜). 백성에게 경작을 가르친 데서 신농이라고 하며 불의 덕으로 왕이 된 데서 염제(炎帝)라고도 한다. 사람의 몸에 소의 머리를 가졌으며 복희씨(伏羲氏)의 뒤를 이어 쟁기를 만들고 백초(百草)를 맛보아서 의약을 마련하고 상거래 매매법을 확립하여 나라를 팔백오십 년간 이어갔다고 한다.
39) 천하대본(天下大本) : 세상의 큰 근본.
40) 상사뒤요 : 노래 후렴구의 한 가지.
41) 천동지정(天動地靜) : 하늘은 움직이고 땅은 고요함.
42) 독매 : 맷돌의 방언.
43) 백석청탄(白石淸灘) : 흰 돌이 있고 맑은 물이 흐르는 경치 좋은 여울.
44) 서답 : 빨래.
45) 두레 : 농사꾼들이 농번기에 협력하기 위하여 이룬 모임.
46) 걸궁 : 동네에 경비를 쓸 일이 있을 때, 여러 사람들이 패를 짜서 각처로 다니면서 풍물을 치고 재주를 부리며 돈이나 곡식을 구하는 일.
47) 쇠옷 : 농악을 할 때 입는 풍물복.
48) 과객(過客) : 지나가는 나그네.
49) 푸새 : 옷 따위에 풀을 먹이는 일.
50) 불초(不肖) : 못나고 어리석음.

업셔시니 ᄂᆡ 신세난 고사ᄒᆞ고 가군[54]으 후사[55]를 어이ᄒᆞ며 션세향화[56]를 뉘게다 ᄆᆡᆨ길

3-앞

써나 아이고 아이고 ᄂᆡ 신세야 ○불효삼쳔으 무후ᄃᆡ라[57] 쥭어 황쳔[58]도라간들 무신 면목으로 션세 영혼을 뵈일거나 아이고 아이고 ᄂᆡ 일이야 ᄎᆞ마 셔러 어이ᄒᆞ리 ○○우름을 진정ᄒᆞ고 한슘짓코 나안지며 여보시요 셔방님 ᄂᆡ 말삼을 듯죠시요 우리 신세 이러ᄒᆞᆫ 즁 자식좃ᄎᆞ 업셔시니 가운[59]만 바ᄅᆡ겟쇼 두던지 못 두던지 신공[60]이나 ᄒᆞᆫ번 들여보옵시다 ○쳔ᄒᆞᄃᆡ셩[61] 공부자[62]도 비러셔 나으시고 졍나라 정자산[63]도 비러셔 나엇시니 좌이ᄃᆡ사[64]ᄒᆞᆯ 슈 잇쇼 우리도 신공 듸려 자식을 비릅시다 ○○심봉ᄉᆞ 죠와라고 쳔ᄒᆞᆫ 나를 ᄉᆡᆼ각ᄒᆞ와 그ᄶᅡ지 ᄒᆞ옵시니 감사무지[65]ᄒᆞ오이다 ᄂᆡᆫ들

---

51) 만년안맹(晩年眼盲) : 늙어서 눈이 멂.

52) 연광(年光) : 나이.

53) 일점혈육(一點血肉) : 단 하나의 자식.

54) 가군(家君) : 남에게 자기 남편을 일컫는 말.

55) 후사(後嗣) : 대를 잇는 자식.

56) 선세향화(先世香火) : 선조들의 제사.

57) 불효삼천(不孝三千)의 무후대(無後大)라 : 삼천 가지 불효 가운데 후사(後嗣)가 없는 것이 가장 크다.

58) 황천(黃泉) : 저승.

59) 가운(家運) : 집안의 운수.

60) 신공(神功) : 신에게 드리는 공덕.

61) 천하대성(天下大聖) : 세상에 짝인 없는 큰 성인.

62) 공부자(孔夫子) : 공자(孔子)를 높여 이르는 말.

63) 정자산(鄭子産) : 중국 춘추시대 정(鄭)나라의 재상인 공손교(公損僑). 자산(子産)은 그의 자. 개혁파 정치가로서, 매사 덕(德)과 엄격함을 중시하여 보잘것없던 정나라의 국력을 크게 신장시켰다.

64) 좌이대사(坐而待死) : 앉아서 죽음을 기다림.

65) 감사무지(感謝無地) : 그지없이 감사함.

3-뒤

마암이야 엇덧터 ᄒᆞ오릿가마난 쳔지불변 병신 몸이 ᄒᆞᆫ탄ᄒᆞᆫ들 별 슈 잇쇼 ○○곽씨 부인 거동 바라 그날보틈 목욕ᄌᆡ계 졍히 ᄒᆞ고 후원[66]으다 칠셩단[67]을 졍히 뭇고[68] 공을 듸려 츅원ᄒᆞᆫ다 ○단ᄒᆞ으 숣어 업져 지셩으로 비난 말이 쳔지지신 일월셩신 북두칠셩 사ᄒᆡ용왕 미력 션앙[69] 오방신장[70]님ᄂᆡ 화위동심[71]ᄒᆞ옵시요 오날날 이 사졍은 다란 사졍 안이오라 병ᄌᆞ싱 심학구으 후사 잇기를 여러 죤영님 젼에 쳔만츅슈[72] 바랍ᄂᆡ다 이와 갓치 빌기를 삼 삭을 지ᄂᆡ던니 ○○지셩이면 감쳔이요 차쇼위 공든 탑니 무어지랴 ○과연 그달부터 곽씨 부인 잉ᄐᆡᄒᆞ니

4-앞

○곽씨 부인 착ᄒᆞᆫ ᄒᆡᆼ실 좌립ᄒᆡᆼ동[73]을 졍당히 ᄒᆞ고 식음문견을 졍결히 ᄒᆞ야 십 삭을 온젼이 지ᄂᆡ여 득남ᄒᆞ기를 쥬야업시 바ᄅᆡ더니 ○ᄒᆞ로난 ᄒᆡ복[74] 기미가 잇것다 ○곽씨 부인 거동 바라 아ᄅᆡ묵에 몸져누며 ᄒᆞᆫ 숀으로 ᄇᆡ를 쥐고 ᄯᅩ ᄒᆞᆫ 숀으로 허리를 문지르며 아이고 ᄇᆡ야 아이고 허리야 와불안셕[75]ᄒᆞ난구나 ○○심봉사 으심이 왈칵 난다 형졔 지친[76] 젼히 업고 사졍ᄒᆞᆯ 곳 잇다 ᄒᆞᆫ들 젼갈ᄒᆞᆯ 틈 워ᄃᆡ 잇나 우루루 달녀들며 곽씨를

66) 후원(後園) : 뒤뜰.
67) 칠성단(七星壇) : 북두칠성을 모시는 제단.
68) 뭇고 : 쌓아 올리고.
69) 서낭 : 한 부락의 수호신으로 받드는 신.
70) 오방신장(五方神將) : 다섯 방위를 지키는 다섯 신. 동쪽의 청제(青帝), 서쪽의 백제(白帝), 남쪽의 적제(赤帝), 북쪽의 흑제(黑帝), 중앙의 황제(黃帝).
71) 화우동심(和祐同心) : 한 마음으로 도움.
72) 천만축수(千萬祝手) : 두 손 모아 수없이 빎.
73) 좌립행동(坐立行動) : 앉고 서는 행동.
74) 해복(解腹) : 해산(解産).
75) 와불안석(臥不安席) : 누워도 편안하지 않음.
76) 지친(至親) : 친한 친척.

쪄 붓들고 허리도 만져보며 정신업시 셔둘 적으 ○곽씨 부인 못 견듸여 ᄋᆡ고 ᄇᆡ야 ᄋᆡ고 허리야 ○심봉사 급ᄒᆞᆫ 마암 더듬더듬 이러셔

4-뒤

며 아이고 이 일을 엇지ᄒᆞᆯ거나 부억문 열고 나가 쇼반 ᄒᆞᆫ 닙 졔우 ᄎᆞ자 식기 ᄂᆡ려 넝슈 쩌셔 울목으다 밧쳐 노코 더그ᄆᆡ[77]으 집 뭇 ᄂᆡ려 자리 것고 ᄶᅡ라 노코 ᄒᆞᆫ 위쿰을 졍히 쥐려 상 밋틔 미러 넉코 ○○셩ᄒᆞᆫ 사람 갓거 드면 ᄋᆡ근 사졍ᄒᆞᆯ 듯ᄒᆞ나 봉사라 셩졍이 ᄯᅮᆨᄯᅮᆨᄒᆞ고 마암이 위급ᄒᆞ니 삼신졔왕[78]을 물녀 쏫칠 득기 비든 것시엿다 ○두 무릅을 졍히 ᄭᅮᆯ코 삼신상[79] 다리 잡아 압푸로 밀쳐 노며 두 숀길 마죠 들고 싹싹 비비면셔 삼신졔왕님니 다 드러보옵시요 현쳘ᄒᆞ온 우리 곽씨 쳔신만고[80] 잉틔ᄒᆞ와 십 삭을 ᄎᆡ우기도 삼신님니 덕분일 쥴 몰올 니가 잇

5-앞

쇼리가 ᄒᆞ히 갓탄 덕분으로 귀남자를 졈지ᄒᆞ겨 쥬옵시되 슈히 순산시기기를 천만축슈[81] 발뢉니다 허리 굽펴 숀을 잡고 지셩으로 비를 적으 ○삼신이 감동ᄒᆞ사 순산이 되어구나 ○집자리으 아기 쇼릐 심봉사 반기 듯고 우루루 이러셔며 집자리으 달녀드러 아희를 안어 들고 김작으로 틔 ᄭᅳᆯ 갈나 고히고히 뉘여노니 ○곽씨 부인 급ᄒᆞᆫ 마암 정신을 진졍ᄒᆞ여 여보시요 셔방님 아희가 남녀간으 무엇시요 ○○심봉사 죠와라고 펴 우시며 어진 우리 삼신님이 만득[82]으로 졈지ᄒᆞ겨 순산ᄭᅡ지 ᄒᆞ겨씨니 귀남ᄌᆞ

77) 더그매 : 지붕 밑과 천장 사이의 빈 공간.
78) 삼신제왕(三神帝王) : 삼신의 높임말. 삼신은 아기를 점지한다는 세 신령.
79) 삼신상(三神床) : 아이 점지와 해산을 맡은 삼신에게 바치는 상.
80) 천신만고(千辛萬苦) : 마음과 힘을 한없이 수고롭게 하여 애를 씀.
81) 천만축수(千萬祝手) : 두 손 모아 수없이 빎.

를 졈지ᄒᆡᆺ지 다란 염여 웨 잇겟쇼 아달노만 젼이 밋고 실적

5-뒤

히 숀을 들어 아기 삿슬 만져보니 가남이 훨신 틀니거든 ○○심봉사 얼척업셔83) 눈어덕84)만 ᄭᅳᆷ벅ᄭᅳᆷ벅 빈코만 훌젹훌젹 봇튼기침 자죠 ᄒᆞ며 에업시 안자것다 ○곽씨 부인 그 정신으 마암이 이상ᄒᆞ여 다시 직쳐 무러본다 자녀 간으 무엇시요 만련득남85)ᄒᆞ엿기로 ᄒᆞ도 깃버 글ᄒᆞ시요 ○○심봉사 말ᄃᆡ답이 아죠 자미가 잇거던 아덜이나 어런이나 슌산ᄒᆞ면 고만이지 기어 킐 것 무엇 잇쇼 아희 삿을 만져보니 어름 우에 박 미득기 셜셜ᄒᆞ게 지ᄂᆡ가니 졍말 우리 ᄂᆡ외 나물국은 만이 묵겟쇼 ○○곽씨 부인이 말 듯고 셔를 ᄭᅳᆯᄭᅳᆯ 몹시 차며 ᄒᆞᆫ슘을 ᄂᆡ리 쉬며 목이 밋친 느긴 쇼ᄅᆡ

6-앞

ᄋᆡ고 이게 웬말이요 사십 후으 나ᄒᆞᆫ 자식 ᄯᅡᆯ이라니 웬닐이요 삼신님도 야쇽ᄒᆞ고 션영ᄂᆡ도 무복86)ᄒᆞ오 눈물 짓코 도라누니 ○○○심봉산들 죠흘쇼냐 자식 욕심은 일반이라 ᄂᆡ외가 업지마난 곽씨으 허ᄒᆞᆫ 심장 월적홀가 염여ᄒᆞ여 ᄒᆞᆫ정 업난 죠ᄒᆞᆫ 말노 각별이 위로ᄒᆞᆫ다 ○여보 여보 곽씨 부인 한슘이 웬 짓시요 슌산을 ᄒᆞ여씨니 쳔만다ᄒᆡᆼᄒᆞ옵거던 아덜 ᄯᅡᆯ이 웬말이요 아달 두고 못 두기난 ᄂᆡ 집 가운 쇼치87)어든 삼신제왕이 ᄒᆞ관이요 ○아덜이라도 잘못 두면 ᄑᆡ가망신88)으 욕급션영89) 부지ᄒᆞ경90)이 될 거

82) 만득(晩得) : 늙어서 자식을 낳음.
83) 얼척없어 : 어이없어.
84) 눈언덕 : 눈언저리.
85) 만년득남(萬年得男) : 늙어서 아들을 낳음.
86) 무복(無福) : 복이 없음.
87) 소치(所致) : 어떤 까닭에서 빚어진 일. 탓.
88) 패가망신(敗家亡身) : 가산을 없애고 몸을 망침.

시요 ᄡᅡᆯ이라도 잘 두오면 여공91) 범졀 고로 식여 귀가덕문92)으 일등 낭자93)

6-뒤

ᄐᆡᆨ지우ᄐᆡᆨ94) 잘 가리여 ᄇᆡᆨ년가ᄀᆡᆨ95)을 삼을진ᄃᆡᆫ ᄌᆞ셔제질96)은 일반이라 아달이나 피ᄎᆞ 잇쇼 ᄂᆡ 마암은 셔운ᄎᆞᆫ쇼 두 숀으로 아기 안아 부인 엽펴로 밀쳐 노며 ᄂᆡ가 나가 밥 질 테니 부ᄃᆡ부ᄃᆡ 안심ᄒᆞ오 ○심봉사 급ᄒᆞᆫ 마암 쳣국밥을 지랴 ᄒᆞ고 ᄡᅡᆯ ᄡᅥ셔 숀으 들고 부억으 나가더니 죠리97) 함박98) 창겨 들고 동우99) 만져 솟슬 열며 ᄡᅵᆯ큼ᄡᅵᆯ큼 물을 ᄡᅡ라 더듬더듬 더듬을 제 ∴잇ᄯᆡ으 곽씨 부인 산후별징100)이 이러난다 ○정신이 혼미ᄒᆞ며 복통씨가 격츙101)ᄒᆞ여 우으로 칩ᄡᅥ밀며102) 아리로 ᄡᅢᆺᄡᅵᆯ니여103) 호흡ᄒᆞᆯ 슈 바이 업고 굴신104)ᄒᆞᆯ 길 젼이 업셔 심봉사를 부르것다 여보 여보

---

89) 욕급선영(辱及先塋) : 자손의 잘못된 욕이 조상에게 미침.
90) 부지하경(不知何境) : 어떤 지경에 이를지 알지 못함.
91) 여공(女功) : 여자들이 하는 길쌈질 따위.
92) 귀가덕문(貴家德門) : 귀하고 덕이 있는 가문.
93) 낭자(郎子) : 남의 집 총각을 점잖게 일컫던 말.
94) 택지우택(擇之又擇) : 가리고 또 가림.
95) 백년가객(百年佳客) : 평생에 반가운 손님이란 뜻으로 사위를 가리키는 말.
96) 자서제질(子壻弟姪) : 아들과 사위와 아우와 조카를 아울러 이르는 말.
97) 조리(笊籬) : 쌀을 이는 데 쓰는 기구.
98) 함박 : 함지박. 통나무의 속을 파서 큰 바가지같이 만든 그릇.
99) 동우 : 동이. 질그릇의 하나.
100) 산후별증(産後別症) : 아이를 낳은 뒤에 조리를 제대로 하지 못하여 생기는 여러 가지 병.
101) 격충(激衝) : 치밀어 오름.
102) 치떠밀며 : 위로 떠밀며.
103) 뻗질리어 : 버티고 섬.
104) 굴신(屈身) : 몸을 굽힘.

7-앞

밤일낭은 고만 두고 날을 죠곰 살녀쥬오 ᄋᆡ고 ᄋᆡ고 엇지ᄒᆞ리 쒸둥굴며 셔두 젹으 ○심봉사 깜작 놀ᄂᆡ 더듬더듬 드러오며 ᄋᆡ고 이게 웬 닐인가 곽씨 엽페 쥬장지며 두 숀목을 축켜들고 ᄆᆡᆨ도 얼풋 집허보고 가삼으다 숀을 너어 일이 져리 만져보며 여보 여보 곽씨 부인 이거이 웬닐이요 정신 ᄎᆡ려 진정ᄒᆞ오 산후별징[105]이 잇따ᄒᆞᆫ들 부지불각[106] 일ᄒᆞᆯ숀가 삼신[107] 젼으 원정[108]ᄒᆞᆯ가 셩쥬[109] 젼으 비러볼가 국밥 지체가 되여기로 쇽이 비여 이러ᄒᆞᆫ가 구미가 ᄆᆡ양 업다더니 아춤 ᄭᅳᆫ이 먹은 것시 격체[110]가 되여난가 혼불부신[111] 셔둘 젹으 ○곽씨 부인 얼풋시 진정ᄒᆞ며

7-뒤

졔우 정신 슈십ᄒᆞ여 빠드듯 숀을 들어 심봉사으 숀을 잡고 가만이 잠긴 쇼ᄅᆡ ᄂᆡ가 죽졔 사지난 못ᄒᆞᆯ 테니 기체완보[112]ᄒᆞ옵시요 져 자식을 기루자면 셔름인들 오직ᄒᆞ며 구명도싱[113]ᄒᆞ라시면 고상인들 엇덧타 ᄒᆞ올잇가 기ᄃᆡ리고 바ᄅᆡ다가 쳔ᄒᆡᆼ[114]으로 나ᄒᆞᆫ 자식 졋 ᄒᆞᆫ 번도 못 먹이고 안 ᄆᆡᆼᄒᆞ신 가장으게 못ᄒᆞᆯ 닐을 씨치오니 죄 만ᄒᆞᆫ ᄂᆡ으 셔름 멀고 먼 황쳔 길을 눈물 져져 어이 가며 압히 ᄆᆡᆨ혀 어이 가ᄅᆡ 눈물짓코 도라누며 집자

---

105) 산후별증(産後別症) : 아이를 낳은 뒤에 조리를 제대로 하지 못하여 생기는 여러 가지 병.

106) 부지불각(不知不覺) : 자신도 모르는 사이.

107) 삼신(三神) : 아기를 점지하고 산모와 산아(産兒)를 돌보는 세 신령.

108) 원정(原情) : 사정을 하소연함.

109) 성주 : 집을 지키는 신령.

110) 급체(急滯) : 갑작스럽게 체함.

111) 혼불부신(魂不付身) : 혼이 몸에 붙어 있지 않음. 곧 혼이 나간 상태.

112) 기체완보(氣體完保) : 기력과 신체를 완전하게 보전함.

113) 구명도생(苟命圖生) : 구차스럽게 겨우 목숨을 보전하여 살아감.

114) 천행(天幸) : 하늘이 준 큰 행운.

리으 잇난 자식 한업시 바ᄅᆡ보며 셔를 몹시 ᄉᆡᆯᄉᆡᆯ 찬다 불상ᄒᆞ다 ᄂᆡ ᄉᆡᆨ기야 광ᄃᆡᄒᆞᆫ 쳔지간으 어ᄃᆡ 가면 못 ᄉᆡᆼ겨셔 죄

8-앞

만ᄒᆞᆫ 이년으게 어미라고 와 ᄉᆡᆼ겻냐 인ᄉᆡᆼ이 불상ᄒᆞ다 집잘이으 어미 일코 살기를 발일쇼냐 너도 응당 죽을지라 그 말이 못 ᄭᅳᆺ치며 후유 한슘 길게 쉬며 쳔촉기[115]가 왈칵 난다 ∴ᄃᆡ졔커나 병인이라 ᄒᆞ난 거시 죽을 ᄯᆡ가 당ᄒᆞ오면 징셰 죠곰 허루[116]ᄒᆞ야 사람으 심곡[117]을 늑구난 고로 암커나 곽부인도 잠시 정신 슈십ᄒᆞ여 언어 죠곰 통ᄒᆞ난 게 병가어 쇼유[118]어던 ∴불상ᄒᆞᆯ사 심봉사난 곽부인이 정녕 회ᄉᆡᆼᄒᆞᆯ 쥴노만 ᄶᅡᆨ 미더다가 쳔촉ᄒᆞ난 갑분 쇼ᄅᆡ ᄎᆞᄎᆞ 졈졈 노파지니 ●심봉사 ᄶᅡᆷ작 놀ᄂᆡ 달녀들며 허허

8-뒤

이게 웬닐인가 효ᄎᆞ 죠곰 인난 쥴노 마암 노코 잇셔더니 쳔촉기가 웬닐인가 자진발광[119] 몸부듬으 ᄋᆡ고ᄋᆡ고 엇지ᄒᆞ리 무신 악귀가 침노ᄒᆡᆻ나 기도나 ᄒᆞ여 볼가 ᄒᆡ산 슈죵[120]이 불민키로 무신 사물이 작ᄒᆡ[121]ᄒᆞ나 문복[122]ᄒᆞ여 비러볼가 문이[123]ᄒᆞ여 약을 ᄡᅳᆯ가 혼불부신[124] 좌불안셕[125]

---

115) 천촉기(喘促氣) : 숨이 몹시 차서 가쁘고 헐떡거리며 힘없는 기침을 잇달아 하는 증세.
116) 허루(虛漏) : 얼마쯤 비고 허전함.
117) 심곡(心曲) : 마음 속.
118) 병가(病家)의 소유(所有) : 앓는 사람이 있는 집에 있는 바.
119) 자진발광(自盡發狂) : 스스로 기진하며 발광함.
120) 수종(隨從) : 남을 따라다니며 곁에서 심부름 따위의 시중 드는 사람.
121) 작해(作害) : 해로움을 만듦.
122) 문복(問卜) : 점쟁이에게 길흉(吉凶)을 물음.
123) 문의(問醫) : 의원에게 물음.
124) 혼불부신(魂不付身) : 혼이 몸에 붙어 있지 않음. 곧 혼이 나간 상태.

부지불각[126] 어언간ᄋᆞ 호흡이 적적ᄒᆞ고[127] 쳔측기도 영졀이라 ●○심봉사 넉을 일코 짜을 치며 ●○여보 여보 곽씨 부인 정신 차려 말 좀 ᄒᆞ오 병 난다고 다 죽으며 죽난다고 일이 쉴게 기운이 격탈[128]ᄒᆞ여 기암[129]이 되엿난가 ᄂᆡ가 죽고 그ᄃᆡ 살면 져 자식을 살니련만 그ᄃᆡ 죽고 ᄂᆡ가

9-앞

사니 강보[130]ᄋᆞ 씨인 자식 잔명을 어이ᄒᆞᆯ이 방셩통곡[131] 셜니 울며 쳔호만호[132] 발광ᄒᆞᆫ들 ○●○사자난 불가부ᄉᆡᆼ[133]이라 다시 별 슈 웨 잇시리 ○잇ᄯᆡᄋᆞ ᄎᆞᆫ인더리 심망인ᄋᆞ 곡셩 듯고 젼자호 후자응[134]ᄋᆞ ᄎᆞᄎᆞ 연헤 모와들 졔 불기회자[135] 부지슈[136]라 사라마닥 긍칙[137]ᄒᆞ야 ᄒᆞᆯ 말이 잇건나냐 심봉사를 쪄 붓들고 호언으로 위로ᄒᆞ며 유아를 돌보와셔 우름고만 진정ᄒᆞ오 ᄋᆡ통ᄒᆞᆫ들 무엇ᄒᆞ며 통곡ᄒᆞᆫ들 씰 ᄃᆡ 잇쇼 고분지통[138] 각셜[139]ᄒᆞ고 농와지경[140] ᄉᆡᆼ각ᄒᆞ오 집자리ᄋᆞ 유아낭은 여인덜게 당부ᄒᆞ고

---

125) 좌불안석(坐不安席) : 불안·근심 등으로 한 군데에 오래 앉아 있지를 못함.
126) 부지불각(不知不覺) : 자신도 모르는 결.
127) 적적(寂寂)하고 : 괴괴하고 조용함.
128) 격탈(擊奪) : 탈진함.
129) 기함(氣陷) : 기운이 없어서 가라앉음.
130) 강보(襁褓) : 포대기.
131) 방성통곡(放聲痛哭) : 목소리를 놓아 슬피 욺.
132) 천호만호(千呼萬呼) : 여러번 부름.
133) 사자(死者)는 불가부생(不可復生) : 죽은 자는 다시 살아날 수 없음.
134) 전자호(前者呼) 후자응(後者應) : 앞에는 부르고 뒤에는 응함.
135) 불기회자(不期會者) : 기약을 두지 않고 모인 사람.
136) 부지수(不知數) : 부지기수(不知其數).
137) 긍측(矜惻) : 불쌍하고 가엾음.
138) 고분지통(叩盆之痛) : 아내가 죽은 설움. 고분(叩盆)은 질그릇을 두드린다는 것으로 아내의 죽음을 이르는 말.
139) 각설(却說) : 그만 둠.
140) 농와지경(弄瓦之慶) : 딸을 낳은 기쁨.

사직귀토[141]라 ᄒᆞ여씨니 염십[142]을 ᄒᆞ옵

9-뒤

시다 ○○인졍 인난 촌인들이 심망인으 졍상[143]도 가긍ᄒᆞ련이와 곽씨 싱젼 션ᄒᆞᆫ 범졀 별노 잇지 못ᄒᆞ야셔 ○○공죠[144] 부이[145] 여러 공논 여츌일구[146] 되여구나 ○○궁곤자으 큰일이라 업난 거시 오직히 만홀쇼냐 염십 관곽[147] 츌상[148] 범구[149] 차차 연에 차일 젹으 ○지상예[150] 곱게 꿈여 물식이 장히 좃타○ ⅋홍포장[151]으 오식드림 금당지[152]로 부젼[153] 물녀 구식 맛쳐 되려 잇고 네 귀으 쵸롱[154] 달고 난간 우으 각 쏫션 빅빅홍홍상간기[155]라 츈광[156]을 자랑ᄒᆞᆫ다 ⅋심밍인으 싸린 차비 굴건[157] 졔복[158] 가진 범졀 가쵸와난 못홀망졍 건딕[159]좃츠 안컨나냐 염포[160]에

---

141) 사즉귀토(死卽歸土) : 죽으면 흙으로 돌아감.
142) 염습(殮襲) : 죽은 사람의 몸을 씻긴 뒤에 옷을 입히고 염포로 묶는 일.
143) 정상(情狀) : 인정상 차마 볼 수 없는 가련한 상태.
144) 공조(共助) : 여러 사람이 함께 도와주거나 서로 도와줌.
145) 부의(賻儀) : 상가(喪家)에 부조로 보내는 돈이나 물품. 또는 그런 일.
146) 여출일구(如出一口) : 여러 사람의 말이 같은 입에서 나온 듯이 똑같음.
147) 관곽(棺槨) : 시체를 넣는 속 널과 겉 널을 아울러 이르는 말.
148) 출상(出喪) : 상가(喪家)에서 상여가 떠남.
149) 범구(凡具) : 모든 도구.
150) 지상여(地喪輿) : 종이로 꾸민 상여.
151) 홍포장(紅布帳) : 붉은 포장.
152) 금당지(金唐紙) : 중국에서 만든 금빛 나는 종이.
153) 부전 : 여자 아이들이 차던 노리개의 하나. 색 헝겊을 둥근 모양이나 병 모양으로 만들어서 두 쪽을 맞대고 수를 놓기도 하고 다른 빛의 헝겊으로 알록달록하게 대기도 하여 끈을 매어 차고 다녔다.
154) 초롱 : 등의 하나. 대오리나 쇠로 살을 만들고 겉에 종이나 헝겊을 씌워 안에 촛불을 넣어서 달아 두기도 하고 들고 다니기도 한다.
155) 백백홍홍상간개(白白紅紅相間開) : 희고 붉은 색이 어우러지고 뒤섞여 핌.
156) 춘광(春光) : 봄철의 경치.
157) 굴건(屈巾) : 상주가 상복을 입을 때에 두건 위에 덧쓰는 건.
158) 제복(祭服) : 제향 때에 입는 예복.

졔 짓 닋여 두건161) 졉고 복딕162) 말고 힝견163)까지 졔

10-앞

우 ᄒᆞ야 심밍인을 부축식여 건딕을 가촌 후으 ○심밍인 거동 바라 힝상 뒤를 ᄯᅡ르랴고 집핑이를 것더 집고 실셩통곡164) 셜니 운다 나도 가식 나도 가식 곽씨 ᄯᅡ라 나도 가식 어린 자식 ᄯᅦ쳐두고 영결죵천165) 아죠 가니 불상ᄒᆞᆫ 이놈 신셰 뉘을 밋고 사자난가 아이고 아이고 닉 신셰야 ●○쵸인으 거동 바라 ○네 다리 ᄲᅦ라 닉 다리 박자 ᄒᆞ난 투로 메고 나니 상부군166)이 되여구나 아무리 졍상이 가긍ᄒᆞᆫ들 무셩무취167) 가건나냐 업난 실명168)이 졀노 난다 ○압쇼릭 ᄒᆞ난 사람 별노 무식 안이 ᄒᆞ야 의사 잇게 말을 지여 곽씨를 위축ᄒᆞ여 심밍인을 위로ᄒᆞᆫ다 ●●어너 어너 어갈이 넘자어너

10-뒤

○불상ᄒᆞ다 곽씨 부인 황천긱169)이 되단 말가○ ○어너 어너 어갈이 넘자어너 ○염나국170)으로 가신 딕도 연봉지171) 속으 가 안지리라 ○어너

---

159) 견대(肩帶) : 돈이나 물건을 넣어 허리에 매거나 어깨에 두르기 편하도록 만든 자루.
160) 염포(殮布) : 염습할 때에 시체를 묶는 베.
161) 두건(頭巾) : 상중에 남자 상제나 어른이 된 복인이 머리에 쓰는 것.
162) 복대(腹帶) : 허리에 두르는 띠.
163) 행전(行纏) : 바지나 고의를 입을 때 정강이에 감아 무릎 아래 매는 물건. 반듯한 헝겊으로 소맷부리처럼 만들고 위쪽에 끈을 두 개 달아서 돌라매게 되어 있다.
164) 실성통곡(失性痛哭) : 정신을 잃고 소리를 높여 크게 욺.
165) 영결종천(永訣終天) : 죽어서 영원히 이별함.
166) 상부꾼 : 상여꾼. 상여를 메는 사람.
167) 무성무취(無聲無臭) : 소리도 없고 냄새도 없음.
168) 신명 : 흥겨운 신이나 멋.
169) 황천객(黃泉客) : 저승으로 간 나그네라는 뜻으로, 죽은 사람을 이르는 말.
170) 염라국(閻羅國) : 저승.

어너 어갈이 넘자어너 ○착ᄒᆞ고 어진 범졀 극낙세계로 가올이라 ○어너 어너 어갈이 넘자어너 ♧일녁[172]이 거운[173] 되니 힝상길이 밧부기로 쇼릐 무진 자쵸것다[174] ○극낙세계로 가거 드면 지장보살[175]이 되오리라 ●어너 어너 어허 어허 ○셜워 마오 셜워 마오 심밍인은 우지 마오 ○어너 어너 어허 어허 ●져 귀녀를 곱게 길너 만련 자미를 보옵시요 ○어너 어너 ○일낙서산[176]에 ᄒᆡ 써러지고 월츌동녕[177]에 달 오른다 ○어너어너 ○북망청산[178]이 어ᄃᆡ미냐 어셔 가셔 안장[179]ᄒᆞ자

11-앞

○어너 어너 ♧실명지게 운상[180]ᄒᆞ야 압 남산 무척지지[181] 향양쳐[182]를 ᄎᆞ자가셔 고히 안장ᄒᆞᆫ 년후으 쵼인들이 심밍인을 ᄶᅧ 붓들고 집으로 도라와셔 빅단[183]으로 위로ᄒᆞ며 ♧여보시요 심밍인 가긍ᄒᆞ온 정상이야 다 ᄒᆞᆯ 슈가 잇쇼마난 신운[184]이라 슈가 잇쇼 각셜[185]이라 다 바리고 강

---

171) 연봉지(蓮-) : 막 피려고 하는 연꽃의 봉오리.

172) 일력(日力) : 하루 해가 질 때까지 남아 있는 동안.

173) 거운 : 거의.

174) 잦추겠다 : 동작을 재게 하여 잇달아 재촉하겠다.

175) 지장보살(地藏菩薩) : 석가불의 부탁을 받고, 그 입멸 후 미륵불의 출세까지, 부처 없는 세계에 머물면서 육도(六道)의 중생을 교화(敎化)한다는 보살. 왼손에는 연꽃을, 오른손에는 보주를 들고 있는 모습이다.

176) 일락서산(日落西山) : 해가 서쪽 산으로 떨어짐.

177) 월출동령(月出東嶺) : 달이 동쪽 고갯마루에서 나옴.

178) 북망청산(北邙青山) : 중국 하남성(河南省) 낙양(洛陽) 북쪽에 있는 작은 산. 한(漢)나라 이후의 역대 제왕과 귀인명사(貴人名士)의 무덤이 많아 사람이 죽어서 가는 곳을 일컫는 말이 되었다.

179) 안장(安葬) : 편안하게 장사 지냄.

180) 운상(運喪) : 상여를 메고 운반함.

181) 무척지지(無瘠之地) : 메마르지 않은 땅.

182) 향양처(向陽處) : 해가 비치는 곳.

183) 백단(百端) : 여러 가지.

184) 신운(身運) : 운수(運數).

보[186]ᄋᆞ 씨인 ᄋᆡ가 물 우ᄋᆞ 벽큼이요 아츰 풀ᄋᆞ 이실이나 무남독녀[187] ᄯᅡᆯ이오니 길너ᄂᆡ야 ᄒᆞᆯ 닐이지 말어셔야 될 닐이요 궁무쇼불위[188]어든 못ᄒᆞᆯ 닐이 무엇 잇쇼 우리 동ᄂᆡ 이력이야 ᄃᆡ강 드러 아옵지요 아기 가진 여인들이 맛츰 만히 잇사오니 시시 죠셕 참[189]을 ᄎᆞᄌᆞ 동냥졋 먹여ᄂᆡ오 괄세ᄒᆞ리 ᄂᆡ

11-뒤

잇겟쇼 ○ᄒᆞ나 둘식 졈졈 흣터 각귀기가[190]ᄒᆞ던이라 ○○ᄯᅦ맛춤 만츈[191]시라 밤은 깁퍼 삼경[192]이 되난듸 동풍 부러 오난 비난 쓱길 젹셔 잠싼 ᄀᆡ고 사고무인[193] 젹막시라 ○낙월공산[194] 져 두견은 귀촉도 부려귀[195]라 졔혈셩셩[196] 실피 울고 공게[197]ᄋᆞ 닷난 쥐난 덜그렁 펏셕 ○사람ᄋᆞ 지기[198]를 앗난닷 ᄒᆞ난지라 ○○잇ᄯᅦᄋᆞ 심봉사난 지리산 가마구 겟발 물

---

185) 각설(却說) : 말이나 글 따위에서, 이제까지 다루던 내용을 그만두고 화제를 다른 쪽으로 돌림.

186) 강보(襁褓) : 포대기.

187) 무남독녀(無男獨女) : 아들 없는 집안의 외동딸.

188) 궁무소불위(窮無所不爲) : 궁하면 무엇이든지 한다는 뜻으로, 사람이 살기 어려우면 예의나 염치를 가리지 아니함을 이르는 말.

189) 참 : 아침과 점심 또는 점심과 저녁 사이의 끼니때.

190) 각귀기가(各歸其家) : 각자 자기 집으로 돌아감.

191) 만춘(晩春) : 늦봄.

192) 삼경(三更) : 한밤중.

193) 사고무인(四顧無人) : 주위에 사람이 없어 쓸쓸함.

194) 낙월공산(落月空山) : 달 떨어진 빈 산.

195) 귀촉도(歸蜀道) 불여귀(不如歸) : '돌아감만 못하다'라는 뜻으로, 소쩍새의 울음소리를 가리킴. 주(周)나라 말기에 촉(蜀) 지방의 제후로 스스로 황제라고 일컬은 두우(杜宇), 곧 망제(望帝)는 왕위를 신하에게 빼앗기고 멀리 도망갔다가 돌아와서 복위하려고 했으나 뜻을 이루지 못하고 죽어서 그 혼이 소쩍새가 되었다는데, 그 울음소리가 '불여귀', 또는 '귀촉도'로 들렸다고 한다.

196) 제혈성성(啼血聲聲) : 피를 토하는 듯한 슬픈 소리.

197) 공계(空階) : 빈 섬돌.

198) 지기(志氣) : 의지와 기개.

어 덴진 다시 젹막삼경 깁픈 밤에 호을노 안자실 졔 강보으 씨인 ᄋᆡ난 기진ᄒᆞ여 우난 쇼릐 사람으 간장을 다 녹인다 ◎심봉사 정상 보쇼 ᄋᆡ199)가 녹고 쇽이 타셔 실셩통곡 셜니 운다 더듬더듬 더듬으며 우난 ᄋᆡ를 부여잡고 우지마라

12-앞

우지마라 네 우름 ᄒᆞᆫ 마듸으 일촌간장200) 다 녹는다 ᄋᆡ고 이 일을 엇져잔 말이냐 ᄎᆞ마 셔러 못 살것다 ᄂᆡ가 마자 쥭자ᄒᆞᆫ들 이 자식을 어이ᄒᆞ며 이 자식을 살니자니 무엇 멕여 살닐 거나 쥭도 살도 못ᄒᆞᆯ 테요 살도 쥭도 못ᄒᆞ거구나 아이고 아이고 셔룬지거 ◎그럭져럭 날이 ᄉᆡ니 츈즁 인심 거룩ᄒᆞ야 불상ᄒᆞᆫ 두 목심이 쥭지 안코 지ᄂᆡ날 졔 ○잇ᄯᆡ으 심봉사가 모진 목슘 일시으 쥭지 못ᄒᆞ고 곰곰이 ᄉᆡᆼ각ᄒᆞᆫ직 져 자식을 살니자니 남만 밋고 안자시며 셰간201)을 방ᄆᆡ202)차니 갑 살 것이 무엇 잇나 ᄂᆡ 신세 이리 되니 못ᄒᆞᆯ 닐이 워 잇시리 젼곡간으 구걸ᄒᆞ야 져 자식을 살니리라 아무

12-뒤

리 세알녀도 슈난 쏙 오른 수여든 삼일을 지닌 후으 ◎그날보틈 동냥을 ᄒᆞ랴 ᄒᆞ고 나문 젓슬 휘휘 져셔 유아를 멕인 후으 헌옷 더퍼 단쇽ᄒᆞ야 ᄒᆞᆫ편으로 정히 뉘고 동냥ᄎᆞ로 나셔난듸 ◎심봉사으 곡ᄒᆞᆫ 심곡203) 반ᄆᆡ204)도 잇거니와 쳐복205)이라 마암으 졀연206)ᄒᆞ여 밤낫업시 건207)을

---

199) 애 : 초조한 마음속.

200) 일촌간장(一寸肝腸) : 한 토막의 간과 창자라는 뜻으로 애가 탈 때의 마음을 비유하는 말.

201) 세간 : 집안 살림에 쓰는 모든 기구.

202) 방매(放賣) : 물건을 내놓아 팖.

203) 심곡(心曲) : 간절하고 애틋한 마음.

씨고 지ᄂᆡ것다 ○두건 우으다가 파립208) 씨고 동동이209) 쥬은 젼ᄃᆡ210) 즁동211)을 질끈 ᄆᆡ여 억기 걸쳐 드러 메고 집평막ᄃᆡ 힘을 붓쳐 더듬더듬 거러 나가 동냥으로 위업ᄒᆞᆯ 졔 ○상촌 하촌 요촌212) ᄎᆞ자 문전 문전 구걸ᄒᆞ고 날슈를 영냥213)ᄒᆞ야 ᄒᆞᆫ 달 엿ᄉᆡ 틈을 타셔 일즁위시214) 시졍215) ᄎᆞ자 전젼이 동냥ᄒᆞᆯ

13-앞

졔 돈일낭은 바다 뫼와 전거 두고216) 오난 썩난 맘쥭217)으 ᄃᆡ리랴고 고ᄭᆞᆷ 사셔 젼ᄃᆡ 쇽으 간슈ᄒᆞ고 ○○밤이며는 잠 못 자니 탕탕 쩌니 담ᄇᆡ썩라 각금각금 남쵸218) 살 졔 ○○남쵸 사기난 투219)가 낫다 ○남쵸 발으다 숀을 너어 전와보고 쥐여보며 흘은ᄒᆞ야 퍼셕 잔코 썩글썩글220) 쌋쌋ᄒᆞ며 두덕 죠코 쥴촌 놈을 낫낫치 잘 가리여 장장이 사던이라 ○○일ᄒᆞᆫ 남쵸만 사거 드면 갑슬 후이 쥴 테이니 글ᄒᆞᆯ 니가 잇것나냐 이거난 광ᄃᆡ으

---

204) 반맥(班脈) : 양반의 자손. 또는 그 계통.
205) 처복(妻服) : 아내의 복(服).
206) 결연(缺然) : 모자라서 서운함.
207) 건(巾) : 두건.
208) 파립(破笠) : 해어지거나 찢어진 갓.
209) 동동이 : 토막토막.
210) 전대(纏帶) : 허리에 두르거나 어깨에 메게 된 자루.
211) 중동(中-) : 사물의 중간 되는 토막.
212) 요촌(饒村) : 부자들이 모여사는 동네.
213) 염량(念量) : 생각하여 헤아림.
214) 일중위시(日中爲市) : 해가 가운데 뜨면 사람이 모여 시장을 이룸.
215) 시정(市井) : 인가가 많이 모인 곳.
216) 전거 두고 : 잠가 두고.
217) 맘죽 : 암죽(-粥). 어린아이에게 먹이는 묽은 죽.
218) 남초(南草) : 담배.
219) 투(套) : 버릇된 일.
220) 때글때글 : 여러 개 가운데서 몇 개가 월등하게 굵거나 큰 모양.

취담[221]인가 역이것다 ○○강보으 씨인 자식 맘쥭으로 살니자니 먹난 거시 찌[222]로 간다 사세부득[223] 슈가 업셔 졋동냥ᄒᆞ랴 ᄒᆞ고 동ᄂᆡ부인 차져갈 졔 아기 안어 품으 품고 집평막ᄃᆡ 숀으 들

13-뒤

고 길을 살펴 나가난듸 귀씸작은 이상ᄒᆞ야 쇼릐로 징거 삼어 이사 잇게 ᄎᆞ자간다 ○동구 밧 ᄒᆞᆫ거리[224]으 졍쳐업시 나아셔며 사면으로 드러본다 ○ ○○○항용말[225]노 ᄒᆞ랴기면 ○문젼 문젼 들어셔며 남녀난 물논ᄒᆞ고 인졍씨만 얼는ᄒᆞ면 졋 좀 멕여 달나 ᄒᆞ면 쑥쑥ᄒᆞ고 변통 업난 ᄆᆡᆼ인으 거동이야 되지마난●○ ●○○암커나 광ᄃᆡ라 ᄒᆞ난 것슨 고져장단 곡죠 맛쳐 영향[226]을 자랑키로 이와 갓치 ᄒᆞ던이라 ○○○청쳔ᄇᆡᆨ셕[227] 말근 여울 녹포[228] 간으로 흘너간다 가쥬동셔[229] 사람으 집 슈변으 지음쳣다[230] 셔답[231]ᄒᆞ난 들친 쇼릐 바람 썰쳐 놉피 나니 ●심봉사 장히 죠와 집평막ᄃᆡ 것더집고 더듬더듬

14-앞

길을 차자 여울 가으 드러셔며 ○품안으 아를 닉여 두 숀으로 안어들고

---

221) 취담(醉談) : 술에 취해 함부로 하는 말.
222) 찌 : 어린 아이의 말로 '똥'을 이르는 말.
223) 사세부득(事勢不得) : 일의 형세가 그렇게 하지 않을 수 없음.
224) 한거리 : 큰 거리.
225) 항용말(恒用-) : 늘 하는 말.
226) 영향(影響) : 모습과 소리.
227) 청천백석(淸川白石) : 맑은 시냇가에 있는 흰 돌.
228) 녹포(綠布) : 푸른 폭포.
229) 가주동서(家住東西) : 이곳 저곳에 집이 있음.
230) 지음쳤다 : ~을 사이에 두었다.
231) 서답 : 빨래.

허리를 구붓ᄒᆞ며 ○엇쩌ᄒᆞ신 부인인지 알 슈난 업사오나 쳔힝으로 젓 잇거든 쇼경으 자식이라 더럽짜 마르시고 근들 안이 젹션[232]이요 이ᄋᆡ 젓 좀 멕여주오 ○○가난 ᄃᆡ만 가건나냐 막젹쇼향[233] 나올 젹으 져 쪽길 빗겨 노코 이 쪽 길노 죵가[234] 오니 8셕장[235]으 오게[236] 울고 시문[237]으기 깃거날 유촌지불원[238]이라 어이 안이 죠흘쇼냐 ○인간칠십고ᄅᆡ히[239]라 옛날으 강ᄐᆡ공[240]은 어이ᄒᆞ여 궁달팔십[241] 사라던고 신기ᄒᆞᆫ 범 업실쇼냐 ○죠작ᄒᆞ던 용정방ᄋᆡ[242] 쎨쑤덩쎨쑤덩 찐난 쇼ᄅᆡ 자죠자죠 들쳐나니 염치업시 들어

14-뒤

셔며 아를 ᄂᆡ여 안아 들고 여보시요 부인ᄂᆡ들 ○쳔ᄒᆞᆫ 쇼경 자식이나 길을 두고 ᄆᆡ로 가며 살고보졔 죽살익가 쳔힝의로 젓 잇거든 이ᄋᆡ 젓 좀

232) 적선(積善) : 착한 일을 많이 함.
233) 막적소향(莫跡所向) : 향하는 곳이 없음.
234) 종가 : 가늠하여.
235) 석장(石墻) : 돌담.
236) 오계(午鷄) : 한낮에 우는 닭.
237) 시문(柴門) : 사립문.
238) 유촌지불원(有村之不遠) : 멀지 않은 곳에 마을이 있음.
239) 일생칠십고래희(人生七十古來稀) : 예로부터 사람이 칠십을 살기는 드문 일이라는 뜻. 두보(杜甫)의 시 <곡강(曲江)>의 한 구절.
240) 강태공(姜太公) : 중국 주(周)나라 초기의 정치가. 강상(姜尙), 여상(呂尙), 태공망(太公望) 등 다양하게 불린다. 나이 칠순에 위수(渭水)에 낚시를 드리우고 때를 기다리다 주 문왕(周文王)에게 발탁되었다. 병법의 이론에 밝아 문왕은 그가 조부인 태공이 항시 바라던 사람이라는 뜻에서 '태공망(太公望)'이라고 했다. 문왕 사후 무왕(武王)을 도와 목야(牧野)의 전투에서 은(殷)나라 주(紂)왕의 군대를 물리치고 주(周)나라를 세우는 데 큰 공을 세웠다.
241) 궁달팔십(窮達八十) : 궁팔십(窮八十) 달팔십(達八十). 중국 주(周)나라 무왕(武王) 때 정승이었던 강태공(姜太公)이 벼슬을 하기 전에 80년은 가난하게 살고, 벼슬 한 후 80년은 영달했다는 말.
242) 용정방아(春精-) : 곡식을 찧는 방아.

ᄆᆡᆨ여쥬오 ○○○인졍은 일반이라 괄셰ᄒᆞ리 뉘 잇것나 ○○심봉사 죠와라고 ᄇᆡᆨ비치ᄒᆞ[243]ᄒᆞᆫ 연후으 ᄡᆞᆯ을 바다 품으 품고 졍쳐업시 도라올 졔○○ ○○잇ᄯᆡ난 어느 ᄯᆡ냐 쳥화사월[244] 죠흔 ᄯᆡ라 ○산은 쳡쳡 쳔봉이라 황죠[245] 편편[246] 나라들고 바람은 실실 부러 남풍지훈[247] 이 안이냐 ○녹양엄문시슈가[248]오 츄쳔ᄒᆞ난 여랑이며 ᄒᆡᆼ봉낙화장탄식[249]은 교ᄐᆡᄒᆞ난 여아더런 녹음방쵸ᄉᆡᆼ화시[250]라 탕졍[251]을 못 니기여 명환[252] 예리[253] 벗을 지여 등산임슈[254]

15-앞

노난구나 쳥가[255]로 상화[256]ᄒᆞ니 곡죠마닥 분운[257]이라 연젼불연덕이이 안이냐 ○심봉사 탄식ᄒᆞ고 허명파명[258] 나려올 졔 ○이이요[259] 셕양이 ᄌᆡ산이라 셕쳔[260]으 표자[261] 쇼릐 귀으 얼픗 들니거날 죠츰죠츰 들

243) 백배치하(百拜致賀) : 수없이 절을 하며 고맙다고 치사함.
244) 청화사월(淸和) : 날씨가 맑고 화창한 4월.
245) 황조(黃鳥) : 꾀꼬리.
246) 편편(翩翩) : 가볍게 날리는 모양.
247) 남풍지훈(南風之薰) : 남풍이 훈훈함.
248) 녹양엄문시수가(綠楊掩門是誰家) : 푸른 버들 문을 가렸는데 이 누구의 집인가.
249) 행봉낙화장탄식(行逢落花長歎息) : 길가다 지는 꽃 바라보며 긴 한숨 눈물 짓네. 유희이(劉希夷)의 시 <대비백두옹가(代悲白頭翁歌)>의 한 구절.
250) 녹음방초승화시(綠陰芳草勝花時) : 녹음방초가 꽃보다 나은 때. 곧 여름을 이르는 말. 왕안석(王安石)의 시 <초하즉사(初夏卽事)>의 한 구절.
251) 탕정(蕩情) : 방탕(放蕩)한 마음.
252) 명환(名宦) : 중요한 자리에 있는 벼슬.
253) 예리(禮吏) : 각 지방 관아에 속한 예방(禮房)의 구실아치.
254) 등산임수(登山臨水) : 산에 오르고 물에 나아감.
255) 청가(淸歌) : 맑은 노래.
256) 상화(相和) : 서로 화답함.
257) 분운(紛紜) : 떠들썩하여 어지러움.
258) 허명파명 : 허겁지겁.
259) 아이오 : 얼마 지나지 않아.

어가며 품은 ᄋᆡ를 안어 들고 ○천루262)ᄒᆞᆫ 이 목심이 무신 염치 잇쇼릭가 귀ᄒᆞᆫ 아기 먹든 졋슬 쥬시리기 황송ᄒᆞ나 죽난 ᄊᆞᆯ을 보오릭가 젹션으도 귀천 잇쇼 이ᄋᆡ 젓 좀 멕여쥬오 ○ ⁂무론부인ᄒᆞ고 아무리 도고263)ᄒᆞ고 무심ᄒᆞᆫ들 심ᄆᆡᆼ인으 정상이 가긍도 ᄒᆞ련이와 사정 말이 당연ᄒᆞ니 괄센들 어이ᄒᆞ며 체면을 ᄎᆞ리것나 글념264) 안코 멕여쥬며 어렵ᄡᆞ 마르시고

15-뒤

날노 날노 안고 오오 8심봉사 아기 바다 손으 들고 부인으게 ᄇᆡ사265)ᄒᆞ며 츈즁 부인 덕을 입어 죽을 ᄌᆞ식 살니오니 ᄐᆡ산 갓치 노푼 덕을 죽사온들 갑쇼릭가 ○집으로 도라와셔 보단266) 덥퍼 뉘여 녹코 탄식으로 밤을 실 졔 ○죽은 안히 산자식을 정곡267)을 ᄉᆡᆼ각ᄒᆞ면 인정은 일반이나 져 자식을 살니자 ᄒᆞ니 안히 슈상268)을 할 슈 잇나 동냥ᄒᆞᆫ 곡식일낭 맘죽 ᄊᆞᆯ도 부족커던 아무리 불상ᄒᆞᆫ들 죠셕상식269) 워 잇시며 하로 보름 삭망270)이면 과포271)난 업실망정 인정간으 못 견ᄃᆡ여 ᄂᆡᆼ슈로 잔을 부어 쇼사나난 ᄂᆡ으 셔럼 일장통곡이 졔작272)이라 ⁂이와 갓치 지ᄂᆡ날 졔 ᄊᆞᆯ 자식을

---

260) 석천(石泉) : 바위틈에서 나는 샘물.
261) 표자(瓢子) : 표주박.
262) 천루(賤陋) : 인품이 낮고 더러움.
263) 도고(道高) : 스스로 도덕이 높은 체하여 뽐냄.
264) 근념(-念) : 염려.
265) 배사(拜謝) : 삼가 사례함.
266) 포단(蒲團) : 이불.
267) 정곡(情曲) : 간곡한 정.
268) 수상(隨喪) : 장사 지내는 데 따라감.
269) 조석상식(朝夕上食) : 아침 상식과 저녁 상식. 상식(上食)은 상가(喪家)에서 아침저녁으로 영좌에 드리는 음식.
270) 삭망(朔望) : 초하루와 보름.
271) 과포(果脯) : 과일과 포.
272) 제작(制作) : 규정이나 법식 따위를 생각하여 정함.

16-앞

살니랴고 남으 힘만 빌니던이라 ○○엇텃게 ᄒᆞ난고니 쏙 이러케 ᄒᆞ든 것 시엿짜 8젼ᄃᆡ 들고 나가셔난 젼곡 동냥 힘을 씨고 아기 안고 나가셔난 졋동냥을 힘을 씐다 동냥ᄒᆞ기 자미 부쳐 셰월이 펄펄 가던이라 ○셜니 셜니 길너ᄂᆡᆯ 졔 동냥졋스로 먹여ᄂᆡ니 다쇼 절ᄎᆞ가 워 잇시며 시시 온랭을 겸ᄒᆞᆯ쇼냐 ∴탈 나기로 이를씐던 비일비지[273] 무슈ᄒᆞ되 장ᄂᆡ으 귀히 되여 ᄃᆡ창[274]ᄒᆞᆯ 아희여든 무신 지양이 잇것나냐 이상ᄒᆞ게 숙셩ᄒᆞᆫ다 8쵸싱으 달 붓뜻 이실 아ᄎᆞᆷ 외 붓뜻 밤을 지ᄂᆡ 달나지고 낫슬 지ᄂᆡ 와락 달나 일취월장[275]ᄒᆞ난구나 ∴심봉사 셔룬 마암 차차 졈졈 젹어지고 ᄯᆞᆯ

16-뒤

으다가 자미 붓쳐 ᄋᆡ지즁지ᄒᆞ난 마암 사랑옵기 짝이 업다 두 숀으로 ᄯᆞᆯ을 안아 담속 안ᄭᅩ 일어셔며○ ○눈으로 쏙 보득기 어루것다 ○별 ᄉᆡ셜을 다ᄒᆞ여 8ᄯᆞᆯ아 ᄯᆞᆯ아 ᄂᆡ ᄯᆞᆯ이야 무남독녀 귀동ᄯᆞᆯ아 어허둥실 ᄇᆡ 불넛짜 ᄉᆡ참ᄒᆞ고 고흔 거동 혼자 보기 압깝구나 ○○ᄉᆡ벽 바람으 사쵸롱[276] 별쵸당[277]으 탄금셩[278] 동기[279] 숀으 화동션[280] 나구 밀치[281] 쥴방울[282] 연봉지[283]으 파랑ᄉᆡ 어름 궁기 이어로구나 어허둥실 ᄂᆡ ᄯᆞᆯ이야

---

273) 비일비재(非一非再) : 한두 번이 아니고 많음.
274) 대창(大昌) : 크게 창성함.
275) 일취월장(日就月將) : 날로 달로 진보함.
276) 사초롱(紗-籠) : 여러 가지 빛깔의 사(紗)로 거죽을 바른 등롱.
277) 별초당(別草堂) : 몸채의 옆이나 뒤에 따로 지은 초당.
278) 탄금성(彈琴聲) : 거문고 타는 소리.
279) 동기(童妓) : 아직 머리를 얹지 아니한 어린 기생.
280) 화동선(花童扇) : 꽃 같은 아이가 그려진 부채.
281) 밀치 : 안장이나 길마에서, 마소의 꼬리 밑에 거는 나무 막대기.
282) 줄방울 : 줄을 지어 달아맨 여러 개의 방울.
283) 연봉지(蓮-) : 연봉오리.

천상으 직녀셩이 네가 되여 나려왓냐 월즁으 단계환[284]들 이 우에 더 고흐랴 어허둥둥 ᄂᆡ ᄯᆞᆯ이야 셴동이냐 검동이냐 힛득 ᄲᅢᆫ득 네 눈이 어허둥둥 ᄂᆡ 강아지 입모심은 날 탁[285]힛냐 눈맵시는 너으 모친 방사[286]

17-앞

ᄒᆞ다 ○오날날노 자시 보니 코가 장히 잘 ᄉᆡᆼ겻다 슈복강녕[287]ᄒᆞ련이와 부귀다남[288]ᄒᆞ것구나 ○어둥실 ᄂᆡ ᄉᆡᆨ기야 ○어셔 어셔 슈히 커셔 ᄂᆡ 쇼원을 푸러다고 너를 ᄯᆞ라 단일ᄶᅵᆫ던 못 갈 ᄃᆡ가 워 잇시며 못홀 닐이 무엇 잇나 식별 갓탄 네 눈으로 ᄂᆡ 쇼원을 풀거 드면 너난 직시 ᄂᆡ 눈이라 네 일홈일낭 ○눈망울 청ᄍᆞ 심청이라 불너쥬마 ○심청을 ᄯᆞ으 뉘고 한슘을 기리 쉬며 감은 누으 눈물 흔적 ᄯᅮᆨᄯᅮᆨᄯᅮᆨ ᄯᅥ러지며 옷깃슬 다 젹신다 ○ ꕥ아기를 어루다가 낙누ᄒᆞ고 운다 ᄒᆞ니 어불셩셜[289]홀 뜻ᄒᆞ나 젼후사를 ᄉᆡᆼ각ᄒᆞ니 일히일비[290] 이 안이냐 홍진비릭[291] ᄎᆞ쇼위[292]

17-뒤

라 ꕤ세월이 여류[293]ᄒᆞ야 ○심청이 자라날 제 ○칠칠은 사십구라 칠칠일이 다 지ᄂᆡ고 ᄇᆡᆨ일이 거운 되니 ○업칠뒤칠 업더지며 ᄶᅩᆼ곳ᄶᅩᆼ곳 말을 홀

---

284) 단계화(丹桂花) : 달 속에 있다는 붉은 계수나무의 꽃.

285) 탁 : 닮음.

286) 방사(倣似) : 비슷함.

287) 수복강녕(壽福康寧) : 오래 살고 복을 누리며 건강하고 평안함.

288) 부귀다남(富貴多男) : 재산이 많고 지위가 높으며 아들이 많음.

289) 어불성설(語不成說) : 말이 조금도 사리에 맞지 않음.

290) 일희일비(一喜一悲) : 한편으로는 기쁘고 한편으로는 슬픔.

291) 홍진비래(興盡悲來) : 즐거운 일이 다하면 슬픈 일이 닥쳐온다는 뜻으로, 세상일이 돌고 돌아 순환됨을 가리키는 말.

292) 차소위(此所謂) : 이야말로.

293) 여류(如流) : 물과 같이 흐름.

뜻 쌩긋쌩긋 우셔보며 인정끼가 얼는 ᄒᆞ면 고기 돌녀 짜웃짜웃 신기ᄒᆞ고 기특ᄒᆞ다 ∴심봉사 거동 바라 ○동냥 갓다 드러오면 심청으게 자미 붓쳐 보기나 ᄒᆞ난 쫄노 8구버보고 우셔보며 우셔보고 안아볼 제 ○심청으 에쁜 거동 날노 날노 달나진다 8쳣돌을 지닉더니 엉그지침 이러셔며 어긋어긋 거러보고 엄마 압빠 ᄒᆞ난 쇼릭 어훈[294]이 뚝뚝 떠러지고 쎄를 씨고 울다가도 등을 치고 달닉며는 우름을 뜰걱 근치것다

18-앞

∴잇틔 삼사오륙 년을 졔우 졔우 다 지닉고 팔구 셰를 당ᄒᆞ오니 ○심청이 슉셩ᄒᆞ야 8슈연[295]ᄒᆞ고 고흔 얼골 졀등[296]으 식[297]을 갓고 쳔연ᄒᆞ고 활ᄒᆞᆫ 틱난 장진으 망[298]이 잇난지라 ○언어문답ᄒᆞ난 짓도 유슌ᄒᆞ기 짝이 업고 힝동거지 노난 닐도 졍답기가 될 듸 업다∴ ∴심봉사 장히 죠와ᄒᆞ로난 쓴금업난 쇼릭를 ᄒᆞ것다 ●○여바라 아가 아가 네가 이번 져만치나 장셩ᄒᆞ니 닉 이력은 가슈로다 나난 나가 동냥ᄒᆞ야 너와 나와 두 목심이 구명도싱[299]ᄒᆞᆯ 거시요 너난 장ᄎᆞᆺ 집으 잇셔 가간ᄉᆞ[300]를 살필 테니 ∴걱졍업다 걱졍업셔∵ ∴ᄎᆞ쇼위 될나는 닙은 썩닙 씌보틈 알아보고

18-뒤

○○쇽담으 멋ᄒᆞᆯ난 놈은 쵸지녁보틈 알아보드락 갓틔여 ○○장닉 딕창[301]

---

294) 어훈 : 말소리의 옛말.

295) 수연(粹然) : 사람의 얼굴이나 마음이 참되고 꾸밈이 없음.

296) 절등(絶等) : 매우 두드러지게 뛰어남.

297) 색(色) : 여자의 고운 얼굴.

298) 장진(長進)의 망(望) : 크게 나아갈 모습.

299) 구명도생(苟命圖生) : 구차스럽게 겨우 목숨을 보전하여 살아감.

300) 가간사(家間事) : 집안 일.

301) 대창(大昌) : 크게 창성함.

홀 사람이어든 범인302)과 갓것나냐 ○심청이 셔룬 마암 젼닐으도 부친이 동냥ᄒᆞ야 들오시면 마암이 불안ᄒᆞ나 셩품을 알거니와 고집이 과ᄒᆞ시니 졸지 말삼 못 사루고 미양 져물게 들오시면 뇌곤을 못 이기여 안진자리 누으시며 짐으신 듯 시푸기로 잠이 씰가 염쎠ᄒᆞ여 말삼을 못 사룝고 어언간303)이 되여던니 ○너난 집으 잇고 나난 동냥ᄒᆞᆫ다 ᄒᆞ난 그 디문304)으 감심305)이 왈칵 나셔 부지불각306) 엿ᄶᅩ오되 ○아분이 듯죠시요 불쵸녀307)로 말무얌아 연만308)ᄒᆞ신 아분이가 여ᄐᆡ까지 힝

19-앞

걸309)키도 지원원통310)ᄒᆞ옵난듸 다 큰 자식 집으 두고 죵니 힝걸ᄒᆞ실진ᄃᆡᆫ 천리311)라 ᄒᆞ올익가 다란 슈난 별 슈 업고 비러야만 홀 테이니 오날보틈 제가 나가 동냥을 ᄒᆞ것니다○○ ⚇심봉사 이 말 듯고 ○홰를 펄쪄니ᄶᅥ리며 ○나도 역시 남이 아난 사람이라 쇼위 반명지ᄒᆞ312)으 다 큰 ᄲᆞᆯ자식을 니보니셔 동냥ᄒᆞᆫ단 말이 어ᄃᆡ가 될 말이냐 밍낭ᄒᆞᆫ 말 니지 마라 ○유시부 유시자313)로 ○아비도 비러묵고 자식도 비러묵고 어ᄃᆡ가 될 말이냐 ○심청이 이러셔며 아분이 진졍ᄒᆞ오 명녕을 어기오니 불효믹ᄃᆡ314)

302) 범인(凡人) : 평범한 사람.
303) 어언간(於焉間) : 알지 못하는 동안에 어느덧.
304) 대문 : 대목. 이야기나 글 따위의 특정한 부분.
305) 감심(感心) : 깊이 느끼는 마음.
306) 부지불각(不知不覺) : 미처 깨닫지 못하는 결.
307) 불초녀(不肖女) : 어버이에 대하여 딸이 자기를 낮추어 일컫는 말.
308) 연만(年晩) : 나이가 들어 지긋함.
309) 행걸(行乞) : 동냥질을 함.
310) 지원원통(至冤寃痛) : 지극히 원통함.
311) 천리(天理) : 하늘의 바른 이치.
312) 반명지하(班名之下) : 양반이라고 이를 만한 명색으로.
313) 유시부(有是父) 유시자(有是子) : 그 아비의 그 아들.
314) 불효막대(不孝莫大) : 불효가 매우 큼.

ᄒᆞ온이다 ○○동냥ᄎᆞ로 나셔난듸 ○잇ᄯᅢ난 어느 ᄯᅢ냐 구츄상풍[315] 만츄시[316]라 ○낙목[317]은

19-뒤

쇼쇼[318]ᄒᆞ야 바람 ᄯᅥᆯ쳐 나라가고 운영[319]은 음음[320]ᄒᆞ야 눈 졍신이 어리엿다 ○가련타 심쳥이여 ○압셥[321] 업난 헌 젹삼[322]으 말[323]만 나문 헌 쵸미 아드득 졸나 입고 젼디[324] 쥬어 손으 들고 민발 벗고 팔장 ᄶᅵ고 엽거름 쳐 나갈 젹으 문젼 문젼 드러셔며 ○분친을 봉양ᄎᆞ고 남으 힘만 빌니자니 죄송ᄒᆞ고 미안ᄒᆞ나 젼곡간으 쳐분디로 죠금식 쥬옵시요 ○○○ 남녀노쇼 무론ᄒᆞ고 심쳥 졍상[325] 보거 드면 가긍도 ᄒᆞ련이와 궁상[326]으 ᄶᅵ여ᄶᅵ나 외양이 단졍ᄒᆞ니 걸인으로 디졉ᄒᆞ며 동냥으로 쥬것나냐 음식도 셔로 쥬고 젼곡도 자쳥ᄒᆞ야 후박업시 셔로 주어 션디[327]를 ᄒᆞ던니라 ○잇ᄯᅢ으 심쳥이

20-앞

춘인으 힘을 입어 부친을 봉양홀 졔 불피풍우[328] 불폐상셜[329] 시죵이

315) 구추상풍(九秋霜楓) : 가을철에 서리맞은 단풍.
316) 만추시(晩秋時) : 늦가을.
317) 낙목(落木) : 잎이 진 나무.
318) 소소(蕭蕭) : 쓸쓸함.
319) 운영(雲影) : 구름의 그림자.
320) 음음(陰陰) : 날이 흐리고 어두움.
321) 앞섶 : 옷의 앞자락에 대는 섶.
322) 적삼 : 윗도리에 입는 홑옷.
323) 말 : 치마나 바지 따위의 맨 위에 둘러서 댄 부분.
324) 전대(纏帶) : 돈이나 물건을 넣어 허리에 매거나 어깨에 두르기 편하도록 만든 자루.
325) 정상(情狀) : 딱하거나 가엾은 상태.
326) 궁상(窮狀) : 어렵고 궁한 상태.
327) 선대(善待) : 친절하게 잘 대접함.

여일330)ᄒᆞᆯ 졔 ○나히 ᄎᆞᄎᆞ 장셩ᄒᆞ니 틈틈이 틈을 타셔 이웃집 동무 ᄎᆞ자 가고오며 놀을 젹으 공밥 먹지 안이 ᄒᆞ고 범어사331)를 ᄇᆡ우자고 자쳥ᄒᆞ여 ᄒᆞ올 젹으 ○의복 ᄌᆡ봉332)이 되거 드면 바날 실을 숀으 들고 죠롬죠롬호와 보며 ○시마333) ᄌᆡ죠가 되거 드면 ᄇᆡ틀에 올나 북을 들고 언뜻언뜻 데져본다 죠두334) 진셜335)ᄒᆞ옵기와 읍양진퇴336)ᄒᆞ난 법을 심상히 안이 보고 일일이 영냥337)ᄒᆞ야 무불통지338)ᄒᆞ난지라 사람마다 칭찬ᄒᆞ고 집집마다 귀히 넉여 다려가며 마져 갈 제 ○외양이 단정ᄒᆞ고 범졀이 극진ᄒᆞ니 도쳐마다 ᄃᆡ우ᄒᆞ야 무신 동냥을

20-뒤

ᄒᆞ것나냐 정분339)으로 쥬난 음식 답네로 쥬난 젼곡 부친 봉양 극히 ᄒᆞ고 남으 공을 이질쇼냐 힘ᄃᆡ로 ᄒᆞ올 젹으 ○○상ᄒᆞ촌 각인 쳐의 죠흔 음식 죠흔 의복 ᄊᆡᆨ을 맛쳐 ᄒᆞ자 ᄒᆞ면 심쳥를 마져 갈 제 ○○엇쎤 ᄃᆡ를 가냐 ᄒᆞ면 이런 ᄃᆡ를 가던니라 ●부귀훈문340)으 ○귀동녀341)라 금이옥식342)으 자라나며 농농이 쌋난 의복 갑들고 즁ᄒᆞᆫ 옷슨 ᄆᆡ겨 안이 ᄒᆞ리

---

328) 불피풍우(不避風雨) : 바람과 비를 피하지 못함.
329) 불폐상설(不蔽霜雪) : 눈과 서리를 가리지 못함.
330) 시종(始終)이 여일(如一) : 처음부터 끝까지 변함없이 한결같음.
331) 범어사(凡於事) : 세상의 모든 일.
332) 재봉(裁縫) : 옷감 따위를 말라서 재봉틀로 하는 바느질.
333) 시마(緦麻) : 조선 시대에 입었던 오복(五服)의 하나. 가는 베로 만들며 종증조, 삼종형제, 중현손(衆玄孫), 외손, 내외종 따위의 상사(喪事)에 석 달 동안 입는다.
334) 조두(俎豆) : 나무로 만든 제기의 한 가지.
335) 진설(陳設) : 제사나 잔치 때, 음식을 법식에 따라 상 위에 차려 놓음.
336) 읍양진퇴(揖讓進退) : 겸손한 태도로 예를 다하여 나아갔다 물러났다 함.
337) 염량(念量) : 생각하여 헤아림.
338) 무불통지(無不通知) : 무슨 일이든지 다 통하여 훤히 앎.
339) 정분(情分) : 사귀어서 든 정.
340) 부귀훈문(富貴薰門) : 부자이고 귀하며 권세 있는 집안.
341) 귀동녀(貴童女) : 귀하게 자란 여자 아이.

업고 ●장슈히로343) 회혼례344)며 육십 화갑345) 슈신잔치346) 가진 찬슈347)를 갓쵸자면 모도 다 안어드려 딕우가 극진ᄒᆞ더니라 ○어언간348) 심청으 나히 십 셰라 쳔질349)도 잇거니와 방년350)이 당ᄒᆞ오니 활달ᄒᆞᆫ 기상이며 순활351)ᄒᆞᆫ 고흔 용

21-앞

모 원일견지352)ᄒᆞ올 마암 뉘가 안이 업실쇼냐 ○○잇써난 어느 써냐 츈삼월 죠흔 써라 ○방쵸353)난 속닙 나고 산죠354)난 우룸 운다 ○벽파시355)으 숀을 맛고 힝화촌356)으 벗시 온다 ○이화357) 도화358) 만발ᄒᆞ니 집집마닥 단쳥359)이요 유지360) 숑지361) 휘느러져 거리 거리 싱경362)이라 ○옥호쳥사363) 병을 미라 등산임슈364) 노라보자 ○쥬마투계유미

342) 금의옥식(錦衣玉食) : 비단옷과 흰 쌀밥이라는 뜻으로 호화스런 생활을 일컫는 말.
343) 장수해로(長壽偕老) : 부부가 오래 살며 같이 늙음.
344) 회혼례(回婚禮) : 부부가 혼인하여 함께 맞이하는 예순 돌을 기념하는 잔치.
345) 화갑(華甲) : 환갑(還甲).
346) 수신잔치(晬辰-) : 생일잔치.
347) 찬수(饌需) : 반찬거리가 되는 것.
348) 어언간(於焉間) : 알지 못하는 동안에 어느덧.
349) 천질(天質) : 타고난 재질.
350) 방년(芳年) : 이십 세 전후의 한창 젊은 꽃다운 나이.
351) 순활(順滑) : 모난 데가 없고 원만함.
352) 원일견지(願一見之) : 한번 만나 보기를 바람.
353) 방초(芳草) : 향기롭고 꽃다운 풀.
354) 산조(山鳥) : 산 새.
355) 벽파시(碧波詩) : 푸른 물결이 일 때.
356) 행화촌(杏花村) : 살구꽃이 많이 피는 마을.
357) 이화(李花) : 자두나무 꽃.
358) 도화(桃花) : 복숭아 꽃.
359) 단청(丹青) : 집의 벽, 기둥, 천장 따위에 여러 가지 빛깔로 그린 그림이나 무늬.
360) 유지(柳枝) : 버드나무 가지.
361) 송지(松枝) : 소나무 가지.
362) 승경(勝景) : 뛰어난 경치.

반365)으 사람마닥 노라 잇고 ○츈일응장상취누366)라 규즁367)으 쇼부368)덜도 이와 갓치 노난 ᄯᆡ라 ○○잇ᄯᆡ으 무릉촌 장싱상ᄃᆡᆨ 노부인이 심청으 덕식369)을 포문370)ᄒᆞ사 ᄒᆞᆫ번 구경코자 ᄒᆞ난 ᄎᆞ으 벗 ᄉᆞᆫ님 마잠 업고 좌상이 적적ᄒᆞ야 우흥371)ᄒᆞᆯ 곳 업삽기로 심청을 보랴

21–뒤

ᄒᆞ고 시비372) 불너 보ᄂᆡ것다 ○○심청이 젼갈 듯고 부친ᄭᅴ 엿자오ᄃᆡ 무릉촌 장싱상ᄃᆡᆨ 노부인이 져를 보랴 ᄒᆞ옵시고 시비 부려 왓나이다 ○○심봉사 반기 듯고 ○고ᄀᆡ 번뜻 축켜들고 ○엇지여● ○장싱상 노부인이 너를 ᄐᆡ와 갈나고 가ᄆᆡ 가지고 왓셔야 ○아 ●무신 슈나 날낭거나 ○아죠 말이졔 ○여간 멋ᄒᆞᆫ ᄃᆡ 갓거드면 가것나냐마난 장싱상ᄃᆡᆨ 부인이야 좀 가셔본들 뉘가 졍거373)ᄒᆞ것나냐 ○나도 만이 보왓다 ○참 ○부자니라 그 부인만 친히씨면 히로를 걸 무엇 잇냐 어셔 가 단여오라 ○○심쳥이 이러셔며 곳 단여오것ᄂᆡ다 입든 의복 그 ᄐᆡ도로 시비 따라 건너갈 졔 지쳬업시

22–앞

션거름으 싱상 문젼 당도ᄒᆞ니 ○쳡사칭냥상ᄃᆡ기374)라 가사 장히 웅장ᄒᆞ

---

363) 옥호청사(玉壺靑絲) : 옥으로 만든 술항아리에 달린 푸른 실.

364) 등산임수(登山臨水) : 산에 오르고 물에 나아감.

365) 주마투계유미반(走馬鬪鷄猶未返) : 말 달리고 닭싸움 즐기느라 아직 돌아오지 않네. 최호(崔顥)의 시 <대규인답경박소년(代閨人答輕迫少年)>의 한 구절.

366) 춘일응장상취루(春日凝粧上翠樓) : 봄날 얼굴을 단장하고 푸른 누각에 오른다.

367) 규중(閨中) : 부녀자가 거처하는 곳.

368) 소부(少婦) : 결혼한 여자.

369) 덕색(德色) : 덕이 있는 용모.

370) 포문(飽聞) : 싫증이 날 만큼 많이 들음.

371) 우흥(寓興) : 흥을 붙임.

372) 시비(侍婢) : 곁에서 시중을 드는 계집종.

373) 정가 : 지나간 허물을 들추어 흉봄.

다 즁문[375]간 드러셔니○ ○사게츅셕[376] 가진 화쵸 황미[377]난 반만 피고 홍도[378]난 만발ᄒᆞ야 호졉[379]이 징츈[380]ᄒᆞ고 노송은 욱어지고 벽오동[381] 그늘지니 션난 학이 죠츌ᄒᆞ다 ○다쥬으 푸른 너는 난간머리 어려 잇고 숑쳠[382]으 감긴 포도 쵸룡[383]이 농쥬[384]로다 ○시비[385]를 짜라 드러 상방[386]으로 올나가니 ○좌ᄎᆞ[387]으 안진 부인 반빅이나 거운 되며 용모도 순슈ᄒᆞ고 기부[388]도 풍영[389]ᄒᆞ야 유덕[390]ᄒᆞᆯ 닷 시푼지라 ○좌ᄎᆞ으 노인 기물[391] 디강만 뵈이난듸 ○○장농머리 경디함은 모로 얼풋 뵈이거날 유리단지 옥단지 분통을 갓쵸와셔 경디 우으 연져 노코 디쇼 요

22-뒤

강 디와 밧쳐 져만치 밀쳐 노코 금침[392] 슈침[393] 잣베기난 이불 우으다

---

374) 첩사층영상대기(疊榭層楹相對起) : 장려한 화각이 즐비하다. 왕발(王勃)의 시 <임고대(臨高臺)>의 한 구절.
375) 중문(中門) : 가운데 뜰로 들어가는 대문.
376) 사계축석(四階蓄石) : 사방 계단의 축석.
377) 황매(黃梅) : 황매화(黃梅花). 장미과의 낙엽 활엽 관목.
378) 홍도(紅桃) : 홍도화(紅桃花). 홍도나무의 꽃.
379) 호접(胡蝶) : 나비.
380) 쟁춘(爭春) : 봄을 다툼.
381) 벽오동(碧梧桐) : 푸른 오동나무.
382) 송첨(松簷) : 소나무의 가지로 이은 처마.
383) 초룡(草龍) : 간단하게 그리거나 새긴 용의 형상.
384) 농주(弄珠) : 구슬을 희롱함.
385) 시비(侍婢) : 곁에서 시중을 드는 계집종.
386) 상방(上房) : 한집에서 주인이 거처하는 방.
387) 좌차(座次) : 좌석의 차례.
388) 기부(肌膚) : 사람이나 동물의 몸을 싸고 있는 살이나 살가죽.
389) 풍영(豐盈) : 생김새가 풍만하고 기름짐.
390) 유덕(有德) : 덕이 있음.
391) 기물(器物) : 살림살이에 쓰는 그릇.
392) 금침(錦枕) : 비단으로 만든 베개.
393) 수침(繡枕) : 수를 놓은 베개.

고야 노코 쳥동화로 딕쪄리[394]난 방 가온딕 졍히 노코 쳔은셜합[395] 향쵸[396] 담아 어시기 딕여 노코 구리 빅통[397] 삼동쥭[398]을 가진 낙쥭[399] 질게 맛쳐 딕거리[400]으 걸쳐 잇다 ○쇼상팔경[401] 기린 병풍 반만 거더 벽으 기딕 셰워거날 ●말폭으 평사낙안[402] 기려난듸 영향[403]이 방불[404] 훈다 ○나라 안진 기럭이난 오난 짝을 부르랴고 고기를 휘여 들고 쓰웃쓰웃 발익보며 ○쩟다 즁천 져 기럭이난 히외쳥산[405] 구룸 밧게 아득히 오난 거동 유형 무형 히미훈고도 히미훈다 ○싱상부인

23-앞

좌으 닉려 시비[406]로 영졉훈야 좌를 빌녀 안진 후으 ○○싱상부인 훈난 말삼 망녕두이 쳥훈 닐을 슈고를 악기잔코 직시으 임훈오니 불안훈 닐이로다 ○심쳥이 다시 이러 궤좌[407]훈며 ○귀즁훈신 좌지[408]로셔 비쳔

---

394) 대떨이 : 재떨이.

395) 천은설합(天銀舌盒) : 천은으로 만든 서랍.

396) 향초(香草) : 향기로운 담배.

397) 백통 : 구리, 아연, 니켈의 합금.

398) 삼동죽(三冬竹) : 삼동물림. 담배 설대 중간에 음이나 금을 물려 빼었다 끼었다 하는 담뱃대.

399) 낙죽(烙竹) : 표면을 달군 쇠로 지져 여러 가지 무늬를 만든 대.

400) 대걸이 : 담뱃대를 걸어 두도록 만든 물건.

401) 소상팔경(瀟湘八景) : 중국 호남성의 동정호 남쪽 언덕에 있는, 소수와 절강이 모이는 곳에 있는 여덟 가지 아름다운 광경. 소상야우(瀟湘夜雨), 동정추월(洞庭秋月), 원포귀범(遠浦歸帆), 평사낙안(平沙落雁), 산시청람(山市青嵐), 어촌낙조(漁村落照), 강천모설(江天暮雪), 한사만종(寒寺晩鐘).

402) 평사낙안(平沙落雁) : 소상팔경(瀟湘八景)의 하나. 모래밭에 기러기가 내려 앉는 광경.

403) 영향(影響) : 모습.

404) 방불(彷彿) : 거의 비슷함.

405) 해외청산(海外青山) : 바다 밖의 푸른 산.

406) 시비(侍婢) : 곁에서 시중을 드는 계집종.

407) 궤좌(跪坐) : 꿇어앉음.

408) 좌지(坐地) : 계급 따위가 높은 위치.

ᄒᆞᆷ을 ᄉᆡᆼ각존코 이싸지 ᄒᆞ오시니 황공무지[409] ᄒᆞ옵ᄂᆡ다 ●ᄉᆡᆼ상부인 마암으 신기ᄒᆞ사 진정으로 ᄒᆞ난 말삼 기특ᄒᆞᆫ 네로구나 원일견지[410] ᄒᆞ여던니 듯든 말이 비허사[411]라 진셰[412] 간으 ᄉᆡᆼ장ᄒᆞ나 응당히 네 젼신은 쳔상으 노던 션여 벗 ᄒᆞ나를 이러구나 ○ᄉᆞᆨ쓴 ᄐᆡ난 젼이 업다 ○쇼츌ᄒᆞᆫ 네 졍신은 쇼언동산[413] 쇼사나니 운간으 명월이요 ○곱고 고ᄒᆞᆫ 네으 용모

23-뒤

십니명사[414] 피여구나 츈반[415]으 희당화라 ○예를 아난 네으 범졀 목난[416]으 ᄶᅡᆨ이로다 ○쳔자방농[417] 네으 ᄉᆡᆨ은 장강[418]인들 더ᄒᆞᆯ쇼냐 ○도화동으 네가 나고 무릉촌으 ᄂᆡ 잇씨니 ○무릉촌으 봄이 들면 도화동으 ᄭᅩᆺ시 핀다 ᄶᅡᆨ이 업난 네로구나 잡고 놀 맘 젼히 업다 ○상경ᄒᆞ온 두 아달은 나려오지 안이 ᄒᆞ고 ᄉᆞᆫ아[419] 아직 안이 보고 다른 자녀 업셔씨니 밤으 ᄆᆡ양 잠 못 들면 ᄃᆡᄒᆞ나니 쵹불이요 벗ᄒᆞ나니 담ᄇᆡᄃᆡ라 우홍[420] 업난 ᄂᆡ로구나 너를 보고 말것나냐 신기ᄒᆞ다 오날 이력 쳔우신죠[421] 이 안이냐 ○네 사셰[422]난 아난 바라 쇼망ᄃᆡ로 ᄒᆞᆯ 테이니 ᄂᆡ 실ᄒᆞ으 거쳐ᄒᆞ야 문

---

409) 황공무지(惶恐無地) : 위엄이나 지위 따위에 눌리어 두려워서 몸 둘 데가 없음.

410) 원일견지(願一見之) : 한번 만나 보기를 바람.

411) 비허사(非虛辭) : 헛된 말이 아님.

412) 진세(塵世) : 속세.

413) 소언동산(少焉東山) : 얼마 후 동쪽 산.

414) 십리명사(十里明沙) : 십리나 되는 하얀 백사장.

415) 춘반(春半) : 봄의 한가운데.

416) 목란(木蘭) : 중국 양(梁)나라 때의 효녀. 아버지를 대신하여 남복(男服)을 하고 12년간 수자리를 살았으나 그가 여자임을 모두 몰랐다고 한다.

417) 천자방용(天姿芳容) : 타고난 자태가 매우 빼어남.

418) 장강(莊姜) : 중국 춘추시대 위(衛)나라 장공(莊公)의 아내. 아름다우면서도 덕이 있었으나 자식이 없어 위나라 사람들이 석인(碩人)이라고 불렀다고 한다.

419) 손아(孫兒) : 손자나 손녀.

420) 우홍(寓興) : 홍을 붙임.

421) 천우신조(天佑神助) : 하늘과 신이 도와줌.

24-앞

짜도 강논ᄒᆞ고 예졀도 살필 테니 모녀간 이를 밋고 나를 짜라 지ᄂᆡ남이 네 마암이 엇더ᄒᆞ냐 ○심쳥이 엿자오ᄃᆡ 졍시럽고 후ᄒᆞ신 닐 감사무지423) ᄒᆞ옵시나 ○안ᄆᆡᆼᄒᆞ신 졔ᄋᆞ 부친 ᄋᆞ탁ᄒᆞᆯ 곳 업건이와 시ᄒᆞ424) 경뉸 아녀이력 자ᄒᆡᆼ425)으로 ᄒᆞ오릭가 부친 젼ᄋᆞ 사론 후ᄋᆞ 여부를 삽사리다 ○○싱상부인 ᄋᆡ연426)ᄒᆞ사 심쳥ᄋᆞ 숀을 잡고 착ᄒᆞ고 기특ᄒᆞ다 당연ᄒᆞᆫ 말이로다 외양이 졀ᄒᆞᆯ 젹ᄋᆞ 즁심인들 달을쇼냐 쳔부지셩427) 일심428)이라 명불허젼429) 젹실ᄒᆞ다 네가 만일 몸을 빌녀 ᄂᆡ게다가 슈양ᄒᆞᆫ들 츄일사가지430)어든 싱부양모431) 밧들기를 오고가난 그 ᄉᆡ

24-뒤

이에 너 ᄒᆞ기ᄋᆞ ᄆᆡ엿시니 말년ᄋᆞ ᄂᆡᄋᆞ 자미 족ᄒᆞᆯ 닷 시푸도다 죠흔 진슈432)로 션ᄃᆡ433)ᄒᆞ야 인ᄌᆡ가셕434) ᄋᆡ즁435)홈을 쇼싱녀436)와 피ᄎᆞ가 업던이라 ○심쳥이 부인게 엿자오되 미미ᄒᆞᆫ 쳔싱437)으로 죤후438)ᄒᆞ신 덕

---

422) 사세(事勢) : 일의 형세.

423) 감사무지(感謝無地) : 그지없이 감사함.

424) 시하(侍下) : 부모나 조부모를 모시고 있는 처지.

425) 자행(自行) : 스스로 행함.

426) 애연(愛戀) : 사랑함.

427) 천부지성(天賦之性) : 하늘이 준 성정.

428) 일심(一心) : 한 마음.

429) 명불허전(名不虛傳) : 명성이나 명예가 헛되이 전하여지는 것이 아니라 그만한 까닭이 있어서 그러하다는 말.

430) 추일사가지(推一事可知) : 한 가지 일로 미루어서 다른 일을 모두 알 수 있음.

431) 생부양모(生父養母) : 낳아준 아버지와 길러준 어머니.

432) 진수(珍羞) : 진귀하고 맛좋은 음식.

433) 선대(善待) : 잘 대접함.

434) 인재가석(人才可惜) : 인재를 소중히 함.

435) 애중(愛重) : 사랑하고 귀중(貴重)히 여김.

436) 소생녀(所生女) : 자기가 낳은 딸.

을 입어 반일을 뫼시오니 감하무지439) ᄒᆞ사이다 ○일녁440)이 거운 되니 근친귀양441) ᄒᆞ것ᄂᆡ다 ∞싱상부인 훌훌ᄒᆞ며442) 연연ᄒᆞ나 사기443)가 당연ᄒᆞ니 구지 권만444) ᄒᆞ것나냐 네가 사친445) 졍이 감격ᄒᆞ니 약쇼ᄒᆞ나 친졍446)을 봉양ᄒᆞ라 ○일등미쥬447) 병으 넉코 진과448) 가효449) 셕450)으 너어 시비 들녀 ᄂᆡ세우며 모시고 네 가거라 문젼으 보ᄂᆡ니라 ∞잇ᄯᅢ으 심봉사난 심청을 보ᄂᆡᆫ

25-앞

후으 궁금ᄒᆞ기 짝이 업셔 시장키도 ᄒᆞ련이와 일녁451)이 거운 되되 죵시 오지 안이 ᄒᆞ니 마암으 고이ᄒᆞ야 ○○군말452)을 별노 ᄒᆞᆫ다 ○이상ᄒᆞ고 이상ᄒᆞ다 지체될 ᄂᆞᆯ이 업건마난 어이 그리 더뒤 오나 ○세네거리 걸음길으 오고가난 힝인 즁으 쥬중광ᄀᆡᆨ453)을 만나기로 무신 치ᄑᆡ454)를 당ᄒᆞ엿나 ○치상455) ᄒᆞ난 여아덜과 츈쳔ᄒᆞ난 여랑덜이 즁노456)으셔 마잠 만

---

437) 천생(賤生) : 천한 인생.
438) 존후(尊厚) : 존귀하고 후덕함.
439) 감하무지(感荷無地) : 그지없이 감사함.
440) 일력(日力) : 하루 해가 질 때까지 남아 있는 동안.
441) 근친귀양(近親歸養) : 어버이에게 돌아가 봉양함.
442) 훌훌하며 : 붙잡을 수가 없어.
443) 사기(事基) : 일의 근본.
444) 권만(勸晩) : 더 있기를 권함.
445) 사친(事親) : 어버이를 섬김.
446) 친정(親庭) : 여자의 아버지.
447) 일등미주(一等美酒) : 최고 좋은 술.
448) 진과(珍果) : 진귀한 과실.
449) 가효(佳肴) : 맛 좋은 안주.
450) 석 : 바구니.
451) 일력(日力) : 하루 해가 질 때까지 남아 있는 동안.
452) 군말 : 하지 않아도 좋을 때에 쓸데없이 하는 말.
453) 주중광객(酒中狂客) : 술 취한 미친 사람.
454) 치패(致敗) : 아주 결딴남.

나 구지 잡고 노자 ᄒᆞ나 ○어이 그리 더뒤오나 ○집평막딕 것써 집고 더듬더듬 더듬으며 좃촘좃촘 길을 죵가[457] 촌젼을 졔우 지너 울쑥불쑥 독다리[458]를 건넬 젹으 집핑이를 자죠 놀녀 여그져그 집펴보며 집핑이다 힘을 쥬고

25-뒤

훌쩍 건네다가 집핑이가 미쓸치며 달이 잣칫 빗득ᄒᆞ야[459] 질이 넘은 기쳔물으 풍덩실 빠져구나 ○심봉사 넉을 일코 감은 눈을 뻔덕뻔덕 고기를 휘여들고[460] 허우덕허우덕 물살은 츌넝츌넝 두 숀을 쑥겨들고 어덕 풀얼 검쳐 잡고 어그영ᄎᆞ 힘을 쥬다 도로 홈쏙 드러가며 ᄋᆡ고 ᄋᆡ고 사람 죽네 ○한춤 일이 셔둘 젹으 8써마춤 셕양이라 ○산죠[461]난 펄펄 나라 임간[462]으로 데져들고[463] 산영[464]은 은은ᄒᆞ야 강물으 썩구러져 취연[465]으 잠겨 있다 ∞난딕업난 즁 ᄒᆞ나가 나려온다 즁 ᄒᆞ나가 나려와 8져 즁으 거동 바라 ○빅져포[466] 장삼[467]으 다홍 딕 죠흔 쒸를

---

455) 채상(採桑) : 뽕을 땀.
456) 중로(中路) : 오고가는 길의 중간.
457) 종가 : 가늠하여.
458) 독다리 : 돌다리.
459) 빗득하여 : 삐끗하여.
460) 휘여들고 : 휘두르며.
461) 산조(山鳥) : 산 새.
462) 임간(林間) : 수풀 사이.
463) 데져들고 : 날아들고.
464) 산영(山影) : 산 그림자.
465) 취연(翠淵) : 푸른 연못.
466) 백저포(白苧布) : 빛깔이 흰 모시 베.
467) 장삼(長衫) : 검은 베로 길이가 길고 소매를 넓게 만든 중의 웃옷.

26-앞

허리 눌너 느짓 ᄆᆡ고 실굴앗[468] 숙여씨고 염쥬[469]난 목에 걸고 단쥬[470]난 폴으 걸고 쇼년당상[471] 옥환장[472]을 ᄒᆞᆫ편으로 빗기 들고 ᄒᆞ늘그리고 나려온다 ᄒᆞ늘그리고 나려오며 ○관셰음보살[473] ○남무아미타불[474] ○ ᄒᆞᆫ참 일이 ᄒᆞ늘그리고 나려오다가 ○○○심봉사으 정상[475]을 보고 ○져 즁으 거동 바라 ○○옥환장을 ᄂᆡ데지고 굴갓[476] 벗고 장삼[477] 벗고 바지가릐 훨훨 것고 만경창파[478] 갈막이 격으로 그져 풍덩실 쒸여들어 심봉사를 ᄭᅳ어ᄂᆡ여 어덕 우으 안쳐 노코 ○져 즁이 긍칙[479]ᄒᆞ야 자탄[480]으로 ᄒᆞ난 말이 엇ᄯᅥᄒᆞ신 ᄆᆡᆼ인인지 아지난 못ᄒᆞ오나 불상ᄒᆞ고 가긍ᄒᆞ오 ○ᄃᆡᆨ 사세만 유여[481]

26-뒤

ᄒᆞ면 우리 졀 붓체님게 ᄇᆡᆨ미 삼ᄇᆡᆨ 셕을 시쥬[482]ᄒᆞ면 직시으 눈을 ᄯᅥ셔 완인[483]이 되련마난 가셰를 알 슈 잇쇼 ○○심봉사 혼이 나셔 낙막[484]ᄒᆞᆫ

---

468) 실굴갓 : 실로 만든 굴갓. 굴갓은 벼슬을 가진 중이 쓰던 갓.
469) 염주(念珠) : 염불할 때에 손으로 돌려 그 수효를 세는 기구.
470) 단주(短珠) : 54개 이하의 구슬로 만든 짧은 염주.
471) 소년당상(少年堂上) : 어린 나이에 벼슬에 오름.
472) 옥환장(玉環杖) : 옥으로 만든 고리가 달린 지팡이.
473) 관세음보살(觀世音菩薩) : 아미타불의 왼편에서 교화를 돕는 보살. 대자대비하여 중생이 괴로울 때 그 이름을 외면 곧 구제한다고 함.
474) 나무아미타불(南無阿彌陀佛) : 아미타불에 귀의한다는 뜻으로, 염불하는 소리.
475) 정상(情狀) : 딱하거나 가엾은 상태.
476) 굴갓 : 벼슬을 가진 중이 쓰던 갓.
477) 장삼(長衫) : 검은 베로 길이가 길고 소매를 넓게 만든 중의 웃옷.
478) 만경창파(萬頃蒼波) : 한없이 넓고 푸른 바다.
479) 긍측(矜惻) : 불쌍하고 가엾음.
480) 자탄(自歎) : 스스로 탄식함.
481) 유여(有餘) : 남을 만큼 넉넉함.
482) 시주(施主) : 중이나 절에 물건을 베풀어 주는 일.

그 졍신으 무신 분간 잇건나냐마난 눈 뜬단 말으 귀가 씌여 가셰난 싱각 잔코 뭇츰코 말ᄒᆞ것다 ○뉘기시요 ᄃᆡ사잉ᄭᅡ 빅미 삼빅 셕을 불젼으 시쥬 ᄒᆞ면 ᄂᆡ 눈이 쓴다 ᄒᆞ니 시쥬싱이 분명커든 권션[485]으 치부[486]ᄒᆞ오 ○○사람 싱기고 ᄌᆡ물 셰졔 ᄌᆡ물 셰고 사람 셰겟쇼 ○져 즁이 어이업셔 심밍인을 살펴보며 진졍이요 농담이요 ○정신 슈십을 덜 힛기로 허언[487]으로 ᄒᆞᆫ 말이요 ○능슈능간[488]이 잇난 ᄃᆞᆨ기 ᄂᆡ으 지기[489]를 보랴 ᄒᆞ고 권션 치

27-앞

부를 ᄒᆞ거 드면 욕파불용[490]될 테이니 쳔사만탁[491] 심냥[492]ᄒᆞ오 ○○심봉사 쬬[493]를 바라 홰를 펄쪄 ᄂᆡ쩌리며 언으 몹씰 죽일 놈이 눈 뜰나다가 안진빙이 될나고 헛말ᄒᆞ깃쇼 사람을 써젹[494]으로 아오그려 ○져 즁이 진졍으로 고지듯고 바랑[495] 열고 보를 ᄂᆡ여 싸으다가 졍히 쌀고 단졍히 궤좌[496]ᄒᆞ야 권션문[497]을 페여노코 ○제일칭 노푼 간으 셩명 무러 ᄉᆡᆨ여씨되 ○도화동 삼학구 공양미 삼빅 셕이라 ᄃᆡ셔특필[498]ᄒᆞᆫ 년후으

---

483) 완인(完人) : 병이 완쾌한 사람.
484) 낙막(落寞) : 마음이 쓸쓸함.
485) 권선(勸善) : 시주의 이름과 시주할 재물의 액수를 기록한 장부.
486) 치부(置簿) : 장부에 올림.
487) 허언(虛言) : 실상(實相)이 없는 빈말.
488) 능수능간(能手能幹) : 익숙하고 솜씨가 좋으며 일을 잘 감당할 만한 능력이 있음.
489) 지기(志氣) : 의지와 기개.
490) 욕파불능(欲罷不用) : 그만두고 싶어도 그렇게 할 수 없음.
491) 천사만탁(千思萬度) : 여러 가지로 생각하여 헤아림.
492) 심량(深量) : 깊이 헤아림.
493) 조(調) : 말투나 행동.
494) 거적 : 짚을 두툼하게 엮거나, 새끼로 날을 하여 짚으로 쳐서 자리처럼 만든 물건.
495) 바랑 : 중이 등에 지고 다니는 자루 같은 큰 주머니.
496) 궤좌(跪坐) : 꿇어앉음.
497) 권선문(勸善文) : 시주해 달라는 뜻을 적은 글.

권션문 고히 기여 바랑 쇽으 졉어 넉코 여보시요 심싱원 삼ᄇᆡᆨ 셕을 삼삭 ᄂᆡ로 쥰비ᄒᆞ야 홀 테이니 명심불망[499] 부ᄃᆡᄒᆞ오

27-뒤

옥환장[500] 것쩌 집고 흐늘흐늘 흐늘그리고 가던니라○○심봉사 중 보ᄂᆡ고 정신 ᄎᆞ려 ᄉᆡᆼ각ᄒᆞᆫ직 큰일이 나ᄶᅡ나 후회가 왈칵 나셔 가난 중을 부루것다 ○○여보 ᄃᆡ사 거기 잠싼 지체ᄒᆞ오 무러볼 말 좀 잇쇼 된목[501]으로 쳐부르되 ○져 중으 거동 바라 장삼 쇼ᄆᆡ 펄넝펄넝 슌풍으 돗ᄯᅵᆨ 가듯 쇼쇼리광풍[502]으 가랑닙 ᄯᅳ듯 그져 펄펄 가난구나 ○○심봉사 겁을 ᄂᆡ여 여바라 이놈아 너 가난 쇽 나도 안다 압 못 보난 날을 둘너 말 ᄂᆡ기도 네가 ᄂᆡ고 권션 치부도 네가 힛ᄶᅵ ᄂᆡ 말노 ᄂᆡᆫ 말이냐 ᄂᆡ 숀으로 ᄡᅧ어나냐 쇼용업난 일이로다 징인 징촘[503] 뉘 잇시

28-앞

며 ᄂᆡ으 신젹[504] 무엇 잇냐 무지ᄒᆞᆫ 네 쇼견도 날 볼 낫션 업시리라 ○악을 씨고 발광ᄒᆞ나 마암이야 녹컨나냐 마암이 우둔우둔 일신이 덜덜 ᄯᅥᆯ녀 심청이 오기난 져만ᄒᆞ고 집으로 도라올 제 져진 옷슬 츄워 잡고 집펑이로 부축ᄒᆞ여 간신이 도라와셔 중으 일을 ᄉᆡᆼ각ᄒᆞ니 ᄭᅮᆷ쇽 갓탄 일이로다 져 중이 허랑[505]ᄒᆞ야 잠시 잠간 ᄒᆞᆫ ᄂᆡᆯ이면 필경 무ᄉᆞᄒᆞ련이와 만일

---

498) 대서특필(大書特筆) : 어떤 사실이나 사건을 특히 두드러지게 글자를 크게 씀.
499) 명심불망(銘心不忘) : 마음속에 새기어 오래오래 잊지 않음.
500) 옥환장(玉環杖) : 옥으로 만든 고리가 달린 지팡이.
501) 된목 : 큰 목소리.
502) 소소리광풍 : 거세게 부는 바람.
503) 증참(證參) : 참고될 만한 증거.
504) 신적(身迹) : 몸의 흔적.
505) 허랑(虛浪) : 말이나 행동이 허황되고 착실치 못함.

화쥬싱[506]이 젹실[507]ᄒᆞ면 부쳬님을 쇽여씨니 응당히 죄를 바다 쥭으며는 말년이와 모진 목심 쥭지 안코 이 정상으 가쳠[508]ᄒᆞ야 용쳔[509]이 안이 되면 안진빙이가 되거구나 아이고 아이고 ᄂᆡ 일이야 아이고 이 일을 엇져잔

28-뒤

말이냐 ○ᄂᆡ가 밋쳐쓰냐 달쳐쓰냐[510] 쥭을나고 녁이 나셔 ᄒᆞᆫ 닐인가 물으 빠져 쥭을 놈이 안이 쥭고 살아씨니 ᄒᆞ나님이 괘씸ᄒᆞ다 죄를 쥬랴ᄒᆞ신 닐가 ᄒᆞᆫ참 일이 셜니 울고 정신업시 안자실 졔 ○○잇ᄯᅢ으 심쳥이난 부친이 기ᄃᆞ일가 염여ᄒᆞ야 쇽쇽히 자쵸 거러 문젼으 당도ᄒᆞ니 ○부친이 낙누[511]ᄒᆞ고 안자거날 ○심쳥이 깜작 놀ᄂᆡ 오든 시비[512] 가라 ᄒᆞ고 정신업시 드러오며 아이고 아분이 웬닐이요 ○의복 젼신 모도 졋고 슈쪽으 진흑칠과 면상으 눈물 흔젹 이지경이 웬닐이요 그 곡졀을 아사이다 ○아분이 듯죠시요 집안으 담슈 업고 유슈장쳔[513] 며

29-앞

러난듸 져지경이 되옵기난 엇쩌ᄒᆞ신 치픠[514]익가 시장킨들 오지기나 ᄒᆞ시겟쇼 ○장싱상ᄃᆡᆨ 노부인이 아분이게 들이라고 쥬효[515]를 쥬시기에 가

506) 화주승(化主僧) : 시주하는 물건을 얻어 절의 양식을 대는 중.
507) 적실(的實) : 틀림없이 확실함.
508) 가첨(加添) : 첨가(添加).
509) 용천 : 문둥병·지랄병 따위의 몹쓸 병.
510) 달쳤더나 : 몹시 들떴더냐.
511) 낙루(落淚) : 눈물을 흘림.
512) 시비(侍婢) : 곁에서 시중을 드는 계집종.
513) 유수장천(流水長川) : 물이 흐르는 긴 내.
514) 치패(致敗) : 아주 결딴남.
515) 주효(酒肴) : 술과 안주.

지고 왓사오니 정신을 진정ᄒᆞ와 슐이나 잡슙지요 ○○○심봉사 이상ᄒᆞ다 이왕 압 날 갓거 드면 어셔 도라 먹자 홀 테인듸 엇지 기가 ᄆᆡᆨ키던지 웃뚝 안자 아무 말도 안이 ᄒᆞᆫ다 ○심쳥이 기가 ᄆᆡᆨ혀 우루루 일어셔며 부친으 숀을 잡고 아부이 아부이난 져만 밋고 져난 아부이만 뫼시고 사옵난듸 부모으게 잇난 염네 자식이 몰을진된 쳔륜[516]이라 ᄒᆞ올이가 어셔 말삼 ᄒᆞ옵시요 ○○심봉사 정신 차려 곰곰이 싱각ᄒᆞᆫ직 자식

29-뒤

으 말이라도 사쳬[517]가 당연ᄒᆞ니 죵ᄂᆡ 기졍[518]ᄒᆞ것나냐 진정으로 말을 ᄒᆞᆫ다 ○○○엇짜 ○글ᄒᆞᆫ 것시냐 ○네가 싱상ᄃᆡᆨ으 건네가셔 날이 장찻 져무러도 네가 죵시 오잔키에 기달이다 못ᄒᆞ여셔 허명파명[519] 나가다가 져 건네 독달이[520]으 실죡ᄒᆞ야 물으 ᄲᅡ져 거운 죽게 되여쩌니 ○몽운사 화쥬싱이 격당기시[521] 지ᄂᆡ다가 날을 건져 살녀쥬며 ○몽운사 부쳬 젼으 ᄇᆡᆨ미 삼ᄇᆡᆨ 셕을 시쥬ᄒᆞ면 눈이 뜬다 ᄒᆞ옵기으 ○ᄋᆡ도롭다 ᄂᆡ 마암이 우리 사셰 싱각잔코 눈 쓰기으 환장되여 삼ᄇᆡᆨ 셕을 시쥬키로 권션 치부ᄒᆞ여 쥬고 집으로 도라와셔 정신 ᄎᆞ려 싱각ᄒᆞᆫ직 쥭어시면 영영 쥭제 무

30-앞

신 슈가 잇것나냐 허망ᄒᆞ고 원통키로 이지경이 되나부다 ᄒᆞᆫ숨 짓코 눈물 지ᄂᆡ○○ ○○○심쳥 갓탄 효녀로셔 부친을 쇼리랴마난 사셰부득지사[522]

---

516) 천륜(天倫) : 아비 자식의 사이 또는 언니 아우 사이의 떳떳한 도리.

517) 사체(事體) : 사리(事理).

518) 기정(欺情) : 겉으로만 꾸미고 속은 드러내지 않음.

519) 허명파명 : 허겁지겁.

520) 독다리 : 돌다리.

521) 격당기시(隔當其時) : 마침 그때에.

522) 사세부득지사(事勢不得之事) : 그렇게 하지 않으면 안 되는 일.

엿짜 ○부친으 숀을 잡고 ○어허 그 일 잘 되엿쇼 몽운사 화쥬싱이 격당 기시ᄒᆞ옵기도 쳔우신죠[523] 안이잇가 이럭 짜는 이상히요 장싱상뎍 노부인이 저를 보고 사랑ᄒᆞ사 수양녀로 들나 ᄒᆞ며 돈 천금과 빅미 잠빅 셕을 쥴 써시니 너으 부친 공양ᄒᆞ고 ᄂᆡ게 와서 거쳐ᄒᆞ되 오고가난 ᄂᆡ왕간으 싱부양모[524] 밧들기를 네 경성으 잇난 바니 하락만 ᄒᆞ라 ᄒᆞ고 진경 만집[525]ᄒᆞ시기로 불쵸녀[526]라 그러ᄒᆞᆫ지 졔 마암은 근

30-뒤

리[527]ᄒᆞ나 아분이 뜻슬 쾌히 몰나 미결ᄒᆞ고 왓사오니 아분이만 허ᄒᆞ시면 이 날 이 시라도 빅미 삼빅 셕을 슈운[528]ᄒᆞᆯ 테이니 무신 염녀 잇쇼리가 걱정을 말으시고 죠흔 쥬효 여 잇시니 어서 죠곰 잡슙지요 ♧심봉사 이 말 듯고 ●귀가 번뜻 씌여 심쳥 숀을 덜컥 잡고 ○엇짜 이게 웬말이냐 장싱상뎍 노부인이 쌀 삼빅 셕을 쥴 거시니 슈양쌀노 오라고 히야 춤 그 부인 정경부인[529] 될 만ᄒᆞ다 ○허허 그 즁 ᄃᆡ체 용타 글안히도 나다려 말ᄒᆞ기를 뜻밧게 횡지 가탄 젼곡으로 빅미 삼빅 셕을 힘업시 시쥬ᄒᆞ리라고 ᄒᆞ더라 그 즁

31-앞

으 지죠 보니 ᄂᆡ 눈은 정녕 쓰거구나 ♧말이야 바로ᄒᆞ제 다란 멋ᄒᆞᆫ짜우 갓거 드면 삼빅 셕은 고사ᄒᆞ고 늌빅 셕을 쥰단ᄃᆡ도 슈양쌀노 간단 말이

523) 천우신조(天佑神助) : 하늘과 신령의 도움.
524) 생부양모(生父養母) : 낳아준 아버지와 길러준 어머니.
525) 만집(挽執) : 만류.
526) 불초녀(不肖女) : 어버이에 대하여 딸이 자기를 낮추어 일컫는 말.
527) 근리(近理) : 이치에 거의 맞음.
528) 수운(輸運) : 물건을 운반함.
529) 정경부인(貞敬夫人) : 조선 시대, 정일품·종일품 문무관의 아내에게 주던 봉작.

어리으 당컨나냐마난 장싱상덕 부인이야 무신 관게 잇것나냐 슈양짤노 간단 딕도 닉 짤 어딕 가것나냐 닉 짤은 닉 짤이라 우리 부녀 두 일력은 막상막ᄒᆞᄒᆞ것구나 ○나난 이졔 눈을 쩌셔 천지만물 다시 보고 네 얼골도 볼 거시요 ○너난 이졔 직상가으 짤이 되여 금의옥식[530]으 파무치며 막즁귀골[531]이 될 테이니 엇지 안이 죠흘쇼냐 ○너 잘 되고 나 잘 되니 어허 그 일 장히 좃타 죠흔 쥬효를 가져왓다니 어듸 죠곰 먹어보자 다란 쥬효 갓거드면

31-뒤

먹어보면 알 써시나 우리 장싱상덕 음식이니 죠코도 별흘 테니 일음이나 알고 먹자 낫낫치 가라쳐라 ○○심쳥이 반기 듯고 부친 양지[532]ᄒᆞ랴ᄒᆞ고 낫낫치 일홈 불너 ᄎᆞ례로 드리것다 ○슐병 들어 마죠 노며 이 병일낭 과ᄒᆞ쥬[533]요 져 병으난 감노슈[534]로쇼이다 ○○석을 열고 닉여노니 왼갓 진미만 드러것다 ●자짐자짐 방자굼[535] ○어식비식[536] 갈비찜 ●쏘이거난 건포[537]로다 ●올올이 외린 봉이올이[538]도 방사커던 네가 정녕 올이로다 너울너울 문어올이○ ○슈부귀[539]도 ᄒᆞ련이와 다남자[540]를 ᄒᆞ여씨니 복은 도시 젼복이며 ○인삼은 약이건과 슈삼[541] 토삼[542]이 죠타

530) 금의옥식(錦衣玉食) : 호화롭고 사치스런 생활.
531) 막중귀골(莫重貴骨) : 더할 수 없이 귀한 사람.
532) 양지(養志) : 부모님을 즐겁게 해 드림.
533) 과하주(過夏酒) : 소주와 약주를 섞어서 빚은 술.
534) 감로수(甘露水) : 하늘에서 내린다는 단 이슬물.
535) 방자굼(房子-) : 방자구이. 소금을 쳐서 직화를 쬐어 구운 고기.
536) 어식비식 : 이리 쏠리고 저리 쏠리어 가지런하지 못한 모양.
537) 건포(乾脯) : 쇠고기, 생선 등을 저며 말린 포.
538) 봉오리 : 쇠고기를 잘게 이기어 달걀, 두부 등을 섞고 둥글게 빚어 기름에 지진 음식. 이것을 보통 '완자'라고 하는데, 궁중에서는 봉오리라 했다 함. 완자의 모양이 꽃봉오리와 같다고 하여 붙여진 이름.
539) 수부귀(壽富貴) : 오래 살고 부자며 귀함.
540) 다남자(多男子) : 아들 자식이 많음.

ᄒᆞᆫ들 무신 별미가 잇것나냐 ○먹기 죠

32-앒

ᄒᆞᆫ ᄒᆡ삼이며 ○이 편 져 편 양쪽 편이 모도 다 ᄂᆡ편543)이라 위협 죠ᄒᆞᆫ 편포544)ᄭᅡ지 ○다 여기 잇나이다 ○○왼갓 죠과545)가 다 잇셔요 ○징과546) 약과547) 다식548)이며 슈징과549)으 귤병550)ᄭᅡ지 갓쵸갓쵸 잇사오니 ᄉᆞᆨ이 답답ᄒᆞ시거든 슈징과를 자시릿가 구미ᄃᆡ로 잡슙지요○○○ ○○○ ○○ 심쳥으 어진 범절 부친 젼으 엿자오며 무신 사셜이 잇거나냐 이거난 광ᄃᆡ으 ᄌᆡ담이든 거시엿다 ○○○심봉사가 장히 죠와 호기가 등등ᄒᆞ야 맛맛ᄃᆡ로 먹을 젹으 ○슐 마시고 안쥬 들고 죠과551)ᄭᅡ지 만져보며 히식이 만만ᄒᆞ야 ᄒᆞᆫ번 웃것다 ○퍼 ●슐도 죠코 안쥬도 죠타마는 ○참 ○죠과 장히 죠타 ○어 ○그것 훌늉ᄒᆞ다 ○○○잇써으

32-뒤

건네 외가우쏨 쎙덕어미가 이 쇼문을 넌짓 듯고 ᄒᆞᆫ번 어더먹기로 가던

541) 수삼(水蔘) : 말리지 않은 인삼.

542) 토삼(土蔘) : 은시호(銀柴胡). 대나물, 석죽과의 여러해살이풀. 높이는 60cm 정도이며, 잎은 피침 모양이다. 초여름에 흰 꽃이 취산(聚繖) 꽃차례로 피고 열매는 네 개로 갈라진다. 잎은 식용하고 뿌리는 거담제로 쓴다.

543) 내편(內-) : 안쪽.

544) 편포(片脯) : 난도질하여 반대기를 지어 말린 고기.

545) 조과(造菓) : 유밀과, 과자 등을 일컫는 말.

546) 정과(正果) : 온갖 과실, 생강, 연근, 인삼 따위를 꿀이나 설탕물에 조려 만든 음식.

547) 약과(藥果) : 밀가루를 기름과 꿀에 반죽하여 과줄판에 박아서 기름에 지진 유밀과.

548) 다식(茶食) : 녹말, 송화, 승검초, 황밤, 검은깨 등의 가루를 꿀이나 조청에 섞어 다식판에 박아 낸 유밀과의 하나.

549) 수정과(水正果) : 생강과 계피를 달인 물에 설탕이나 꿀을 탄 다음 곶감, 잣을 넣어 만든 음료.

550) 귤병(橘餠) : 꿀이나 설탕에 조린 귤.

551) 조과(造菓) : 유밀과, 과자 등을 일컫는 말.

거시엿다 ○몸ᄆᆡᆸ씨를 ᄂᆡ랴 ᄒᆞ고 길 가온ᄃᆡ 줏젹 셔며 뭇춤코 비ᄂᆡ 쎄여 압 품으다 넌짓 ᄭᅩᆺ고 머리 훨신 뒤로 씨셔 낭자552)를 다시 ᄒᆞ고 두 팔을 ᄂᆡ두르며 힝ᄯᅩᆼ힝ᄯᅩᆼ 자죠 거러 심청 문젼 드러셔며 졍시런 쇨 뵈이랴고 언사를 잔ᄯᅳᆨ 넌다 8아겨 ○아기 우리 아기 얌젼ᄒᆞ온 우리 아기 봉송553) 바든 그 음식이 나나먹기 어려운ᄃᆡ 젼자사554)를 안이 잇고 날가지 쳥ᄒᆡ난가 ∴심봉사난 본 닐 업고 심청이난 모를 테니 살ᄯᅳᆫ555) 사정 뵈이랴고 에양시런 ᄭᅬ를 ᄂᆡ여 실명지게 말ᄒᆞ것짜 ○여보쇼 아기씨 ᄂᆡ 말 듯게 여보쇼 아기씨 ᄂᆡ 말 듯게

33-앞

○자네 어먼이 도라갈 졔 ○궁곤ᄒᆞᆫ 집 일이라고 뉘가 ᄃᆡ려다 보랴 ᄒᆞ며 ○구진 신체 방이라고 뉘가 숀을 ᄃᆡ랴 ᄒᆞ리 ○산고556) 들든 집자리도 ᄂᆡ 숀으로 뭉ᄯᅮᆼ그려 ᄐᆡ쌜557)ᄭᅡ지 피여 쥬고 ○그장업난558) 갓난 아기 ᄂᆡ 졋 들고 비비 ᄶᅡ셔 입으 ᄯᅮᆨᄯᅮᆨ ᄶᅥ너씨니 글홀 사람이 뉘 잇시리 ∴ ○숀님이 커도 슈부가 크다고 심봉사를 어루것짜 ∴본징 업고 표젹 업난 일이라 ᄯᆞᆯ삭 못ᄒᆞ게 미러된다 ○ᄂᆡ가 왓쇼 ᄂᆡ가 왓쇼 ᄲᆡᆼ덕어먼이 ᄂᆡ가 왓쇼 ᄲᆡᆨ덕어미라 ᄒᆞ고 보면 ᄃᆡ강 김작은 ᄒᆞ것지요 우리 젼으 지닌 닐을 다 잇기나 안이 ᄒᆡᆺ쇼 ○젼곡 동냥 단이실 졔 ᄂᆡ 집에 드러와셔 콱 시장ᄒᆞ

33-뒤

다기에 ○첫술 ᄯᅥ셔 먹든 밥을 상치 밀쳐 ᄃᆡ졉ᄒᆞ고 ○밧 품ᄒᆞ나 ᄂᆡ둔 돈

---

552) 낭자 : 쪽. 시집간 여자가 뒤통수에 땋아서 틀어 올려 비녀를 꽂은 머리털.
553) 봉송(封送) : 물건을 싸서 선물로 보냄.
554) 전자사(前者事) : 전날의 일.
555) 살뜬 : 살뜰한.
556) 산고(産故) : 아이를 낳는 일.
557) 탯불 : 모닥불.
558) 그장없는 : 한정없는.

을 흔푼도 안이 씨고 쒜미치 다 쥰 닐을 ○이져겻쇼 아옵시요 ○○심봉사 슷흔[559] 마암 암암히 싱각흔직 글흔 셩도 시푸거든 ○○고기를 짜닥이며 ○응 올체 ○마파람[560] 살살 불고 쇼나기 싸게 오고 감나무셔 가마구 꽉꽉 울든 그날이제 ○참 남으 공을 갑기난 못홀망정 이질 거시간듸○○아가 아가 이 어런으 말삼일낭 너도 안이 드러나냐 우리 살닌 은인이라 부모갓치 딕졉ᄒᆞ라 ○○심쳥은 션인이라 부친으 뜻슬 바다 남은 쥬효다 갓쵸와 진정으로 션딕[561] ᄒᆞ고 기양 말기 셥셥

34-앞

ᄒᆞ야 ○명틱 짤나 국 쓰리고 메욱[562] 씨져 창경 말고 다순 밥을 얼는 지여 쌩덕어미를 딕졉ᄒᆞ니 ○○쌩덕어미 얼는 먹고 쌩쌩 도라 나아가며 쌩긋쌩긋 우시면셔 근릭으 닉가 와셔 흔번도 못 보기난 구명도싱[563] ᄒᆞ자 ᄒᆞ니 자연간 그리 되데 인졍이야 업실숀가 ᄎᆞᄎᆞ 금일 이후로난 무론빅사쳔역닐[564]은 닉가 와셔 부와쥼시 거들그리고 가던이라 ○잇씨으 심쳥이난 만사으 뜻시 업고 공양미 쥬션ᄒᆞ올 닐을 싱각흔직 두 눈이 캄캄ᄒᆞ고 일신이 쇽곳친다 만단[565]으로 셰알녀도 홀 묘칙이 업난지라 아이고 이 일을 엇지 홀 거나 자신이나 방미[566]찬들 삼빅 셕을 뉘가 쥬리

34-뒤

부친을 쇠긴 죄로 자결이나 ᄒᆞ자ᄒᆞ들 으지업난 우리 부친 그 졍상[567]을

---

559) 숫한 : 순진한.
560) 마파람 : 남쪽에서 불어오는 바람.
561) 선대(善待) : 잘 대접함.
562) 메욱 : 미역.
563) 구명도생(苟命圖生) : 구차스럽게 겨우 목숨만 이어 나감.
564) 무론백사천역일(毋論百事賤役-) : 모든 천한 일을 가리지 않고.
565) 만단(萬端) : 온갖 수단과 방법.
566) 방매(放賣) : 물건을 내놓아 팖.

어이ᄒᆞ리 일이 ᄉᆡᆼ각 져리 ᄉᆡᆼ각 사모로[568] 셰알녀도 ᄇᆡᆨ게무ᄎᆡᆨ[569] 어이ᄒᆞ리 불상홀사 이 사졍을 어느 곳으 원졍[570]ᄒᆞ리 명쳔이 아르신가 ᄒᆞ나님 젼으나 원졍을 ᄒᆞ리라 ○○○그날보틈 문젼으 졍토[571] ᄡᅡᆯ고 목욕ᄌᆡ계[572] 졍히 ᄒᆞ고 무고츌문[573] 젼폐ᄒᆞ고 삼칠일을 지닌 후으 ○후원으다 칠셩단[574]을 졍히 무고 ○ᄉᆡ 쇼반으 ᄇᆡᆨ지 더펴 실이[575] 올녀 불 발키고 ᄉᆡ동우 졍화슈[576]를 기우잔케 밧쳐 노코 ○단ᄒᆞ으 ᄭᅮᆯ어업져 지셩발원[577]ᄒᆞ올 젹으 ○○비난이다 비난이다 명쳔님 젼으 비난이다 ○안ᄆᆡᆼᄒᆞᆫ

35-앞

쇼녀 아부 몽운사 붓쳬님 젼으 기망지죄[578]를 지어씨니 부녀난 일신이라 아부으 허물일낭 이 몸으로 ᄃᆡᄒᆞ옵시고 아부 죄 사ᄒᆞ옵기를 천만축슈[579] 발입니다 ○두 숀길 마죠 드러 이ᄆᆡ으다 연지면셔 허리를 굽피더니 구붓구붓 사비ᄒᆞᆫ다 ○자야반[580]으 ᄭᅮ러 업져 게명[581] 후으 이러날 졔 낫과 밤이 업ᄯᅥ이라 ○이와 갓치 발원[582]키를 삼 삭을 지닌 후으 ○잇ᄯᅢ

---

567) 정상(情狀) : 딱하거나 가엾은 상태.
568) 사모리 : 여러 가지로.
569) 백계무책(百計無策) : 온갖 계교를 다 써도 해결할 방도를 찾지 못함.
570) 원정(原情) : 사정을 하소연함.
571) 정토(淨土) : 깨끗한 흙.
572) 목욕재계(沐浴齋戒) : 목욕하고 마음을 가다듬어 부정을 피함.
573) 무고출문(無故出門) : 아무 이유 없이 문밖에 나감.
574) 칠성단(七星壇) : 북두칠성을 모시는 제단.
575) 시리 : 시루. 떡이나 쌀 따위를 찌는 데 쓰는 둥근 질그릇.
576) 정화수(井華水) : 첫새벽에 길은 우물물.
577) 지성발원(至誠發願) : 정성을 다하여 신에게 소원을 빎.
578) 기망지죄(欺罔之罪) : 남을 속인 죄.
579) 천만축수(千萬祝手) : 수없이 두 손 모아 빎.
580) 자야반(子夜半) : 자시(子時)인 한밤중.
581) 계명(鷄鳴) : 닭이 욺.
582) 발원(發願) : 신이나 부처에게 소원을 빎.

으 심쳥이난 시쥬 일즈가 추추 졈졈 지격583)ᄒᆞ니 졍신이 아득ᄒᆞ야 몸 둘 곳시 업난지라 ○식만 펄젹 나라가도 몽운사 화쥬싱이 장삼 쩔쳐 나려오나 ○기만 컹컹 짓고 와도 몽운사 화쥬싱이 목탁 쌍쌍 뚜다리나

35-뒤

빅단584)으로 으심ᄒᆞᆯ 졔 ○○동즁이 요란ᄒᆞ며 무신 쇼릐 들니거날 ○심쳥이 깜짝 놀닉 이러셔며 ○아추추 일 나구나 아이고 아이고 엇지ᄒᆞ리 아민도 몽운사 화쥬싱이 시쥬 지촉ᄒᆞ랴 ᄒᆞ고 우리 부친 찻나부다 가만가만 거러 나가 사립 안에 은신ᄒᆞ고 자셔히 드러보니 ○○셩명부지하허인585)이 고셩디담586) 웨난 말이 무론모가쳐자587)라도 ○효셩도 지극ᄒᆞ고 힝실도 죠출ᄒᆞ고 여공588)도 극션589)ᄒᆞ야 빅틱 구비ᄒᆞ온 낭자 몸 팔닐이 뉘 잇거든 누십만금 익기잔코 즁가590)로 살 테오니 몸 팔니리 혹시 잇나 덩그럭케 웨난 쇼릐 동즁이 뒤집힌다 ○○ ○○심쳥이 반기 듯고 우루루 나아

36-앞

셔며 엇쩌ᄒᆞ신 어룬인지 아지난 못ᄒᆞ오나 이러ᄒᆞᆫ 쳔싱 몸도 즁가를 쥬옵시고 혹시 사올익가 불고염치591) 나아셔니 ○○션인덜이 심쳥으 모양 보고 깜작 놀닉 물너셔며 엇쩌ᄒᆞ신 쇼져씬지 아지난 못ᄒᆞ오나 우리 등

583) 지격(至隔) : 기일이 바싹 닥쳐 가까움.
584) 백단(百端) : 여러 가지.
585) 성명부지하허인(姓名不知何許人) : 성도 이름도 모르는 어떤 사람.
586) 고성대담(高聲大談) : 크고 높은 목소리로 말을 함.
587) 무론모가처자(毋論某家妻子) : 어느 집 처녀라도 논하지 않고.
588) 여공(女工) : 부녀자들이 하던 길쌈질.
589) 극선(極善) : 매우 잘함.
590) 중가(重價) : 비싼 값.
591) 불고염치(不顧廉恥) : 염치를 돌아보지 아니함.

으 ᄒᆞ난 말을 엇텃게 듯죠시고 ᄒᆞ시난 말삼인지 여부난 모르오나 즁가를 악기잔코 쳐자를 구ᄒᆞ기난 ○화류츈졍592) 뜻슬 두고 동방화쵹593) 인연 미자 힝낙594)ᄒᆞ자고 안이 ᄒᆞ고 ○양젼광턱595) 죠흔 싱ᄋᆡ 쳐뇌고신596) 염녀ᄒᆞ야 거힝ᄒᆞ자고 안이로다 ○우리 등으 쇼위사597)난 힝션598)으로 위업ᄒᆞ야 임당슈라 ᄒᆞ난 물으 고사를 ᄒᆞ올 젹으 슈즁

36-뒤

으다 드리랴고 즁가로 구ᄒᆞ오니 ○귀즁홀사 쇼져씨난 진졍을 모르시고 발구599)ᄒᆞᆫ닷 시푸이다 ○션인 등이 셔로 보고 군말600)노 으심 둔다 ○외면 힝동은 완젼ᄒᆞ나 쇽실셩이 드러씨로 방향 업시 ᄒᆞᆫ말인가 ○규문지ᄂᆡ601)으 졍도602) 일코 죄가 장춧 되거씨로 부지불각603)ᄒᆞᆫ 닐인가 호이만단604)ᄒᆞ올 젹으 ∴심쳥이 이 말 듯고 언연졍식605) 엿짜오되 ○여보시요 어룬네들 졔으 말삼 듯죠시요 불상ᄒᆞ신 졔으 부친 사고무친606)ᄒᆞ온 즁으 무남독녀607) 져 ᄒᆞ나라 일평싱 한 된 바난 안밍ᄒᆞᆫ 게 원이 되여

---

592) 화류춘정(花柳春情) : 꽃과 버들이 피는 봄의 정회.

593) 동방화촉(洞房華燭) : 동방에 비치는 환한 촛불이라는 뜻으로, 혼례를 치르고 나서 첫날 밤에 신랑이 신부 방에서 자는 의식을 이르는 말.

594) 행락(行樂) : 잘 놀고 즐겁게 지냄.

595) 양전광택(良田廣宅) : 좋은 밭과 넓은 집.

596) 처로고신(處老孤身) : 늙어 외로운 몸.

597) 소위사(所爲事) : 하는 일.

598) 행선(行船) : 배가 감.

599) 발구(發口) : 말을 입 밖에 냄.

600) 군말 : 하지 않아도 좋을 때에 쓸데없이 하는 말.

601) 규문지내(閨門之內) : 부녀자가 거처하는 곳.

602) 정도(正道) : 올바른 길.

603) 부지불각(不知不覺) : 미처 깨닫지 못하는 결. 알지 못하는 사이.

604) 호의만단(狐疑萬端) : 여러 가지로 의심함.

605) 언연정색(偃然正色) : 갑자기 얼굴에 엄정한 빛을 나타냄.

606) 사고무친(四顧無親) : 의지할 만한 사람이 아무도 없음.

부유건곤608)ᄋᆞ 여슈광음609)을 일호610)도 익기잔코 슈히 죵신611)ᄒᆞ옵

37-앞

기를 쥬야츅원612) 바랍더니 ○몽운사 화쥬싱이 공양미 삼빅 셕을 불젼ᄋᆞ 시쥬ᄒᆞ면 눈이 쓴다 ᄒᆞ옵기로 노혼613)ᄒᆞ신 우리 부친 결심ᄋᆞ 집푼 한이 사셰난 불고614)ᄒᆞ고 우두둑 허락ᄒᆞ사 권션ᄋᆞ 치부ᄒᆞ여 불젼ᄋᆞ 드려씨나 젹슈무칙615) 날 보ᄂᆡ니 죤불을 쇠긴 죄가 그 안이 되올익가 사람ᄋᆞ 자식 되여 그 부모를 위ᄒᆞ자면 살기만 구ᄒᆞ리가 ●함지사지이후싱616)이라 ᄒᆞ엿씨니 ᄂᆡ가 이졔 죽거 드면 우리 부친은 사실 테니 그 안이 당연ᄒᆞ오 ○아무리 천싱이나 부모유체617) 타고 나셔 쇼쇼618)ᄒᆞ신 명천지ᄒᆞ 쥬작부언619)ᄒᆞ오리까 살월 말삼이 그ᄲᅮᆫ이오니 쳐분만 발입ᄂᆡ다 ⚭션인더리 좔축

37-뒤

ᄒᆞ여 일불기셜620)ᄒᆞ더니라 ○션인 ᄒᆞ나 나아셔며 빅미 삼빅 셕을 어느

---

607) 무남독녀(無男獨女) : 아들 없는 집안의 외동딸.
608) 부유건곤(蜉蝣乾坤) : 하루살이같이 덧없고 허무한 세상.
609) 여수광음(如水光陰) : 물과 같이 흐르는 세월.
610) 일호(一毫) : 조금.
611) 종신(終身) : 한평생을 마침.
612) 주야축원(晝夜祝願) : 밤낮으로 소원을 빎.
613) 노혼(老昏) : 늙어서 정신이 흐림.
614) 불고(不顧) : 돌아보지 않음.
615) 적수무책(赤手無策) : 가진 것이 없어 계책이 없음.
616) 함지사지이후생(陷之死地以後生) : 사지에 빠뜨린 다음에야 삶.
617) 부모유체(父母遺體) : 부모가 남긴 몸이란 뜻으로, 자식 된 몸을 일컫는 말.
618) 소소(昭昭) : 밝고 밝음.
619) 주작부언(做作浮言) : 터무니없는 말을 지어냄.
620) 일불개설(一不開說) : 한 사람도 입을 열어 말을 하지 못함.

날노 슈운ᄒᆞ며 어느 곳으로 ᄒᆞ오리가 ○심쳥이 엿자오되 삼일 ᄂᆡ로 몽운사 불젼으로 밧치기를 쳔만츅슈621)ᄒᆞ옵ᄂᆡ다 ○○○삼ᄇᆡᆨ 셕 공양미를 삼일 ᄂᆡ로 슈운차니 지체를 ᄒᆞ것나냐 ○심쳥으게 사례ᄒᆞ며 우리 등으 ᄒᆡᆼ션 날은 ᄂᆡ월 쵸삼일이오니 명심ᄒᆞ오 ᄂᆡ월 쵸으 다시 와셔 보것ᄂᆡ다 완젼이 당부ᄒᆞ고 직시 물너 가던이라 ○○잇ᄯᆡ으 심쳥이난 션인을 보ᄂᆡᆫ 후으 방으로 드러와셔 ᄉᆞᆷᄉᆞᆷ히622) ᄉᆡᆼ각ᄒᆞᆫ직 만일 ᄒᆡᆼ션날이 당코 보면 부친을 ᄯᅦ고 갈 ᄯᆡ으 무신 말삼으로 엿쥴 거나 삼단 오단

38-앞

으로 셰알닌다 ○이웃집에 간다 ᄒᆞ고 암연이623) 가자 ᄒᆞᆫ들 죠셕 ᄭᅳᆫ이ᄯᆡ가 되여 감읏업시624) 안이 오면 ᄭᅡᆷ작 놀ᄂᆡ 이러셔며 이 집으도 ᄎᆞ져가겨 날을 정녕 불너보고 져 집으도 ᄎᆞ져가셔 날을 응당 차질 테니 불상ᄒᆞ신 그 정상을 엇지 참아 잇고 가며 ○장싱상ᄃᆡᆨ 노부인ᄭᅦ 슈양녀로 간다 ᄒᆞᆫ들 일거영졀625) 되거 드면 분심626)이 왈칵 나며 응당 차자가실 테니 정ᄃᆡᄒᆞ신 ᄉᆡᆼ상부인 그 체면을 어이ᄒᆞ리 ○불젼으 공을 드려 부친 눈을 ᄯᅳᆫ다 ᄒᆞ고 몽운사 염불당으로 즁을 ᄯᅡ라간다 ᄒᆞᆫ들 욕급션영627)될 거시요 ○임당슈라 ᄒᆞ난 물이 어느 곳으 잇난거나 ᄒᆡ상풍경 귀경ᄎᆞ고 션인 ᄯᅡ

38-뒤

라간다 ᄒᆞᆫ들 여자 ᄒᆡᆼ식은 안이오나 부친 안졉628)만 되략이면 못ᄒᆞᆯ 닐이

---

621) 천만축수(千萬祝手) : 수없이 두 손 모아 빎.
622) 솜솜히 : 곰곰이.
623) 암연히(暗然-) : 몰래.
624) 감웃없이 : 가늠없이.
625) 일거영절(一去永絶) : 한번 가고 소식이 영영 끊어짐.
626) 분심(忿心) : 분한 마음.
627) 욕급선영(辱及先塋) : 자손의 잘못된 욕이 조상에게 미침.

업지마난 다시 오지 못훌 테니 ᄒᆞ로 잇틀 사흘 가고 사오 일이 지너가면 으지업난 우리 부친 날 차자단이다가 노즁긱사[629] 되실 테니 될 듸 업난 그 정상은 좌우간으 일반이라 사실직고[630]로 말삼ᄒᆞ야 영영 망단[631] ᄒᆞ옵시게 진정으로 엿쥬리라 정신업시 지너다가 ○홀연이 싱각ᄒᆞ니 업쓰러진 물이 되고 쏘와 노흔 살이 되여 변통업난 일이로구나 불상ᄒᆞ신 우리 부친 뵈일 날이 멧 날이며 뫼실 날이 멧 날이냐 나 살어 싱젼이나 정셩끗 밧뜰니라 ○쵸미ᄉᆞᆫ을 잘ᄉᆞᆫ 죠르며

39-앞

아드득 독심 먹고 ○사시 졀ᄎᆞ 의복이며 죠석 식상[632] 찬슈 등졀 각별히 고로 살펴 션후 차자 너어두고 죽기로 밧들 젹으 ○어언간 힝션날이 일야간이 되여ᄼᆞ나 ○업풀사 ○이져ᄼᆞ나 연친상자[633] 너려 노코 부친으 신쯘 보신 볼이나 망죵[634] 바드리라 ○바날 실을 숀으 드니 ᄒᆞ욤업시 솟난 눈물 금차 ᄒᆞ되 훌 슈 잇나 등잔불은 아득ᄒᆞ고 정신은 시러지니 바날 실을 상자 담어 져만치 밀쳐 노코 한숨짓코 눈물 씻고 정쳐 업시 안자실졔 ○야여ᄒᆞ기오[635] 자야시[636]라 사경업난 야게[637]로다 ○기리 우난 져닥 쇼릐 귀으 얼풋 듯치거날 ○심청이 깜작 놀닉 셔를 뫕시 ᄉᆞᆯᄉᆞᆯ 차며 ○에라 뫕실

628) 안접(安接) : 평안히 머물러 삶.
629) 노중객사(路中客死) : 길에서 죽음.
630) 사실직고(事實直告) : 사실대로 바로 말함.
631) 망단(忘斷) : 잊고 단념함.
632) 식상(食床) : 밥상.
633) 연침상자 : 반짇고리.
634) 망종(亡終) : 마지막.
635) 여야하기야(夜如何其夜) : 이 밤을 어찌할꼬.
636) 자야시(子夜時) : 한밤중.
637) 야계(野鷄) : 멧닭.

39-뒤

김ᄉᆡᆼ이라 아무리 미물인들 그ᄃᆡ지도 야쇽ᄒᆞ랴 ○진쇼왕[638]으 환을 만나 함곡관[639]을 버셔 가난 ᄆᆡᆼ상군[640]이 안이어든 덧업시 네 우나냐 네가 울면 날이 ᄉᆡ고 날이 ᄉᆡ면 나 죽난다 오날 아침 돗난 ᄒᆡ를 부상지[641]으 ᄆᆡ거 드면 잠시라도 우리 부친 더 뫼시고 가련마난 ○만고영웅[642] 진시황[643]은 갈월[644]언 ᄒᆡ쎳마난 돗난 날은 못 ᄉᆞ짓나 ○잠든 부친 숀을 잡고 이ᄆᆡ으다 낫슬 ᄃᆡ고 잠이 ᄭᆡᆯ가 염녀ᄒᆞ야 잠기고 늑ᄭᆡᆫ 쇼ᄅᆡ ○아이고 아이고 아분이 불쵸녀식[645] 보실 날이 오날 아ᄎᆞᆷᄲᅮᆫ이오니 만이 만이 보옵시요 ○젼ᄉᆡᆼ으 무신 죄로 이ᄉᆡᆼ으 ᄉᆡᆼ겨나셔 집자리으 모친 일코 부친 죠차

40-앞

하직ᄒᆞ니 몹실 년으 팔자로다 자진강탄[646]ᄒᆞ올 적으 ○○동방이 기명[647]

---

638) 진소왕(秦昭王) : 중국 전국시대 진(秦)나라의 소왕(昭王).

639) 함곡관(函谷關) : 중국 하남성 북서쪽에 있는 관문. 동쪽의 중원으로부터 서쪽의 관중으로 통하는 요지이다.

640) 맹상군(孟嘗君) : 중국 전국시대 제(齊)나라의 공족(公族). 성은 전(田), 이름은 문(文). 초(楚)나라의 춘신군(春申君), 조(趙)나라의 평원군(平原君), 위(魏)나라의 신릉군(信陵君)과 함께 전국시대 사공자(四公子)의 한사람이다. 부친 전영(田嬰)의 봉작을 이어 설(薛) 땅에 봉해졌으며 천하의 문인과 협객을 초치해 문하에 삼천 식객을 두었다. 후일 제나라와 위(魏)나라의 재상을 역임하고 독립하여 제후(諸侯)가 되었다.

641) 부상지(扶桑枝) : 동쪽 바다 속에 해가 뜨는 곳에 있다고 하는 뽕나무 가지.

642) 만고영웅(萬古英雄) : 오랜 세월에 걸쳐 이름이 빛날 뛰어난 영웅.

643) 진시황(秦始皇) : 중국 전국(戰國)을 최초로 통일한 진(秦)왕조의 건립자. 봉건제도를 폐하고 전국을 36군으로 나누는 등 군현제를 시행하였다. 이사(李斯)에게 명하여 소전(小篆)이라는 통일된 문자를 만들고 도량형과 화폐를 통일시켰으며, 법전을 완성했다. 대외적으로는 만리장성을 쌓아 흉노를 몰아냈으나 아방궁 등 대형 토목사업을 벌여 민생에 부담을 주었다. 백성들이 정치에 대한 논의를 못하도록 분서갱유(焚書坑儒)를 감행하기도 하였다. 삼신산에 신하 서불(徐市)을 보내어 불사약을 구해오게 했으나 끝내 언지 못해 죽고 말았다고 한다.

644) 갈월(喝月) : 달을 꾸짖음.

645) 불초여식(不肖女息) : 불초녀(不肖女).

이라 깜작 놀ᄂᆡ 일어셔며 부친으 죠반이나 망죵 지여 ᄃᆡ리이라 ○눈물노 밥을 지여 졔우 찬슈 갓츄와셔 부친게 ᄃᆡ리오니 ○○○심봉사 이러나며 ○아 오날 아츰으난 별노 밥이 이르구나 뉘 집으셔 드러왓냐 ○가련타 져 심쳥이 상머리 숙려안자 잡슌난 것 보랴 ᄒᆞ고 억지로 몸을 가져 진정코자 안자씨니 사기가 ᄯᅥᆯ니이고 오장이 쇽곳치며 와르를 나난 우름 바듯시 말을 ᄂᆡ여 아분이 진지을 만이 잡슈시요 ○이거는 게란이요 이거는 자반[648]이요 ᄯᅩ 이거는 지지ᄀᆡ[649]요 우름 반튼 ᄒᆞ난 거동 ○○○

40-뒤

○심봉사가 으심이 별노 난다 ○슈졔 ᄂᆡ려 숀으 들고 곰곰히 ᄉᆡᆼ각ᄒᆞ니 밥도 별노 이르건과 심쳥으 ᄒᆞ난 짓시 놀넌 듯도 방사ᄒᆞ고 늑긴 듯도 시푸기로 이상ᄒᆞ기 ᄶᅡᆨ이 업셔 심쳥보고 무러본다 ○아가 아가 심쳥아 ○아 춤 별닐이다 오날 아츰 밥도 가량업시 일컨이와 ○아기 네가 ᄒᆞ난 짓시 먼 길이나 ᄯᅥ갈 ᄯᅳᆨ기 셔두난 모양 갓다 ○야 ○가만 이ᄶᅥ라 장싱상ᄃᆡᆨ 슈양녀로 여 언졔 간다고 안이힛냐 정녕 오날 아참으 너 가지야 가미 가지고 ᄒᆞ인 왓냐 ○올타 인자 알것다 ᄂᆡ ᄯᅳᆺ슬 쾌히 몰나 져ᄃᆡ지 셔두나냐 나난 밥 안이 먹어도 ᄇᆡ부루다 상

41-앞

물녀 ᄂᆡ노흘 졔 ○발셔 션인더리 문젼으 등ᄃᆡ[650] ᄒᆞ난지라 ○○심쳥이 ᄂᆡᆨ실 일코 ○퍽 쥬장져 안자ᄶᅡ가 그져 ᄲᅳᆯ덕 이러셔며 써수러져 방 가온ᄃᆡ

---

646) 자진강탄(自盡强嘆) : 죽기를 한하고 세차게 탄식함.

647) 기명(旣明) : 이미 밝음.

648) 자반 : 생선을 소금에 절인 반찬감.

649) 지지개 : 부침개.

650) 등대(等待) : 미리 준비하고 기다림.

엽더지며 ○아이고 아분이 ᄒᆞᆫ 마듸으 말 못ᄒᆞ고 업져구나 ⁂심봉사 깜짝 놀ᄂᆡ ○아가 아가 웬닐이냐 하이고 아가 웬닐이야 무엇 보고 놀ᄂᆡ나냐 무엇 먹고 쳬힛나냐 칭냥 못ᄒᆞᆯ 일이로다 아가 아가 말 좀 ᄒᆡ라 ⁂심쳥이 정신 차려 바듯시 이러셔며 ○아이고 아분이 ○불쵸녀 자식으로 아부니를 쇽겨시다 공양미 삼빅 셕을 뉘라셔 쥬오리가 ○남경장사 션인으게 불쵸녀 몸이 팔녀 오날노 가나

41-뒤

이다 자식이라 ᄉᆡᆼ각 말고 원슈라 이지시고 기쳬[651] 안보[652]ᄒᆞ옵시요 ⁂심봉사 이 말 듯고 ○의고 이게 웬말이야 두 쥬먹을 불끈 쥐고 가삼 쾅쾅 쑤다리며 빗놈으게 몸 팔넌던○ ○아가 심쳥아 웬말이냐 나난 고지안 듯킨다 나난 자시 모르것다 그 말 다시 드러보자⁂ ⁂ ○○아무리 페인[653]이나 ○심쳥으 ᄒᆞ난 말도 짜닥이 잇거니와 문젼으 사람 쇼릐 아ᄆᆡ도 으심난다 ○엇짜 심쳥아 무엇시 엇찌ᄒᆡ야 나다려 무러보도 안이 ᄒᆞ고 네 맛ᄃᆡ로 ○봉사 병신 아비라고 가슈로 네가 알고 ○네가 살고 ᄂᆡ 눈 쓰면 그난 응당 ᄒᆞ련이와 이짜우 그 말일낭 말도 참아 못ᄒᆞ것다

42-앞

ᄂᆡ가 죽고 너 살 테면 이 시라도 죽을 텐듸 나난 살고 너 죽어야 안 되지야 안 되지야 가망업고 무가ᄂᆡ[654]다 나 죽이고 네 가거라 ⁂잇ᄣᆡ 션인더런 ○입동에 션견장자[655]어든 동두민[656]을 안이 ᄎᆞ자 보거나냐 ○

651) 기체(氣體) : 몸과 마음의 형편이라는 뜻으로, 웃어른께 올리는 편지에서 문안할 때 쓰는 말.

652) 안보(安保) : 편안히 보전함.

653) 폐인(蔽人) : 맹인.

654) 무가내(無可奈) : 도저히 어찌할 수 없음.

사실직고[657] 다ᄒᆞᆫ 후으 ○쵸인덜과 션인덜이 심쳥 문젼 셔로 모와 공논이 분쥬ᄒᆞᆯ 제 ○션인의 거동 바라 ○돈 삼천 금을 ᄂᆡ여노며 동즁 노쇼 어룬네게 엿쥴 말삼 잇나이다 ○이 돈 삼천 금 슈회[658] 즁으 오ᄇᆡᆨ 금은 동즁으 보용[659] ᄒᆞ옵시고 오ᄇᆡᆨ 금은 심ᄆᆡᆼ인을 안졉[660]시겨 착ᄒᆞᆫ 곳으 면환[661] ᄒᆞ야 구명보죤[662] 시기시고 니천 금은 본관[663]으 완문[664] ᄂᆡ여 각 인쳐으 식니[665] ᄒᆞ야 심ᄆᆡᆼ인으 싱젼

42-뒤

사후 ᄃᆡ쇼사를 닐닐사용ᄒᆞ옵쇼셔 ○왼 돗 잡고 동우 슐노 사ᄃᆡ려셔 상ᄒᆞᆫ 노쇼업시 취ᄎᆞ포[666] ᄒᆞ온 후으 ○션인들이 모와셔며 ᄎᆞᆫ인으게 엿자오ᄃᆡ 말삼ᄒᆞ기 황숑ᄒᆞ나 져으 길이 망박[667] ᄒᆞ니 ○심ᄆᆡᆼ인으 져 정상[668]을 엇지 쳐단ᄒᆞ올익가 동즁으 어룬네들 쳐분만 발웁ᄂᆡ다8 8쵸인들 거동 바라 ○어좌어우[669] 그 ᄃᆡ목으 무신 ᄒᆞᆯ 말 잇것나냐 공연이 도라셔며 싼쇼ᄅᆡ를 ᄒᆞ던이라 ○ᄒᆞᆫ 사람 거동 바라 ○져 건네 힝화ᄎᆞᆫ[670]으 ᄉᆞᆫ을 치난

---

655) 선견장자(先見長者) : 먼저 어른을 찾아봄.
656) 동두민(洞頭民) : 동네에서 나이가 많아 어른 대접을 받는 사람이나 아는 것이 많은 어른.
657) 사실직고(事實直告) : 사실을 바른대로 고하여 알림.
658) 수회(收會) : 거두어 모음.
659) 보용(補用) : 재물 따위의 부족한 것을 보태어 씀.
660) 안접(安接) : 편안히 마음을 먹고 머물러 삶.
661) 면환(免鰥) : 홀아비가 장가를 들어 홀아비 신세를 면함.
662) 구명보존(救命保存) : 목숨을 구하여 보존함.
663) 본관(本官) : 고을의 수령을 이르던 말.
664) 완문(完文) : 조선 시대에, 부동산에 관하여 해당 관아에서 발급하던 증명 또는 허가 문서.
665) 식리(殖利) : 재물을 불리어 이익을 늘림.
666) 취차포(醉且飽) : 실컷 마시고 먹어서 취하고 배가 부름.
667) 망박(忙迫) 일에 몰리어 몹시 바쁨.
668) 정상(情狀) : 인정상 차마 볼 수 없는 가련한 상태.
669) 어좌어우(於左於右) : 좌우간.

져 사람은 나를 응당 차나부다 장터거리 아무ᄀᆡ제 ○ᄯᅩ ᄒᆞᆫ 사람 거동 바라 ○쪗다 중천 져 구름으 허허

43-앏

비가 오거구나 이ᄋᆡ 목동 게 잇나냐 뜰 건네 쇼 쓰어라 ○ᄯᅩ ᄒᆞᆫ 사람 거동 바라 취담671)도 방사ᄒᆞ고 과단숀672)이 ᄃᆡ단ᄒᆞᆫ 듯 구만두오 아무리 억ᄉᆡᆨ673)ᄒᆞᆫ들 욕피부동674) 별 슈 잇쇼 문젼으 드러셔며 ○여보시요 심ᄆᆡᆼ인 ᄂᆡ 일을 게 드러보오 ○활을 다려675) 쏘와씨니 ○중천으 번뜻 가난 살을 뉘가 막어 ᄂᆡ오리가 슈원슈구676)ᄒᆞ시것쇼 쳔츌지효녀677)어든 쳔도678) 무심ᄒᆞ올이가 쳔명이나 바랍시요 ⁂난쳐ᄒᆞᆫ 이 사셜은 언지기즁679) 이 안이냐 ○이ᄯᆡ으 션인더리 동인으게 심봉사를 ᄶᅧ 붓들고 심청이를 다려간다 ○심청으 정상 보쇼 ○당ᄒᆞ으 제우 나려 부친께 사ᄇᆡ

43-뒤

ᄒᆞ고 말 못ᄒᆞ고 도라셔며 두 눈으 솟난 눈물 쥴쥴이 흘너ᄂᆡ려 가난 길을 다 젹신다 ⁂심봉사 쒸둥글며 엇짜 이년 심청아 불효막ᄃᆡ680) 몹실 년아 촘말노 네 가나냐 나 쥭이고 네 가거라 ⁂엇짜 ○이 사람더라 나를 노코

---

670) 행화촌(杏花村) : 살구꽃이 많이 피는 마을.

671) 취담(醉談) : 술에 취해 함부로 하는 말.

672) 과단(果斷) : 일을 딱 잘라서 결정함.

673) 억색(臆塞) : 원통하여 가슴이 막힐 정도로 답답함.

674) 욕피부동(欲避不動) : 피하고자 하나 움직일 수 없음.

675) 다려 : 당겨.

676) 수원수구(誰怨誰咎) : 누구를 원망하고 누구를 탓하겠냐는 뜻으로, 남을 원망하거나 탓할 것이 없음을 이르는 말.

677) 천출지효녀(天出之孝女) : 하늘이 낸 효녀.

678) 천도(天道) : 천지 자연의 도리.

679) 언재기중(言在其中) : 말이 그 안에 있음.

680) 불효막대(不孝莫大) : 불효가 이보다 더 클 수가 없음.

져놈들을 잡아쥬쇼 ○우리 국법을 모로난가 살인자난 사라 ᄒᆞ엿시니 사람을 쥭이랴고 믜믜ᄒᆞ여 가난 놈은 당장 쳐참ᄒᆞ드릭도 일호사[681]가 업실 테니 져놈들을 자바쥬소 아이고 이 사람더라 엇지 그리 무졍ᄒᆞᆫ가 우리 ᄯᆞᆯ 심쳥이가 자네덜께 무신 원슈가 잇셔기로 쥭으로 가게 두고 나좃ᄎᆞ 안이 논나 아이고 아이고 나

44-앞

쥭건네 ○○션인더라 이놈더라 쳔참만육[682] 타살ᄒᆞᆯ 놈 너으 놈덜 말 듯거라 ○병신 나난 ᄶᅡᆨ 쇠기고 쳘모르난 어린 거셜 이리 져리 요인ᄒᆞ야 암연이 둘너 가니 불공딕쳔[683] 너으 원슈 닉가 당장 못 쥭이면 관가으 본장[684] 걸고 영문[685]으 이숑ᄒᆞ야 능지쳐참[686]ᄒᆞ올 테요 만일 잣칫 ᄒᆞ거드면 ᄒᆞᆫ 거름으 열 거름으로 ᄒᆞᆫ셩부[687] 격고[688]라도 ᄒᆞ올 테니 나를 죠곰 누와쥬쇼 나를 어셔 노와쥬어 ○○잇ᄯᅢ으 압집으 큰아기며 뒤집으 자근아기 상ᄒᆞᆫ촌 동무더리 심쳥으 쇼문 듯고 셔로 불너 닉달으며 ○여바라 심낭자야 거기 잠ᄭᅡᆫ 머물거라 야쇽히 네 가나냐 쳔츌지효녀로다 ᄒᆞ날

44-뒤

아난 네로구나 명쳔이 아실진던 용왕인들 무심ᄒᆞ랴 금세상으 ᄭᅵ친 일홈 용궁ᄭᆞ지 빗나리라 네가 만일 용궁 가면 우리 말도 ᄒᆞ거구나 도화동으

---

681) 일호사(一毫事) : 아주 조그마한 일.
682) 천참만륙(千斬萬戮) : 수없이 베어 여러 동강을 내어 참혹하게 죽임.
683) 불공대천(不共戴天) : 한 하늘에서 더불어 살 수 없을 정도로 큰 원한을 가짐.
684) 보장(報狀) : 어떤 사실을 상관에게 보고하던 공식 문서.
685) 영문(營門) : 감영(監營). 감사가 일을 보던 관아.
686) 능지처참(陵遲處斬) : 머리, 몸통, 팔, 다리를 토막 쳐 죽이던 극형(極刑).
687) 한성부(漢城府) : 조선 시대 서울의 행정·사법을 맡은 관아.
688) 격고(擊鼓) : 거둥 때 원통한 일을 임금에게 상소하기 위해 북을 쳐서 하문(下問)을 기다리던 일.

우리 동무 벗 ᄒᆞ나를 잘 두어셔 진셰간으 아녀자로 용궁까지 언젼ᄒᆞ니 엇지 안이 죠흘쇼냐 이갓치 ᄒᆞ올 적으 ◯◯◯엇쩌ᄒᆞᆫ 여자덜언 ◯깁푼 졍분 졀연689)ᄒᆞ야 홀연이 눈물직코 졍셜690)노 ᄒᆞ던이라 ◯불상ᄒᆞ고 가련ᄒᆞᆫ 것 너난 잇고 가거니와 ◯열녀젼691) ᄂᆡ칙편692)으 무듸무듸693) 유이쳐694)를 뉘로 ᄒᆞ여 희셕ᄒᆞ며 ◯잔누비질695) 슈노키를 슈품696) 잇게 뉘와 ᄒᆞ리 ◯으으으이으 ◯불상ᄒᆞᆫ 것 ◯◯◯또 ᄒᆞᆫ 여ᄌᆞ

45-앞

거동 바라 눈물 씻고 도라셔며 ◯인졍 잇고 착긴ᄒᆞᆫ697) 것 ◯거년 삼월 삼질날으 화젼698) 붓쳐 숀으 들고 우리집으 건네와서 너으 모친 ᄃᆡ리여라 우리 모친 ᄉᆡᆼ각나면 너으 모친 와뵈인다 진졍으로 ᄒᆞ든 말이 귀으 징징 눈으 암암 엇지 잇고 지ᄂᆡᆯ 거나 ◯찔찔이699) 마죠 셔셔 숀을 들고 가라친다● ◯◯무릉촌 장ᄉᆡᆼ상ᄃᆡᆨ 노부인이 이 쇼문을 넌짓 듯고 ᄊᆞᆷ작 놀ᄂᆡ ᄂᆡ달으며 아이고 이게 웬말이야 ◯너와 나와 ᄒᆞ든 언약 육니쳥산700) 구룸이라 ᄂᆡ 마암으 잇난 ᄂᆞᆯ을 셔짜로나 붓쳐볼 걸 좌이ᄃᆡ사701)ᄒᆞ온 ᄂᆞᆯ

---

689) 결연(缺然) : 모자라서 서운함.
690) 정설(情說) : 정다운 말.
691) 열녀전(列女傳) : 중국 서한(西漢)의 유향(劉向)이 지은, 부녀의 교양을 위하여 만들어진 부인들의 전기.
692) 내칙편(內則篇) : 『예기(禮記)』의 편명(篇). 가정생활에 필요한 예법이 적혀 있다.
693) 무디무디 : 무더기무더기.
694) 유의처(有意處) : 뜻이 있는 곳.
695) 잔누비질 : 잘게 누비는 일.
696) 수품(繡品) : 수를 놓아 만든 물품.
697) 착긴한 : 착한.
698) 화전(花煎) : 진달래 따위 꽃잎을 붙여 부친 부꾸미.
699) 낄낄이 : 끼리끼리.
700) 육리청산(六里靑山) : 주인 없는 땅.
701) 좌이대사(坐而待死) : 앉아서 죽음을 기다림.

이 ᄋᆡ답고 ᄋᆡ답도다 우명지지702) 지쳑간으 그ᄃᆡ지도 야쇽터

45-뒤

냐 동고셔창703)으 씨인 곡식 궁민구급704)도 ᄒᆞ여ᄡᅥ던 공양미 삼ᄇᆡᆨ 셕이 그리 ᄃᆡ단ᄒᆞ것나냐 ○에라 ○이것 야쇽ᄒᆞᆫ 것 져지경이 되올 젹으 자진강탄705) 오직ᄒᆞ랴 나를 ᄎᆞ자 안이 오고 몸을 팔녀 가난 시난 인력 쇼치가 되거나냐 명천이 감동ᄒᆞ신 바라 츌천지효녀로다 장탄식으 낙누ᄒᆞ며 ᄒᆞᆫ 슘 짓코 셧던이라 ∞ ○잇ᄯᆡ으 심청이난 션인를 ᄯᅡ라갈 제 ᄒᆞᆫ 거름으 쥬져ᄒᆞ며 두 거름으 도라션다 ○즁천으 발근 일광 쳬운706)이 씨여 잇고 나무 나무 곱든 ᄭᅩᆺ치 휘느러져 죠으난 듯 ○져 ᄭᅩᆺ가지 져 두견은 귀쵹도 불여귀 불여귀라 울건마난 갑슬

46-앞

밧고 가난 몸이 어이 다시 도라가리 ○부친으 자진발광707)ᄒᆞ시난 정상 눈으 본 듯 다름업고 ○장싱상ᄃᆡᆨ 노부인과 ○압뒤 집 동무더리 나를 보랴 ᄂᆡ다르며 무정코 야쇽타고 숀을 드러 ᄒᆞ난 쇼ᄅᆡ 바람결으 얼진얼진 무듸무듸 듯치오니 원통코 셔룬 정곡708) 말ᄃᆡ답은 잇건마난 왕숀은 귀불귀709)라 도라가지 못ᄒᆞ오니 발명무로710) 이 안이냐 ○눈물노 산을 넘

---

702) 우명지지(牛鳴之地) : 소울음 소리가 들릴 만큼 가까운 땅.
703) 동고서창(東庫西倉) : 동서에 있는 창고.
704) 궁민구급(窮民救急) : 빈궁한 백성을 위급한 상황에서 구해 냄.
705) 자진강탄(自盡强嘆) : 죽기를 한하고 세차게 탄식함.
706) 채운(彩雲) : 여러 가지 빛깔로 아롱진 고운 구름.
707) 자진발광(自盡發狂) : 죽기를 한하고 발광함.
708) 정곡(情曲) : 간곡한 정.
709) 왕손(王孫)은 귀불귀(歸不歸) : 왕손은 돌아가서는 돌아오지 않네. 왕유(王維)의 시 <송별(送別)>의 한 구절.
710) 발명무로(發明無路) : 죄가 없음을 밝힐 길이 없음.

고 ᄒᆞᆫ숨으로 들을 지ᄂᆡ ᄎᆞᄎᆞ 졈졈 머러지니 우리 고향 어ᄃᆡᄆᆡ냐 면면이 션난 청산 운영[711]이 아득ᄒᆞ다 들을 지ᄂᆡ 산을 넘고 산을 넘어 들을 지ᄂᆡ ᄒᆞᆫ 곳슬 다다르니 물은 츌넝 만경파[712]요

46-뒤

ᄇᆡ난 짓ᄯᅮᆼ 졍강션이라 ᄇᆡᄶᅥ리 족판[713] 노코 심청을 이도ᄒᆞ야 풍셕[714] ᄂᆡ려 졍히 ᄭᆞᆯ고 ᄒᆞᆫ편으로 안친 후으 ○○○져 사공으 거동 바라 ○슌풍으 돗슬 달고 졔비[715]를 숀으 들고 어그영ᄎᆞ 노를 져어 실명지게 노ᄅᆡᄒᆞᆫ다 ○어기야 더기야 슌풍으 ᄇᆡ를 노니 죵일위지쇼여[716]로다 ○어기야 더기야 져어가자 ○능만경지망연[717]이라 부지쇼지[718] 가난고나 ○어기영ᄎᆞ 노졋기야 ○○잇ᄯᆡ으 심쳥이난 풍낭으 넉슬 일코 죽은 다시 업져씨니 일신이 비월[719]ᄒᆞ야 어셔 죽기를 기달일 졔 ○사풍[720]은 흘녀 불고 가난 ᄇᆡ난 살 갓틔여 범범즁뉴[721] ᄯᅥ나간다 ○벽파상으 ᄇᆡᆨ구[722]

47-앞

더런 풍덩실 잠겨다가 다시 나라 물으 ᄯᅳ고 구름 밧게 셧난 산은 아득히

711) 운영(雲影) : 구름의 그림자.
712) 만경파(萬頃波) : 너른 물결.
713) 족판(足板) : 배에 오르기 쉽도록 배와 뭍을 이어대는 판자.
714) 풍석(風席) : 돛을 만드는 돗자리.
715) 재비 : '노'를 가리키는 말인 듯.
716) 종일위지소여(縱一葦之所如) : 한 조각 작은 배 가는 대로 내어 맡김. 소식(蘇軾)의 <적벽부(赤壁賦)>의 한 구절.
717) 능만경지망연(凌萬頃之茫然) : 망연한 만경창파를 거슬러 올라가다. 소식(蘇軾)의 <적벽부(赤壁賦)>의 한 구절.
718) 부지소지(不知所指) : 갈 곳을 알지 못함.
719) 비월(飛越) : 정신이 아득하도록 낢.
720) 사풍(斜風) : 비껴 부는 바람.
721) 범범중류(泛泛中流) : 바다 한가운데로 배가 떠감.
722) 백구(白鷗) : 갈매기.

잠긴 얼골 면면이 낫타난다 삼산반낙쳥쳔외요 이슈즁분빅노쥬라723) 무산724) 쳡쳡 십이봉은 느진 안ᄀᆡ 씌여구나 칠빅평호725) 말근 물은 상ᄒᆞ천광726) 푸리엿다 탄상727)으 밥을 짓코 노즁으 잠을 자니 졍니으 건곤ᄃᆡ요 한즁에 일월장728)이라 ○어이 안이 장홀쇼냐 ⁂도션쥬729) 거동 바라 취홍730)이 도도ᄒᆞ야 션두으 비겨 안자 숀을 드러 돗ᄃᆡ 치며 쇼상팔경731)을 자랑ᄒᆞᆫ다 8슉죠난 투림ᄒᆞ고732) 산영은 도강ᄒᆞ니733) 셧난 장숑 썩쑤러져 노룡이 굽노리고734) 절벽상 자진 안ᄀᆡ 금슈735)가 걸니엿다 ○우산낙죠736) 이 안이냐 ○유화737)난 빗치 썰쳐 셔천으로 흘너가고 운영은 참담ᄒᆞ야 쳔ᄋᆡ738)가 나직ᄒᆞ다 쇼언동산739) 쇼사나니 월만공산

---

723) 삼산반락청천외(三山半落青天外)요 이수중분백로주(二水中分白鷺洲)라 : 삼산은 반이나 구름 속에 가려 마치 푸른 하늘 밖으로 떨어지는 듯이 우뚝 솟아 있고, 두 줄기로 나뉜 강물은 백로주를 끼고 흘러간다. 이백(李白)의 시 <등금릉봉황대(登金陵鳳凰臺)>의 한 구절.

724) 무산(巫山) : 중국 사천성(四川省) 무산현(巫山縣)의 동쪽에 있는 열두 봉우리로 이루어진 산. 그 봉우리가 '무(巫)' 자 모양으로 생겨서 하늘의 해를 가린다고 한다. 중국 초(楚)나라의 양왕(襄王)이 낮잠을 자다 무산의 신녀(神女)를 만난 꿈을 꾼 곳.

725) 칠백평호(七百平湖) : 둘레가 칠백리인 동정호(洞庭湖).

726) 상하천광(上下天光) : 하늘과 강물 빛.

727) 탄상(灘上) : 물가.

728) 정리(靜裏)에 건곤대(乾坤大)요 한중(閑中)에 일월장(日月長)이라 : 고요함 속에서 하늘과 땅이 큰 것을 알고 한가한 가운데 해와 달이 긺을 안다.

729) 도선주(都船主) : 우두머리 선주.

730) 취홍(醉興) : 술에 취하여 일어나는 흥취.

731) 소상팔경(瀟湘八景) : 중국 호남성의 동정호 남쪽 언덕에 있는 소수와 절강이 모이는 곳에 있는 여덟 가지 아름다운 광경. 소상야우(瀟湘夜雨), 동정추월(洞庭秋月), 원포귀범(遠浦歸帆), 평사낙안(平沙落雁), 산시청람(山市青嵐), 어촌낙조(漁村落照), 강천모설(江天暮雪), 한사만종(寒寺晚鐘).

732) 숙조(宿鳥)는 투림(投林)하고 : 잠자려고 하는 새는 숲으로 날아들고.

733) 산영(山影)은 도강(渡江)하니 : 산 그림자가 길게 강 건너편에 이르니.

734) 굼노리고 : 꿈틀거리고.

735) 금수(錦繡) : 수를 놓은 비단.

736) 우산낙조(牛山落照) : 우산에서 보는 일몰 광경.

737) 유화(流花) : 물에 흐르는 꽃.

738) 천애(天涯) : 하늘 끝.

47-뒤

슈만담[740]이라 ○동졍츄월[741] 여기로다 ○낙하난 여고목졔비ᄒᆞ고 츄슈난 공장쳔일식이라[742] 일진광풍[743] 썰쳐 부니 강안상[744]으 만졈노화[745] 중천으 훗날닌다 ○한강모셜[746]이라 일너쥬오○ ○은하슈 별 잠기고 연파강상[747] 물결친다 반쥭지[748] 졈 친 눈물 피 흔젹이 젓난고나 우루룩 쥬루룩 쇼쇼쳐쳐[749] 오난 쇼릭 ○쇼상야우[750]라 ᄒᆞ난 딕요○ ○밤언 깁퍼 삼경이라 월식도 유졍ᄒᆞ다 긱션[751]으 숢을 씨니 일편고셩[752] 구름 쇽에 뎅뎅뎅 치난 쇠북[753] 아득히 들쳐나니 ○한산모죵[754] 완연ᄒᆞ구나 ○우후청강[755] 져 빅구야 어부 홍얼 네 아나냐 빅빈쥬[756] 홍뇨월[757]으 사풍셰우불슈귀[758]라 슈쳡청산 구름 박게 등불을 도도 달고 표연

---

739) 소언동산(少焉東山) : 조금 뒤 동쪽 산.

740) 월만공산수만담(月滿空山水滿潭) : 달은 빈 산에 가득하고 물은 못에 가득하다. 주자(朱子)의 시 <무이구곡가(武夷九曲歌)>의 한 구절.

741) 동정추월(洞庭秋月) : 동정호에 비친 가을 달. 소상팔경(瀟湘八景)의 하나.

742) 낙하(落霞)는 여고목제비(與孤鶩齊飛)하고 추수(秋水)는 공장천일색(共長天一色)이라 : 저녁 놀에 외로운 백로는 가지런히 날고, 가을 강은 긴 하늘과 한 색이로다. 왕발(王勃)의 <등왕각서(藤王閣序)>의 한 구절.

743) 일진광풍(一陣狂風) : 한바탕 몰아치는 사나운 바람.

744) 강안상(江岸上) : 강 언덕에.

745) 만점노화(滿點蘆花) : 가득 흩날리는 갈대꽃.

746) 한강모설(寒江暮雪) : 찬 강에 내리는 저녁 눈.

747) 연파강상(煙波江上) : 안개 낀 강물 위.

748) 반죽지(斑竹枝) : 반죽의 가지. 반죽은 무늬가 있는 대나무.

749) 소소처처(蕭蕭凄凄) : 쓸쓸하고 처량함.

750) 소상야우(瀟湘夜雨) : 소상팔경(瀟湘八景)의 하나. 소상강에 내리는 밤비.

751) 객선(客船) : 여객(旅客)을 태워 나르는 배.

752) 일편고성(一片高聲) : 한 조각 큰 소리.

753) 쇠북 : 종(鍾).

754) 한사모종(寒寺暮鐘) : 소상팔경의 하나. 한산사(寒山寺)에서 들리는 저녁 종소리.

755) 우후청강(雨後淸江) : 비 온 뒤의 맑은 강.

756) 백빈주(白蘋洲) : 흰 꽃이 핀, 부평초가 가득한 물가 섬.

757) 홍료월(紅蓼月) : 단풍이 들어 빨갛게 된 여뀌에 비치는 달.

48-앞

이 도라가니 ○원포귀범759) 그 안이냐 ○강우난 잠간 ᄀᆡ고 창파760)으 ᄂᆡ 잠겻다 차강산 말근 지취761) 삼공762)을 박굴쇼냐 어기야 더기야 어가763)로 화답ᄒᆞ니 ○강촌 어화764) 황홀ᄒᆞ다 ○물 박게난 청산이요 산 박게난 구룸이라 벽낙765)으 ᄯᅳᆫ 기럭이 ᄒᆞᆫ 일자 ᄭᅳ은 다시 항녈이 분명ᄒᆞ다 져 기럭이 거동 바라 하나 둘식 나라 안ᄭᅩ 쌍쌍이 짝을 지여 펄펄 나라드니 ○평사낙안766) 분명ᄒᆞ구나 8잇ᄯᆡ으 심쳥이난 낙막767)ᄒᆞᆫ 그 경신으 아무란 쥴 모르더니 기럭이 우난 쇼ᄅᆡ 홀연히 듯치거날 오나냐 기럭이야 안진ᄒᆞ니 셔란기라768) 기리 자탄ᄒᆞ여더니 반가올사 네로구나 멀고 먼 우리 고향 안족셔769)가 안이 드면 뉘가 젼신770)ᄒᆞ거나냐 우리 부친 편지 가

48-뒤

지고 네 오나냐 머리 들고 바ᄅᆡ보니 야쇽타 져 기럭이 돈다 무심 나라간다 심청이 심사 더옥 산란ᄒᆞ야 먼 산만 바ᄅᆡ더니 경신이 시러지며771)

758) 사풍세우불수귀(斜風細雨不須歸) : 비스듬히 부는 바람과 가는 비에도 돌아 갈 줄 모르네. 장지화(張志和)의 시 <어가자(漁歌子)>의 한 구절.

759) 원포귀범(遠浦歸帆) : 소상팔경(瀟湘八景)의 하나. 먼 포구로 배가 돌아오는 광경.

760) 창파(蒼波) : 푸른 물결.

761) 지취(志趣) : 의지와 취향을 아울러 이르는 말.

762) 삼공(三公) : 조선 시대의 삼정승(三政丞).

763) 어가(漁歌) : 어부들이 고기잡이를 하면서 부르는 노래.

764) 어화(漁火) : 고기잡이하는 배에 켜는 등불이나 횃불.

765) 벽락(碧落) : 푸른 하늘.

766) 평사낙안(平沙落雁) : 소상팔경(瀟湘八景)의 하나. 모래밭에 기러기가 내려 앉는 광경.

767) 낙막(落寞) : 마음이 쓸쓸함.

768) 안진(雁盡)하니 서난기(書難寄)라 : 기러기가 없으니 편지를 부치기 어렵다.

769) 안족서(雁足書) : 기러기 발에 묶어 보낸 편지.

770) 전신(傳信) : 서신(書信)을 전함.

771) 시러지며 : 혼미해지며.

엇쩌ᄒᆞ온 두 부인이 안상772)으 나아셔며 여바라 심낭자야 거기 잠간 머물거라 쳔츌지효녀로다 네가 응당 모로리라 우리 두 사람언 요녀슌쳐773) 두 안ᄒᆡ라 쳔츄으 깁푼 한을 너다려 말이로다 우리 셩군 ᄃᆡ슌씨774)가 남슌슈775)ᄒᆞ시다가 창오산776)에 붕777)ᄒᆞ시ᄆᆡ 으지업난 이 두 몸이 원통고 셔룬 눈물 쇼상강778) 져문 비으 숀을 드러 뿌려더니 안상으 쥭지마닥 누흔779)이 부드친 바 아리롱다리롱 졈 친 흔젹 졈졈이 혈누780)로다 가지가지 반쥭지라 이갓치 깁푼 안을 너다려 원졍이라 슈로 쳔리 먼먼 길으 죠심ᄒᆞ여 단여오라

49-앞

ꙮ말이 맛지 못ᄒᆞ야셔 ○풍낭이 썰쳐나며 빕머리 밀치락 쌈싹 놀ᄂᆡ 낫슬 드니 혼몽졍신불변시781)라 졍신이 창황782)ᄒᆞ고 마암이 산락ᄒᆞ야 이윽히 ᄉᆡᆼ각ᄒᆞᆫ직 이난 졍녕 이비783)로구나 쇼상강 황능묘784)으 이비가 게시옵고 반쥭지 잇단 말을 말노만 드러더니 오날노 알니로다 슈로 쳔리

---

772) 안상(眼上) : 눈 앞.

773) 요녀순처(堯女舜妻) : 요임금의 딸이자 순임금의 아내인 아황(娥皇)과 여영(女英).

774) 대순씨(大舜氏) : 순(舜)임금.

775) 남순수(南巡狩) : 남쪽으로 순수함. 순수(巡狩)는 임금이 나라 안을 두루 살피며 돌아다니던 일.

776) 창오산(蒼梧山) : 중국 호남성 영원현(寧遠縣) 동남쪽에 있는 산. 구의산(九疑山)이라고도 한다. 순(舜)임금이 남순(南巡)하다 붕어(崩御)했다.

777) 붕(崩) : 임금이 세상을 떠남.

778) 소상강(瀟湘江) : 중국 동정호 남쪽에 있는 소수(瀟水)와 상강(湘江)을 함께 부르는 말.

779) 누흔(淚痕) : 눈물 흔적.

780) 혈루(血淚) : 피눈물.

781) 혼몽정신불변시(昏懜精神不辨時) : 정신이 흐릿하고 가물가물하여 가려서 구별하지 못할 때.

782) 창황(惝怳) : 놀라거나 다급하여 어찌할 바를 모름.

783) 이비(二妃) : 순임금의 아내가 된, 요임금의 두 딸인 아황(娥皇)과 여영(女英).

784) 황릉묘(黃陵廟) : 순(舜)임금의 이비(二妃)인 아황(娥皇)과 여영(女英)의 영원한 정렬(貞烈)을 기리는 사당.

먼먼 길으 쥭으로 가난 날을 단여오라 ᄒᆞ옵시니 정녕히 나 쥭을 징죠로 구나 흔슈 직코 안자실 졔

&&도션쥬 거동 바라 쇼상팔경 다 본 후으 사공을 직쵹ᄒᆞ야 지체 업시 써갈 적으 운외면면[785] 셧난 산은 뒤로 문득 빗겨 셔고 호호탕탕[786] 너룬 물은 연파[787]가 어리엿다 벽파상으 밤이 가고 비션[788] 즁으 날이 갈 졔 &&한 곳을 당도ᄒᆞ니 이난 곳 임당슈라 흑운이 폐쳔[789]ᄒᆞ며 급급히 오난 비난 물결이 방울지고 풍셰난 딕작ᄒᆞ야 셧난 돗딕

49-뒤

빙빙 도라 썩거질 듯 부러질 듯 탕낭[790]은 노불[791]ᄒᆞ야 워리렁 츌넝 비션창[792]으 절컥 와질근퉁탕

&&션인으 거동 바라 넉슬 일코 닉달으며 돗 지우고 닷슬 믜고 고사 등졀 찰일 적에 셤쌀노 밥을 지여 쇼담ᄒᆞ게 담어 노코 항마닥 비진 슐을 동우로 부셔 노코 왼 돗 자바 칼을 쏘자 도믜 우으 밧쳐 노코 삼식실과[793] 오식탕슈[794] 좌병우면[795] 어동육셔[796] ᄎᆞ례로 다 갓쵸와 황촉[797]

785) 운외면면(雲外面面) : 구름 밖 여러 곳.
786) 호호탕탕(浩浩蕩蕩) : 넓고 넓음.
787) 연파(煙波) : 연기나 안개가 자욱하게 낀 수면.
788) 비선(飛船) : 나는 듯이 빠르게 가는 배.
789) 폐천(蔽天) : 하늘을 가림.
790) 탕랑(蕩浪) : 거센 물결.
791) 노불(怒拂) : 성난 것처럼 떨쳐 일어남.
792) 선창(船倉) : 배 안 갑판 밑에 있는 짐칸.
793) 삼색실과(三色實果) : 관혼상제에 쓰이는 세 가지 빛깔의 과실. 흰색의 깎은 밤, 붉게 익은 대추, 검은 잣을 일컬었으나 근래에는 잣 대신 검게 말린 곶감을 널리 씀.
794) 오색탕수(五色蕩水) : 다섯 색깔의 탕국.
795) 좌병우면(左餠右麵) : 좌측에 떡을 놓고 우측에 면(麵)을 놓음.
796) 어동육서(魚東肉西) : 제사상을 차릴 때, 생선 반찬은 동쪽에 놓고 고기 반찬은 서쪽에 놓는 일.
797) 황촉(黃燭) : 밀랍으로 만든 초.

에 불얼 발켜 양편으로 갈나 세고 향노으 향을 ᄭᅩᆺ자 좌차 압페 피여노며 심청을 목욕시켜 정ᄒᆞᆫ 의복 입힌 후으 상머리 쵸셕798) ᄭᅡᆯ고 단졍이 궤좌ᄒᆞ야 헌화799)를 금ᄒᆞᆫ 후으

○○○도사공 거동 바라 고사를 ᄒᆞ랴 ᄒᆞᆯ 졔 북을 드러 밧쳐 노코 두 무릅을 졍히 ᄭᅮᆯ코 북치를 숀으 들고 북을 두리둥둥둥 울니며 츅원을 ᄒᆞ것싸 ○○ 헌원씨800) ᄇᆡ를 지여 이졔

50-앞

불통801)ᄒᆞ오시니 후ᄉᆡᆼ802)이 본을 ᄇᆡ화 오날ᄭᅡ지 유젼ᄒᆞ니 엇지 안이 장ᄒᆞ리가 두리둥 둥덩둥덩 ○임슐지츄칠월803)으 일ᄃᆡ문장804) 쇼자쳠805)도 거쥬쇽ᄀᆡᆨ806) 노를 젹에 ᄇᆡ 안이면 어이ᄒᆞ며 ○여ᄌᆞ기여노이이라 어부가807) ᄒᆞᆫ 곡죠으 오자셔808)를 건네씨니 ᄇᆡ 안이면 어이ᄒᆞ며 ○오류쵼809)

---

798) 초석(草席) : 왕골, 부들 따위로 엮어 만든 자리.

799) 훤화(喧譁) : 시끄럽게 지껄이며 떠듦.

800) 헌원씨(軒轅氏) : 중국 고대 오제(五帝)의 하나인 황제(黃帝). 신농씨(神農氏)의 치세 말기에 천하가 어지러워지자 사방의 제후를 토벌하고 치우(蚩尤)의 난을 평정한 뒤 천자가 되었다. 창힐(倉頡)을 시켜 문자를 만들고, 대요(大堯)를 시켜 역법을 제정했으며, 예수(隸首)를 시켜 산법(算法)을 정하고, 영륜(伶倫)을 시켜 율려(律呂)를 창안했다고 한다.

801) 이제불통(以濟不通) : 통하지 못하던 데를 건너다니게 함.

802) 후생(後生) : 뒤에 태어난 사람.

803) 임술지추칠월(壬戌之秋七月) : 임술년 가을 7월. 소식(蘇軾)의 <적벽부(赤壁賦)>의 한 구절.

804) 일대문장(一代文章) : 한 세대를 풍미한 문장가.

805) 소자첨(蘇子瞻) : 소식(蘇軾). 자첨(子瞻)은 그의 자.

806) 거주속객(擧酒屬客) : 술을 들어 손님에게 권한다. 소식(蘇軾)의 <적벽부(赤壁賦)>의 한 구절.

807) 어부가(漁夫歌) : 어부가 노질하면서 부르는 노래.

808) 오자서(伍子胥) : 중국 춘추시대 초(楚)나라 사람. 부친과 형이 초나라 평왕(平王)에게 피살되자 한을 품고 오나라로 들어가 오나라의 공자 광을 도와 그를 왕위에 오르게 한 뒤 초나라를 쳐서 원수를 갚았다.

809) 오류촌(五柳村) : 도잠(陶潛)이 살던 시상리(柴桑里) 오류촌(五柳村). 집 앞에 버드나무 다섯 그루가 있다 하여 붙은 이름.

도처사[810]도 ᄑᆡᆼᄐᆡᆨ녕[811]을 마다ᄒᆞ고 늘니로 도라올 제 쥬요요이경양[812]이라 ᄇᆡ를 타고 도라오니 엇지 안이 장ᄒᆞᄅᆡᆨ가 ○두리둥 둥덩둥덩 ○♧ 인불언이면 귀부지라[813] 힛심ᄂᆡ다 오날날 지셩발원[814]ᄒᆞ옵기난 다란 사졍 안이오라 ○미욱ᄒᆞ온 져으 등이 ᄒᆡᆼ션으로 위업ᄒᆞ와 멀고 깁푼 슈

50-뒤

로 길을 이셥[815]할가 바랍사와 ○황쥬 짜 도화동 십뉵 세 심낭자를 졔슈[816]로 밧치오니 ○사ᄒᆡ 용왕임과 오방신장[817]님과 미럭[818] 셔낭[819]당신[820]님과 이물[821]으 고물[822] 영감 다 구버보옵시고 ᄒᆞ위동심[823]ᄒᆞ시기를 천만축슈[824] 바랍ᄂᆡ다 ○ᄇᆡ도 무쇠 ᄇᆡ가 되고 닷도 구리 닷시 되여

---

810) 도처사(陶處士) : 중국 동진(東晋)과 송대(宋代)의 시인인 도잠(陶潛). 호는 연명(淵明), 자는 원량(元亮). 시호(諡號)는 정절선생(靖節先生). 문 앞에 버드나무 다섯 그루를 심어 놓고 스스로 오류선생(五柳先生)이라 칭하기도 하였다. 팽택령(彭澤令)을 잠시 하다가 곧 사직하고 고향으로 돌아와 <귀거래사(歸去來辭)>를 지었다. 그 후 여러 차례의 권유에도 불구하고 벼슬길에 나아가지 않았다.

811) 팽택령(彭澤令) : 팽택(彭澤)의 수령.

812) 주요요이경양(舟搖搖以輕颺) : 배는 흔들흔들 가볍게 흔들린다. 도잠(陶潛)의 <귀거래사(歸去來辭)>의 한 구절.

813) 인불언(人不言)이면 귀부지(鬼不知)라 : 사람이 말을 하지 않으면 귀신은 모른다.

814) 지성발원(至誠發願) : 정성을 다하여 신에게 소원을 빎.

815) 이섭(移涉) : 옮겨 건넘.

816) 제수(祭需) : 제물(祭物).

817) 오방신장(五方神將) : 다섯 방위를 지키는 다섯 신. 동쪽의 청제(靑帝), 서쪽의 백제(白帝), 남쪽의 적제(赤帝), 북쪽의 흑제(黑帝), 중앙의 황제(黃帝).

818) 미륵(彌勒) : 미래세에 성불하여 사바세계에 나타나서 석가모니 다음으로 중생을 구제한다는 보살.

819) 서낭신(-神) : 토지와 마을을 지켜 준다는 신.

820) 당신(堂神) : 토지나 마을의 수호신.

821) 이물 : 배의 머리.

822) 고물 : 배의 뒷부분.

823) 화우동심(和祐同心) : 한 마음으로 도움.

824) 천만축수(千萬祝手) : 수없이 두 손 모아 빎.

슈로 천리 먼먼 길을 슌풍귀범[825] 양양가[826]로 쳑지[827]갓치 왕닉ᄒᆞ게 ᄒᆞ옵시고 ○악귀 잡신일낭 물 아릐로 쇽거쳔니[828]ᄒᆞ옵쇼셔○ ○엄엄급급 여률녕 사파ᄒᆞ[829] 쉐쉐 ○여보시요 심낭자난 이시으 물으 드오 시각이 밧버씨니 지쳬를 어이ᄒᆞ리 ○북치를 닉던지고

51-앞

졔물을 고로 집어 동셔남북 사방으로 두로두로 닉헛치며 슈즁고혼[830]더럴 다 푸러 멕이것다 ♧여바라 ○다 듯거라 ○남ᄌᆞ귀야 여ᄌᆞ신아 아덜 쥭은 동자신[831]아 춍각 쥭은 몽달귀[832]야 자식업난 무자신[833]아 ○안자 싸 못 먹엇싸 ○셧싸 못 먹엇싸 ○안쥬 어셔 못 먹엇싸 뒷공사 ᄒᆞ지 말고 만이만이 만이 먹고 너 갈 씌로 다 가거라 ○쉐쉐 ♧심쳥으 거동 바라 얼골이 빗치 업고 사지를 발발 썰며 바듯시 ᄒᆞ난 말이 ○션즁으 어룬네게 망죵[834] 부탁 훌 말 잇쇼 우리 고향 인근쳐를 다시 지닉 가거 드면 우리 부친 존망 여부나 아라다가 이 곳으로 가난 길으 닉

51-뒤

으 혼빅 불너 닉여 일닐이 젼ᄒᆡ쥬오 안령이들 단여오오 숀 들어 눈물

---

825) 순풍귀범(順風歸帆) : 순하게 부는 바람에 멀리 나갔던 돛단배가 돌아옴.
826) 양양가(襄陽歌) : 이백(李白)이 지은 한시.
827) 척지(尺地) : 아주 가까운 땅.
828) 속거천리(速去千里) : 빨리 천리를 감.
829) 엄엄급급 여율령 사파하(奄奄急急 如律令 娑婆訶) : 빨리 빨리 영을 받들어 사악한 귀신들이 침범하지 않도록 하여 주시옵소서.
830) 수중고혼(水中孤魂) : 물에 빠져죽은 외로운 혼령.
831) 동자신(童子神) : 아이가 죽어 되었다는 귀신.
832) 몽달귀(-鬼) : 총각이 죽어 되었다는 귀신.
833) 무자신(無子神) : 자식 없는 귀신.
834) 망종 : 마지막.

씻고 빠드듯 이러셔며 쵸ᄆᆡ끈 졸나ᄆᆡ고 자락을 것쩌 드러 젼신을 무름 씨고 뒤로 줏춤 나가던니 우루루 달녀들어 션두으 웃뚝 셔며 두 발 잣칫 모도 딋고 아이고 아분이 ᄒᆞᆫ 마듸으 ○쇼쇼리쳐 발발 쩔며 썩ᄭᅮ러져 물으 풍덩 쩌러지니 ○심쳥 일신 간 곳 업고 만경창파[835] 너룬 물이 물살만 츌넝츌넝 츌넝인다 ●묘창ᄒᆡ지일쇽[836]이라 쳔일[837]이 늠늠ᄒᆞ고 풍낭이 젹젹ᄒᆞ다 ○고사ᄒᆞ던 도사공은 무릅 치고 이러셔며 도션쥬 화장[838]이난 퍽 쥬장져 쥬먹 친다

52-앞

좌우으 션인더리 셔를 쓸쓸 눈물 지며 한슘 짓코 도라션다 힝션으 뜻시 업고 셔로 늑겨 탄식ᄒᆞᆫ다 어언간 지쳬ᄒᆞᆯ 졔 ○풍셩[839]이 잠잠ᄒᆞ며 운무가 것치더니 창낭슈[840] 말근 물으 난ᄃᆡ업난 셔기[841] 쎄지르며 구만장공[842] 노푼 ᄒᆞ날 연쇽ᄒᆞ여 영농ᄒᆞ다 ○션인더리 셔로 보고 신기타 칭찬ᄒᆞᆷ을 마지 안이 ᄒᆞᆫ 년후으 힝션ᄒᆞ여 써가니라 ∞잇ᄯᆡ 상졔[843]게셔 셔ᄒᆡ 용왕으게 ᄒᆞ교ᄒᆞ시되 ○쳔츌지효[844] 심낭자가 모월 모일 아무 시으 임당슈으 들 테이니 용궁으로 인도ᄒᆞ야 지극키 관ᄃᆡᄒᆞ여 삼 삭을 지닌 후으 인간으로 환숑ᄒᆞ라 분부가 게

---

835) 만경창파(萬頃蒼波) : 한없이 넓고 푸른 바다.
836) 묘창해지일속(渺滄海之一粟) : 아득히 넓은 바다의 좁쌀 한 알. 소식(蘇軾)의 <적벽부(赤壁賦)>의 한 구절.
837) 천일(天日) : 하늘에 떠 있는 해.
838) 화장(火匠) : 배에서 밥을 짓는 일을 하는 사람.
839) 풍성(風聲) : 바람 소리.
840) 창랑수(滄浪水) : 푸른 물결.
841) 서기(瑞氣) : 상서로운 기운.
842) 구만장공(九萬長空) : 아득히 높고 먼 하늘.
843) 상제(上帝) : 하느님.
844) 천출지효(天出之孝) : 하늘이 낸 효.

52-뒤

시기로 ○○용왕이 직시 시녀를 명ᄒᆞ야 임당슈으 심낭자를 용궁으로 모셔갈 제 ∴용궁으 죠화여든 ○무신 지체가 잇것나냐 ∴어엿ᄲᅳᆯ사 심낭자 물으 풍덩 잠겨드니 ○난ᄃᆡ업난 시녀더리 일시으 달녀드러 좌우로 부ᄋᆡᆨ845)ᄒᆞ야 심낭자를 ᄇᆡᆨ옥교846)으 모셔간다 ○잇ᄯᆡ으 심낭자난 혼몽쳔지847) 그 정신으 아무란 쥴 모로고셔 몸이 실녀 가난지라 ○젼후으 화동848)더런 옥져를 히롱ᄒᆞ니 잠긴 교룡849) 츔을 츄고 ○좌우으 모신 시녀 연보850)을 옴겨가니 월ᄑᆡ851) 쇼ᄅᆡ 징징ᄒᆞ다

53-앞

○잇ᄯᆡ으 심쳥이난 창황 즁 그 정신으 부지ᄒᆞ경852) 혼몽시853)라 눈을 열고 살펴보니 별유천지비인간854)이라 창파만리으 연화855)난 황홀ᄒᆞᆫᄃᆡ 면면이 셧난 산은 뵈이난이 옥봉856)이요 봉두857)으 ᄯᅳᆫ 구름은 셔기가 영농ᄒᆞ다 가난 곳시 어ᄃᆡᄆᆡ냐 난ᄃᆡ업난 쥬궁ᄑᆡ궐858) 반공으 덩실 쇼사 졉

---

845) 부액(扶腋) : 곁부축.

846) 백옥교(白玉轎) : 백옥으로 만든 평교자(平轎子).

847) 혼몽천지(昏懜天地) : 정신이 가물가물하고 흐릿한 세상.

848) 화동(花童) : 꽃으로 꾸민 아이.

849) 교룡(蛟龍) : 상상의 동물. 뱀처럼 생겼는데, 길이가 한 길이 넘고 네 발이 넓적하고 머리가 작으며, 가슴이 붉고 등에는 푸른 무늬가 있으며 옆구리와 배는 비단과 같은데 눈썹으로 흘레하여 알을 낳는다고 한다.

850) 연보(蓮步) : 미인의 걸음걸이의 비유.

851) 월패(月牌) : 달 모양으로 되거나 달을 그린 패.

852) 부지하경(不知何境) : 어느 경우에 이를지 알지 못함.

853) 혼몽시(昏懜時) : 정신이 흐릿하고 가물가물한 때.

854) 별유천지비인간(別有天地非人間) : 이 속세와 다른 천지가 따로 있다. 이백(李白)의 시 <산중답인(山中答人)>의 한 구절.

855) 연화(蓮花) : 연꽃.

856) 옥봉(玉峰) : 옥같이 아름다운 산봉우리.

857) 봉두(峰頭) : 산봉우리의 맨 꼭대기.

사칭냥상ᄃᆡ[859]ᄒᆞᆫᄃᆡ 산호 난간 유리창으 션악[860]이 진동ᄒᆞᆫ다 ○잇ᄯᅢ으 용왕이 ᄃᆡ히ᄒᆞ사 시녀로 영졉ᄒᆞ여 ᄃᆡ상으로 올니거날 ○심청으 거동 보쇼 경혼실식[861] 나문 약장[862] 엇더ᄒᆞ온 분간인지 마암이 황공ᄒᆞ야 좌불안셕[863]ᄒᆞ올 젹으 ○ᄃᆡ졔커나 용왕으 위이가 장ᄒᆞ구나 머리으 화

53-뒤

관이요 몸으난 홍포[864]로다 ᄇᆡᆨ옥탑[865]의 젼좌[866]ᄒᆞ야 좌우 졔신 물니치고 시녀로 인도ᄒᆞ사 심청 보고 ᄒᆞ난 말삼 인셰간 귀ᄒᆞᆫ 몸을 누지[867]로 뫼시오니 황공무지[868]ᄒᆞ옵시나 일젼으 죠회차로 옥경[869]으 올나가니 옥황이 ᄒᆞ교ᄒᆞ시되 모월 모일 모시으 인간 효녀 심쇼져가 임당슈으 들 테이니 비궁[870]으로 인도ᄒᆞ야 삼 삭을 관ᄃᆡ[871]ᄒᆞ와 임당슈로 환송ᄒᆞ라 영귀 극진ᄒᆞ올지라 칙명[872]이 게시기로 이와 갓치 ᄒᆞ온 바니 용셔ᄒᆞ기 바랍니다 ●심청이 다시 이러 복지지비[873] 엿자오ᄃᆡ 용궁이라 ᄒᆞ옵시니 ᄃᆡ

---

858) 주궁패궐(珠宮貝闕) : 진주와 보패(寶貝)로 이루어진 화려한 궁궐.

859) 첩사층영상대(疊榭層楹相對) : 장려한 화각이 즐비함. 왕발(王勃)의 시 <임고대(臨高臺)>의 한 구절.

860) 선악(仙樂) : 신선의 풍악.

861) 경혼실색(驚魂失色) : 몹시 놀라서 정신이 얼떨떨해지고 얼굴빛이 변함.

862) 약장(弱腸) : 심약한 마음.

863) 좌불안석(坐不安席) : 불안, 근심 등으로 한 군데에 오래 앉아 있지를 못함.

864) 홍포(紅袍) : 조하(朝賀) 때 임금이 입던 붉은 예복.

865) 백옥탑(白玉榻) : 백옥으로 만든, 왕이나 왕비가 앉는 평상.

866) 전좌(殿座) : 친정(親政), 조하(朝賀) 때에 왕이 정전(正殿)에 나와 앉음.

867) 누지(陋地) : 누추한 곳. 자기가 사는 곳을 겸손하게 이르는 말.

868) 황공무지(惶恐無地) : 위엄이나 지위 따위에 눌리어 두려워서 몸 둘 데가 없음.

869) 옥경(玉京) : 하늘 위의 옥황상제가 산다고 하는 가상적인 서울.

870) 비궁(祕宮) : 비밀스런 궁전.

871) 관대(款待) : 친절히 대하거나 정성껏 대접함.

872) 칙명(勅命) : 임금이 내린 명령.

873) 복지재배(伏地再拜) : 땅에 엎드려 두 번 절함.

강 김작ᄒᆞ건니와 존즁ᄒᆞ신 좌지[874]로셔 진세간 천싱 몸이 불효으 죄가 되여

54-앞

쥭으로 가난 몸을 비루[875]타 안이시고 이ᄃᆡ지 ᄒᆞ옵시니 황공무지ᄒᆞ옵ᄂᆡ다 ○용왕이 하사[876]ᄒᆞ사 시녀를 명ᄒᆞ오셔 일등 진슈 다 갓쵸와 심소져를 권ᄃᆡ[877] 후으 별궁[878]으로 인도ᄒᆞ여 극진이 졉우[879]할 졔 만리 슈궁으 이친[880]으 슈회[881]를 위로홀가 시녀로 동거ᄒᆞ여 나지면 후원으 드러 기화요쵸[882]를 완상[883]ᄒᆞ고 밤이면 칭게으 올나 션풍낭월[884]을 음농[885]홀 져 셰월이 여류[886]ᄒᆞ야 삼 삭을 지닌 후으 심소져를 인간으로 환숑홀 져 ○○○용궁으 죠화어든 못홀 닐이 워 잇것나 진슈로 후ᄃᆡᄒᆞ고 보픠로 정표[887]ᄒᆞ여 금등[888] 옥등[889] 쇽씌다고 진셰간으 업난 화치 쏫슝이로 봉을 지여 두렷ᄒᆞᆫ 그 가온ᄃᆡ 심소져를 졍히 모사 단졍

---

874) 좌지(坐地) : 계급 따위가 높은 위치.
875) 비루(鄙陋) : 못나고 더러움.
876) 하사(下詞) : 하교(下敎).
877) 권대(勸待) : 후하게 대접함.
878) 별궁(別宮) : 특별히 따로 지은 궁전.
879) 접우(接遇) : 손님을 맞아들여 접대함.
880) 이친(離親) : 어버이를 이별함.
881) 수회(愁懷) : 마음속에 깊이 새겨진 근심.
882) 기화요초(奇花瑤草) : 곱고 아름다운 꽃과 풀.
883) 완상(玩賞) : 즐겨 구경함.
884) 선풍낭월(善風朗月) : 맑은 바람과 맑고 밝은 달.
885) 음롱(吟弄) : 음풍농월(吟風弄月). 맑은 바람과 달을 대상으로 시를 짓고 흥취를 자아내어 즐겁게 놂.
886) 여류(如流) : 물과 같이 흐름.
887) 정표(情表) : 간절한 정을 드러내 보이기 위하여 물품을 줌.
888) 금덩(金-) : 황금으로 호화롭게 장식한 가마.
889) 옥덩(玉-) : 옥으로 호화롭게 장식한 가마.

54-뒤

이 안친 후으 쏫봉지 머문 다시 흔적 업시 염으이고 시녀로 옹위ᄒᆞ야 임당슈로 보ᄂᆡ니라 ◯◯◯ᄊᆡ맛참 삼츈[890]이라 ᄒᆡ상 풍경 장히 죠타 벽파으 ᄂᆡ 잠기고 평호[891]으 달이 쏏다 사풍셰우[892] 잠간 ᄀᆡ니 ᄇᆡᆨ빈홍뇨[893] 만발ᄒᆞ고 안지정난[894] 푸리엿다 동정이 여천파시츄라[895] 상ᄒᆞ쳔광[896] 이 안이냐 ◯◯남경장사 션인더리 억십만금 퇴[897]를 ᄂᆡ여 고향산쳔 도라올 져 순풍으 비를 씌고 ᄋᆡᄂᆡ셩[898] 말근 곡죠 이기[899]가 양양ᄒᆞ다 ◯동자야 노 져어라 만경창파 만리쳔을 슈이 져어 가자셔라 쳔무열풍[900]이요 ᄒᆡ불양파[901]로다 표표이[902] 가난 거동 우화등션[903] 이 안이냐 츈슈션여쳔상좌[904]가 허언[905]이 안이로다 삼공[906]이 좃타 혼들 이 강산을 박굴쇼냐 홍망 무러 오난 숀은 ᄂᆡ으 지취[907] 몰나구나 쇼지노화월일션[908] 자

---

890) 삼춘(三春) : 봄의 석 달.

891) 평호(平湖) : 동정호(洞庭湖).

892) 사풍세우(斜風細雨) : 비껴 부는 바람과 가는 비.

893) 백빈홍료(白蘋紅蓼) : 흰 부평초와 붉은 여뀌꽃.

894) 안지정란(岸芷汀蘭) : 강 언덕의 지초와 물가의 난초.

895) 동정(洞庭)이 여천파시추(如天波始秋)라 : 하늘처럼 넓고 맑은 동정호의 물결은 비로소 가을이로다.

896) 상하천광(上下天光) : 하늘과 강물 빛.

897) 퇴(堆) : 이익.

898) 애내성(欸乃聲) : 노 젓는 소리.

899) 의기(意氣) : 기개와 마음.

900) 천무열풍(天無烈風) : 하늘에는 병을 일으키는 더운 바람이 불지 않음.

901) 해불양파(海不揚波) : 바다에는 거친 물결이 일지 않음. 중국 주나라 성왕 때 주공이 나라를 잘 다스리므로 바다에 큰 파도가 일지 않고 나라가 평화로웠다는 고사.

902) 표표(飄飄)히 : 물에 둥둥 떠.

903) 우화등선(羽化登仙) : 사람의 몸에 날개가 돋쳐 하늘로 올라가 신선이 됨.

904) 중수선녀천상좌(重修仙女天上座) : 거듭 닦은 선녀는 천상(天上)에 앉게 된다.

905) 허언(虛言) : 거짓말.

906) 삼공(三公) : 조선 시대의 삼정승(三政丞).

907) 지취(志趣) : 의지와 취향을 아울러 이르는 말.

908) 소지노화월일선(笑指蘆花月溢船) : 웃으며 흰 갈대꽃과 달빛이 가득찬 배를 가리킨다.

릐 등으 져 달 시러라 우리 고향 어셔 가 칠빅평호909) 죠흔

55-앞

경물910) 안이 보든 못ᄒᆞ리라 빅구난 훨훨 나라 시상으로 뫼와들고 금닌911)은 펄젹 쒸여 벽파상으 유령912)ᄒᆞᆫ다 셔봉으 일모ᄒᆞ니 강촌으 밥을 짓코 운간으 나난 죵셩 고사913)가 완연ᄒᆞ다 ᄒᆞᆫ참 이리 ᄯᅥ나올 져 임당슈을 당도ᄒᆞ냐 ○션인들 거동 바라 가난 비를 즁지ᄒᆞ고 여바라 동무더라 이 물으 죽은 심쳥 불상ᄒᆞ고 가긍ᄒᆞ다 ᄒᆞᆫ빅이나 위로ᄒᆞ자 공논이 분쥬ᄒᆞ며 션두으 나아셔니 인자상심슈자류914)라 ○난디업난 ᄭᅩᆺ ᄒᆞᆫ 봉지 벽파상으 반만 잠겨 두리둥둥 ᄯᅥ나온다 ○션인더리 셔로 보고 허허 그 ᄭᅩᆺ 이상ᄒᆞ다 만경창파 이 물 우으 ᄭᅩᆺ시라니 만무ᄒᆞ다 ○청파강상 피난 ᄭᅩᆺ시 연ᄭᅩᆺ 박기 업건마난 입도 업고 쥴기 업시 ᄒᆞᆫ졍 업시 ᄯᅥ나오니 알 슈 업난 ᄭᅩᆺ시로다 ○츈릐편시도화슈915)라 불변션원916) 도화인가 안이 그 ᄭᅩᆺ 안이로다 ○진왕 여히917) 졀부ᄒᆞᆯ 제 썩거 가든 쵹규화918)냐 안이 그 ᄭᅩᆺ 안이로다 ○한무졔919) 슈양공쥬920) 단장ᄒᆞ든 믹화인가 안이 그 ᄭᅩᆺ 안이

---

909) 칠백평호(七百平湖) : 둘레가 칠백리인 동정호(洞庭湖).

910) 경물(景物) : 계절에 따라 달라지는 경치.

911) 금린(錦鱗) : 비단 같은 비늘이라는 뜻으로, 아름다운 물고기를 이르는 말.

912) 유영(游泳) : 물속에서 헤엄치며 놂.

913) 고사(古寺) : 한산고사(寒山古寺).

914) 인자상심수자류(人自傷心水自流) : 사람은 서러워하고 물은 절로 흐른다. 유장경(劉長卿)의 시 <중송배랑중폄길주(重送裵郎中貶吉州)>의 한 구절.

915) 춘래편시도화수(春來遍是桃花水) : 봄이 오매 온통 복사꽃 떨어져 흐르는 시냇물뿐이다.

916) 불변선원(不辨仙源) : 신선이 사는 곳을 알지 못함. 왕유(王維)의 시 <도원행(桃源行)>의 한 구절인 '불변선원하처심(不辨仙源何處尋)'에서 따온 구절.

917) 진왕(晉王) 여희(麗姬) : 중국 전국시대 진(晉)나라 헌공(憲公)의 애첩.

918) 촉규화(蜀葵花) : 접시꽃.

919) 한무제(漢武帝) : 송무제(宋武帝)의 오기(誤記).

920) 수양공주(壽陽公主) : 중국 남조(南朝) 송무제(宋武帝)의 딸. 잠에서 깨어나면 머리에 매화꽃 향기가 나고 매화가지처럼 아름답게 보였다고 한다. 당시 궁녀들이 다투어 이를

로다 ○ᄭᅩᆺ실낭은 이상ᄒᆞ다 ○명사십니921)

55-뒤

희당화가 물으 ᄯᅥᆯ쳐 나려오냐 ○쳔향국식922) 모란화가 바람결으 날녀왓냐 ○심낭자 죽은 혼이 환싱ᄒᆞ여 ᄭᅩᆺ 되엿냐 신기ᄒᆞ고 황홀ᄒᆞ다 ○○션인덜 거동 바라 그 ᄭᅩᆺ슬 고히 건져 빅에 실코 셔로 보며 화즁군자923) 잇다더니 이 ᄭᅩᆺ 두고 한 말이며 화즁왕924)이 잇다더니 이 ᄭᅩᆺ시 분명쿠나 ○인셰상으 업난 ᄭᅩᆺ 쳔상으 벽도화925)냐 월즁으 단게화926)냐 곱고도 좃출ᄒᆞ다 어셔 밥비 노 져어라 만경창파 너룬 물으 부난이 슌풍이요 가나니 비션927)이라 어기야 우리 동무 어셔 밥비 가자셔라 ○○○잇ᄯᅢ으 숑황졔 황후 붕ᄒᆞ시고 슈회928)를 못 니기여 화쵸로 홍을 붓쳐 각식 ᄭᅩᆺ슬 구흘 젹으 남경션인 임당슈으 어든 ᄭᅩᆺ시 쇼문이 업건나냐 ○도싱지929) 션인 불너 그 ᄭᅩᆺ슬 안어 드려 황극젼930) 화원 즁으

흉내내어 미간에 꽃모양을 붙였는데 이것을 매화장(梅花妝)이라고 부른다.

921) 명사십리(明沙十里) : 함경남도 원산시의 동남쪽 약 41km 지점에 있는 백사장. 끝없이 펼쳐져 있는 하얀 백사장과 10여리에 걸쳐 만발하여 있는 해당화의 군락, 그리고 그 뒤에 둘러져 있는 푸른 소나무와 푸른 바다가 어울려 명승을 이룬다.

922) 천향국색(天香國色) : 천하제일의 향기와 자색이라는 뜻으로 절세미인을 비유하여 이르는 말.

923) 화중군자(花中君子) : 꽃 중의 군자. 연꽃.

924) 화중왕(花中王) : 꽃 중의 왕. 모란.

925) 벽도화(碧桃花) : 푸른 복숭아꽃.

926) 단계화(丹桂花) : 붉은 계수나무꽃.

927) 비선(飛船) : 나는 듯이 빠르게 가는 배.

928) 수회(愁懷) : 마음속에 깊이 새겨진 근심.

929) 도승지(都承旨) : 조선 시대 왕명의 출납을 맡은 승정원(承政院)의 우두머리인 정삼품 벼슬.

930) 황극전(皇極殿) : 천자의 궁전.

56-앞

단정히 고여 노코 황졔 쎤 주달931)ᄒᆞ니 황졔 ᄃᆡ히ᄒᆞ사 그 ᄭᅩᆺ슬 귀경ᄒᆞ시니 ᄇᆡᆨᄇᆡᆨ홍홍상간ᄀᆡ932)으 각식 화쵸 난만ᄒᆞᆫ 즁 비범ᄒᆞᆫ 져 ᄭᅩᆺ 봉지 양화933) 비쳐 모란ᄀᆡ934)라 인간 물식 안이로다 그 ᄭᅩᆺ으 홍을 부쳐 쥬야 업시 ᄋᆡ셕ᄒᆞᆯ 제 ○그 ᄭᅩᆺ 봉지 이상ᄒᆞ다 옴쓰러져 염은 ᄭᅩᆺ시 무위이화935) 버러지니 ○ᄭᅩᆺ 봉 쇽으 심낭ᄌᆞ난 심상ᄒᆞᆫ 이사로다 ᄭᅩᆺ 봉지 ᄉᆡᆨ이로셔 쳔연이 ᄂᆡ다보니 인셰간이 분명ᄒᆞ다 흡사몽즁비몽즁936)이라 뉘다려 말을 ᄒᆞ며 말을 ᄒᆞᆫ들 무신 말을 ᄒᆞ올거나 유구무언937) 이 안이냐 슈식 씌여 안ᄌᆞ난ᄃᆡ ○잇쎡 맛춤

56-뒤

궁녀들이 ᄭᅩᆺ귀경 드러오니 난ᄃᆡ업난 일낭ᄌᆞ가 ᄭᅩᆺ 봉 쇽으 안자거날 궁녀들이 셔로 보고 신기ᄒᆞ고 이상ᄒᆞ다 월명임ᄒᆞ미인ᄂᆡ938)라 ᄆᆡ화시난 잇거니와 엇더ᄒᆞ신 낭ᄌᆞ로셔 ᄭᅩᆺ 가온ᄃᆡ 안져나뇨 아압고져 문나이다 아ᄆᆡ도 인셰 인물 안이로다 쳔랑939)이 분명커던 월즁으 항아940)로셔 벽ᄒᆡ장쳔야야슈941)를 허다가 못 니기여 우연이 ᄒᆞ강힛나 요지942)으 셔왕모943)

---

931) 주달(奏達) : 임금에게 아뢰던 일.

932) 백백홍홍상간개(白白紅紅相間開) : 희고 붉은 색이 어우러지고 뒤섞여 핌.

933) 양화(陽和) : 화창한 봄빛.

934) 모란개(-開) : 모란이 핌.

935) 무위이화(無爲而化) : 하는 일이 없었으나 백성들이 저절로 잘 감화됨.

936) 흡사몽중비몽중(恰似夢中非夢中) : 꿈속 같으나 꿈속이 아님.

937) 유구무언(有口無言) : 입은 있어도 말은 없다는 뜻으로, 변명할 말이 없거나 변명을 못함을 이르는 말.

938) 월명임하미인래(月明林下美人來) : 밝은 달 숲길로 미인이 온다.

939) 천랑(天娘) : 선녀.

940) 항아(姮娥) : 중국 하나라의 제후 유궁후예(有窮後羿)의 처. 불사약을 훔쳐 달로 달아나 달의 정령(月精)이 되었다 한다.

941) 벽해창천야야수(碧海蒼天夜夜愁) : 벽해창천에 밤마다 근심함.

로 반도[944] 진상 가난 길으 자랑코져 닉려왓나 진위를 아사이다 ○심쳥이 싱각흔직 문은 졍이요 답은 예야라[945] 쳔졍[946]으로 뭇난 말을 죵닉

57-앞

딕답 업거 드면 극히 무례흐온 바라 부득히 흐난 말이 심가으 쳔싱으로 불효막딕[947]흐옵기로 용납 업난 이 목심이 광풍으 낙화로다 표표이[948] 날니다가 부드칠 곳 바이 업셔 그릇 졉쳐 드렷닉다 옥면[949]으 슈식 씌여 다시 말치 못흐거날 궁녀 등이 신기흐야 연유를 쥬달[950]흐니 ○황졔 직시 나보시니 쏫 봉 쇽으 안진 미인 듯든 말과 일반이라 궁녀로 시위[951]흐사 닉젼[952]으로 좌졍흐와 신기홈을 칭찬흐며 졀연흐신 그 마암이 마지 안이 흐더니라 ○잇씌으 만조졔신[953]이 황졔 젼으 하례흐되 폐흐으

---

942) 요지(瑤池) : 선경(仙境)인 곤륜산(崑崙山)에 있다는 못.

943) 서왕모(西王母) : 고대 중국의 선녀. 성(姓)은 양(揚), 이름은 회(回). 주(周)나라 목왕(穆王)이 서쪽 곤륜산에 사냥을 가서 서왕모를 만나 요지(瑤池)에서 노닐며 돌아옴을 잊었다고 하는 전설이 있고, 또 한(漢)나라 무제(武帝)가 장수(長壽)를 원하고 있을 때, 그를 가상히 여겨 하늘에서 선도 일곱 개를 가지고 내려와 무제에게 주었다고 하는 전설도 있다. 『산해경(山海經)』에는 그 모양이 반인반수(半人半獸)로 표범의 꼬리에 범의 이를 가지고 더벅머리에 풀다리를 쓰고 있고, 서왕모의 남쪽에는 세 청조(靑鳥)가 있어서 그 여자의 먹을 것을 마련해 준다고 적고 있다.

944) 반도(蟠桃) : 삼천년에 한번씩 열린다고 하는 전설상의 복숭아. 동방삭(東方朔)은 이 복숭아를 먹고 환갑을 삼천 번이나 맞았다고 한다.

945) 문(問)은 정(情)이요 답(答)은 예야(禮也)라 : 묻는 것은 인정이요, 답하는 것은 예의라.

946) 천정(天情) : 진정(眞情). 진실한 마음.

947) 불효막대(不孝莫大) : 불효가 매우 심함.

948) 표표(飄飄)히 : 가볍게 나부끼며.

949) 옥면(玉面) : 옥같이 깨끗하고 아름다운 얼굴.

950) 주달(奏達) : 임금에게 아뢰던 일.

951) 시위(侍衛) : 임금이나 어떤 모임의 우두머리를 모시어 호위함.

952) 내전(內殿) : 왕비가 거처하던 궁전.

953) 만조제신(滿朝諸臣) : 조정의 모든 신하.

57-뒤

노푼 덕ᄐᆡᆨ 명쳔이 감응ᄒᆞ사 황후를 ᄂᆡ리시니 엇지 지쳬ᄒᆞ오릭가 황후를 봉ᄒᆞ사이다 ○도싱지 물너나와 ᄂᆡ젼으로 득달954)ᄒᆞ야 심낭자게 엿자오ᄃᆡ 황졔 폐ᄒᆞ 놉푼 덕ᄐᆡᆨ 명쳔이 감응ᄒᆞ사 황후를 ᄂᆡ리시니 쳔연955)일시 분명커던 짓쳬를 ᄒᆞ오릭가 복원956) 낭자게셔난 가연957)을 이루쇼셔 직시으 물너나와 ᄐᆡ사관958) 급히 불너 상상길일959) ᄐᆡᆨ츌ᄒᆞ야 황후를 봉홀 젹으 만죠ᄇᆡᆨ관 ᄒᆞ례ᄒᆞ고 삼쳔궁녀 춤을 춀 제○ ○우리 황졔 노푼 도덕 명쳔 감동 안이신가 월노싱960) 죠흔 연분 불노쥬로 근작961)ᄒᆞ니

58-앞

만셰만셰우만셰으 억만셰나 ᄒᆞ오리라 억죠창싱962) 만민더런 경양가963)를 노ᄅᆡᄒᆞ니 요지일월964) 발거구나 오음늌뉼965) 가진 풍뉴 남풍곡966)을

954) 득달(得達) : 목적한 곳에 다다름.

955) 천연(天緣) : 하늘이 맺어준 연분.

956) 복원(伏願) : 엎드려 바람.

957) 가연(佳緣) : 아름다운 인연.

958) 태사관(太史官) : 천문과 측후 등의 일을 맡아 보던 관리.

959) 상상길일(上上吉日) : 가장 좋은 길일(吉日).

960) 월로승(月老繩) : 월하(月下)노인이 지닌 주머니의 붉은 끈. 이 끈으로 남녀의 인연을 맺어 준다고 한다.

961) 권작(勸酌) : 술잔을 권함.

962) 억조창생(億兆蒼生) : 수많은 백성.

963) 격양가(擊壤歌) : 땅을 치며 부르는 노래. 풍년이 들어서 농부가 태평한 세월을 즐기는 노래. 중국 요(堯)임금 때 늙은 농부가 태평한 세월을 즐거워하며 땅을 치면서 부른 노래라고 한다.

964) 요지일월(堯之日月) : 요(堯)임금 때의 세상. 곧 태평성대.

965) 오음육률(五音六律) : 오음(五音)과 육율(六律). 오음은 궁(宮)·상(商)·각(角)·치(徵)·우(羽)의 다섯 음률을 말하고, 육율은 십이율 중 양성(陽聲)에 속하는 여섯 가지 소리인 태주(太簇)·고선(姑洗)·황종(黃鐘)·이칙(夷則)·무역(無射)·유빈(蕤賓)을 말한다.

966) 남풍곡(南風曲) : 순(舜)임금이 오현금에 올려 타던 시. 부모가 자식을 낳아 길러 주는 것이 만물이 남풍을 만나 자라나는 것과 같다.

화답ᄒᆞ니 슌지건곤[967] 이 안이냐 지화ᄌᆞ 죠흘씨고 ○잇ᄯᅢ으 숑황졔난 신졍[968]이 다락[969] ᄒᆞ나 심황후난 부친을 사모ᄒᆞ사 규즁심심불싱슈[970] 라 슈회[971]로 지너날 졔 ᄒᆞ로난 숑황졔 황후다려 뭇난 말삼 부부으 깁푼 졍은 상ᄒᆞ가 물논이라 황후으게 잇난 근심 짐이 어이 몰을익가 불효라 ᄒᆞ옵시니 엇쩌ᄒᆞ신 일이닛가 사유를 말삼ᄒᆞ면 쇼원셩취ᄒᆞ것니다 ○심황후 낙

58-뒤

누ᄒᆞ며 부득이 ᄒᆞ난 말삼 쇼비[972]으 일심한[973]은 인셰간으 불상ᄒᆞᆫ 게 천지불변 밍인이라 일국 망인[974] 모도 불너 황극젼[975] 너룬 뜰으 ᄃᆡ연을 비셜ᄒᆞ고 밍인회[976]를 시기시면 쇼비으 깁푼 한을 후리쳐 바릴가 ᄒᆞ나이다 ꝏ여바라 ᄃᆡ쳬 ᄃᆡ황졔으 권력으로 무신 힘이 잇건나냐 직시으 영을 너려 너팔월 쵸삼일 너로 노쇼 망인 유류업시 일일이 등ᄃᆡᄒᆞ라 각 도 각 읍 면면쳔쳔[977] 벽녁갓치 영이 돌 졔 ○○잇ᄯᅢ으 심봉사난 모진 목심 쥭지를 못ᄒᆞ고 셰월을 보널 젹으 ○건네 말 ᄲᅢᆼ덕어미 안ᄭᅩ 드러 덤벙이난 통으 허망ᄒᆞ고 장히

967) 순지건곤(舜之乾坤) : 순(舜)임금 때의 세상, 즉 태평세월.
968) 신정(新情) : 새로 사귄 정.
969) 다락(多樂) : 즐거움이 많음.
970) 규중심심불승수(閨中深深不勝愁) : 깊고 깊은 규중에서 시름을 이기지 못함.
971) 수회(愁懷) : 마음 속에 깊이 새겨진 근심.
972) 소비(少妃) : 왕비가 왕에 대하여 자기를 낮추어 일컫는 말.
973) 일심한(一心恨) : 한 마음에 먹은 한.
974) 망인(亡人) : 맹인(盲人).
975) 황극전(皇極殿) : 천자의 궁전.
976) 맹인회(盲人會) : 맹인들을 위한 잔치.
977) 면면촌촌(面面村村) : 방방곡곡(坊坊曲曲).

59-앞

슉흔[978] 심봉사가 후사[979]나 볼가 ᄒᆞ고 부부가 되여것다 ○쌩덕어미 힝실 보쇼 시쇼젹고 건셩시러 밤이면 모실[980] 돌고 동쳥[981]으 가 낫잠 자기 맛진 음식 졔가 먹고 구진 음식 가장쥬기 무근지셜[982] 작언[983]ᄒᆞ야 남으게다 미러딕기 동닉 근쳐 장사 오면 쌀 퍼쥬고 물견 사기 착실흔 곳 빗 쥰 젼곡 지러 바다 외봉잡기[984] 이러케 지닉나되 심봉사난 젼이 밋고 사자 사자 사자흔들 어이 감당ᄒᆞ것나냐 ○○잇써으 쳔인더리 심망인을 급히 불너 황셩으 밍인 잔치흔다 ᄒᆞ고 훈령[985]이 닉려시되 닉팔월 쵸삼일 닉로 만일 불참ᄒᆞ난 자난 큰 벌을 씐다 ᄒᆞ고 훈령이 시펄ᄒᆞ니 어셔 급피 올나가오 ○○심봉사 이 말 듯

59-뒤

고 홀노 안자 탄식흔다 ○어이ᄒᆞ리 어이ᄒᆞ리 이 사셰를 어이ᄒᆞ리 ○연근칠십[986] 사라시되 밍인 잔치흔단 말은 금시으 쵸문이라 곡졀 잇난 일이로구나 눈 쓰기로 자식 파라 싱목심을 쥭여거던 필경 무사ᄒᆞ것나냐 나 쥭을 닐이로구나 닉가 안이 가자 흔들 관령이 지엄ᄒᆞ고 황셩을 가자 흔들 압 못 보난 이닉 몸이 몟 날 거러 어이가리 아이고 아이고 닉 일이야 ○○쌩덕어미 이 말 듯고 그 덤풀으[987] 황셩이나 귀경ᄒᆞ고 츌반쥬[988] 나

---

978) 숫한 : 순진한.
979) 후사(後嗣) : 대를 잇는 자식.
980) 모실 : 마실. 마을.
981) 동청(東廳) : 동대청(東大廳).
982) 무근지설(無根之說) : 근거 없는 말.
983) 작언(作言) : 말을 만듦.
984) 외봉잡기(外-) : 외봉치기. 남의 물건을 훔쳐 다른 곳으로 옮겨 놓음.
985) 훈령(訓令) : 상급 관청이 하급 관청에 내리는 명령.
986) 연근칠십(年近七十) : 나이가 칠십에 가까움.
987) 덤풀에 : 기회에.

셔것다 ○○젼후사난 각셜ᄒᆞ고 갈 치비를 차리난듸 ○여보쇼 뻥덕어미 져 건네 달낭쇠 모친으게 돈 삼십 냥 안 쥬웟나 어셔 가셔 바더오게 ○이고 발셔 바더씨요 허허 그 일 잘 되엿네 노자텩은 거운 되닉 ○이고 웨 그리 망각힛쇼 다 썻짜고 안이ᄒᆡ요 ○엇짜 이게 웬

60-앞

말인가 어듸다가 다 썻난가 ○슐쳑시런[989] 뻥덕어미 얼업시[990] 듸답ᄒᆞᆫ다 썩 사먹고 엿 사먹고 외 사먹고 그력져력 다 썻지요 불식자포[991]되옵듸다 ○아이고 이 사람아 그것 죠곰 사먹기으 그 돈이 다 드럿나 ○그쁜만 되나요 살구갑시 더 만치요 ○웬 살구를 그듸지도 사먹엇나 ○○○여보 여보 구만두오 남으 사졍 모릅듸다 이 셔느라고 입덧 나셔 밥 못 먹고 잠 못 자고 이리 져리 이 피여도 닉외간도 모릅듸다 시금털털 기살구 입덧 난듸 션약인 쥴 어이 그리 모르시요 아이고 닉 신셰야 ○심봉사 깜작 놀닉 닉 몰낫네 닉 몰낫네 그 사졍을 닉 몰낫네

60-뒤

안심ᄒᆞ쇼 안심ᄒᆞ쇼 아달만 나커 드면 그쁜만 되거난가 사물탕[992]도 듸려 쥬고 용봉탕[993]도 고와쥽시 ○○그난 다 우슘으 말이로되 ○간신이 셔두러셔 노자 의복 짐을 믹여 뻥덕어미 압셰우고 황셩길을 차자갈 져 ○심봉사 숫ᄒᆞᆫ 마암 뻥덕어미를 사랑ᄒᆞ야 졍담으로 이르것다 ○여보게 뻥덕오미 닉 말 듯게 여자라 ᄒᆞ난 것시 길가으 힝동ᄒᆞ면 무론모인[994] 너

---

988) 출반주(出班奏) : 여러 신하 가운데 특히 혼자 나아가 임금께 아뢰던 일.
989) 술척스런 : 음흉한.
990) 얼없이 : 어이없이.
991) 불식자포(不食自逋) : 횡령하지 않았는데 공금이 저절로 축남.
992) 사물탕(四物湯) : 여성과 아이들의 보혈제로 쓰는 탕약의 하나.
993) 용봉탕(龍鳳湯) : 잉어와 닭을 함께 넣어 끓인 국.

나업시 ᄒᆞᆫ 번 볼 ᄃᆡ 두 번 보니 부ᄃᆡ부ᄃᆡ 죠심ᄒᆞ게 ᄂᆡ야 자네만 ᄆᆡᆺ난 터니 우리가 황셩을 가자ᄒᆞ면 거리거리 도회쳐[995]와 무듸무듸 ᄒᆡᆼᄀᆡᆨ실[996]으 심상ᄒᆞᆫ 유산ᄀᆡᆨ[997]과 쥰쥰ᄒᆞᆫ[998] 유협쇼년[999] 응당

61-앞

허다ᄒᆞ올 테니 그 안이 난쳐ᄒᆞᆫ가 일이 단쇽 졀이 단쇽 ᄎᆞ쳠ᄎᆞ쳠 올나간다 ○ᄒᆞᆫ 곳슬 당도ᄒᆞ니 셔산으 일모ᄒᆞ고 각녁[1000]이 곤핍ᄒᆞᆫ다 ᄀᆡᆨ졈[1001] ᄎᆞ자 드러가니 각쳐으 망인더리 황셩 잔치 가난 길으 맛츰 셔로 뫼여것ᄶᅡ 셕반을 물닌 후으 ∞진쇼위 운여상죵[1002]이요 쵸록동ᄉᆡᆨ[1003]이라 ᄆᆡᆼ인ᄭᅡ지 뫼여씨니 장관이엿ᄶᅡ 논인 장단도 일슈ᄒᆞ고 업난 쑈도 별노 ᄂᆡ며 져그 쇼위 슈인사를 ᄒᆞ난ᄃᆡ ᄆᆡ우 유식ᄒᆞ여 ᄌᆡ담으로 ᄒᆡ보것다 ○한 ᄆᆡᆼ인 나안지며 참 우리가 츅우강남[1004]이라고 ᄆᆡ우 죳쇼 ○져 분은 셩씨가 뉘씨익가 ○네 ᄂᆡ 셩은 쵸ᄆᆡ 입고 갓 씬 자요

61-뒤

○게집이 갓 ᄡᅧ씨니 안ᄉᆡᆼ원이지요 ○ᄯᅩ 져 분은 뉘씨익가 ○네 ᄂᆡ 셩은 쳔만 번 밧ᄲᅮᆫ ᄃᆡ도 씨기가 쉬은 자요 ○네 씨기가 쉽다 ᄒᆞ니 뎡ᄉᆡᆼ원이지

994) 무론모인(毋論某人) : 누구든 말할 것 없이.
995) 도회처(都會處) : 도회지(都會地).
996) 행객실(行客室) : 나그네들이 거처하는 곳.
997) 유산객(遊山客) : 산으로 놀러 다니는 사람.
998) 준준한(俊俊-) : 뛰어난.
999) 유협소년(遊俠少年) : 호방하고 의협심이 있는 젊은이.
1000) 각력(脚力) : 걷는 힘.
1001) 객점(客店) : 길손이 음식이나 술을 사 먹기도 하고 쉬기도 하던 집.
1002) 운여상종(雲-相從) : 같은 무리끼리 서로 내왕하며 사귐.
1003) 초록동색(草綠同色) : 비슷한 부류의 사람이 끼리끼리 어울림을 일컫는 말.
1004) 추우강남(追友江南) : 친구 따라 강남 감.

요 ○쏘 져 분은 셩씨가 뉘씨익가 ○네 졔 셩은 안장 지여 쉽비 들고 이라이라 건네바라 ᄒᆞ난 그 자요 ○마싱원인가부그려 ○쏘 져 편으 누은 분은 뉘씨익가 ○네 실네올시다 ○천만으 말삼이요 ○네 졔 셩짜난 슈가장히 만ᄒᆞᆫ 자요 아흔아홉으 하나 더 잇난 자요 ○올쇼 올쇼 아흔아홉으 ᄒᆞ나 더 잇다니 빅싱원이 분명치요 ○쏘 아릐묵으 양쥬[1005] 안진 져 분은 뉘씨익가 ○네 닉 셩짜난 근본 잇고 셰력 만코 사람

62-앞

마닥 죠타지요 ○셩짜난 이상ᄒᆞ오 사람마닥 죠타 ᄒᆞ니 어듸 죠곰 드릅시다 ○네 나무토막 둘을 갈나 우아릐로 맛딕 노코 씹[1006]을 발쌍 눌너딕면 공알[1007]이 툭 비어져 엽페가 분난 자요 ○옥싱원인가부그려 참 양반은 양반이요 ○여보 딧쳬 알기 짜는 용케 아오 엇지 그리 자시 아오 ○네 ᄌᆞ시만 알깃쇼 축시도 아옵지요 ○ᄒᆞᆫ참 이리 지담으로 노를 젹으 황난득이라 ᄒᆞ난 밍인 얼골이 밉잔ᄒᆞ고 외입쇽이 잇짜 ᄒᆞ니 몹씰 계집 쎙덕어미 그 밍인으게 딕혹ᄒᆞ야 그날 밤 삼경야으 여간 의복 노슈[1008] 냥을 모도 다 쎄가지고

62-뒤

황봉사와 싱야도쥬[1009] 영영 가ᄉᆞ나 그력져력 날이 싀니 ○심봉사 거동 바라 쎙덕어미 쎙덕어미 이러나쇼 이러나쇼 무신 잠을 그리 자나 더듬더듬 더듬어도 분명이 업난지라 심봉사 깜작 놀닉 넉이 업시 부르것짜

1005) 양주(兩主) : 부부.
1006) 씹 : 성숙한 여자의 성기(性器).
1007) 공알 : 여자 외음부에 있는 작은 돌기.
1008) 노수(路需) : 노자(路資).
1009) 심야도주(深夜逃走) : 야반도주(夜半逃走).

쎙덕어미 어듸 갓나 어셔 오쇼 어셔 오쇼 관쇼셰[1010]를 ᄒᆞ랴 ᄒᆞ고 유슈장쳔[1011] ᄎᆞ자갓나 듸쇼피를 ᄒᆞ랴 ᄒᆞ고 으식ᄒᆞᆫ 곳 ᄎᆞ자갓나 어셔 오쇼 어셔 오쇼 인죠반[1012] 것치 ᄒᆞ게 어셔 오쇼 어셔 와 ○○쳔호만호[1013] 불너본들 ᄒᆞᆫ번 쥬ᄶᅡᄒᆞᆫ[1014] 게집이 다시 올 니 잇것나냐 심상ᄒᆞᆫ 믱인더른 다 각기 발졍[1015]ᄒᆞ고 심봉사난 홀노 안자 신셰장탄가로 우름을 운다 ○ 아이고 아이고 아이고 아이고 ᄂᆡ 일이야

63-앞

쳔리원졍[1016] 황셩길을 어이 죵가[1017] ᄎᆞ자가며 일일 죠셕 오난 ᄭᅳᆫ이 무엇 먹고 사를 거나 야쇽ᄒᆞ고 몹씰 게집 막듸 잡고 ᄂᆡ 압 셔셔 긔쳔이요 구렁이요 역역히 ᄒᆞ든 쇼ᄅᆡ 엇지 잇고 차마 가리 아이고 아이고 ᄂᆡ 일이야 ᄎᆞ마 셔러 못 살것네 무남독녀[1018] ᄯᆞᆯᄌᆞ식은 만경ᄎᆡᆼ파[1019] 깁푼 물으 어복[1020]으 밥이 되고 단독일신 이ᄂᆡ 몸언 쳔리타향 무쥬공산[1021] 오작으 밥이 되니 모진 놈으 팔ᄌᆞ로다 아이고 아이고 아이고 아이고 ᄂᆡ 팔ᄌᆞ야 아이고 ᄂᆡ 신셰야○ ○○아무리 강탄[1022]ᄒᆞᆫ들 무신 슈가 잇것나냐 쥬

1010) 관소세(盥梳洗) : 양치질하고 머리와 낯을 씻음.
1011) 유수장천(流水長川) : 물이 흐르는 긴 내.
1012) 인조반(因早飯) : 먼 길을 가다가 주막에서 머물고 아침에 잠이 깨자마자 그 자리에서 조반을 먹음.
1013) 천호만호(千呼萬呼) : 여러 번 부름.
1014) 주(走)자한 : 도망간.
1015) 발정(發程) : 길을 떠남.
1016) 천리원정(千里遠程) : 천리나 되는 먼 길.
1017) 종가 : 가늠하여.
1018) 무남독녀(無男獨女) : 아들 없는 집안의 외동딸.
1019) 만경창파(萬頃蒼波) : 한없이 넓고 푸른 바다.
1020) 어복(魚腹) : 물고기의 뱃속.
1021) 무주공산(無主空山) : 임자 없는 빈 산.
1022) 강탄(强嘆) : 세차게 탄식함.

인으게 ᄒᆞ직ᄒᆞ고 집평막

63-뒤

ᄃᆡ 것ᄶᅥ 집고 홍치 업시 올나갈 져 노변으 인가 ᄎᆞ자 ᄯᆞᆫ이ᄯᆞᆫ이 걸식ᄒᆞ고 간신이 ᄎᆞ져갈 져 ○○○○잇ᄯᆡ난 어느 ᄯᆡ냐 육칠월 삼복시라 ○늘근 암쇼 ᄲᅮᆯ ᄲᅡ지고 년게[1023] 닥 제욱 들고 밧둑 논 물코[1024] 밋티 숑찰이 올창이 눈장이[1025]ᄯᅦ 더운 물으 넉실 일코 그져 둥둥 쓰난 ᄯᆡ라 ○난ᄃᆡ업난 벽게슈 이 구부 ᄶᅩᆯ낭 져 구부 ᄶᅮᆯ넝 구부구부 휘휘 도라 워리렁 솰솰 흐르난 쇼리 심봉사 반기 듯고 열기를 못 견ᄃᆡ여 이복 관망 훨훨 버셔 안상[1026]으 것ᄶᅥ 노코 가만가만 죵가 거러 물으 풍덩 ᄯᅮ

64-앞

여든니 척탕만고슈[1027]라 마암이 장이 죠와 ○왼갓 히롱을 다 ᄒᆞ것다 벽파를 흘니 져어 낫도 씻고 귀도 씻고 눈도 별노 씻쳐보고 ᄯᅩ ᄒᆞᆫ 위쿰 덤썩 위여[1028] 양지질도 솰솰ᄒᆞ야 물으 훨신 품어보고 비도 실실 어로만져 두 다리로 씻친 후으 다리 ᄉᆡ으 궐놈[1029]이도 이리 자바 문질문질 져리 웅쳐 실근실근 안져보고 업져보며 두 발노 창낭을 탕탕 숀으로 벽파를 츌넝츌넝 옴방통방 오리ᄶᅧᆨ으로 츌몰을 다ᄒᆞᆫ 후으 ○마암이 상쾌ᄒᆞ야 안상으로 나와보니 엇ᄶᅥᄒᆞᆫ 걸인 놈이 의복 관망 다 가지고 부

1023) 영계(嬰鷄) : 어린 닭.

1024) 물코 : 물꼬. 논에 물이 넘어 들어오거나 나가게 하기 위해 만든 좁은 통로.

1025) 눈쟁이 : 송사리의 경상도 방언.

1026) 안상(岸上) : 언덕 위.

1027) 척탕만고수(滌蕩萬古愁) : 만고의 시름을 쓸어버림.

1028) 위여 : 쥐어.

1029) 궐놈(厥-) : 그 놈.

64-뒤

지거쳐[1030]ᄒᆞ여구나 ○○심봉사 홀노 셔셔 신셰를 ᄉᆡᆼ각ᄒᆞ니 셔러움도 간곳 업고 억심[1031]이 왈칵난다 ○낙녕지광이요 죠상지육[1032]이라 시비를 져어ᄒᆞ며[1033] 염치를 ᄀᆞ릴쇼냐 ○훨신 버신 젹신[1034]으로 신랑[1035]만 두 숀으로 웅켜쥐고 오던 길노 ᄎᆞ자가며 여ᄀᆡᆨ집[1036]을 썩 드러셔 뭇잡코 부르것다 ○○○여보 여보 쥬인어룬 간밤으 ᄂᆡ가 이 방으셔 안이 잣쇼 의복 ᄒᆞᆫ 벌 보으 싸셔 션반 우으 연져 노코 망각ᄒᆞ고 ᄂᆡ가 갓쇼 ᄂᆡ 보를 ᄂᆡ여쥬오 셔실 잇게 ᄃᆡ여든니 ○○고금이 다르것나 우슙건지 될 쌘더러 쫑을 무셔 치것나냐 ᄃᆡ로변 츌두천[1037]이 외입

65-앞

장이 슈단으로 차쇼위 견문발검[1038]이라 ○여벌 관망 이복 ᄒᆞᆫ 벌 것써 쥬며 미친 망인 드러보게 슈다ᄒᆞᆫ ᄆᆡᆼ인더리 그리 만이 지ᄂᆡ씨되 능징[1039] ᄒᆞᆫ 졀ᄒᆞᆫ ᄆᆡᆼ인 보든 바 쳐암일다 썩 물너이거라 ○심봉사 의복 바다 넌짓 입고 션거름으 물너셔며 네 과연 젠들 쇽이 업씨릭가 ᄇᆡᆨ비치사[1040]ᄒᆞᆫ

1030) 부지거처(不知去處) : 간 곳을 알지 못함.

1031) 억심(-心) : 억척같이 굳게 먹은 마음.

1032) 조상지육(俎上之肉) : 도마에 오른 고기라는 뜻으로, 어쩔 수 없이 된 막다른 운명을 말함.

1033) 저어하며 : 두려워하며.

1034) 적신(赤身) : 벌거벗은 알몸.

1035) 신낭(腎囊) : 불알.

1036) 여객집(旅客-) : 여관집.

1037) 출두천(出頭天) : 한자 천(天)의 머리를 내밀면 '부(夫)'가 되는 데서 남편을 비유적으로 이르는 말.

1038) 견문발검(見蚊拔劍) : 모기를 보고 칼을 뺀다는 뜻으로 보잘것 없는 작은 일에 지나치게 큰 대책을 세우거나 또는 사소한 일에 화를 내는, 소견이 좁은 사람을 일컫는 말.

1039) 능징 : 능글맞고 징그러움.

1040) 백배치사(百拜致謝) : 수없이 절을 하며 고맙다고 치사함.

연후으 길을 ᄎᆞ자 올나갈 져 ᄂᆡ일이 ᄂᆡ무진[1041]이라 날노 가고 ᄯᆡ로 거러 ᄒᆞᆫ경업시 올나갈 졔 ○○○솜솜이 ᄉᆡᆼ각ᄒᆞᆫ직 의복 관망 공히 어ᄃᆡ 무사이 올나가니 이게 모다 머냐 ᄒᆞ면 ᄭᅬ ᄒᆞᆫ 번을 잘 쎠구나 ○옛날으 양무인 진평[1042]이가 범아부[1043]를 자부랴고 육츌게[1044]를 셧ᄶᅡ

65-뒤

ᄒᆞᆫ들 이 우에 더 장ᄒᆞ며 삼국시졀 노장 황츙[1045] 죠ᄉᆡᆼ상[1046]을 ᄭᅬ기랴고 고륙게[1047]를 셧ᄶᅡ ᄒᆞᆫ들 이 우에 더홀쇼냐 졀쳐봉ᄉᆡᆼ[1048] 묘ᄒᆞᆫ 이치 션궁후달[1049] 이 안이냐 아이고 아이고 ᄲᆡᆼ덕어ᄆᆡ 어ᄃᆡ 가고 모르난가 ○○그난 그리ᄒᆡᆺ거니와 황셩을 득달ᄒᆞ야 기갈을 못 이기여 ᄒᆞᆫ 골목을 드

1041) 내무진(來無盡) : 계속 와서 끝이 없음.

1042) 진평(陳平) : 중국 한(漢)나라의 개국공신. 초한(楚漢) 전쟁 때 유방(劉邦)의 수하에 있으면서 반간계(反間計)로 항우의 모사 범증(范增)을 몰아냈다. 한나라 건국 후 곡역후(曲逆侯)로 봉해졌다. 혜제(惠帝)와 여후 때 승상에 올랐고, 여후(呂后) 사후 주발(周勃)과 함께 여씨 일족을 숙청했다.

1043) 범아부(范亞父) : 중국 진(秦)나라 말 항우(項羽)의 모사(謀士)인 범증(范增). 훌륭한 계책을 많이 상주해 항우로부터 아부(亞父)로 불렸다. 항우에게 수차례 유방(劉邦)을 암살하도록 건의했으나 채택되지 않았으며, 유방은 반간책(反間策)을 써서 그의 지위를 깎았다. 뜻이 꺾이자 항우의 곁을 떠났으며, 길에서 병으로 죽었다.

1044) 육출계(六出計) : 육출기계(六出奇計). 한고조 유방(劉邦)의 신하인 진평(陳平)이 유방을 도와 여섯 번 기묘한 계책을 낸 고사.

1045) 황충(黃忠) : 중국 삼국시대 촉나라의 장수. 자는 한승(漢升). 원래는 유장의 부하 장수였으나 적벽대전 후에 유비에게 귀순하였다. 유비가 한중왕이 된 후 오호대장에 봉해졌다. 후에 유비를 수행하여 오를 공격하다 오장 마충의 화살에 상처를 입고 그날 밤 영채에서 죽었다.

1046) 조승상(曹丞相) : 중국 후한 말의 정치가이자 문학가인 조조(曹操). 자는 맹덕(孟德). 황건적과 동탁의 반란군을 진압하는 전투에 참가하였고, 헌제를 강압하여 실권을 장악했다. 그 후 승상에 올라 친히 대군을 이끌고 남하하여 형주(荊州)를 점령했으나 적벽(赤壁)의 전투에서 손권(孫權)과 유비(劉備)의 연합군에 대패하였다. 위왕(魏王)에 오른 후 4년 만에 병으로 낙양에서 사망하였다.

1047) 고육계(苦肉計) : 자신의 몸을 괴롭게 하여 적을 속이는 계책.

1048) 절처봉생(絶處逢生) : 극도로 궁박한 끝에 살길이 생김.

1049) 선궁후달(先窮後達) : 먼저 곤궁하다가 후에 현달함.

러가니 엇쩌ᄒᆞᆫ 고루거각1050) 반공으 덩실 쎳다 용정방ᄋᆡ1051) 찟난 쇼ᄅᆡ 장히 요란ᄒᆞ난지라 ○뭇잡코 드러셔며 거룩ᄒᆞ신 덕분으로 ᄒᆞᆫ 쌔 요기ᄒᆞ옵시다 쇼ᄅᆡ를 질너노니 ○이난 노싱상ᄃᆡᆨ이라 ○용정1052)ᄒᆞ난 여아더리 심ᄆᆡᆼ인을 셔로 보고 짓으 졔워 쇼

66-앞

경을 찌ᄃᆡ여1053) 방ᄋᆡ타령1054)을 부르난ᄃᆡ ○ᄋᆡ고 ᄋᆡ고 져 쇼경 이상ᄒᆞ고 이상ᄒᆞ네 ○어 어기러라 방ᄋᆡ로구나 ∴일이 찌ᄃᆡ 노흐니 ∴심봉사도 아무리 페인1055)이나 인심은 일반이라 여아더리 ᄒᆞ난 농을 ᄃᆡ답 ᄒᆞᆫ번 못ᄒᆞ것나 ᄌᆡ담으로 뒤쇼ᄅᆡ를 마져 부와 ○어이 어이 각씨님ᄂᆡ 이상ᄒᆞ고 이상ᄒᆞ네 ○어 어기어라 방ᄋᆡ로구나 ○져 쇼경으 모양 보쇼 쑥ᄃᆡ머리1056) 난슈1057)ᄒᆞ고 페이파관1058)ᄒᆞ여씨니 영낙업난 우인1059)인가 불견안즁인1060)이라 ○어 어기어라 방ᄋᆡ로구나 ○각씨님ᄂᆡ 허리씨1061)난 노상으 버둘이라 이리로도 흐늘그리고 져리로도 흐늘그려 츈졍을 못

1050) 고루거각(高樓巨閣) : 높고 크게 지은 집.

1051) 용정방아(舂精-) : 곡식을 찧는 방아.

1052) 용정(舂精) : 곡식을 찧음.

1053) 찌대어 : 기대어.

1054) 방아타령 : 방아를 주제로 한 경기, 서도(西道) 민요. 신라 자비왕 때에 매우 가난한 백결 선생이, 설에 집집마다 떡방아를 찧는 소리를 듣고 탄식하는 부인을 위로하기 위하여 거문고로 떡방아 소리를 내었다는 고사(故事)에서 유래되었다고 하나 근거가 확실하지 아니하다.

1055) 폐인(蔽人) : 맹인.

1056) 쑥대머리 : 어지럽게 흐트러진 머리.

1057) 난수(亂首) : 어지럽게 흐트러진 머리.

1058) 폐의파관(敝衣破冠) : 해진 옷과 찢어진 갓.

1059) 우인(偶人) : 허수아비.

1060) 불견안중인(不見眼中人) : 눈에 사람이 보이지 않음.

1061) 허릿매 : 날씬한 허리의 맵시.

66-뒤

니기니 시첩단장시[1062]라 ○어 어기어라 방ᄋᆡ로구나 ○져 쇼경으 모양 보쇼 쇼진 장이 아덜인가 말 쇽은 장히 좃네 입 쇽 자랑ᄒᆞ로 왓나 셰염 업시[1063] 웃고 셧네 ●시문에 문견폐[1064]로고 ○어 어기어라 방ᄋᆡ로구나 ○각씨님ᄂᆡ 고흔 얼골 장두[1065]으 반ᄀᆡ화[1066]라 가난 사람 썩거들고 오난 사람 썩거드니 임자업난 물건이라 낙화난마족[1067]이 이 안인가 ○어 어기어라 방ᄋᆡ로구나 ○져 쇼경으 거동보쇼 가쇼롭고 ᄋᆡ답구만 버들갓치 ᄉᆡ론 빗과 ᄭᅩᆺ갓치 고흔 빗슬 썩기난 고사ᄒᆞ고 보지도 못ᄒᆞ오니 츈ᄅᆡ불사츈[1068]이 그 안인가 ○어 어기어라 방ᄋᆡ로구나 ○각씨님ᄂᆡ 눈을 보니 쪙 찰나는

67-앞

ᄆᆡ눈인가 이놈을 보와도 짜웃짜웃 져놈을 보와도 짜웃짜웃 눈 짜는 이상ᄒᆞ네 ○져 쇼경으 눈을 보니 착쿠[1069] 마진 쪙에 눈인가 쑈그라지게도 감어구만 ○각씨님ᄂᆡ 가릐 밋션 용당기[1070]를 기렷난가 울긋불긋 싱겻네 ○허허 죠쿠나 방ᄋᆡ로구나 ○져 쇼경으 다릐 ᄉᆡ는 강아지를 품어난가 울눅쌜눅 싱겨구만 ○히히 죠쿠나 방ᄋᆡ로구나 ⚇이거난 광ᄃᆡ으 ᄌᆡ담이

1062) 시첩단장시(是妾斷腸時) : 이 첩의 애가 끊어지는 때. 이백(李白)의 시 <춘사(春思)>의 한 구절.

1063) 셈없이 : 계산이나 생각 없이.

1064) 시문(柴門)에 문견폐(聞犬吠) : 사립문에 개 짖는 소리 들린다. 유장경(劉長卿)의 시 <봉운숙부용산주인(逢雲宿芙蓉山主人)>의 한 구절.

1065) 장두(墻頭) : 담장의 끝쪽 가장자리.

1066) 반개화(半開花) : 반쯤 핀 꽃.

1067) 낙화난마족(落花亂馬足) : 떨어진 꽃잎이 말발굽 아래 어지럽다.

1068) 춘래불사춘(春來不似春) : 봄이 와도 봄 같지 않구나. 왕소군(王昭君)의 시 <춘래불사춘(春來不似春)>의 한 구절.

1069) 차꼬 : 죄수를 가둘 때 쓰는 형구.

1070) 용당기(-旗) : 두레 때 마을 가운데 꽂아 두던 기.

라 글홀 니가 잇것나냐 ○황극젼[1071] 밍인회를 ᄎᆞ자갈 제 죵노[1072]으 니다라 이리 져리 방황ᄒᆞᆫ다 ○일이 가야 올케 가나 져리 가야 바로 가나 막젹쇼향[1073] 쥬져홀 졔 ○○난ᄃᆡ업난 웨장쇼릐[1074] 니 일이 밍인잔

67-뒤

치 망죵날이오니 무론망인 노쇼ᄒᆞ고 쇽쇽히 드러오오 일셩즁이 진동커날 ○심봉사 깜작 놀니 어ᄃᆡ로 가야 밍인회를 가오 나를 죠곰 인도ᄒᆞ오 ○어젼사령[1075] 닙더 셔며 여보 밍인 이리 오오 황극젼 밍인회 말셕으다 인도ᄒᆞ야 안자구나 ○잇쌔으 심황후난 밍인회를 비셜ᄒᆞ고 오난 밍인 노쇼 업시 ᄎᆞ례로 살펴보되 부친 흔젹 영영 업고 날 기한은 아죠 가니 한슘 졔워 눈물 짓코 눈물 졔워 ᄋᆡ가 탄다 ○불상ᄒᆞ신 우리 부친 영결죵쳔[1076]ᄒᆞ셧난가 썩고 나문 그 간장으 분간 업시 게옵신가 ᄋᆡ답고 셔룬지거 ○엇쩌ᄒᆞᆫ 망인 ᄒᆞ나 말셕으 참네커

68-앞

날 유심이 살펴보니 쵸췌ᄒᆞᆫ 그 정상으 슈발[1077]이 쇼쇼[1078]ᄒᆞ고 귀밋티 살 잡피고 에굽부시[1079] 안진 거동 이상ᄒᆞ고 이상ᄒᆞ다 셔리[1080] 불너 ᄒᆞ교ᄒᆞ시되 말셕으 안진 밍인 ᄃᆡᄒᆞ로 뫼셔오라 가직히 안친 후으 만단으

1071) 황극전(皇極殿) : 천자(天子)의 궁전.
1072) 종로(鐘路) : 서울의 종각이 있는 큰 거리.
1073) 막적소향(莫迹所向) : 향할 바를 알지 못함.
1074) 웨장소리 : 누구에게 맞대지 않고 헛되이 큰소리를 치는 것.
1075) 어전사령(御殿使令) : 임금이 있는 곳에서 심부름을 하는 사람.
1076) 영결종천(永訣終天) : 죽어서 영원히 이별함.
1077) 수발(首髮) : 머리털.
1078) 소소(疏疏) : 드문드문함.
1079) 에구부시 : 약간 휘우듬하게 굽은.
1080) 서리(書吏) : 조선 시대 중앙 관서에 두었던 구실아치.

로 살펴보되 영향[1081]언 방불ᄒᆞ나 광ᄃᆡᄒᆞᆫ 천지간으 세상사를 막상 몰나 진경으로 뭇난 말삼 어느 곳으 거쥬ᄒᆞ며 셩함은 뉘시오며 무신 쇼회 잇삽거든 져져히 말삼ᄒᆞ오 ○심봉사 이 말 듯고 하욤업시 솟난 눈물 ᄶᅡ으 뚝뚝 ᄯᅥ러지며 과연 쇼ᄆᆡᆼ은 황쥬 ᄯᅡ 도화동 사옵고 셩명은 심학구요 무남독녀 ᄯᅡᆯ ᄒᆞ나를 두어ᄯᅥ니

68-뒤

임당슈으 ᄲᅡ져쥭고 이 목숨만 나머난듸 쳔ᄒᆞ고 모질기로 여틔가지 안이 쥭고 예ᄭᅡ지 왓나이다 ○심황후 와락 ᄯᅱ여 ᄂᆡ려가며 ᄋᆡ고 ᄋᆡ고 아분이 임당슈으 ᄲᅡ져 쥭은 불효녀 심쳥이요 어셔 눈을 ᄯᅥ겨 졔 얼골을 보옵쇼셔 숀을 잡고 이럭키니 ○심봉사 ᄭᅡᆷ작 놀ᄂᆡ ᄋᆡ고 이게 웬말이냐 고기 번ᄯᅳᆺ 축겨들며 눈을 번ᄯᅳᆺ ᄯᅥ구나 부녀 셔로 숀을 잡고 네가 과연 ᄂᆡ ᄯᅡᆯ이냐 임당슈으 쥭은 혼이 환싱ᄒᆞ여 여기 왓냐 셕시강슈금인가[1082]라 너를 두고 일너구나 쳔고이릐[1083] 업난 닐 너와 나와 쳐암이라 ᄃᆡ상으로 올나가며 이게 분

69-앞

명 슈궁이냐 슈궁이 안이어든 일장츈몽[1084] 잠졀이냐 황홀ᄒᆞ고 신기ᄒᆞ다 ○ᄒᆞᆫ참 일이 ᄒᆞ올 젹으 심황후 덕틱으로 명쳔이 감은ᄒᆞ사 황극젼 ᄃᆡ뜰 아릐 슈다ᄒᆞᆫ 여러 ᄆᆡᆼ인 일시으 눈을 ᄯᅥ셔 ᄃᆡ명쳔지[1085] 다시 보고 ᄇᆡᆨ빅사례[1086] 숑덕ᄒᆞᆯ 졔 비반이 낭자ᄒᆞ고 풍악이 진동ᄒᆞᆫ다 ⁂잇ᄯᆡ으 심황

1081) 영향(影響) : 모습과 음성.

1082) 석시강수금인가(昔時江水今人家) : 옛날 강물 흐르던 자리가 오늘 인가가 되었다.

1083) 천고이래(千古以來) : 아주 먼 옛날부터 지금까지.

1084) 일장춘몽(一場春夢) : 한바탕의 봄꿈이라는 뜻으로 헛된 영화(榮華)나 덧없는 일을 비유하여 이르는 말.

1085) 대명천지(大明天地) : 아주 환하게 밝은 세상.

후 부녀 일희일비[1087] 두로 쇼사 염치업시 질기난듸 ○심학구씨 거동 보쇼 심황후으 숀을 잡고 얼시구나 죠흘시고 쥬야장쳔[1088] 죠흘시고 병신 아비 눈을 쓰고 죽은 자식 만나시니 금상쳠화[1089] 이 안인가 화치[1090] 잇게 노라보자 명쳔지ᄒᆞ[1091] 발근 날을

69-뒤

다시 ᄒᆞᆫ번 보거구나 ○울어러보니 구만으 장공 쇼슈와나니 부상지지[1092]라 둥실 솟난 져 일광 구시용[1093]이 완연쿠나 일장여쇼년[1094]으로 노라보자 ○우리 황졔 놉푼 도덕 요순씨[1095]으 셩덕이라 틱평가로 노라보자 강구[1096]으 날이 지니 격양가[1097]로 부러보자 남후젼[1098] 달 발그니 빅공가[1099]로 화답ᄒᆞ자 ○부즁싱남즁싱녀[1100]라 말노만 드러더니 허언이 안이로다 얼시구나 죠쿠나○ 우리 사회도 귀가자[1101]요 우리 ᄯᆞᆯ도 귀가

1086) 백배사례(百拜謝禮) : 거듭 절을 하며 고맙다는 뜻을 나타냄.
1087) 일희일비(一喜一悲) : 한편으로는 기쁘고 한편으로는 슬픔.
1088) 주야장천(晝夜長天) : 밤낮으로 쉬지 않고 잇달아서.
1089) 금상첨화(錦上添花) : 좋은 일에 또 좋은 일이 더함.
1090) 화채(和彩) : 기쁜 빛.
1091) 명천지하(明天之下) : 총명한 임금이 다스리는 태평한 세상.
1092) 부상지지(扶桑之枝) : 동쪽 바다 속에 해가 뜨는 곳에 있다고 하는 뽕나무 가지.
1093) 구시용(舊視容) : 옛날에 본 모습.
1094) 일장여소년(日長如少年) : 해는 길어서 소년과 같구나.
1095) 요순씨(堯舜氏) : 요임금과 순임금.
1096) 강구(康衢) : 이리저리 두루 통하는 큰 길거리.
1097) 격양가(擊壤歌) : 땅을 치며 부르는 노래. 풍년이 들어서 농부가 태평한 세월을 즐기는 노래. 중국 요(堯)임금 때 늙은 농부가 태평한 세월을 즐거워하며 땅을 치면서 부른 노래라고 한다.
1098) 남훈전(南薰殿) : 순(舜)임금이 남풍시(南風詩)를 지어 오현금(五絃琴)에 얹어 부르던 궁전.
1099) 백공가(百工歌) : 백관(百官)이 화락(和樂)하게 부르는 노래.
1100) 부중생남중생녀(不重生男重生女) : 아들 낳기 힘쓰지 말고 딸 낳기 힘쓰세. 백거이(白居易)의 시 <장한가(長恨歌)>의 한 구절.
1101) 귀가자(貴家子) : 귀한 집안의 자식.

녀[1102]라 쌀 녀짜 아덜 자짜 일이 져리 합ᄒᆞ여셔 죠흘 호짜로 노라보자 8억죠창싱[1103] 만민더라 요늬 말을 드러바라 삼강힝실[1104] 즁흔 즁으 츙녈도 즁컨이와 빅힝지원[1105] 효도로다 엇지 안이 죠흘쇼냐

70-앞

○단가

단풍 황국 호시졀으 시경[1106]을 애석홈

구츄하일부즁양[1107]은 허언[1108]이 안이로다 용산[1109]으 슐 마시고 학님[1110]으 글을 읍고 읍고 마시고 노난 ᄯᆡ라 진ᄋᆡ[1111]를 싯치랴고 사쥭[1112]으 낙을 붓쳐 오음뉵뉼[1113] 말근 곡죠 득기묘[1114]를 ᄒᆞ랴난듸 좌ᄎᆞ으 뇌인 기물 무엇 무엇 버렷던고 후산으 통쇼 균천으 졋ᄃᆡ 히강[1115]으 거문고며 인싱여[1116]으 질장고[1117]짜지 갓쵸갓쵸 갓쵸왓고 좌상으

1102) 귀가녀(貴家女) : 귀한 집안의 딸.

1103) 억조창생(億兆蒼生) : 수많은 백성.

1104) 삼강행실(三綱行實) : 유교도덕의 기본이 되는 세 가지 도리. 군신과 부자와 부부 사이에 지켜야 할 떳떳한 도리.

1105) 백행지원(百行之源) : 모든 행동의 근원.

1106) 시경(詩境) : 시흥을 불러일으키거나 시정(詩情)이 넘쳐흐르는 아름다운 경지.

1107) 구추하일부중양(九秋何日不重陽) : 가을 어느 날이 중양절이 아니겠는가. 정작(鄭碏)의 시 <중양(重陽)>의 한 구절.

1108) 허언(虛言) : 빈말.

1109) 용산(龍山) : 중국 산동성에 있는 산.

1110) 학림(學林) : 학자들이 모이는 곳.

1111) 진애(塵埃) : 티끌과 먼지.

1112) 사죽(絲竹) : 관현(管絃).

1113) 오음육률(五音六律) : 오음(五音)과 육률(六律). 오음은 궁(宮), 상(商), 각(角), 치(徵), 우(羽)의 다섯 음률을 말하고, 육률은 십이율 가운데 양성(陽聲)에 속하는 여섯 가지 소리인 황종, 태주, 고선, 유빈, 이칙, 무역을 이른다.

1114) 득기묘(得其妙) : 그 묘함을 얻음.

1115) 혜강(嵇康) : 중국 삼국시대 위(魏)나라의 시인이자 철학자. 죽림칠현(竹林七賢)의 한 사람. 자는 숙야(叔夜).

1116) 인상여(藺相如) : 중국 전국시대 조(趙)나라의 명신. 처음 유현(繆賢)의 사인(舍人)이

모인 벗슨 뉘기 뉘기 모와던고 시즁션[1118]으 이쳥년[1119]과 쥬즁션[1120]으 유령[1121]이며 황산곡[1122] 빅낙천[1123] 이러ᄒᆞᆫ 호걸이 모와난듸 취가[1124]로 상화[1125]ᄒᆞ니 셰사난 금삼쳑이요 싱이난 쥬일비라[1126] 읍고 놀고 먹고 놀 졔 국화 썩거 숀으 들고 만산경[1127]을 바릐보니 상엽이 홍어이월화[1128]라 썩 역시나 장히 죳타 거들그리고 놀거지거

70-뒤

○단가

시월지심 노름엿다

썩맛참 쇼츈[1129]이라 상노[1130]난 기강[1131]ᄒᆞ고 목엽[1132]언 써러져 절경

었다가 그 뒤 혜문왕(惠文王)·효성왕(孝星王)을 섬겼다. 진(秦)나라 소왕(昭王)이 조나라의 화씨벽(和氏璧)을 탐내어 15개 성(城)과 바꾸기를 청하였을 때 진나라에 사신으로 갔다가 진왕(秦王)의 속임수임을 간파, 화씨벽을 온전하게 가지고 돌아왔다. 그 뒤 상경(上卿)이 되어 장군 염파(廉頗)와 함께 조나라의 융흥에 힘썼다.

1117) 질장구 : 흙을 구워서 큰 놋그릇 비슷하게 만든 악기.

1118) 시중선(詩中仙) : 시를 짓는 신선.

1119) 이청련(李青蓮) : 중국 당나라의 시인인 이백. 청련(青蓮)은 그의 호.

1120) 주중선(酒中仙) : 술 마시는 신선. 두보(杜甫)의 시 <음중팔선가(飮中八仙歌)>의 한 구절.

1121) 유령(劉伶) : 중국 진(晉)나라 때의 죽림칠현(竹林七賢)의 한 사람. 자는 백륜(伯倫). 술을 남달리 좋아하여 <주덕송(酒德頌)>을 지었다.

1122) 황산곡(黃山谷) : 중국 송나라의 시인인 황정견(黃庭堅). 산곡(山谷)은 그의 호.

1123) 백낙천(白樂天) : 중국 당나라의 시인. 이름은 거이(居易), 만년의 호는 향산거사(香山居士). 낙천(樂天)은 그의 자. 이백이 죽은 지 10년, 두보가 죽은 지 2년 후에 태어났으며, 같은 시대의 한유와 더불어 '이두한백(李杜韓白)'으로 병칭되는 인물이다. 32세에 지은 <장한가(長恨歌)>가 그의 대표작이다.

1124) 취가(醉歌) : 술 취한 노래.

1125) 상화(相和) : 서로 화답함.

1126) 세사(世事)는 금삼척(琴三尺)이요 생애(生涯)는 주일배(酒一盃)라 : 세상 일은 석 자 거문고에 실어 보내고 인생은 한 잔 술로 달랜다.

1127) 만산경(萬山景) : 온 산의 풍경.

1128) 상엽(霜葉)이 홍어이월화紅於二月花) : 서리 맞은 나뭇잎이 봄날의 꽃보다 더 붉다. 두목(杜牧)의 시 <산행(山行)>의 한 구절.

으 셧난 기암 면면이 낫터난다 상ᄒᆞ으 실솔[1133] 울고 쳔외으 홍안셩[1134]은 셰식[1135]을 ᄌᆡ촉ᄒᆞᆯ 졔 연시쵸췌 나문 홍과 병쥬미쇼 싸인 회포 벗 안이면 어이ᄒᆞ리 벽상으 삼쳑금[1136]을 죵자기[1137] 갓 년후으 허도이 두어던니 청산노슈 아양곡[1138]얼 지음[1139]을 어더구나 동자야 웅노자쥬[1140] 가득 부어 취토록 권ᄒᆞ여라 청명[1141] ᄒᆞᆫ식[1142] 화삼츈[1143]과 즁양[1144] 츄셕 풍국졀[1145]인들 이어셰 더ᄒᆞᆯ쇼냐 ᄂᆡ무진[1146]으로 놀고지거

○단가

동지 셧달지심 노름이엿다 셜경을 자랑홈

삼츈화[1147] 구츄풍[1148]이 ᄉᆡ롭다 일너건만 동셜경[1149]을 당ᄒᆞᆯ쇼냐 강

1129) 소춘(小春) : 음력 시월의 이칭.
1130) 상로(霜露) : 서리와 이슬.
1131) 기강(旣降) : 이미 내림.
1132) 목엽(木葉) : 나뭇잎.
1133) 실솔(蟋蟀) : 귀뚜라미.
1134) 홍안성(鴻雁聲) : 기러기 소리.
1135) 세색(歲色) : 세월.
1136) 삼척금(三尺琴) : 길이가 삼척인 거문고.
1137) 종자기(鍾子期) : 중국 춘추시대의 거문고 명인. 백아(伯牙)의 친구로, 백아의 마음을 잘 알았다고 한다.
1138) 아양곡(峨洋曲) : 종자기(鍾子期)가 부른 노래.
1139) 지음(知音) : 소리를 알아듣는다는 뜻으로 마음이 서로 통하는 친한 벗을 일컫는 말. 중국 춘추시대 거문고의 명인 백아(伯牙)와 그의 친구 종자기(鍾子期)와의 고사에서 비롯된 말이다.
1140) 응로자주(凝露紫酒) : 이슬을 받아 만든 술.
1141) 청명(淸明) : 이십사절기의 하나.
1142) 한식(寒食) : 동지로부터 105일째 되는 날.
1143) 화삼춘(花三春) : 꽃 피는 봄 석 달.
1144) 중양절(重陽節) : 옛 명절의 하나. 음력 9월 9일.
1145) 풍국절(楓菊節) : 단풍이 들고 국화가 피는 계절.
1146) 내무진(來無盡) : 계속 와서 끝이 없음.
1147) 삼춘화(三春花) : 봄철에 피는 꽃.
1148) 구추풍(九秋楓) : 가을에 드는 단풍.

천1150)이 막막ᄒᆞ고 산확1151)이 암암ᄒᆞ야 즁천

71-앞

으 훗날닐 제 분분편편졉1152)이요 표표낙낙화1153)라 운외쳥산1154) 간 곳 업고 뵈이난이 옥봉1155)이라 졀벽으 셧난 기셕1156) 노션1157)이 염불ᄒᆞ고 졍상으 셕근 오동 빅학이 츔을 츈다 우쥬간으 나난 쓱길 후리쳐 다 바리고 옥누분장화셰게1158)라 이런 싱경이 쏘 잇시랴 안이 노든 못ᄒᆞ리라 빅셜가1159)로 놀고지거

○단가

자탄가

그도 져도 못ᄒᆞ거구나 만사무심일죠간1160)으 편쥬1161)를 무어 타고 벽파상으 둥둥 써셔 노즁슉 탄상반1162)으 어부나 되올 거나 심여부운무시비1163)라 삭발위싱1164) 즁이 되여 극낙길을 닥그랴고 빅팔염쥬1165) 목

1149) 동설경(冬雪景) : 겨울에 눈 쌓인 경치.
1150) 강천(江天) : 멀리 보이는 강 위의 하늘.
1151) 산학(山壑) : 산골짜기.
1152) 편편분분접(翩翩紛紛蝶) : 가볍고 어지럽게 흩날리는 나비.
1153) 표표낙락화(飄飄落落花) : 바람에 떨어지는 꽃.
1154) 운외청산(雲外靑山) : 구름 밖의 푸른 산.
1155) 옥봉(玉峰) : 옥같은 봉우리.
1156) 기석(奇石) : 기암(奇巖).
1157) 노선(老仙) : 늙은 신선.
1158) 옥로분장화세계(玉露粉粧華世界) : 옥 같은 이슬로 분장한 화려한 세계.
1159) 백설가(白雪歌) : 하리가(下里歌)·파인가(巴人歌)와 대칭되는 매우 품격 높은 노래로, 지우지기끼리 시를 주고받을 때 흔히 인용되는 노래.
1160) 만사무심일조간(萬事無心一釣竿) : 모든 일에 마음이 없고 한갓 낚시에만 뜻이 있다. 대복고(戴復古)의 시 <조대(釣臺)>의 한 구절.
1161) 편주(片舟) : 조각배.
1162) 노중숙(路中宿) 탄상반(灘上飯) : 길에서 자고 물가에서 밥을 먹음.

에 걸고 염불이나 ᄒᆞ올 거나 기산1166)으 가난 길으 영쳔슈1167) 말근 물으 숀도 씻고 발도 싯고 쳑탕쳔고슈1168)라 ᄉᆡᆨ길으 얼킨 ᄯᆡ를

71-뒤

싯쳐볼가 ᄒᆞ여던니 업풀사 쇼부1169) 허유1170) 귀를 싯고 가엇시니 더렵다 막ᄃᆡ를 빗겨 들고 허위허위 도라오니 쥭장망혜귀거ᄅᆡ1171)라 상상이도1172) 엄자릉1173)이 간이ᄃᆡ부1174) 마다ᄒᆞ고 부츈산1175) 구룸 쇽으 고기 낙고 밧슬 가니 가난 길으 방문ᄒᆞᆯ가 불모영니1176) 도연명1177)이 펑턱

1163) 신여부운무시비(身與浮雲無是非) : 몸이 뜬 구름과 같아 시비가 없음.

1164) 삭발위승(削髮爲僧) : 머리를 깎고 중이 됨.

1165) 백팔염주(百八念珠) : 작은 구슬 108개를 꿰서 그 끝을 맞맨 염주. 백팔 번뇌를 상징하며, 이것을 돌리며 염불을 하면 모든 번뇌를 물리친다고 한다.

1166) 기산(箕山) : 중국 고대의 요임금 때에 소부(巢父)와 허유(許由)가 세상을 등지고 숨어 살았다는 별천지.

1167) 영천수(潁川水) : 소부(巢父)가 요임금으로부터 들은 말이 부정 타고 귀를 씻은 물.

1168) 척탕천고수(滌蕩千古愁) : 천고의 시름 씻어 낸다. 이백(李白)의 시 <우인회숙(友人會宿)>의 한 구절.

1169) 소부(巢父) : 중국 요(堯)임금 때의 이름 높은 선비. 산에 살며 세상의 탁한 물결에 따르지 않고 나무 위에 살며 잠을 잤기 때문에 이러한 이름이 생겼다. 요(堯)임금이 나라 전체를 소부에게 맡기려 하였으나 이를 받지 않았다고 한다.

1170) 허유(許由) : 중국 요(堯)임금 때의 은사(隱士). 요임금의 그의 현명함을 알고 왕위를 선양하려 하자 기산(箕山) 기슭의 영수(潁水) 근처로 도망쳐 살았다. 요가 다시 사람을 보내 구주의 장(長)이라도 맡아달라고 청하니 그 이야기를 듣고 영수에서 귀를 닦아내었다.

1171) 죽장망혜(竹杖芒鞋) : 대지팡이와 짚신으로 고향에 돌아옴.

1172) 상산이도(商山異徒) : 상산사호(商山四皓)와 같은 무리.

1173) 엄자릉(嚴子陵) : 중국 후한(後漢) 때의 은사(隱士). 이름은 광(光). 자릉(子陵)은 그의 자. 광무제(光武帝)가 동문이라 하여 벼슬을 주자 이를 거절하고 부춘산(富春山)에 숨어 농사지으며 살다 죽었다.

1174) 간의대부(諫議大夫) : 왕에게 정치의 잘잘못을 간하는 일을 맡아 하던 관원.

1175) 부춘산(富春山) : 중국 절강성(浙江省) 동려현(桐廬縣)에 있는 산. 중국 후한(後漢) 광무제(光武帝)의 친구인 엄광(嚴光)이 숨어 살며 낚시질하던 곳.

1176) 불모영리(不慕榮利) : 영화(榮華)와 이익을 사모하지 않음. 도연명(陶淵明)의 <오류선생전(五柳先生傳)>의 한 구절.

녕1178) 마다ᄒᆞ고 늪니로 도라와셔 청풍북창1179)으 갈건1180)으 슐 짜먹고 한가히 누어시니 각금시이작비1181)로구나 한다년강남풍월1182) 이청년1183) 간 년후으 읍고 놀 니 업셔더니 다시 보니 반가워라 오동월향회즁죠요 양뉴풍ᄂᆡ면상취라1184) 일반청이미렬 요득쇼인지1185)라 두어라 알 니 업시니 쎨쎨기리고 가고지거

72-앞

○단가

농츈잡가

청츈이 다시 올가 쇼년힝낙1186)ᄒᆞ오리다 시즁이ᄇᆡᆨ쥬즁녕도 일거청산진젹요라1187) 쇼부1188)난 어이ᄒᆞ야 영천슈1189)으 귀를 싯고 ᄇᆡᆨ이1190)난 무

1177) 도연명(陶淵明) : 중국 동진(東晋)과 송대(宋代)의 시인. 자는 원량(元亮). 이름은 잠(潛). 시호(諡號)는 정절선생(靖節先生). 연명(淵明)은 그의 호. 문 앞에 버드나무 다섯 그루를 심어 놓고 스스로 오류선생(五柳先生)이라 칭하기도 하였다. 팽택령(彭澤令)을 잠시 하다가 곧 사직하고 고향으로 돌아와 <귀거래사(歸去來辭)>를 지었다. 그 후 여러 차례의 권유에도 불구하고 벼슬길에 나아가지 않았다.

1178) 팽택령(彭澤令) : 팽택(彭澤)의 현령(縣令).

1179) 청풍북창(淸風北窓) : 맑은 바람이 부는 북쪽 창.

1180) 갈건(葛巾) : 갈포로 만든 두건.

1181) 각금시이작비(覺今是而昨非) : 지금이 옳고 어제가 글렀음을 깨닫노라. 도잠(陶潛)의 <귀거래사(歸去來辭)>의 한 구절.

1182) 한다년강남풍월(閑多年江南風月) : 강남풍월한다년(江南風月閑多年). 강남의 풍월이 한가한 지 여러 해이다.

1183) 이청련(李靑蓮) : 중국 당나라의 시인인 이백(李白). 자는 태백(太白). 청련(靑蓮)은 그의 호. 두보(杜甫)와 함께 '이두(李杜)'로 병칭되는 중국 최대의 시인이며, 시선(詩仙)이라 불린다.

1184) 오동월향회중조 양류풍래면상취(梧桐月向懷中照 楊柳風來面上吹) : 오동나무는 달빛을 향해 가슴을 열고 버들잎 바람 불어 얼굴이 간지럽네.

1185) 일반청의미 요득소인지(一般淸意味 料得少人知) : 이러한 맑고 상쾌한 맛을 세상에 아는 사람 적으리라. 소옹(邵雍)의 시 <청야음(淸夜吟)>의 한 구절.

1186) 소년행락(少年行樂) : 젊은 시절에 즐겁게 노는 것.

1187) 시중이백주중령(詩中李白酒中伶)도 일거청산진적요(一去靑山盡寂寥)라 : 시로 말하면 이태백이요 술 잘 마시기로는 유령이 뛰어난데 한번 죽어 청산에 들어가니 모두 소식

삼 널노 슈양산[1191]으 치미[1192]힛나 부질업난 사후영명[1193] 한사[1194]으 일이로구나 잇떠난 어느 떠냐 우즁츈슈만인가[1195]으 집집마닥 꼿시 피고 쥬마투게유미반[1196]으 사람마닥 노를 떠라 츈림비죠[1197] 뭇시더런 농츈화답[1198] 짝을 지여 그져 펄펄 나라든다 쌍쌍으로 나난 시가 각식으로 우름을 운다 졉동시 슐르를 싸오기 뚜루를 비돌기 우웅꿍 져 쎗쥭시[1199] 우름 운다 이 산으로 가도 쎗쥭 져 산으로 가도 빗쑥를 져 부엉이 우름 운다 이 산으로 가도 부훗 져 산으로 가도

이 없네. 양봉래(楊蓬萊)의 시 <자만(自輓)>의 한 구절.

1188) 소부(巢父) : 중국 요(堯)임금 때의 이름 높은 선비. 산에 살며 세상의 탁한 물결에 따르지 않고 나무 위에 살며 잠을 잤기 때문에 이러한 이름이 생겼다. 요(堯)임금이 나라 전체를 소부에게 맡기려 하였으나 이를 받지 않았다고 한다.

1189) 영천수(潁川水) : 소부(巢父)가 요임금으로부터 들은 말이 부정 타고 귀를 씻은 물.

1190) 백이(伯夷) : 중국 은(殷)나라 말 주(西)나라 초기의 고죽국(孤竹國) 부족장의 장자. 부친이 차자인 숙제(叔齊)에게 지위를 물려주고자 하는 뜻을 알고 홀연히 집을 떠나 부친의 부담을 덜어주었다. 그러자 숙제(叔齊)도 도를 벗어나 지위에 오를 수 없다며 형의 뒤를 따라 함께 유랑생활을 했다. 주무왕(周武王)이 은(殷)나라를 치자 두 사람은 선왕의 장례가 끝나지 않은 상태에서 군대를 일으키는 것은 불가하다며 무왕을 말렸다. 무왕이 마침내 은을 멸하자 무도한 나라의 백성이 될 수 없다며 수양산(首陽山)에 들어가 고사리를 뜯어 먹으며 숨어 살다가 죽었다. 후세에 고고한 선비이자 정의를 추구한 성인으로 받들어진다.

1191) 수양산(首陽山) : 중국 산서성(山西省)에 있는 산. 백이·숙제가 고사리를 캐먹다가 굶어 죽은 곳.

1192) 채미(採薇) : 고사리를 캠.

1193) 사후영명(死後令名) : 죽은 후에 듣는, 훌륭하다는 명성이나 명예.

1194) 한사(寒士) : 가난한 선비.

1195) 우중춘수만인가(雨中春樹萬人家) : 빗속의 푸른 봄 나무 사이로 수많은 인가들이 보이다. 왕유(王維)의 시 <봉화성제종봉래향흥경각도중유춘우중춘망지작응제(奉和聖製從蓬萊向興慶閣道中留春雨中春望之作應制)>의 한 구절.

1196) 주마투계유미환(走馬鬪鷄猶未還) : 말 달리고 닭싸움 즐기느라 아직 돌아오지 않네. 최호(崔顥)의 시 <대규인답경박소년(代閨人答輕迫少年)>의 한 구절.

1197) 출림비조(出林飛鳥) : 숲 밖으로 나는 새.

1198) 농춘화답(弄春和答) : 봄을 즐기며 서로 지저귐.

1199) 삐쭉새 : 박새의 전라도 사투리.

72-뒤

부헝 져 강셩이1200) 우름 운다 ᄒᆡ외청산1201) 구름 박게 ᄒᆞᆫ업시 놉피 쎳다 ᄡᅵ리룩 ᄡᅵᆯ눅 우름을 우니 이죠명츈1202) 이 안이냐 야월공산1203) 져 두견은 귀촉도 불려귀1204) 귀촉도 불여귀 울고 울고 울건마는 도라가지 못ᄒᆞ나니 한탄ᄒᆞᆫ들 밋칠쇼냐 우리도 늘거지면 져 두견과 갓탈지라 인ᄉᆡᆼ부득항쇼년1205)은 결단코 한이로구나 놀고 놀고 놀고지거

○ᄯᅩ ᄒᆞᆫ ᄃᆡ문이 나온다

우리 슐벗 유령1206)이와 우리 문교1207) 이ᄐᆡᄇᆡᆨ1208)이 어ᄃᆡ로 다 간난고 츈만건곤복만가1209)ᄋᆞ 집집마닥 슐 비지고 슈만청강화만산1210)ᄋᆞ 산마닥 음영1211)ᄒᆞᆫ다 벽파시ᄋᆞ 숀이 오고 ᄒᆡᆼ화촌1212)ᄋᆞ 벗슬 불너 좌졔우슈1213) 나노를1214) 졔 운담풍경1215)ᄒᆞ고 쳔고일졍1216)이라 슈변양뉴녹

1200) 강성이 : 갈매기.

1201) 해외청산(海外青山) : 바다 밖에 있는 푸른 산.

1202) 이조명춘(以鳥鳴春) : 새로써 봄을 소리냄. 한유(韓愈)의 <송맹동야서(送孟東野序)>의 한 구절.

1203) 야월공산(夜月空山) : 달빛 비치는 빈 산.

1204) 귀촉도 불여귀(歸蜀道 不如歸) : 소쩍새의 울음소리.

1205) 인생부득항소년(人生不得恒少年) : 사람이 항상 소년일 수는 없음.

1206) 유령(劉伶) : 중국 진(晉)나라 때의 죽림칠현(竹林七賢)의 한 사람. 자는 백륜(伯倫). 술을 남달리 좋아하여 <주덕송(酒德頌)>을 지었다.

1207) 문교(文交) : 글로써 서로 사귐.

1208) 이태백(李太白) : 중국 당나라 때의 시인인 이백(李白). 태백(太白)은 그의 자.

1209) 춘만건곤복만가(春滿乾坤福滿家) : 천지에 봄이 가득하고 집에는 복이 가득하다.

1210) 수만청강화만산(水滿淸江花滿山) : 물은 맑은 강에 가득하고 꽃은 산에 가득하다.

1211) 음영(吟詠) : 시가(詩歌)를 읊음.

1212) 행화촌(杏花村) : 살구꽃 핀 마을.

1213) 좌제우수 : 좌지우지.

1214) 나노를 : 나가 놀.

1215) 운담풍경(雲淡風輕) : 구름이 엷고 바람이 가벼움.

1216) 천고일정(天高日晶) : 하늘은 높고 해는 빛남. 구양수(歐陽修)의 <추성부(秋聲賦)>의

연사[1217]ᄒᆞ니

73-앞

벗 부루난 쐬ᄭᅩ리요 야화황접영츈풍[1218]은 오난 나부 츔을 춘다 옥빈홍안[1219] 가인[1220]던런 츈흥을 못 이기여 월ᄑᆡ[1221] 징징 짝을 지여 면면청산 노피 올나 두견화[1222] 질ᄭᅳᆫ 썩거 머리에도 ᄭᅩᆺ자 보고 ᄯᅩ ᄒᆞᆫ 가지 담쇽 썩거 숀으 들고 츔을 츄니 청가일곡[1223] 구분운이라 곡죠마닥 향ᄂᆡ로구나 옥호청사[1224] 병을 ᄆᆡ여 졀화작쥬[1225] 슐 부어라 단취불셩[1226] 장진쥬[1227]로 광치 잇게 노라보자 강구[1228]으 날이 지니 격양가[1229]로 노라보자 남훈젼[1230] 달 발그니 ᄇᆡᆨ공가[1231]로 노라보자 강남풍월한다

한 구절.

1217) 수변양류녹연사(水邊楊柳綠煙絲) : 물가의 버드나무 푸른 버들잎. 양거원(楊巨源)의 시 <화답연수재양류(和答練秀才楊柳)>의 한 구절.

1218) 야화황접영춘풍(野花黃蝶迎春風) : 들꽃과 누른 나비가 봄바람을 맞이한다.

1219) 옥빈홍안(玉鬢紅顔) : 옥 같은 귀밑머리와 붉은 얼굴이라는 뜻으로, 아름다운 젊은이를 이르는 말.

1220) 가인(佳人) : 미인.

1221) 월패(月佩) : 허리나 가슴에 차던 패옥(佩玉)의 하나.

1222) 두견화(杜鵑花) : 진달래.

1223) 청가일곡(淸歌一曲) : 아름다운 노래 한 곡조.

1224) 옥호청사(玉壺靑絲) : 옥으로 만든 술항아리에 맨 푸른 실.

1225) 절화작주(折花作籌) : 꽃 꺾어 산(算) 놓음. 정철(鄭澈)의 <장진주사(將進酒辭)>의 한 구절.

1226) 단취불성(但醉不醒) : 단지 마냥 취해 깨고 싶지 않음.

1227) 장진주(將進酒) : 중국 당나라 때 이백이 지은 고시(古詩).

1228) 강구(康衢) : 사방으로 두루 통하는 번화한 큰 길거리.

1229) 격양가(擊壤歌) : 땅을 치며 부르는 노래. 풍년이 들어서 농부가 태평한 세월을 즐기는 노래. 중국 요(堯)임금 때 늙은 농부가 태평한 세월을 즐거워하며 땅을 치면서 부른 노래라고 한다.

1230) 남훈전(南薰殿) : 순(舜)임금이 남풍시(南風詩)를 지어 오현금(五絃琴)에 얹어 부르던 궁전.

1231) 백공가(百工歌) : 백관(百官)이 화락(和樂)하게 부르는 노래.

년[1232]으 닉무진[1233]으 노라보자 노류장화[1234] 썽거 들고 청풍명월노 노라보자

○또 흔 마듸가 나온다

젼츈[1235]으 나문 흥을 어느 곳으 노라볼고 쳑피남산[1236]

73-뒤

노푼 봉 허위허위 올나가니 쳥산만리일고쥬[1237]라 원포귀범[1238] 뜨난 비난 우영[1239]이 아득흐구나 산힝 뉴칠니를 드러가니 사시풍경화란젼[1240]이라 비유직흐[1241] 폭포슈 졀벽이 쾅쾅 마죠 치고 무심츌슈[1242] 뜬 구름 기봉이 칭칭 벼려 잇다 에리굽은[1243] 늘근 장숑 광풍을 못 이기여 우즐우즐 츔을 츈다 푸릇푸릇 물푸리[1244] 너울너울 다릭 넌츌[1245] 칙넌츌까지 휘느러져구나 환우셩[1246] 져 뫼쏘리 취흥을 자아닉고 짝 부르난 졉동싀[1247] 슈루루 펄펄 나라든다 산즁에 츈이 만흐니 깅지홍쵹상잔

1232) 강남풍월한다년(江南風月閑多年) : 강남의 풍월이 한가한 지 여러 해이다.

1233) 내무진(來無盡) : 계속 와서 끝이 없음.

1234) 노류장화(路柳牆花) : 아무나 쉽게 꺾을 수 있는 길가의 버들과 담 밑의 꽃이라는 뜻으로, 창녀나 기생을 비유적으로 이르는 말.

1235) 전춘(餞春) : 봄을 마지막으로 보냄.

1236) 척피남산(陟彼南山) : 남산에 올라감. 『시경(詩經)』 <소남(召南)>의 한 구절.

1237) 청산만리일고주(青山萬里一孤舟) : 청산 만리의 한낱 외로운 배이다.

1238) 원포귀범(遠浦歸帆) : 소상팔경(瀟湘八景)의 하나. 먼 포구로 배가 돌아오는 광경.

1239) 운영(雲影) : 구름의 그림자.

1240) 사시풍경화난전(四時風景華眼前) : 사시풍경의 아름다움이 눈 앞에 있다.

1241) 비류직하(飛流直下) : 날아 흘러 곧바로 떨어짐.

1242) 무심출수(無心出峀) : 무심히도 산봉우리에서 나옴. 도잠(陶潛)의 <귀거래사(歸去來辭)>의 한 구절.

1243) 에리굽은 : 에굽은. 조금 휘어져 굽은.

1244) 무풀(茂-) : 무성한 풀.

1245) 넌출 : 넝쿨.

1246) 환우성(喚友聲) : 벗 부르는 소리.

화[1248]라 동자야 슐 부어라 놀고 먹자 아미도 우리 인싱 일장춘몽[1249] 덧업노라

74-앞

&화룡도 타령
불상코 가긍코 원통코 셔러운 져 군사더리 다 각기 졔 셔름을 자랑ᄒᆞ난듸 쏙 이러케 좀 ᄒᆡ보것다
●ᄂᆡ 셔럼 드러바라 너으 셔름 고만두고 ᄂᆡ 셔름 드러바라 형 쥭은 셔럼도 고만두고 아우 쥭은 셔럼도 게 두어라 삼ᄃᆡ독신 우리 부친 무미독신[1250] 나 ᄒᆞ나라 열 쇼경 ᄒᆞᆫ 막ᄃᆡ로 ᄋᆡ지즁지 길너ᄂᆡ여 요죠숙녀 죠흔비필 동방화쵹 깁푼 사랑 쥬야 업시 안고 놀 졔 난ᄃᆡ업난 벽녁쇼ᄅᆡ 젹벽ᄃᆡ젼이 되여시니 모군[1251]으로 안이 가고 네 방으셔 잠을 자나 어셔 밥비 나오나라 달녀드러 ᄭᅳ어닐 졔 ○당상학발[1252] 우리 부모 깜작 놀ᄂᆡ ᄂᆡ달으며 각녁[1253]으 힘이 업셔 실족낙상[1254]ᄒᆞ겨던가

74-뒤

썩구러져 짜으 업져 쥬먹 들고 부드치며 나 쥭이고 네 가거라 몸부름으 쒸둥굴며 ○규즁홍안[1255] 우리 쇼쳐[1256] 천지도지[1257] 짜라나와 ᄂᆡ 숀길

1247) 접동새 : 두견이.
1248) 갱지홍촉상잔화(更持紅燭賞殘花) : 촛불 다시 밝혀 남은 꽃을 구경하네. 이상은(李商隱)의 시 <화하취(花下醉)>의 한 구절.
1249) 일장춘몽(一場春夢) : 한바탕의 봄꿈이라는 뜻으로 헛된 영화(榮華)나 덧없는 일을 비유하여 이르는 말.
1250) 무매독신(無妹獨身) : 형제자매가 없는 혼자인 몸.
1251) 모군(募軍) : 모집한 군인.
1252) 당상학발(堂上鶴髮) : 늙으신 부모님.
1253) 각력(脚力) : 다리의 힘.
1254) 실족낙상(失足落傷) : 다리를 헛디뎌 떨어지거나 넘어져서 다침.

부여잡고 못 가나니 못 가나니 날을 두고 어딕 가오 노혼[1258]ᄒᆞ신 져 부모를 봉양인들 뉘와 ᄒᆞ며 업칠뒷칠 져 자식이 차차 장셩ᄒᆞ거 드면 교훈인들 뉘 ᄒᆞ겟쇼 ᄧᅡᆨ 붓잡고 셔둘 적으 닉으 사셰 부득ᄒᆞ야 숀길 ᄲᅵ여 ᄯᅥᆯ쳐 가니 박명홍안[1259] 우리 안히 좃촘좃촘 ᄯᅡ라오며 ᄒᆞᆫ 숀으로 눈물 싯고 ᄒᆞᆫ 숀으로 나 부르며 엇ᄶᅡ 엇ᄶᅡ 웬 닐인가 닉 말 좃곰 듯고 가오 얼진얼진 실픈 쇼릭 오날가지 귀으 징징 우리 부모 ᄯᅱ둥굴며 자진복통[1260]ᄒᆞ신 경상 오날가지 눈으 암암 간련타 우리 안히 양위[1261] 부모 구병ᄒᆞ여 안졉[1262]ᄒᆞ사 지닉난가 상사로 병이 되

75-앞

여 ᄒᆞᆫ으 졔워 죽언난가 양단간으 알 슈 잇나 아이고 아이고 닉 신셰야 ᄎᆞ마 셜워 나 죽것다

8ᄯᅩ ᄒᆞᆫ 군사 거동 바라 부러진 창딕를 ᄭᅥ구로 집고 고셩딕담[1263] 드러온다 ○여바라 이익더라 닉 말 죠곰 드러바라 넘으 셔럼 드러보니 죠족지혈[1264]이로구나 닉으 셔럼 드러바라 ○친후양당[1265] 구경[1266] ᄒᆞ으 호이호식 지닉다가 유협[1267]으 ᄯᅳᆺ시 잇셔 쳥츈작반[1268] 나노를 졔 츈일장

1255) 규중홍안(閨中紅顔) : 규중에 있는 젊고 아름다운 여인.
1256) 소처(少妻) : 젊은 아내.
1257) 전지도지(顚之倒之) : 엎드러지고 곱드러지며 몹시 급히 달아나는 모양.
1258) 노혼(老昏) : 늙어서 정신이 흐림.
1259) 박명홍안(薄命紅顔) : 복이 없고 팔자가 사나운 젊고 아름다운 여인.
1260) 자진복통(自盡腹痛) : 스스로 목숨을 끊어야 할 정도의 원통함.
1261) 양위(兩位) : 부모 내외.
1262) 안접(安接) : 편안히 마음을 먹고 머물러 삶.
1263) 고성대담(高聲大談) : 목소리를 높여 크게 말함.
1264) 조족지혈(鳥足之血) : 새 발의 피. 곧, 극히 적은 분량의 비유.
1265) 친후양당(親候兩堂) : 부모 내외.
1266) 구경(具慶) : 부모가 모두 살아 있음. 또는 그런 기쁨.
1267) 유협(遊俠) : 호방하고 의협심이 있는 사람.

디[1269] 양뉴 썩고 교마가편[1270] 달녀보고 셰우청명[1271] 호시졀으 힝화촌[1272]을 차자가셔 미일 장취[1273] 노를 젹으 못홀 닐이 업던이라 포직양지 기직부인[1274] 싱미[1275] 자바 길듸릴 졔 거운 거운 슉[1276]이 드러 이리 불너 쥴밥[1277] 쥬고 져리 불너 쥴밥 먹여 홰장[1278] 우에 안쳐 노코 쥬야 업시 어루던니 모군으로 잡펴와셔 여기 온 지 몃 힐넌가 우리집 홰장 우에 두 발

75-뒤

감쳐 안진 미가 할 수 업시 쥬려 쥭어 디롱디롱 달녀난가 다리 감친 고달이[1279]가 에후리쳐 풀니여셔 육니청산[1280] 구름 박게 훨훨 쩔쳐 나라갓나 피추간으 알 슈 업셔 익자진[1281]를 ㅎ거구나 십년 공부가 일죠 허사가 되여구나 엇지 안이 원통ㅎ랴 아이고 아이고 닉 일이야 이런 셔럼이 또 이쓰란 말이냐

8쏘 ᄒᆞᆫ 군사 거동 바라 군복이 펄넝펄넝 유혈이 낭자ㅎ며 흔들빗틀 드러오며 여바라 이놈더라 너으 모도 호강으 디 밧쳣다 왕셔름을 드러바라 젹벽강 호군[1282]시으 무도ᄒᆞᆫ 너으 놈들 쥬먹 심이 셰직ㅎ고 쎗숀[1283]

1268) 청춘작반(青春作伴) : 청춘을 벗삼음.
1269) 춘일장대(春日將臺) : 봄날의 장대(將臺).
1270) 주마가편(走馬加鞭) : 달리는 말에 채찍질함.
1271) 세우청명(細雨淸明) : 가랑비 내리는 맑은 날.
1272) 행화촌(杏花村) : 살구꽃 핀 마을.
1273) 장취(長醉) : 늘 술에 취함.
1274) 포직양지 기직부인 : 미상.
1275) 생매(生-) : 길들이지 않은 매.
1276) 숙(熟) : 익힘.
1277) 줄밥 : 갓 잡은 매를 길들일 때 줄 한 끝에 매어 주는 밥.
1278) 홰장 : 새장이나 닭장 속에 새나 닭이 올라앉게 가로질러 놓은 나무 막대.
1279) 고다리 : 고리.
1280) 육리청산(六里青山) : 주인 없는 땅.
1281) 애자진(-自盡) : 애간장이 끊어짐.

잇난 너기덜만 세상이더라 잔약ᄒᆞᆫ 이ᄂᆡ 몸은 슐 고기난 고사ᄒᆞ고 쥬먹 밥도 못 먹엇다 오날가지 굴머시니 그 셔럼이 엇더ᄒᆞ랴 옛 말을 모르느냐 이 셔럼 져 서럼 다 바리고

76-앞

ᄇᆡ 곱푼 셔럼이 첫치란 말을 모르나냐 아이고 아이고 ᄂᆡ 셔럼이 ○져 군사 거동 바라 기왕지사 죽을 테니 굴머셔 아사ᄒᆞ나 군령으로 참사[1284] ᄒᆞ나 죽기난 일반이라 되던지 못 되던지 우리 ᄃᆡ왕 젼으 신세자탄가로 원정이나 ᄒᆞ오리다

8여보 ᄃᆡ왕님 듯죠시요 여보 ᄃᆡ왕님 듯죠시요 군사 졈고[1285]를 다 희셧쇼 졈고를 ᄒᆞ실진ᄃᆡᆫ 호군도 ᄒᆞ시지요 호군만 ᄒᆞ실 테면 불상ᄒᆞᆫ 졔 신세도 아죠 죽지 안일 테니 엇지 안이 죠흘익가 얼시고나 져리시고 지화자 죠흘시고○○○

○ 8아기를 어루난듸 왼갓 아기를 다 ᄂᆡ세여 아기로 아기를 어루난듸 쏙 이러케 좀 어루것다

○아가 아가 우리 아기 노코 보와도 사랑옵고 들고 보와도 에엿부다 임군으게 츙신동[1286]아 부모으게 효자동[1287]아 어허둥둥 우리 아기 ○툭알[1288]이냐 옥알[1289]이냐 붓두막으 반아기[1290]도 ᄃᆡ들 못ᄒᆞᆯ 우리 아기

1282) 호군(犒軍) : 음식을 베풀어 군사를 위로함.
1283) 뗏손 : 떼. 부당한 요구나 청을 들어 달라고 고집하는 짓.
1284) 참사(斬死) : 목 베임을 당함.
1285) 점고(點考) : 명부에 일일이 점을 찍어 가며 사람의 수를 조사함.
1286) 충신동(忠臣童) : 충성스러운 아이.
1287) 효자동(孝子童) : 효성이 지극한 아이.
1288) 퉁알 : 놋구슬.
1289) 옥알(玉-) : 옥구슬.
1290) 반자기(半瓷器) : 도기보다 단단하게 구워진 질그릇.

○사랑옵고 즁ᄒᆞᆫ 거동

76-뒤

이아기로도 못다 ᄒᆞ제 ○무슈 ᄇᆡ차[1291] 김장이냐 가닥가닥 실아기[1292] ○망망ᄒᆞ다 들밧[1293]니냐 너울너울 볼아기 ○날이 ᄆᆡ우 더웁기로 확 쉬엿다 골아기 ○덧닥이냐 좁닥이냐 정월 못베 비아기[1294] ○쑥이 쑥이 구룸 나고 마파람으 쏜아기 ○청쵸지당[1295] ᄀᆡ골아기[1296] ○ᄀᆡ천물으 미꼴아기[1297] 너으 갓탄 아기더런 우리 아기 쩨 씰 적에 ᄉᆞᆯ아기만도 못ᄒᆞ리라 어허둥실 우리 아기 ○돈아기[1298] ᄉᆡ얌갓치 펄펄 쇼사 나난 젓슬 철냥[1299]ᄃᆡ로 만이 먹고 확실 츙실 자랏커라 곤산[1300]으 가 비러왓냐 문치죠흔 ᄇᆡᆨ옥동[1301]아 여슈[1302]로 목욕ᄒᆞ자 씌결 업난 황금동[1303]아 부귀다남[1304]ᄒᆞ련이와 슈명장슈[1305]ᄒᆞ오리라 장슈ᄒᆞ올 오난 힛슈 만키로 말을 ᄒᆞ면 못쌀[1306]이냐

1291) 배차 : 배추.
1292) 실아기 : 시래기.
1293) 들밭 : 들에 있는 밭.
1294) 비아기 : 병아리.
1295) 청초지당(靑草池塘) : 푸른 풀이 핀 못.
1296) 개골아기 : 개구리.
1297) 미꼴아기 : 미꾸라지.
1298) 돈아기(豚-) : 남에게 제 아들을 일컫는 말.
1299) 철량 : 양껏.
1300) 곤산(崑山) : 곤륜산(崑崙山).
1301) 백옥동(白玉童) : 백옥같이 귀한 아이.
1302) 여수(麗水) : 중국 운남성에 있는 강.
1303) 황금동(黃金童) : 황금같이 귀한 아이.
1304) 부귀다남(富貴多男) : 재산이 많고 지위가 높으며 아들이 많음.
1305) 수명장수(壽命長壽) : 목숨이 길.
1306) 못쌀 : 멥쌀.

77-앞

참쌀이냐 치ᄭᅳᆺ터리[1307] 쌀아기[1308]도 슈가 부족ᄒᆞᆯ 것시요 길기로 말을 ᄒᆞ면 진쥬 면쥬[1309] 실밧아기[1310] 올아기를 푸러 ᄂᆡ여 셰살물네 돌물네[1311] 돌모[1312]에다가 감어 들고 답두[1313]으 셧난 아희 ᄯᅬ아기[1314] 치난 쎼로 휘휘 둘너 돌녀보자 돌녀 감고 감고 돌녀 한정 업시 돌녀보자 어둥실 우리 아기

ꙮ우이가

일평ᄉᆡᆼ 죡ᄒᆞᆫ ᄉᆡᆼᄋᆡ 남산으 밧슬 갈고 셔쥬으 지음[1315] ᄆᆡ니 총탕ᄆᆡᆨ반[1316] 양상이라 신야[1317]으 이윤[1318]이와 부츈산[1319] 엄자릉[1320]이 함씨 놀고 간 년후으 어느 곳으 다시 볼고 위슈[1321]으 일노옹[1322]이 고든 낙시 줄

1307) 치끄트리 : 맨 끝.

1308) 싸라기 : 쌀의 부스러기.

1309) 면주(綿紬) : 명주(明紬).

1310) 실밧아기 : 실타래.

1311) 돌물레 : 참바나 고삐 따위를 꼬는 데 쓰는 기구. 물체의 바탕에는 큰 돌을 놓아 둘레가 흔들리지 않도록 하고, 한 끝을 물레에 매고 다른 한 끝을 손으로 돌리면 여러 겹으로 단단하게 꼬아진다.

1312) 돌모 : 물레틀.

1313) 답두 : 발디딤판.

1314) 뙤아기 : 따귀.

1315) 지음 : 김.

1316) 총탕맥반(葱湯麥飯) : 팟국과 보리밥이란 뜻으로 보잘것없는 음식을 가리키는 말.

1317) 신야(莘野) : 중국 한(漢)나라 때의 현명(縣名). 지금의 하남성(河南省) 남양현(南陽縣)의 남쪽.

1318) 이윤(伊尹) : 중국 은(殷)나라 탕왕(湯王)의 신하. 탕왕을 보좌하여 하(夏)의 걸왕(桀王)을 멸망시키고 선정을 하였다.

1319) 부춘산(富春山) : 중국 절강성(浙江省) 동려현(桐廬縣)에 있는 산. 중국 후한(後漢) 광무제(光武帝)의 친구인 엄광(嚴光)이 숨어 살며 낚시질하던 곳.

1320) 엄자릉(嚴子陵) : 중국 후한(後漢) 때의 은사(隱士). 이름은 광(光). 자릉(子陵)은 그의 자. 광무제(光武帝)가 동문이라 하여 벼슬을 주자 이를 거절하고 부춘산(富春山)에 숨어 농사지으며 살다 죽었다.

을 믹여

77-뒤

고기 낙고 안자신들 문왕[1323]이 안이어던 여상[1324]인 쥴 거 뉘 알니 여슈[1325]으 금이 나면 보환 졸은 알거이와 곤산[1326]으 불이 타면 옥셕구분[1327] 어이 알니 난셰간웅[1328] 죠밍덕[1329]이 동장디[1330] 노피 지코 삼국을 비양터니 봉츄[1331]션싱 연환게[1332]와 와룡[1333]션싱 동남풍으 빅만

1321) 위수(渭水) : 중국 감숙성 동부의 산지에서 시작하여 섬서성을 관류하는 황하의 큰 지류.

1322) 일노옹(一老翁) : 한 늙은이.

1323) 문왕(文王) : 주문왕(周文王). 주(周)나라를 세운 무왕(武王)의 아버지. 성은 희(熙), 이름은 창(昌). 은(殷)나라의 주왕(紂王) 때 서백(西伯)이 되어 선정을 베풀었으며, 주왕이 폭정을 일삼자 제후들이 그를 좇아 주군으로 섬겼다. 그의 아들 무왕이 은나라의 주왕을 치고 주나라를 세운 뒤, 문왕으로 추존되었다.

1324) 여상(呂尙) : 중국 주(周)나라 초기의 정치가이자 공신. 본명은 강상(姜尙). 그의 선조가 여(呂)나라에 봉하여졌으므로 여상(呂尙)이라 불렸고, 속칭 강태공(姜太公)으로 알려져 있다. 주나라 문왕(文王)의 초빙을 받아 그의 스승이 되었고, 무왕(武王)을 도와 은(殷)나라 주왕(紂王)을 멸망시켜 천하를 평정하였으며, 그 공으로 제(齊)나라에 봉함을 받아 그 시조가 되었다.

1325) 여수(麗水) : 중국 운남성에 있는 강.

1326) 곤산(崑山) : 곤륜산(崑崙山).

1327) 옥석구분(玉石俱焚) : 옥이나 돌이나 모두 다 탄다는 뜻으로 옳은 사람이나 그른 사람이나 구별없이 모두 재앙을 받음을 비유하는 말.

1328) 난세간웅(亂世奸雄) : 어지러운 세상의 간사한 영웅.

1329) 조맹덕(曹孟德) : 중국 후한 말의 정치가이자 문학가인 조조(曹操). 맹덕(孟德)은 그의 자. 황건적과 동탁의 반란군을 진압하는 전투에 참가하였고, 헌제를 강압하여 실권을 장악했다. 그 후 승상에 올라 친히 대군을 이끌고 남하하여 형주(荊州)를 점령했으나 적벽(赤壁)의 전투에서 손권(孫權)과 유비(劉備)의 연합군에 대패하였다. 위왕(魏王)에 오른 후 4년 만에 병으로 낙양에서 사망하였다.

1330) 동작대(銅雀臺) : 중국 삼국시대 때 조조(曹操)가 위(魏)나라의 수도인 업도(鄴都)에 세운 누대. 꼭대기에 구리로 만든 새를 올려놓아서 붙은 이름이다.

1331) 봉추(鳳雛) : 중국 삼국시대 유비(劉備)의 부군사(副軍師)인 방통(龐統). 자는 사원(士元), 시호는 정후(靖侯). 봉추(鳳雛)는 그의 호. 일찍이 사마휘(司馬徽)가 남주지사(南州之士)의 첫째라 불렀고 봉추(鳳雛)라 불리며 제갈량(諸葛亮)과 이름을 떨쳤다. 적벽대전(赤壁大戰) 때 주유(周瑜)의 부탁을 받고 조조를 꼬여 연환계(連環計)를 성공시켰고 서서(徐庶)에게 계책을 주었다. 후에 노숙(魯肅)과 제갈량의 천거로 유비의 군사가

되병 일시으 간 곳 업고 만고영웅[1334] 진시황[1335]이 아방궁[1336] 노픈 집으 쳔ᄒᆞ를 호령터니 만리장셩 허도히 쌋 년후으 츄칠월 이산[1337] ᄒᆞ으 일쳑고분[1338] 쇽절업구나 무관[1339]으 넉실 일코 명나슈[1340] 깁픈 물으

되어 서천 정벌에서 큰 공을 세웠다.

1332) 연환계(連環計) : 중국 삼국 시대에 오(吳)나라의 주유(周瑜)가 위(魏)나라의 조조(曹操)의 군사를 화공(火攻)할 때에, 방통(龐統)을 보내어 조조의 군함을 쇠고리로 연결시키게 한 고사에서 온 말로, 적에게 간첩을 보내어 계교를 꾸미게 하고 그 사이에 자기는 승리를 얻는 계교.

1333) 와룡(臥龍) : 중국 삼국시대 촉한(蜀漢)의 정치가인 제갈량(諸葛亮). 자는 공명(孔明), 시호는 충무(忠武). 호족(豪族) 출신이었으나 어릴 때 아버지와 사별하여 형주(荊州)에서 숙부 제갈현(諸葛玄)의 손에서 자랐다. 후한 말의 전란을 피하여 사관(仕官)하지 않았으나 명성이 높아 와룡선생(臥龍先生)이라 일컬어졌다. 위(魏)의 조조(曹操)에게 쫓겨 형주에 와 있던 유비(劉備)로부터 삼고초려(三顧草廬)의 예로써 초빙되어 천하삼분지계(天下三分之計)를 진언하고 군신수어지교(君臣水魚之交)를 맺었다. 오(吳)의 손권(孫權)과 연합하여 남하하는 조조의 대군을 적벽(赤壁)의 싸움에서 대파하고, 형주·익주(益州)를 유비의 영유(領有)로 하였다. 그 후로도 수많은 전공(戰功)을 세웠고, 한(漢)의 멸망을 계기로 유비가 제위에 오르자 재상이 되었다. 유비가 죽은 후는 어린 후주(後主) 유선(劉禪)을 보필하여 재차 오(吳)와 연합, 위(魏)와 항쟁하였으며, 생산을 장려하여 민치(民治)를 꾀하고, 운남(雲南)으로 진출하여 개발을 도모하는 등 촉(蜀)의 경영에 힘썼으나 위(魏)와의 국력의 차이는 어쩔 수 없어, 국세가 기울어 가는 가운데, 위의 장군 사마의(司馬懿)와 오장원(五丈原)에서 대진 중 병사하였다. 위와 싸우기 위하여 출진할 때 올린 <전출사표(前出師表)>, <후출사표(後出師表)>는 천고(千古)의 명문으로 이것을 읽고 울지 않는 자는 사람이 아니라고까지 일컬어졌다.

1334) 만고영웅(萬古英雄) : 오랜 세월에 걸쳐 이름이 빛날 뛰어난 영웅.

1335) 진시황(秦始皇) : 중국 전국(戰國)을 최초로 통일한 진(秦)왕조의 건립자. 봉건제도를 폐하고 전국을 36군으로 나누는 등 군현제를 시행하였다. 이사(李斯)에게 명하여 소전(小篆)이라는 통일된 문자를 만들고 도량형과 화폐를 통일시켰으며, 법전을 완성했다. 대외적으로는 만리장성을 쌓아 흉노를 몰아냈으나 아방궁 등 대형 토목사업을 벌여 민생에 부담을 주었다. 백성들이 정치에 대한 논의를 못하도록 분서갱유(焚書坑儒)를 감행하기도 하였다. 삼신산에 신하 서불(徐市)을 보내어 불사약을 구해오게 했으나 끝내 얻지 못해 죽고 말았다고 한다.

1336) 아방궁(阿房宮) : 중국 섬서성(陜西省) 서안(西安) 서쪽에 있는, 진(秦)나라 시황제가 기원전 212년에 세운 궁전.

1337) 여산(驪山) : 중국 섬서성(陜西省) 임동현(臨潼縣)에 있는 산. 진시황(秦始皇)의 무덤이 있는 곳.

1338) 일척고분(一尺古墳) : 높이가 한 자밖에 안 되는 조그만 옛 무덤.

1339) 무관(武關) : 진무관(秦武關). 중국 전국시대 진(秦)나라의 무관(武關). 초(楚)나라 회왕(懷王)이 이 곳으로 진나라 임금을 만나러 갔다가 연금되어 돌아오지 못하고 그 곳에

풍덩실 몸이 빠져 어복츙혼1341) 되여시니 망국슈1342)를 어이ᄒᆞ며 쥬나라 곡식을 안이 먹자 ᄒᆞ고 슈양산1343) 깁푼 골으 ᄎᆡ미식지1344)ᄒᆞ여시니

78-앞

현지청자1345) 이 안이냐 썻짜 즁천 져 봉황아 천 질이나 놉피 떳다 기불탁쇽1346)ᄒᆞ여시니 ᄃᆡ장부으 염우1347)로다 칭암언 즁즁ᄒᆞ고1348) 졀벽은 만장이라 웃둑 셧난 늘근 장숑 사시장츈1349) 푸려시니 장부지졀1350)이 그 안이냐 가쇼롭다 셰쇽이여 두 번 일너 무엇ᄒᆞ리

&퇴씨젼 단가엿다

광ᄃᆡᄒᆞᆫ 쳔지간으 인싱이 다 늑건만 영웅호걸 졀ᄃᆡ가인1351)이 더욱히 가련ᄒᆞ다 진시황1352) 간 년후으 삼신산1353) 불노쵸1354)난 임자 업시

서 죽었다.

1340) 멱라수(汨羅水) : 중국 호남성(湖南省) 상음현(湘陰縣)의 북쪽에 있는 강. 초(楚)나라 굴원(屈原)이 투신한 곳으로 굴담(屈潭)이라고도 한다.

1341) 어복충혼(魚腹忠魂) : 물고기 뱃속의 충혼.

1342) 망국수(亡國愁) : 나라를 잃은 근심.

1343) 수양산(首陽山) : 중국 산서성(山西省)에 있는 산. 백이·숙제가 고사리를 캐먹다가 굶어 죽은 곳.

1344) 채미식지(採薇食之) : 고사리를 캐먹음.

1345) 현지청자(賢智淸者) : 어질고 청렴한 사람.

1346) 기불탁속(飢不啄粟) : 봉황은 굶주려도 좁쌀은 쪼아 먹지 않음.

1347) 염우(廉隅) : 품행이 바르고 절조가 굳음.

1348) 중중하고 : 겹겹으로 겹쳐져 있고.

1349) 사시장춘(四時長春) : 어느 때나 늘 봄빛임.

1350) 장부지절(丈夫之節) : 대장부의 절개.

1351) 절대가인(絶代佳人) : 이 세상에서는 견줄 사람이 없을 정도로 뛰어나게 아름다운 여자.

1352) 진시황(秦始皇) : 중국 전국(戰國)을 최초로 통일한 진(秦)왕조의 건립자. 봉건제도를 폐하고 전국을 36군으로 나누는 등 군현제를 시행하였다. 이사(李斯)에게 명하여 소전(小篆)이라는 통일된 문자를 만들고 도량형과 화폐를 통일시켰으며, 법전을 완성했다. 대외적으로는 만리장성을 쌓아 흉노를 몰아냈으나 아방궁 등 대형 토목사업을 벌여 민

78-뒤

잇것마난 운심ᄒᆞ니 부지쳐라[1355] 우히로 푹 쇼사 쳔상으로 가면 요지[1356]으 삼쳔련 벽도[1357]가 가지가지 푸려 잇고 아릐로 훨훨 ᄯᅥᆯ쳐 나려오면 남양[1358]으 국화슈[1359]라는 물이 가득히 씌여시니 그 물노 슐을 만이 비지고 벽도를 ᄯᅡ다가 안쥬를 ᄒᆞ면 정녕히 불노쥬[1360]라 반가올사 우리 인싱 일일장취[1361]ᄒᆞ거 드면 졀문 쇼년은 늑지를 안코 늘근 노인언 죽지 말면 쳔징셰월인

79-앞

징슈[1362]요 실ᄒᆞ자숀만셰영[1363]이라 팔빅 셰를 머다 마쇼 핑죠[1364]를 부려ᄒᆞ며 삼쳔갑자[1365] 지닐진던 만청[1366]을 원홀쇼냐 다맛 져 강틱

생에 부담을 주었다. 백성들이 정치에 대한 논의를 못하도록 분서갱유(焚書坑儒)를 감행하기도 하였다. 삼신산에 신하 서불(徐市)을 보내어 불사약을 구해오게 했으나 끝내 얻지 못해 죽고 말았다고 한다.

1353) 삼신산(三神山) : 중국 전설에 동쪽 바다 복판에 있어 신선이 산다는 봉래산(蓬萊山), 방장산(方丈山), 영주산(瀛州山).

1354) 불로초(不老草) : 먹으면 늙지 않는다는 풀.

1355) 운심(雲深)하니 부지처(不知處)라 : 구름이 깊어 어디인지 알 수 없음.

1356) 요지(瑤池) : 선경(仙境)인 곤륜산(崑崙山)에 있다는 못.

1357) 삼천년 벽도(三千年 碧桃) : 삼천 년마다 한번씩 열매가 열린다는 선경에 있는 복숭아.

1358) 남양(南陽) : 중국 하남성(河南省) 신야현(莘野縣) 서쪽에 있는 지명. 제갈량이 숨어 살던 와룡강(臥龍崗)이 있는 곳.

1359) 국화수(菊花水) : 국화로 덮인 못이나 수원지의 물.

1360) 불로주(不老酒) : 먹으면 늙지 않는다는 술.

1361) 일일장취(日日長醉) : 날마다 늘 술에 취함.

1362) 천증세월인증수(天增歲月人增壽) : 하늘은 세월을 더하고 사람은 수명을 더함.

1363) 슬하자손만세영(膝下子孫萬世永) : 슬하의 자손들이 영원한 삶을 누림.

1364) 팽조(彭祖) : 중국 은(殷)나라의 대부. 이름은 전(籛). 자는 갱(鏗). 육낙씨(陸絡氏)의 셋째 아들. 어머니가 팽성(彭城)에 봉해짐으로 팽조라 했다. 요(堯)나라부터 하(夏), 은(殷), 주(周) 대까지 살아서 나이가 팔백이요 처가 49명, 아들을 54명을 두었다고 한다.

1365) 삼천갑자(三千甲子) : 삼천번의 갑자(甲子), 즉 18,000년.

1366) 만청(晩晴) : 저녁 무렵에 날이 갠다는 뜻으로 늘그막에 출세한다는 말.

공1367)언 궁달팔십1368)쑨이로다 졔시인간별유천1369)으 각별히 놀고지거
경슈무풍야자파로 풍덩풍덩 노라보시
퇴끼전을 연졍코자 ᄒᆞ나 두셔업셔 못ᄒᆞ것기에 쳣 비두 단가 ᄒᆞᆫ 마ᄃᆡ를
공즁 누각으로 힛쎠○

○○○유힝잡가엿다

79-뒤

○너다려 ᄃᆡ장부라고 ᄒᆡ야 오르냐 나다려 ᄃᆡ장부라고 ᄒᆡ야 오르냐 너난 ᄌᆡ물이 잇셔도 씰 졸을 모르고 나넌 ᄌᆡ물이 업셔도 씰 졸을 아니 ᄌᆡ물이라 ᄒᆞ난 거시 씨며는 응당 ᄉᆡᆼ기난이라 안이 씨고 무엇 ᄒᆞᆯ 거나
○ᄭᅩᆺ 보고 노던 님언 달이나 보면 나를 혹시 ᄉᆡᆼ각턴가 호련이 창을 열고 원천1370)을 바ᄅᆡ보니 울고오난 외기럭이 옹옹셩1371)이 쳐량ᄒᆞ다 아ᄆᆡ도 져 기럭기 ᄶᅡᆨ을 차자 가난구나
○바람은 범을 ᄶᅩᆺ고 구룸은 용을 ᄶᅩᆺ고 게집이라 ᄒᆞ난 것슨 낭군을 ᄶᅩᆺ난 고로 삼죵지의1372)라 ᄒᆞ난이라 졔발 덕분으 나를 ᄯᅡ라 오려무나

1367) 강태공(姜太公) : 중국 주(周)나라 초기의 정치가. 강상(姜尙), 여상(呂尙), 태공망(太公望) 등 다양하게 불린다. 나이 칠순에 위수(渭水)에 낚시를 드리우며 때를 기다리다 주 문왕(周文王)에게 발탁되었다. 병법의 이론에 밝아 문왕은 그가 조부인 태공이 항시 바라던 사람이라는 뜻에서 '태공망(太公望)'이라고 했다. 문왕 사후 무왕(武王)을 도와 목야(牧野)의 전투에서 은(殷)나라 주(紂)왕의 군대를 물리치고 주(周)나라를 세우는 데 큰 공을 세웠다.

1368) 궁달팔십(窮達八十) : 궁팔십(窮八十) 달팔십(達八十). 중국 주(周)나라 무왕(武王) 때 정승이었던 강태공(姜太公)이 벼슬을 하기 전에 80년을 가난하게 살고 벼슬한 후 80년은 현달했다는 말.

1369) 제시인간별유천(除是人間別有天) : 이곳이 바로 인간 세계의 별천지라. 주자(朱熹)의 <무이구곡가(武夷九曲歌)>의 한 구절.

1370) 원천(遠天) : 먼 하늘.

1371) 옹옹성(雝雝聲) : 기러기 울음소리.

1372) 삼종지의(三從之義) : 여자가 마땅이 지켜야 한다는 세 가지의 도리. 어려서는 어버이

80-앞

○너가 만일 뎌장이 되면 싱젼고[1373] 몬쳠 울니고 힝군을 ᄒᆞ리라 군즁이라 ᄒᆞ난 것슨 천자으 죠령[1374]도 듯지를 안코 다맛 장군으 영샌이로나니 임의뎌로 ᄒᆡ 볼 거나

○만리장천[1375]으 흣터러진 별은 너 젼토[1376] 필슈[1377]가 되고 만쳡틱산[1378] 깁푼 골으 츄풍으 펄펄 써러지난 낙엽이 너 금젼[1379] 익슈가 되랴기면 나도 역시 금셰호걸[1380]이라 ᄒᆞ리라

○사람이 우셔도 안이 웃고 사람이 셩너도 도로여 웃고 우순 닐을 보와도 웃지를 안이 ᄒᆞ면 사람이 웃지 안이 ᄒᆞᆯ 거나

○살을 다마 젼통[1381]써를 드러미고 사졍[1382]거리를

80-뒤

지너더니 마잠 청누[1383] 안숀님[1384]을 만나구나 사졍으로 가난 거시 당연ᄒᆞ냐 청누로 짜라 가난 거시 졍분[1385]이냐 그 곡졀을 공담[1386]ᄒᆞ리가 업실 거나

를 따르고, 시집을 가서는 남편을 따르고, 남편이 죽으면 아들을 따름.

1373) 승전고(勝戰鼓) : 싸움에서 이겼을 때 치는 북.

1374) 조령(朝令) : 조정의 명령.

1375) 만리장천(萬里長天) : 높고 넓은 하늘.

1376) 전토(田土) : 전답(田畓).

1377) 필수(筆數) : 논·밭·임야 등의 구획을 셀 때 쓰는 단위.

1378) 만첩태산(萬疊太山) : 겹겹이 둘러싸인 큰 산.

1379) 금전(金錢) : 돈.

1380) 금세호걸(今世豪傑) : 지금 세상의 호걸.

1381) 전통(箭筒) : 화살을 넣는 통.

1382) 사정(射亭) : 활터에 세운 정자. 활량들이 모여 활쏘기를 연습하는 정자.

1383) 청루(青樓) : 기생집.

1384) 안손님 : 여자 손님.

1385) 정분(情分) : 정이 넘치는 따뜻한 마음.

1386) 공담(共談) : 함께 이야기함.

○가양1387)이 죠곰 나마 잔을 들고 안자시니 고인1388) 싱각이 간졀ᄒᆞ다 죠와도 죠코 나져도 죠코 슈슈ᄒᆞ고 썰썰ᄒᆞ고 인정도 잇던이라
○밥 잘 먹고 옷 잘 입고 죠흔 방으 혼자 가만이 누어시면 싱각나난 거시 무엇시냐 아미도 그 말 ᄃᆡ답ᄒᆞ난 사람은 인지라고 ᄒᆞ것구나
○즁결1389)이 삭갓1390)슬 반만 숙여씨고 오리목1391) 살부1392)를 빗겨 들고 셕양 물식을 좃차 들 밧게를 나셔쩌니 져 건네 숄졍자1393) 밋티 셧난 쳥쵸미 자락이 숀을 친다

81-앞

○글시를 잘 씨면 명필1394)이라 ᄒᆞ고 기름을 잘 기리면 명화1395)라 ᄒᆞ고 노릐도 잘 부르면 명창이라 ᄒᆞ니 아마 술도 잘 머그면 명쥬라 ᄒᆞᆯ 거나
○비를 타고 즁강1396)으 써 북을 쿵쿵 울니며 풍악을 가쵸우니 션악1397)이 안이라 션악1398)일네라
○네가 만일 남자가 되면 보국츙신1399)이 될 거시요 늬가 힝히 여ᄌᆞ가 되여던들 만고열녀1400)가 될 터인듸 피차 운슈가 갓터구나 노망ᄒᆞᆫ 삼시

1387) 가양(家釀) : 집에서 빚은 술.
1388) 고인(故人) : 오래된 벗.
1389) 중결 : 스님.
1390) 삿갓 : 비나 햇볕을 가리기 위해 대오리나 갈대로 거칠게 엮어서 만든 갓.
1391) 오리목(-木) : 오리나무.
1392) 살부채 : 접었다 폈다 하게 된 부채.
1393) 송정자(松亭子) : 정자나무의 구실을 하는 소나무.
1394) 명필(名筆) : 글씨 잘 쓰기로 이름난 사람.
1395) 명화(名畵) : 그림을 잘 그리기로 이름난 사람.
1396) 중강(中江) : 강 가운데.
1397) 선악(善樂) : 좋은 풍악.
1398) 선악(仙樂) : 신선의 풍악.
1399) 보국충신(輔國忠臣) : 충성을 다하여 나랏일을 돕는 신하.
1400) 만고열녀(萬古烈女) : 세상에 비길 데 없는 이름난 열녀.

랑[1401]님 젼으로 원졍[1402]을 가자

○우리도 다힝히 요슌[1403]으 셰상에 나써 드면 강구연월[1404]으 노릐도 불고 남훈젼[1405] 달밤으 츔도나 츄고 함포고복[1406] 쒸여도 볼 거나

81-뒤

○팔도 건달[1407]이 멧멧시나 되난고 슐 잘 먹고 돈 잘 씨난 건달언 모도 닛 친굴네라

○픽[1408]를 휘휘 쳐 쑥 써 드러보니 직홍 쥰오 쥰륙이 맛고 진아 장삼으 쇼쇼를 죄야 딕창 삼곱을 가다가 느닷업는 쥰륙이 나와 일체로 트난구나

○잡타령이엿다

○금게규파무인견[1409]ᄒᆞ니 달기 우러도 안이를 온다 ○딕화작쥬공능낙[1410]ᄒᆞ니 인간 자미가 그뿐이로다 ○일빅일빅부일빅[1411]ᄒᆞ니 권커니 작커니 먹고 놀식

1401) 삼시랑 : 삼신(三神). 아이 점지와 해산을 맡은 신령.

1402) 원정(原情) : 사정을 하소연함.

1403) 요순(堯舜) : 요임금과 순임금.

1404) 강구연월(康衢烟月) : 큰 길거리의 평화로운 풍경.

1405) 남훈전(南薰殿) : 순(舜)임금이 남풍시(南風詩)를 지어 오현금(五絃琴)에 얹어 부르던 궁전.

1406) 함포고복(含哺鼓腹) : 배부르게 먹고 배를 두드림.

1407) 건달(乾達) : 돈도 없이 난봉을 부리고 돌아다니는 사람.

1408) 패(牌) : 골패(骨牌). 납작하고 네모진 작은 나뭇조각 32개에 각각 흰 뼈를 붙이고, 여러 가지 수효의 구멍을 판 노름 기구. 또는 그것으로 하는 노름.

1409) 금계규파무인견(金鷄叫罷無人見) : 금계 울어 파함을 아는 이 없다. 주희(朱熹)의 시 <무이구곡가(武夷九曲歌)>의 한 구절.

1410) 대화작주공능락(對花作酒共能樂) : 미인을 대하여 술을 마시며 함께 즐김.

1411) 일배일배부일배(一杯一杯復一杯) : 한잔 한잔 또 한잔. 이백(李白)의 시 <산중여유인대작(山中與幽人對酌)>의 한 구절.

〈강상련〉 현대역

1-앞

심청가(沈淸歌) 비두(飛頭)였다.

도덕(道德) 높은 우리 성상(聖上) 만세만세(萬歲萬歲)하옵소서. 노급만방(勞及萬方)하니 가급인족(家給人足)이요 화피초목(化被草木)이라. 우순풍조(雨順風調)로다. 오곡(五穀)이 등풍(登豐)하니 집집마다 쌓인 곳집 이렇게 높았거늘, 노가동요(路街童謠) 우리 백성(百姓) 함포고복(含哺鼓腹) 놀아보자. 사경(四境)에 연화(蓮花)는 만발(滿發)한데 조양(朝陽)에 봉(鳳) 울고 운간(雲間)에 학(鶴) 뜨고 천고일정(天高日晶) 맑은 경물(景物) 태평성대(太平聖代) 이 아니냐. 군의신충(君義臣忠)하니 신하(臣下) 되어 임금에게 충성(忠誠)하고 사람의 자식 되어 부모(父母)에게 효도(孝道)함은 삼강(三綱)의 중(重)함이요 떳떳함이라. 효도(孝道)라 하는 것은 백행(百行)의 근원(根源)이라. 어렵고도

1-뒤

어렵거니와 중(重)하고도 장할진저. 대순(大舜) 증모(曾某) 장커니와 자로(子路)난 백리(百里)에 쌀을 지고, 맹종(孟宗)은 읍죽(泣竹)하여 눈 속에서 죽순(竹筍) 얻고, 왕상(王祥)은 고빙(叩氷)하여 얼음 궁기 이어

(鯉魚) 얻어 그 부모를 받들었으니 명천감동(明天感動) 이 아니냐. 여봐라, 대범(大凡) 천지(天地) 음양(陰陽) 이치(理致)라 하는 것은 틀림없이 같은 것인데, 저러한 효자(孝子)들이 이와 같이 나셨는데 효녀(孝女)인들 아니 날 리가 있겠느냐.
과연(果然) 참 만고(萬古)에 없는 출천지효녀(出天之孝女) 하나가 났으되 성씨(姓氏)는 뉜고 하니 심씨(沈氏)요 아마 이름은 청(淸)이라 하는데, 그러하나 남의 집 처자(妻子)라도 유만부득(類萬不得)이지 출천지효녀(出天之孝女) 이름을 대고 부르자니 체리(體理)상 실조(失調) 듯 싶으건만 그 효행(孝行)을

2-앞

표창(表彰)하기 위하여 이와 같이 좀 해 보겄다.
심청(沈淸)의 내력(來歷)을 들어봐라. 심청의 내력을 들어봐라. 그 부친(父親)은 심학규요 그 모친(母親)은 곽씨로, 다 살기는 황주 땅 도화동(桃花洞) 사는데, 심학규 연장사십(年長四十)에 안맹(眼盲)하고 사고무친척(四顧無親親)이요 가세(家勢)조차 빈한(貧寒)한 중(中) 슬하(膝下)에 혈육(血肉) 없어 일일장탄(日日長歎) 날 보낼 제, 현철(賢哲)하온 곽씨 부인 병신(病身) 가장(家長) 받들 적에 여자의 이력으로 다른 수(數)는 별 수 없고 밤낮없이 품을 팔되 이와 같이 똑 팔아보겄다. 강태공(姜太公)이 조작(造作)하여 집집마다 유전(遺傳)하니 줄을 들고 힘을 주며 어기영차 방아찧기, 신농씨(神農氏) 지으신 법 천하대본(天下大本) 농사(農事)로다 얼럴럴

2-뒤

상사뒤오. 이방 저방 모심기, 천동지정(天動地靜) 굳은 이치(理致) 너를

두고 일렀구나. 휘휘둘둘 독매 갈기, 백석청탄(白石淸灘) 서답 빨기, 건달 머슴 수건 접기, 두레 걸궁 새옷 짓기, 기(旗) 바탕에 영자(令字) 박기, 행인(行人) 과객(過客) 헌옷 푸새, 부잣집에 장 달이기, 김장하고 밭매기를 놀지 않고 서둘러도 복 없는 곽씨 신세(身勢) 어이하여 감당하리. 하루는 곽씨 부인 전후사(前後事)를 생각하여 신세자탄가(身勢自歎歌)로 울음을 운다.

"불초(不肖)하온 이년 몸이 전생(前生)에 무슨 죄로 이생에 계집 되어 하늘 같은 우리 가장(家長) 만년안맹(晩年眼盲) 웬 일이며 사십(四十) 연광(年光)이 지났으되 일점혈육(一點血肉) 없었으니 내 신세는 고사하고 가군의 후사(後嗣)를 어이하며 선세향화(先世香火)를 뉘게다 맡길

3-앞

거나. 아이고 아이고 내 신세야. 불효삼천(不孝三千)에 무후대(無後大)라. 죽어 황천(黃泉) 돌아간들 무슨 면목(面目)으로 선세(先世) 영혼(靈魂)을 뵐거나. 아이고 아이고 내 일이야, 차마 서러워 어이하리."

울음을 진정하고 한숨짓고 나앉으며,

"여보시오 서방님, 내 말씀을 듣조시오. 우리 신세 이러한 중 자식조차 없었으니 가운(家運)만 바라겠소. 두든지 못 두든지 신공(神功)이나 한번 들여보옵시다. 천하대성(天下大聖) 공부자(孔夫子)도 빌어서 낳으시고 정(鄭)나라 정자산(鄭子産)도 빌어서 낳았으니 좌이대사(坐而待死) 할 수 있소. 우리도 신공(神功) 들여 자식을 빕시다."

심봉사 좋아라고,

"천한 나를 생각하와 그까지 하옵시니 감사무지(感謝無地)하오이다. 낸들

3-뒤

마음이야 어떻다 하오리까마는 천지불변(天地不辨) 병신 몸이 한탄(恨

歎)한들 별 수 있소."

곽씨 부인 거동 봐라. 그날부터 목욕재계(沐浴齋戒) 정(淨)히 하고 후원(後園)에다 칠성단(七星壇)을 정히 뭇고 공(功)을 들여 축원(祝願)한다. 단하(壇下)에 꿇어 엎드려 지성(至誠)으로 비는 말이,

"천지지신(天地之神) 일월성신(日月星辰) 북두칠성(北斗七星) 사해용왕(四海龍王) 미륵(彌勒) 서낭 오방신장(五方神將)님네 화우동심(和佑同心)하옵시오. 오늘날 이 사정(事情)은 다른 사정 아니오라 병자생(丙子生) 심학규의 후사(後嗣) 잇기를 여러 존령(尊靈)님 전(前)에 천만축수(千萬祝手) 바랍니다."

이와 같이 빌기를 삼 삭(朔)을 지내더니, 지성(至誠)이면 감천(感天)이요 차소위(此所謂) 공든 탑이 무너지랴. 과연 그달부터 곽씨 부인 잉태(孕胎)하니

4-앞

곽씨 부인 착한 행실(行實) 좌립행동(坐立行動)을 정당히 하고 식음문견(食飮聞見)을 정결히 하여 십 삭(朔)을 온전히 지내어 득남(得男)하기를 주야(晝夜) 없이 바라더니 하루는 해복(解腹) 기미(幾微)가 있겄다. 곽씨 부인 거동 봐라. 아랫목에 몸져누우며 한 손으로 배를 쥐고 또 한 손으로 허리를 문지르며,

"아이고 배야, 아이고 허리야."

와불안석(臥不安席)하는구나. 심봉사 의심이 왈칵 난다. 형제 지친(至親) 전(全)히 없고 사정할 곳 있다 한들 전갈할 틈 어디 있나. 우루루 달려들며 곽씨를 꽉 붙들고 허리도 만져보며 정신없이 서둘 적에, 곽씨 부인 못 견디어,

"애고 배야, 애고 허리야."

심봉사 급한 마음 더듬더듬 일어서

4-뒤

며,
"아이고, 이 일을 어찌할거나."
부엌문 열고 나가 소반(小盤) 한 입 겨우 찾아 식기(食器) 내려 냉수(冷水) 떠서 윗목에다 받쳐 놓고 더그매에 짚 묶음 내려 자리 걷고 깔아 놓고 한 움큼을 정히 추려 상(床) 밑에 밀어 넣고, 성한 사람 같게 되면 애근 사정할 듯하나 봉사라 성정(性情)이 뚝뚝하고 마음이 위급(危急)하니 삼신제왕(三神帝王)을 물려 쫓을 듯이 비던 것이었다. 두 무릎을 정히 꿇고 삼신상(三神床) 다리 잡아 앞으로 밀쳐 놓으며 두 손길 마주 들고 싹싹 비비면서,
"삼신제왕(三神帝王)님네, 다 들어보옵소서. 현철(賢哲)하온 우리 곽씨 천신만고(千辛萬苦) 잉태(孕胎)하와 십 삭(朔)을 채우기도 삼신님네 덕분일 줄 모를 리가 있

5-앞

으리까. 하해(河海) 같은 덕분으로 귀남자(貴男子)를 점지하여 주옵시되 수이 순산(順産)시키기를 천만축수(千萬祝手) 바랍니다."
허리 굽혀 손을 잡고 지성(至誠)으로 빌 적에 삼신(三神)이 감동하사 순산이 되었구나. 짚자리에 아기 소리 심봉사 반기 듣고 우루루 일어서며 짚자리에 달려들어 아이를 안아 들고 짐작으로 탯줄 갈라 고이고이 뉘여놓으니, 곽씨 부인 급한 마음 정신을 진정하여,
"여보시오 서방님, 아이가 남녀간(男女間)에 무엇이오?"
심봉사 좋아라고 퍽 웃으며,
"어진 우리 삼신(三神)님이 만득(晩得)으로 점지하셔 순산(順産)까지 하였으니 귀남자(貴男子)를 점지했지. 다른 염려 왜 있겠소."
아들로만 전(全)히 믿고 슬쩍

5-뒤

이 손을 들어 아기 샅을 만져보니 가늠이 훨씬 틀리거든. 심봉사 얼척없어 눈언덕만 끔벅끔벅 빈코만 훌쩍훌쩍 밭은 기침 자주 하며 에없이 앉았겄다. 곽씨 부인 그 정신에 마음이 이상하여 다시 재차 물어본다.

"자녀 간에 무엇이오? 만년득남(晩年得男)하였기로 하도 기뻐 그러시오?"

심봉사 말대답이 아주 자미가 있거든.

"아들이나 어른이나 순산(順産)하면 그만이지 기어이 캘 것 무엇 있소. 아이 샅을 만져보니 얼음 위에 박 밀듯이 쓸쓸하게 지나가니 정말 우리 내외 나물국은 많이 먹겠소."

곽씨 부인 이 말 듯고 혀를 끌끌 몹시 차며 한숨을 내리 쉬며 목에 맺힌 느낀 소리,

6-앞

"애고 이게 웬 말이오? 사십 후에 낳은 자식 딸이라니 웬 일이오? 삼신님도 야속하고 선영(先靈)네도 무복(無福)하오."

눈물짓고 돌아누우니 심봉산들 좋을쏘냐. 자식 욕심은 일반이라, 내외가 없지마는 곽씨의 허(虛)한 심장 울적할까 염려하여 한정 없는 좋은 말로 각별히 위로한다.

"여보 여보 곽씨 부인, 한숨이 웬 짓이오? 순산(順産)을 하였으니 천만다행(千萬大幸)하옵거든 아들 딸이 웬 말이오? 아들 두고 못 두기는 내 집 가운(家運) 소치(所致)거든 삼신제왕(三神帝王)이 하관(何關)이오. 아들이라도 잘못 두면 패가망신(敗家亡身)에 욕급선영(辱及先塋) 부지하경(不知何境)이 될 것이요, 딸이라도 잘 두면 여공(女功) 범절(凡節) 고루 시켜 귀가덕문(貴家德門)의 일등(一等) 낭자(郎子)

6-뒤

택지우택(擇之又擇) 잘 가리어 백년가객(百年佳客)을 삼을진대, 자서제질(子壻弟姪)은 일반이라. 아들이나 피차(彼此) 있소. 내 마음은 서운찮소."
두 손으로 아기 안아 부인 옆으로 밀쳐 놓으며,
"내가 나가 밥 지을 테니 부디부디 안심하오."
심봉사 급한 마음 첫국밥을 지으려 하고 쌀 떠서 손에 들고 부엌에 나가더니 조리 함박 챙겨들고 동이 만져 솥을 열며 찔끔찔끔 물을 따라 더듬더듬 더듬을 제, 이때에 곽씨 부인 산후별증(産後別症)이 일어난다. 정신이 혼미하며 복통기가 격충(激衝)하여 위로 치떠밀며 아래로 뻗질리어 호흡할 수 바이 없고 굴신(屈身)할 길 전(全)히 없어 심봉사를 부르겼다.
"여보 여보,

7-앞

밥일랑은 그만 두고 나를 조금 살려주오. 애고 애고, 어찌하리."
뛰뒹굴며 서둘 적에, 심봉사 깜짝 놀라 더듬더듬 들어오며,
"애고, 이게 웬 일인가?"
곽씨 옆에 주저앉으며 두 손목을 추켜들고 맥도 얼핏 짚어보고 가슴에다 손을 넣어 이리 저리 만져보며,
"여보 여보 곽씨 부인, 이것이 웬 일이오? 정신 차려 진정하오. 산후별증(産後別症)이 있다 한들 부지불각(不知不覺) 이럴쏜가. 삼신(三神) 전에 원정(原情)할까? 성주 전(前)에 빌어볼까? 국밥 지체가 되었기로 속이 비어 이러한가? 구미(口味)가 매양 없다더니 아침 끼니 먹은 것이 급체(急滯)가 되었는가?"
혼불부신(魂不付身) 서둘 적에, 곽씨 부인 얼풋이 진정하며

7-뒤

겨우 정신 수습하여 빠드득 손을 들어 심봉사의 손을 잡고 가만히 잠긴 소리,

“내가 죽제, 살지는 못할 테니 기체완보(氣體完保)하옵시오. 저 자식을 기르자면 설움인들 오죽하며 구명도생(氣體完保)하랴시면 고생인들 어떻다 하오리까? 기다리고 바라다가 천행(天幸)으로 낳은 자식 젖 한번도 못 먹이고 안맹(眼盲)하신 가장(家長)에게 못할 일을 끼치오니 죄 많은 나의 설움 멀고 먼 황천(黃泉)길을 눈물 젖어 어이 가며 앞이 막혀 어이 가리.”

눈물짓고 돌아누우며 짚자리에 있는 자식 한없이 바라보며 혀를 몹시 끌끌 찬다.

“불쌍하다! 내 새끼야. 광대(廣大)한 천지간(天地間)에 어디 가면 못 생겨서 죄

8-앞

많은 이년에게 어미라고 와 생겼나, 인생이 불쌍하다. 짚자리에 어미 잃고 살기를 바랄쏘냐. 너도 응당 죽을지라.”

그 말이 못 그치며 후유 한숨 길게 쉬며 천촉기(喘促氣)가 왈칵 난다. 대저(大抵)커나 병인(病人)이라 하는 것이 죽을 때가 당하오면 증세(症勢) 조금 허루(虛漏)하여 사람의 심곡(心曲)을 느끼는 고로 암커나 곽부인도 잠시 정신 수습(收拾)하여 언어 조금 통하는 게 병가(病家)의 소유(所有)어든. 불쌍할사 심봉사는 곽부인이 정녕 회생(回生)할 줄로만 꼭 믿었다가 천촉(喘促)하는 가쁜 소리 차차 점점 높아지니 심봉사 깜짝 놀라 달려들며,

“허허,

8-뒤

이게 웬 일인가. 효차(效差) 조금 있는 줄로 마음 놓고 있었더니 천촉기(喘促氣)가 웬 일인가."

자진발광(自盡發狂) 몸부림에,

"애고 애고, 어찌하리. 무슨 악귀(惡鬼)가 침노(侵擄)했나 기도(祈禱)나 하여 볼까? 해산(解産) 수종(隨從)이 불민(不敏)키로 무슨 사물이 작해(作害)하나 문복(問卜)하여 빌어 볼까? 문의(問醫)하여 약을 쓸까?"

혼불부신(魂不付身) 좌불안석(坐不安席) 부지불각(不知不覺) 어언간(於焉間)에 호흡이 적적하고 천촉기(喘促氣)도 영절(永絶)이라. 심봉사 넋을 잃고 땅을 치며,

"여보 여보 곽씨 부인, 정신 차려 말 좀 하오. 병 난다고 다 죽으며 죽는다고 이리 쉽게 기운이 격탈(擊奪)하여 기함(氣陷)이 되었는가. 내가 죽고 그대 살면 저 자식을 살리련만 그대 죽고 내가

9-앞

사니 강보(襁褓)에 싸인 자식 잔명(殘命)을 어이하리."

방성통곡(放聲痛哭) 서러이 울며 천호만호(千呼萬呼) 발광(發狂)한들 사자(死者)는 불가부생(不可復生)이라. 다시 별수 왜 있으리. 이때에 촌인(村人)들이 심망인의 곡성(哭聲) 듣고 전자호(前者呼) 후자응(後者應)에 차차 연(連)해 모여들 제 불기회자(不期會者) 부지수(不知數)라. 사람마다 긍칙(矜惻)하여 할 말이 있겠느냐. 심봉사를 꺽 붙들고 호언(好言)으로 위로하며,

"유아(幼兒)를 돌아보아서 울음 그만 진정하오. 애통(哀痛)한들 무엇하며 통곡(痛哭)한들 쓸 데 있소. 고분지통(叩盆之痛) 각설(却說)하고 농와지경(弄瓦之慶) 생각하오. 짚자리의 유아(幼兒)랑은 여인들께 당부하고 사직귀토(死卽歸土)라 하였으니 염습(殮襲)을 하옵

9-뒤

시다."
인정 있는 촌인(村人)들이 심맹인의 정상(情狀)도 가긍(可矜)하려니와 곽씨 생전(生前) 선(善)한 범절(凡節) 별로 잊지 못하여서 공조(共助) 부의(賻儀) 여러 공론(公論) 여출일구(如出一口) 되었구나. 궁곤자(窮困者)의 큰일이라 없는 것이 오죽 많을쏘냐. 염습(殮襲) 관곽(棺槨) 출상(出喪) 범구(凡具) 차차 연(連)해 차릴 적에, 지상여(地喪輿) 곱게 꾸며 물색(物色)이 장히 좋다. 홍포장(紅布帳)에 오색(五色)드림 금당지(金唐紙)로 부전 물려 구색(具色) 맞춰 들여 있고 네 귀에 초롱 달고 난간(欄干) 위의 각 꽃은 백백홍홍상간개(白白紅紅相間開)라 춘광(春光)을 자랑한다. 심맹인의 딸린 차비 굴건(屈巾) 제복(屈巾) 갖은 범절 갖추지는 못할망정 견대(肩帶)조차 않겠느냐. 염포(殮布)에 제 깃 내어 두건(頭巾) 접고 복대(腹帶) 말고 행전(行纏)까지 겨

10-앞

우 하여 심맹인을 부축시켜 견대(肩帶)를 갖춘 후에, 심맹인 거동 봐라. 행상(行喪) 뒤를 따르려고 지팡이를 걷어 짚고 실성통곡(失性痛哭) 서러이 운다.
"나도 가세, 나도 가세. 곽씨 따라 나도 가세. 어린 자식 끼쳐두고 영결종천(永訣終天) 아주 가니 불쌍한 이놈 신세 뉘를 믿고 사자는가. 아이고 아이고, 내 신세야."
촌인의 거동 봐라. 네 다리 빼라 내 다리 박자 하는 투로 메고 나니 상부꾼이 되었구나. 아무리 정상(情狀)이 가긍(可矜)한들 무성무취(無聲無臭) 가겠느냐. 없는 신명이 절로 난다. 앞소리 하는 사람 별로 무식 아니하여 의사(意思) 있게 말을 지어 곽씨를 위축하여 심맹인을 위로한다.
"어너 어너 어가리 넘자 어너.

10-뒤

불쌍하다 곽씨 부인 황천객(黃泉客)이 되단 말가. 어너 어너 어가리 넘자 어너. 염라국(閻羅國)으로 가신대도 연봉지 속에 가 앉으리라. 어너 어너 어가리 넘자 어너. 착하고 어진 범절(凡節) 극락세계(極樂世界) 가오리라. 어너 어너 어가이 넘자 어너. 일력(日力)이 거운 되니 행상(行喪)길이 바쁘기로 소리 무진 잦추겄다. 극락세계로 가게 되면 지장보살(地藏菩薩)이 되오리라. 어너 어너 어허 어허. 서러워 마오 서러워 마오. 심맹인은 울지 마오. 어너 어너 어허 어허. 저 귀녀(貴女)를 곱게 길러 만년(晩年) 자미(滋味)를 보옵시오. 어너 어너. 일락서산(日落西山)에 해 떨어지고 월출동령(月出東嶺)에 달 오른다. 어너 어너. 북망청산(北邙青山)이 어디메냐? 어서 가서 안장(安葬)하자.

11-앞

어너 어너."

신명지게 운상(運喪)하여 앞 남산 무척지지(無瘠之地) 향양처(向陽處)를 찾아가서 고이 안장(安葬)한 연후(然後)에, 촌인들이 심맹인을 쩍 붙들고 집으로 돌아와서 백단(百端)으로 위로하며,

"여보시오 심맹인. 가긍(可矜)하온 정상(情狀)이야 다 할 수가 없소마는 신운(身運)이라 수가 있소. 각설(却說)이라 다 버리고 강보(襁褓)에 쌓인 애가 물 위에 버큼이요 아침 풀의 이슬이나 무남독녀(無男獨女) 딸이오니 길러내야 할 일이지 말아서야 될 일이오. 궁무소불위(窮無所不爲)거든 못할 일이 무엇 있소. 우리 동네 이력이야 대강 들어 아옵지요. 아기 가진 여인들이 마침 많이 있사오니 시시(時時) 조석(朝夕) 참을 찾아 동냥젖 먹여내오. 괄시할 이 뉘

11-뒤

있겠소."

하나 둘씩 점점 흩어져 각귀기가(各歸其家)하더니라. 때마침 만춘시(晩春時)라. 밤은 깊어 삼경(三更)이 되는데 동풍(東風) 불어 오는 비는 티끌 적셔 잠깐 개고 사고무인(四顧無人) 적막시(寂寞時)라. 낙월공산(落月空山) 저 두견(杜鵑)은 귀촉도(歸蜀道) 불여귀(不如歸)라. 제혈성성(啼血聲聲) 슬피 울고, 공계(空階)에 닫는 쥐는 덜그렁 퍼석 사람의 지기(志氣)를 앗는 듯하는지라. 이때에 심봉사는 지리산 까마귀 게발 물어 던진 듯이 적막삼경(寂寞三更) 깊은 밤에 홀로 앉았을 제, 강보(襁褓)에 싸인 애는 기진(氣盡)하여 우는 소리 사람의 간장(肝腸)을 다 녹인다. 심봉사 정상(情狀) 보소. 애가 녹고 속이 타서 실성통곡(失性痛哭) 서러이 운다. 더듬더듬 더듬으며 우는 애를 부여잡고,

"우지 마라

12-앞

우지 마라. 네 울음 한 마디에 일촌간장(一寸肝腸) 다 녹는다. 애고, 이 일을 어쩌잔 말이냐. 차마 서러워 못 살겠다. 내가 마자 죽자한들 이 자식을 어이하며, 이 자식을 살리자니 무엇 먹여 살릴 거나. 죽도 살도 못할 테요 살도 죽도 못하겠구나. 아이고 아이고, 서러운지고."

그럭저럭 날이 새니 촌중(村中) 인심(人心) 거룩하여 불쌍한 두 목숨이 죽지 않고 지내날 제, 이때에 심봉사가 모진 목숨 일시(一時)에 죽지 못하고 곰곰이 생각한즉 저 자식을 살리자니 남만 믿고 앉았으며 세간을 방매(放賣)하자니 값 살 것이 무엇 있나. 내 신세 이리 되니 못할 일이 왜 있으리. 전곡간(錢穀間)에 구걸하여 저 자식을 살리리라. 아무

12-뒤

리 헤아려도 수는 꼭 옳은 수거든. 삼일(三日)을 지낸 후에, 그날부터 동냥을 하려 하고 남은 젖을 휘휘 저어 유아(幼兒)를 먹인 후에, 헌옷 덮어 단속하여 한편으로 정히 뉘고 동냥차로 나서는데, 심봉사의 곡한 심곡(心曲) 반맥(班脈)도 있거니와, 처복(妻服)이라 마음에 결연(缺然)하여 밤낮없이 건(巾)을 쓰고 지내겠다. 두건(頭巾) 위에다가 파립(破笠) 쓰고 동동이 기운 전대(纏帶) 중(中)동을 질끈 매어 어깨 걸쳐 들어 메고 지팡막대 힘을 붙여 더듬더듬 걸어 나가 동냥으로 위업(爲業)할 제, 상촌(上村) 하촌(下村) 요촌(饒村) 찾아 문전문전 구걸(求乞)하고 날수를 염량(念量)하여 한 달 엿새 틈을 타서 일중위시(日中爲市) 시정(市井) 찾아 전전(廛廛)이 동냥할

13-앞

제, 돈일랑은 받아 모아 전거 두고 오는 때는 암죽(粥)에 대려고 곶감 사서 전대(纏帶) 속에 간수하고, 밤이면은 잠 못 자니 탕탕 떠니 담뱃대라. 가끔가끔 남초(南草) 살 제, 남초(南草) 사기는 투(套)가 났다. 남초 발에다 손을 넣어 겨눠보고 쥐어보며 헐은하여 퍼석잖고 때글때글 꽉꽉하며 두덕 좋고 줄찬 놈을 낱낱이 잘 가리어 장장이 사더니라. 이러한 남초만 사게 되면 값을 후히 줄 테이니 그럴 리(理)가 있겄나냐. 이거는 광대의 취담(醉談)인가 여기겄다. 강보(襁褓)에 싸인 자식 맘죽으로 살리자니 먹는 것이 찌로 간다. 사세부득(事勢不得) 수가 없어 젖동냥하려 하고 동네 부인 찾아갈 제, 아기 안아 품에 품고 지팡막대 손에 들

13-뒤

고 길을 살펴 나가는데, 귀짐작은 이상하여 소리로 증거(證據) 삼아 의

사(意思) 있게 찾아간다. 동구 밖 한거리에 정처(定處)없이 나아서며 사면으로 들어본다. 항용(恒用) 말로 할 양이면, 문전(門前) 문전(門前) 들어서며 남녀(男女)는 물론(勿論)하고 인적기(人跡氣)만 얼른하면 젖 좀 먹여 달라 하면 뚝뚝하고 변통(變通) 없는 맹인(盲人)의 거동이야 되지마는, 암커나 광대라 하는 것은 고저장단(高低長短) 곡조(曲調) 맞춰 영향(影響)을 자랑키로 이와 같이 하더니라. 청천백석(淸川白石) 맑은 여울 녹포(綠布) 간으로 흘러간다. 가주동서(家住東西) 사람의 집 수변(水邊)에 지음쳤다. 서답하는 들친 소리 바람 떨쳐 높이 나니, 심봉사 장히 좋아 지팡막대 걷어 짚고 더듬더듬

14-앞

길을 찾아 여울 가에 들어서며 품안의 아를 내어 두 손으로 안아들고 허리를 구붓하며,

"어떠하신 부인인지 알 수는 없사오나 천행(天幸)으로 젖 있거든 소경의 자식이라 더럽다 마르시고 근들 안이 적선(積善)이오. 이 애 젖 좀 먹여주오."

가는 데만 가겠느냐. 막적소향(莫跡所向) 나올 적에 저 쪽 길 비껴 놓고 이 쪽 길로 종가 오니, 석장(石墻)에 오계(午鷄) 울고 시문(柴門)에 개 짖거늘 유촌지불원(有村之不遠)이라. 어이 아니 좋을쏘냐. 인간칠십고래희(人生七十古來稀)라, 옛날에 강태공(姜太公)은 어이하여 궁달팔십(窮達八十) 살았던고. 신기한 법 없을쏘냐. 조작(造作)하던 용정(舂精) 방아 떨구덩떨구덩 찧는 소리 자주자주 들쳐나니 염치없이 들어

14-뒤

서며 아를 내어 안아 들고,

"여보시오 부인네들, 천(賤)한 소경 자식이나 길을 두고 뫼로 가며 살고

보제 죽으리까. 천행(天幸)으로 젖 있거든 이 애 젖 좀 먹여주오."
인정(人情)은 일반이라 괄시할 이 뉘 있겠나. 심봉사 좋아라고 백배치하(百拜致賀)한 연후(然後)에 딸을 받아 품에 품고 정처(定處)없이 돌아올제, 이때는 어느 때냐, 청화사월(淸和四月) 좋은 때라. 산은 첩첩(疊疊)천봉(千峰)이라. 황조(黃鳥) 편편(翩翩) 날아들고 바람은 실실 불어 남풍지훈(南風之薰) 이 아니냐. 녹양엄문시수가(綠楊掩門是誰家)오 추천(鞦韆)하는 여랑(女娘)이며 행봉낙화장탄식(行逢落花長歎息)은 교태(嬌態)하는 여아(女兒)들은 녹음방초승화시(綠陰芳草勝花時)라. 탕정(蕩情)을 못 이기어 명환(名宦) 예리(禮吏) 벗을 지어 등산임수(登山臨水)

15-앞

노는구나. 청가(淸歌)로 상화(相和)하니 곡조(曲調)마다 분운(紛紜)이라, 연전불연덕이 이 아니냐. 심봉사 탄식(歎息)하고 허명파명 내려올제, 아이오 석양(夕陽)이 재산(在山)이라. 석천(石泉)에 표자(瓢子) 소리귀에 얼핏 들리거늘 조촘조촘 들어가며 품은 애를 안아 들고,
"천루(賤陋)한 이 목숨이 무슨 염치(廉恥) 있으리까. 귀(貴)한 아기 먹던 젖을 주시라기 황송(惶悚)하나 죽는 꼴을 보오리까. 적선(積善)에도 귀천(貴賤) 있소. 이 애 젖 좀 먹여주오."
무론부인(無論婦人)하고 아무리 도고(道高)하고 무심(無心)한들 심맹인의 정상(情狀)이 가긍(可矜)도 하려니와 사정 말이 당연하니 괄시인들 어이하며 체면을 차리겠나. 근념 않고 먹여주며,
"어렵다 말으시고

15-뒤

날로 날로 안고 오오."
심봉사 아기 받아 손에 들고 부인에게 배사(拜謝)하며,

"촌중(村中) 부인 덕을 입어 죽을 자식 살리오니 태산(泰山)같이 높은 덕을 죽사온들 갚소리까."
집으로 돌아와서 포단(蒲團) 덮어 뉘여 놓고 탄식으로 밤을 샐 제, 죽은 아내 산 자식을 정곡(情曲)을 생각하면 인정은 일반이나 저 자식을 살리자 하니 아내 수상(隨喪)을 할 수 있나. 동냥한 곡식일랑 암죽쌀도 부족커든 아무리 불쌍한들 조석상식(朝夕上食) 왜 있으며, 하루 보름 삭망(朔望)이면 과포(果脯)는 없을망정 인정간(人情間)에 못 견디어 냉수로 잔을 부어 솟아나는 나의 설움 일장통곡(一場痛哭)이 제작(制作)이라. 이와 같이 지내날 제 딸자식을

16-앞

살리려고 남의 힘만 빌리더니라. 어떻게 하는고 하니 똑 이렇게 하던 것이었다. 전대(纏帶) 들고 나가서는 전곡(錢穀) 동냥 힘을 쓰고 아기 안고 나가서는 젖동냥을 힘을 쓴다. 동냥하기 자미(滋味) 붙여 세월이 펄펄 가더니라. 서러이 서러이 길러낼 제 동냥젖으로 먹여내니 다소 절차가 왜 있으며 시시(時時) 온랭(溫冷)을 겸할쏘냐. 탈나기로 이를진대 비일비재(非一非再) 무수(無數)하되 장래(將來)에 귀(貴)히 되어 대창(大昌)할 아이거든 무슨 재앙(災殃)이 있겠느냐. 이상하게 숙성(熟成)한다. 초생(初生)에 달 붇듯, 이슬 아침 외 붇듯 밤을 지내 달라지고 낮을 지내 와락 달라 일취월장(日就月將)하는구나. 심봉사 서러운 마음 차차 점점 적어지고 딸

16-뒤

에다가 자미 붙여 애지중지(愛之重之)하는 마음 사랑옵기 짝이 없다. 두 손으로 딸을 안아 담쏙 안고 일어서며 눈으로 꼭 보듯이 어루겄다. 별 사설을 다하여,

"딸아 딸아, 내 딸이야. 무남독녀(無男獨女) 귀동(貴童)딸아, 어허둥실 배 불렀다. 새침하고 고운 거동 혼자 보기 아깝구나. 새벽 바람의 사(紗) 초롱, 별초당(別草堂)의 탄금성(彈琴聲), 동기(童妓) 손의 화동선(花童扇), 나귀 밀치 줄방울, 연봉지의 파랑새, 얼음 궁기 이어(鯉魚)로구나. 어허둥실 내 딸이야. 천상(天上)의 직녀성(織女星)이 네가 되어 내려왔나? 월중(月中)의 단계화(丹桂花)들 이 위에 더 고우랴. 어허둥둥 내 딸이야. 흰동이냐? 검동이냐? 해뜩 번뜩 네 눈이. 어허둥둥 내 강아지. 입 모습은 날 탁했나? 눈맵시는 너의 모친(母親) 방사(倣似)

17-앞

하다. 오늘날로 자시 보니 코가 장히 잘생겼다. 수복강녕(壽福康寧)하려니와 부귀다남(富貴多男)하겠구나. 어둥실 내 새끼야. 어서 어서 수이 커서 내 소원을 풀어다고. 너를 따라 다닐진대 못 갈 데가 왜 있으며 못 할 일이 무엇 있나. 샛별 같은 네 눈으로 내 소원을 풀게 되면 너는 즉시 내 눈이라. 네 이름일랑 눈망울 청자 심청이라 불러주마."

심청을 땅에 뉘고 한숨을 길이 쉬며 감은 눈의 눈물 흔적 뚝뚝뚝 떨어지며 옷깃을 다 적신다. 아기를 어르다가 낙루(落淚)하고 운다 하니 어불성설(語不成說)할 듯하나 전후사(前後事)를 생각하니 일희일비(一喜一悲) 이 아니냐. 흥진비래(興盡悲來) 차소위(此所謂)

17-뒤

라. 세월(歲月)이 여류(如流)하여 심청이 자라날 제, 칠칠(七七)은 사십구(四十九)라. 칠칠일(七七日)이 다 지내고 백일(百日)이 거운 되니 엎칠뒤칠 엎더지며 쫑긋쫑긋 말을 할 듯, 빵긋빵긋 웃어보며 인적기가 얼른 하면 고개 돌려 짜웃짜웃 신기하고 기특하다. 심봉사 거동 봐라. 동

냥 갔다 들어오면 심청에게 자미(滋味) 붙여 보기나 하는 줄로 굽어보고 웃어보며 웃어보고 안아볼 제, 심청의 예쁜 거동 날로 날로 달라진다. 첫돌을 지내더니 엉거주춤 일어서며 어긋어긋 걸어보고 엄마 아빠 하는 소리 어훈이 뚝뚝 떨어지고 떼를 쓰고 울다가도 등을 치고 달래면은 울음을 덜컥 그치겠다.

18-앞

이때 삼사오륙 년을 겨우 겨우 다 지내고 팔구 세(歲)를 당하오니, 심청이 숙성(熟成)하여 수연(粹然)하고 고운 얼굴 절등(絶等)의 색(色)을 갖고 천연(天然)하고 활한 태(態)는 장진(長進)의 망(望)이 있는지라. 언어문답(言語問答)하는 짓도 유순(柔順)하기 짝이 없고 행동거지(行動擧止) 노는 일도 정답기가 댈 데 없다. 심봉사 장히 좋아 하루는 뜬금없는 소리를 하겠다.

“여봐라 아가 아가, 네가 이번 저만치나 장성(長成)하니 내 이력은 가수로다. 나는 나가 동냥하여 너와 나와 두 목심이 구명도생(苟命圖生)할 것이요, 너는 장차 집에 있어 가간사(家間事)를 살필 테니 걱정없다 걱정없어. 차소위(此所謂) 되려는 잎은 떡잎 때부터 알아보고

18-뒤

속담(俗談)에 뭣하는 놈은 초저녁부터 알아보는 것 같어여.”

장래(將來) 대창(大昌)할 사람이어든 범인(凡人)과 같겠느냐. 심청이 서러운 마음 전일(前日)에도 부친이 동냥하여 들어오시면 마음이 불안하나 성품(性品)을 알거니와 고집(固執)이 과(過)하시니 졸지 말씀 못 사뢰고, 매양 저물게 들오시면 노곤(勞困)을 못 이기어 앉은 자리 누우시며 주무신 듯 싫기로 잠이 깰까 염려하여 말씀을 못 사뢰고 어언간(於焉

間)이 되었더니, 너는 집에 있고 나는 동냥한다 하는 그 대문(大文)에 감심(感心)이 왈칵 나서 부지불각(不知不覺) 여짜오되,
"아버지 듣조시오. 불초녀(不肖女)로 말미암아 연만(年晩)하신 아버지가 여태까지 행

19-앞

걸(行乞)키도 지원원통(至冤寃痛)하옵는데, 다 큰 자식 집에 두고 종래 행걸(行乞)하실진대 천리(天理)라 하오리까. 다른 수는 별수 없고 빌어야만 할 테이니 오늘부터 제가 나가 동냥을 하겠내다."
심봉사 이 말 듣고 화를 펄쩍 내뜨리며,
"나도 역시 남이 아는 사람이라. 소위 반명지하(班名之下)에 다 큰 딸자식을 내보내서 동냥한단 말이 어디가 될 말이냐. 맹랑한 말 내지 마라. 유시부(有是父) 유시자(有是子)로 아비도 빌어먹고 자식도 빌어먹고 어디가 될 말이냐."
심청이 일어서며,
"아버지 진정하오. 명령을 어기오니 불효막대(不孝莫大)하오이다."
동냥차로 나서는데, 이때는 어느 때냐, 구추상풍(九秋霜風) 만추시(晩秋時)라. 낙목(落木)은

19-뒤

소소(蕭蕭)하여 바람 떨쳐 날아가고 운영(雲影)은 음음(陰陰)하여 눈 정신이 어리었다. 가련(可憐)타 심청이여! 앞섶 없는 헌 적삼에 말만 남은 헌 치마 아드득 졸라 입고 전대(纏帶) 주워 손에 들고 맨발 벗고 팔짱 끼고 옆걸음 쳐 나갈 적에 문전 문전 들어서며,
"부친을 봉양(奉養)차고 남의 힘만 빌리자니 죄송하고 미안하나 전곡간(錢穀間)에 처분대로 조금씩 주옵시오."

남녀노소(男女老少) 무론(毋論)하고 심청 정상(情狀) 보게 되면 가긍(可矜)도 하려니와 궁상(窮狀)에 찌들었으나 외양(外樣)이 단정하니 걸인(乞人)으로 대접하며 동냥으로 주겠느냐. 음식도 서로 주고 전곡(錢穀)도 자청하여 후박(厚薄)없이 서로 주어 선대(善待)를 하더니라. 심청이

20-앞

촌인(村人)의 힘을 입어 부친을 봉양(奉養)할 제, 불피풍우(不避風雨) 불폐상설(不蔽霜雪) 시종(始終)이 여일(如一)할 제, 나이 차차 장성하니 틈틈이 틈을 타서 이웃집 동무 찾아 가고오며 놀 적에, 공밥 먹지 아니하고 범어사(凡於事)를 배우자고 자청하여 하올 적에, 의복 재봉(裁縫)이 되게 되면 바늘 실을 손에 들고 조롬조롬하여 보며, 시마(緦麻) 직조(織造)가 되게 되면 베틀에 올라 북을 들고 언뜻언뜻 던져본다. 조두(俎豆) 진설(陳設)하옵기와 읍양진퇴(揖讓進退)하는 법을 심상히 아니 보고 일일이 염량(念量)하여 무불통지(無不通知)하는지라. 사람마다 칭찬하고 집집마다 귀히 여겨 데려가며 맞아 갈 제, 외양(外樣)이 단정(端正)하고 범절(凡節)이 극진(極盡)하니 도처(到處)마다 대우(待遇)하여 무슨 동냥을

20-뒤

하겠느냐. 정분(情分)으로 주는 음식 답례(答禮)로 주는 전곡(錢穀) 부친 봉양(奉養) 극히 하고 남의 공(功)을 잊을쏘냐. 힘대로 하올 적에, 상하촌(上下村) 각인(各人) 처(處)에 좋은 음식 좋은 의복 때를 맞춰 하자하면 심청을 맞아 갈 제, 어떤 데를 가냐 하면 이런 데를 가더니라. 부귀훈문(富貴薰門)의 귀동녀(貴童女)라. 금의옥식(錦衣玉食)에 자라나며 농농이 쌓여 있는 의복 값 들고 중한 옷은 맡겨 아니 할 이 없고, 장수해

로(長壽偕老) 회혼례(回婚禮)며 육십(六十) 화갑(華甲) 수신(晬辰)잔치 갖은 찬수(饌需)를 갖추자면 모두 다 안아 들여 대우(待遇)가 극진(極盡)하더니라. 어언간(於焉間) 심청의 나이 십 세라. 천질(天質)도 있거니와 방년(芳年)이 당하오니 활달(豁達)한 기상이며 순활(順滑)한 고운 용

21-앞

모 원일견지(願一見之)하올 마음 뉘가 아니 없을쏘냐. 이때는 어느 때냐, 춘삼월(春三月) 좋은 때라. 방초(芳草)는 속잎 나고 산조(山鳥)는 울음 운다. 벽파시(碧波詩)에 손을 맞고 행화촌(杏花村)에 벗이 온다. 이화(李花) 도화(桃花) 만발하니 집집마다 단청(丹青)이요, 유지(柳枝) 송지(松枝) 휘늘어져 거리 거리 승경(勝景)이라. 옥호청사(玉壺青絲) 병을 매라 등산임수(登山臨水) 놀아보자. 주마투계유미반(走馬鬪鷄猶未返)에 사람마다 놀아 있고, 춘일응장상취루(春日凝粧上翠樓)라 규중(閨中)의 소부(少婦)들도 이와 같이 노는 때라. 이때에 무릉촌 장승상댁 노부인이 심청의 덕색(德色)을 포문(飽聞)하사 한번 구경코자 하는 차에 벗 손님 마침 없고 좌상(座上)이 적적(寂寂)하여 우흥(寓興)할 곳 없삽기로 심청을 보려

21-뒤

하고 시비(侍婢) 불러 보내겄다. 심청이 전갈 듣고 부친께 여짜오되,

"무릉촌 장승상댁 노부인이 저를 보려 하옵시고 시비 부려 왔나이다."

심봉사 반겨 듣고 고개 번뜻 추켜들고,

"어찌여? 장승상 노부인이 너를 태워 가려고 가마 가지고 왔서야? 아! 무슨 수나 날랑거나? 아주 말이제. 여간 뭣한 데 같으면 가겄느냐마는 장승상댁 부인이야 좀 가서 본들 뉘가 정가하겄나냐. 나도 많이 보았

다. 참 부자니라. 그 부인만 친했으면 해로울 것 무엇 있냐. 어서 가 다녀오라."

심청이 일어서며,

"곧 다녀오겄내다."

입던 의복 그 태도로 시비(侍婢) 따라 건너갈 제, 지체 없이

22-앞

선걸음에 승상 문전 당도하니 첩사층영상대기(疊榭層楹相對起)라 가사 장히 웅장하다. 중문간(中門間) 들어서니 사계축석(四階蓄石) 갖은 화초 황매(黃梅)는 반만 피고, 홍도(紅桃)는 만발(滿發)하여 호접(胡蝶)이 쟁춘(爭春)하고, 노송은 우거지고 벽오동(碧梧桐) 그늘지니 섰는 학(鶴)이 조촐하다. 다주의 푸른 내는 난간머리 어려 있고 송첨(松簷)에 감긴 포도 초룡(草龍)이 농주(弄珠)로다. 시비(侍婢)를 따라 들어가 상방(上房)으로 올라가니 좌차(座次)에 앉은 부인 반백이나 거운 되며 용모도 순수하고 기부(肌膚)도 풍영(豐盈)하여 유덕(有德)할 듯싶은지라. 좌차(座次)에 놓인 기물(器物) 대강만 보이는데, 장롱머리 경대함(鏡臺函)은 모로 얼핏 보이거늘 유리단지 옥단지 분통을 갖추어서 경대(鏡臺) 위에 얹어 놓고, 대소(大小) 요

22-뒤

강 대야 받쳐 저만치 밀쳐 놓고 금침(錦枕) 수침(繡枕) 잣베개는 이불 위에다 고여 놓고 청동화로 대떨이는 방 가운데 정히 놓고 천은설합(天銀舌盒) 향초(香草) 담아 어시기 대어 놓고 구리 백통 삼동죽(三冬竹)을 갖은 낙죽(烙竹) 길게 맞춰 대거리에 걸쳐 있다. 소상팔경(瀟湘八景) 그린 병풍 반만 걷어 벽에 기대 세웠거늘, 말폭에 평사낙안(平沙落雁) 그

렸는데 영향(影響)이 방불(彷佛)하다. 날아 앉은 기러기는 오는 짝을 부르려고 고개를 휘여 들고 짜웃짜웃 바라보며, 떴다 중천 저 기러기는 해외청산(海外靑山) 구름 밖에 아득히 오는 거동 유형 무형 희미하고도 희미하다. 승상부인

23-앞

좌(座)에 내려 시비(侍婢)로 영접(迎接)하여 좌(座)를 빌려 앉은 후에, 승상부인 하는 말씀,

"망령되이 청한 일을 수고를 아끼잖고 즉시에 임(臨)하오니 불안한 일이로다."

심청이 다시 일어나 궤좌(跪坐)하며,

"귀중(貴重)하신 좌지(坐地)로서 비천(卑賤)함을 생각찮고 이까지 하오시니 황공무지(惶恐無地)하옵내다."

승상부인 마음에 신기하사 진정으로 하는 말씀,

"기특한 네로구나. 원일견지(願一見之)하였더니 듣던 말이 비허사(非虛辭)라. 진세(塵世) 간에 생장하나 응당히 네 전신(前身)은 천상(天上)에 놀던 선녀(仙女) 벗 하나를 잃었구나. 속된 태(態)는 전(全)히 없다. 조촐한 네 정신은 소언동산(少焉東山) 솟아나니 운간(雲間)에 명월(明月)이요 곱고 고운 너의 용모

23-뒤

십리명사(十里明沙) 피었구나. 춘반(春半)의 해당화(海棠花)라. 예(禮)를 아는 너의 범절(凡節) 목란(木蘭)의 짝이로다. 천자방용(天姿芳容) 너의 색(色)은 장강(莊姜)인들 더할쏘냐. 도화동에 네가 나고 무릉촌에 내 있으니 무릉촌에 봄이 들면 도화동에 꽃이 핀다. 짝이 없는 네로구나.

잡고 놀 맘 전(全)히 없다. 상경(上京)하온 두 아들은 내려오지 아니 하고 손아(孫兒) 아직 아니 보고 다른 자녀 없었으니 밤에 매양 잠 못 들면 대하느니 촉(燭)불이요 벗하느니 담뱃대라. 우흥(寓興) 없는 내로구나. 너를 보고 말겠느냐. 신기하다 오날 이력(履歷) 천우신조(天佑神助)이 아니냐. 네 사세(事勢)는 아는 바라. 소망대로 할 테이니 내 슬하(膝下)에 거처(居處)하여 문

24-앞

자(文字)도 강론(講論)하고 예절도 살필 테니 모녀간(母女間) 의(義)를 맺고 나를 따라 지내남이 네 마음이 어떠하냐?"

심청이 여짜오되,

"정(情)스럽고 후(厚)하신 일 감사무지(感謝無地)하옵시나 안맹(眼盲)하신 저의 부친 의탁(依託)할 곳 없거니와 시하(侍下) 경륜(經綸) 아녀 이력 자행(自行)으로 하오리까. 부친 전에 사뢴 후에 여부를 사뢰오리다."

승상부인 애연(愛戀)하사 심청의 손을 잡고,

"착하고 기특하다. 당연한 말이로다. 외양(外樣)이 저럴 적에 중심인들 다를쏘냐. 천부지성(天賦之性) 일심(一心)이라. 명불허전(名不虛傳) 적실(的實)하다. 네가 만일 몸을 빌려 내게다가 수양한들 추일사가지(推一事可知)어든 생부양모(生父養母) 받들기를 오고가는 그 사

24-뒤

이에 너 하기에 매었으니 말년(末年)의 나의 자미(滋味) 족할 듯싶도다."

좋은 진수(珍羞)로 선대(善待)하여 인재가석(人才可惜) 애중(愛重)함을 소생녀(所生女)와 피차(彼此)가 없더니라. 심청이 부인께 여짜오되,

"미미(微微)한 천생(賤生)으로 존후(尊厚)하신 덕(德)을 입어 반일(半

日)을 모시오니 감하무지(感荷無地)하사이다. 일력(日力)이 거운 되니 근친귀양(近親歸養)하겄내다."
승상부인 훌훌하며 연연하나 사기(事基)가 당연하니 굳이 권만(勸晩)하겄느냐.
"네가 사친(事親) 정(情)이 감격하니 약소하나 친정(親庭)을 봉양하라."
일등미주(一等美酒) 병에 넣고 진과(珍果) 가효(佳肴) 석에 넣어 시비 들려 내세우며,
"모시고 네 가거라."
문전에 보내니라.
이때에 심봉사는 심청을 보낸

25-앞

후에 궁금하기 짝이 없어 시장키도 하려니와 일력(日力)이 거운 되되 종시 오지 아니 하니 마음에 괴이하여 군말을 별로 한다.
'이상하고 이상하다. 지체될 일이 없건마는 어이 그리 더디 오나? 세네 거리 걸음 길에 오고가는 행인(行人) 중에 주중광객(酒中狂客)을 만났기로 무슨 치패(致敗)를 당하였나? 채상(採桑)하는 여아(女兒)들과 추천(鞦韆)하는 여랑(女娘)들이 중로(中路)에서 마침 만나 굳이 잡고 놀자 하나? 어이 그리 더디 오나?'
지팡막대 걷어 짚고 더듬더듬 더듬으며 조촘조촘 길을 종가 촌전(村前)을 겨우 지내 울뚝불뚝 독다리를 건널 적에 지팡이를 자주 놀려 여기 저기 짚어보며 지팡이에다 힘을 주고

25-뒤

훌쩍 건너다가 지팡이가 미끄러지며 다리 자칫 삐끗하여 길이 넘은 개

천물에 풍덩실 빠졌구나. 심봉사 넋을 잃고 감은 눈을 번뜩번뜩 고개를 휘두르며 허우적허우적, 물살은 출렁출렁, 두 손을 추켜들고 언덕 풀을 검쳐 잡고 어기영차 힘을 주다 도로 홈쏙 들어가며,
"애고 애고, 사람 죽네."
한참 이리 서둘 적에 때마침 석양(夕陽)이라. 산조(山鳥)는 펄펄 날아 임간(林間)으로 데져들고 산영(山影)은 은은하여 강물에 거꾸러져 취연(翠淵)에 잠겨 있다. 난데없는 중 하나가 내려온다, 중 하나가 내려와. 저 중의 거동 봐라. 백저포(白苧布) 장삼(長衫)의 다홍 대(帶) 좋은 띠를

26-앞

허리 눌러 넌짓 매고 실굴갓 숙여 쓰고 염주(念珠)는 목에 걸고 단주(短珠)는 팔에 걸고 소년당상(少年堂上) 옥환장(玉環杖)을 한편으로 비껴 들고 흐늘거리고 내려온다. 흐늘거리고 내려오며,
"관세음보살(觀世音菩薩) 나무아미타불(南無阿彌陀佛)."
한참 이리 흐늘거리고 내려오다가 심봉사의 정상(情狀)을 보고 저 중의 거동 봐라. 옥환장(玉環杖)을 내던지고 굴갓 벗고 장삼(長衫) 벗고 바지 가랑이 훨훨 걷고 만경창파(萬頃蒼波) 갈매기 격(格)으로 그저 풍덩실 뛰어들어 심봉사를 끄어내어 언덕 위에 앉혀 놓고, 저 중이 긍칙(矜惻)하여 자탄(自歎)으로 하는 말이,
"어떠하신 맹인(盲人)인지 알지는 못하오나 불쌍하고 가긍(可矜)하오. 댁 사세(事勢)만 유여(裕餘)

26-뒤

하면 우리 절 부처님께 백미 삼백 석을 시주(施主)하면 즉시에 눈을 떠서 완인(完人)이 되련마는 가세(家勢)를 알 수 있소."
심봉사 혼이 나서 낙막(落寞)한 그 정신에 무슨 분간 있겠느냐마는 눈

뜨단 말에 귀가 띄어 가세(家勢)는 생각찮고 무참코 말하겄다.
"뉘기시오 대사(大師)니까? 백미 삼백 석을 불전에 시주하면 내 눈이 뜬다 하니 시주승(施主僧)이 분명커든 권션(勸善)에 치부(置簿)하오. 사람 생기고 재물(財物) 생겼제 재물 생기고 사람 생겼소."
저 중이 어이없어 심맹인을 살펴보며,
"진정이오? 농담이오? 정신 수습을 덜 했기로 허언(虛言)으로 한 말이오? 능수능간(能手能幹)이 있는 듯이 나의 지기(志氣)를 보려 하고 권선(勸善) 치

27-앞

부(置簿)를 하게 되면 욕파불용(欲罷不用)될 테이니 천사만탁(千思萬度) 심량(深量)하오."
심봉사 조(調)를 봐라. 화를 펄쩍 내뜨리며,
"어느 몹쓸 죽일 놈이 눈 뜨려다가 앉은뱅이 되려고 헛말하겠소. 사람을 거적으로 아오그려."
저 중이 진정으로 곧이듣고 바랑 열고 보(褓)를 내어 땅에다가 정히 깔고 단정히 궤좌(跪坐)하여 권선문(勸善文)을 펴놓고 제일 층 높은 간에 성명(姓名) 물어 새겼으되,
'도화동 심학구 공양미 삼백 석이라.'
대서특필(大書特筆)한 연후에 권선문 고이 개어 바랑 속에 접어 넣고,
"여보시오 심생원, 삼백 석을 삼 삭(朔) 내로 준비해야 할 테이니 명심불망(銘心不忘) 부디 하오."

27-뒤

옥환장(玉環杖) 걷어 짚고 흐늘흐늘 흐늘거리고 가더니라. 심봉사 중 보

내고 정신 차려 생각한즉 큰일이 났구나. 후회가 왈칵 나서 가는 중을 부르겠다.

“여보 대사, 거기 잠깐 지체하오. 물어볼 말 좀 있소.”

된목으로 쳐부르되 저 중의 거동 봐라. 장삼(長衫) 소매 펄렁펄렁 순풍에 돛대 가듯, 소소리광풍(狂風)에 가랑잎 뜨듯 그저 펄펄 가는구나. 심봉사 겁을 내어,

“여봐라 이놈아, 너 가는 속 나도 안다. 앞 못 보는 날을 돌려 말 내기도 네가 내고 권선(勸善) 치부(置簿)도 네가 했지 내 말로 낸 말이냐? 내 손으로 썼느냐? 소용없는 일이로다. 증인(證人) 증참(證參) 뉘 있으

28-앞

며 나의 신적(身迹) 무엇 있나? 무지(無知)한 네 소견(所見)도 날 볼 낯은 없으리라.”

악을 쓰고 발광(發狂)하나 마음이야 놓겠느냐. 마음이 우둔우둔, 일신이 덜덜 떨려 심청이 오기는 저만하고 집으로 돌아올 제, 젖은 옷을 추어잡고 지팡이로 부축하여 간신히 돌아와서 중의 일을 생각하니 꿈속 같은 일이로다.

‘저 중이 허랑(虛浪)하여 잠시 잠깐 한 일이면 필경(畢竟) 무사(無事)하려니와, 만일 화주승(化主僧)이 적실(的實)하면 부처님을 속였으니 응당히 죄를 받아 죽으면은 말려니와, 모진 목숨 죽지 않고 이 정상(情狀)에 가첨(加添)하여 용천이 아니 되면 앉은뱅이 되겠구나. 아이고 아이고, 내 일이야. 아이고, 이 일을 어쩌잔

28-뒤

말이냐. 내가 미쳤더냐? 달쳤더냐? 죽으려고 넋이 나가 한 일인가. 물에

빠져 죽을 놈이 아니 죽고 살았으니 하느님이 괘씸하다 죄를 주려 하신 일인가.'

한참 이리 서러이 울고 정신없이 앉았을 제, 이때에 심청이는 부친이 기다릴까 염려하여 속속(速速)히 자주 걸어 문전(門前)에 당도하니 부친이 낙루(落淚)하고 앉았거늘, 심청이 깜짝 놀라 오던 시비(侍婢) 가라 하고 정신없이 들어오며,

"아이고 아버지, 웬 일이오? 의복 전신(全身) 모두 젖고 수족에 진흙칠과 면상(面上)에 눈물 흔적 이지경이 웬 일이오? 그 곡절(曲折)을 아사이다. 아버지 듣조시오. 집안에 담수(淡水) 없고 유수장천(流水長川) 멀

29-앞

었는데 저지경이 되옵기는 어떠하신 치패(致敗)니까? 시장킨들 오직이나 하시겠소. 장승상댁 노부인이 아버지께 드리라고 주효(酒肴)를 주시기에 가지고 왔사오니 정신을 진정하여 술이나 잡수시오."

심봉사 이상하다. 이왕 앞 날 같게 되면 '어서 도라 먹자' 할 테인데 어찌 기가 막히던지 우뚝 앉아 아무 말도 아니 한다. 심청이 기가 막혀 우루루 일어서며 부친의 손을 잡고,

"아버지, 아버지는 저만 믿고 저는 아버지만 뫼시고 사옵는데 부모에게 있는 염려(念慮) 자식이 모를진대 천륜(天倫)이라 하오리까? 어서 말씀하옵시오."

심봉사 정신 차려 곰곰이 생각한즉 자식

29-뒤

의 말이라도 사체(事體)가 당연하니 종래(從來) 기정(欺情)하겠느냐. 진정으로 말을 한다.

"어따! 그러한 것이냐? 네가 승상댁에 건너가서 날이 장차 저물어도 네가 종시(終是) 오지 않기에 기다리다 못하여서 허명파명 나가다가 저 건너 독다리에 실족(失足)하여 물에 빠져 거운 죽게 되었더니, 몽운사 화주승(化主僧)이 격당기시(隔當其時) 지내다가 나를 건져 살려주며 몽운사 부처 전(前)에 백미 삼백 석을 시주(施主)하면 눈이 뜬다 하옵기에, 애달프다, 내 마음이 우리 사세(事勢) 생각찮고 눈 뜨기에 환장(換腸)되어 삼백 석을 시주키로 권선(勸善) 치부(置簿)하여 주고 집으로 돌아와서 정신 차려 생각한즉 죽었으면 영영 죽제 무

30-앞

슨 수가 있겠느냐. 허망하고 원통키로 이 지경이 되나보다."

한숨짓고 눈물 지니 심청 같은 효녀(孝女)로서 부친을 속이랴마는 사세부득지사(事勢不得之事)였다. 부친의 손을 잡고,

"어허! 그 일 잘 되었소. 몽운사 화주승이 격당기시(隔當其時)하옵기도 천우신조(天佑神助) 아니니까. 이력 딴은 이상해요. 장승상댁 노부인이 저를 보고 사랑하사 수양녀로 들라 하며, 돈 천금과 백미 삼백 석을 줄 것이니 너의 부친 공양(供養)하고 내게 와서 거처(居處)하되 오고가는 내왕간(來往間)에 생부양모(生父養母) 받들기를 네 정성에 있는 바니 허락만 하라 하고 진정 만집(挽執)하시기로, 불초녀(不肖女)라 그러한지 제 마음은 근

30-뒤

리(近理)하나 아버지 뜻을 쾌히 몰라 미결(未決)하고 왔사오니 아버지만 허(許)하시면 이 날 이 시(時)라도 백미 삼백 석을 수운(輸運)할 테이니 무슨 염려 있으리까. 걱정을 말으시고 좋은 주효(酒肴) 여 있으니

어서 조금 잡수시오."
심봉사 이 말 듣고 귀가 번뜩 뜨여 심청 손을 덜컥 잡고,
"어따! 이게 웬 말이냐? 장승상댁 노부인이 쌀 삼백 석을 줄 것이니 수양딸로 오라고 해야? 참, 그 부인 정경부인(貞敬夫人)될 만하다. 허허, 그 중 대체 용타. 그렇지 않아도 나더러 말하기를 뜻밖에 횡재(橫財) 같은 전곡(錢穀)으로 백미 삼백 석을 힘없이 시주하리라고 하더라. 그 중

31-앞

의 재조(才操) 보니 내 눈은 정녕 뜨겠구나. 말이야 바로 하제. 다른 뭣한 따위 같게 되면 삼백 석은 고사하고 육백 석을 준단 대도 수양딸로 간단 말이 의리(義理)에 당(當)켔느냐마는 장승상댁 부인이야 무슨 관계 있겠느냐. 수양딸로 간단 대도 내 딸 어디 가겠느냐. 내 딸은 내 딸이라. 우리 부녀 두 이력은 막상막하(莫上莫下)하겠구나. 나는 이제 눈을 떠서 천지만물(天地萬物) 다시 보고 네 얼굴도 볼 것이요, 너는 이제 재상가(宰相家)의 딸이 되어 금의옥식(錦衣玉食)에 파묻히어 막중귀골(莫重貴骨)이 될 테이니 어찌 아니 좋을쏘냐? 너 잘 되고 나 잘 되니 어허 그 일 장히 좋다. 좋은 주효(酒肴)를 가져왔다니 어디 조금 먹어보자. 다른 주효 같게 되면

31-뒤

먹어보면 알 것이나, 우리 장승상댁 음식이니 좋고도 별(別)할 테니 이름이나 알고 먹자. 낱낱이 가르쳐라."
심청이 반겨 듣고 부친 양지하려 하고 낱낱이 이름 불러 차례로 드리겠다. 술병 들어 마주 놓으며,
"이 병일랑 과하주(過夏酒)요, 저 병에는 감로수(甘露水)로소이다."

석을 열고 내어노니 온갖 진미(珍味)만 들었겄다. 자짐자짐 방자(房子)궁, 어식비식 갈비찜, 또 이거는 건포(乾脯)로다. 올올이 오린 봉오리도 방사(倣似)커든 네가 정녕 오리로다. 너울너울 문어올이, 수부귀(壽富貴)도 하려니와 다남자(多男子)를 하였으니 복은 도시 전복이며, 인삼(人蔘)은 약이거니와 수삼(水蔘) 토삼(土蔘)이 좋다한들 무슨 별미(別味)가 있겄느냐.

"먹기 좋

32-앞

은 해삼(海蔘)이며, 이편 저편 양쪽 편이 모두 다 내(內)편이라 위협 좋은 편포(片脯)까지 다 여기 있나이다. 온갖 조과(造菓)가 다 있어요. 정과(正果) 약과(藥果) 다식(茶食)이며 수정과(水正果)의 귤병(橘餠)까지 갖춰 갖춰 있사오니 속이 답답하시거든 수정과를 자시리까? 구미대로 잡수시오."

심청의 어진 범절(凡節) 부친 전에 여짜오며 무슨 사설이 있겄느냐? 이거는 광대의 재담(才談)이던 것이었다.

심봉사가 장히 좋아 호기(豪氣)가 등등(騰騰)하여 맛맛대로 먹을 적에, 술 마시고 안주 들고 조과(造菓)까지 만져보며 희색(喜色)이 만만(漫漫)하여 한번 웃겄다.

"퍼! 술도 좋고 안주도 좋다마는, 참 조과(造菓) 장히 좋다. 어, 그것 훌륭하다."

이때에

32-뒤

건네 외가우뜸 뺑덕어미가 이 소문을 넌짓 듣고 한번 얻어먹기로 가던 것이었다. 몸맵시를 내려 하고 길 가운데 주적 서며 무참코 비녀 빼어 앞 품에다 넌짓 꽂고 머리 휠씬 뒤로 빗어 낭자를 다시 하고 두 팔을 내두르며 행똥행똥 자주 걸어 심청 문전 들어서며 정(情)스런 꼴 보이려고 언사(言辭)를 잔뜩 낸다.

"아겨, 아기 우리 아기, 얌전하온 우리 아기. 봉송(封送) 받은 그 음식이 나눠먹기 어려운데 전자사(前者事)를 아니 잊고 날까지 청(請)했는가?"

심봉사는 본 일 없고 심청이는 모를 테니 살뜰한 사정 보이려고 아양스런 꾀를 내어 신명지게 말하겄다.

"여보소 아기씨, 내 말 듣게. 여보소 아기씨, 내 말 듣게.

33-앞

자네 어머니 돌아갈 제, 궁곤(窮困)한 집 일이라고 뉘가 들여다 보려 하며, 궂은 신체 방이라고 뉘가 손을 대려 하리. 산고(産故) 들던 짚자리도 내 손으로 뭉뚱그려 탯불까지 피워 주고, 그장없는 갓난아기 내 젖 들고 비벼 짜서 입에 뚝뚝 떠 넣었으니 그러할 사람이 뉘 있으리."

손님이 커도 수부가 크다고 심봉사를 어루겄다. 본증(本證) 없고 표적 없는 일이라 달싹 못하게 밀어댄다.

"내가 왔소, 내가 왔소, 뺑덕어머니 내가 왔소. 뺑덕어미라 하고 보면 대강 짐작은 하겄지요. 우리 전(前)에 지낸 일을 다 잊기나 아니 했소. 전곡(錢穀) 동냥 다니실 제 내 집에 들어와서 쾈 시장하

33-뒤

다기에 첫 술 떠서 먹던 밥을 상(床)째 밀쳐 대접하고, 밭 품하려 내둔 돈을 한 푼도 아니 쓰고 꿰미째 다 준 일을 잊었겄소. 아옵시오?"

심봉사 숫한 마음 암암(暗暗)히 생각한즉 그러할 성도 싶거든. 고개를

까닥이며,
"응, 옳제. 마파람 살살 불고 소나기 싸게 오고 감나무서 까마귀 꽉꽉 울던 그날이제. 참, 남의 공을 갚기는 못할망정 잊을 것이간디. 아가 아가, 이 어른의 말씀일랑 너도 아니 들었느냐. 우리 살린 은인(恩人)이라. 부모같이 대접하라."
심청은 선인(善人)이라. 부친의 뜻을 받아 남은 주효(酒肴) 다 갖추어 진정으로 선대(善待)하고 그냥 말기 섭섭

34-앞

하여 명태 잘라 국 끓이고 메욱 찢어 창경 말고 따신 밥을 얼른 지어 뺑덕어미를 대접하니, 뺑덕어미 얼른 먹고 뺑뺑 돌아 나아가며 뺑긋뺑긋 웃으면서,
"근래(近來)에 내가 와서 한번도 못 보기는 구명도생(苟命圖生)하자 하니 자연간(自然間) 그리 되데, 인정(人情)이야 없을쏜가. 차차 금일(今日) 이후(以後)로는 무론백사천역(毋論百事賤役)일은 내가 와서 보아 줌세."
거들거리고 가더니라.
이때에 심청이는 만사(萬事)에 뜻이 없고 공양미 주선(周旋)하올 일을 생각한즉 두 눈이 캄캄하고 일신이 솟구친다. 만단(萬端)으로 헤아려도 할 묘책(妙策)이 없는지라.
'아이고, 이 일을 어찌 할거나. 자신(自身)이나 방매(放賣)찬들 삼백 석을 뉘가 주리.

34-뒤

부친(父親)을 속인 죄(罪)로 자결(自決)이나 하자 한들 의지 없는 우

리 부친 그 정상(情狀)을 어이하리. 이리 생각 저리 생각 사모로 헤아려도 백계무책(百計無策) 어이하리. 불쌍할사, 이 사정을 어느 곳에 원정(原情)하리. 명천(明天)이 알으신가 하느님 전(前)에나 원정(原情)을 하리라.'

그날부터 문전(門前)에 정토(淨土) 깔고 목욕재계(沐浴齋戒) 정히 하고 무고출문(無故出門) 전폐(全廢)하고 삼칠일(三七日)을 지낸 후에, 후원(後園)에다 칠성단(七星壇)을 정히 뭇고, 새 소반(小盤)에 백지(白紙) 덮어 시리 올려 불 밝히고 새 동우 정화수(井華水)를 기울잖게 받쳐 놓고, 단하(壇下)에 꿇어 엎드려 지성발원(至誠發願)하올 적에,

"비나이다 비나이다, 명천(明天)님 전(前)에 비나이다. 안맹(眼盲)한

35-앞

소녀 아비 몽운사 부처님 전(前)에 기망지죄(欺罔之罪)를 지었으니 부녀(父女)는 일신(一身)이라. 아비의 허물일랑 이 몸으로 대(代)하옵시고 아비 죄(罪) 사(赦)하옵기를 천만축수(千萬祝手) 바랍니다."

두 손길 마주 들어 이마에다 얹으면서 허리를 굽히더니 구붓구붓 사배(四拜)한다. 자야반(子夜半)에 꿇어 엎드려 계명(鷄鳴) 후에 일어날 제 낮과 밤이 없더니라. 이와 같이 발원(發願)키를 삼 삭(朔)을 지낸 후에, 이때에 심청이는 시주(施主) 일자(日字)가 차차 점점 지격(至隔)하니 정신이 아득하여 몸 둘 곳이 없는지라. 새만 펄쩍 날아가도 몽운사 화주승(化主僧)이 장삼(長衫) 떨쳐 나려오나, 개만 컹컹 짖고 와도 몽운사 화주승(化主僧)이 목탁 땅땅 두드리나

35-뒤

백단(百端)으로 의심할 제, 동중(洞中)이 요란하며 무슨 소리 들리거늘

심청이 깜짝 놀라 일어서며,
'아차차! 일 났구나. 아이고 아이고, 어찌하리. 아마도 몽운사 화주승(化主僧)이 시주(施主) 재촉하려 하고 우리 부친 찾나보다.'
가만가만 걸어 나가 사립 안에 은신(隱身)하고 자세히 들어보니 성명부지하허인(姓名不知何許人)이 고성대담(高聲大談) 외는 말이,
"무론모가처자(毋論某家妻子)라도 효성(孝誠)도 지극(至極)하고 행실(行實)도 조촐하고 여공(女工)도 극선(極善)하여 백태(百態) 구비(具備)하온 낭자 몸 팔 일이 뉘 있거든 누십만금(累十萬金) 아끼잖고 중가(重價)로 살 테오니 몸 팔 일이 혹시 있나."
덩그렇게 외는 소리 동중(洞中)이 뒤집힌다. 심청이 반겨 듣고 우루루 나아

36-앞

서며,
"어떠하신 어른인지 알지는 못하오나 이러한 천생(賤生) 몸도 중가(重價)를 주옵시고 혹시 사오리까?"
불고염치(不顧廉恥) 나아서니 선인(船人)들이 심청의 모양 보고 깜짝 놀라 물러서며,
"어떠하신 소저(小姐)신지 알지는 못하오나 우리 등의 하는 말을 어떻게 듣조시고 하시는 말씀인지 여부(與否)는 모르오나, 중가(重價)를 아끼잖고 처자를 구하기는 화류춘정(花柳春情) 뜻을 두고 동방화촉(洞房華燭) 인연(因緣) 맺어 행락(行樂)하자고 아니 하고, 양전광택(良田廣宅) 좋은 생애(生涯) 처로고신(處老孤身) 염려하여 거행하자고 아니로다. 우리 등의 소위사(所爲事)는 행선(行船)으로 위업(爲業)하여 임당수라 하는 물에 고사(告祀)를 하올 적에, 수중

36-뒤

에다 드리려고 중가(重價)로 구(求)하오니, 귀중(貴重)할사 소저(小姐)씨는 진정을 모르시고 발구(發口)한 듯싶으이다."

선인(船人) 등이 서로 보고 군말로 의심 둔다. 외면(外面) 행동은 완전하나 속실성(失性)이 들었기로 방향 없이 한 말인가? 규문지내(閨門之內)에 정도(正道) 잃고 죄(罪)가 장차 되겠기로 부지불각(不知不覺) 한 일인가? 호의만단(狐疑萬端)하올 적에, 심청이 이 말 듣고 언연정색(偃然正色) 여짜오되,

"여보시오 어른네들, 저의 말씀 듣조시오. 불쌍하신 저의 부친 사고무친(四顧無親)하온 중(中)에 무남독녀(無男獨女) 저 하나라. 일평생(一平生) 한(恨) 된 바는 안맹(眼盲)한 게 원(怨)이 되어 부유건곤(蜉蝣乾坤)에 여수광음(如水光陰)을 일호(一毫)도 아끼잖고 수이 종신(終身)하옵

37-앞

기를 주야축원(晝夜祝願) 바랬더니, 몽운사 화주승(化主僧)이 공양미(供養米) 삼백 석을 불전(佛前)에 시주하면 눈이 뜬다 하옵기로, 노혼(老昏)하신 우리 부친 결심에 깊은 한(恨)이 사세(事勢)는 불고(不顧)하고 우두둑 허락하사 권선(勸善)에 치부(置簿)하여 불전(佛前)에 드렸으나 적수무책((赤手無策) 날 보내니 존불(尊佛)을 속인 죄가 그 아니 되오리까? 사람의 자식 되어 그 부모를 위하자면 살기만 구하리까? 함지사지이후생(陷之死地以後生)이라 하였으니 내가 이제 죽게 되면 우리 부친은 사실 테니 그 아니 당연하오. 아무리 천생(賤生)이나 부모유체(父母遺體) 타고 나서 소소(昭昭)하신 명천지하(明天之下) 주작부언(做作浮言)하오리까? 사뢸 말씀이 그뿐이오니 처분만 바랍니다."

선인(船人)들이 좔축

37-뒤

하여 일불개설(一不開說)하더니라. 선인(船人) 하나 나아서며,
"백미 삼백 석을 어느 날로 수운(輸運)하며 어느 곳으로 하오리까?"
심청이 여짜오되,
"삼일 내로 몽운사 불전(佛前)으로 바치기를 천만축수(千萬祝手)하옵내다."
삼백 석 공양미(供養米)를 삼일 내로 수운(輸運)하자니 지체를 하겠느냐. 심청에게 사례(謝禮)하며,
"우리 등의 행선 날은 내월(來月) 초삼일이오니 명심하오. 내월 초(初)에 다시 와서 보겠내다."
완전히 당부하고 즉시 물러가더니라.
이때에 심청이는 선인(船人)을 보낸 후에 방으로 들어와서 솜솜이 생각한즉,
'만일 행선 날이 당(當)코 보면 부친을 떼고 갈 때에 무슨 말씀으로 여쭐거나'
삼단 오단

38-앞

으로 헤아린다.
'이웃집에 간다 하고 암연(暗然)히 가자 한들 조석(朝夕) 끼니때가 되어 감웃없이 아니 오면 깜짝 놀라 일어서며 이 집에도 찾아가서 나를 정녕 불러보고 저 집에도 찾아가서 나를 응당 찾을 테니 불쌍하신 그 정상(情狀)을 어찌 차마 잊고 가며, 장승상댁 노부인께 수양녀(收養女)로 간다 한들 일거영절(一去永絶) 되게 되면 분심(忿心)이 왈칵 나며 응당 찾아가실 테니 정대(正大)하신 승상부인 그 체면을 어이하리. 불전(佛前)에 공(供)을 들여 부친 눈을 뜬다 하고 몽운사 염불당(念佛堂)으로 중을 따라간다 한들 욕급선영(辱及先塋)될 것이요, 임당수라 하는 물이 어느 곳

에 있는 것이냐? 해상풍경(海上風景) 귀경차고 선인 따

38-뒤

라간다 한들 여자 행색(行色)은 아니오나 부친 안접(安接)만 될 량이면 못할 일이 없지마는, 다시 오지 못할 테니 하루 이틀 사흘 가고 사오 일이 지나가면 의지없는 우리 부친 날 찾아다니다가 노중객사(路中客死) 되실 테니 댈 데 없는 그 정상(情狀)은 좌우간(左右間)에 일반이라. 사실직고(事實直告)로 말씀하여 영영 망단(忘斷)하옵시게 진정으로 여쭈리라.'

정신없이 지내다가 홀연(忽然)히 생각하니 엎드러진 물이 되고 쏘아 놓은 살이 되어 변통 없는 일이로구나.

'불쌍하신 우리 부친 뵐 날이 몇 날이며 모실 날이 몇 날이냐. 나 살아생전(生前)이나 정성껏 받들리라.'

치마끈을 잘끈 조르며

39-앞

아드득 독심(毒心) 먹고 사시(四時) 절차(節次) 의복이며 조석(朝夕) 식상(食床) 찬수(饌需) 등절 각별히 고루 살펴 선후(先後) 찾아 넣어두고 죽기로 받들 적에, 어언간(於焉間) 행선 날이 일야간(一夜間)이 되었구나.

"아뿔사! 잊었구나."

연침상자 내려 놓고 부친(父親)의 신던 버선 볼이나 망종 받으리라. 바늘 실을 손에 드니 하염없이 솟는 눈물 금(禁)차 하되 할 수 있나. 등잔불은 아득하고 정신은 슬어지니 바늘 실을 상자 담아 저만치 밀쳐 놓고 한숨짓고 눈물 씻고 정처 없이 앉았을 제, 야여하기야(夜如何其夜) 자야

시(子夜時)라. 사정 없는 야계(野鷄)로다. 길이 우는 저 닭 소리 귀에 얼핏 들리거늘, 심청이 깜짝 놀라 혀를 몹시 끌끌 차며,
"에라! 몹쓸

39-뒤

짐승이라. 아무리 미물(微物)인들 그다지도 야속하랴. 진소왕(秦昭王)의 환(患)을 만나 함곡관(函谷關)을 벗어나 가는 맹상군(孟嘗君)이 아니거든 덧없이 네 우느냐? 네가 울면 날이 새고 날이 새면 나 죽는다. 오늘 아침 돋는 해를 부상지(扶桑枝)에 매게 되면 잠시라도 우리 부친 더 뫼시고 가련마는, 만고영웅(萬古英雄) 진시황(秦始皇)은 갈월(喝月)은 했건마는 돋는 날은 못 꾸짖나."
잠든 부친 손을 잡고 이마에다 낯을 대고 잠이 깰까 염려하여 잠기고 느낀 소리,
"아이고 아이고 아버지! 불초여식(不肖女息) 보실 날이 오늘 아침뿐이오니 많이 많이 보옵시오. 전생(前生)에 무슨 죄(罪)로 이 생(生)에 생겨나서 짚자리에 모친 잃고 부친조차

40-앞

하직하니 몹쓸 년의 팔자(八字)로다."
자진강탄(自盡强嘆)하올 적에, 동방(東方)이 기명(旣明)이라. 깜짝 놀라 일어서며 부친의 조반(早飯)이나 망종 지어 드리리라. 눈물로 밥을 지어 겨우 찬수(饌需) 갖추어서 부친께 드리오니, 심봉사 일어나며,
"아! 오늘 아침에는 별로 밥이 이르구나. 뉘 집에서 들어왔나?"
가련(可憐)타! 저 심청이 상머리 꿇어앉아 잡수는 것 보려 하고 억지로 몸을 가져 진정코자 앉았으니 사지(四肢)가 떨리고 오장(五臟)이 솟구

치며 와르르 나는 울음 반듯이 말을 내어,
"아버지 진지를 많이 잡수시오. 이거는 계란이요, 이거는 자반이요, 또 이거는 지지개오."
울음 반틈 하는 거동

40-뒤

심봉사가 의심이 별로 난다. 수저 내려 손에 들고 곰곰이 생각하니 밥도 별로 이르거니와 심청의 하는 짓이 놀랜 듯도 방사(倣似)하고 느낀 듯도 싶기로 이상하기 짝이 없어 심청보고 물어본다.
"아가 아가 심청아, 아! 참 별일이다. 오늘 아침 밥도 가량없이 이르거니와, 아기 네가 하는 짓이 먼 길이나 떠날 듯이 서두는 모양 같다. 야! 가만 있거라. 장승상댁 수양녀(收養女)로 여 언제 간다고 아니 했냐? 정녕 오늘 아침에 너 가지야? 가마 가지고 하인 왔냐? 옳다, 인자 알겄다. 내 뜻을 쾌히 몰라 저다지 서두느냐? 나는 밥 아니 먹어도 배부르다."
상

41-앞

물려 내놓을 제, 벌써 선인(船人)들이 문전(門前)에 등대(等待)하는지라. 심청이 넋을 잃고 퍽 주저앉았다가 그저 벌떡 일어서며 거꾸러져 방 가운데 엎더지며,
"아이고, 아버지!"
한 마디에 말 못하고 엎졌구나. 심봉사 깜짝 놀라,
"아가 아가, 웬 일이냐? 하이고 아가, 웬 일이냐? 무엇 보고 놀랐느냐? 무엇 먹고 체했느냐? 측량(測量) 못할 일이로다. 아가 아가, 말 좀 해라."
심청이 정신 차려 반듯이 일어서며,

"아이고, 아버지! 불초녀(不肖女) 자식으로 아버지를 속였소이다. 공양미 삼백 석을 뉘라서 주오리까? 남경장사 선인(船人)에게 불초녀(不肖女) 몸이 팔려 오늘로 가나

41-뒤

이다. 자식이라 생각 말고 원수라 잊으시고 기체(氣體) 안보(安保)하옵시오."
심봉사 이 말 듣고,
"애고! 이게 웬 말이냐?"
두 주먹을 불끈 쥐고 가슴 쾅쾅 두드리며,
"뱃놈에게 몸 팔리다니, 아가 심청아, 웬 말이냐? 나는 곧이 안 들린다. 나는 자시 모르겄다. 그 말 다시 들어보자."
아무리 폐인(蔽人)이나 심청의 하는 말도 까닭이 있거니와, 문전에 사람 소리 아마도 의심난다.
"어따! 심청아, 무엇이 어찌해야? 나다려 물어보도 아니 하고 네 맛대로 봉사 병신 아비라고 가소롭게 네가 알고, 네가 살고 내 눈 뜨면 그는 응당 하려니와 이따위 그 말일랑 말도 차마 못하겄다.

42-앞

내가 죽고 너 살 테면 이 시라도 죽을 텐데, 나는 살고 너 죽어야? 안 되지야 안 되지야. 가망없고 무가내(無可奈)다. 나 죽이고 네 가거라."
이때 선인들은 입동(立冬)에 선견장자(先見長者)거든 동두민(洞頭民)을 아니 찾아 보겄느냐. 사실직고(事實直告) 다한 후에, 촌인(村人)들과 선인들이 심청 문전 서로 모여 공론(公論)이 분주(奔走)할 제, 선인의 거동 봐라. 돈 삼천 금을 내어놓으며,

"동중(洞中) 노소 어른네께 여쭐 말씀 있나이다. 이 돈 삼천 금 수회(收會) 중에 오백 금은 동중(洞中)에 보용(補用)하옵시고 오백 금은 심맹인을 안접(安接)시켜 착한 곳에 면환(免鰥)하여 구명보존(救命保存) 시키시고 이천 금은 본관(本官)에 완문(完文) 내어 각인 처에 식리(殖利)하여 심맹인의 생전(生前)

42-뒤

사후(死後) 대소사(大小事)를 일일 사용하옵소서."

온 돋 잡고 동이 술로 사들여서 상하촌(上下村) 노소(老少)없이 취차포(醉且飽)하온 후에, 선인들이 모여서며 촌인에게 여짜오되,

"말씀하기 황송(惶悚)하나 저의 길이 망박(忙迫)하니 심맹인의 저 정상(情狀)을 어찌 처단하오리까? 동중(洞中)의 어른네들 처분만 바랍니다."

촌인들 거동 봐라. 어좌어우(於左於右) 그 대목에 무슨 할 말 있겠느냐. 공연히 돌아서며 딴소리를 하더니라. 한 사람 거동 봐라.

"저 건너 행화촌(杏花村)에 손을 치는 저 사람은 나를 응당 찾나보다. 장터거리 아무개제."

또 한 사람 거동 봐라.

"떴다, 중천(中天) 저 구름에 허허,

43-앞

비가 오겠구나. 이 애 목동(牧童) 게 있느냐? 뜰 건너 소 끌어라."

또 한 사람 거동 봐라. 취담(醉談)도 방사(倣似)하고 과단(果斷)손이 대단한 듯,

"그만 두오. 아무리 억색(臆塞)한들 욕피부동(欲避不動) 별수 있소."

문전에 들어서며,

“여보시오 심맹인, 내 이를게 들어보오. 활을 다려 쏘았으니 중천(中天)에 번듯 가는 살을 뉘가 막아내오리까? 수원수구(誰怨誰咎)하시겠소. 천출지효녀(天出之孝女)거든 천도(天道) 무심하오리까? 천명(天命)이나 바라시오.”
난처한 이 사설은 언재기중(言在其中) 이 아니냐. 이때에 선인들이 동인(洞人)에게 심봉사를 꽉 붙들리고 심청이를 데려간다. 심청의 정상(情狀) 보소. 당하(堂下)에 겨우 내려 부친께 사배(四拜)

43-뒤

하고 말 못하고 돌아서며 두 눈에 솟는 눈물 줄줄이 흘려내려 가는 길을 다 적신다. 심봉사 뒤둥글며,
“어따! 이년 심청아, 불효막대(不孝莫大) 몹쓸 년아. 참말로 네 가느냐? 나 죽이고 네 가거라. 어따! 이 사람들아, 나를 놓고 저놈들을 잡아주소. 우리 국법(國法)을 모르는가. 살인자는 사(死)라 하였으니 사람을 죽이려고 매매(賣買)하여 가는 놈은 당장 처참(處斬)하더라도 일호사(一毫事)가 없을 테니 저놈들을 잡아주소. 아이고! 이 사람들아, 어찌 그리 무정한가? 우리 딸 심청이가 자네들께 무슨 원수가 있었기로 죽으러 가게 두고 나조차 아니 놓나? 아이고 아이고, 나

44-앞

죽겠네. 선인들아 이놈들아, 천참만륙(千斬萬戮) 타살(打殺)할 놈, 너희 놈들 말 듣거라. 병신 나는 꽉 속이고 철모르는 어린 것을 이리 저리 유인(誘引)하여 암연(暗然)히 돌려 가니 불공대천(不共戴天) 너희 원수 내가 당장 못 죽이면 관가에 보장(報狀) 걸고 영문(營門)에 이송(移送)하여 능지처참(陵遲處斬)하올 테요. 만일 자칫 하게 되면 한 걸음의 열

걸음으로 한성부(漢城府) 격고(擊鼓)라도 하올 테니 나를 조금 놓아주소. 나를 어서 놓아주어."

이때에 앞집의 큰아기며 뒷집의 작은아기 상하촌(上下村) 동무들이 심청의 소문 듣고 서로 불러 내달으며,

"여봐라 심낭자야, 거기 잠깐 머물러라. 야속히 네 가느냐? 천출지효녀(天出之孝女)로다. 하늘

44-뒤

아는 네로구나. 명천(明天)이 아실진대 용왕(龍王)인들 무심하랴. 금세상(今世上)에 끼친 이름 용궁까지 빛나리라. 네가 만일 용궁 가면 우리 말도 하겠구나. 도화동의 우리 동무 벗 하나를 잘 두어서 진세간(塵世間)의 아녀자로 용궁까지 언전(言傳)하니 어찌 아니 좋을쏘냐?"

이같이 하올 적에, 어떠한 여자들은 깊은 정분(情分) 결연(缺然)하여 홀연히 눈물짓고 정설(情說)로 하더니라.

"불쌍하고 가련한 것 너는 잊고 가거니와 열녀전(烈女傳) 내칙편(內則篇)에 무디무디 유의처(有意處)를 뉘로 하여 해석하며, 잔누비질 수놓기를 수품(繡品) 있게 뉘와 하리. 으으으이으 불쌍한 것."

또 한 여자

45-앞

거동 봐라. 눈물 씻고 돌아서며,

"인정 있고 착한 것. 거년(去年) 삼월 삼짇날에 화전(花煎) 부쳐 손에 들고 우리 집에 건너와서 너의 모친 드리어라. 우리 모친 생각나면 너의 모친 와 보인다. 진정으로 하던 말이 귀에 쟁쟁 눈에 암암 어찌 잊고 지낼거나."

끼리끼리 마주 서서 손을 들고 가리킨다. 무릉촌 장승상댁 노부인이 이 소문을 넌짓 듣고 깜짝 놀라 내달으며,
"아이고, 이게 웬 말이냐? 너와 나와 하던 언약(言約) 육리청산(六里青山) 구름이라. 내 마음에 있는 일을 서자(書者)로나 붙여볼 걸. 좌이대사(坐而待死)하온 일이 애닯고 애닯도다. 우명지지(牛鳴之地) 지척간에 그다지도 야속터

45-뒤

냐? 동고서창(東庫西倉)에 쌓인 곡식 궁민구급(窮民救急)도 하였거든 공양미 삼백 석이 그리 대단하겠느냐? 에라! 이것, 야속한 것. 저지경이 되올 적에 자진강탄(自盡强嘆) 오죽하랴. 나를 찾아 아니 오고 몸을 팔려 가는 시(時)는 인력 소치(所致)가 되겠느냐. 명천(明天)이 감동하신 바라 출천지효녀(出天之孝女)로다."
장탄식(長歎息)에 낙루(落淚)하며 한숨짓고 섰더니라.
이때에 심청이는 선인을 따라갈 제, 한 걸음에 주저하며 두 걸음에 돌아선다. 중천(中天)의 밝은 일광(日光) 채운(彩雲)이 싸여 있고 나무 나무 곱던 꽃이 휘늘어져 조는 듯, 저 꽃가지 저 두견(杜鵑)은 귀촉도(歸蜀道) 불여귀(不如歸) 불여귀라 울건마는 값을

46-앞

받고 가는 몸이 어이 다시 돌아가리. 부친의 자진발광(自盡發狂)하시는 정상(情狀) 눈에 본 듯 다름없고 장승상댁 노부인과 앞뒤 집 동무들이 나를 보려 내달으며 무정코 야속타고 손을 들어 하는 소리 바람결에 얼진얼진 무디무디 들리오니 원통코 서러운 정곡(情曲) 말대답은 있건마는 왕손(王孫)은 귀불귀(歸不歸)라 돌아가지 못하오니 발명무로(發明無

路) 이 아니냐. 눈물로 산을 넘고 한숨으로 들을 지내 차차 점점 멀어지니 우리 고향 어디메냐, 면면이 섰는 청산(青山) 운영(雲影)이 아득하다. 들을 지내 산을 넘고 산을 넘어 들을 지내 한 곳을 다다르니 물은 출렁 만경파(萬頃波)요

46-뒤

배난 기우뚱 정강선이라. 뱃머리 족판(足板) 놓고 심청을 인도하여 풍석(風席) 내려 정히 깔고 한편으로 앉힌 후에, 저 사공의 거동 봐라. 순풍에 돛을 달고 재비를 손에 들고 어기영차 노를 저어 신명지게 노래한다. "어기야 더기야 순풍에 배를 노니 종일위지소여(縱一葦之所如)로다. 어기야 더기야 저어가자. 능만경지망연(凌萬頃之茫然)이라 부지소지(不知所指) 가는구나. 어기영차 노 젓기야."
이때에 심청이는 풍랑에 넋을 잃고 죽은 듯이 엎드렸으니 일신(一身)이 비월(飛越)하여 어서 죽기를 기다릴 제, 사풍(斜風)은 흘려 불고 가는 배는 살 같아 범범중류(泛泛中流) 떠나간다. 벽파상(碧波上)의 백구(白鷗)

47-앞

들은 풍덩실 잠겼다가 다시 날아 물에 뜨고 구름 밖에 섰는 산은 아득히 잠긴 얼굴 면면이 나타난다. 삼산반락청천외(三山半落青天外)요 이수중분백로주라(二水中分白鷺洲). 무산(巫山) 첩첩(疊疊) 십이봉(十二峰)은 늦은 안개 띠었구나. 칠백평호(七百平湖) 맑은 물은 상하천광(上下天光) 푸르렀다. 탄상(灘上)에 밥을 짓고 노중(路中)에 잠을 자니 정리(靜裏)에 건곤대(乾坤大)요 한중(閑中)에 일월장(日月長)이라. 어이 아니 장할쏘냐. 도선주(都船主) 거동 봐라. 취흥(醉興)이 도도(滔滔)하여 선두(船頭)에 비껴 앉아 손을 들어 돛대 치며 소상팔경(瀟湘八景)을 자랑한다.

숙조(宿鳥)는 투림(投林)하고 산영(山影)은 도강(渡江)하니 섰는 장송(長松) 거꾸러져 노룡(老龍)이 굽노리고 절벽상 잦은 안개 금수(錦繡)가 걸리었다. 우산낙조(牛山落照) 이 아니냐. 유화(流花)는 빛이 떨쳐 서천으로 흘러가고 운영(雲影)은 참담하여 천애(天涯)가 나직하다. 소언동산(少焉東山) 솟아나니 월만공산

47-뒤

수만담(月滿空山水滿潭)이라. 동정추월(洞庭秋月) 여기로다. 낙하(落霞)는 여고목제비(與孤鶩齊飛)하고 추수(秋水)는 공장천일색이라(共長天一色). 일진광풍(一陣狂風) 떨쳐 부니 강안상(江岸上)의 만점노화(滿點蘆花) 중천(中天)에 흩날린다. 한강모설(寒江暮雪)이라 일러주오. 은하수 별 잠기고 연파강상(煙波江上) 물결친다. 반죽지(斑竹枝) 점 친 눈물 피 흔적이 젖는구나. 우루룩 주루룩 소소처처(蕭蕭凄凄) 오는 소리 소상야우(瀟湘夜雨)라 하는 데요, 밤은 깊어 삼경(三更)이라 월색(月色)도 유정(有情)하다. 객선(客船)에 꿈을 깨니 일편고성(一片高聲) 구름 속에 뎅뎅뎅 치는 쇠북 아득히 들리나니 한산모종(寒山暮鐘) 완연하구나. 우후청강(雨後淸江) 저 백구(白鷗)야, 어부 흥을 네 아느냐? 백빈주(白蘋洲) 홍료월(紅蓼月)에 사풍세우불수귀(斜風細雨不須歸)라. 수첩청산(數疊靑山) 구름 밖에 등불을 돋워 달고 표연

48-앞

히 돌아가니 원포귀범(遠浦歸帆) 그 아니냐. 강우(降雨)는 잠깐 개고 창파(蒼波)에 내 잠겼다. 차강산(此江山) 맑은 지취(志趣) 삼공(三公)을 바꿀쏘냐. 어기야 더기야, 어가(漁歌)로 화답(和答)하니 강촌 어화(漁火) 황홀하다. 물 밖에는 청산(靑山)이요 산 밖에는 구름이라. 벽락(碧落)에

뜬 기러기 한 일(一)자 그은 듯이 항렬(行列)이 분명하다. 저 기러기 거동 봐라. 하나 둘씩 날아 앉고 쌍쌍이 짝을 지어 펄펄 날아드니 평사낙안(平沙落雁) 분명하구나."

이때에 심청이는 낙막(落寞)한 그 정신에 아무런 줄 모르더니, 기러기 우는 소리 홀연히 들리거늘,

"오느냐? 기러기야. 안진(雁盡)하니 서난기(書難寄)라."

길이 자탄하였더니,

"반가울사 네로구나. 멀고 먼 우리 고향 안족서(雁足書)가 아니면 뉘가 전신(傳信)하겠느냐. 우리 부친 편지 가

48-뒤

지고 네 오느냐?"

머리 들고 바라보니 야속타! 저 기러기, 돌다 무심 날아간다. 심청이 심사 더욱 산란하여 먼 산만 바라보더니, 정신이 슬어지며 어떠하온 두 부인이 안상(眼上)에 나아서며,

"여봐라 심낭자야, 거기 잠깐 머물거라. 천출지효녀(天出之孝女)로다. 네가 응당 모르리라. 우리 두 사람은 요녀순처(堯女舜妻) 두 아내라. 천추(千秋)에 깊은 한(恨)을 너다려 말이로다. 우리 성군(聖君) 대순씨(大舜氏)가 남순수(南巡狩)하시다가 창오산(蒼梧山)에 붕(崩)하시매 의지 없는 이 두 몸이 원통코 서러운 눈물 소상강(瀟湘江) 저문 비에 손을 들어 뿌렸더니 안상(岸上)의 죽지(竹枝)마다 누흔(淚痕)이 부딪힌 바 아리롱다리롱 점 친 흔적 점점이 혈루(血淚)로다. 가지가지 반죽지(斑竹枝)라. 이같이 깊은 한을 너다려 원정이라. 수로 천리 먼먼 길에 조심하여 다녀오라."

49-앞

말이 마치지 못하여서 풍랑이 떨쳐나며 뱃머리 밀치락. 깜짝 놀라 낯을 드니 혼몽정신불변시(昏懜精神不辨時)라. 정신이 창황(惝怳)하고 마음이 산란하여 이윽히 생각한즉 이는 정녕 이비(二妃)로구나. 소상강(瀟湘江) 황릉묘(黃陵廟)에 이비(二妃)가 계시옵고 반죽지(斑竹枝) 있단 말을 말로만 들었더니 오늘로 알리로다. 수로 천리 먼먼 길에 죽으러 가는 나를 다녀오라 하옵시니 정녕히 나 죽을 징조로구나. 한숨짓고 앉았을 제, 도선주(都船主) 거동 봐라. 소상팔경(瀟湘八景) 다 본 후에 사공을 재촉하여 지체 없이 떠갈 적에, 운외면면(雲外面面) 섰는 산은 뒤로 문득 비껴 서고 호호탕탕(浩浩蕩蕩) 너른 물은 연파(煙波)가 어리었다. 벽파상(碧波上)에 밤이 가고 비선(飛船) 중에 날이 갈 제, 한 곳을 당도하니 이는 곧 임당수라. 흑운(黑雲)이 폐천(蔽天)하며 급급히 오는 비는 물결이 방울지고 풍세(風勢)는 대작(大作)하여 섰는 돛대

49-뒤

빙빙 돌아 꺾어질 듯 부러질 듯, 탕랑(蕩浪)은 노불(怒拂)하여 워리렁 출렁, 배 선창(船倉)에 절컥 와질끈 퉁탕.

선인의 거동 봐라. 넋을 잃고 내달으며 돛 지우고 닻을 매고 고사(告祀) 등절(等節) 차릴 적에, 섬쌀로 밥을 지어 소담하게 담아 놓고, 항마다 빚은 술을 동이로 부어 놓고, 온 돝 잡아 칼을 꽂아 도마 위에 받쳐 놓고, 삼색실과(三色實果) 오색탕수(五色蕩水) 좌병우면(左餠右麵) 어동육서(魚東肉西) 차례로 다 갖추어 황촉(黃燭)에 불을 밝혀 양편으로 갈라 세우고, 향로(香爐)에 향을 꽂아 좌차(座次) 앞에 피워 놓으며, 심청을 목욕시켜 정한 의복 입힌 후에 상머리 초석(草席) 깔고 단정히 궤좌(跪坐)하여 헌화(喧譁)를 금(禁)한 후에, 도사공 거동 봐라. 고사(告祀)를 하려

할 제, 북을 들어 받쳐 놓고 두 무릎을 정히 꿇고 북채를 손에 들고 북을 두리둥둥둥 울리며 축원(祝願)을 하겄다.
"헌원씨(軒轅氏) 배를 지어 이제

50-앞

불통(以濟不通)하옵시니 후생(後生)이 본을 배워 오늘까지 유전(遺傳)하니 어찌 아니 장하리까, 두리둥 둥덩둥덩. 임술지추칠월(壬戌之秋七月)에 일대문장(一代文章) 소자첨(蘇子瞻)도 거주속객(擧酒屬客) 놀 적에 배 아니면 어이하며, 여자기여노이이라 어부가(漁夫歌) 한 곡조에 오자서(伍子胥)를 건넸으니 배 아니면 어이하며, 오류촌(五柳村) 도처사(陶處士)도 팽택령(彭澤令)을 마다하고 율리(栗里)로 돌아올 제, 주요요이경양(舟搖搖以輕颺)이라 배를 타고 돌아오니 어찌 아니 장하리까 두리둥 둥덩둥덩. 인불언(人不言)이면 귀부지(鬼不知)라 했습니다. 오늘날 지성발원(至誠發願)하옵기는 다른 사정 아니오라 미욱하온 저희 등이 행선(行船)으로 위업(爲業)하와 멀고 깊은 수

50-뒤

로 길을 이섭(移涉)할까 바랍사와, 황주 땅 도화동 십육 세 심낭자를 제수(祭需)로 받치오니 사해(四海) 용왕님과 오방신장(五方神將)님과 미륵(彌勒) 서낭 당신(堂神)님과 이물의 고물 영감 다 굽어보옵시고 화우동심(和祐同心)하시기를 천만축수(千萬祝手) 바랍니다. 배도 무쇠 배가 되고 닻도 구리 닻이 되어 수로 천리 먼먼 길을 순풍귀범(順風歸帆) 양양가(襄陽歌)로 척지(尺地)같이 왕래하게 하옵시고 악귀(惡鬼) 잡신(雜神)일랑 물 아래로 속거천리(速去千里)하옵소서. 엄엄급급(奄奄急急) 여율령(如律令) 사파하(娑婆訶) 쒜쒜. 여보시오, 심낭자는 이시에 물에

드오."
시각이 바쁘시니 지체를 어이하리. 북채를 내던지고

51-앞

제물(祭物)을 고루 집어 동서남북 사방으로 두루두루 내흩으며 수중고혼(水中孤魂)들을 다 풀어 먹이겄다.
"여봐라, 다 듣거라. 남자귀(男子鬼)야, 여자신(女子神)아, 아들 죽은 동자신(童子神)아, 총각 죽은 몽달귀(鬼)야, 자식 없는 무자신(無子神)아. 앉았다 못 먹었다, 섰다 못 먹었다, 안주 없어 못 먹었다, 뒷공사 하지 말고 많이많이 많이 먹고 너 갈 데로 다 가거라. 쒜쒜."
심청의 거동 봐라. 얼굴이 빛이 없고 사지를 발발 떨며 반듯이 하는 말이,
"선중(船中)의 어른네께 망종 부탁할 말 있소. 우리 고향 인근처(隣近處)를 다시 지내가게 되면 우리 부친 존망(存亡) 여부(與否)나 알아다가 이곳으로 가는 길에 나

51-뒤

의 혼백(魂魄) 불러 내어 일일이 전해 주오. 안녕히들 다녀오오."
손 들어 눈물 씻고 빠드득 일어서며 치마끈 졸라매고 자락을 걷어 들어 전신을 무릅쓰고 뒤로 조츰 나가더니 우루루 달려들어 선두에 우뚝 서며 두 발 자칫 모두 딛고,
"아이고, 아버지!"
한 마디에 소소리쳐 발발 떨며 거꾸러져 물에 풍덩 떨어지니 심청 일신(一身) 간 곳 없고 만경창파(萬頃蒼波) 너른 물이 물살만 출렁출렁 출렁인다. 묘창해지일속(渺滄海之一粟)이라. 천일(天日)이 늠름하고 풍랑이 적적하다. 고사(告祀)하던 도사공은 무릎 치고 일어서며 도선주 화장(火

匠)이는 퍽 주저앉아 주먹 친다.

52-앞

좌우의 선인(船人)들이 혀를 끌끌 눈물지며 한숨짓고 돌아선다. 행선(行船)에 뜻이 없고 서로 느껴 탄식한다. 어언간(於焉間) 지체할 제, 풍성(風聲)이 잠잠하며 운무가 걷히더니 창랑수(滄浪水) 맑은 물에 난데없는 서기(瑞氣) 뻗치며 구만장공(九萬長空) 높은 하늘 연속하여 영롱하다. 선인들이 서로 보고 신기타 칭찬함을 마지 아니 한 연후에 행선하여 떠가니라.

이때 상제(上帝)께서 서해용왕에게 하교하시되,

"천출지효(天出之孝) 심낭자가 모월 모일 아무 시(時)에 임당수에 들 테이니 용궁으로 인도하여 지극키 관대(款待)하여 삼 삭(朔)을 지낸 후에 인간으로 환송하라."

분부가 계

52-뒤

시기로 용왕이 즉시 시녀(侍女)를 명하여 임당수의 심낭자를 용궁으로 모셔갈 제, 용궁의 조화(造化)거든 무슨 지체가 있겠느냐. 어여뿔사 심낭자 물에 풍덩 잠겼더니 난데없는 시녀들이 일시에 달려들어 좌우로 부액(扶腋)하여 심낭자를 백옥교(白玉轎)에 모셔간다.

이때에 심낭자는 혼몽천지(昏懜天地) 그 정신에 아무런 줄 모르고서 몸이 실려 가는지라. 전후(前後)의 화동(花童)들은 옥저(玉笛)를 희롱하니 잠긴 교룡(蛟龍) 춤을 추고, 좌우에 모신 시녀 연보(蓮步)를 옮겨가니 월패(月牌) 소리 쟁쟁(琤琤)하다.

53-앞

이때에 심청이는 창황(蒼黃) 중 그 정신에 부지하경(不知何境) 혼몽시(昏懜時)라. 눈을 열고 살펴보니 별유천지비인간(別有天地非人間)이라. 창파만리(蒼波萬里) 연화(蓮花)는 황홀한데 면면이 섰는 산은 보이나니 옥봉(玉峰)이요, 봉두(峰頭)에 뜬 구름은 서기(瑞氣)가 영롱하다. 가는 곳이 어디메냐? 난데없는 주궁패궐(珠宮貝闕) 반공(半空)에 덩실 솟아 첩사층영상대(疊榭層楹相對)한데 산호(珊瑚) 난간(欄干) 유리창에 선악(仙樂)이 진동한다.

이때에 용왕이 대희(大喜)하사 시녀로 영접하여 대상(臺上)으로 올리거늘, 심청의 거동 보소. 경혼실색(驚魂失色) 남은 약장(弱腸) 어떠하온 분간인지 마음이 황공하여 좌불안석(坐不安席)하올 적에, 대저(大抵)커나 용왕의 위의(威儀)가 장하구나. 머리에 화

53-뒤

관(花冠)이요 몸에는 홍포(紅袍)로다. 백옥탑(白玉榻)에 전좌(殿座)하여 좌우 제신(諸臣) 물리치고 시녀로 인도하사 심청 보고 하는 말씀,

"인세간(人世間) 귀한 몸을 누지(陋地)로 뫼시오니 황공무지(惶恐無地)하옵시나, 일전(日前)에 조회차로 옥경(玉京)에 올라가니 옥황(玉皇)이 하교하시되, '모월 모일 모시에 인간 효녀 심소저가 임당수에 들 테이니 비궁(祕宮)으로 인도하여 삼 삭을 관대(款待)하와 임당수로 환송(還送)하라. 영귀(榮貴) 극진(極盡)하올지라' 칙명(勅命)이 계시기로 이와 같이 하온 바니 용서하기 바랍니다."

심청이 다시 일어나 복지재배(伏地再拜) 여짜오되,

"용궁이라 하옵시니 대강 짐작하거니와 존중하신 좌지(坐地)로서 진세간(塵世間) 천생(賤生) 몸이 불효의 죄가 되어

54-앞

죽으러 가는 몸을 비루(鄙陋)타 아니 하시고 이다지 하옵시니 황공무지(惶恐無地)하옵내다."

용왕이 하사(下詞)하사 시녀를 명하여서 일등 진수(珍羞) 다 갖추어 심소저를 권대(勸待) 후에 별궁(別宮)으로 인도하여 극진히 접우(接遇)할 제, 만리 수궁에 이친(離親)의 수회(愁懷)를 위로할까. 시녀로 동거(同居)하여 낮이면 후원(後苑)에 들어 기화요초(奇花瑤草)를 완상(玩賞)하고 밤이면 층계에 올라 선풍낭월(善風朗月)을 음롱(吟弄)할 제, 세월이 여류(如流)하여 삼 삭(朔)을 지낸 후에 심소저를 인간으로 환송할 제, 용궁의 조화(造化)거든 못할 일이 왜 있겄나. 진수(珍羞)로 후대(厚待)하고 보패(寶貝)로 정표(情表)하여 금(金)덩 옥(玉)덩 속되다고 진세간에 없는 화채 꽃송이로 봉을 지어 뚜렷한 그 가운데 심소저를 정히 모셔 단정

54-뒤

히 앉힌 후에, 꽃봉지 머문 듯이 흔적 없이 여미시고 시녀로 옹위(擁衛)하여 임당수로 보내니라.

때마침 삼춘(三春)이라. 해상 풍경 장히 좋다. 벽파(碧波)에 내 잠기고 평호(平湖)에 달이 떴다. 사풍세우(斜風細雨) 잠깐 개니 백빈홍료(白蘋紅蓼) 만발(滿發)하고 안지정란(岸芷汀蘭) 푸르렀다. 동정(洞庭)이 여천파시추(如天波始秋)라 상하천광(上下天光) 이 아니냐. 남경장사 선인들이 억십만금(億十萬金) 퇴(堆)를 내어 고향산천 돌아올 제 순풍(順風)에 배를 띄우고 애내성(欸乃聲) 맑은 곡조 의기(意氣)가 양양(洋洋)하다. 동자야, 노 저어라. 만경창파(萬頃蒼波) 만리천을 수이 저어 가자스라. 천무열풍(天無烈風)이요 해불양파(海不揚波)로다 표표(飄飄)히 가는 거

동 우화등선(羽化登仙) 이 아니냐. 중수선녀천상좌(中修仙女天上座)가 허언(虛言)이 아니로다. 삼공(三公)이 좋다 한들 이 강산을 바꿀쏘냐. 홍망 물어 오는 손은 나의 지취(志趣) 몰랐구나. 소지노화월일선(笑指蘆花月溢船) 자라 등에 저 달 실어라. 우리 고향 어서 가, 칠백평호(七百平湖) 좋은

55-앞

경물(景物) 아니 보든 못하리라. 백구(白鷗)는 훨훨 날아 시상으로 모여 들고 금린(錦鱗)은 펄쩍 뛰어 벽파상에 유영(游泳)한다. 서봉(西峰)에 일모(日暮)하니 강촌(江村)에 밥을 짓고 운간(雲間)에 나는 종성(鐘聲) 고사(古寺)가 완연하다. 한참 이리 떠나올 제, 임당수를 당도하여 선인들 거동 봐라. 가는 배를 중지하고,

"여봐라 동무들아, 이 물에 죽은 심청 불쌍하고 가긍(可矜)하다. 혼백(魂魄)이나 위로하자."

공론이 분주하며 선두(船頭)에 나아서니 인자상심수자류(人自傷心水自流)라. 난데없는 꽃 한 봉지 벽파상에 반만 잠겨 두리둥둥 떠나온다. 선인들이 서로 보고,

"허허, 그 꽃 이상하다. 만경창파(萬頃蒼波) 이 물 위에 꽃이라니 만무(萬無)하다. 청파강상(青波江上) 피는 꽃이 연꽃밖에 없건마는 잎도 없고 줄기 없이 한정 없이 떠나오니 알 수 없는 꽃이로다. 춘래편시도화수(春來遍是桃花水)라 불변선원(不辨仙源) 도화(桃花)인가? 아니 그 꽃 아니로다. 진왕(晉王) 여희(麗姬) 절부할 제 꺾어 가던 촉규화(蜀葵花)냐? 아니 그 꽃 아니로다. 송무제(宋武帝) 수양공주(壽陽公主) 단장하던 매화(梅花)인가? 아니 그 꽃 아니로다. 꽃일랑은 이상하다. 명사십리(明沙十里)

55-뒤

해당화가 물에 떨어져 내려오나? 천향국색(天香國色) 모란화가 바람결에 날려왔나? 심낭자 죽은 혼이 환생(還生)하여 꽃 되었나? 신기하고 황홀하다."

선인들 거동 봐라. 그 꽃을 고이 건져 배에 싣고 서로 보며,

"화중군자(花中君子) 있다더니 이 꽃 두고 한 말이며, 화중왕(花中王)이 있다더니 이 꽃이 분명쿠나. 인세상(人世上)에 없는 꽃 천상의 벽도화(碧桃花)냐? 월중(月中)의 단계화(丹桂花)냐? 곱고도 조촐하다. 어서 바삐 노 저어라. 만경창파(萬頃蒼波) 너른 물에 부나니 순풍이요 가나니 비선(飛船)이라. 어기야 우리 동무, 어서 바삐 가자스라."

이때에 송황제 황후 붕(崩)하시고 수회(愁懷)를 못 이기어 화초로 흥을 붙여 각색 꽃을 구할 적에, 남경선인 임당수에 얻은 꽃이 소문이 없겠느냐. 도승지(都承旨) 선인 불러 그 꽃을 안아 들여 황극전(皇極殿) 화원(花園) 중에

56-앞

단정히 고여 놓고 황제 전 주달(奏達)하니, 황제 대희(大喜)하사 그 꽃을 구경하시니 백백홍홍상간개(白白紅紅相間開)의 각색 화초 난만(爛漫)한 중 비범한 저 꽃 봉지 양화(陽和) 비쳐 모란개(開)라. 인간 물색 아니로다. 그 꽃에 흥을 붙여 주야 없이 애석할 제 그 꽃 봉지 이상하다. 오무러져 여민 꽃이 무위이화(無爲而化) 벌어지니 꽃 봉 속의 심낭자는 심상한 의사로다. 꽃 봉지 사이로 천연히 내다보니 인세간(人世間)이 분명하다. 흡사몽중비몽중(恰似夢中非夢中)이라, 뉘다려 말을 하며 말을 한들 무슨 말을 하올거나. 유구무언(有口無言) 이 아니냐. 수색(愁色) 띠어 앉았는데, 이때 마침

56-뒤

궁녀들이 꽃구경 들어오니 난데없는 일 낭자가 꽃 봉 속에 앉았거늘 궁녀들이 서로 보고,

"신기하고 이상하다. 월명임하미인래(月明林下美人來)라, 매화(梅花)씨는 있거니와 어떠하신 낭자로서 꽃 가운데 앉았느뇨? 아옵고자 묻나이다. 아마도 인세(人世) 인물 아니로다. 천랑(天娘)이 분명커든, 월중(月中)의 항아(姮娥)로서 벽해창천야야슈(碧海蒼天夜夜愁)를 하다가 못 이기어 우연히 하강(下降)했나? 요지(瑤池)의 서왕모(西王母)로 반도(蟠桃) 진상(進上) 가는 길에 자랑코자 내려왔나? 진위(眞僞)를 아사이다."

심청이 생각한즉 문(問)은 정(情)이요 답(答)은 예야(禮也)라. 천정(天情)으로 묻는 말을 종래

57-앞

대답 없게 되면 극히 무례하온 바라. 부득이 하는 말이,

"심가(沈家)의 천생(賤生)으로 불효막대(不孝莫大)하옵기로 용납 없는 이 목숨이 광풍(狂風)의 낙화(落花)로다. 표표(飄飄)히 날리다가 부딪힐 곳 바이없어 그릇 점쳐 들었내다."

옥면(玉面)에 수색(愁色) 띠어 다시 말하지 못하거늘, 궁녀 등이 신기하여 연유를 주달(奏達)하니, 황제 즉시 나와 보시니 꽃 봉 속에 앉은 미인 듣던 말과 일반이라. 궁녀로 시위(侍衛)하사 내전(內殿)으로 좌정(坐定)하와 신기함을 칭찬하며 결연하신 그 마음이 마지 아니 하더니라.

이때에 만조제신(滿朝諸臣)이 황제 전에 하례하되,

"폐하의

57뒤

높은 덕택 명천이 감응하사 황후를 내리시니 어찌 지체하오리까? 황후

(皇后)를 봉(封)하사이다."

도승지(都承旨) 물러나와 내전(內殿)으로 득달(得達)하여 심낭자께 여짜오되,

"황제 폐하 높은 덕택 명천이 감응(感應)하사 황후를 내리시니 천연(天緣)일시 분명커든 지체를 하오리까? 복원(伏願) 낭자께서는 가연(佳緣)을 이루소서."

즉시에 물러나와 태사관(太史官) 급히 불러 상상길일(上上吉日) 택출하여 황후를 봉(封)할 적에, 만조백관(滿朝百官) 하례하고 삼천궁녀 춤을 출 제, 우리 황제 높은 도덕 명천(明天) 감동 아니신가. 월로승(月老繩) 좋은 연분 불로주로 권작(勸酌)하니

58-앞

만세만세우만세(萬歲萬歲又萬歲)에 억만세(億萬歲)나 하오리라. 억조창생(億兆蒼生) 만민들은 격양가(擊壤歌)를 노래하니 요지일월(堯之日月) 밝았구나. 오음육율(五音六律) 갖은 풍류 남풍곡(南風曲)을 화답하니 순지건곤(舜之乾坤) 이 아니냐. 지화자 좋을시고.

이때에 송황제는 신정(新情)이 다락(多樂)하나 심황후는 부친을 사모하사 규중심심불승수(閨中深深不勝愁)라. 수회(愁懷)로 지내날 제, 하루는 송황제 황후더러 묻는 말씀,

"부부의 깊은 정은 상하(上下)가 물론(勿論)이라. 황후에게 있는 근심 짐이 어이 모르리까? 불효(不孝)라 하옵시니 어떠하신 일이니까? 사유를 말씀하면 소원성취(所願成就)하겠내다."

심황후 낙

58-뒤

루(落淚)하며 부득이 하는 말씀,

"소비(小妃)의 일심한(一心恨)은 인세간(人世間)에 불쌍한 게 천지불변(天地不辨) 맹인이라. 일국 맹인(亡人) 모두 불러 황극전(皇極殿) 너른 뜰에 대연(大宴)을 배설(排設)하고 맹인회(盲人會)를 시키시면 소비(小妃)의 깊은 한(恨)을 후리쳐 버릴까 하나이다."
"여봐라, 대체 대황제의 권력으로 무슨 힘이 있겠느냐. 즉시에 영(令)을 내려 내팔월(來八月) 초삼일 내(內)로 노소 망인 유류(遺留)없이 일일이 등대하라."
각도 각읍 면면촌촌(面面村村) 벽력같이 영(令)이 돌 제, 이때에 심봉사는 모진 목숨 죽지를 못하고 세월을 보낼 적에, 건너 마을 뺑덕어미 안고 들어 덤벙이는 통에 허망하고 장히

59-앞

숫한 심봉사가 후사(後嗣)나 볼까 하고 부부가 되었겠다. 뺑덕어미 행실 보소. 새소쩍고 건성스러워 밤이면 마실 돌고 동청(東廳)에 가 낮잠 자기, 맛진 음식 제가 먹고 궂은 음식 가장 주기, 무근지설(無根之說) 작언(作言)하여 남에게다 밀어대기, 동네 근처 장사 오면 쌀 퍼주고 물건 사기, 착실한 곳 빚 준 전곡(錢穀) 지레 받아 외(外)봉잡기. 이렇게 지내나 되 심봉사는 전(全)이 믿고 사자 사자 사자한들 어이 감당하겠느냐.
이때에 촌인들이 심망인을 급히 불러,
"황성에 맹인 잔치한다 하고 훈령이 내렸으되, 내팔월(來八月) 초삼일 내로 만일 불참하는 자는 큰 벌을 쓴다 하고 훈령(訓令)이 시퍼러니 어서 급히 올라가오."
심봉사 이 말 듣

59-뒤

고 홀로 앉아 탄식한다.

"어이하리 어이하리, 이 사세(事勢)를 어이하리. 연근칠십(年近七十) 살았으되 맹인 잔치한단 말은 금시(今時)에 초문(初聞)이라. 곡절(曲折) 있는 일이로구나. 눈 뜨기로 자식 팔아 생목숨을 죽였거든 필경 무사하겠느냐. 나 죽을 일이로구나. 내가 아니 가자 한들 관령(官令)이 지엄(至嚴)하고 황성을 가자 한들 앞 못 보는 이내 몸이 몇 날 걸어 어이 가리. 아이고 아이고, 내 일이야."

뺑덕어미 이 말 듣고 그 덤풀에 황성이나 구경차고 출반주(出班奏) 나서겄다. 전후사(前後事)는 각설(却說)하고 갈 차비를 차리는데,

"여보소 뺑덕어미, 저 건너 달랑쇠 모친에게 돈 삼십 냥 안 주었나. 어서 가서 받아오게."

"애고! 벌써 받았지요."

"허허, 그 일 잘 되었네. 노자 택은 거의 되네."

"애고! 왜 그리 망각했소. 다 썼다고 아니해요."

"어따! 이게 웬

60-앞

말인가? 어디다가 다 썼는가?"

술척스런 뺑덕어미 얼없이 대답한다.

"떡 사먹고 엿 사먹고 외 사먹고 그럭저럭 다 썼지요. 불식자포(不食自逋)되옵디다."

"아이고! 이 사람아, 그것 조금 사먹기에 그 돈이 다 들었나?"

"그뿐만 되나요. 살구 값이 더 많지요."

"웬 살구를 그다지도 사먹었나?"

"여보 여보, 그만두오. 남의 사정 모릅디다. 애 서느라고 입덧 나서 밥 못 먹고 잠 못 자고 이리 저리 애 피워도 내외간(內外間)도 모릅디다.

시금털털 개살구 입덧 난 데 선약인 줄 어이 그리 모르시오. 아이고, 내 신세야."
심봉사 깜짝 놀라,
"내 몰랐네, 내 몰랐네. 그 사정을 내 몰랐네.

60-뒤

안심하소 안심하소. 아들만 낳게 되면 그뿐만 되겠는가. 사물탕(四物湯)도 다려 주고 용봉탕(龍鳳湯)도 고아줌세."
그는 다 웃음의 말이로되, 간신히 서둘러서 노자(路資) 의복 짐을 메어 뺑덕어미 앞세우고 황성길을 찾아갈 제, 심봉사 숫한 마음 뺑덕어미를 사랑하여 정담으로 이르겄다.
"여보게 뺑덕어미, 내 말 듣게. 여자라 하는 것이 길가에 행동하면 무론모인(毋論某人) 너나없이 한번 볼 데 두 번 보니 부디 부디 조심하게. 나야 자네만 믿는 터니 우리가 황성을 가자 하면 거리거리 도회처와(都會處)와 무디무디 행객실(行客室)에 심상한 유산객(遊山客)과 준준(俊俊)한 유협소년(遊俠少年) 응당

61-앞

허다(許多)하올 테니 그 아니 난처한가."
이리 단속 저리 단속 차츰차츰 올라간다. 한 곳을 당도하니 서산(西山)에 일모(日暮)하고 각력(脚力)이 곤핍하다. 객점(客店) 찾아 들어가니 각처의 망인들이 황성 잔치 가는 길에 마침 서로 모였겄다. 석반(夕飯)을 물린 후에 진소위(眞所謂) 운여상종이요 초록동색(草綠同色)이라. 맹인끼리 모였으니 장관이었다. 노니는 장단도 일수하고 없는 조(調)도 별로 내며 저그 소위 수인사(修人事)를 하는데 매우 유식하여 재담(才

談)으로 해보겠다. 한 맹인 나앉으며,

“참, 우리가 추우강남(追友江南)이라고 매우 좋소. 저 분은 성씨가 뉘시니까?”

“예, 내 성은 치마 입고 갓 쓴 자요.”

61-뒤

“계집이 갓 썼으니 안생원(安生員)이지요.”

“또 저 분은 뉘시니까?”

“예, 내 성(姓)은 천만 번 바쁜 데도 쓰기가 쉬운 자(字)요.”

“예, 쓰기가 쉽다 하니 정생원(丁生員)이지요.”

“또 저 분은 성씨가 뉘시니까?”

“예, 제 성은 안장 지어 고삐 들고 이랴 이랴 건너봐라 하는 그 자(字)요.”

“마생원(馬生員)인가부그려.”

“또 저 편에 누운 분은 뉘시니까?”

“예, 실내(室內)올시다.”

“천만의 말씀이요.”

“예, 제 성자(姓字)는 수(數)가 장히 많은 자(字)요. 아흔아홉에 하나 더 있는 자요.”

“옳소 옳소. 아흔아홉에 하나 더 있다니 백생원(百生員)이 분명치요.”

“또 아랫목에 양주(兩主) 앉은 저 분은 뉘시니까?”

“예, 내 성자(姓字)는 근본 있고 세력 많고 사람

62-앞

마다 좋다지요.”

“성자(姓字)는 이상하오. 사람마다 좋다 하니 어디 조금 들릅시다.”

"예, 나무토막 둘을 갈라 위아래로 맞대 놓고 썹을 발강 눌러대면 공알이 툭 삐져 옆에가 붙는 자요."
"옥생원(玉生員)인가부그려. 참 양반은 양반이오."
"여보, 대체 알기 딴은 용케 아오. 어찌 그리 자시 아오."
"예, 자시(子時)만 알겠소. 축시(丑時)도 아옵지요."
한참 이리 재담(才談)으로 놀 적에, 황난득이라 하는 맹인 얼굴이 밉잖하고 외입속이 있다 하니 몹쓸 계집 뺑덕어미 그 맹인에게 대혹(大惑)하여 그날 밤 삼경야(三更夜)에 여간 의복 노수(路需) 냥을 모두 다 빼가지고

62-뒤

황봉사와 심야도주(深夜逃走) 영영 갔구나.
그럭저럭 날이 새니 심봉사 거동 봐라.
"뺑덕어미 뺑덕어미. 일어나소 일어나소. 무슨 잠을 그리 자나?"
더듬더듬 더듬어도 분명히 없는지라. 심봉사 깜짝 놀라 넋이 없이 부르겄다.
"뺑덕어미 어디 갔나? 어서 오소, 어서 오소. 관소세(盥梳洗)를 하려 하고 유수장천(流水長川) 찾아갔나? 대소피를 하려 하고 으슥한 곳 찾아갔나? 어서 오소 어서 오소. 인조반(因早飯) 같이 하게 어서 오소 어서 와."
천호만호(千呼萬呼) 불러본들 한번 주(走)자한 계집이 다시 올 리 있겄느냐. 심상한 맹인들은 다 각기 발정(發程)하고 심봉사는 홀로 앉아 신세장탄가로 울음을 운다.
"아이고 아이고, 아이고 아이고, 내 일이야.

63-앞

천리원정(千里遠程) 황성길을 어이 종가 찾아가며 일일 조석(朝夕) 오

는 끼니 무엇 먹고 살거나. 야속하고 몹쓸 계집 막대 잡고 내 앞 서서 개천이요 구렁이요 역력히 하던 소리 어찌 잊고 차마 가리. 아이고 아이고, 내 일이야. 차마 서러워 못 살겠네. 무남독녀(無男獨女) 딸자식은 만경창파(萬頃蒼波) 깊은 물에 어복(魚腹)의 밥이 되고 단독일신(單獨一身) 이내 몸은 천리타향(千里他鄕) 무주공산(無主空山) 오작(烏鵲)의 밥이 되니 모진 놈의 팔자(八字)로다. 아이고 아이고, 아이고 아이고, 내 팔자야. 아이고, 내 신세야."

아무리 강탄(强嘆)한들 무슨 수가 있겠느냐. 주인에게 하직하고 지팡막

63-뒤

대 걷어 짚고 흥치 없이 올나갈 제, 노변(路邊)의 인가 찾아 끼니끼니 걸식하고 간신히 찾아갈 제, 이때는 어느 때냐? 육칠월 삼복시(三伏時)라. 늙은 암소 뿔 빠지고 영계(嬰鷄) 닭 주눅 들고 밭둑 논 물코 밑에 송사리 올챙이 눈쟁이 떼 더운 물에 넋을 잃고 그저 둥둥 뜨는 때라. 난데없는 벽계수(碧溪水) 이 구비 출렁 저 구비 출렁 구비구비 휘휘 돌아 워리렁 쇄쇄 흐르는 소리 심봉사 반겨 듣고 열기(熱氣)를 못 견디어 의복(衣服) 관망(冠網) 훨훨 벗어 안상(岸上)에 걸어 놓고 가만가만 종가 걸어 물에 풍덩 뛰

64-앞

었더니 척탕만고수(滌蕩萬古愁)라. 마음이 장히 좋아 온갖 희롱을 다 하겠다. 벽파(碧波)를 흘리 저어 낯도 씻고 귀도 씻고 눈도 별로 씻어보고 또 한 움큼 덤뻑 쥐어 양치질도 쇄쇄 하여 물에 훨씬 품어보고 배도 실실 어루만져 두 다리로 씻은 후에, 다리 사이 궐(厥)놈이도 이리 잡아 문질문질 저리 움쳐 실근실근, 앉아보고 엎져보며 두 발로 창랑(滄浪)을

탕탕, 손으로 벽파(碧波)를 출렁출렁, 옴방통방 오리 격으로 출몰(出沒)을 다한 후에, 마음이 상쾌하여 안상(岸上)으로 나와 보니, 어떠한 걸인 놈이 의복 관망(冠網) 다 가지고 부

64-뒤

지거처(不知去處)하였구나. 심봉사 홀로 서서 신세를 생각하니 서러움도 간 곳 없고 억심(抑心)이 왈칵 난다. 낙영지광이요 조상지육(俎上之肉)이라. 시비를 저어하며 염치를 가릴쏘냐? 훨씬 벗은 적신(赤身)으로 신낭(腎囊)만 두 손으로 움켜쥐고 오던 길로 찾아가며 여객(旅客)집을 썩 들어서 무참코 부르겠다.

"여보 여보 주인 어른, 간밤에 내가 이 방에서 아니 잤소. 의복 한 벌 보에 싸서 선반 위에 얹어 놓고 망각하고 내가 갔소. 내 보를 내어주오."

서슬 있게 대드니 고금이 다르겠나. 웃음거리 될 뿐더러 똥을 무서워 치겠느냐? 대로변(大路邊) 출두천(出頭天)이 외입

65-앞

장이 수단으로 차소위(此所謂) 견문발검(見蚊拔劍)이라. 여벌 관망(冠網) 의복 한 벌 걷어 주며,

"미친 망인 들어보게. 수다(數多)한 맹인들이 그리 많이 지냈으되, 능징한 저러한 맹인 보던 바 처음일다. 썩 물러 있거라."

심봉사 의복 받아 넌짓 입고 선걸음에 물러서며,

"예, 과연 저인들 속이 없으리까?"

백배치사(百拜致謝)한 연후에 길을 찾아 올라갈 제, 내일이 내무진(來無盡)이라. 날로 가고 때로 걸어 한정 없이 올라갈 제, 솜솜이 생각한즉, '의복 관망 공히 얻어 무사히 올라가니 이게 모두 뭐냐 하면 꾀 한번을

잘 썼구나. 옛날에 양무인 진평(陳平)이가 범아부(范亞父)를 잡으려고 육출계(六出計)를 썼다

65-뒤

한들 이 위에 더 장하며, 삼국시절(三國時節) 노장(老將) 황충(黃忠) 조승상(曹丞相)을 속이려고 고육계(苦肉計)를 썼다 한들 이 위에 더할쏘냐? 절처봉생(絶處逢生) 묘(妙)한 이치 선궁후달(先窮後達) 이 아니냐? 아이고 아이고 뺑덕어미, 어디 가고 모르는가?'
그는 그리했거니와 황성을 득달(得達)하여 기갈(飢渴)을 못 이기어 한 골목을 들어가니 어떠한 고루거각(高樓巨閣) 반공(半空)에 덩실 떴다. 용정방아 찧는 소리 장히 요란한지라. 무참코 들어서며,
"거룩하신 덕분으로 한 때 요기하옵시다."
소리를 질러노니, 이는 노승상댁이라. 용정(舂精)하는 여아(女兒)들이 심맹인을 서로 보고 짓에 겨워 소

66-앞

경을 찌대어 방아타령을 부르는데,
"애고 애고, 저 소경 이상하고 이상하네. 어 어기어라 방아로구나."
이리 찌대 놓으니 심봉사도 아무리 폐인(蔽人)이나 인심은 일반이라. 여아(女兒)들이 하는 농(弄)을 대답 한번 못하겠나. 재담으로 뒷소리를 맞아 보아,
"어이 어이 각시님네, 이상하고 이상하네. 어 어기어라 방아로구나."
"저 소경의 모양 보소. 쑥대머리 난수(亂首)하고 폐의파관(敝衣破冠)하였으니 영락없는 우인(偶人)인가? 불견안중인(不見眼中人)이라. 어 어기어라 방아로구나."

"각시님네 허릿매는 노상의 버들이라. 이리로도 흐늘거리고 저리로도 흐늘거려 춘정(春情)을 못

66-뒤

이기니 시첩단장시(是妾斷腸時)라. 어 어기어라 방아로구나."
"저 소경의 모양 보소. 소진(蘇秦) 장의(張儀) 아들인가? 말 속은 장히 좋네. 입 속 자랑하러 왔나? 셈없이 웃고 섰네. 시문(柴門)에 문견폐(聞犬吠)로고. 어 어기어라 방아로구나."
"각시님네 고운 얼굴 장두(墻頭)의 반개화(半開花)라. 가는 사람 꺾어들고 오는 사람 꺾어드니 임자 없는 물건이라. 낙화난마족(落花亂馬足)이 이 아닌가? 어 어기어라 방아로구나."
"저 소경의 거동 보소. 가소롭고 애닯구만. 버들같이 새로운 빛과 꽃같이 고운 빛을 꺾기는 고사하고 보지도 못하오니 춘래불사춘(春來不似春)이 그 아닌가? 어 어기어라 방아로구나."
"각시님네 눈을 보니 꿩 채려는

67-앞

매눈인가? 이놈을 보아도 짜웃짜웃 저놈을 보아도 짜웃짜웃 눈 딴은 이상하네."
"저 소경의 눈을 보니 차고 맞은 꿩의 눈인가? 쪼그라지게도 감았구만."
"각시님네 가랑이 밑은 용당기(旗)를 그렸는가? 울긋불긋 생겼네. 허허, 좋구나 방아로구나."
"저 소경의 다리 새는 강아지를 품었는가? 울룩불룩 생겼구만. 히히 좋구나 방아로구나."
이것은 광대의 재담(才談)이라. 그러할 리가 있겠느냐. 황극전(皇極殿) 맹인회(盲人會)를 찾아갈 제, 종로(鐘路)에 내달아 이리 저리 방황한다.

이리 가야 옳게 가나, 저리 가야 바로 가나. 막적소향(莫迹所向) 주저할 제, 난데없는 웨장소리,

"내일이 맹인잔

67-뒤

치 망종날이오니 무론망인(毋論亡人) 노소(老小)하고 속속히 들어오오."

일성중이 진동커늘, 심봉사 깜짝 놀라,

"어디로 가야 맹인회를 가오? 나를 조금 인도하오."

어전사령(御殿使令) 냅다 서며,

"여보 맹인, 이리 오오."

황극전(皇極殿) 맹인회 말석(末席)에다 인도하여 앉았구나.

이때에 심황후는 맹인회를 배설(排設)하고 오는 맹인 노소 없이 차례로 살펴보되 부친 흔적 영영 없고 날 기한은 아주 가니 한숨 겨워 눈물짓고 눈물겨워 애가 탄다.

"불쌍하신 우리 부친 영결종천(永訣終天)하셨는가? 썩고 남은 그 간장에 분간 없이 계옵신가? 애닯고 서러운지고."

어떠한 망인 하나 말석에 참례커

68-앞

늘 유심히 살펴보니 초췌한 그 정상에 수발(首髮)이 소소(疏疏)하고 귀밑에 살 잡히고 에구부시 앉은 거동 이상하고 이상하다. 서리(書吏) 불러 하교(下敎)하시되,

"말석(末席)에 앉은 맹인 대하(臺下)로 모셔오라."

가까이 앉힌 후에 만단(萬端)으로 살펴보되 영향(影響)은 방불(彷佛)하나 광대(廣大)한 천지간(天地間)에 세상사를 막상 몰라 진정으로 묻는 말씀,

"어느 곳에 거주하며 성함은 뉘시오며 무슨 소회(所懷) 있삽거든 제제(諸諸)이 말씀하오."
심봉사 이 말 듣고 하염없이 솟는 눈물 땅에 뚝뚝 떨어지며,
"과연 소맹(小盲)은 황주 땅 도화동 사옵고 성명은 심학규요. 무남독녀(無男獨女) 딸 하나를 두었더니

68-뒤

임당수에 빠져죽고 이 목숨만 남았는데 천(賤)하고 모질기로 여태까지 아니 죽고 예까지 왔나이다."
심황후 와락 뛰어 내려가며,
"애고 애고, 아버지! 임당수에 빠져 죽은 불효녀(不孝女) 심청이오. 어서 눈을 떠서 제 얼굴을 보옵소서."
손을 잡고 일으키니, 심봉사 깜짝 놀라,
"애고! 이게 웬 말이냐?"
고개 번뜩 추켜들며 눈을 번뜩 떴구나. 부녀 서로 손을 잡고,
"네가 과연 내 딸이냐? 임당수에 죽은 혼(魂)이 환생(還生)하여 여기 왔나? 석시강수금인가(昔時江水今人家)라 너를 두고 일렀구나. 천고이래(千古以來) 없는 일 너와 나와 처음이라."
대상(臺上)으로 올라가며,
"이게 분

69-앞

명 수궁이냐? 수궁이 아니거든 일장춘몽(一場春夢) 잠결이냐? 황홀하고 신기하다."
한참 이리 하올 적에, 심황후 덕택으로 명천(明天)이 감은(感恩)하사 황극전(皇極殿) 대뜰 아래 수다한 여러 맹인 일시에 눈을 떠서 대명천지

(大明天地) 다시 보고 백배사례(百拜謝禮) 송덕(頌德)할 제 배반(杯盤)이 낭자(狼藉)하고 풍악이 진동한다.

이때에 심황후 부녀 일희일비(一喜一悲) 두루 솟아 염치없이 즐기는데, 심학규 씨 거동 보소. 심황후의 손을 잡고,

"얼씨구나 좋을시고. 주야장천(晝夜長天) 좋을시고. 병신 아비 눈을 뜨고 죽은 자식 만났으니 금상첨화(錦上添花) 이 아닌가. 화채(和彩) 있게 놀아보자. 명천지하(明天之下) 밝은 날을

69-뒤

다시 한번 보겄구나. 우러러 보니 구만(九萬)의 장공(長空) 솟아나니 부상지지(扶桑之枝)라. 둥실 솟는 저 일광(日光) 구시용(舊視容)이 완연쿠나. 일장여소년(日長如少年)으로 놀아보자. 우리 황제 높은 도덕 요순씨(堯舜氏)의 성덕(聖德)이라 태평가로 놀아보자. 강구(康衢)에 날이 지니 격양가(擊壤歌)로 불러보자. 남훈전(南薰殿) 달 밝으니 백공가(百工歌)로 화답하자. 부중생남중생녀(不重生男重生女)라 말로만 들었더니 허언(虛言)이 아니로다. 얼씨구나 좋구나. 우리 사위도 귀가자(貴家子)요 우리 딸도 귀가녀(貴家女)라. 딸 녀(女)자 아들 자(子)자 이리 저리 합하여서 좋을 호(好)자 놀아보자. 억조창생(億兆蒼生) 만민(萬民)들아, 요내 말을 들어봐라. 삼강행실(三綱行實) 중(重)한 중에 충렬(忠烈)도 중(重)커니와 백행지원(百行之源) 효도로다. 어찌 아니 좋을쏘냐."

70-앞

단가

단풍(丹楓) 황국(黃菊) 호시절(好時節)에 시경(詩境)을 애석함.

구추하일부중양(九秋何日不重陽)은 허언(虛言)이 아니로다. 용산(龍山)에 술 마시고 학림(學林)에 글을 읊고 읊고 마시고 노는 때라. 진애(塵

埃)를 씻으려고 사죽(絲竹)에 낙(樂)을 붙여 오음육률(五音六律) 맑은 곡조 득기묘(得其妙)를 하려는데 좌차(座次)에 놓인 기물(器物) 무엇 무엇 벌였던고. 후산의 퉁소, 균천의 젓대, 혜강(嵇康)의 거문고며 인상여(藺相如)의 질장구까지 갖춰 갖춰 갖추었고, 좌상(座上)에 앉은 벗은 누구누구 모였던고. 시중선(詩中仙)의 이청련(李青蓮)과 주중선(酒中仙)의 유령(劉伶)이며 황산곡(黃山谷) 백낙천(白樂天) 이러한 호걸(豪傑)이 모였는데, 취가(醉歌)로 상화(相和)하니 세사(世事)는 금삼척(琴三尺)이요 생애(生涯)는 주일배(酒一盃)라. 읊고 놀고 먹고 놀 제, 국화 꺾어 손에 들고 만산경(萬山景)을 바라보니 상엽(霜葉)이 홍어이월화(紅於二月花)라, 때 역시나 장히 좋다. 거들거리고 놀고지고.

70-뒤

단가

시월지심 놀음이었다.

때마침 소춘(小春)이라. 상로(霜露)는 기강(既降)하고 목엽(木葉)은 떨어져 절정에 섰는 기암(奇巖) 면면(面面)이 나타난다. 상하(上下)에 실솔(蟋蟀) 울고 천외(天外)에 홍안성(鴻雁聲)은 세색(歲色)을 재촉할 제, 연시초췌 남은 흥과 병주미소 쌓인 회포 벗 아니면 어이하리. 벽상에 삼척금(三尺琴)을 종자기(鍾子期) 간 연후에 헛되이 두었더니 청산녹수(青山綠水) 아양곡(峨洋曲)을 지음(知音)을 얻었구나. 동자야 응로자주(凝露紫酒) 가득 부어 취토록 권하여라. 청명(清明) 한식(寒食) 화삼춘(花三春)과 중양(重陽) 추석(秋夕) 풍국절(楓菊節)인들 이에서 더할쏘냐. 내무진(來無盡)으로 놀고지고.

단가

동지 선달지심 놀음이었다. 설경(雪景)을 자랑함.

삼춘화(三春花) 구추풍(九秋楓)이 새롭다 일렀건만 동설경(冬雪景)을 당할쏘냐. 강천(江天)이 막막(寞寞)하고 산학(山壑)이 암암(暗暗)하여 중천(中天)

71-앞

에 흩날릴 제 분분편편접(翩翩紛紛蝶)이요 표표낙락화(飄飄落落花)라. 운외천산(雲外靑山) 간 곳 없고 보이나니 옥봉(玉峰)이라. 절벽에 섰는 기석(奇石) 노선(老仙)이 염불(念佛)하고 정상(頂上)에 썩은 오동 백학(白鶴)이 춤을 춘다. 우주간(宇宙間)에 나는 티끌 후리쳐 다 버리고 옥로분장화세계(玉露粉粧華世界)라 이런 승경(勝景)이 또 있으랴. 아니 노든 못하리라. 백설가(白雪歌)로 놀아보자.

단가

자탄가(自歎歌)

그도 저도 못하겠구나. 만사무심일조간(萬事無心一釣竿)에 편주(片舟)를 무어 타고 벽파상(碧波上)에 둥둥 떠서 노중숙(路中宿) 탄상반(灘上飯)에 어부(漁夫)나 되올거나. 신여부운무시비(身與浮雲無是非)라, 삭발위승(削髮爲僧) 중이 되어 극락 길을 닦으려고 백팔염주(百八念珠) 목에 걸고 염불이나 하올거나. 기산(箕山)에 가는 길에 영천수(潁川水) 맑은 물에 손도 씻고 발도 씻고 척탕천고수(滌蕩千古愁)라, 티끌에 얽힌 때를

71-뒤

씻어볼까 하였더니, 아뿔사! 소부(巢父) 허유(許由) 귀를 씻고 가셨으니 더럽다 막대를 비껴 들고 허위허위 돌아오니 죽장망혜귀거래(竹杖芒鞋)

라. 상산이도(商山異徒) 엄자릉(嚴子陵)이 간의대부(諫議大夫) 마다하고 부춘산(富春山) 구름 속에 고기 낚고 밭을 가니 가는 길에 방문할까? 불모영리(不慕榮利) 도연명(陶淵明)이 팽택령(彭澤令) 마다하고 율리(栗里)로 돌아와서 청풍북창(淸風北窓) 하에 갈건(葛巾)에 술 짜먹고 한가히 누었으니 각금시이작비(覺今是而昨非)로구나. 한다년강남풍월(閑多年江南風月) 이청련(李靑蓮) 간 연후에 읊고 놀 이 없었더니 다시 보니 반가워라. 오동월향회중조(梧桐月向懷中照)요 양류풍래면상취(楊柳風來面上吹)라, 일반청의미(一般淸意味)를 요득소인지(料得少人知)라. 두어라 알 이 없으니 떨떨거리고 가고지고.

72-앞

단가

농춘잡가(弄春雜歌)

청춘(靑春)이 다시 올까 소년행락(少年行樂)하오리다. 시중이백주중령(詩中李白酒中伶)도 일거청산진적요(一去靑山盡寂寥)라. 소부(巢父)는 어이하여 영천수(潁川水)에 귀를 씻고 백이(伯夷)는 무슨 일로 수양산(首陽山)에 채미(採薇)했나. 부질없는 사후영명(死後令名) 한사(寒士)의 일이로구나. 이때는 어느 때냐, 우중춘수만인가(雨中春樹萬人家)에 집집마다 꽃이 피고 주마투계유미반(走馬鬪鷄猶未還)에 사람마다 놀 때라. 출림비조(出林飛鳥) 뭇새들은 농춘화답(弄春和答) 짝을 지어 그저 펄펄 날아든다. 쌍쌍으로 나는 새가 각색으로 울음을 운다. 접동새 수르를, 따오기 뚜루를, 비둘기 우웅꿍, 저 삐쭉새 울음 운다. 이 산으로 가도 삐쭉, 저 산으로 가도 삐쭉를. 저 부엉이 울음 운다. 이 산으로 가도 부홋, 저 산으로 가도 부헝.

72-뒤

저 강성이 울음 운다. 해외청산(海外青山) 구름 밖에 한없이 높이 떴다 끼루룩 낄룩 울음을 우니 이조명춘(以鳥鳴春) 이 아니냐. 야월공산(夜月空山) 저 두견(杜鵑)은 귀촉도(歸蜀道) 불여귀(不如歸) 귀촉도 불여귀 울고 울고 울건마는 돌아가지 못하느니 한탄한들 미칠쏘냐. 우리도 늙어지면 저 두견과 같을지라. 인생부득항소년(人生不得恒少年)은 결단코 한이로구나. 젊고 젊어 놀아보자.

또 한 대문이 나온다
우리 술벗 유령(劉伶)이와 우리 문교(文交) 이태백(李太白)이 어디로 다 갔는고? 춘만건곤복만가(春滿乾坤福滿家)에 집집마다 술 빚고 수만청강화만산(水滿清江花滿山)에 산마다 음영(吟詠)한다. 벽파시(碧波時)에 손이 오고 행화촌(杏花村)에 벗을 불러 좌지우지 나노를 제, 운담풍경(雲淡風輕)하고 천고일정(天高日晶)이라. 수변양류녹연사(水邊楊柳綠煙絲)하니

73-앞

벗 부르는 꾀꼬리요 야화황접영춘풍(野花黃蝶迎春風)은 오는 나비 춤을 춘다. 옥빈홍안(玉鬢紅顔) 가인(佳人)들은 춘흥(春興)을 못 이기어 월패(月佩) 쟁쟁(錚錚) 짝을 지어 면면청산(面面青山) 높이 올라 두견화(杜鵑花) 질끈 꺾어 머리에도 꽂아 보고, 또 한 가지 담쏙 꺾어 손에 들고 춤을 추니 청가일곡(清歌一曲) 구분운이라 곡조마다 향내로구나. 옥호청사(玉壺青絲) 병을 매어 절화작주(折花作籌) 술 부어라. 단취불성(但醉不醒) 장진주(將進酒)로 광채 있게 놀아보자. 강구(康衢)에 날이 지나 격양가(擊壤歌)로 놀아보자. 남훈전(南薰殿) 달 밝으니 백공가(百工歌)로

놀아보자. 강남풍월한다년(江南風月閑多年)에 내무진(來無盡)으로 놀아보자. 노류장화(路柳墻花) 꺾어 들고 청풍명월(淸風明月)로 놀아보자.

또 한 마디가 나온다.
전춘(餞春)에 남은 흥(興)을 어느 곳에 놀아볼꼬. 척피남산(陟彼南山)

73-뒤

높은 봉 허위허위 올라가니 청산만리일고주(青山萬里一孤舟)라, 원포귀범(遠浦歸帆) 떴는 배는 운영(雲影)이 아득하구나. 산행(山行) 육칠 리를 들어가니 사시풍경화안전(四時風景華眼前)이라. 비류직하(飛流直下) 폭포수 절벽이 쾅쾅 마주 치고 무심출수(無心出峀) 뜬 구름 기봉(奇峰)이 층층 벌여 있다. 에리굽은 늙은 장송(長松) 광풍(狂風)을 못 이기어 우쭐우쭐 춤을 춘다. 푸릇푸릇 무(茂)풀이, 너울너울 다래 넌출, 칙 넌출 가지 휘늘어졌구나. 환우성(喚友聲) 저 꾀꼬리 취흥(醉興)을 자아내고 짝 부르는 접동새 수루루 펄펄 날아든다. 산중(山中)에 춘(春)이 만(滿)하니 갱지홍촉상잔화(更持紅燭賞殘花)라. 동자야 술 부어라. 놀고 먹자. 아마도 우리 인생 일장춘몽(一場春夢) 덧없노라.

74-앞

화룡도 타령
불상코 가긍코 원통코 서러운 저 군사들이 다 각기 제 설움을 자랑하는데 똑 이렇게 좀 해보겄다.
"내 설움 들어봐라. 너의 설움 그만두고 내 설움 들어봐라. 형 죽은 설움도 그만두고 아우 죽은 설움도 게 두어라. 삼대독신(三代獨身) 우리 부친 무매독신(無妹獨身) 나 하나라. 열 소경 한 막대로 애지중지(愛之重

之) 길러내어 요조숙녀(窈窕淑女) 좋은 배필 동방화촉(洞房華燭) 깊은 사랑 주야 없이 안고 놀 제, 난데없는 벽력소리 적벽대전(赤壁大戰)이 되었으니 모군(募軍)으로 아니 가고 네 방에서 잠을 자나. 어서 바삐 나오너라. 달려들어 끌어낼 제, 당상학발(堂上鶴髮) 우리 부모 깜짝 놀라 내달으며 각력(脚力)에 힘이 없어 실족낙상(失足落傷) 하셨던가?

74-뒤

거꾸러져 땅에 엎져 주먹 들고 부딪히며 '나 죽이고 네 가거라' 몸부림에 뛰둥글며, 규중홍안(閨中紅顔) 우리 소처(少妻) 전지도지(顚之倒之) 따라 나와 내 손길 부여잡고 '못 가느니 못 가느니 날를 두고 어디 가오? 노혼(老昏)하신 저 부모를 봉양인들 뉘와 하며 엎칠뒤칠 저 자식이 차차 장성하게 되면 교훈인들 뉘 하겠소' 꽉 붙잡고 서둘 적에, 나의 사세 부득하여 손길 빼어 떨쳐 가니, 박명홍안(薄命紅顔) 우리 아내 조촘조촘 따라오며 한 손으로 눈물 씻고 한 손으로 나 부르며 '어따! 웬 일인가? 내 말 조금 듣고 가오' 얼진얼진 슬픈 소리 오늘까지 귀에 쟁쟁, 우리 부모 뛰둥글며 자진복통(自盡腹痛)하신 경상 오늘까지 눈에 암암. 가련타! 우리 아내 양위(兩位) 부모 구병(救病)하여 안접(安接)하사 지내는가? 상사(相思)로 병이 되

75-앞

어 한에 겨워 죽었는가? 양단간에 알 수 있나? 아이고 아이고, 내 신세야. 차마 서러워 나 죽겄다."

또 한 군사 거동 봐라. 부러진 창대를 거꾸로 짚고 고성대담(高聲大談) 들어온다.

"여봐라 이애들아, 내 말 조금 들어봐라. 남의 설움 들어보니 조족지혈

(鳥足之血)이로구나. 나의 설움 들어봐라. 친후양당(親候兩堂) 구경(具慶) 하에 호의호식(好衣好食) 지내다가 유협(遊俠)에 뜻이 있어 청춘작반(青春作伴) 나노를 제, 춘일장대(春日將臺) 양류(楊柳) 꺾고 주마가편(走馬加鞭) 달려보고 세우청명(細雨清明) 호시절(好時節)에 행화촌(杏花村)을 찾아가서 매일 장취(長醉) 노를 적에 못할 일이 없더니라. 포직양지 기직부인 생매 잡아 길들일 제 거운 거운 숙(熟)이 들어 이리 불러 줄밥 주고 저리 불러 줄밥 먹여 홰장 위에 앉혀 넣어 주야 없이 어루더니 모군(募軍)으로 잡혀 와서 여기 온 지 몇 해일런가? 우리 집 홰장 위에 두 발

75-뒤

감쳐 앉은 매가 할 수 없이 주려 죽어 대롱대롱 달렸는가? 다리 감친 고다리가 에후리쳐 풀리어서 육리청산(六里青山) 구름 밖에 훨훨 떨쳐 날아갔나? 피차간에 알 수 없어 애자진을 하겠구나. 십년공부가 일조(一朝) 허사가 되었구나. 어찌 아니 원통하랴. 아이고 아이고, 내 일이야. 이런 설움이 또 있더란 말이냐."

또 한 군사 거동 봐라. 군복이 펄렁펄렁, 유혈(流血)이 낭자하며 흔들비틀 들어오며,

"여봐라 이놈들아, 너의 모두 호강에 대받혔다. 왕설움을 들어봐라. 적벽강(赤壁江) 호군(犒軍)시에 무도한 너희 놈들 주먹 힘이 셈직하고 떼손 있는 너희들만 세상이더라. 잔약한 이내 몸은 술 고기는 고사하고 주먹밥도 못 먹었다. 오늘까지 굶었으니 그 설움이 어떠하랴. 옛 말을 모르느냐? 이 설움 저 설움 다 버리고

76-앞

배고픈 설움이 첫째란 말을 모르느냐? 아이고 아이고, 내 설움이."

저 군사 거동 봐라. 기왕지사 죽을 테니 굶어서 아사(餓死)하나 군령으로 참사(斬死)하나 죽기는 일반이라. 되든지 못 되든지 우리 대왕 전에 신세자탄가로 원정이나 하오리다.
"여보 대왕님, 듣조시오. 여보 대왕님, 듣조시오. 군사 점고(點考)를 다 하셨소. 점고(點考)를 하실진대 호군(犒軍)도 하시지요. 호군만 하실 테면 불쌍한 제 신세도 아주 죽지 않을 테니 어찌 아니 좋으리까? 얼씨구나 절씨구 지화자 좋을시고."

아기를 어르는데 온갖 아기를 다 내세워 아기로 아기를 어르는데 똑 이렇게 좀 어르겄다.
아가 아가 우리 아기, 놓고 보아도 사랑옵고 들고 보아도 어여쁘다. 임금에게 충신동(忠臣童)아, 부모에게 효자동(孝子童)아, 어허둥둥 우리 아기. 퉁알이냐, 옥(玉)알이냐? 부뚜막에 반자기(半瓷器)도 대지들 못할 우리 아기. 사랑옵고 중한 거동

76-뒤

이야기로도 못다 하제. 무수 배추 김장이냐? 가닥가닥 실아기, 망망하다 들밭이냐? 너울너울 볼아기, 날이 매우 덥기로 확 쉬었다 골아기, 대닭이냐? 좀닭이냐? 정월 못베 비아기, 똑이 똑이 구름 나고 마파람의 소나기, 청초지당(青草池塘) 개골아기, 개천물에 미꾸아기, 너희 같은 아기들은 우리 아기 떼 쓸 적에 솔아기만도 못하리라. 어허둥실 우리 아기 돈(豚)아기. 새암같이 펄펄 솟아나는 젖을 철량대로 많이 많이 먹고 확실 충실 자라거라. 곤산(崑山)에 가 빌어 왔냐? 문채(文彩) 좋은 백옥동(白玉童)아. 여수(麗水)로 목욕하자 티끌 없는 황금동(黃金童)아. 부귀다남(富貴多男)하려니와 수명장수(壽命長壽)하오리라. 장수(長壽)하올 오는 햇수 많기로 말을 하면 못쌀이냐?

77-앞

찹쌀이냐? 치끝터리 싸라기도 수가 부족할 것이요, 길기로 말을 하면 진주 면주(綿紬) 실밧아기 올아기를 풀어 내어 세살물레 돌물레 돌모에다가 감아들고 답두에 섰는 아이 따귀 치는 체로 휘휘 둘러 돌려보자. 돌려 감고 감고 돌려 한정 없이 돌려보자. 어둥실 우리 아기.

우이가

일평생 족한 생애 남산에 밭을 갈고 서주에 지음 매니 총탕맥반(蔥湯麥飯) 양상이라. 신야(莘野)의 이윤(伊尹)이와 부춘산(富春山) 엄자릉(嚴子陵)이 함께 놀고 간 연후에 어느 곳에 다시 볼꼬. 위수(渭水)에 일노옹(一老翁)이 곧은 낚시 줄을 매어

77-뒤

고기 낚고 앉아있은들 문왕(文王)이 아니어든 여상(呂尙)인 줄 뉘 알리. 여수(麗水)에 금이 나면 보환 줄은 알거니와 곤산(崑山)에 불이 타면 옥석구분(玉石俱焚) 어이 알리. 난세간웅(亂世奸雄) 조맹덕(曹孟德)이 동작대(銅雀臺) 높이 짓고 삼국을 비양(飛揚)터니 봉추선생(鳳雛先生) 연환계(連環計)와 와룡선생(臥龍先生) 동남풍(東南風)에 백만대병(百萬大兵) 일시에 간 곳 업고, 만고영웅(萬古英雄) 진시황(秦始皇)이 아방궁(阿房宮) 높은 집에 천하를 호령터니 만리장성(萬里長城) 헛되이 쌓은 연후에 추칠월(秋七月) 여산(驪山) 하에 일척고분(一尺古墳) 속절없구나. 무관(武關)에 넋을 잃고 멱라수(汨羅水) 깊은 물에 풍덩실 몸이 빠져 어복충혼(魚腹忠魂) 되었으니 망국수(亡國愁)를 어이하며, 주(周)나라 곡식을 아니 먹자 하고 수양산(首陽山) 깊은 골에 채미식지(採薇食之)하였으니

78-앞

현지청자(賢智淸者) 이 아니냐? 떴다 중천(中天) 저 봉황(鳳凰)아, 천 길이나 높이 떴다. 기불탁속(飢不啄粟)하였으니 대장부(大丈夫)의 염우(廉隅)로다. 층암(層巖)은 중중(重重)하고 절벽은 만장이라. 우뚝 섰는 늙은 장송(長松) 사시장춘(四時長春) 푸르렀으니 장부지절(丈夫之節)이 그 아니냐. 가소롭다 세속(世俗)이여, 두 번 일러 무엇하리.

토끼전 단가였다

광대(廣大)한 천지간(天地間)에 인생(人生)이 다 늙건만 영웅호걸(英雄豪傑) 절대가인(絶代佳人) 더욱이 가련하다. 진시황(秦始皇) 간 연후에 삼신산(三神山) 불로초(不老草)는 임자 없이

78-뒤

있건마는 운심(雲深)하니 부지처(不知處)라. 위로 푹 솟아 천상으로 가면 요지(瑤池)의 삼천년(三千年) 벽도(碧桃)가 가지가지 푸르러 있고 아래로 훨훨 떨쳐 내려오면 남양(南陽)의 국화수(菊花水)라는 물이 가득히 쌓였으니 그 물로 술을 많이 빚고 벽도(碧桃)를 따다가 안주를 하면 정녕히 불로주(不老酒)라. 반가울사 우리 인생 일일장취(日日長醉)하게 되면 젊은 소년은 늙지를 않고 늙은 노인은 죽지 말면 천증세월인

79-앞

증수(天增歲月人增壽)요 슬하자손만세영(膝下子孫萬世永)이라. 팔백 세를 멀다 마소. 팽조(彭祖)를 부러워하며 삼천갑자(三千甲子) 지낼진대 만청(晩晴)을 원할쏘냐. 다만 저 강태공(姜太公)은 궁달팔십(窮達八十) 뿐이로다. 제시인간별유천(除是人間別有天)에 각별히 놀고지고. 경수무

풍야자파(鏡水無風也自波)로 풍덩풍덩 놀아보세.
토끼전을 연정코자 하나 두서없어 못하겄기에 첫 비두 단가 한 마디를 공중누각으로 했어.

유행잡가였다

79-뒤

너다려 대장부(大丈夫)라고 해야 옳으냐? 나다려 대장부(大丈夫)라고 해야 옳으냐? 너는 재물이 있어도 쓸 줄을 모르고 나는 재물이 없어도 쓸 줄을 아니, 재물이라 하는 것이 쓰면은 응당 생기느니라. 아니 쓰고 무엇 할거나.
꽃 보고 놀던 님은 달이나 보면 나를 혹시 생각턴가? 홀연히 창을 열고 원천(遠天)을 바라보니 울고 오는 외기러기 옹옹성(雝雝聲)이 처량하다. 아마도 저 기러기 짝을 찾아 가는구나.
바람은 범을 좇고 구름은 용을 좇고 계집이라 하는 것은 낭군을 좇는 고로 삼종지의(三從之義)라 하느니라. 제발 덕분에 나를 따라 오려무나.

80-앞

내가 만일 대장이 되면 승전고(勝戰鼓) 먼저 울리고 행군(行軍)을 하리라. 군중(軍中)이라 하는 것은 천자(天子)의 조령(朝令)도 듣지를 않고 다만 장군의 영(令)뿐이로구나. 내 임의대로 해볼거나.
만리장천(萬里長天)에 흐트러진 별은 내 전토(田土) 필수(筆數)가 되고 만첩태산(萬疊太山) 깊은 골에 추풍(秋風)에 펄펄 떨어지는 낙엽이 내 금전(金錢) 액수가 되면 나도 역시 금세호걸(今世豪傑)이라 하리라.
사람이 웃어도 아니 웃고 사람이 성내도 도리어 웃고 우스운 일을 보아도 웃지를 아니 하면 사람이 웃지 아니 할거나.
살을 담아 전통(箭筒)대를 들어 메고 사정(射亭)거리를

80-뒤

지내더니 마침 청루(靑樓) 안손님을 만났구나. 사정(射亭)으로 가는 것이 당연하냐? 청루(靑樓)로 따라가는 것이 정분(情分)이냐? 그 깊고 깊은 곡절을 공담(共談)할 이가 없을거나.
가양(家釀)이 조금 남아 잔을 들고 앉았으니 고인(故人) 생각이 간절하다. 좋아도 좋고 나져도 좋고 수수하고 설설하고 인정도 있더니라.
밥 잘 먹고 옷 잘 입고 좋은 방에 혼자 가만히 누워있으면 생각나는 것이 무엇이냐? 아마도 그 말 대답하는 사람은 인재(人才)라고 하겠구나.
중결이 삿갓을 반만 숙여 쓰고 오리목(木) 살부채를 비껴 들고 석양(夕陽) 물색(物色)을 좇아 들 밖에를 나서더니 저 건너 송정자(松亭子) 밑에 섰는 청치마 자락이 손을 친다.

81-앞

글씨를 잘 쓰면은 명필(名筆)이라고 하고, 그림을 잘 그리면은 명화(名畵)라고 하고, 노래도 잘 부르면 명창이라고 하니, 아마 술도 잘 먹으면은 명주(名酒)라고 할거나.
배를 타고 중강(中江)에 떠 북을 쿵쿵 울리며 풍악을 갖추니 선악(善樂)이 아니라 선악(仙樂)일러라.
네가 만일 남자가 되었던들 보국충신(輔國忠臣)이 될 거시요 내가 행여 여자가 되었던들 만고열녀(萬古烈女)가 될 터인데 피차 운수(運數)가 같었구나. 노망(老妄)한 삼시랑님 전(前)으로 원정(原情)을 가자.
우리도 다행히 요순(堯舜)의 세상에 나게 되면 강구연월(康衢烟月)에

노래도 부르고 남훈전(南薰殿) 달밤에 춤도나 추고 함포고복(含哺鼓腹) 뛰어도 볼거나.

81-뒤

팔도 건달(乾達)이 몇몇인고? 술 잘 먹고 돈 잘 쓰는 건달은 모두 내 친굴레라.
패(牌)를 휘휘 쳐 뚝 떼 들어보니 직홍, 준오, 준륙이 맞고 진아, 장삼에 소소를 죄여 대창 삼곱을 가다가 난데없는 준륙이 나와 일체로 트는구나.

잡타령이었다
금계규파무인견(金鷄叫罷無人見)하니 닭이 울어도 아니를 온다. 대화작주공능락(對花作酒共能樂)하니 인간 자미가 그뿐이로다. 일배일배부일배(一杯一杯復一杯)하니 권(勸)커니 작(酌)커니 먹고 노세.

장재열친필본 개량박타령

〈개량박타령〉은 장재열이 필사한 한글 필사본으로, 책의 크기는 가로 17.2cm, 세로 21cm이다. 표지에 “ᄀᆡ량박타령”이라는 표제와 “錦上花”라는 표제가 나란히 쓰여 있다. 매면 10~12행, 매행 16자 정도인데 3~5자 단위로 띄어쓰기를 하여 읽기 편하게 되어 있다. 총 48장 96면의 완결본으로 본문은 90면에서 끝나고, 그 뒤에 독경 축원과 축귀경축원이 첨가되어 있다. 내지 앞면에 “병인 칠월 십오일”이라는 필사연기가 기록되어 있다. 장재열의 생존시기로 볼 때 필사연기인 ‘병인’은 1926년에 해당된다. 작품 전편에 걸쳐 ○, ○○, ∴ 등 음악적 표지로 보이는 기호들이 표시되어 있다.

〈개량박타령〉은 흥보가 매품을 팔러가는 대목과 찾아간 흥보를 놀보와 놀보 처가 때리는 대목이 들어 있지 않는 등 전체적으로 축약된 모습을 보인다. 그리고 매품을 팔아보자고 권하는 사람도 흥보 아내로 설정되어 있고, 놀보에 대한 비하적인 시각도 매우 약화되어 있다.

〈개량박타령〉 원문

1-앞

박타령

○우리 슐벗 유령1412)이와 우리 문교1413) 이ᄐᆡᄇᆡᆨ1414)이 어ᄃᆡ 가고 못 보난고 쳔징셰월인징슈1415)라 사람마닥 젼숑컨만 왕숀은 귀불귀1416)라 어이ᄒᆞ야 일너난고 쏫 피고 죠흔 날도 슐 권ᄒᆞ리 뉘 잇시며 달 발고 어진 밤을 음영1417) 업시 지ᄂᆡᆯ쇼냐 ᄒᆡ반쳥산1418) 날 빗기고 화간유슈1419) 산죠1420) 울 졔 강쵼1421)으 어젹셩1422)과 야사1423)으 경쇠1424)소리 취흥을

1412) 유령(劉伶) : 중국 진(晉)나라 때의 죽림칠현(竹林七賢)의 한 사람. 자는 백륜(伯倫). 술을 남달리 좋아하여 주덕송(酒德頌)을 지었다.

1413) 문교(文交) : 글로써 서로 사귐.

1414) 이태백(李太白) : 중국 당나라의 시인. 호는 청련거사(青蓮居士), 자는 태백(太白). 두보(杜甫)와 함께 '이두(李杜)'로 병칭되는 중국 최대의 시인이며, 시선(詩仙)이라 불린다.

1415) 천증세월인증수(天增歲月人增壽) : 하늘은 세월을 더하고 사람은 수명을 더한다.

1416) 왕손(王孫)은 귀불귀(歸不歸) : 왕손은 돌아가서는 돌아오지 않네. 왕유(王維)의 시 <송별(送別)>의 한 구절.

1417) 음영(吟詠) : 시가(詩歌)를 읊음.

1418) 해반청산(海畔青山) : 바닷가의 푸른 산.

1419) 화간유수(花間流水) : 꽃 사이로 흐르는 물.

1420) 산조(山鳥) : 산새.

1421) 강촌(江村) : 강 가에 있는 마을.

1422) 어적성(漁笛聲) : 어부들이 부는 피리 소리.

자아닌다 뭇노라 져 목동아 ᄒᆡᆼ화촌1425)이 어ᄃᆡ매냐 숑ᄒᆞ으 져 동자난 덧업시 숀을 들고 운산1426)만 가라친다

1-뒤

우러러보니 즁쳔으 일광 ᄂᆡ리 구버보니 통쳔ᄒᆞ지일ᄉᆡᆨ1427)이라 사사 업난 져 일광 쇼년갓치 길고지거 즁츈1428)시졀 ᄇᆡᆨ화명1429)ᄒᆞ니 안이 노듯 못ᄒᆞ리라 ○강구연월1430) 노인 싸라 격양가1431)로 노라볼가 ○남훈젼1432) ᄇᆡᆨ공1433)것치 오현금1434)을 화답ᄒᆞᆯ가 ○운담풍경근오쳔1435)으 방화슈류1436) 놀고지거

8에라 다 바리고 쳔지음양 반복지이 젹션지가 여경이요 젹악지가 여앙이라1437) 두 번 일너 무엇ᄒᆞ랴 ∞아우 박ᄃᆡ 자심키도

1423) 야사(夜寺) : 밤 절.

1424) 경쇠(磬-) : 부처 앞에 절할 때 흔드는 작은 종.

1425) 행화촌(杏花村) : 살구꽃이 피는 마을.

1426) 운산(雲山) : 구름이 낀 아득한 산.

1427) 통천하지일색(通天下之一色) : 세상을 통틀어 가장 아름다운 경치.

1428) 중춘(仲春) : 봄의 한창 때.

1429) 백화명(百花明) : 온갖 꽃이 환하게 핌.

1430) 강구연월(康衢烟月) : 큰 길거리의 평화로운 풍경.

1431) 격양가(擊壤歌) : 땅을 치며 부르는 노래. 풍년이 들어서 농부가 태평한 세월을 즐기는 노래. 중국 요(堯)임금 때 늙은 농부가 태평한 세월을 즐거워하며 땅을 치면서 부른 노래라고 한다.

1432) 남훈전(南薰殿) : 순(舜)임금이 남풍시(南風詩)를 지어 오현금(五絃琴)에 얹어 부르던 궁전.

1433) 백공(百工) : 백관(百官).

1434) 오현금(五絃琴) : 다섯 줄로 된 옛날 거문고의 일종. 순(舜)임금이 처음으로 만들었다고 한다.

1435) 운담풍경근오천(雲淡風輕近午天) : 구름이 엷고 바람이 가벼우니 한낮이 가깝다. 정호(程顥)의 시 <춘일우성(春日偶成)>의 한 구절.

1436) 방화수류(訪花隨柳) : 꽃을 찾고 버들을 따른다. 정호(程顥)의 시 <춘일우성(春日偶成)>의 한 구절.

1437) 적선지(積善之家)가 여경(餘慶)이요 적악지가(積惡之家) 여앙(餘殃)이라 : 선을 쌓은

2-앞

근들 안이 젹악1438)이며 형을 공디 극히 함도 그 션심이 오직ᄒᆞ랴 형으게 공순ᄒᆞ고 지션무악1439)ᄒᆞᆫ 사람은 박흥보요 아우으게 우익치 못ᄒᆞ고 지악무도1440)ᄒᆞᆫ 사람은 흥보 형 박볼노라 ○ 꼳디졔커나 이 사람으 부리힝사1441) 쎗손1442) 잇고 욕심 만코 오장육보1443)가 남과 달나 심슐보가 놀납기로 위지놀보1444)엿다 남이야 죽고 살고 실쇽기만 창기난듸 쩍젼으 가 업더져셔 빰가죽이 버셔져도 숀 디기난 고만두고 쩍을 쥐고 나셔것짜 욕심디로 안이 되면 심슐만 부리난듸 정말 심슐이 이상ᄒᆞ것다 ○ 남으 혼인 될 듯ᄒᆞ면 뒤로 살작 훼담1445)ᄒᆞ기

2-뒤

○힝인 과긱1446) 만류ᄒᆞ야 황혼 되면 쬬ᄎᆞ니기 ○불 난 집으 물 길난 놈 꽉 붓잡고 실난1447)ᄒᆞ기 ○이웃집으 셔신1448) 들면 ᄀᆡ 되야지 살셩ᄒᆞ기 ○금쥴1449) 치고 치셩ᄒᆞ면 상복 입고 드러가기 ○투장1450)ᄒᆞᆫ 듸 웨장1451) 치고 ○슈절과부 무함1452)잡기 ○절문 여자 지니가면 역1453) 니

집안에는 남은 경사가 있고 악을 쌓은 집안에는 남은 재앙이 있다.

1438) 적악(積惡) : 악을 쌓음.

1439) 지선무악(至善無惡) : 지극히 착하여 악함이 없음.

1440) 지악무도(至惡無道) : 지극히 악하여 도리가 없음.

1441) 불의행사(不義行事) : 의롭지 못한 행동.

1442) 떼손 : 떼. 부당한 것을 하겠다고 고집하는 짓.

1443) 오장육부(五臟六腑) : 내장을 통틀어 일컫는 말.

1444) 위지놀보(爲之-) : 놀보라 함.

1445) 훼담(毁談) : 헐뜯는 말.

1446) 과객(過客) : 지나가는 나그네.

1447) 힐난(詰難) : 트집을 잡아 거북할 만큼 따지고 듦.

1448) 서신(庶神) : 여러 귀신.

1449) 금줄(禁-) : 부정한 사람이 드나들지 못하게 하는 표시로 문이나 길 어귀에 건너질러 매는 줄.

1450) 투장(偸葬) : 남몰래 장사 지냄.

노코 오짐누기 ○그 여 외으 나쁜 힝사 별별 짓시 만ᄒᆞᆺ것다 음흉ᄒᆞ고 슐척시러[1454] 부지인사[1455] 단지지리[1456]ᄒᆞ난 즁으 남으 말은 불청ᄒᆞ고 안히 말은 션쳥[1457]이라 ○이러ᄒᆞᆫ 이 사람이 형졔 윤[1458]을 알거나냐 아우 ᄒᆞ나 잇난 것을 구박이 자심ᄒᆞ니 흥보 부쳐 사세부득[1459] 써나셔것다 ○○흥보으 거동바라 눈물 씻고 일어셔며 원졍[1460]을 히보것다 형님 형님 듯죠시요 ○옛날에 장공예[1461]난 구셰동거[1462]ᄒᆞ여 잇고 ○옛날에 강공[1463]이난 공피일금[1464]ᄒᆞ여거던 형졔

3-앞

일신 즁ᄒᆞᆫ 윤기[1465] 각분동셔[1466]ᄒᆞ오리까 ○○놀보으 거동바라 쥬먹 쥐고 일어셔며 엇짜 이놈 유식ᄒᆞ다 부모 덕분 글ᄶᅳ 비와 언죡식비[1467] 일슈ᄒᆞᆫ다 ○무엇시 엇지ᄒᆞ여 옛날으 공슉단[1468]은 어이ᄒᆞ야 두 아우를 쥭

1451) 웨장 : 누구에게 맞대지 않고 헛되이 큰 소리를 치는 것.
1452) 무함(誣陷) : 없는 사실을 꾸며 남을 못된 구렁에 빠지게 함.
1453) 역 : 남자의 성기.
1454) 술척스런 : 음흉한.
1455) 부지인사(不知人事) : 인간의 도리의 알지 못함.
1456) 단지재리(但知財利) : 다만 재물과 이익만 앎.
1457) 선청(善聽) : 잘 들음.
1458) 윤(倫) : 인륜.
1459) 사세부득(事勢不得) : 일의 형세가 그렇게 하지 아니할 수 없음.
1460) 원정(原情) : 사정을 하소연함.
1461) 장공예(張公藝) : 중국 당(唐)나라 수장(壽張) 사람. 9세(九世)가 동거를 하였다고 함. 당 고종이 그를 태산(泰山)에 봉하고 동족끼리 화목한 이유를 물으니, '인(忍)' 자(字) 백여 개를 써서 바쳤다고 한다.
1462) 구세동거(九世同居) : 9대가 한집에 산다는 뜻으로, 집안이 화목함을 비유하는 말.
1463) 강굉(姜肱) : 중국 후한 때 형제간의 우애가 깊었다고 전해오는 사람.
1464) 공피일금(共被一衾) : 함께 한 이불을 덮음.
1465) 윤기(倫紀) : 윤리와 기강.
1466) 각분동서(各分東西) : 동쪽과 서쪽으로 서로 갈라짐.
1467) 언족식비(言足飾非) : 말이 아주 교묘하여 잘못한 것을 옳은 것처럼 꾸미기에는 능히 족함.

여시며 당틱죵1469)은 어이ᄒᆞ야 그 형도 형살ᄒᆞ고 그 아우도 쥭여거든 그난 어이 모르나냐 ○○○이갓치 호령ᄒᆞ야 홍보를 쫏ᄎᆞ넛다 ᄒᆞ엿씨되 이거난 광딕으 망발인 듯ᄒᆞ거니와 아믹도 후덕 잇난 져 홍보가 외어기모1470)ᄒᆞ련이와 형으 뜻을 밧으랴고 부득이 나가니라 ○젹슈1471)로 나간 신세 너 훈

3-뒤

몸도 어렵거든 결문 안히 어린 자식 어이ᄒᆞ여 구명1472)ᄒᆞ리 경쳐 업시 단일 젹으 못 갈 듸가 워 잇시리 ○슈촌1473) 산곽1474) 시니가에 물방익 집도 드러가셔 그렁져렁 지너보고 잔산단녹1475) 촌 근쳐으 산직집1476)도 ᄎᆞ져가셔 홍보 마노릭난 쏘가리1477)도 져러1478) 팔고 홍보난 집신짝도 얼거 판들 여러 ᄌᆞ식 져 목심을 건질 슈가 잇것나냐 ○○실거운1479) 홍보 마노릭가 ᄒᆞ난 말이 여보시요 아기 아범 궁무쇼불위1480)라니 못홀 닐이 워 잇것쇼 우리 나셔 믹품이나 ᄒᆞ옵시다 ○두 번이나 홀 말인가 ○

1468) 공숙단(公叔段) : 중국 춘추시대 정(鄭)나라 장공(莊公)의 동생.

1469) 당태종(唐太宗) : 중국 당나라의 제2대 황제. 성은 이(李), 이름은 세민(世民). 수(隋)나라 양제(煬帝)의 폭정으로 내란의 양상이 짙어지자, 수나라 타도의 뜻을 품고 태원(太原) 방면 군사령관이었던 아버지를 설득하여 거병, 장안을 점령하고 당나라를 수립하였다.

1470) 외어기모(外禦其侮) : 외부로부터 당하는 모욕을 막음.

1471) 적수(赤手) : 맨손.

1472) 구명(救命) : 사람의 목숨을 구함.

1473) 수촌(水村) : 물 가의 마을.

1474) 산곽(山郭) : 산을 따라서 있는 마을. 산에 둘러싸인 마을.

1475) 잔산단록(殘山短麓) : 낮고 작은 산들.

1476) 산직집 : 산지기집.

1477) 또아리 : 똬리.

1478) 결어 : 엮어.

1479) 슬거운 : 마음이 너그럽고 미더운.

1480) 궁무소불위(窮無所不爲) : 궁하면 못할 것이 없음.

홍보 마노ᄅᆡ가 품을 판다 오라ᄒᆞᆷ이 감츅ᄒᆞ여 열녕시힝1481)ᄒᆞ더이라 ○ 유월염쳔1482)

4-앞

밧ᄆᆡ기며 설ᄒᆞᆫ풍1483)으 물 질키며 모경답1484)으 망옷1485) 노키 앙판답1486)으 피 쏩기며 쵸상난 집 셔답1487)ᄒᆞ기 환부1488)집으 헌옷 집키 츌막1489) 병인1490) 구병ᄒᆞ기 드들방ᄋᆡ1491) 용졍1492)ᄒᆞ기 ᄉᆡᆨ이 ᄉᆡᆨ이 나물 ᄏᆡ기 진날1493) ᄀᆡᆫ날 업시ᄒᆞ고 ○쏘 홍보가 품을 판다 ●유학자리 ᄐᆡ가 잇셔 힘든 닐은 ᄒᆞᆯ 슈 잇나 삯1494)일낭은 불고ᄒᆞ고 못ᄒᆞᆯ 짓시 업던이라 ○셔신 비숑 ᄃᆡ말 쓸기 ᄎᆞᆫ젼논1495)으 ᄉᆡ 보기며 병든 과ᄀᆡᆨ 업고 가기 임자 업난 숑장 치기 상예 압페 삽션1496) 들기 신힝1497)길으 농쎰 지기 쵸란이1498)판 불 노키며 마실 도부1499) 육짐1500) 지기 식젼 모군1501) 져녁

1481) 열령시행(列令施行) : 명령에 따라 행함.
1482) 유월염천(六月炎天) : 음력 유월 달의 몹시 더운 날씨.
1483) 설한풍(雪寒風) : 눈바람.
1484) 모경답(冒耕畓) : 땅 임자의 허락 없이 짓는 농사.
1485) 망옷 : 노끈으로 그물을 뜨듯이 얽은 물건.
1486) 앙판답(秧板沓) : 못자리를 만들어 놓은 논.
1487) 세답(洗踏) : 빨래.
1488) 환부(鰥夫) : 홀아비.
1489) 출막(出幕) : 전염병에 걸린 사람을 격리수용하기 위해 따로 막을 치고 옮김.
1490) 병인(病人) : 병을 앓고 있는 사람.
1491) 디딜방아 : 발로 디디어 곡식을 찧게 된 방아.
1492) 용정(舂精) : 곡식을 찧음.
1493) 진날 : 땅이 질척거리게 비·눈이 오는 날.
1494) 삯 : 일한 데 대한 보수로 주는 돈이나 물건.
1495) 촌전논(寸田-) : 얼마 안 되는 논.
1496) 삽선(翣扇) : 운삽(雲翣)과 불삽(黻翣)을 아울러 이르는 말.
1497) 신행(新行) : 혼인할 때 신랑이 신부 집에 가거나 신부가 신랑 집으로 감.
1498) 초라니 : 원래는 나례(儺禮)를 거행할 때 탈을 쓰고 귀신 쫓는 일을 맡던 나자(儺者)였는데, 후에는 마을을 돌며 집집마다 들러 장고를 치고 고사소리를 부르고 여러가지 잡

참질 식이

4-뒤

식이 동냥ᄒᆞ여 ᄋᆡ바르게[1502] 셔두러도 복 업난 홍보 신셰 살 기리 망연ᄒᆞ다 전곡 복은 못 타것만 자식 복은 그리 탄나 풀풀이 낫난 ᄌᆞ식 ᄒᆞ리거리[1503] 잇틀거리[1504] 별복[1505] 인복[1506] 곽난[1507] ᄒᆞᆫ 번 난 닐 업시 영축[1508] 업시 쑥 다 큰다 식구난 드셰지고 가난은 늘거지니 사자ᄒᆞ되 살 슈 업고 쥭자ᄒᆞᆫ들 ᄎᆞ마 ᄒᆞᆯ랴 ●○홍보 마누릭가 ᄒᆞ난 말이 여보시요 아기 아범 사디부 이향직쳔싱[1509]이라 ᄒᆞ여씨되 기갈이나 면ᄒᆞᆯ 테면 무신 분간 잇쇼마난 피ᄎᆞ가 일반이면 고향으로 가옵시다 ○잇쒸으 홍보 부쳐 어린 자식 압세우고 고향산쳔 차자가며 신셰 자탄가로 우름 운다 ○평슈상봉[1510] 요니

5-앞

신셰 일슈화[1511]가 가련ᄒᆞ다 고향금야사쳔리[1512]라 운외청산[1513] 먼먼

희(雜戲)를 벌이며 동냥을 하는 놀이패로 전락하였다.

1499) 도부(屠夫) : 소 잡는 사람.

1500) 육짐(肉-) : 고깃짐.

1501) 모군(募軍) : 토목 공사 같은 데서 삯을 받고 품팔이하는 사람.

1502) 애바르게 : 이익을 좇아 발밭게 덤비어.

1503) 하루거리 : 하루씩 걸러서 앓는 학질.

1504) 이틀거리 : 학질의 하나. 이틀을 걸러서 발작하며, 좀처럼 낫지 않는다.

1505) 별복(鼈腹) : 어린아이에게 생기는 병의 하나. 배 안에 자라 모양의 멍울이 생기고, 추웠다 더웠다 하며 몸이 점차 쇠약하여지는 병이다.

1506) 인복(蚓腹) : 회충.

1507) 곽란(霍亂) : 음식이 체하여 토하고 설사를 하는 급성 위장병.

1508) 영축(盈縮) : 차고 줆.

1509) 이향즉천생(離鄕則賤生) : 고향을 떠나면 천대 받음.

1510) 평수상봉(萍水相逢) : 부평초와 물이 만난다. 왕발(王勃)의 <등왕각서(滕王閣序)>의 한 구절.

길을 어느 날노 ᄎᆞ져가리 아이고 아이고 셔룬지거 그렁져렁 ᄎᆞ자와셔 션산[1514] ᄒᆞ으 이막[1515]ᄒᆞ고 써적자리 써적문으 방이라고 누어짜가 업풀사 발 쌔드면 세염 업난 상투 슷은 써적 뜰코 토방[1516] 우으 쑥 나가고 불을 쓰고 누어씨면 기천도 걸닌 다시 말근 ᄒᆞ날 잠긴 별이 담운담운 베이것짜 즁천으셔 세우 오면 방으셔난 쏘나기 온다 슈만ᄒᆞᆫ 자식더런 방 천신[1517]를 ᄒᆞ것나냐 토방으도 안자난 놈 마당으도 누어난 놈 기갈을 못 이기여 밥 달나고 우난

5-뒤

쇼릭 청쵸지당[1518] 봄비 뒤으 뭇기고리 우름이요 평원광야[1519] 슈답논[1520]으 쎄곤이 쇼릭로다 굼짜 굼짜 못 굴머셔 부황[1521] 난 놈 간간 잇고 실셩ᄒᆞᆫ 놈 혹간 잇다 ○○여바라 이 판세[1522]으 져 홍보가 병영[1523]으로 미품 팔노 갓짜 ᄒᆞ되 굼고 굴문 그 정상으 무신 미품을 팔것나냐 이거난 광디으 취담인 듯ᄒᆞ건이와 셰엽업난[1524] 자식더리 오장이 허허ᄒᆞ

1511) 일수화(一穗花) : 한 떨기 꽃.

1512) 고향금야사천리(故鄕今夜思千里) : 오늘밤도 고향에선 천리 밖 나를 생각한다. 고적(高適)의 시 <제야작(除夜作)>의 한 구절.

1513) 운외청산(雲外靑山) : 구름 밖에 솟은 푸른 산.

1514) 선산(先山) : 조상의 무덤이 있는 곳

1515) 이막(移幕) : 움막을 옮김.

1516) 토방(土房) : 마루를 놓게 된 처마 밑의 땅.

1517) 천신(薦新) : '차지'의 전라도 방언. 처음으로 또는 오랜만에 차례가 돌아와 얻을 수 있게 됨.

1518) 청초지당(靑草池塘) : 푸른 풀이 피어있는 못.

1519) 평원광야(平原廣野) : 넓고 평평한 들.

1520) 수답논(水畓-) : 물이 늘 있는 논.

1521) 부황(浮黃) : 오래 굶어 살가죽이 들떠서 붓고 누렇게 되는 병.

1522) 판세(-勢) : 어떤 판의 형세.

1523) 병영(兵營) : 군대가 들어 거처하는 집.

1524) 셈없는 : 계산이나 생각 없는.

니 먹기가 원이 되여 먹기 타령을 부르난듸 육ᄍᆞ박이1525) 병창1526)ᄒᆞ듯 뭇놈이 원ᄒᆞ것짜 ○ᄒᆞᆫ 놈 썩 나셔며 ○쪌쪌 ᄉᆞᆯ난 ᄀᆡ정국1527)으 흐현 쌀밥 ᄉᆞᆨᄉᆞᆨ 마라 철량ᄃᆡ로1528) 먹어시면 ᄯᅩ ᄒᆞᆫ 놈 나안지며 울긋쌜긋 풋찰쩍 ᄉᆞᆫ으 질질 썩여 들고 쑥쑥 ᄶᅦ여

6-앞

먹어씨면 ᄯᅩ ᄒᆞᆫ 놈 거동바라 비시기 지ᄃᆡ 누어 헐 뜻ᄒᆞ게 원ᄒᆞ것짜 자짐자짐 방ᄌᆞ굼1529) 셥푼넙푼1530) 집어들고 약쥬 ᄒᆞᆫ 잔 먹어씨면 큰 놈이 썩 나셔며 어라 이 밋친놈덜 너으 모도 빈쇼될ᄯᆞ ᄂᆡ으 원을 드러바라 거무둥둥 보리ᄀᆡ썩 도리납짝 ᄉᆞᆫ으 들고 얼네쑹쑹ᄒᆞ고지거 그 밋티 어린 것들 말도 밋쳐 못 다 ᄒᆞ고 이상ᄒᆞ게 보치여 ○○킹키잉맘 ○○홍흐응맘 ○○홍홍응응맘맘맘 ○○이 정상을 듯고 보니 쇼위 부모 그 마암이 엇덧타 ᄒᆞ것나냐 홍보 마노ᄅᆡ 거동 바라 여보시요 아기 아범 자식더리 죽게 되니 무신

6-뒤

염치 창기겟쇼 기를 두고 ᄆᆡ로 가며 살고 보졔 죽고 보리 쇽담을 모르시요 죠흔 ᄂᆞᆯ은 남이요 나진 ᄂᆞᆯ은 일가라고 형졔간으 젼곡 두고 자식 굼겨 죽여ᄯᆞ면 근들 안이 악셜1531)이요 형님ᄃᆡᆨ으 건네가셔 이 사정을 엿쥬오

1525) 육자배기(六字-) : 잡가의 하나. 곡조가 활발하고, 남도 지방에서 널리 불려짐.

1526) 병창(竝唱) : 가야금・거문고 따위를 타면서 자신이 거기에 맞추어 노래를 부름. 또는 그 노래.

1527) 개장국(-醬-) : 개고기를 고아 끓인 국.

1528) 철량대로 : 양껏.

1529) 방자굼 : 방자구이. 소금을 쳐서 직화를 쬐어 구운 고기.

1530) 서푼너푼 : 가볍게 너부시 움직이는 모양.

1531) 악설(惡說) : 나쁜 말.

면 인사 아난 그 형님이 셜마 괄셰ᄒᆞ오리가 쇽쇽히 건네가오 ○오장 열분 져 홍보가 젼자사[1532]난 망각ᄒᆞ고 된단 말으 귀가 열녀 씩 되기로만 건네간다 ○○심상상인[1533] 비졋ᄒᆞ게 헌ᄇᆡᆨ님[1534]으 노끈 달고 ᄃᆡ집펑이 관모[1535] 다라 ᄒᆞ늘ᄒᆞ늘 건네가셔 압 잔등[1536]으 은신ᄒᆞ고 촌양[1537]을 망견

7-앞

ᄒᆞ니 슈목이 ᄐᆡᆼ쳔[1538]ᄒᆞ고 와가[1539]가 질비[1540]ᄒᆞ여 젼물ᄉᆡᆨ[1541]이 업난지라 바로 드러가자 ᄒᆞ니 골목길도 변경ᄒᆞ고 형으 뜻을 쾌히 몰나 젼ᄃᆡ죵[1542]만 김작ᄒᆞ고 션돌거리 노구집을 ᄎᆞ자가니 노구[1543] ᄂᆡ외 그져 잇다 ○ᄭᅡᆷ짝 놀ᄂᆡ ᄂᆡ달으며 인ᄉᆞᄒᆞ고 영졉ᄒᆞ며 ᄋᆡ고 이게 웬닐이요 어ᄃᆡ 가셔 게옵시요 아기씨와 아기네들 엇더케 지ᄂᆡ시요○ ○홍보 ᄒᆞ난 말이 자ᄂᆡ 그ᄉᆡ 엇더ᄒᆞᆫ가 ᄂᆡ야 무러 무엇ᄒᆞ리 고금이 여시[1544]로세 ○허허 이게 무신 말삼이요 셰상 닐을 알 슈 잇쇼 져으 등이 공논 잇쇼 군자 갓탄 그 셔방님 어ᄃᆡ 가면 잘못 되며

1532) 전자사(前者事) : 전날의 일.
1533) 심상안인(尋常常人) : 평범한 상사람.
1534) 백립(白笠) : 흰 베로 만든 갓.
1535) 관모(冠毛) : 새의 대가리에 길고 더부룩하게 난 털.
1536) 잔등 : 고개.
1537) 촌양(村樣) : 마을 모양.
1538) 탱천(撑天) : 하늘로 뻗어있음.
1539) 와가(瓦家) : 기와집.
1540) 즐비(櫛比) : 많은 것이 빗살처럼 가지런하고 빽빽함.
1541) 전물색(前物色) : 전날의 모습.
1542) 전대종 : 대강.
1543) 노구(老嫗) : 노파.
1544) 고금(古今)이 여시(如是) : 예나 지금이나 같음.

7-뒤

현쳘ᄒᆞ신 우리 아씨 어듸 가면 못 될 거나 무듸무듸 칭찬터니 칭냥 못홀 일이로다 ○여쇼 영감 고만두게 유구무언1545)이요 무닉쳔슈1546)로쇠 ○ 형님 안부 드러보식 요식 안영ᄒᆞ옵시며 사셰 더옥 느러씨며 셩품 죠곰 푸러졋나 ○그 사람으 거동 바라 문을 열고 살펴보며 가만이 ᄒᆞ난 말이 그 당신으 안불낭은 무러볼 것 무엇 잇쇼 셔방님 가신 후로 감기 ᄒᆞᆫ 번 ᄒᆞᆫ 널 업쇼 어느 좀체 귀신인들 그 압푸 가 얼는 ᄒᆞ며 사셰로 말삼ᄒᆞ면 거부가 되여씨요 ○홍보가 죠와라고 엇지 그리 잘 되셧나 ○허허 딕강 김작 못ᄒᆞ시요 나락 셤을 길거ᄒᆞ되1547) 장니1548)도 즁커니와 곱박이로 노와 밧고 돈을

8-앞

갓고 취리1549)ᄒᆞ되 쳬게1550)와 장씨리1551)도 불 갓탄 변이어던 구젼치기1552) 힘을 씨고 시ᄒᆞ청년1553) 요인ᄒᆞ야 싼거리1554)도 일슈ᄒᆞ고 무식ᄒᆞᆫ 놈 젼곡 슈표 슈짜 우으 가획ᄒᆞ야 억징1555)도 잘ᄒᆞ지요 젼곡으 눌니여셔 안 될 장사 뉘 잇것쇼 거부만 되올잇가 장ᄌᆞ1556)가 되올이다 ○셩

1545) 유구무언(有口無言) : 입은 있으나 할 말이 없다는 뜻으로, 변명이나 항변할 말이 없음.
1546) 무내천수(無奈天數) : 타고난 운명이 아님이 없음.
1547) 길거(拮据) : 쉴 새 없이 일을 함.
1548) 장리(長利) : 곡식을 대차하는 데 붙는, 1년에 본 곡식의 절반이 되는 변리.
1549) 취리(取利) : 돈·곡식을 빌려 주고 그 변리를 받음.
1550) 체계(遞計) : 장에서 돈을 비싼 변리로 꾸어 주고 장날마다 본전의 일부와 변리를 받아들이는 일.
1551) 장취리(長取利) : 돈·곡식을 빌려 주고 높은 변리를 받음.
1552) 구전치기(口錢-) : 흥정을 붙여주고 그 보수를 받는 일.
1553) 시하청년(侍下青年) : 부모가 있는 젊은 사람.
1554) 싼거리 : 물건을 싸게 팔거나 사는 일.
1555) 억징(抑徵) : 억지로 받아냄.
1556) 장자(長者) : 큰 부자.

품일낭 두 말 마오 머리가 닉둘니요 셔방님 게신 씌난 도학군주[1557] 쳐죠[1558]지요 ○근릭으 지닌 졔ᄉ 썩방이를 찌커 드면 동니 아덜 쓸난다고 쌀노 담아 기양 노코 곡간마닥 싸인 과실 허닥ᄒ면[1559] 축진다고 셕셕이 묵거 노코 어육포[1560]난 먹고나면 허ᄉ라고 낫낫치 갑

8-뒤

실 쳐셔 딕젼[1561]으로 노와씨요 거연[1562] 시월 짐장홀 딕 다순 졈심 먹난다고 졍지[1563] 넌 머심 놈이 멧 ᄉ이를 굴머씨요 그 여외 나쁜 말삼 엇지 다 알외릿가 ○홍보으 거동바라 이믹가 셔늘ᄒ고 머리 ᄉ시 씁빗혼다 ○여쇼 영감 닉 말 듯쇼 오날 닉가 나오기난 쇼관이 ᄒ사[1564]로쇠 젼곡간으 어더다가 쥭을 쳐ᄌ 살녀볼가 ᄒ여던니 불이츌힝[1565]을 안이 힛나 그져 가난 슈가 올체 ○그 사람 가만이 ᄒ난 말이 알 슈난 쏙 업시나 되잔 말은 나잔쇼 ᄒ오마난 불원쳔리[1566] 와겨ᄰ가 말삼도 안이 닉고 불공자파[1567]홀 슈 잇쇼 되던지

9-앞

못 되던지 쳐분이나 드러보오 ○귀 열분 져 홍보가 된단 말으 솔곳ᄒ여

1557) 도학군자(道學君子) : 도학을 닦아 덕행이 높은 사람.
1558) 처조(處調) : 처사.
1559) 허닥하면 : 모아 둔 물건이나 돈 따위를 헐어서 쓰기 시작하면.
1560) 어육포(魚肉脯) : 말린 생선과 고기.
1561) 대전(代錢) : 돈으로 대신함.
1562) 거년(去年) : 작년.
1563) 정지 : 부엌.
1564) 소관(所關)이 하사(何事) : 관계하는 바가 무엇이겠는가?
1565) 불의출행(不意出行) : 뜻하지 않게 길을 떠남.
1566) 불원천리(不遠千里) : 천리를 멀다 여기지 않음.
1567) 불공자파(不攻自破) : 치지 않아도 제 스스로 깨어짐.

변통업시 젼이 밋고 영감다려 가자 ᄒᆞ니 ○그 사람 깜작 놀ᄂᆡ 날 죽일 말삼이요 위방부립1568) 모르시요 나난 ᄎᆞ마 못 가것쇼 ○말ᄃᆡ답이 이러 ᄒᆞ니 썬뜻 도라 나와씨면 호편지도1569) 무사훌걸 환장되온 그 마암이 염치가 업더니라 좌우간으 가볼나네 길이나 죠곰 인도ᄒᆞ게 ○져 사람으 거동바라 숀을 드러 가라치되 져그 져 집 지ᄂᆡ가면 벽게슈 흐르난 물 돌 쏘기여 다리 노코 다리가에 셧난 귀목1570) 엇짜 젼으 막쏭아비 모졍1571) 터가 그 안이요 그 안으

9-뒤

로 드러셔면 쳣ᄃᆡ문을 지여찌요 져쪽 즁문1572) 빗겨 노코 이쪽 즁문 드러가면 츅셕ᄒᆞ여 ᄉᆡ로 ᄂᆡᆫ 길 외인츌입 별노 업쇼 죵용이 드러가셔 사졍 말을 잘ᄒᆞ시요 여간 짜우 인격으로 말부치기 어렵찌요 ○흥보가 역역히 박어 듯고 ᄉᆞᆨ 살펴 드러가니 ○과연 놀보 형님 위이가 장ᄒᆞ거던 ○외등 미리 완자창1573) 반만 여러 밀쳐 노코 문장명필 가진 셔병1574) 칫슈 잇게 둘너치고 젹ᄃᆡ모1575) 반ᄌᆞ경1576)을 이ᄆᆡ 우으 썩 부치고 날진ᄒᆞᆫ 담ᄇᆡ ᄃᆡ으 향쵸를 피여 물고 안셕1577)으다 팔을 집고 비시기 안자거날 ○○쵸 숄1578)ᄒᆞᆫ 흥보 거

1568) 위방불입(危邦不入) : 위험한 나라에는 들어가지 말라. 『논어(論語)』 <태백(泰伯)>의 한 구절.

1569) 호편지도(互便之道) : 서로 편할 도리.

1570) 귀목(槻木) : 느티나무.

1571) 모정(茅亭) : 짚·새 따위로 지붕을 인 정자(亭子).

1572) 중문(中門) : 대문 안에 거듭 세운 문.

1573) 외등밀이 완자창(卍字窓) : 한쪽으로만 여는 '卍' 자 모양의 창살이 있는 창.

1574) 서병(書屛) : 글씨가 쓰여진 병풍.

1575) 적대모(赤玳瑁) : 붉은 대모. 대모는 바다거북의 등껍질.

1576) 반자경(半紫鏡) : 반쯤 보랏빛이 도는 안경.

1577) 안석(案席) : 벽에 세워 놓고 앉을 때에 몸을 기대는 방석.

1578) 초솔(草率) : 거칠고 엉성하여 볼품이 없음.

10-앞

동 드러갈가 도라셜가 잠싼 쥬져ᄒᆞ던이라 ○잇써으 놀보난 고기만 비식ᄒᆞ고 목 쇽으로 ᄒᆞ난 쇼릭 거 뉘냐 ○홍보가 반기 듯고 바로 올나 압페가셔 두 숀길 부여잡고 극진이 졀을 ᄒᆞ니 ○○놀보가 식목[1579]을 ᄒᆞᆫ 번 씬다 거 뉘기냐 ○○져 미욱ᄒᆞᆫ[1580] 홍보 보쇼 쳣 님맛시 이러커던 지닉가난 걸긱으로 쳘모르고 들와씨니 바로 물너 가건닉다 션뜻 도라 나와씨면 일언반사[1581] 업실 텐듸 진정으로 고지 듯고 잔뜩 언사 자아닉여 경시럽게 알위것다 ○○형님 형님 져를 진정 모르시요 갑슐년 사월 쵸팔일날 관등[1582] 귀경ᄒᆞ로 갓든 아우 홍보로

10-뒤

쇼이다 ○○놀보가 어이업셔 곰곰이 궁구ᄒᆞᆫ직 ○져 놈이 발셔 형이라고불너 노코 아우라고 자칭ᄒᆞ여 굴 싸놋틋 ᄒᆞ여씨니 잣칫 잘못ᄒᆞ다가난획칙이 업거구나 ●별포두를 ᄒᆞᆫ 번 씬다○ ○뉘기여 ○예 엇ᄯᅡ 홍보여요○놀보으 흉게 바라 홍보 이ᄶᅳᆨ을 각별이 식여본다 ○○홍보 홍보 이상ᄒᆞ다 ○큰 사회 어든 후으 션물ᄒᆞ인 보닉던니 봉물 각고 도망ᄒᆞᆫ 놈 그 놈은 먹보엿싸 ●압 남산 양지쪽에 봄나무[1583] 비다가 황쇼 각고 도망ᄒᆞᆫ 놈 그 놈은 썩보엿싸 홍보 홍보 알 슈 업다 ○○홍보난 션인이라 일싱심즁 먹은 마암 변통 업시 말ᄒᆞ것싸 ○○형님 형님 듯죠시요

11-앞

닉 평싱 맘 먹기를 ○쳔ᄒᆞ듸본[1584] 농사ᄒᆞ면 힌쩍 치고 찰썩 치고 찹쌀

1579) 새목 : 큰소리.

1580) 미욱한 : 하는 짓이나 됨됨이가 어리석고 미련한.

1581) 일언반사(一言半辭) : 아주 짧은 말.

1582) 관등(觀燈) : 음력 4월 8일에 온갖 등을 켜서 부처님 오신 날을 기념하는 일.

1583) 봄나무 : 봄에 하는 땔나무.

청쥬 ᄭᅩᆺ국[1585] 쓰고 영계 살마 웃짐 연져 ᄂᆡ 등으로 지고 와셔 형님 양쥬[1586] 마죠 안져 우숨 웃고 잡순난 것 ᄂᆡ 눈으로 보려쩌니 복 업난 졔으 신세 마암ᄃᆡ로 안 됩듸다○○○ ○●여바라 놀보 압페 무신 잔말 잇것나냐 ○○기왕지사[1587] 넌 말이니 만픠불청[1588]ᄒᆞ것ᄶᅡ ○흥보를 ᄒᆞ인 불너 쳣다 ᄒᆞ되 글ᄒᆞᆯ 니가 잇것나냐 다란 슈난 별 슈 업고 건풍[1589]으로 씌여노코 싱야단을 쎠리것다 ○○○여바라 이놈더라 ᄂᆡ 자식도 못 멕이고 ᄂᆡ ᄒᆞ인도 못 쥬난듸 엇던 놈이 안 쥰다고 시비ᄒᆞ여 무론 아무 놈이라도

11-뒤

나 괴롭게 ᄒᆞ난 놈은 덜미 치고 복장 치고 ᄯᅳᆼᄯᅴᄲᅨ[1590]를 느루리라 씌여노코 호령ᄒᆞ니 ○기단[1591]ᄒᆞᆫ 져 흥보 건풍으 혼이 나셔 두 말 업시 나와 ᄶᅮ나 ○잇ᄯᆡ으 놀보ᄃᆡᆨ이 우둥퉁퉁 ᄂᆡ달으며 ᄋᆡ고 ᄋᆡ고 잡셩시러[1592] 밋맛ᄒᆞᆫ게 게집이졔 ᄒᆞᆯ ᄃᆡ 다난 못ᄒᆞ능만 져러ᄒᆞᆫ ᄶᅦ삭군놈 단단히 혼을 ᄂᆡ야 다시난 못 오난듸 엇턱게 ᄒᆞ여싼듸 여상으로 가능만 ●이도 역시 광ᄃᆡ으 직담인듯 ᄒᆞ던이라 ○잇ᄯᆡ으 흥보난 압 잔등[1593] 빗다리길[1594]노 도망ᄒᆞᆯ 졔 잔솔폭[1595]으 ᄎᆡ이여셔 신ᄶᅡᆨ이 버셔지고 옷가릐가 산발이라

1584) 천하대본(天下大本) : 천하의 큰 근본.
1585) 꼭국 : 웃국. 술을 담가서 익힌 뒤에 맨 처음에 떠낸 진한 국.
1586) 양주(兩主) : 바깥주인과 안주인이라는 뜻으로, '부부(夫婦)'를 이르는 말.
1587) 기왕지사(旣往之事) : 이미 지나간 일.
1588) 만패불청(萬覇不聽) : 싸움을 걸려고 아무리 집적거려도 응하지 아니함.
1589) 건풍 : 허풍.
1590) 등대뼈 : 척추뼈.
1591) 기단(氣短) : 사람의 체질이 약하고 기력이 미약함.
1592) 잡상스럽다(雜常) : 잡되고 상스러운 데가 있다.
1593) 잔등 : 고개.
1594) 빗다리길 : 비탈길.
1595) 잔솔포기 : 어린 소나무의 포기.

12-앞

셔러움이 왈칵 나셔 신세자탄가로 셜니 운다○ ○쳑녕[1596]은 김싱이나 동원으 깃듸리고 홍안[1597]언 미물이나 항녈[1598] 지여 날건마난 엇지타 이ᄂᆡ 몸은 형으 실ᄒᆞ ᄯᅥ나와셔 이리 곤케 사난 거나 아이고 아이고 내 일이야 불상ᄒᆞᆫ 우리 쳐자 안이 쥭고 사라난가 기갈을 못 견ᄃᆡ여 영영 쥭고 모르난가 ○ᄒᆞᆫ참 이리 ᄒᆞ올 젹으 셔산으 일모ᄒᆞ고 남촌으 연기 난다 ○잇ᄯᆡ으 홍보 마노ᄅᆡ난 젼곡간으 ᄶᅩᆨ 어더올 쫄노만 젼히 밋고 고ᄃᆡ 고ᄃᆡᄒᆞ올 젹으 이ᄆᆡ으 손을 연ᄭᅩ 압 잔등을 망견ᄒᆞ며 군담[1599]을 ᄒᆞ것ᄯᅡ 오날 ᄒᆡ도 거운 되니 홈아 홈아 오실 텐ᄃᆡ

12-뒤

○후덕 잇난 우리 형님 ᄶᅪᆨ 붓잡고 만류ᄒᆞ나 젼곡을 후이 쥬셔 짐이 복즁[1600] ᄒᆞ시난가 어이 그리 더뒤 오나 ○난ᄃᆡ업난 엇던 사람 지럼길노 건네온다 아기 아범이 분명커던 ○○홍보 마노ᄅᆡ ᄭᅡᆷ작 놀ᄂᆡ ᄋᆡ고 이게 웬닐이요 어더오기난 고사ᄒᆞ고 눈물 ᄒᆞᆫ적 웬닐이며 의복 산발 웬짓시요 야속ᄒᆞ고 모진 사람 젼곡은 안 쥬나마 져 봉변이 웬닐인고 ○○홍보가 ᄭᅡᆷ작 놀ᄂᆡ 여보쇼 아기 어멈 자네 그게 웬말인가 ○구만두오 구만두오 그런ᄃᆡ도 나도 알고 져런ᄃᆡ도 나도 아요 ○○안이로세 ᄂᆡ 말 듯게 형님 ᄃᆡᆨ으 건네가니 형님 ᄂᆡ외 쎡 나셔며 ᄂᆡ 손목을

13-앞

ᄶᅪᆨ 붓잡고 무정타고 낙누ᄒᆞ데 큰 상갓치 ᄎᆞ린 상을 밤ᄎᆞᆷᄭᅡ지 드려 노코

1596) 척령(鶺鴒) : 할미새.
1597) 홍안(鴻雁) : 기러기.
1598) 항렬(行列) : 같은 혈족의 직계에서 갈라져 나간 계통 사이의 대수 관계를 나타내는 말.
1599) 군담(-談) : 쓸데없이 늘어놓는 이야기.
1600) 복중 : 조금 묵직함.

형졔 슈슉1601)이 갓치 안자 우숨으로 날을 싓네 결코 만류ᄒᆞ시데만 단여오마 사정ᄒᆞ니 빅미 셔 말 밧콩 닷 되 닉쥬시며 전문1602) 삼 냥 쌀쏙으다 너오쥬며 고기 사고 메욱1603) 사셔 ᄌᆞ네 디졉ᄒᆞ라기에 남 보기에 슈상타고 오장이1604)로 더퍼 지고 ᄒᆞ직ᄒᆞ고 도라셔니 닉 마암 장히 죠와 구룡목을 얼픗 지닉 장셩박이 빗겨 노코 셔낭당1605)이 올나셔니 어둠침침 솔밧 쇽에 실금찬1606) 두어 놈이 우둥퉁퉁 쑥 나셔며

13-뒤

칼을 번뜻 축겨들고 이놈아 직물이 크냐 목심이 크냐 그 딕목으 별 슈 잇나 짐 버셔 닉던지고 사라옴이 다힝커든 비은망덕1607) 웬말인가 ○○홍보 마노릭 거동바라 눈물 직코 도라셔며 슈원슈구1608)홀 것 잇쇼 ●현부난 영부귀ᄒᆞ고 악부난 영부천이라1609) 영부귀난 못홀망졍 져 봉변을 씨치오며 굴머잇난 자식더런 죽고야만 말 테이니 닉가 먼져 죽으리라 허리쒸로 목을 믹고 죽기로 자쳐1610)ᄒᆞ니 ○홍보가 깜작 놀닉 아기 어멈 웬닐인가 마쇼 마쇼 그리 마쇼 천ᄒᆞᆫ 나난 고만두고 자식더를 돌보와

1601) 수숙(嫂叔) : 형제의 아내와 남편의 형제를 아울러 이르는 말.
1602) 전문(錢文) : 돈.
1603) 메욱 : 미역.
1604) 오쟁이 : 짚으로 엮어 만든 작은 섬.
1605) 서낭당(-堂) : 서낭신을 모신 집.
1606) 슬금찬 : 겉으로 보기에는 어리석고 미련해 보이지만 속마음은 슬기롭고 너그러운.
1607) 배은망덕(背恩忘德) : 남에게 입은 은덕을 저버리고 배신함.
1608) 수원수구(誰怨誰咎) : 누구를 원망하고 누구를 탓하겠냐는 뜻으로, 남을 원망하거나 탓할 것이 없음을 이르는 말.
1609) 현부(賢婦)는 영부귀(令夫貴)하고 악부(惡婦)는 영부천(令夫賤)이라 : 현명한 아내는 남편을 귀하게 하고 사나운 아내는 남편을 천하게 한다.
1610) 자처(自處) : 자결(自決).

14-앞

셔 부ᄃᆡ 부ᄃᆡ 그리마쇼 허리쒸를 훌쳐 잡고 ᄂᆡ가 몬져 죽을나네 두리 셔로 닷퉈난듸 셜니 우난 ᄋᆡ원셩1611)이 구천1612)으 사못쳣다 ○○천고청비1613)시라 쳔도1614) 엇지 무심ᄒᆞ랴 ●○○즁 ᄒᆞ나가 나려온다 즁 ᄒᆞ나가 나려와 ᄇᆡᆨ쥬쳔풍1615) 말근 ᄒᆞᆫ날 즁 ᄒᆞ나가 나려와 ᄇᆡᆨ슈풍진1616) 노장즁1617) 구절즁장1618) 빗기 들고 ᄒᆞ늘ᄒᆞ늘 나려와 ○뉵관졔ᄌᆞ1619) 셩진이 난 셕교연분1620) ᄎᆞ자가고 ○달마죤자1621) 노엽1622) 타고 항사로 도라가고 ○셕가여릐1623) ○나옹ᄃᆡ사1624) 여기 올 ᄂᆡᆯ 만무ᄒᆞ다 동구1625)로 오난 거동 이상ᄒᆞ고 이상ᄒᆞ다 불상이 퇴락1626)ᄒᆞ야 시쥬ᄎᆞ로 단이난

14-뒤

가 ᄉᆡᆼ도1627)가 빈ᄒᆞᆫᄒᆞ야 동냥ᄎᆞ로 나려왓나 ○싀만 펄젹 나라가도 허리

1611) 애원성(哀怨聲) : 슬프게 원망하는 소리.

1612) 구천(九泉) : 땅속 깊은 밑바닥이란 뜻으로, 죽은 뒤에 넋이 돌아가는 곳을 이르는 말.

1613) 천고청비(天高聽卑) : 하늘은 높되 아래의 것을 잘 듣는다.

1614) 천도(天道) : 하늘이 낸 도리나 법.

1615) 백주천풍(白晝天風) : 한낮에 하늘 높이 부는 바람.

1616) 백수풍진(白首風塵) : 늘그막에 세상의 어지러운 일이나 온갖 곤란을 겪게 됨을 이르는 말.

1617) 노장중(老長-) : 나이가 많고 덕행이 높은 중.

1618) 구절죽장(九節竹杖) : 마디가 아홉인 대나무로 만든, 중이 짚는 지팡이.

1619) 육관제자(六觀弟子) : 『구운몽(九雲夢)』에 나오는 육관대사(六觀大師)의 제자인 성진(性眞).

1620) 석교연분(石橋緣分) : 돌다리에서 맺은 연분. 『구운몽』에서 성진이 팔선녀를 만난 일.

1621) 달마존자(達磨尊者) : 중국 남북조 시대의 양나라 승려. 중국 선종의 시조로, 반야다라에게 불법을 배워 대승선(大乘禪)을 제창하였다.

1622) 노엽(蘆葉) : 갈대 잎.

1623) 석가여래(釋迦如來) : 석가모니를 신성하게 이르는 말.

1624) 나옹대사(懶翁大師) : 고려 말의 승려.

1625) 동구(洞口) : 동네 어귀.

1626) 퇴락(頹落) : 낡아서 무너지고 떨어짐.

굽펴 비례1628)ᄒᆞ며 ●나무아미타불 ○낙엽만 펏셕 써러져도 숀을 드러 합장1629)ᄒᆞ며 ○관셰음보살1630) ○이 집 져 집 다 지니여 홍보 문젼 당도ᄒᆞ야 ○목탁 짱짱 뚜다리며 이 안덕으 즁 동냥 왓심니다 ○홍보 부쳐 깜작 놀닉 엿즙기난 황송ᄒᆞ나 다란 듸나 가옵시요 ●져 즁으 거동바라 쳔연이 드러셔며 울기난 웨 우시요 ○홍보 부쳐 민망ᄒᆞ야 공순이 엿자오되 굴머셔 죽을

15-앞

목심 미리 자쳐ᄒᆞ자 ᄒᆞ고 셔로 쥭기 닷투난듸 자연 늑겨 우나이다 ○○져 즁이 바로 홍보를 다려갓다 ᄒᆞ면 무미1631)ᄒᆞᆯ 뜻ᄒᆞ지마난 욕사욕사1632) 홍보 신셰 이런 쏨1633)이 업던이라 ○져 즁이 긍칙1634)ᄒᆞ야 진졍으로 ᄒᆞ난 말이 빈싱1635)으 말이라고 허슈히1636) 아지 말고 나를 직시 짜라오면 일시 곤욕1637) 면ᄒᆞ리다 ○홍보 부쳐 반기 듯고 어린 자식 압셰우고 즁으 뒤를 짜라간다 ○연일 굴문 자식더리 완젼이 가거나냐 비틀비틀 걸난 거동 파장1638) 근쳐 쎄거라지 모양이라 ○○ᄒᆞᆫ 곳을 당도ᄒᆞ니

1627) 생도(生道) : 살아 나갈 방도.

1628) 배례(拜禮) : 절하는 예(禮).

1629) 합장(合掌) : 두 손바닥을 합하여 마음이 한결같음을 나타냄. 또는 그런 예법. 본디 인도의 예법으로, 보통 두 손바닥과 열 손가락을 합한다. 밀교에서는 정혜 상응(定慧相應), 이지불이(理智不二)를 나타낸다고 한다.

1630) 관세음보살(觀世音菩薩) : 아미타불의 왼편에서 교화를 돕는 보살. 사보살의 하나이다. 세상의 소리를 들어 알 수 있는 보살이므로 중생이 고통 가운데 열심히 이 이름을 외면 도움을 받게 된다.

1631) 무미(無味) : 재미가 없음.

1632) 욕사욕사(欲死欲死) : 죽고 싶은 마음.

1633) 짬 : 겨를.

1634) 긍측(矜惻) : 불쌍하고 가엾음.

1635) 빈승(貧僧) : 도학(道學)이 깊지 못한 중.

1636) 허수히 : 허술하게.

1637) 곤욕(困辱) : 심한 모욕. 또는 참기 힘든 일.

○기봉1639)은 열병1640)ᄒᆞ고 유슈난 협경1641)이라 칭암장숑1642) 비겨 셔고 무림슈쥭1643) 둘

15-뒤

너잇ᄯᅡ 별유천지비인간1644)이라 ○○져 즁으 거동바라 ○막ᄃᆡ를 넌짓 드러 ᄒᆞᆫ 곳을 가라치며 져기다가 집을 지되 져 봉으로 좌를 ᄒᆞ고 져 봉으로 안을 ᄒᆞ면 ○탐낭득거문파1645)으 간좌곤향1646) 분명ᄒᆞ오 ○문필봉1647)이 완연ᄒᆞ니 문장지사1648)가 ᄃᆡᄃᆡ부절1649)ᄒᆞᆯ 거시요 창고사1650)가 두렷ᄒᆞ니 무등거부1651)가 연면부절1652)ᄒᆞ오리다 ○쥬져쥬져 ᄒᆞᆫ 거름으 인홀불견1653) 간 곳 업다 ○흥보 부쳐 낙막1654)ᄒᆞ야 도싱인 쥴 김작ᄒᆞ고 축슈ᄒᆞ례1655)ᄒᆞᆫ 연후으 ○ᄃᆡ창1656)ᄒᆞᆯ 사람이라 허슈히 알것나냐 집

1638) 파장(罷場) : 여러 사람이 모여 벌이던 판이 거의 끝남. 또는 그 무렵.
1639) 기봉(奇峯) : 이상하고 신기하게 생긴 봉우리.
1640) 열봉(列峰) : 봉우리가 잇달아 있음.
1641) 협경(峽競) : 골짜기를 따라 나아감.
1642) 층암장송(層巖長松) : 층을 이루어 험하게 쌓인 바위 위에 서있는 큰 소나무.
1643) 무림수죽(茂林脩竹) : 울창하게 우거진 숲 속에 밋밋하게 자란 가늘고 긴 대나무.
1644) 별유천지비인간(別有天地非人間) : 이 속세와 다른 천지가 따로 있다. 이백(李白)의 시 산중답인(山中答人)의 한 구절.
1645) 탐랑득거문파(貪狼得巨門破) : 풍수리지에서 산 모양을 구성(九星)에 비해 일컫는 명당 자리. 탐랑(貪狼)과 거문(巨門)은 구성의 하나.
1646) 간좌곤향(艮坐坤向) : 풍수지리에서 묏자리나 집터 따위가 간방(艮方)을 등지고 곤방(坤方)을 바라보는 방향.
1647) 문필봉(文筆峰) : 풍수지리에서 문장가가 난다고 하는 산.
1648) 문장재사(文章才士) : 글을 잘 짓는 문장가와 재주있는 선비.
1649) 대대부절(代代不絶) : 대대로 끊어지지 않음.
1650) 창고사(倉庫砂) : 풍수지리에서 부자가 난다고 하는 산의 형세.
1651) 무등거부(無等巨富) : 세상에 짝이 없는 큰 부자.
1652) 연면부절(連綿不絶) : 계속 잇닿아 있어 끊어지지 않음.
1653) 인홀불견(因忽不見) : 언뜻 보이다가 갑자기 없어짐.
1654) 낙막(落寞) : 마음이 쓸쓸함.
1655) 축수하례(祝手賀禮) : 두 손바닥을 마주 대고 빌면서 하례함.

지키를 시작ᄒᆞᆫ다 ᄆᆡ우 이사 잇게 지여 ○어덕으로 뒷벽 삼고 작ᄃᆡ기로

16-앒

상냥[1657] ᄒᆞ고 ᄉᆡᄯᅢ기[1658]로 집엉 덥고 질기양 ᄡᅩ아 ᄂᆡ여 남날ᄀᆡ로 문을 달고 자갈 즛고 흑 뭉쳐셔 울ᄯᅮᆨᄲᅮᆯ둑 방을 노와 굼찌로 ᄯᅳᆫ이 삼아 졔우 졔우 지ᄂᆡ날 졔 ○○잇ᄯᅢ난 어느 ᄯᅢ냐 삼츈 삼월 죠흔 ᄯᅢ라 ○우즁츈슈만 인가[1659]으 집집마닥 ᄭᅩᆺ시 피고 쥬마투게유미반[1660]으 사람마닥 노를 ᄯᅢ라 젼가[1661]으 ᄇᆡᆨ사 망이라 ○포곡죠[1662]난 우름 울고 ᄃᆡ싱죠[1663]난 나라든다 ○자거자릐[1664] 졔비 ᄒᆞᆫ 쌍 함니기소[1665] 흑을 물고 쳠ᄋᆡ 안으 깃듸린다 ○홍보가 죠와라고 네 아무리 미물이나 사람두군[1666] 싱ᄒᆞ도다 광ᄃᆡᄒᆞᆫ 쳔지간으 호가사[1667]가 만컨마난 여두쇼옥[1668] 이ᄂᆡ 집을 집이라

16-뒤

고 자쳐왓냐 ○져 졔비 거동바라 불일셩지[1669] 집을 지여 알을 나어 품

1656) 대창(大昌) : 크게 번창함.

1657) 상량(上樑) : 용마루 밑의 서까래가 걸리게 된 도리.

1658) 새떼기 : 억새.

1659) 우중춘수만인가(雨中春樹萬人家) : 빗속의 푸른 봄 나무 사이로 수많은 인가들이 보이다. 왕유(王維)의 시 <봉화성제종봉래향흥경각도중유춘우중춘망지작응제(奉和聖製從蓬萊向興慶閣道中留春雨中春望之作應制)>의 한 구절.

1660) 주마투계유미반(走馬鬪鷄猶未返) : 말 달리고 닭싸움 즐기느라 아직 돌아오지 않네. 최호(崔顥)의 시 <대규인답경박소년(代閨人答輕迫少年)>의 한 구절.

1661) 전가(田家) : 농가(農家).

1662) 포곡조(布穀鳥) : 뻐꾸기.

1663) 대승조(戴勝鳥) : 오디새.

1664) 자거자래(自去自來) : 절로 왔다 갔다 함.

1665) 함니기소(含泥其巢) : 진흙을 물고 그 집으로 감.

1666) 도곤 : '~보다'의 옛말.

1667) 호가사(好家舍) : 화려하게 잘 지은 집.

1668) 여두소옥(如斗小屋) : 콩의 크기와 같은 집이라는 뜻으로, 아주 작은 집을 비유적으로 이르는 말.

어거날 ○홍보가 죠와라고 뒤쪽 쥬셔 발을 역거 밧치기를 박어쩌니 졔비 식기 다셧 까셔 함츙포자 구구상낙[1670] 밤나지로 숙셩혼다 ○○잇쩍으 홍보 가권[1671]이 기갈을 못 니기여 다 각기 나가것짜 ○건네 빈탈 묵정밧[1672]으 쒸[1673]뿌리도 키먹난 놈 뒷동산 바우 밋틔 칙뿌리도 키먹난 놈 고랑 고랑 압뒤 고랑 가지도 잡난 놈 쥬린 식냥 치우랴고 다 각기 나가것다 ○홍보 마노릐난 나물 싯고 물 질츠고 셕쳔[1674]으로 건네가고 홍보난 나무 갓싸 드

17-앞

러오니 ○난뒤업난 뒤명[1675]이가 첨의 안으 닉닷거날 ○홍보가 깜작 놀닉 졔비집을 구버보니 네 말이난 자바먹고 졔우 ᄒᆞ나 나머거날 ○홍보으 분ᄒᆞᆫ 마암 작뒤기를 츅겨들고 뒤명이를 견우면셔 ●빅졔ᄌᆞ[1676] 죽은 혼이 네가 정녕 환싱힛냐 고황졔[1677]으 젹쇼검[1678]으로 네 허리를 베고지거 ○져 뒤명이 간 곳 업다 ○밤이 가고 날이 오니 졔비 식기 ᄒᆞᆫ 마리가 날날노 숙셩ᄒᆞ야 팔작팔작 굼노리다[1679] 뒤발 우으 닉려져셔 두 나릐를 옴쓰리고 죽은 다시 업져거날 ○홍보가 닉다르며 졔비 식기 닉려

1669) 불일성지(不日成之) : 며칠 안 걸려서 이룸.

1670) 함충포자(含蟲哺子) 구구상락(呴呴相樂) : 벌레를 머금어서 새끼를 먹임에 구구하며 서로 즐거워한다.

1671) 가권(家眷) : 호주나 가구주에게 딸린 식구.

1672) 묵정밭 : 오래 내버려 두어 거칠어진 밭.

1673) 띠 : 볏과의 여러해살이풀.

1674) 석천(石泉) : 바위틈에서 나오는 샘물.

1675) 대망(大蟒) : 아주 큰 구렁이 또는 이무기.

1676) 백제자(白帝子) : 원래 백제(白帝)는 오방신장(五方神將)의 하나로서, 가을을 맡아보는 서쪽의 신(神)인데, 진(秦)나라를 상징하기도 하고, 또 진나라의 임금을 상징하기도 함.

1677) 고황제(高皇帝) : 한나라를 세운 유방(劉邦).

1678) 적소검(赤霄劍) : 유방(劉邦)이 쓰던 칼.

1679) 굼노리다 : 꿈쩍거리며 놀다가.

17-뒤

들고 자세이 살펴보니 ᄃᆡ발틈으 졉씰이여 다리 ᄒᆞ나 부러젓ᄯᅡ ○홍보가 ᄭᅡᆷ작 놀ᄂᆡ 아기 어멈 이것 보쇼 졔비 ᄉᆡᆨ기 다리 ᄒᆞ나 아죠 질ᄭᅳᆫ 부러졋네 ○홍보 마노ᄅᆡ가 ᄂᆡ달으며 아무리 미물이나 불상ᄒᆞ고 가련ᄒᆞ오 ᄃᆡ명이게 죽을 목심 천힝으로 사라나셔 절각지환1680) 웬말이냐 엇지ᄒᆞ야 살니겟쇼 살니도록 살닙시다○ ○○○여바라 정말 홍보 신세 무신 낙이 잇것나냐 ○○좀1681)으 ᄯᅩᆼ이 안이며는 ᄉᆞᆼ진이나 ᄯᅦ붓쳐셔 휘휘친친 감어ᄂᆡᆺ든가 부드라 ○과연 졔비 ᄉᆡᆨ기 안이 죽고 사난구나 멧 날이 지ᄂᆡ

18-앞

더니 엄미 ᄯᅡ라 박게 나와 날기를 공부ᄒᆞᆫ다 ○녹음방쵸1682) 그늘 ᄉᆞᆨ에 앙금앙금 거러도 보고 셰우사풍1683) 나난 ᄭᅩᆺ을 팔ᄶᅡᆨ 나라 ᄎᆞ도 본다 ᄎᆞᄎᆞ 졈졈 공부터니 구만장공1684) 노푼 ᄒᆞ날 자거자ᄅᆡ1685) 횡힝타가 표연이 나라온다 ○홍보가 죠와라고 졔비 보고 ᄒᆞ난 말이 어ᄃᆡ 갓ᄯᅡ 나려왓냐 ○천상으 광ᄒᆞᆫ젼1686)을 집 지랴고 보고 왓냐 강남1687)을 가랴 ᄒᆞ고 슈륙천심1688)을 보고와냐 ○홍보 부쳐 거동바라 기갈은 자심ᄒᆞ나 졔비으게 홍을 부쳐 셰월을 보ᄂᆡ니라 ○잇ᄯᆡ난 어느 ᄯᆡ냐 즁양지가졀1689)이라 ○용산1690)으 슐 마시며 학님1691)으 글을

1680) 절각지환(折脚之患) : 다리가 부러지는 고통.
1681) 좀 : 바구미.
1682) 녹음방초(綠陰芳草) : 푸르게 우거진 나무 그늘과 향기로운 풀.
1683) 세우사풍(細雨斜風) : 가랑비와 비껴 부는 바람.
1684) 구만장공(九萬長空) : 아득히 높고 먼 하늘.
1685) 자거자래(自去自來) : 절로 왔다 갔다 함.
1686) 광한전(廣寒殿) : 달 속의 항아(姮娥)가 산다고 하는 궁전.
1687) 강남(江南) : 중국 양자강(揚子江)의 남쪽 지역을 이르는 말.
1688) 수륙천심(水陸淺深) : 물과 육지의 얕고 깊음.
1689) 중양지가절(重陽之佳節) : 음력 9월 9일의 좋은 때.

18-뒤

읍고 연자1692)난 훨훨 나라 고국을 가난 ᄯᅢ라 ○져 졔비 거동바라 엄미 졔비 식기 졔비 쌍쌍이 나라 안자 혜어남남1693) 말근 쇼릭 고졍1694)을 ᄒᆞ례ᄒᆞᆫ 듯 호련이 노피 나라 운외장공1695) 묘망1696)ᄒᆞᆫ 곳 아득히 간 곳 업다 ○흥보 마암 결연1697)ᄒᆞ다 ○식야 식야 현쥬식1698)야 화쥬1699)난 일반이라 ○쏫도 졋다 닉명년1700) 츈삼월으 다시 피니 너도 응당 닉명 츈1701)으 오랴나냐 불상ᄒᆞᆫ 닉 신셰난 명츈1702)ᄶᅡ지 살 슈 잇나 쥬려셔도 죽을 테요 어러셔도 죽거구나 탄식으로 지닉갈 졔 ○○잇ᄯᅢ으 졔비난 강남으 드러가셔 홍보 은혜 갑푸랴고 쥬야불

19-앞

망1703)ᄒᆞ더니라 ○강남이라 ᄒᆞ난 ᄃᆡ난 별세계라 쥬화가 무궁ᄒᆞ고 보화가 허다ᄒᆞ니 져 졔비가 오난 ᄯᅢ난 무고히 오것나냐 ○○덧업난 여류광음1704) ᄒᆞᆫ풍빅셜1705)은 간 곳 업고 츈삼월 죠ᄒᆞᆫ ᄯᅢ라 ○산림비쥬1706) 뭇

1690) 용산(龍山) : 중국 산동성에 있는 산.
1691) 학림(學林) : 학자가 모이는 곳.
1692) 연자(燕子) : 제비.
1693) 혜어남남(兮於喃喃) : 재잘거림.
1694) 고정(故情) : 옛 정.
1695) 운외장공(雲外長空) : 구름 밖 높고 먼 하늘.
1696) 묘망(渺茫) : 넓고 멀어서 바라보기에 아득함.
1697) 결연(缺然) : 서운함.
1698) 현조새(玄鳥-) : 제비.
1699) 화조(花鳥) : 꽃과 새.
1700) 내명년(來明年) : 내년.
1701) 내명춘(來明春) : 내년 봄.
1702) 명춘(明春) : 내년 봄.
1703) 주야불망(晝夜不忘) : 밤낮으로 잊지 않음.
1704) 여류광음(如流光陰) : 물같이 흘러가는 세월.
1705) 한풍백설(寒風白雪) : 찬바람과 흰 눈.

식더런 농츈화답[1707] 짝을 지여 쌍거쌍늬[1708] 나라들며 각식으로 우름 운다 ○●져 두견식 우름 운다 ○솟작 솟작 솟작닥 ○져 쐬쏘리 우름 운다 ○위룩 위룩 위리룩 ○져 쑥국식[1709] 우름 운다 ○쑥국 쑥국 쑤쑥국 ○져 풍년식[1710] 우름 운다 ●풍덩 풍덩 풍덩실 두둥덩실 풍덩실 ○왼갓 식가 다 나오난듸 현죠식난 안이 오랴 ○힐지항지[1711] 졔비 쇼릭 홍보 귀으 들니거날 문

19-뒤

을 열고 닉다보니 졔비 ᄒᆞ나 안진 모양 졀각지흔[1712] 완연ᄒᆞ다 ○홍보 부쳐 죠와라고 ○구시왕사당젼연[1713] 심상빅셩[1714] 집을 ᄎᆞ자 펄펄 나라 든다더니 너도 역시 옛쥬인을 ᄎᆞ자왓냐 ○져 졔비 거동바라 이상ᄒᆞᆫ 걸 입으 물고 홍보 압페 ᄯᅥ러츄고 돈다 무심 나라간다 ○○여ᄌᆞ으 이력으로 먼져 쥬셔보것다 ○홍보 마로릭가 쥬셔들고 얼토당토 안케 듸보것다 ○아이고 ○슈박씨를 무러왓쇼 ○안이로쇠 슈박씨난 거무런과 기릭 죠곰 잘막ᄒᆞ니 슈박씨난 만무ᄒᆞ네 ○의사 잇게 무러본다 ○올쇼 올쇼 졔비가 무러와씨니 강남콩[1715]이 분명ᄒᆞ오 ○안이로쇠 강남콩은 북고 훨신 동실ᄒᆞ니 강남콩도

1706) 산림비조(山林飛鳥) : 산림 사이의 나는 새.
1707) 농춘화답(弄春和答) : 봄을 즐기며 서로 지저귐.
1708) 쌍거쌍래(雙去雙來) : 쌍쌍이 왔다 갔다 함.
1709) 쑥국새 : 산비둘기.
1710) 풍년새 : 뻐꾸기.
1711) 힐지항지(頡之頏之) : 오르락 내리락 날고 있네. 『시경(詩經)』 <패풍(邶風)>의 한 구절.
1712) 절각지흔(折脚之痕) : 다리 부러진 흔적.
1713) 구시왕사당전연(舊時王謝堂前燕) : 그 옛날 왕사당(王謝堂) 앞의 제비. 유우석(劉禹錫)의 시 <오의항(烏衣巷)>의 한 구절.
1714) 심상백성(尋常百姓) : 항상 백성의 집을 찾음. 유우석(劉禹錫)의 시 <오의항(烏衣巷)>의 한 구절.
1715) 강남콩 : 강낭콩.

20-앞

만무ᄒᆞ네 ○이리 쥬쇼 닉가 보식 ○엇짜 인자 알것쇼 ○여지[1716]씨가 분명ᄒᆞ오 ○안이로쇠 여지 닉력 드러보쇼 ○교지골[1717]에 악츙 밍슈 다 싸먹고 ○동파에셔 원셩이가 아죠 업시 먹어거든 여지씨가 워 잇시며 얼턱덜턱 안이 ᄒᆞ니 여지씨난 당치 안네 ○잌고 닉가 미련ᄒᆞ지 ○외씨 것을 그리휫쇼 ○외씨 닉력 드러보쇼 ○셔왕모[1718]가 쥬릉[1719]으셔 외를 먹고 ○그 후으 여몽[1720]이가 미과ᄌᆞ[1721]으 외를 먹고 예과정을 지여난듸 무신 외씨가 쏘 잇실가 가량 업난 말이로쇠 어듸 보식 ○흥보가 숀으 들고 자셔이 살펴보니 ○갑풀 보ᄶᆞ ○은혜 은ᄶᆞ ○박 표ᄶᆞ ○보은표[1722]라

20-뒤

완연이 박어거날 ○보은 박씨 분명ᄒᆞ다 ○아기 어멈 이것 보쇼 보은 박씨 무러왓네 ○여보시요 아기 아범 보은 듸쵸 잇단 말은 드러씨되 보은 박씨 잇단 말은 금시쵸문[1723] 쳠말이요 ○아기 어멈 닉 말 듯쇼 우리 졔

1716) 여지(荔枝) : 무환자나무의 열매. 안의 과육은 맛있어 중국 남부에서는 과일 중의 왕이라 불린다.

1717) 교지골(交趾-) : 지금의 베트남 북부에 있던 지명.

1718) 서왕모(西王母) : 고대 중국의 선녀. 성(姓)은 양(揚), 이름은 회(回). 주(周)나라 목왕(穆王)이 서쪽 곤륜산에 사냥을 가서 서왕모를 만나 요지(瑤池)에서 노닐며 돌아옴을 잊었다고 하는 전설이 있고, 또 한(漢)나라 무제(武帝)가 장수(長壽)를 원하고 있을 때, 그를 가상히 여겨 하늘에서 선도 일곱 개를 가지고 내려와 무제에게 주었다고 하는 전설도 있다.『산해경(山海經)』에는 그 모양이 반인반수(半人半獸)로 표범의 꼬리에 범의 이를 가지고 더벅머리에 풀다리를 쓰고 있고, 서왕모의 남쪽에는 세 청조(青鳥)가 있어서 그 여자의 먹을 것을 마련해 준다고 적고 있다.

1719) 주릉(朱陵) : 중국 형산(衡山)에 있는 수렴동(水帘洞)의 옛 이름.

1720) 여몽(呂蒙) : 중국 삼국시대 오(吳)나라의 장수. 자는 자명(子明). 용감하고 지략이 있어 손권(孫權)의 두터운 신임을 받았다. 노숙(魯肅)이 죽은 뒤 그의 뒤를 이어서 육구(陸口)를 지켰다. 군사를 이끌고 형주를 탈취하여 드디어 동오(東吳)로 하여금 장강을 장악하게 했다.

1721) 매과자 : 얇게 민 밀가루 반죽을 네모나게 썬 다음 가운데에 칼집을 주고 독특하게 모양을 잡아 기름에 튀겨내어 조청을 바른 과자.

1722) 보은포(報恩匏) : 은혜를 갚는 박.

비 강남셔 나올 적으 쳥산으로 보은으로 왓나부네 ○○그나져나 슈머보시 짜를 파고 무더더니 과연 입묘1724)ᄒᆞ여 크기를 시작ᄒᆞᆫ다 슌을 쥬어 집엉 우로 올녀더니 왼 넌츌이 집을 덥퍼 무셩ᄒᆞ기 덜 듸 업다 ○홍보 부쳐 죠와라고 우리 집을 못 니여셔 풍우가 염녀터니 바람이 부러도 걱졍 업고 비가 와도 가슈로구나 ○과연 박 세 통이 여난듸 ○쳐음으난 타루박1725)

21-앞

만 ᄒᆞ더니 당호박1726)만 ᄒᆞ더니 슈박보단 커지더니 쇠물1727) 함박만 ᄒᆞ더니 통함박 테두리 만ᄒᆞ것다8 ○폐문1728) 북통만 휫다 ᄒᆞ되 이막집이 부지ᄒᆞ것나냐 이거난 광더으 풍담1729)이여 ○○써맛춤 죠흔 써라 유화칠월1730) 지너가고 즁츄십오월명시1731)라 오곡이 등풍1732)ᄒᆞ고 빅과1733)난 셩실1734)이라 ○오리논으 죠도 잡고 밧어덕으 돔부1735) 짜고 물코1736)으 부어1737) 잡고 훗타리1738) 호박 짜고 갓쵸 갓쵸 ᄒᆞ더니라 ○잇

1723) 금시초문(今時初聞) : 바로 지금 처음으로 들음.
1724) 입묘(入苗) : 싹이 남.
1725) 타루박 : 두레박.
1726) 당호박 : 단호박.
1727) 쇠물 : 쇠죽.
1728) 폐문(閉門) : 문을 닫음.
1729) 풍담(風談) : 허풍.
1730) 유화칠월(流火七月) : 칠월에 반딧불이 낢.
1731) 중추십오월명시(中秋十五月明時) : 음력 8월 15일 달 밝은 때.
1732) 등풍(登豊) : 풍년(豊年)이 듦.
1733) 백과(百果) : 온갖 곡식.
1734) 성실(成實) : 열매를 맺음.
1735) 돔부 : 강낭콩.
1736) 물코 : 물꼬. 논에 물이 넘어 들어오거나 나가게 하기 위하여 만든 좁은 통로.
1737) 부어(鮒魚) : 붕어.
1738) 후타리 : 울타리.

씌으 흥보 신세난 츈역츈 츄역츄[1739]라 ○엇썬 사람 팔ᄶ 죠와 져디지도 구비커던 우리 팔ᄌ 어이ᄒ야 이디지도 가난ᄒ고 ○가난이야 가난이야 될 듸 업

21-뒤

난 우리 가난 ○사마장경[1740] 사벽가[1741]도 닉게 디면 호가사[1742]요 쵸인으 남누의[1743]도 우리두군 사치로다 ○가난 닉ᄶ 지은 사람 밥 식ᄌ난 모르던가 젼싱으 무신 죄로 이싱으 싱겨나셔 이디지도 곤ᄒ거나 아이고 아이고 닉 신세야 ᄒ참 이리 셜니 울 제○ ○흥보 마노릭 ᄒ난 말이 여보시요 아기 아범 ᄒ탄ᄒ들 씰 딕 잇쇼 쳔힝으로 우리집도 박 세 통이 여러씨니 박이나 싸다 타셔 박쇽이나 먹읍시다 ○자닉 말이 진담[1744]일시 큰놈도 이리 오고 자근놈도 이리 오고 너으 모도 운력[1745]히라 간신이 박을 싸셔 마당으다 노코 보니 기물답고 어둑ᄒ다 ○흥보가 옹골져셔[1746] 여보쇼 아기 어멈

22-앞

우리 금년 쌍버리[1747]난 우리 싱젼 쳠닐일시 ᄒ 덩이도 장ᄒ거던 세 덩

1739) 춘역춘(春亦春) 추역추(秋亦秋) : 봄은 봄이오 가을은 가을이다.

1740) 사마장경(司馬長卿) : 중국 전한(前漢)의 문인인 사마상여(司馬相如). 자는 장경(長卿). 어려서 춘추시대 인물인 인상여(藺相如)를 좋아하여 개명했다고 한다. 고향에서 곤궁에 처해 있을 무렵 사천성(四川省) 임공(臨邛)의 부호 탁왕손(卓王孫)에게 초대된 자리에서, 그 딸인 문군(文君)을 보자 연정을 품게 되어 성도(成都)로 사랑의 도피를 하였다. 두 사람의 생활은 극도로 가난하고 궁하여 수레와 말을 팔아 선술집을 차렸다. 문군이 술을 팔고, 상여는 시중에 나가 접시닦이 일을 하였다고 한다.

1741) 사벽가(四壁家) : 네 벽으로만 된 조그만 집.

1742) 호가사(好家舍) : 화려하게 잘 지은 집.

1743) 남루의(襤褸衣) : 낡아 해진 옷.

1744) 진담(眞談) : 참말.

1745) 운력(運力) : 여러 사람이 힘을 합침.

1746) 옹골져서 : 실속이 있게 속이 꽉 차 있어.

이가 좀 죠흔가 ○삼분천ᄒᆞ[1748] 정족지세[1749] 너를 두고 일너던야 천상으 삼틱셩[1750]이 네 모양을 환히던야 ○큰놈은 어딕 갓냐 자근놈아 말 듯거라 져 건네 목슈집으 건네가셔 톱 ᄒᆞ나를 어더오라 직시 어더 왓더니라 ○○홍보 부쳐 거동바라 박 ᄒᆞᆫ 통을 정히 노코 톱을 드러 박통 우으 걸쳐 노코 ●홍보가 죠와라고 여보쇼 아기 어멈 닉 말 듯쇼 용정방이[1751] 찐난 듸난 방이타령 불너 잇고 휘휘 둘너 미[1752] 갈 졔난 밋써쇼릭[1753]ᄒᆞ난 게니 우리도 박을

22-뒤

타니 톱질 쇼릭를 ᄒᆞ여보식 ○홍보 마노릭 죠와라고 톱질 쇼릭를 무엇시라 ᄒᆞᆫ단 말이요 ○안이로쇠 우리 살닐 박을 타니 박 닉력을 듸여보식 ○홍보으 거동바라 두 숀으로 톱을 잡고 아기 어멈 자넬낭은 톱머리를 미러쥬쇼 나난 박 닉력으로 압쇼릭를 멕일 테니 자넬낭은 엇터턴지 뒷쇼릭를 마져쥬쇼 ○○시리렁 시리렁 톱질이야 당겨쥬쇼 톱질이야 ○칠월적벽[1754] 쇼자쳠도 거포쥰이상쇽[1755]ᄒᆞ니 박 안이면 어이ᄒᆞ리 ○시리렁 시리렁 톱질이야 미러쥬쇼 톱질이야 ○홍보 마노릭 거동바

23-앞

라 두 숀으로 톱을 잡고 뒷쇼릭를 맛는다 ●시리렁 시리렁 톱질이야 실

1747) 땅벌이 : 농사를 지어 수확하는 일.
1748) 삼분천하(三分天下) : 천하가 셋으로 나누어짐.
1749) 정족지세(鼎足之勢) : 솥발처럼 셋이 맞서 대립한 형세.
1750) 삼태성(三台星) : 큰곰자리에 딸린 자미성(紫微星)을 지키는 별.
1751) 용정방아(舂精-) : 곡식을 찧는 방아.
1752) 매 : 맷돌.
1753) 맷대소리 : 맷돌을 갈면서 부르는 노래.
1754) 칠월적벽(七月赤壁) : 칠월 달의 적벽강(赤碧江).
1755) 거포준이상촉(擧匏樽以相屬) : 표주박으로 술을 떠서 서로 권한다. 소식(蘇軾)의 <전적벽부(前赤壁賦)>의 한 구절.

근 실근 톱질이야 ○톱질 쇼리를 ᄒᆞ자 ᄒᆞ니 빅가 곱파 홀 슈 잇쇼 ○시리렁 시리렁 톱질이야 실근 살살 톱질이야 ○○홍보가 죠와라고 실명 제워 멕이난듸 ○금셕사죽[1756] 가진 풍뉴 박 안이면 어이ᄒᆞ리 ●시리렁 시리렁 톱질이야 당기여 쥬쇼 톱질이야 ○여보시요 아기 아범 우리 이 박 어셔 타셔 박쇽일낭 국을 끼려 분안[1757] 잇게 먹읍시다 ○시시렁 시리렁 톱질이야 실근 실근 톱질이야 ●○그리ᄒᆞ식 그리ᄒᆞ식 두 번이나 홀 말인가 ○시리렁 시리렁 톱질이야 양을 들쇼 톱질이야 ○큰놈은 어듸 갓냐 자근놈아 일오나라 허리 압파

23-뒤

못ᄒᆞ것짜 ○실근 실근 토두락 툭탁 타노니 ○○덧체 무엇시 드러난듸 벼루집[1758]만 ᄒᆞ더니 닉여 노코 자시 보니 궤짝[1759]만큼 ᄒᆞ것짜 ○○○여ᄌᆞ으 쇼견이라 ○홍보 마노릭 깜짝 놀닉 익고 이거시 무어시요 박쇽이 나올가 바릭쩌니 부지괴물 나와시니 어셔 갓다 닉바리요 우리 쥭일 거싱가부 ○아기 어멈 웬말인가 함지사지이후싱[1760]이요 졀쳐봉싱[1761]ᄒᆞᆫ단 말이 예로부터 잇난 바니 그럭케만 홀 말인가 어듸 죠곰 여러보식 ○궤ᄯᅮᆫ을 열고 보니 ○쌀이 ᄒᆞ나 가득ᄒᆞ다 ○아기 어멈 이것 보소 ○얼젹업고[1762] 옹골지고 별란간 별닐이네 어셔 와셔 이것 보쇼 ○홍보 마노릭 우둥퉁퉁

1756) 금석사죽(金石絲竹) : 악기를 만드는 데 쓰이는 네 가지 재료.
1757) 분안(分按) : 알맞게 나눔.
1758) 벼룻집 : 벼루, 먹, 붓, 연적 따위를 넣어 두는 납작한 상자.
1759) 궤짝(櫃-) : '궤(櫃)'를 속되게 이르는 말.
1760) 함지사지이후생(陷之死地以後生) : 사지에 빠뜨린 다음에야 산다.
1761) 절처봉생(絶處逢生) : 오지도 가지도 못할 막다른 판에 요행히 살 길이 생김.
1762) 얼척없고 : 어처구니없고.

24-앞

구버보니 과연 쌀이 갓뜩ᄒᆞ다 ○일언폐지[1763] 다 바리고 ○흥보 부쳐 쌀을 퍼 닉난듸 ○궵문 열고 되어 붓고 다시 보면 쌀이 도로 ᄒᆞ나 갓뜩 ○되여 붓고 다시 보면 쌀이 도로 ᄒᆞ나 갓뜩 ○열고 보면 ᄒᆞ나 갓뜩○ ○되여 붓고 ○되여 닉고 ○닉고 닉고 되어 닉니 ○○마당 ᄒᆞᆫ 쪽이 그들막[1764] ○흥보 부쳐 거동바라 ○ᄒᆞᆫ숨을 푸루루 닉여 쉬며 이졔난 살거구나 어셔 밥 좀 ᄒᆞ여먹자 ○큰 솟 ᄒᆞ나 어더다가 무지금[1765]ᄒᆞ고 밥을 지여 마당으다 퍼다 노코 ○흥보 부쳐 여러 자식을 낫낫치 창기것다 큰놈아 자근놈아 이리로 다 오나라 쥬셤쥬셤 느러안자 쥬린 식냥 치우난듸 쥭으며는 딕사냐 쥬먹이 자거 셔럽것다 ○져 자식들

24-뒤

거동 바라 젼으 ᄒᆞ든 힝투[1766]어든 두 숀으다 웡여 들고 쥬둥이로 쎼먹난 놈 ○가릐삿[1767]틔 웅쳐 닉코 엽페 놈으 쥬먹차기 ○져 놈은 이 놈 차고 이 놈은 져 놈 찬다 ○○흥보가 밥을 보니 콱 노와 밥을 아푸 노코 노담[1768]ᄒᆞ것다 ○○밥아 이 놈 괘씸ᄒᆞ고 무상ᄒᆞᆫ 놈 츄세를 ᄒᆞᆫ다 ᄒᆞ되 너 갓치 더러우랴 나도 너를 알만ᄒᆞ고 너도 나를 아난 터으 과문불입[1769] 죵시ᄒᆞ니 그런 법이 업난이라 마라 마라 그리 마라 사람으 괄셰를 그리 마라 닉들 일싱 이러ᄒᆞ며 넨들 일싱 글홀거나 이거난 광딕으 긱담이라고 ᄒᆞᆯ 듯ᄒᆞ다 ○○흥보으 거동바라 여보게 아기 어멈 우리 이번 빗심도

1763) 일언폐지(一言蔽之) : 한 마디로 그 전체의 뜻을 다 말함.

1764) 그들막 : 가득함.

1765) 무지금(無知金) : 값은 따지지 않고 무작정.

1766) 행투 : 행동거지의 전라도 사투리.

1767) 가래샅 : 가랑이 사이.

1768) 노담 : 농담(弄談).

1769) 과문불입(過門不入) : 아는 사람의 집 문 앞을 지나면서도 들르지 아니함.

든든ᄒᆞ고

25-앞

팔힘도 홀만ᄒᆞ니 또 ᄒᆞᆫ 통을 어셔 타식 박통을 압페 노코 톱을 드러 걸쳐 노코 ○아기 어멈 드러보쇼 모야[1770] 첫 통 탈 ᄯᅢ에난 신세타령을 ᄒᆡᆺ써니와 이 통일낭 시철가[1771]로 타보식 ○○압쇼릴낭 자닉 ᄒᆞ쇼 뒷쇼릴낭 닉가 홈식 ○홍보 마노릭가 압쇼릭를 멕이것다 ○시리렁 시리렁 톱질이야 나짓나짓 톱질이야 ○밥 잘 먹기 뉘 덕이냐 강남 졔비 덕이로다 ○실이렁 살살 톱질이야 장히 죳쇼 톱질이야 ○자네 마암 나와 갓네 천싱비필[1772] 그 안인가 싸긋싸긋 미러쥬쇼○ ○아기 아범 이상ᄒᆞ오 이츰 톱질 당긱기난 팔힘도 미우 나고 쇼릭도 홀 만ᄒᆞ오 싸게 싸게 당기시요 ○두 말이나 할 말인가 자네씨도 그러ᄒᆞᆫ가 나도 역시 그러

25-뒤

ᄒᆞ네 싼마암이 숄곳ᄒᆞ네[1773] ○실실 토드락 툭탁 타노니 ○궤 ᄒᆞᆫ 짝이 또 나와 이심 업시 열고 보니 돈이 답북 드러구나 퍼닉기를 시작ᄒᆞᆫ다 ○켑 문 열고 되여 닉고 되여 붓고 되여 닉니 왼 집이 돈빗시라 ○○또 ᄒᆞᆫ 통을 타노흐니 궤 셰짝이 나온다 궤 ᄒᆞᆫ 짝을 열고보니 ○왼갓 비단이 다 나온다 왼갓 비단이 다 나와 ○○졀딕가인[1774] 고흔 틱도 써오르난 ○월광단[1775] ○쳥이동자 홍이동ᄌᆞ 싱부결단 ○일광단[1776] ○공부자[1777]으

1770) 모야(暮夜) : 이슥하여 어두운 밤.
1771) 시철가(時-歌) : 시조(時調).
1772) 천생배필(天生配匹) : 하늘에서 미리 정해 준 부부.
1773) 솔곳하네 : 솔깃하네.
1774) 절대가인(絶代佳人) : 이 세상에서는 견줄 사람이 없을 정도로 뛰어나게 아름다운 여자.
1775) 월광단(月光緞) : 달이나 달빛 무늬를 놓은 비단.
1776) 일광단(日光緞) : 해나 햇빛 무늬를 놓은 비단.

착흔 도덕 슈천만련 ○딕단[1778] ○위신난 난우난[1779]이라 셰셰츙이[1780] ○공단[1781] ○화류장안[1782] 죠흘시고 가진 풍

26-앞

뉴 ○장원쥬[1783] ○부귀공명[1784]흐자써니 운슈불길 ○한단[1785] ○원앙슈침[1786] 여기 두고 어듸로 ○가게쥬[1787] ○진사급졔흘 징죠라 쵸지[1788]마닥 ○괴단 ○청명시졀[1789] 죠흔 쎄라 셰우분분[1790] ○도리불슈[1791] ○틱산갓치 즁흔 언약 경경불미[1792] ○상사단[1793] ○글쓰가 졍히 죠와 입츈원문 ○길상단[1794] ○열녀 졍졀 고든 절긔 마듸마듸 ○쥭엽문[1795] ○슝이슝이 ○국화문[1796] ○울긋쌜긋 ○도화식 ○볼고쪽쪽 ○연도식 ○둥굴둥굴 ○슈박식 ○괴밥[1797]으 ○숑화식[1798] ○얼슝덜슝 ○호랑문 ○이리 져리 ○

1777) 공부자(孔夫子) : 공자(孔子)를 높여 이르는 말.
1778) 대단(大緞) : 중국에서 나는 비단의 하나.
1779) 위신난 난우난(爲臣難 難又難) : 신하 되기가 어렵고도 또 어렵네.
1780) 세세충의(世世忠義) : 대대로 충성스럽고 의로움.
1781) 공단(貢緞) : 두껍고, 무늬는 없지만 윤기가 도는 비단.
1782) 화류장안(花柳長安) : 꽃과 버들이 핀 서울.
1783) 장원주(壯元紬) : 과거에서 첫째로 합격한 사람이 입는 비단이란 뜻으로 지어 붙인 이름.
1784) 부귀공명(富貴功名) : 재산이 많고 지위가 높으며 공을 세워 이름을 떨침.
1785) 한단(漢緞) : 중국에서 나는 비단의 하나.
1786) 원앙수침(鴛鴦繡枕) : 원앙을 수놓은 베개.
1787) 가계주(-紬) : 아롱아롱한 무늬가 있는 중국 비단.
1788) 초지(草紙) : 글을 초잡아서 쓰는 종이.
1789) 청명시절(淸明時節) : 청명절.
1790) 세우분분(細雨紛紛) : 가랑비가 어지럽게 날림.
1791) 도리불수 : 비단의 한 종류로 겨울용 치마나 행전에 쓰였음.
1792) 경경불매(耿耿不寐) : 염려되고 잊혀지지 않아 잠을 이루지 못함.
1793) 상사단(上紗緞) : 질좋은 얇은 비단.
1794) 길상단(吉祥緞) : 중국에서 만든 비단의 하나.
1795) 죽엽문(竹葉紋) : 대나무 잎 무늬.
1796) 국화문(菊花紋) : 국화 무늬.
1797) 괴밥 : 자귀풀의 옛말.

싀발문[1799] ○고부랑 곱장[1800] ○듸하문[1801] ○헐직ᄒᆞ다 ○갑사[1802] ○ᄶᅡ지 ᄉᆞ역ᄉᆞ역 ᄉᆞ역ᄉᆞ역 ᄉᆞ역으 다 나온다 ○펄넝펄넝 장여 노코 너울

26-뒤

너울 걸쳐 노니 왼 집이 ᄭᅩᆺ빗시라 방안으도 ᄭᅩᆺ시 피고 토방[1803]으도 ᄭᅩᆺ시로다 힌 빅ᄶᅥ 불글 홍ᄶᅥ 슈이슈이 광치 나고 ○불근 단 푸를 청 고물고물 단청이라 ○츈풍이 ᄲᅥᆯ쳐 부러 폭폭이 나라가니 낙화만지[1804] 분명ᄒᆞ다 ○아희더라 게 두어라 낙환들 ᄭᅩᆺ 안이냐 ○화락ᄒᆞ니 연불쇼[1805]를네 어이 모르나냐 낙화도 ᄭᅩᆺ시이요 기화도 ᄭᅩᆺ시로구나 기락이 ᄒᆞ관이냐[1806] 츈만건곤복만가[1807]가 우리 집이 분명ᄒᆞ다 ○○홍보 부쳐 죠와라고 홍으 졔워 노라본다 ○궤문 열면 ᄡᆞᆯ이 풍풍 궤문 열면 돈이

27-앞

풍풍 비단ᄶᅡ지 풍풍 나니 우리 살닐 풍풍이라 ○○풍ᄌᆞ로 노라보싀 비러먹고 단일 ᄶᅥᆨ난 풍화쇼견[1808] 어렵더니 우리 신셰 이리 되니 풍년쇼식 죠흘시고 가난 니ᄶᅥ 어듸 갓냐 듸풍고[1809]으 녹야보자 풍치 죠흔 우리 자식 강남풍월한다년[1810]으 풍죡ᄒᆞ게 지닉보자 셜청운산북풍한[1811]으

1798) 송화색(松花色) : 소나무의 꽃가루 빛깔과 같이 엷은 노란색.
1799) 새발문(-紋) : 새의 발자국 무늬.
1800) 곱장 : 안으로 휘어짐.
1801) 대하문(大蝦紋) : 새우 무늬.
1802) 갑사(甲紗) : 품질이 좋은 비단. 얇고 성겨서 여름 옷감으로 많이 쓴다.
1803) 토방(土房) : 마당.
1804) 낙화만지(落花滿地) : 떨어진 꽃이 땅에 가득함.
1805) 화락(花落)하니 연불소(憐不掃) : 꽃 떨어져도 아쉬움에 쓸어내지 못한다.
1806) 개락(開落)이 하관(何關)이냐 : 피고 지는 것이 무슨 관계 있느냐.
1807) 춘만건곤복만가(春滿乾坤福滿家) : 천지에 봄이 가득하고 집에는 복이 가득하다.
1808) 풍화소견(風化所見) : 풍속을 잘 교화시키려는 의견.
1809) 대풍고(大風庫) : 크게 풍년이 들어 가득 찬 창고.

눈이 와도 걱정 업고 일야셔풍숑우릐1812)으 비가 와도 가슈로구나 돈 쌀 드려 집을 짓코 네 귀으다 풍경 달고 청풍명월1813) 가진 풍뉴 풍덩풍덩 사라보새 경슈무풍야자파1814)로 너울너눌 노라보시 ○○또 흔 짝을 열고보니

27-뒤

○윈갓 보화가 다 나온다 윈갓 보화가 다 나와 ○은금 오동1815) 빅오기며 밀화1816) 호박1817) 금픠1818)로다 산호1819) 만호1820) 무회1821)꺼지 비취1822) 자기1823) 삼녹1824)이며 진쥬 명쥬1825) 슈은이며 쥬사1826)꺼지 다 나오고 ○○윈갓 픠물이 다 나온다 ○윈갓 픠물이 다 나와 ○산호 동곳1827) 호박 풍잠1828) 금픠 관자1829)가 다 나오고 화류면경1830) 딕

1810) 강남풍월한다년(江南風月閑多年) : 강남의 풍월이 한가한 지 여러 해임.
1811) 설청운산북풍한(雪靑雲散北風寒) : 눈 개고 구름 흩어져 북풍이 차다.
1812) 일야서풍송우뢰(一夜西風送雨雷) : 하룻밤 서풍이 천둥을 보낸다.
1813) 청풍명월(淸風明月) : 맑은 바람과 밝은 달.
1814) 경수무풍야자파(鏡水無風也自波) : 호수에 바람이 불지 않아도 물결이 절로 인다. 하지장(賀知章)의 <채련곡(採蓮曲)>의 한 구절.
1815) 오동(烏銅) : 검붉은 빛이 나는 구리. 오금(烏金)과 같은 광택이 있어 장식품으로 많이 쓴다.
1816) 밀화(蜜花) : 밀랍 같은 누런빛이 나고 젖송이 같은 무늬가 있는 호박(瑚珀).
1817) 호박(琥珀) : 나무의 송진 등이 땅 속에 파묻혀서 돌처럼 굳어진 광물.
1818) 금패(錦貝) : 호박(琥珀)의 하나. 빛깔이 누렇고 투명하며, 사치품으로 쓰인다.
1819) 산호(珊瑚) : 산호충(珊瑚蟲)의 몸을 싸고 있는 석회질의 뼈.
1820) 만호(滿瑚) : 마노(瑪瑙). 석영(石英)·단백석(蛋白石)·옥수(玉髓)의 혼합물. 수지상(樹脂狀) 광택을 내며 때때로 다른 광물이 침투하여 고운 무늬를 나타냄.
1821) 무회(無灰) : 미역의 오래 묵은 뿌리. 바탕은 흑산호와 비슷하며, 센 불에는 타지만 재는 남지 않는다. 권련 물부리나 장식품을 만드는 데 쓴다.
1822) 비취(翡翠) : 반투명체로 된 짙은 푸른색의 윤이 나는 구슬.
1823) 자개 : 금조개 껍데기를 썰어 낸 조각.
1824) 삼록(三綠) : 백록색(白綠色)의 물감.
1825) 명주(明珠) : 빛이 고운 아름다운 구슬.
1826) 주사(朱砂) : 광택이 있는 짙은 붉은 빛의 광물.

모[1831] 염발[1832] 각쇼[1833]짜지 다 나오고 아죠 검은 오슈경[1834]과 알은 알은 반ᄌ경[1835]으 청피집[1836]을 겸ᄒ엿고 은장도 금장도 낭도[1837]짜지 다 나오고 청ᄉ립[1838] 홍ᄉ립[1839] 음양닙[1840]이 다 나오고 게알탕건[1841] 별탕건[1842] 감투짜지 다 나오고 쳔은[1843] 히쏘 일품쥭[1844]을 오동[1845]으로 션 둘너셔 셜ᄃ[1846]짜지 다 나오고 토슈[1847] 비자[1848] 휘양[1849]이며

28-앞

팔비[1850] 쾌자[1851] 뒤턱이[1852]며 ᄃ쇼 창의[1853] 실쒸짜지 ᄉ역ᄉ역 다

1827) 동곳 : 상투를 튼 뒤에 그것이 다시 풀어지지 아니하도록 꽂는 물건.
1828) 풍잠(風簪) : 망건의 당 앞쪽에 대는 장식품.
1829) 관자(貫子) : 망건에 달아 당줄을 꿰는 작은 단추 모양의 고리.
1830) 화류면경(花柳面鏡) : 꽃과 버들로 장식된 거울.
1831) 대모(玳瑁) : 바다거북의 등껍질.
1832) 염발 : 살쩍밀이. 망건을 쓸 때에 귀밑머리를 망건 속으로 밀어 넣는 물건.
1833) 각소(角梳) : 뿔로 만든 빗.
1834) 오수경(烏水鏡) : 검은빛 수정(水晶) 알을 박은 안경.
1835) 반자경(半紫鏡) : 반쯤 보랏빛인 안경.
1836) 청피집(靑皮-) : 너구리의 털가죽으로 만든 안경집.
1837) 낭도(囊刀) : 주머니칼. 주머니에 넣고 다니며 쓰는 작은 칼.
1838) 청사립(靑絲笠) : 푸른 명주실로 싸개를 해서 만든 갓.
1839) 홍사립(紅絲笠) : 붉은 명주실로 싸개를 해서 만든 갓.
1840) 음양립(陰陽笠) : 말총으로 모자를 만들고 모시나 명주실로 양태를 싼 갓.
1841) 게알탕건(-宕巾) : 아주 곱게 뜬 탕건.
1842) 별탕건(別宕巾) : 특별히 곱게 뜬 탕건
1843) 천은(天銀) : 품질이 가장 뛰어난 은.
1844) 일품죽(一品竹) : 아주 품질이 좋은 담뱃대
1845) 오동(烏銅) : 검붉은 빛의 구리.
1846) 설대 : 담배통과 물부리 사이에 끼워 맞추는 가느다란 대.
1847) 토수(吐手) : 토시. 추위를 막기 위하여 팔뚝에 끼는 것.
1848) 배자(褙子) : 추울 때에 부녀자들이 저고리 위에 덧입는 옷.
1849) 휘양 : 추울 때 머리에 쓰던 모자의 하나. 남바위와 비슷하나 뒤가 훨씬 길고 제물로 볼끼가 있어서 목덜미와 뺨까지 싸게 만들었는데 볼끼는 뒤로 잦혀 매기도 하였다.
1850) 팔배 : 마고자의 방언.

나오고 ○방안 기물이 다 나온다 ○갑 든 기물이 다 나와 ○문갑[1854] 연쌍[1855] 의거리[1856]며 칙상 필통 산통[1857]이라 요강 타기[1858] 더쩌리[1859]며 쌈지[1860] 셜합[1861] 더거리[1862]라 화로 등판[1863] 촉고지[1864]며 쵸롱 등농 납쵸[1865]까지 수역수역 다 나오고 쇼병[1866] 더병[1867] 침병[1868]이며 와상[1869] 안셕[1870] 좌틀[1871]이라 벼루 연적[1872] 필묵[1873]이며 만권 셔칙 빅가어[1874]라 퇴침[1875] 풍침[1876] 쥭침[1877]이며 요 이불으 화문

1851) 쾌자(快子) : 소매가 없고 뒤 솔기가 허리까지 트인 옛 전복의 하나.
1852) 뒤트기 : 창의(氅衣)의 속어.
1853) 창의(氅衣) : 벼슬아치가 평상시에 입던 웃옷. 소매가 넓고 뒤 솔기가 갈라져 있다.
1854) 문갑(文匣) : 문서나 문구 따위를 넣어 두는 방세간. 서랍이 여러 개 달려 있거나 문짝이 달려 있고, 흔히 두 짝을 포개어 놓게 되어 있다.
1855) 연상(硯床) : 문방제구를 놓는 작은 상.
1856) 의걸이(衣-) : 의걸이장. 위는 옷을 걸 수 있고, 아래는 반닫이로 된 장.
1857) 산통(算筒) : 장님이 점을 칠 때 쓰는, 산가지를 넣은 통.
1858) 타기(唾器) : 가래나 침을 뱉는 그릇.
1859) 대떨이 : 재떨이.
1860) 쌈지 : 담배, 돈, 부시 따위를 싸서 가지고 다니는 작은 주머니.
1861) 설합(舌盒) : 서랍.
1862) 대걸이 : 담뱃대를 걸어두는 걸이.
1863) 등판 : 시렁 또는 선반을 뜻하는 사투리.
1864) 촉꽂이(鏃-) : 구멍에 꽂게 된 뾰족한 장부.
1865) 납초(蠟-) : 밀랍으로 만든 초.
1866) 소병(小屛) : 작은 병풍.
1867) 대병(大屛) : 큰 병풍.
1868) 침병(枕屛) : 머리맡에 치는 병풍.
1869) 와상(臥牀) : 누워서 잘 수 있도록 만든 가구.
1870) 안석(案席) : 벽에 세워 놓고 앉을 때 몸을 기대는 방석.
1871) 좌틀(坐-) : 앉는 기구.
1872) 연적(硯滴) : 벼루에 먹을 갈 때 쓰는, 물을 담아 두는 그릇.
1873) 필묵(筆墨) : 붓과 먹을 아울러 이르는 말.
1874) 백가어(百家語) : 중국 전국 시대의 제자백가들이 내세운 주장.
1875) 퇴침(退枕) : 서랍이 있는 목침. 속에는 빗과 같은 화장 도구를 넣으며 거울을 붙여 만들기도 한다.
1876) 풍침(風枕) : 공기를 불어 넣어서 베는 베개.
1877) 죽침(竹枕) : 대로 만든 베개.

셕[1878]과 양금[1879] 가금[1880] 거문고며 단쇼 젓ᄯᅴ[1881] 히금[1882]이라 북장고ᄭᅡ지 다 나오고 양산 우산 차일이며 방ᄶᅡᆼ[1883] 쥬렴[1884] 쥭피셕[1885]과 휘장 포장 드림이며 관모[1886] 유단[1887] 우삼[1888]이라 연엽션[1889]으티극 노코 합

28-뒤

쥭션[1890]으 션쵸[1891]로다 치통ᄭᅡ지 겸ᄒᆞ엿고 음양 각ᄌᆞ 쥬련[1892]이며 담담ᄒᆞ다 묵화[1893]기름 갓쵸 갓쵸 다 나오고 ○안호사[1894]가 다 나온다 용잠[1895] 봉잠[1896] 쥭졀[1897]이며 국화잠[1898]이 다 나오고 난삼[1899] 원

1878) 화문석(花紋席) : 꽃의 모양을 놓아 짠 돗자리.
1879) 양금(洋琴) : 채로 줄을 쳐서 소리를 내는 현악기의 하나.
1880) 가금(伽琴) : 가야금.
1881) 젓대 : 피리.
1882) 해금(奚琴) : 향악기에 속하는 찰현악기의 하나.
1883) 방장 : 모기장.
1884) 주렴(珠簾) : 구슬을 꿰어 만든 발.
1885) 죽피석(竹皮席) : 죽피로 짚을 싸서 결어 만든 방석.
1886) 관모(冠帽) : 예전에, 벼슬아치들이 쓰던 모자.
1887) 유단(油單) : 기름에 결은, 두껍고 질긴 큰 종이.
1888) 우상(羽狀) : 새의 깃 같은 장식.
1889) 연엽선(蓮葉扇) : 연잎으로 만든 부채.
1890) 합죽선(合竹扇) : 얇게 깎은 겉대를 맞붙여서 살을 만든, 접었다 폈다 하게 된 부채.
1891) 선초(扇貂) : 부채고리에 매어 다는 장식품.
1892) 주련(柱聯) : 기둥이나 벽 따위에 장식으로 써서 붙이는 글귀.
1893) 묵화(墨畫) : 먹으로 그린 그림.
1894) 안호사(-豪奢) : 부인의 호사.
1895) 용잠(龍簪) : 용의 머리 형상을 새기어 만든 비녀.
1896) 봉잠(鳳簪) : 봉황의 모양을 대가리에 새긴 큼직한 비녀.
1897) 죽절(竹節) : 대로 만든 값싼 비녀.
1898) 국화잠(菊花簪) : 머리를 국화 모양으로 꾸민 비녀.
1899) 난삼(襴衫) : 조선 시대에, 생원이나 진사에 합격하였을 때에 입던 예복. 녹색이나 검은 빛의 단령(團領)에 각기 같은 빛의 선을 둘렀다.

삼[1900] 족도리[1901]라 월즈[1902]까지 다 나오고 용어레[1903] 반월쇼[1904]으 빗치기[1905]까지 다 나오고 명경[1906] 쳬경[1907] 경딕[1908]으다 기름 단지가 다 나오고 연지[1909] 곤지[1910] 분통이며 금부전[1911] 은돌치[1912] 쪽지 씨[1913]까지 다 나오고 쏫신 진신[1914] 건당혜[1915]며 윤도[1916] 젼도[1917] 침쳑[1918]이라 원앙슈침[1919] 잣베기[1920]으 금금요셕[1921] 길니불[1922]과

1900) 원삼(圓衫) : 부녀 예복의 하나. 흔히 비단이나 명주로 지으며 연두색 길에 자주색 깃과 색동 소매를 달고 옆을 튼 것으로 홑옷, 겹옷 두 가지가 있다. 주로 신부나 궁중에서 내명부들이 입었다.

1901) 족두리 : 부녀자들이 예복을 입을 때에 머리에 얹던 관의 하나. 위는 대개 여섯 모가 지고 아래는 둥글며, 보통 검은 비단으로 만들고 구슬로 꾸민다.

1902) 월자(月子) : 여자의 머리 숱을 많아 보이게 하기 위해 덧넣었던 딴머리.

1903) 용얼레 : 용의 머리가 새겨진 반원형의 큰 빗.

1904) 반월소(半月梳) : 반달 모양으로 생긴 빗.

1905) 빗치개 : 빗살 틈에 낀 때를 빼거나 가르마를 타는 데 쓰는 도구. 뿔, 뼈, 쇠붙이 따위로 만들며 한쪽 끝은 얇고 둥글고 다른 한쪽 끝은 가늘고 뾰족하다.

1906) 명경(明鏡) : 매우 맑은 거울.

1907) 체경(體鏡) : 몸 전체를 비추어 볼 수 있는 큰 거울.

1908) 경대(鏡臺) : 거울을 버티어 세우고 그 아래에 화장품 따위를 넣는 서랍을 갖추어 만든 가구.

1909) 연지(臙脂) : 여자가 화장할 때 입술・뺨에 바르는 홍색 안료.

1910) 곤지 : 전통 혼례식에서, 시집가는 새색시가 단장할 때 이마에 찍는 붉은 점.

1911) 금부전(金-) : 금으로 만든 여자 아이들이 차던 노리개의 하나

1912) 은돌치(銀-) : 은으로 만든 여자들이 차던 노리개의 하나.

1913) 족집게 : 잔털이나 가시 등을 뽑는 작은 기구.

1914) 진신 : 진 땅에서 신도록 만든 신. 물이 배지 않게 들기름에 결은 가죽으로 만들었다.

1915) 건당혜(乾唐鞋) : 양가집 부인들이 신는 가죽신.

1916) 윤도(輪圖) : 가운데에 자침(磁針)을 꽂아 놓고 가장자리에 원을 그려 24방위로 나눠 놓은 기구.

1917) 전도(剪刀) : 가위.

1918) 침척(針尺) : 바늘과 자.

1919) 원앙수침(鴛鴦繡枕) : 원앙을 수놓은 베개.

1920) 잣베개 : 색색의 헝겊 조각을 조그맣게 고깔로 접어 돌려 가며 꿰매 붙여 마구리의 무늬가 잣 모양으로 되게 만든 베개.

1921) 금금요석(錦衾-席) : 비단 이불과 요. 요석은 '요'의 궁중말.

1922) 길이불 : 여행할 때 가지고 다니기 편리하게 만든 얇고 가벼운 이불.

오함상자 삼칭장으 요강 딕와 길요강[1923]과 그 엽페 놋동우라 셰침[1924] 즁침[1925] 바날 상자 젼반[1926] 실픽 금실까지 갓쵸 갓쵸 다 나오고 치반[1927] 모제비[1928] 퉁바구리[1929]까지 다 나오고 ○○윈갓 셰간이 다 나온다 ○자구[1930] 돌치[1931]

29-앞

동거리[1932]며 호무[1933] 광이[1934] 가릭까지 쓸 송곳 동쳘[1935]이며 믹도구통[1936] 졀구씩[1937]라 홍두기[1938] 방망이 다듬이독[1939]이 다 나오고 확독[1940] 풀독[1941] 풀믹[1942]까지 다 나오고 ○부억 셰간이 다 나온다 ○밧솟 국솟 동솟[1943]시며 죠리[1944] 함박[1945] 국자로다 완즈 남비 추거

1923) 질요강 : 진흙으로 구워 만든 요강.
1924) 세침(細針) : 가는 바늘.
1925) 중침(中針) : 굵지도 가늘지도 않은 중치의 바늘.
1926) 전반(剪板) : 인두판.
1927) 채반(-盤) : 껍질을 벗긴 싸릿개비 따위로 울이 없이 결어 만든 채그릇.
1928) 모제비 : 모퉁이.
1929) 퉁바구리 : 품질이 낮은 놋쇠로 만든 바구니.
1930) 자구 : 자귀. 나무를 깎아 다듬는 연장의 하나.
1931) 돌치 : 도끼.
1932) 동거리 : 물부리 끝에 물린 쇠.
1933) 호무 : 호미.
1934) 광이 : 괭이.
1935) 동철(冬鐵) : 겨울날에 말편자에 박는 큰 대갈못.
1936) 매도구통 : 절구질할 때에 곡식 따위를 넣고 절구공이로 찧거나 빻는 통.
1937) 절굿대 : 절구공이.
1938) 홍두깨 : 다듬잇감을 감아서 다듬이질할 때에 쓰는, 단단한 나무로 만든 도구.
1939) 다듬잇돌 : 다듬이질을 할 때 밑에 받치는 돌.
1940) 확돌 : 돌로 만든 조그만 절구.
1941) 풀돌 : 풀쌀을 찧는 절구.
1942) 풀매 : 풀쌀을 가는 작은 맷돌.
1943) 동솥 : 옹달솥. 작고 오목한 솥.
1944) 조리(笊籬) : 곡식을 이는 데 쓰는 기구.

리1946)며 ᄃᆡ루1947) 젹시1948) 화로1949)로다 국체 졉체 반졉이며 쳇숄1950) 솟숄1951) 쇠쥬걱과 은반상기1952) 놋반상기1953) 퉁반상기1954)가 다 나오고 반간지1955) 별간지1956) 은슈졔가 다 나오고 은져붐 놋져붐 금져붐이 다 나오고 기ᄆᆡᆼ1957) 구슈1958) 도ᄆᆡ가지 시칼1959) 용슈1960) 물항1961)ᄭᅡ지 모도 다 ᄉᆞ역ᄉᆞ역 다 나오고 ○○도장1962) 셰간이 다 나온다 쇼항1963) ᄃᆡ항1964) 차독1965)이며 동우1966) 단지 귀당1967)이라 시리1968) 쇼ᄅᆡ1969) 반

1945) 함박 : 함지박. 통나무의 속을 파서, 큰 바가지같이 만든 그릇.
1946) 차거리 : 차를 끓이는 주전자인 듯.
1947) 대루 : 다리미의 방언.
1948) 적쇠 : 석쇠. 고기나 생선 따위를 굽는 기구.
1949) 화로(火爐) : 숯불을 담아 놓는 그릇.
1950) 쳇솔 : 체를 닦는 데 쓰는 솔.
1951) 솥솔 : 솥 안을 닦아 내는 데 쓰는 솔.
1952) 은반상기(銀飯床器) : 은으로 격식을 갖추어 밥상 하나를 차리도록 만든 한 벌의 그릇.
1953) 놋반상기(-飯床器) : 놋쇠로 격식을 갖추어 밥상 하나를 차리도록 만든 한 벌의 그릇.
1954) 퉁반상기(-飯床器) : 품질이 낮은 놋쇠로 격식을 갖추어 밥상 하나를 차리도록 만든 한 벌의 그릇.
1955) 반간지 : 반간자. 수저의 하나.
1956) 별간지 : 별간자. 수저의 하나.
1957) 기맹 : 옛날 집 부엌에서 설거지하기 위해 물을 떠다 놓는 통.
1958) 구수 : 구유.
1959) 시칼 : 식칼.
1960) 용수 : 둥글고 긴 통. 술이나 장을 거르는 데 쓴다.
1961) 물항(-缸) : 물항아리.
1962) 도장 : 곳간.
1963) 소항(小缸) : 작은 항아리.
1964) 대항(大缸) : 큰 항아리.
1965) 차독 : 항아리과 한 종류.
1966) 동우 : 동이. 질그릇의 하나. 흔히 물 긷는 데 쓰는 것으로써 보통 둥글고 배가 부르고 아가리가 넓으며 양옆으로 손잡이가 달려 있다.
1967) 귀당 : 손잡이가 있는 항아리.
1968) 시리 : 시루.
1969) 소래 : 소래기. 운두가 조금 높고 굽이 없는 접시 모양으로 생긴 넓은 질그릇. 독의 뚜껑이나 그릇으로 쓴다.

악이[1970]짜지 ᄼ역ᄼ역 다 나오고 ○농기 연장이 다 나온다 장기[1971] 짜부[1972] 쎠리[1973] 졋츠 자싀[1974]

29-뒤

질마[1975] 셜메[1976]로다 말되[1977] 장부[1978] 당그릐[1979]며 풍칙[1980]짜지 다 나오고 물네[1981] 비틀[1982] 씨아[1983]시며 나틀[1984]짜지 다 나오고 쇼시랑[1985] 갈쿠[1986] 도리칙[1987]며 구렁구 빗자리 부지쌍[1988]가지 ᄼ역ᄼ역 ᄼ역ᄼ역으 다 나온다 ○○또 ᄒᆞᆫ 짝을 열고 보니 왼가 김싱 다 나온다 왼갓 김싱 다 나와 ○말이 나도 비룡마[1989]가 나고 쇼가 나도 특우[1990]

1970) 반자기(半字器) : 도기보다 단단하게 구워진 질그릇.
1971) 장기 : 쟁기.
1972) 따부 : 따비. 풀뿌리를 뽑거나 밭을 가는 데 쓰는 농기구. 쟁기보다 조금 작고 보습이 좁게 생겼다.
1973) 써레 : 갈아놓은 논의 바닥을 고르는 데 쓰는 농기구.
1974) 자새 : 무자위. 물을 자아올리는 기계.
1975) 길마 : 짐을 싣거나 수레를 끌기 위하여 소나 말 따위의 등에 얹는 안장.
1976) 설메 : 써레. 갈아 놓은 논의 바닥을 고르는 데 쓰는 농기구.
1977) 말되 : 곡식, 가루, 액체 따위를 담아 분량을 헤아리는 데 쓰는 그릇.
1978) 장부 : 가랫장부. 가래의 자루와 가랫바닥.
1979) 당그래 : 고무래.
1980) 풍차(風車) : 풍구. 곡물에 섞인 쭉정이, 겨, 먼지 따위를 날려서 제거하는 농기구.
1981) 물레 : 솜이나 털 따위의 섬유를 자아서 실을 만드는 간단한 재래식 기구.
1982) 베틀 : 삼베, 무명, 명주 따위의 피륙을 짜는 틀.
1983) 씨아 : 목화의 씨를 빼는 기구. 토막 나무에 두 개의 기둥을 박고 그 사이에 둥근 나무 두 개를 끼워 손잡이를 돌리면 톱니처럼 마주 돌아가면서 목화의 씨가 빠진다.
1984) 나틀 : 베실을 뽑아 날아 내는 기구.
1985) 쇠스랑 : 땅을 파헤쳐 고르거나 두엄, 풀 무덤 따위를 쳐내는 데 쓰는 갈퀴 모양의 농기구.
1986) 갈퀴 : 검불이나 곡식 따위를 긁어모으는 데 쓰는 기구.
1987) 도리깨 : 곡식의 낟알을 떠는 데 쓰는 농기구. 긴 장대 끝에 구멍을 뚫어 꼭지를 가로 박고, 그 꼭지 끝에 서너 개의 회초리를 매어 달아 돌게 한다.
1988) 부지땅 : 부지깽이.
1989) 비룡마(飛龍馬) : 나는 용과 같이 빠른 말.
1990) 특우(特牛) : 특별한 소.

가 나고 ᄀᆡ가 나도 벽사구[1991]가 나고 닥이 나도 금게[1992]가 나고 그여 외 남은 김싱 엇지 다 말ᄒᆞᆯ쇼냐

●○여바라 ○○ᄃᆡ체 ○○홍보씨가 이러케 세간이 느러노흐니 못ᄒᆞᆯ 닐이 웨 잇거냐 불일셩지[1993] 셩쥬[1994]를 ᄒᆞ난듸 유젼이면 가사귀[1995]로

30-앞

ᄶᅩᆨ 이리ᄒᆞ든 것시엿ᄶᅡ ○○이막 헐고 몸치 짓코 안팟 사랑[1996]으 쥴ᄒᆡᆼ낭[1997] 장원[1998] 밧게 도ᄃᆡ문[1999]은 쳡사칭냥상ᄃᆡ기[2000]로 즁쳔으 둥실 쇼사 잇다 무기방[2001]으다 곳집[2002] 짓코 쳥뇽방[2003]으다 마구ᄭᅡᆫ 짓코 복병방으다 벌통을 노와라 팔쳔형봉 ᄯᅦ무리인들 이우에 더ᄒᆞᆯ쇼냐

●○여바라 ○○이갓치 죠흔 가사 화게[2004]가 업것나냐 ᄯᅢ맛츰 즁츈[2005]

1991) 벽사구(辟邪狗) : 사악한 것을 좇는다는 개.

1992) 금계(金鷄) : 중국 신화 속에 나오는 새. 도도산(桃都山)에 도도수(桃都樹)라는 큰 나무가 있고, 나무 가지와 가지 사이가 삼천리나 되는데, 그 위에 금계가 있어 해가 처음 뜰 때에 햇빛이 그 나무에 비치면 우는데, 금계가 울면 천하의 닭들이 모두 따라 울어 새벽이 왔음을 알린다고 한다.

1993) 불일성지(不日成之) : 며칠 안 걸려서 이룸.

1994) 성주 : 가정에서 모시는 신의 하나. 집의 건물을 수호하며, 가신(家神) 가운데 맨 윗자리를 차지한다.

1995) 유전(有錢)이면 가사귀(可使鬼) : 돈이 있으면 귀신도 부린다는 말로, 돈이면 안 되는 일이 없다는 뜻.

1996) 사랑(舍廊) : 집의 안채와 떨어져 있는, 바깥주인이 거처하며 손님을 접대하는 곳.

1997) 줄행랑(-行廊) : 대문의 좌우로 죽 벌여 있는 종의 방.

1998) 장원(墻垣) : 담.

1999) 도대문(都大門) : 큰 대문.

2000) 첩사층영상대기(疊榭層楹相對起) : 장려한 화각이 즐비하다. 왕발(王勃)의 시 <임고대(臨高臺)>의 한 구절.

2001) 무기방(戊己方) : 중앙.

2002) 곳집 : 곳간으로 쓰려고 지은 집.

2003) 청룡방(青龍方) : 동쪽.

2004) 화계(花階) : 화단(花壇).

2005) 중춘(仲春) : 봄이 한창인 때라는 뜻으로, 음력 2월을 달리 이르는 말.

이라 칭칭히 쵹을 무어[2006] 각식 화쵸를 ᄇᆡ죵[2007] ᄒᆞᆯ 졔 ○○영산[2008] 자산[2009] 쳘쥭이며 동ᄇᆡᆨ 츈ᄇᆡᆨ[2010] 사게화[2011]라 혜쵸[2012] 지쵸[2013] 난쵸화며 파쵸[2014]들 업실쇼냐 광치 잇난 금낭화[2015]며 문치 죠흔 옥잠화[2016]라 괴셕[2017] 엽페 분숑[2018] 노코 ᄉᆡ이ᄉᆡ이

30-뒤

ᄐᆡ셕[2019]이라 셕쳔으 흐르난 물 연당[2020]으로 인슈ᄒᆞᆫ다 사시풍경화란형[2021]이라 ○구비ᄒᆞ고 가진 ᄒᆡᆼ낙[2022] 무등ᄃᆡ복[2023] 이 안이냐 ○곽자이[2024]를 부러ᄒᆞ며 셕슝[2025]인들 당ᄒᆞᆯ쇼냐 ○실ᄒᆞ자숀만셰영[2026]으로

2006) 무어 : 쌓아.
2007) 배종(胚種) : 씨앗을 심음.
2008) 영산(映山) : 영산홍(映山紅). 철쭉과의 상록 관목.
2009) 자산(紫山) : 자산홍(紫山紅). 철쭉.
2010) 춘백(春栢) : 봄에 피는 동백.
2011) 사계화(四季花) : 월계화.
2012) 혜초(蕙草) : 영릉향.
2013) 지초(芝草) : 지치.
2014) 파초(芭蕉) : 중국 원산의 잎이 크고 넓은 화초.
2015) 금낭화(錦囊花) : 양귀비과의 여러해살이풀.
2016) 옥잠화(玉簪花) : 백합과의 여러해살이풀.
2017) 괴석(怪石) : 괴상하게 생긴 돌.
2018) 분송(盆松) : 분재한 소나무.
2019) 태석(苔石) : 이끼가 낀 돌.
2020) 연당(蓮塘) : 연못.
2021) 사시풍경화란형(四時風景華爛炯) : 사계절의 풍경이 화려하게 빛남.
2022) 행락(行樂) : 잘 놀고 즐겁게 지냄.
2023) 무등대복(無等大福) : 세상에 짝이 없는 큰 복.
2024) 곽자의(郭子義) : 중국 당(唐)나라의 무장(武將). 천보(天寶) 연간에는 북경(北境) 방위를 맡아 삭방절도사(朔方節度使) 휘하에 있었는데, 안녹산(安祿山)의 난이 일어나자 삭방의 군사를 거느리고 하동절도사(河東節度使) 이광필(李光弼)과 함께 중원(中原)의 반란군을 토벌하였다. 그의 무공은 비할 데가 없다고 칭송되어, 상부(尙父)의 칭호를 받고 분양왕(汾陽王)에 봉해졌으며, 당나라 최대의 공신으로서 영광을 누렸다. 그가 살아 생전에 부귀공명 등 오복(五福)을 다 구비하였다 하여 '곽분양 팔자'라는 말이 생겼다.

게게싱싱2027) ᄒᆞ잣더라

○○○잇써으 놀보가 이 쇼문을 안이 드를 니가 잇것나냐 ○○허욕2028)이 활칵 나셔 홍보 집을 ᄎᆞ자갈 제 동구 밧게 바리보니 고루거각2029) 둥실 쇼사 동악2030)이 가득ᄒᆞ다 문젼으 드러셔니 ○쥬련2031)으 특자셔2032)난 사시풍경 식여 잇고 벽상으 폭기름언 슈쳡청산2033) 완연ᄒᆞ다○ ●사게상으 각식 화쵸 빅빅홍홍상간기2034)라

31-앞

츈광2035)이 만실2036)ᄒᆞ고 ○반묘방당2037) 말근 물은 쳔광운영공비회2038)라 거울 낫치 열녀ᄉᆞ나 ○○잇써으 홍보가 놀보를 망견2039)ᄒᆞ고 우루루 너달으며 영졉ᄒᆞ야 일졀 안부 사론 후으 여보쇼 아기 어멈 형님이 와겨시네 ●홍보 마노릐 거동바라 아이고 이게 웬 말이요 우둥퉁퉁 나아가셔

2025) 석숭(石崇) : 중국 진(晉)나라 때의 대부호(大富豪). 땔나무 대신 촛불을 사용하고, 50리나 되는 비단의 장막을 만들 정도로 낭비벽이 심했다고 한다. 권신 사마소(司馬昭)의 인척인 왕개(王愷)와 부를 다투었으나 왕개가 항상 졌다고 한다. 팔왕(八王)의 난 때 조(趙)왕 사마륜(司馬倫)에 의해 살해되었다.

2026) 슬하자손만세영(膝下子孫萬世永) : 슬하의 자손들이 영원한 삶을 누림.

2027) 계계승승(繼繼承承) : 왕가(王家)가 끊임없이 이어진다는 뜻으로 왕가의 복록(福祿)을 송축하는 말.

2028) 허욕(虛慾) : 헛된 욕심.

2029) 고루거각(高樓巨閣) : 높고 크게 지은 집.

2030) 동악(東嶽) : 동쪽 산.

2031) 주련(柱聯) : 기둥이나 벽에 세로로 써 붙이는 글씨.

2032) 특자서(特字書) : 특별히 크게 잘 쓴 글씨.

2033) 수첩청산(數疊青山) : 겹겹이 둘러싸인 푸른 산.

2034) 백백홍홍상간개(白白紅紅相間開) : 희고 붉은 색이 어우러지고 뒤섞여 핌.

2035) 춘광(春光) : 봄 빛.

2036) 만실(滿室) : 방에 가득함.

2037) 반묘방당(半畝方塘) : 조그만 네모 연못.

2038) 천광운영공배회(天光雲影共徘徊) : 하늘 빛과 구름 그림자가 그 안에 떠 있네. 주희(朱熹)의 시 <관서유감(觀書有感)>의 한 구절.

2039) 망견(望見) : 바라봄.

인사ᄒᆞ고 안자시니 ○○놀보으 힝사 바라 다란 사람 갓거 드면 제슈 이 식 엇더ᄒᆞ오 홀 테인듸○○ ○허허 의복이 날기라고 미ᄭᅩ리 용 되엿네 ○ 그나져나 이의 홍보야 말 듯거라 네 심ᄲᅥ 장히 글너 형제간도 부지ᄒᆞ고 잘못 될 쥴 아라더니 쳔도2040)도 아죠 업다 엇지ᄒᆞ여 이듸지도

31-뒤

잘 되엿냐 그 닉력 좀 드러보자 ○쥬안상2041)이 드러온다 일등미쥬2042) 만만진슈2043) 듸턱2044)으로 쉼여 드려 놀보를 권ᄒᆞᆫ 후으 ○○홍보으 거동바라 단정히 궤좌2045)ᄒᆞ야 형님 형님 졔가 일이 되옵기난 형님 덕이 그 안이요 형님이 분가2046)시겨 졍쳐 업시 단이다가 예다가 이막ᄒᆞ고 졔우 졔우 지닉더니 ○자거자릐2047) 졔비 ᄒᆞᆫ 쌍 집을 직코 식기 ᄡᅡ셔 자모상낙2048) 질기더니 난듸업난 듸멍이가 네 말이난 자바먹고 ᄒᆞᆫ 말이 졔우 남아 듸발 틈으 발이 ᄲᅡ져 졀각이 되여기로 아무리 미물이나 가긍ᄒᆞ기 될 듸 업셔 졀각을 부여잡고 실노 감어 두어더니 안이 쥭고 사

32-앞

라나셔 그 후년으 나올 ᄯᅥ으 박씨 ᄒᆞᆫ 기 물고와셔 그 박씨을 슴어더니 박 세 통이 여러거날 박을 ᄯᅡ다 타고 보니 ○쌀만 쌀만 쌀이 나고 돈만 돈만 돈이 나고 왼갓 기물 다 나와셔 자연 이리 되어씨니 형님 덕이 그

2040) 천도(天道) : 천지 자연의 도리.
2041) 주안상(酒案床) : 술상.
2042) 일등미주(一等美酒) : 아주 좋은 술.
2043) 만반진수(滿盤珍羞) : 소반이나 상 위에 가득 차린 귀하고 맛있는 음식.
2044) 대탁(大卓) : 남을 접대하기 위해 썩 잘 차린 음식상.
2045) 궤좌(跪坐) : 꿇어앉음.
2046) 분가(分家) : 가족의 한 구성원이 주로 결혼 따위로 살림을 차려 따로 나감.
2047) 자거자래(自去自來) : 절로 왔다 갔다 함.
2048) 자모상락(雌牡相樂) : 암컷과 수컷이 서로 즐김.

안이요 ○○놀보가 귀가 씌여 다시 뭇것다 ○진정으로 졔비 절각 실노 감어 살녀더니 박씨를 무러와셔 박 쇽으셔 이 기물이 나와셔야 역역히 드른 후으 욕심쏘가 터져 노니 억졔를 ᄒᆞ것나냐 죠흔 보화난 다 가라친다 ○이것도 날을 도라 져것도 날을 다라 갑 들고 죠흔 것은 욕심되로 아셔 들고 마암이 장히 죠와 홍보를 ᄒᆞᆫ 번 푸러 일으것다 ○네가 이리 잘 되기가 닋 덕인 쥴 안다 ᄒᆞ니 닋 마암도 장히

32-뒤

좃타 형제 일신 즁ᄒᆞᆫ 윤기2049) 네 것시 닋 것시요 닋 것시 닋 것시라 넨들 어이 모를쇼냐 다란 보화 쏘 잇거든 마자 갓다 날을 다라 ○졔비으게 쯧시 잇셔 총총히 써나온다 ○○놀보으 거동바라 홍보를 위쥭2050) ᄒᆞ여 졍담갓치 ᄒᆞ난 말이 ○여바라 홍보야 말 듯거라 ○직물이라 ᄒᆞ난 것시 쓴구름과 일반이라 ○셔천으로 써갓다가 동천으로 써오나니 셰상사를 알 슈 잇늬 사불여이2051) ᄒᆞ거 드면 남으게난 알게 마라 ○그만ᄒᆞ면 알것지 ○쉬 보자 집으로 도라와셔 졔비를 구ᄒᆞ자니 ○유연입쇼순셩쥭2052)이 썩가 이무 지닋니라 ○놀보으

33-앞

거동바라 밤낫 업시 졔비로 일삼난다 여류광음2053) 보닐 젹으 즁양가절2054) 지닋가고 빅셜ᄒᆞᆫ풍2055) 흘녀 분다 졔비으게 미망지심2056) 글 두

2049) 윤기(倫紀) : 윤리와 기강(紀綱)을 아울러 이르는 말.
2050) 위축(慰祝) : 위로하고 기원함.
2051) 사불여의(事不如意) : 일이 뜻대로 되지 아니함.
2052) 유연입소순성숙(唯燕入巢循成宿) : 제비가 제 집에 들어가 잔다.
2053) 여류광음(如流光陰) : 물같이 흘러가는 세월.
2054) 중양가절(重陽佳節) : 음력 9월 9일의 좋은 때.
2055) 백설한풍(白雪寒風) : 흰 눈과 찬바람.

귀를 지여난듸 강남이라 ᄒᆞ난 듸난 졔비 사난 고지로다 강남으로 ᄒᆞᆫ 짝 ᄒᆞ고 졔비로 ᄒᆞᆫ 짝 치여 오언 ᄒᆞᆫ 귀 칠언 ᄒᆞᆫ 귀 두 귀으 ᄒᆞ엿시되 ○강남에 우쵸헐ᄒᆞ니 ○연어죠량만을[2057] ○강남풍월ᄒᆞᆫ다년ᄒᆞ니 ○연자ᄒᆞᆷ니부도신이라[2058]○ ○밤으도 일거 보고 낫으도 을펴 본들 ᄲᅦ 안인 져 졔비를 아무련들 어더보랴 ○명년 삼월 상길날[2059]을 고듸 고듸ᄒᆞ올 젹으 ○숀가락을 쇱작이며 날슈를 세보것다 ○정월 보름 지닉가면 금음이 도라오고 이월 금음 지닉가면

33-뒤

삼월삼일 오거구나 세월아 펄펄 가렴우나 남으 사졍 웨 모르나 졔비으게 상사[2060] 들녀 ○잠을 댜도 졔비 잠을 ᄭᅢ도 졔비 밥 먹어도 졔비 말듸답도 졔비 모도 다 졔비로구나 ○콩죵자만 두어도 졔비콩[2061]만 두고 표장[2062]만 졉어도 졔비표장만 졉어닉고 ○죠히만 사듸려셔 간졔비[2063]만 졉쳐두고 김싱을 키여도 쪽졔비만 구ᄒᆞ고 살님를 사드릭도 모졔비[2064]만 사고 죠흔 닐을 보드릭도 목졔비[2065]만ᄒᆞ고 음식을 하드릭도 슈졔비 칼졔비[2066]만 ᄒᆡ먹것다

2056) 미망지심(未忘之心) : 잊지 못하는 마음.

2057) 강남(江南)에 우초헐(雨初歇)하니 연어조량만((燕語雕梁晩) : 저 멀리 강남으로 비 막 그쳐 하늘 개이니 제비의 말은 아로새긴 들보에서 가득하다.

2058) 강남풍월한다년(江南風月閑多年)하니 연자함니부오신(燕子含泥扶吾身)이라 : 강남의 풍월이 한가한 지 여러 해이니 제비가 진흙을 물고 나의 몸에 기댄다.

2059) 상길날(上吉-) : 아주 길한 날.

2060) 상사(相思) : 몹시 그리워함.

2061) 제비콩 : 편두. 콩과의 덩굴성 여러해살이풀.

2062) 표장(標章) : 무엇을 표시하기 위한 부호나 휘장.

2063) 간제비 : 편지를 써서 내용이 보이지 않게 접는 방식.

2064) 모제비 : 모가 진 것.

2065) 목제비 : 목접이. 목이 접질리도록 굽히는 짓.

2066) 칼제비 : 칼싹두기나 칼국수를 수제비와 구별하여 이르는 말.

34-앞

○잇ᄯᆡ난 어느 ᄯᆡ냐 삼츈 삼월 죠흔 ᄯᆡ라 ○이화[2067] 도화[2068] 만발ᄒᆞ고 황봉[2069] ᄇᆡᆨ졉[2070] 츔을 츈다 가지가지 우난 ᄉᆡ난 짝을 불너 나라든다 ○웅비죵자[2071] 가마구 ○환우셩셩[2072] ᄭᅬᄭᅩ리○ ○능탈작쇼[2073] 비들귀 ○할미ᄉᆡ ○쑥국ᄉᆡᄶᅡ지 츈흥 졔워 나라든다 ●○잇ᄯᆡ으 놀보난 졔비 올가 고ᄃᆡ 고ᄃᆡ 바ᄅᆡ더니 남남지셩[2074] 졔비 ᄒᆞᆫ 쌍 놀보 집으 나라든다 ○놀보가 죠와라고 졔비 보고 ᄒᆞ난 말이 네로구나 네로구나 다시 보니 네로구나 무심ᄒᆞᆫ 졔비더런 비입심상ᄇᆡᆨ셩가[2075]라 자거자ᄅᆡ[2076] 가것마난 너난 어이 유졍ᄒᆞ야 요ᄂᆡ 집을 ᄎᆞ자왓냐 원일견지[2077]ᄒᆞ여더니 ᄒᆞ상견지

34-뒤

만야[2078]로다 어셔 어셔 집을 지여 쇽히 쇽히 알을 나라 ○져 졔비 거동 바라 불일셩지[2079] 집을 지여 알을 나어 품어ᄶᅥ니 ᄉᆡᆨ기 다셧 ᄶᅡᆺ난지라 졔비 ᄉᆡᆨ기 슉셩ᄒᆞ야 ᄯᅱᆯ 뜻 날 뜻 ᄒᆞ난지라 ○놀보 부쳐 죠와라고 ᄃᆡ명이만 고ᄃᆡᄒᆞᆫ다 이리 가도 ᄃᆡ명이만 기ᄃᆡ리고 져리 가도 ᄃᆡ명이만 고ᄃᆡᄒᆞᆯ

2067) 이화(李花) : 자두꽃.
2068) 도화(桃花) : 복숭아꽃.
2069) 황봉(黃蜂) : 누런 벌.
2070) 백접(白蝶) : 흰 나비.
2071) 웅비종자(雄飛從雌) : 수컷이 날아가니 암컷이 뒤를 따름.
2072) 환우성성(喚友聲聲) : 벗 부르는 소리.
2073) 능탈작소(凌奪鵲巢) : 까치의 집을 침범하여 빼앗음.
2074) 남남지성(喃喃之聲) : 재잘거리는 소리.
2075) 비입심상백성가(飛入尋常百姓家) : 백성의 집을 찾아 날아든다. 유우석(劉禹錫)의 시 <오의항(烏衣巷)>의 한 구절.
2076) 자거자래(自去自來) : 절로 왔다 갔다 함.
2077) 원일견지(願一見之) : 한번 만나 보기를 바람.
2078) 하상견지만야(何相見之晩也) : 어찌 만나보는 것이 이리 늦었소.
2079) 불일성지(不日成之) : 며칠 동안에 만듦.

졔 ○○셰우지당2080) 쳥쵸 즁에 ㄱ[redacted]고리만 훌쩍ᄒᆞ면 ᄃᆡ명인가 바리보고 ○졍도원미 셕근 가지 식만 펄젹 나라가도 ᄆᆡ명인가 으심ᄒᆞ고 ○동고셔창2081) 곡간 압페 쥐식기만 얼는ᄒᆞ면 ᄃᆡ명이

35-앞

게 왓나냐 빅단으로 으심혼다 놀보 부쳐 거동바라 덜 듸 업난 급혼 마암 참다 참다 못 춤어셔 ᄃᆡ명이 살 만혼 곳을 ᄎᆞ자간다 어느 곳을 ᄎᆞ자가나 ○쳔변방쳔2082) 슙풀 속과 도지고목2083) 잔쵸 즁과 헌 훗타리2084) 헌담 근쳐 으식혼 곳 ᄎᆞ져가셔 졍셜노 원졍2085)혼다 ᄃᆡ명이라 ᄒᆞ옵기난 과히 경솔ᄒᆞ와 존칭ᄒᆞ여 구렁이라 ᄒᆞ여본다 ○구렁님 구렁님 듯죠시요 구렁님으 힝ᄎᆞ 압페 슴쪅 안이 ᄒᆞ리 업고 읏식2086) 안이 ᄒᆞ리 업난이다 엇써 ᄒᆞ신 압히라고 쥬작부언2087)ᄒᆞ오리가 다른 사졍

35-뒤

안이오라 구렁님으 자실 밥을 인도코자 왓십니다 집집마닥 식식기와 곳곳마닥 쥐식기난 훗참건지 두옵시고 졔으 집을 ᄎᆞ자오면 사랑 쳠의 졔비 식기 만싸오니 되난 ᄃᆡ로 다 자시고 혼 말이만 두시오면 ○위쵸요 비위죠라2088) 구렁님도 위흠이요 졔 사기2089)도 쇼원셩취ᄒᆞ것니다 일ᄎᆞ

2080) 세우지당(細雨池塘) : 가랑비 내리는 연못.
2081) 동고서창(東庫西倉) : 동서에 있는 창고.
2082) 천변방천(川邊-) : 시냇가에 물이 넘지 않도록 쌓은 뚝.
2083) 도지고목(塗地古木) : 진흙에 있는 고목.
2084) 후타리 : 울타리.
2085) 원정(原情) : 사정을 하소연함.
2086) 으쓱 : 갑자기 무섭거나 차가움을 느낀 때 크게 움츠러드는 모양.
2087) 주작부언(做作浮言) : 터무니없는 말을 지어냄.
2088) 위초(爲楚)요 비위조(非爲趙)라 : 초(楚)나라를 위함이지 조(趙)나라를 위함이 아님.
2089) 사기(事機) : 일이 되어 가는 가장 중요한 기틀.

힝추ᄒᆞ시기를 숀을 들고 발뢉니다 이럭케 원정ᄒᆞ되 ○○고루거각[2090] 죠흔 집에 ᄃᆡ명이가 오것나냐 ○날쯧 날쯧 졔비 ᄉᆡᆨ기 자칫ᄒᆞ면 허사로구나 져 ᄉᆡᆨ기를 다 두자니 ᄃᆡ사난 불모즁[2091]이라 ᄒᆞᆫ 말이만

36-앞

살니자니 그 일 장히 난쳐ᄒᆞ다 막즁ᄃᆡ사[2092] 요ᄂᆡ 일을 천천미물[2093] ᄃᆡ명이를 밋것나냐 활ᄒᆞᆫ 슈단 ᄂᆡ 숀으로 셩사를 ᄒᆞ오리라 달녀드러 다 쥭이고 ᄒᆞᆫ 말이만 넝겨 노코 ○왕ᄃᆡ[2094]쬬각 엇쬬기여 밧치기를 밧쳐 노코 졀각ᄒᆞ기를 고ᄃᆡᄒᆞᆫ다 ○졔비 ᄉᆡᆨ기 거동바라 ᄃᆡ발 우으 안진 모양 날찌상이 완연ᄒᆞ다 ○○놀보가 ᄒᆞ난 말이 여보쇼 아기 어멈 ᄂᆡ 말 듯쇼 우리 졔비 졀각키를 ᄃᆡ발큼만 밋것난가 졀각만 되거 드면 나슈기만 나슈면은 근들 안이 젹션인가 숀으로 졀각ᄒᆞ식 ○놀보 ᄯᅥᆨ이 죠와

36-뒤

라고 ᄃᆡ장부으 이견이요 말삼인직 긴착[2095]ᄒᆞ오 ○놀보으 거동바라 우루루 달녀드러 졔비 ᄉᆡᆨ기 잡아들고 곰곰히 ᄉᆡᆼ각ᄒᆞᆫ직 ᄒᆞᆫ 다리만 부질너셔 나슈찐던 그 공이 젹거구나 두 달이를 아죠 질근 툭 부질너 두 숀으다 안어들고 아기 어멈 이것 보쇼 아무리 미물이나 가긍ᄒᆞ기 될 듸 잇나 인졍간으 보것난가 무엇시로 살녀볼가 우황[2096]이나 멕여볼가 사향[2097]

2090) 고루거각(高樓巨閣) : 높고 크게 지은 집.

2091) 대사(大事)는 불모중(不謀衆) : 큰 일을 할 때에는 많은 사람들과 꾀할 것이 아님.

2092) 막중대사(莫重大事) : 아주 중요한 일.

2093) 천천미물(賤賤微物) : 보잘것없는 동물.

2094) 왕대(王-) : 대나무 가운데 가장 큰 대나무.

2095) 긴착(緊着) : 매우 필요하고 절실함.

2096) 우황(牛黃) : 소의 쓸개 속에 병으로 생긴 덩어리. 열을 없애고 독을 푸는 작용을 하여, 중풍·열병·경간(驚癎) 따위에 쓴다.

2097) 사향(麝香) : 사향노루의 사향샘을 건조하여 얻는 향료. 어두운 갈색 가루로 향기가 매

이나 볼나 볼가 싸고싸고 휘휘 싸셔 당사실2098)노 고히 감어 졔비 집으 너어 노코 동정만 보난구나 ○○○여밧라 ○○덧체 ○놀보 망홀 졔비여든 죽을 니가

37-앞

잇것나냐 멧 나리 지닉더니 져 졔비 완연ᄒᆞ다 날기 벌녀 셔도 보고 앙금 앙금 거러본다 호련이 노피 나라 즁천으로 향ᄒᆞ더니 불견기쳐2099) 간 곳 업다 슈이구월2100) 즁츄시라 슈촌2101) 산곽2102) 빅셩가으 뭇노라 뭇 졔비도 각귀고국2103)ᄒᆞ난 쎡라 ●잇쎡으 놀보 부쳐 졔비 오기만 기달일 졔 입만 열면 졔비로 노릭ᄒᆞᆫ다 금년 삼동 어셔 가고 명년 삼츈 어셔 오라 삼츈 삼월 오거 드면 우리 졔비 보거구나 졔비만 싱각나면 말긋마닥 삼월이라 눈을 감고 안자시면 졔비 압페 얼는ᄒᆞ고 진정ᄒᆞ고 누어시면 졔비 쇼릭 귀으 징징 쌈작 반겨 바릭보면 오작만 지쫙인다 ○아셔라 젼곡 두어 무엇ᄒᆞ랴 산 졔비난 볼 슈 업고 영자2104)라도 보오리라 ○○화공2105)을 불너라 졔비 화상2106)을 기린다 졔비 화상을 기릴 적으 ○쏙

37-뒤

이리 기리것다 ○들쌘머리2107) 늣게 와셔 말을 ᄒᆞ던 입 기리고 ○자모상

우 강하다. 강심제, 각성제 따위에 약재로 쓴다.

2098) 당사실(唐絲-) : 중국에서 들여온 품질이 좋은 명주실.

2099) 불견기처(不見其處) : 그 간 곳이 보이지 않음.

2100) 수의구월(授衣九月) : 구월에 입을 옷을 받음.

2101) 수촌(水村) : 물가에 있는 마을.

2102) 산곽(山郭) : 산속에 있는 마을.

2103) 각귀고국(各歸故國) : 각각 자기 나라로 돌아감.

2104) 영자(影子) : 그림자.

2105) 화공(畵工) : 그림을 그리는 화가.

2106) 화상(畵像) : 그림으로 그린 초상.

낙2108) ᄒᆞ올 적으 셔로 보난 눈 기리고 ○우후청죠2109) 셤돌 우에 앙금앙금 발 기리고 ○나난 ᄭᅩᆺ슬 차랴 ᄒᆞ고 팔짝 날든 날ᄀᆡ 기려 ○이리져리 가ᄉᆡ지게2110) 양편으로 ᄭᅩ리 기려 ○고ᄀᆡ난 싸웃 ○쑥지난 획씬 ○좌편으난 마을이요 우편으난 들이로다 오동 양뉴 셧난 나무 간간이 고목이라 삼월강남2111) 져 졔빈들 이에셔 더홀쇼냐 ○아나 동자 거 잇나냐 벽상으다 곳 붓쳐라 상거2112)가 너머 멀면 망견ᄒᆞ기 히미ᄒᆞ고 상거가 가직ᄒᆞ면 자미가 아죠 업다 침방2113)문 열고 보면 그 안이 은근ᄒᆞ냐 ○놀보으 거동바라 누어보고 안자보고 사모로 바

38-앞

ᄅᆡ본들 붓슬 들고 기린 졔비 무신 변통 잇것나냐 ᄆᆡ일 장취2114) 슐만 머고 졔비 오기만 고ᄃᆡ홀 졔 후리쳐 ᄉᆡᆼ각ᄒᆞᆫ직 남자난 동물이라 좌이ᄃᆡ사2115) ᄒᆞ난 닐이 장부지사2116)가 안이로다 ᄂᆡ가 가셔 동셔남북 너룬 곳에 산지사방2117) 잇난 졔비 이리져리 모도 모라 ᄂᆡ 쇼욕2118)을 ᄎᆡ우리라 ∴졔비 몰노 나간다 제비 몰노 나간다 평원광야 ᄃᆡ도상으로 졔비 몰노 나간다 ○구시왕사당젼연 비입심상ᄇᆡᆨ셩가2119)로다 졔비난 웅당코 오고

2107) 들보머리 : 대들보 앞.
2108) 자모상락(雌牡相樂) : 암컷과 수컷이 서로 즐김.
2109) 우후청초(雨後青草) : 비 온 뒤에 돋아난 푸른 풀.
2110) 가새지게 : 어긋나게.
2111) 삼월강남(三月江南) : 삼월달의 강남.
2112) 상거(相距) : 떨어져 있는 두 곳의 거리.
2113) 침방(寢房) : 침실.
2114) 장취(長醉) : 늘 술에 취함.
2115) 좌이대사(坐而待死) : 앉아서 죽음을 기다림.
2116) 장부지사(丈夫之事) : 장부의 일.
2117) 산지사방(散之四方) : 사방으로 흩어짐.
2118) 소욕(所欲) : 하고 싶어하는 바.
2119) 구시왕사당전연 비입심상백성가(舊時王謝堂前燕 飛入尋常百姓家) : 그 옛날 왕사당 앞

야 말니라 보기만 보며는 결딴코 몰니라 졔비 몰노 나간다 ○정정장송[2120] 들친 가지 간치만 썩각ᄒᆞ면 졔빈가 으심ᄒᆞ고○

38-뒤

연사청청[2121] 슈양지[2122]으 꾀소리만 얼는ᄒᆞ면 졔빈가 바릐보고 ○방쵸지당[2123] 셰우즁으 히오리[2124]만 쩔눅ᄒᆞ면 졔빈가 빅릐것다 ○어언간 여류광음[2125] 실셩으로 지날 젹으 ○썩맛참 삼츈이라 나무나무 쇽닙 나고 가지가지 꼿시로다 연자[2126]난 펄젹 나라 옛 집을 찻난 썩라○ 잇썩 놀보 부쳐 졔비 오기를 고딕홀 졔 호련이 나난 졔비 들썌 우으 안자구나 ○놀보 부쳐 살펴보니 두 다리으 졀각지흔[2127] 우리 졔비 완연ᄒᆞ구나 부쳐 셔로 죠와라고 숀을 드러 가라치며 기특ᄒᆞ다 고졍[2128]을 미망ᄒᆞ여 ᄎᆞ졈ᄎᆞ졈 ᄎᆞ자왓냐 죠권비이지환[2129]이라 너를 두고 일너구나 힝진강남 슈천리[2130]를 무사히 네 왓나냐 어이 그리 더듸엿냐 너으 근쳐 죠흔 풍월 두고오기 훌훌ᄒᆞ여 어언간[2131] 더듸엿나

의 제비 백성의 집을 찾아 날아든다. 유우석(劉禹錫)의 <오의항(烏衣巷)>의 한 구절.

2120) 정정장송(亭亭長松) : 홀로 늠름하게 우뚝 서 있는 소나무.

2121) 연사청청(連絲靑靑) : 이어진 가지가 푸르고 푸름.

2122) 수양지(垂楊枝) : 버드나무 가지.

2123) 방초지당(芳草池塘) : 향기로운 풀이 피어 있는 연못.

2124) 해오리 : 해오라기.

2125) 여류광음(如流光陰) : 물과 같이 흐르는 시간.

2126) 연자(燕子) : 제비.

2127) 절각지흔(折脚之痕) : 다리가 부러진 흔적.

2128) 고정(故情) : 옛 정.

2129) 조권비이지환(鳥倦飛而知還) : 날기에 지친 새들은 둥지로 돌아올 줄 안다. 도잠(陶潛)의 <귀거래사(歸去來辭)>의 한 구절.

2130) 행진강남수천리(行盡江南數千里) : 강남 수천 리를 다 감.

2131) 어언간(於焉間) : 알지 못하는 동안에 어느덧.

39-앞

어이 그리 더뒤엿냐 ○져 졔비 거동 바라 무엇실 입으 물고 표연이 나라 드러 놀보 압페 써러츄고 돈다 무심 간 곳 업다 ○놀보가 쥬셔보니 박씨가 분명ᄒᆞ다 아기 어멈 이것 보쇼 박씨가 분명ᄒᆞ네 부쳐 셔로 질기난듸 여ᄌᆞ으 쳬통이라 놀보쎡이 박씨를 숀으 들고 홍치로 어루것다 ○옛 은혜를 갑푸랴고 강남각씨 박씨 물고 박씨 가문 드러오니 보은 박씨 네 안이냐 박씨 ᄃᆡ쥬2132) 복일너냐 박씨 실ᄂᆡ2133) 복이로다 보은 박씨 장히 죳타 얼씨구나 자미져라 박씰박씰 노라보자 ○우리 박씨 어셔 슘어 박이 웅당 열거드면 ■■보화 나올 테니 옥

39-뒤

상가옥2134)ᄒᆞ여 보고 금상쳠화2135)ᄒᆞ여보ᄉᆡ ○놀보으 거동바라 화망살2136)이 박두커든 잠시 지체 어이ᄒᆞ리 ○○박씨를 슘은난듸 짜를 파고 거름 쥬어 깁피깁피 슘어쩌니 ○과연 움이 나며 순이 ᄉᆡᆼ겨 일취월장2137)ᄒᆞ난고나 ○놀보가 죠와라고 ᄒᆞ인 식켜 덕2138)을 미여 몸ᄎᆡ2139)로 올여난듸 와가라2140) 히가 될가 염여ᄒᆞ야 마람날ᄀᆡ2141) 져올녀셔 왼 집엉을

2132) 대주(大主) : 여자가 자기 집의 바깥주인을 이르는 말.

2133) 실내(室內) : 남의 아내를 일컫는 말.

2134) 옥상가옥(屋上架屋) : 지붕 위에 또 지붕을 만든다는 말로, 흔히 물건이나 일을 부질없이 거듭함을 이르는 말. 그러나 여기서는 좋은 것에 더 좋은 것을 더한다는 뜻으로 쓰였다.

2135) 금상첨화(錦上添花) : 좋은 일에 또 좋은 일이 더함.

2136) 화망살(火亡煞) : 불에 의해 죽게 될 모질고 독한 기운.

2137) 일취월장(日就月將) : 날로 달로 진보함.

2138) 덕 : 나뭇가지 사이나 양쪽에 버티어 놓은 나무 위에 막대기나 널을 걸치어서 맨 시렁.

2139) 몸채 : 몇 채로 된 살림집의 주된 집채.

2140) 와가라 : 왜가리.

2141) 마람날개 : 이엉의 전라도 사투리. 초가지붕을 이을 때 사용하는 짚으로 엮은 짚단을 말한다.

덥퍼 노코 박 열기를 고ᄃᆡᄒᆞᆯ 제 닷줄 갓탄 넌츌이며 삭갓 갓탄 셩ᄒᆞᆫ 닙이 왼 집을 다 덥

40-앞

펏다 ○ᄃᆡ체 박 셰 덩이가 숯 밋더니 영축업시2142) 다 크것다 ○○밤낫업시 크난 모양 ○슈통만 ᄒᆞ더니 셰슈통만 ᄒᆞ더니 쇠쥭통만 ᄒᆞ더니 두레북통만 ᄒᆞ더니 페문북통만 ᄒᆞ것다 ○놀보 부쳐 거동바라 박으다가 자미붓쳐 셰월을 보닐 적으 ○유화칠월2143) 지ᄂᆡ가고 츄구월 망간2144)이라 ᄒᆞᆫ로2145)난 징쳥2146)ᄒᆞ야 ᄇᆡᆨ과가 셩실이라 ○○곳곳마닥 여아더런 ○산젼2147)으 목화 ᄯᅡ고 치젼2148)으 고쵸 ᄯᅡ고 압뜰으 ᄃᆡ쵸 ᄯᅡ고 셔로 질겨 신물2149)을 자랑ᄒᆞᆫ다 ●○잇ᄯᆡ으 ○놀보으 거동바라 아기어멈 거 인난가 이리 와

40-뒤

셔 ᄂᆡ 말 듯쇼 ○츄분2150)이 지ᄂᆡ가고 ᄒᆞᆫ로졀2151)이 당ᄒᆡ오니 박을 안이 ᄯᅡ건난가 우리난 박을 ᄯᅡ식 ○○박이 아무리 크다ᄒᆞᆫ들 놀보으 기구로 무신 심이 잇것나냐 슌식간으 ᄯᅡ다 노코 욕심 제워 바로 탄다 ○ᄒᆞ인을 식

2142) 여축없이(餘蓄-) : 조금도 축나거나 버릴 것이 없이.
2143) 유화칠월(流火七月) : 칠월에 반딧불이 낢.
2144) 망간(望間) : 음력 보름.
2145) 한로(寒露) : 찬 서리.
2146) 징청(澄淸) : 아주 맑고 깨끗함.
2147) 산전(山田) : 산에 있는 밭.
2148) 채전(菜田) : 채소밭.
2149) 신물(新物) : 새로 나온 물건.
2150) 추분(秋分) : 이십사절기의 16번째. 백로(白露)와 한로(寒露) 사이의 절기로, 양력 9월 23일경.
2151) 한로절(寒露節) : 이십사절기의 열일곱째. 추분의 다음.

이자니 실슈홀가 염여ᄒᆞ여 외인은 고만두고 홍으 졔워 놀부 양쥬[2152] 박을 탄다 ⚇놀보으 거동바라 여보쇼 아기 어멈 우리 이 박 타고 보면 왼갓 보화가 다 나올 테니 경홀[2153]이 타것난가 놉푼 ᄃᆡ로 ᄶᅦᄃᆡ여셔 위 축ᄒᆞ여 노릐ᄒᆞ시 ○○박 ᄒᆞᆫ 통을 압페 노코 톱을

41-앞

드러 걸쳐 노코 ○여보쇼 아기 어멈 나난 압쇼릐를 멕일 테니 자닐낭은 뒤쇼릐를 마져쥬쇼○ ○시리렁 시리렁 톱질이야 어기영ᄎᆞ 톱질이야○○ 부모 갓탄 우리 박통 하날갓치 열녀쥬오 ○어기려라 톱질이야 ○○가장 가탄 우리 박통 ᄶᅡᆼ갓치 버러지오 ○어여루 톱질이야 ○○○여보쇼 아기 어멈 ○부모 외에 더 즁ᄒᆞ며 하날 우에 더 놉푼가 ○어기여라 톱질이야 ○○○여보시요 아기 아범 ○가장 우에 더 노푸며 ᄶᅡᆼ 우에 더 즁ᄒᆞ오 ○어 여루 톱질이야 ○우리 이 박 타고 보면 박을박을 나는

41-뒤

보화 하날만치 나올 게시 ○어셔 어셔 미러쥬쇼 ○두 말이나 ᄒᆞᆯ 말이요 박짝박짝 ᄲᅳᆯ는 보물 ᄶᅡᆼ만치나 후이 나오 ○실실살살 토드락 툭탁 타노코 부니 궤 ᄒᆞᆫ 짝이 나온다 ○쳐암으난 연ᄶᅡᆼ[2154]만큼 ᄒᆞ더니 닉노코 보니 두지[2155]짝만 ᄒᆞ것다 ○○놀보으 거동 바라 우루루 달녀드러 궤짝을 열 고보니 ○돈이 ᄒᆞ나 가득ᄒᆞ다 ○여보쇼 아기어멈 이것 보쇼 ○놀보덕이 ᄶᅡᆷ작 놀닉 ᄋᆡ고 이게 무엇시요 엇지 그리 굼트리요 ○○엇ᄶᅡ 이 사람아 그ᄃᆡ지도 미욱ᄒᆞᆫ가[2156] 돈을 쾌[2157]로 작젼[2158]ᄒᆞ야 너

2152) 양주(兩主) : 부부.

2153) 경홀(輕忽) : 경박하고 소홀함.

2154) 연상(硯箱) : 벼룻집.

2155) 뒤주 : 쌀 같은 곡식을 담아 두는 세간.

42-앞

어시니 잔말 말고 ᄂᆡ여보쇼 ○놀보ᄃᆡᆨ이 숀을 너며 ᄋᆡ고ᄋᆡ고 이상ᄒᆞ오 웨 그리 쎤득ᄒᆞ오 ○죵 모르난 말이로세 금이락게 넝물이라 차단 말은 ᄒᆞᆯ 것 잇나 ○○궤짝이 뜰셕ᄒᆞ며 구렁이 쎄가 펴나온다 ○쑴틀쑴틀 황구렁이[2159] 널눙널눙 먹구렁이[2160] 울긋쌜군 능그리[2161] 얼숭덜숭 독사ᄶᅡ지 살무ᄉᆡ[2162] 무자슈[2163]며 귀 돗친놈 몽쌍ᄒᆞᆫ 놈 늘졍ᄒᆞᆫ 놈 늑먹이[2164] 동ᄋᆡ비암[2165]ᄶᅡ지 ᄉᆢ역ᄉᆢ역 다 나온다 ○토방[2166]으도 구렁이요 마당으도 구렁이요 곡간으도 구렁이요 안방으도 구렁이요

42-뒤

사랑[2167]으도 구렁이라 예가 쑴틀 져가 ᄒᆞ늘ᄒᆞ늘ᄒᆞ늘 구렁이라 ○○왼 집안이 경황[2168]ᄒᆞ다 ○놀보ᄃᆡᆨ이 넉실 일코 ᄋᆡ고 이게 웬닐이요 동동츅슈[2169] 발광ᄒᆞᆯ 졔 ○○놀보으 거동바라 자ᄂᆡ 그게 웬말인가 세상으 사람더리 큰 횡직를 ᄒᆞ랴 ᄒᆞ면 구렁이 쑴을 쒸나니 구렁이가 발동ᄒᆞ니 횡ᄌᆡ ᄒᆞᆯ 징죠로시 허즁우실[2170]이라 ᄒᆞ여씨니 나문 박을 타고보ᄉᆡ ○○두 통

2156) 미욱한가 : 하는 짓이 어리석고 미련한가.
2157) 쾌 : 엽전 열 꾸러미. 곧, 열 냥을 한 단위로 세던 말.
2158) 작전(作錢) : 물건을 팔아서 돈을 장만함.
2159) 황구렁이(黃-) : 빛이 누런 구렁이.
2160) 먹구렁이 : 빛이 검은 구렁이.
2161) 능구렁이 : 등은 붉고 배는 누런 갈색인 구렁이.
2162) 살모사(殺母蛇) : 강한 독을 가진 뱀의 하나.
2163) 무자수 : 물뱀.
2164) 늑먹이 : 뱀의 한 종류.
2165) 동아뱀 : 도마뱀.
2166) 토방(土房) : 방에 들어가는 문 앞에 좀 높이 편평하게 다진 흙바닥.
2167) 사랑(舍廊) : 바깥주인이 거처하며 손님을 대접하는 곳.
2168) 경황(驚惶) : 놀라고 두려워 허둥지둥함.
2169) 동동축수(-祝手) : 발을 구르며 두 손 모아 빎.

을 갓다 노코 실넝실넝 타노흐니 궤 두 짝이 나오는듸 문이 펄젹 열녀지며 사람 쩨가 펴나온다 사람도 이

43-앞

상ᄒᆞ다 ○○○병신 쩨만 펴나와 ○곱사등이[2171] 곰바폴이[2172] 알ᄂᆡ다리[2173] 슈둥이[2174]며 청밍강이[2175] 질알빅이[2176] 외얼청이[2177] 쌍얼청이[2178] 입비트리[2179]까지 다 나오고 그 가온ᄃᆡ 용쳔나치[2180] 거동 바라 밀금ᄒᆞᆫ 두 다리가 피고름이 쥴쥴 흘너 발등까지 번덕이고 눈셥은 단풍들고 압니난 다 빠지고 양미간은 툭툭 터져 눈코가 상관 잇나 걸쉬고 찍진 쇼ᄅᆡ 절눙절눙 나오면셔 신셰자타가로 노ᄅᆡᄒᆞᆫ다○ ○아이고 아이고 셔룬지거 금일지힝 우리 동무 강산귀경 온 닐 업고 인물귀경 안이로다 쥬인 인심 거룩키로 어더먹자 들와씨니 쳐

43-뒤

분ᄃᆡ로 ᄒᆞ옵시요 ○○○슈가 만쑈 들어왓쇼○ ○○또 ᄒᆞᆫ 쩨가 나온다 찔찔이 짝을 지여 쵸란이[2181]퓌가 나온다 ○엇던 놈은 푸삼[2182] 입고 엇든

2170) 허중유실(虛中有實) : 빈 속에 실제가 있음.
2171) 곱사등이 : 등이 굽고 큰 혹 같은 것이 불쑥 나온 사람.
2172) 곰배팔이 : 팔이 꼬부라져 붙어 펴지 못하거나 팔뚝이 없는 사람을 낮잡아 이르는 말.
2173) 알내다리 : 다리가 꼬부라져 펴지 못하는 사람.
2174) 수중이 : 퉁퉁 부은 다리를 가진 사람.
2175) 청맹과니(靑盲-) : 겉으로 보기에는 눈이 멀쩡하나 앞을 보지 못하는 눈. 또는 그런 사람.
2176) 지랄배기 : 지랄병에 걸린 사람.
2177) 외언청이 : 윗입술이 외줄로 찢어진 사람.
2178) 쌍언청이 : 윗입술이 두 줄로 째진 사람.
2179) 입비뚤이 : 입이 비뚤어진 사람을 낮잡아 이르는 말.
2180) 용천나치 : 문둥병에 걸린 사람.
2181) 초라니 : 원래는 나례(儺禮)를 거행할 때 탈을 쓰고 귀신 쫓는 일을 맡던 나자(儺者)였는데, 후에는 마을을 돌며 집집마다 들러 장고를 치고 고사소리를 부르고 여러 가지 잡

놈은 션앙 들고 살구씨 입으 물고 비루비루 쇼릭ᄒᆞ며 쇼고를 숀으 들고 둥덩둥덩 뚜다리며 ○셔낭[2183]님닉 모시기난 다란 사정 안이오라 삼살[2184] 칠살 모진 졔살[2185] 셔낭님께 시쥬ᄒᆞ면 이 덕 신슈 우슘으로 연화ᄒᆞ고 춈으로 딕길ᄒᆞ옵닉다 비루비루 비루비루 구일셔낭 삼신셔낭[2186] 긱구셔낭[2187] 들셔낭[2188] 날셔낭[2189]이로구나 비루비루 쇼릭ᄒᆞᆫ다 ○○엇써ᄒᆞᆫ 놈 메욱[2190] 즙기 맛붓치[2191]를 왼몸으 걸쳐 입고 젼딕 둘너 허리

44-앞

믹고 쇼고를 뚜다리며 ○이 안덕으 동냥왓심니다 숀가락 입에 물고 쉬파람 휫휫 불며 졔 투를 ᄒᆞ것싸 ○에에어이으 ○경기도난 삼십사관이요 ○츙쳥도난 오십사관이요 ○둥덩둥덩○ ○젼라도난 오십뉵관이요 ○경상도난 칠십일관이라 ○둥덩둥덩 ○황히도난 이십삼관이요 ○평안도난 사십이관이라 ○둥덩둥덩 ○강원도난 이십뉵관이요 ○함경도난 이십사관이라 ○둥덩둥덩둥덩둥덩 뚜다린다 ○○삼딕치[2192] 쎄가 나온다 ○쎄루쎄루 쎄루야 쎄쎄쎄루야 ○이 졀으다 시쥬ᄒᆞ면 옥동자를 보련마난 ○쎄루쎄루쎄루야 쎄쎄쎄루야 ○쎄루 화상에 졀을 짓차 ○박신 박신

희(雜戲)를 벌이며 동냥을 하는 놀이패로 전락하였다.

2182) 푸삼 : 사냥꾼이 짐승을 속이려고 입는, 풀을 꽂은 적삼.

2183) 서낭 : 토지와 마을을 지켜 준다는 신.

2184) 삼살(三煞) : 세살(歲煞), 겁살(劫煞), 재살(災煞)을 통틀어 이르는 말.

2185) 재살(災煞) : 질병이나 재난을 만나 죽을 살(煞).

2186) 삼신서낭(三神-) : 아이를 점지한다는 세 신령.

2187) 객귀서낭(客鬼-) : 객사한 사람의 혼령.

2188) 들서낭 : 들어오는 신.

2189) 날서낭 : 나가는 신.

2190) 메욱 : 미역.

2191) 맛붙이 : 솜옷을 입을 때 입는 겹옷.

2192) 삼대치 : 조선 시대 놀이패의 하나.

44-뒤

놀보 박신 이 졀으다 시쥬ᄒᆞ쇼 쎄루쎄루쎄루야 쎄쎄쎄루야 ○쎽 거린이 나온다 ○두 놈이 썩 나셔며 두 숀 바닥 마죠 치며 고기를 ᄒᆞᆫ터 ᄯᅥᆨ고 오쫄오쫄 드러셔며 장타령[2193]을 부룬다 ○품바품바 들어온다 각셔리[2194]가 들온다 네 션싱이 누구냐 날보단도 잘ᄒᆞᆫ다 어더먹자 각셔리 셔리 셔리가 들왓쇼 품바품바 잘헌다 ○길노 길노 가다가 돈 ᄒᆞᆫ 푼을 쥬셔ᄭᅡ야 ᄯᅥᆨ젼거리 드러가셔 ᄯᅥᆨ ᄒᆞ나를 사ᄭᅡ야 들고 보니 네 귀요 졉쳐보니 두 귀요 먹고보니 요구요 도라보니 친구라 친구 ᄃᆡ졉 못ᄒᆡᆺ구나

45-앞

그나져나 죠쿠나 에리고 졔리고 졍 좃타 잘도 잘도 잘ᄒᆞᆫ다 ○ᄯᅩ ᄒᆞᆫ 놈이 나온다 ○엇ᄶᅡ 이ᄋᆡ 너으더리 장타령을 ᄒᆞ나냐 산타령도 안이다 장타령을 드러ᄇᆞ라 ○○너마다 본다 보셩장 고기 압퍼 못 보고 ○그져 먹자 공쥬장 졍신 업셔 못 보고 ○가다가 셧ᄶᅡ 장셩장 다리 압퍼 못 보고 ○졔미 븟고 담양장 상놈으 장이라 못 보고 ○못 보고 못 보고 ᄯᅩ ᄒᆞᆫ 가닥이 나온다 ○둥기둥기 잘ᄒᆞᆫ다 ᄯᅩ랑 건네 양쳠지 잔등 넘에 장쳠지 나락 셤으 셔쳠지 우리집으 동침지[2195] 각씨집으 ᄶᅩ각지[2196] 할냥[2197] 숀으 활각지[2198] ᄂᆡ 등거리 드덕지[2199]로다 잘도 잘도 잘ᄒᆞᆫ다

2193) 장타령(場-) : 구전 민요의 하나. 동냥하는 사람이 장이나 길거리로 돌아다니면서 구걸을 할 때 부르는 노래이다.

2194) 각설이(却說-) : 장타령꾼을 낮잡아 이르는 말.

2195) 동김치 : 동치미.

2196) 조각지 : 조개.

2197) 한량(閑良) : 무과에 급제하지 못한 호반.

2198) 활깍지 : 활을 쏠 때에 시위를 잡아당기기 위하여 엄지손가락의 아랫마디에 끼는 뿔로 만든 기구.

2199) 더덕지 : 딱지.

45-뒤

것칠 황ᄊᆡ 너불 홍ᄊᆞ 황셜슈셜[2200] 잘ᄒᆞᆫ다 ∞난ᄃᆡ업난 슈상ᄒᆞᆫ 놈 이상ᄒᆞ게 나온다 ○토포[2201] 항슈 하인인가 홍당사 쇄사실 양숀으 갈나 들고 ○토포어사[2202] 역졸[2203]이냐 사모방치[2204] 육모방치[2205] 양숀으 갈나 들고 ᄉᆡ페랑이[2206] 제쳐씨고 암ᄒᆡᆼ어사[2207] 츌도ᄒᆞ듯 예가 번ᄯᅳᆺ 제가 번ᄯᅳᆺ ᄃᆡ문 즁문 ᄯᅮ다리며 이놈 이놈 놀보야○ 그 뒤난 엇제던고 자시 몰나 ○아ᄆᆡ도 이 사셜은 형우졔공[2208] 비런닷 ᄒᆞ노라○

石崗 半戱

46-앞

독경축원 ○몰나봅쇼ᄅᆡ겨 이 ᄃᆡ문언 쳣 비두엿다

●몰나봅쇼ᄅᆡ가 셩죠[2209] 삼신[2210] 죤영[2211]님과 팔만사쳔 졔 죠왕[2212] 님젼 지셩발원[2213] 발입ᄂᆡ다 ○다람이 안이오라 기도발원[2214]ᄒᆞ옵기난

2200) 횡설수설(橫說竪說) : 조리가 없이 말을 이러쿵저러쿵 지껄임.

2201) 토포(討捕) : 무력으로 쳐서 잡음.

2202) 토포어사(討捕御使) : 각 진영에서 도둑을 잡는 일을 맡던 벼슬.

2203) 역졸(驛卒) : 역에 속하여 심부름하던 사람.

2204) 사모방치(四-) : 역졸·포졸들이 쓰던 네 모가 진 방망이.

2205) 육모방치(六-) : 역졸·포졸들이 쓰던 여섯 모가 진 방망이.

2206) 패랭이 : 패랭이댓개비로 엮어 만든 갓. 조선 시대에는 역졸, 보부상 같은 신분이 낮은 사람이나 상제(喪制)가 썼다.

2207) 암행어사(暗行御史) : 조선 시대에, 임금의 특명을 받아 지방관의 치적과 비위를 탐문하고 백성의 어려움을 살펴서 개선하는 일을 맡아 하던 임시 벼슬.

2208) 형우제공(兄友弟恭) : 형은 아우를 사랑하고 동생은 형을 공경한다는 뜻으로, 형제간에 서로 우애 깊게 지냄을 이르는 말.

2209) 성조 : 집을 지키는 신령.

2210) 삼신(三神) : 아기를 점지한다는 세 신령.

2211) 존령(尊靈) : 존귀한 신령.

2212) 조왕(竈王) : 부엌을 맡은 신.

2213) 지성발원(至誠發願) : 정성을 다하여 신에게 소원을 빎.

2214) 기도발원(祈禱發願) : 기도하며 소원을 빎.

예로붓터 업사릿가 ○천ᄒᆞ디셩[2215] 공부자[2216]도 이구산[2217]으 기도ᄒᆞ와 나으시고 정나라 정자산[2218]도 우셩산으 비러셔 나어시며 ○셕가여릭[2219] 관음보살[2220] 오빅나ᄒᆞᆫ[2221] 붓체님이 불경[2222] 불법[2223] 포도[2224]ᄒᆞ사 후싱[2225]이 본을 비와 오날짜지 존슝[2226]홈은 쇼원셩취 발입니다 ○자고로 명인[2227] 달사[2228]와 고문디간[2229]들 엇지 기도발원ᄒᆞ난 법이 업사릭가 ○히로난 아무 연

46-뒤

이옵고 달노난 아무 달이옵고 날노난 아무 일진[2230]이올시다 ○오날날이 사졍은 다란 사졍이 안이오라 가즁[2231]은 모씨 디쥬[2232] 정즁은 모씨

2215) 천하대성(天下大聖) : 세상에 짝이 없는 큰 성인.
2216) 공부자(孔夫子) : 공자(孔子)를 높여 이르는 말.
2217) 이구산(尼丘山) : 중국 산동성(山東省) 태안현(泰安縣) 북쪽에 있는 산. 오악(五嶽) 중 동악(東嶽)으로 태악(泰嶽) 혹은 이구산(尼丘山)이라고도 함.
2218) 정자산(鄭子産) : 중국 춘추시대 정(鄭)나라의 재상인 공손교(公孫僑). 자산(子産)은 그의 자. 개혁파 정치가로서, 매사 덕(德)과 엄격함을 중시하여 보잘것없던 정나라의 국력을 크게 신장시켰다.
2219) 석가여래(釋迦如來) : 석가모니여래(釋迦牟尼如來). 석가모니를 신성하게 이르는 말.
2220) 관음보살(觀音菩薩) : 관세음보살(觀世音菩薩). 아미타불의 왼편에서 교화를 돕는 보살. 대자대비하여 중생이 괴로울 때 그 이름을 외면 곧 구제한다고 한다.
2221) 오백나한(五百羅漢) : 석가의 제자인 오백 사람의 나한.
2222) 불경(佛經) : 불교의 경전.
2223) 불법(佛法) : 부처의 교법.
2224) 포도(布道) : 도를 널리 폄.
2225) 후생(後生) : 뒤에 난 사람.
2226) 존숭(尊崇) : 존경하고 숭배함.
2227) 명인(名人) : 어떤 분야에서 기예가 뛰어나 유명한 사람.
2228) 달사(達士) : 이치에 밝아 사물에 얽매이지 않는 사람.
2229) 고문대가(高門大家) : 부귀하고 대대로 번창한 집안.
2230) 일진(日辰) : 날의 육십갑자.
2231) 가중(家中) : 집안.
2232) 대주(大主) : 무당이 굿하는 집이나 단골로 다니는 집의 바깥주인을 일컫는 말.

졍즁 멧살 상남 아무 자숀이 금년 신익[2233]이 불길ᄒᆞ와 압푸락 실푸락 ᄒᆞᆫ열[2234] 두통 오간[2235]기로 누일[2236] 신음 불평ᄒᆞ오니 ○안질 듸 셜 듸 모로난 인간이 무신 분간 잇쇼릭갓 삼신님이 졈지ᄒᆞ신 자숀 삼신님이 어이 안이 돌보시며 셩쥬[2237] 죠상만 밋난 자숀 셩쥬[2238] 죠상이 어이 안이 돌보릭가 ○미욱ᄒᆞ온[2239] 이 자숀이 각갑ᄒᆞ고 민망ᄒᆞ와 졈가[2240]으 문복[2241]ᄒᆞ고 일관[2242]으게 날 가리여 상상길일[2243] 턱츌[2244]ᄒᆞ사 싱기 복덕[2245] 다

47-앞

갓쵸와 ○상탕으 머리 감고 즁탕으 목욕ᄒᆞ고 ᄒᆞ탕으 숀발 싯고 식 동우 졍화슈[2246]와 식 시리[2247] 불을 발켜 이 졍셩을 듸립니다

○틱고[2248]라 쳔황씨[2249]난 목덕[2250]으로 왕하시고 지황씨[2251]난 토

2233) 신액(身厄) : 몸에 붙은 모질고 사나운 운수.
2234) 한열(寒熱) : 오한(惡寒)과 신열(身熱).
2235) 오한(惡寒) : 몸이 오슬오슬 춥고 떨리는 증세.
2236) 누일(累日) : 여러 날.
2237) 성주 : 집을 지키는 신령.
2238) 설주(-柱) : 문의 양쪽에 세워 문짝을 끼워 달게 된 기둥.
2239) 미욱한 : 하는 짓이나 됨됨이가 어리석고 미련한.
2240) 점가(占家) : 점 보는 집.
2241) 문복(問卜) : 점을 쳐 길흉을 물음.
2242) 일관(日官) : 조선 시대에, 관상감에 속하여 길일(吉日)을 가리는 일을 맡아보던 벼슬.
2243) 상상길일(上上吉日) : 아주 좋은 날.
2244) 택출(擇出) : 골라냄.
2245) 생기복덕(生氣福德) : 생기일(生氣日)과 복덕일(福德日)을 아울러 이르는 말.
2246) 정화수(井華水) : 첫새벽에 길은 우물물.
2247) 시리 : 시루.
2248) 태고(太古) : 아주 오랜 옛날.
2249) 천황씨(天皇氏) : 옛날 중국 처음 임금인 삼황(三皇)의 우두머리.
2250) 목덕(木德) : 오덕(五德)의 하나.
2251) 지황씨(地皇氏) : 중국 고대전설에 나오는 삼황(三皇)의 하나.

덕2252)으로 왕ᄒᆞ시고 인황씨2253)난 화덕2254)으로 왕ᄒᆞ시사 형제 구인이 분장구쥬2255)ᄒᆞ옵시고 염졔2256) 신농씨2257)난 상ᄇᆡᆨ쵸2258) 약을 지여 만민을 구ᄒᆞ시고 슈인씨2259)난 불을 쓸러 교인화식2260)ᄒᆞ옵시고 유쇼씨2261)난 구목위쇼2262) 집을 지여 후ᄉᆡᆼ2263)을 다 가라쳐 오날가지 유젼ᄒᆞ니 ○나무로 지은 집 나무 안이 다루오며 돌그로 지은 집 돌 안이 다루오며 흑으로 지

47-뒤

은 집 흑 안이 다루오며 일용 사물 가간사2264)에 금은동철 쳘물이며 삼식 오식 포목2265) 등물 안니 달울 니가 잇쇼릭가 ○어질고 너그러신 셩쥬2266) 죠왕2267)님ᄂᆡ 화위동심2268)ᄒᆞ시와 ᄒᆞᆫ 장 효지2269)라도 열 장 효

2252) 목덕(土德) : 오덕(五德)의 하나.

2253) 인황씨(人皇氏) : 중국 고대 전설상의 삼황(三皇) 중 한사람.

2254) 화덕(火德) : 오덕(五德)의 하나.

2255) 분장구주(分掌九州) : 온 천하를 나누어 다스림. 구주는 고대 중국에서 온 나라를 통치하려고 나누었던 아홉 지방. 곧, 온 천하.

2256) 염제(炎帝) : 신농씨(神農氏).

2257) 신농씨(神農氏) : 중국 삼황(三皇)의 한사람. 성은 강(姜). 백성에게 경작을 가르친 데서 신농이라고 하며 불의 덕으로 왕이 된 데서 염제(炎帝)라고도 한다. 사람의 몸에 소의 머리를 가졌으며 복희씨(伏羲氏)의 뒤를 이어 쟁기를 만들고 백초(百草)를 맛보아서 의약을 마련하고 상거래 매매법을 확립하여 나라를 팔백오십 년간 이어갔다고 한다.

2258) 상백초(嘗百艸) : 온갖 약초의 맛을 봄.

2259) 수인씨(燧人氏) : 고대 중국의 전설상의 황제. 복희씨(伏羲氏) · 신농씨(神農氏)와 함께 삼황(三皇)의 한사람으로 화식(火食)하는 것을 발명하였다고 전해진다. 수(燧)는 불을 얻는 도구로, 수인씨가 나무를 마찰하여 불을 얻어 음식물을 요리하는 방법을 가르쳐 주었다고 한다.

2260) 교인화식(敎人火食) : 사람들에게 음식을 불에 익혀먹는 법을 가르침.

2261) 유소씨(有巢氏) : 중국 고대의 신화 · 전설상의 성인. 굽은 나무로 망루를 만들어 인간을 짐승과 벌레, 뱀 등으로부터 보호했다고 한다.

2262) 구목위소(搆木爲巢) : 나무를 엮어 집을 만듦.

2263) 후생(後生) : 뒤에 난 사람.

2264) 가간사(家間事) : 집안의 사사로운 일.

2265) 포목(布木) : 베와 무명.

지로 밧자옵고 열 장 효지라도 권효지[2270] 축효지[2271]로 밧자와셔 ○우환질고[2272] 관익슈[2273]와 구셜슈[2274] 비직슈[2275] 숀직슈[2276]난 물 아릐로 쇽거천리[2277]ᄒᆞ옵시고 멧 살 싱신 아무 자숀 약이라도 불노쵸[2278] 장싱냑[2279]으로 밧자옵고 축사[2280]라도 피흉취길[2281] 활인방[2282]으로 밧자와 시로 거두고 써로 거두워 어듸가 압퍼던야 실퍼던야 단밥 단잠으로 시원ᄒᆞ게 ᄒᆞ옵시고 ○가턱이 평안ᄒᆞ사 과년[2283] 녈셕 달 ᄒᆞᆫ 달 셔룬날 일일

48-앞

십이시를 우숨으로 연화ᄒᆞ고 츔으로 듸길ᄒᆞ고 동셔남북 사희팔방 휘둘너 횡힝ᄒᆞ되 만인간[2284]이 우러러 바릐보고 힝직슈[2285] 진직슈[2286]만

2266) 성주 : 집을 지키는 신령.
2267) 조왕(竈王) : 부엌을 맡은 신. 부엌에 있으면서 길흉을 판단한다고 함.
2268) 화우동심(和祐同心) : 한 마음으로 도움.
2269) 소지(燒紙) : 신령 앞에서, 부정(不淨)을 없애고 소원을 비는 뜻으로 얇은 종이를 불살라서 공중으로 올리는 종이.
2270) 권소지(卷燒紙) : 권으로 된 소지.
2271) 축소지(軸燒紙) : 축으로 된 소지.
2272) 우환질고(憂患疾苦) : 근심과 걱정과 질병과 고생을 아울러 이르는 말.
2273) 관액(官厄) : 관가로부터 재앙을 받을 운수
2274) 구설수(口舌數) : 남에게 구설을 들을 운수.
2275) 비재수(非財數) : 재물이 없을 운수.
2276) 손재수(損財數) : 재물을 잃을 운수.
2277) 속거천리(速去千里) : 빨리 천리를 감.
2278) 불로초(不老草) : 먹으면 늙지 않는다는 풀.
2279) 장생약(長生藥) : 먹으면 오래 산다는 약.
2280) 축사(祝辭) : 축원하는 말.
2281) 피흉취길(避凶就吉) : 흉한 것을 피하고 길한 곳으로 나아감.
2282) 활인방(活人方) : 사람을 살리는 방향.
2283) 과년(課年) : 해마다 꼭꼭 함.
2284) 만인간(萬人間) : 모든 사람.
2285) 횡재수(橫財數) : 뜻밖에 재물을 얻을 운수.

졈지ᄒᆞ여 쥬시기를 쳔만츅슈[2287] 발입ᄂᆡ다

ꕥ츅귀경[2288] 츅원이엿ᄶᅡ

여바라 다 듯거라 동셔남북 사히팔방 거리 즁쳔 비곱푸고 목 마르고 임자 업시 ᄶᅥ단이난 잡귀[2289]덜 다 듯거라 ○남자귀야 여자신아 총각 쥭은 몽달귀[2290]야 아덜 쥭은 동자신[2291]아 쇼년 쥭엄 인물귀야 ᄌᆞ식 업난 무자신[2292]아 안ᄌᆞᄶᅡ 못 먹엇다 셧ᄶᅡ 못 먹엇다 안 쥬어셔 못 먹엇다 업셔셔 못 먹엇다 뒷공사 ᄒᆞ지 말고 만이 만이

48-뒤

만이 먹고 너 갈 듸로 다 가거라 진것[2293]실낭 모도 먹고 모른 거슨 쓰렁익긋 싸가지고 산도 죠코 물도 죠코 산슈풍경 죠흔 ᄃᆡ로 각기 각기 썩 물너 다 가거라 ○만일 잣칫 ᄒᆞ다가넌 용천검[2294] 드난 칼노 ᄃᆡ칼으 목을 베혀 나무함으 거더 ᄂᆡᆨ코 돌함 쇽으 쳘박ᄒᆞ야 만경창파[2295] 깁푼 물으 풍덩실 더지며는 국ᄂᆡ 장ᄂᆡ 다시난 못 맛트리라 엄엄급급 여률녕 사파ᄒᆞ[2296] 쐐쐐 다 물너가거라

ᄉᆡ이 ᄉᆡ이 공 친 ᄃᆡ난 북을 둥둥 치난 ᄃᆡ문이엿다

2286) 진재수(眞財數) : 진짜 재물을 얻을 운수.

2287) 천만축수(千萬祝手) : 수없이 두 손 모아 빎.

2288) 축귀경(逐鬼經) : 귀신을 쫓는 경문.

2289) 잡귀(雜鬼) : 정체 모를 잡살뱅이 여러 귀신.

2290) 몽달귀(-鬼) : 총각이 죽어 되었다는 귀신.

2291) 동자신(童子神) : 어린아이가 죽어 되었다는 귀신.

2292) 무자신(無子神) : 자식이 없는 귀신.

2293) 진것 : 국물이 있는 것.

2294) 용천검(龍泉劍) : 중국에 있었다는 보검. 옛날 중국 홍주 풍성현 옥사(獄舍)의 땅속에서 돌상자가 나왔는데, 그 안에 용천검(龍泉劍)과 태아검(太阿劍)이 들어 있었다고 한다.

2295) 만경창파(萬頃蒼波) : 한없이 넓고 푸른 바다.

2296) 엄엄급급 여율령 사파하(奄奄急急 如律令 娑婆訶) : 빨리빨리 영을 받들어 사악한 귀신들이 침범하지 않도록 하여 주시옵소서.

〈개량박타령〉 현대역

1-앞

박타령
우리 술벗 유령(劉伶)이와 우리 문교(文交) 이태백(李太白)이 어디 가고 못 보는고? 천증세월인증수(天增歲月人增壽)라 사람마다 전송(傳誦)컨만 왕손(王孫)은 귀불귀(歸不歸)라 어이하여 일렀는고? 꽃 피고 좋은 날도 술 권(勸)할 이 뉘 있으며 달 밝고 어진 밤을 음영(吟詠) 없이 지낼쏘냐. 해반청산(海畔靑山) 날 비끼고 화간유수(花間流水) 산조(山鳥) 울 제 강촌(江村)의 어적성(漁笛聲)과 야사(夜寺)의 경(磬)쇠 소리 취흥(醉興)을 자아낸다. 묻노라 저 목동아, 행화촌(杏花村)이 어디메냐? 송하(松下)에 저 동자는 덧없이 손을 들고 운산(雲山)만 가리킨다.

1-뒤

우러러보니 중천(中天)의 일광(日光), 내리 굽어보니 통천하지일색(通天下之一色)이라. 사사(私思) 없는 저 일광 소년같이 길고지고. 중춘시절(仲春時節) 백화명(百花明)하니 아니 노지는 못하리라. 강구연월(康衢烟月) 노인따라 격양가(擊壤歌)로 놀아볼까? 남훈전(南薰殿) 백공(百工)같이 오현금(五絃琴)을 화답할까? 운담풍경근오천(雲淡風輕近午天)

에 방화수류(訪花隨柳) 놀고지고.

에라! 다 버리고 천지음양(天地陰陽) 반복지리(反復之理) 적선지가(積善之家) 여경(餘慶)이요 적악지가(積惡之家) 여앙(餘殃)이라, 두 번 일러 무엇하랴. 아우 박대(薄待) 자심(滋甚)키도

2-앞

근들 아니 적악(積惡)이며 형을 공대(恭待) 극히함도 그 선심(善心)이 오죽하랴. 형에게 공순(恭順)하고 지선무악(至善無惡)한 사람은 박홍보요, 아우에게 우애치 못하고 지악무도(至惡無道)한 사람은 홍보 형 박놀보라. 대저(大抵)커나 이 사람의 불의행사(不義行事) 떼손 있고 욕심 많고 오장육부(五臟六腑)가 남과 달라 심술보가 놀랍기로 위지(爲之) 놀보였다. 남이야 죽고 살고 실속기만 챙기는데, 떡전에 가 엎어져서 빰가죽이 벗겨져도 손 떼기는 그만 두고 떡을 쥐고 나서겄다. 욕심대로 아니되면 심술만 부리는데 정말 심술이 이상하겄다. 남의 혼인 될 듯하면 뒤로 살짝 훼담(毁談)하기,

2-뒤

행인(行人) 과객(過客) 만류하여 황혼 되면 쫓아내기, 불난 집에 물 긷는 놈 꽉 붙잡고 힐난(詰難)하기, 이웃집에 서신(庶神) 들면 개 돼지 살생하기, 금(禁)줄 치고 치성(致誠)하면 상복(喪服) 입고 들어가기, 투장(偸葬)하는 데 웨장 치고, 수절과부(守節寡婦) 무함(誣陷) 잡기, 젊은 여자 지나가면 역 내놓고 오줌 누기, 그 여외(餘外)의 나쁜 행사 별별 짓이 많하겄다. 음흉(陰凶)하고 술척스런 부지인사(不知人事) 단지재리(但知財利)하는 중에 남의 말은 불청(不聽)하고 아내 말은 선청(善聽)이라. 이러한 이 사람이 형제 윤(倫)을 알겄느냐. 아우 하나 있는 것을 구박(驅

迫)이 자심(滋甚)하니 흥보 부처(夫妻) 사세부득(事勢不得) 떠나겠다. 흥보의 거동 봐라. 눈물 씻고 일어서며 원정(原情)을 해보겠다.
"형님 형님, 들으시오. 옛날에 장공예(張公藝)는 구세동거(九世同居)하여 있고, 옛날에 강굉(姜肱)이는 공피일금(共被一衾)하였거든, 형제

3-앞

일신 중한 윤기(倫紀) 각분동서(各分東西)하오리까."
놀보의 거동 봐라. 주먹 쥐고 일어서며,
"어따 이놈, 유식하다. 부모 덕분 글자 배워 언족식비(言足飾非) 일쑤한다. 무엇이 어찌하여? 옛날에 공숙단(公叔段)은 어이하여 두 아우를 죽였으며 당태종(唐太宗)은 어이하여 그 형도 형살(刑殺)하고 그 아우도 죽였거든 그는 어이 모르느냐."
이같이 호령하여 흥보를 쫓아낸다 하였으되 이거는 광대의 망발인 듯하거니와 아마도 후덕(厚德) 있는 저 흥보가 외어기모(外禦其侮)하려니와 형의 뜻을 받으려고 부득이 나가니라. 적수(赤手)로 나간 신세 내 한

3-뒤

몸도 어렵거든 젊은 아내 어린 자식 어이하여 구명(救命)하리. 정처 없이 다닐 적에 못 갈 데가 왜 있으리. 수촌(水村) 산곽(山郭) 시냇가에 물레방아집도 들어가서 그렁저렁 지내보고 잔산단록(殘山短麓) 촌 근처의 산직집도 찾아가서 흥보 마누라는 또아리도 결어 팔고 흥보는 짚신짝도 얽어 판들 여러 자식 저 목숨을 건질 수가 있겠느냐. 슬거운 흥보 마누라가 하는 말이,
"여보시오 아기 아범, 궁무소불위(窮無所不爲)라니 못할 일이 왜 있겠소. 우리 나서 매품이나 하옵시다."

"두 번이나 할 말인가."
홍보 마누라가 품을 판다. 오라함이 감축하여 열령시행(列令施行)하더니라. 유월염천(六月炎天)

4-앞

밭매기며, 설한풍(雪寒風)에 물 지기며, 모경답(冒耕畓)에 망옷 놓기, 앙판답(秧板畓)에 피 뽑기며, 초상난 집 서답하기, 환부(鰥夫)집에 헌옷 깁기, 출막(出幕) 병인(病人) 구병(救病)하기, 디딜방아 용정(舂精)하기, 사이사이 나물 캐기, 진날 갠날 없이 하고, 또 홍보가 품을 판다. 유학자리 태(態)가 있어 힘든 일은 할 수 있나. 삯일랑은 불고(不顧)하고 못할 짓이 없더니라. 서신(書信) 배송(配送) 대말 끌기, 촌전(寸田)논에 새 보기며, 병든 과객(過客) 업고 가기, 임자 없는 송장 치기, 상여(喪輿) 옆에 삽선(翣扇) 들기, 신행(新行)길에 농(籠)짐 지기, 초라니판 불 놓기며, 마실 도부(屠夫) 육(肉)짐 지기, 식전(食前) 모군(募軍) 저녁 참질, 사이

4-뒤

사이 동냥하여 애바르게 서둘러도 복(福) 없는 홍보 신세 살 길이 망연(茫然)하다. 전곡(錢穀) 복은 못 탔건만 자식 복은 그리 탔나. 풀풀이 낳는 자식 하루거리 이틀거리 별복(鼈腹) 인복(蚓腹) 곽란(霍亂) 한번 난 일 없이 영축(盈縮) 없이 똑 다 큰다. 식구는 드세지고 가난은 늘어지니 사자 하되 살 수 없고 죽자 한들 차마 하랴. 홍보 마누라가 하는 말이,
"여보시오 아기 아범, 사대부(士大夫) 이향즉천생(離鄕則賤生)이라 하였으되 기갈(飢渴)이나 면(免)할 테면 무슨 분간 있소마는 피차가 일반이면 고향으로 가옵시다."

이때에 홍보 부처(夫妻) 어린 자식 앞세우고 고향산천(故鄕山川) 찾아가며 신세 자탄가(自歎歌)로 울음 운다.
"평수상봉(萍水相逢) 요내

5-앞

신세 일수화(一穗花)가 가련하다. 고향금야사천리(故鄕今夜思千里)라 운외청산(雲外靑山) 먼먼 길을 어느 날로 찾아가리. 아이고 아이고, 서러운지고."
그렁저렁 찾아와서 선산(先山) 하에 이막(移幕)하고 거적자리 거적문에 방이라고 누웠다가 아뿔사 발 뻗으면 세염 없는 상투 끝은 거적 뚫고 토방(土房) 위에 쑥 나가고, 불을 끄고 누웠으면 개천도(蓋天圖) 걸린 듯이 맑은 하늘 잠긴 별이 다문다문 보이겠다. 중천(中天)에서 세우(細雨) 오면 방에서는 소나기 온다. 수많은 자식들은 방 천신(薦新)을 하겠느냐. 토방(土房)에도 앉았는 놈, 마당에도 누워있는 놈, 기갈(飢渴)을 못 이기어 밥 달라고 우는

5-뒤

소리, 청초지당(靑草池塘) 봄비 뒤에 뭇개구리 울음이요 평원광야(平原廣野) 수답(水畓)논에 떼고니 소리로다. 굶다 굶다 못 굶어서 부황(浮黃) 난 놈 간간 있고 실성한 놈 혹간(或間) 있다. 여봐라, 이 판세(勢)에 저 홍보가 병영(兵營)으로 매품 팔러 갔다 하되 굶고 굶은 그 정상(情狀)에 무슨 매품을 팔겠느냐. 이거는 광대의 취담(醉談)인 듯하거니와 셈없는 자식들이 오장(五臟)이 허허(虛虛)하니 먹기가 원(願)이 되어 먹기 타령을 부르는데 육자배기 병창(竝唱)하듯 뭇놈이 원(願)하겠다. 한 놈 썩 나서며,

"설설 끓는 개장국에 허연 쌀밥 꾹꾹 말아 철량대로 먹었으면."
또 한 놈 나앉으며,
"울긋불긋 풋찰떡 손에 질질 섞어 들고 뚝뚝 떼어

6-앞

먹었으면."
또 한 놈 거동 봐라. 비시기 기대 누워 할 듯하게 원(願)하겄다.
"자짐자짐 방자굼 서푼너푼 집어 들고 약주 한 잔 먹었으면."
큰놈이 썩 나서며,
"어라! 이 미친놈들, 너희 모두 빈소리일다. 나의 원(願)을 들어봐라. 거무둥둥 보리개떡 도리납짝 손에 들고 얼레뚱뚱 하고지고."
그 밑의 어린 것들 말도 미쳐 못다 하고 이상하게 보채어,
"킹키잉맘 훙흐응맘 훙훙응응맘맘맘."
이 정상(情狀)을 듣고 보니 소위 부모 그 마음이 어떻다 하겄느냐. 홍보 마누라 거동 봐라.
"여보시오 아기 아범, 자식들이 죽게 되니 무슨

6-뒤

염치 챙기겄소. 길을 두고 뫼로 가며 살고 보제 죽고 보리. 속담을 모르시오. 좋은 일은 남이요 나진 일은 일가(一家)라고 형제간에 전곡(錢穀) 두고 자식 굶겨 죽였다면 근들 아니 악설(惡說)이오. 형님댁에 건너가서 이 사정을 여쭈오면 인사 아는 그 형님이 설마 괄시하오리까? 속속히 건너가오."
오장 얇은 저 홍보가 전자사(前者事)는 망각하고 된단 말에 귀가 열려 꼭 되기로만 건너간다. 심상상인(尋常常人) 비젓하게 헌 백립(白笠)에

노끈 달고 대지팡이 관모(冠毛) 달아 흐늘흐늘 건너가서 앞 잔등에 은신하고 촌양(村樣)을 망견(望見)

7-앞

하니 수목이 탱천(撑天)하고 와가(瓦家)가 즐비(櫛比)하여 전물색(前物色)이 없는지라. 바로 들어가자 하니 골목길도 변경하고 형의 뜻을 쾌히 몰라 전대종만 짐작하고 선돌거리 노구집을 찾아가니 노구(老嫗) 내외 그저 있다 깜짝 놀라 내달으며 인사하고 영접하며,

"애고, 이게 웬 일이오. 어디 가서 계옵시오? 아기씨와 아기네들 어떻게 지내시오?"

흥보 하는 말이,

"자네 그새 어떠한가? 나야 물어 무엇하리. 고금(古今)이 여시(如是)로세."

"허허, 이게 무슨 말씀이오. 세상 일을 알 수 있소? 저희 등이 공론 있소. 군자 같은 그 서방님 어디 가면 잘못되며

7-뒤

현철(賢哲)하신 우리 아씨 어디 가면 못될거나 무디무디 칭찬터니 측량 못할 일이로다."

"여보소 영감, 그만두게. 유구무언(有口無言)이요 무내천수(無奈天數)로세. 형님 안부 들어보세. 요새 안녕하옵시며 사세 더욱 늘었으며 성품 조금 풀어졌나?"

그 사람의 거동 봐라. 문을 열고 살펴보며 가만히 하는 말이,

"그 당신의 안부일랑은 물어볼 것 무엇 있소. 서방님 가신 후로 감기 한 번 한 일 없소. 어느 좀체 귀신인들 그 앞에 가 얼른 하며, 사세로 말씀

하면 거부(巨富)가 되었지요.”
홍보가 좋아라고,
“어찌 그리 잘되셨나?”
“허허, 대강 짐작 못하시오. 나락 섬을 길거(拮据)하되 장리(長利)도 중(重)커니와 곱빼기로 놓아 받고, 돈을

8-앞

갖고 취리(取利)하되 체계(遞計)와 장취리(長取利)도 불 같은 변이거든 구전(口錢)치기 힘을 쓰고, 시하청년(侍下青年) 유인하여 싼거리도 일쑤하고, 무식한 놈 전곡(錢穀) 수표(手票) 숫자 위에 가획(加劃)하여 억징(抑徵)도 잘하지요. 전곡에 눌리어서 안 될 장사 뉘 있겠소. 거부(巨富)만 되오리까 장자(長者)가 되오리다. 성품일랑 두말 마오. 머리가 내둘리오. 서방님 계신 때는 도학군자(道學君子) 처조(處調)지요. 근래에 지낸 제사 떡방아를 찧게 되면 동네 아들 끓는다고 쌀로 담아 그냥 놓고 곡간마다 쌓인 과실 허다하면 축진다고 석석이 묶어 놓고 어육포(魚肉脯)는 먹고 나면 허사라고 낱낱이 값

8-뒤

을 쳐서 대전(代錢)으로 놓았지요. 거년(去年) 시월 김장할 때 따순 점심 먹는다고 정지 년 머슴 놈이 몇 끼니를 굶었지요. 그 여외(餘外) 나쁜 말씀 어찌 다 아뢰리까.”
홍보의 거동 봐라. 이마가 서늘하고 머리 끝이 쭈뼛한다.
“여보소 영감, 내 말 듣소. 오늘 내가 나오기는 소관(所關)이 하사(何事)로세. 전곡간(錢穀間)에 얻어다가 죽을 처자 살려볼까 하였더니 불의출행(不意出行)을 아니 했나. 그저 가는 수가 옳제.”

그 사람 가만히 하는 말이,
"알 수는 꼭 없으나 되지 않는 말은 내지 않소. 하오마는 불원천리(不遠千里) 오셨다가 말씀도 아니 내고 불공자파(不攻自破)할 수 있소. 되든지

9-앞

못 되든지 처분이나 들어보오."
귀 엷은 저 흥보가 된단 말에 솔곳하여 변통없이 전(全)히 믿고 영감다려 가자 하니 그 사람 깜짝 놀라,
"날 죽일 말씀이오. 위방불입(危邦不入) 모르시오. 나는 차마 못 가겠소."
말대답이 이러하니 선뜻 돌아 나왔으면 호편지도(互便之道) 무사할 걸. 환장되온 그 마음이 염치가 없더니라.
"좌우간에 가볼라네. 길이나 조금 인도하게."
저 사람의 거동 봐라. 손을 들어 가리키되,
"저그 저 집 지내가면 벽계수(碧溪水) 흐르는 물 돌 쪼개어 다리 놓고 다릿가에 섰는 귀목(櫷木), 어따 전에 막똥아비 모정(茅亭) 터가 그 아니오. 그 안으

9-뒤

로 들어서면 첫대문을 지었지요. 저쪽 중문(中門) 비껴 놓고 이쪽 중문 들어가면 축석(築石)하여 새로 낸 길 외인출입(外人出入) 별로 없소. 조용히 들어가서 사정 말을 잘하시오. 여간 따위 인격으로 말 붙이기 어렵지요."
흥보가 역력히 박아 듣고 꼭 살펴 들어가니, 과연 놀보 형님 위의(威儀)가 장하거든. 외등밀이 완자창(卍字窓) 반만 열어 밀쳐 놓고 문장명필(文章名筆) 갖은 서병(書屛) 치수 있게 둘러치고 적대모(赤玳瑁) 반자

경(半紫鏡)을 이마 위에 떡 붙이고 날진한 담뱃대에 향초를 피워 물고 안석(案席)에다 팔을 짚고 비시기 앉았거늘, 초솔(草率)한 홍보 거

10-앞

동 들어갈까 돌아설까 잠깐 주저하더니라. 이때에 놀보는 고개만 비식하고 목 속으로 하는 소리,

"거 뉘냐?"

홍보가 반기 듣고 바로 올라 앞에 가서 두 손길 부여잡고 극진히 절을 하니 놀보가 새목을 한번 쓴다.

"거 뉘기냐?"

저 미욱한 홍보 보소. 첫 입맛이 이렇거든 지내가는 걸객(乞客)으로 철모르고 들어왔으니 바로 물러 가겄내다 선뜻 돌아 나왔으면 일언반사(一言半辭) 없을 텐데, 진정으로 곧이 듣고 잔뜩 언사 자아내어 정스럽게 아뢰겄다.

"형님 형님, 저를 진정 모르시오. 갑술년 사월 초파일날 관등(觀燈) 구경하러 갔던 아우 홍보로

10-뒤

소이다."

놀보가 어이없어 곰곰이 궁구한즉, 저 놈이 벌써 형이라고 불러 놓고 아우라고 자칭하여 굴 까놓듯 하였으니 자칫 잘못하다가는 획책이 없겄구나. 별포두를 한번 쓴다.

"뉘기여?"

"예, 어따 홍보여요."

놀보의 흉계 봐라, 홍보 이자(二字)을 각별히 새겨본다.

"홍보 홍보, 이상하다. 큰 사위 얻은 후에 선물하인 보냈더니 봉물(封物) 갖고 도망한 놈, 그 놈은 먹보였다. 앞 남산 양지쪽에 봄나무 비다가 황소 갖고 도망한 놈, 그 놈은 째보였다. 홍보 홍보, 알 수 없다."
홍보는 선인이라, 일생 심중(心中) 먹은 마음 변통 없이 말하겄다.
"형님 형님, 듣조시오.

11-앞

내 평생 마음 먹기를 천하대본(天下大本) 농사하면 흰떡 치고 찰떡 치고 찹쌀 청주(淸酒) 꽉국 뜨고 영계(嬰鷄) 삶아 웃짐 얹어 내 등으로 지고 와서 형님 양주(兩主) 마주 앉아 웃음 웃고 잡수는 것 내 눈으로 보렸더니 복 없는 저의 신세 마음대로 안 됩디다."
여봐라, 놀보 앞에 무슨 잔말 있겄느냐. 기왕지사(旣往之事) 낸 말이니 만패불청(萬霸不聽)하겄다. 홍보를 하인 불러 쳤다 하되 그럴 리가 있겄느냐. 다른 수는 별 수 없고 건풍으로 떼어 놓고 생야단을 때리겄다.
"여봐라 이놈들아, 내 자식도 못 먹이고 내 하인도 못 주는데 어떤 놈이 안 준다고 시비하여? 무론(毋論) 아무 놈이라도

11-뒤

나 괴롭게 하는 놈은 덜미 치고 복장 치고 등대뼈를 늘이리라."
떼어 놓고 호령하니 기단(氣短)한 저 홍보 건풍에 혼이 나서 두 말 없이 나왔구나. 이때에 놀보댁이 우둥퉁퉁 내달으며,
"애고 애고, 잡상스러. 만만한 게 계집이제. 할 데 다는 못하누만. 저러한 떼삯꾼놈 단단히 혼을 내야 다시는 못 오는데 어떻게 하였건대 여상으로 가누만."
이도 역시 광대의 재담인 듯하더니라. 이때에 홍보는 앞 잔등 빗다리길

로 도망할 제 잔솔폭에 채이어서 신짝이 벗어지고 옷가래가 산발이라.

12-앞

서러움이 왈칵 나서 신세 자탄가로 서러이 운다.
"척령(鶺鴒)은 짐승이나 동원에 깃들이고 홍안(鴻雁)은 미물(微物)이나 항렬(行列) 지어 날건마는, 어찌타 이내 몸은 형의 슬하 떠나와서 이리 곤케 사는거나. 아이고 아이고, 내 일이야. 불쌍한 우리 처자 아니 죽고 살았는가? 기갈을 못 견디어 영영 죽고 모르는가?"
한참 이리 하올 적에 서산에 일모(日暮)하고 남촌(南村)에 연기 난다. 이때에 홍보 마누라는 전곡간(錢穀間)에 꼭 얻어올 줄로만 전히 믿고 고대 고대하올 적에, 이마에 손을 얹고 앞 잔등을 망견(望見)하며 군담을 하겠다.
"오늘 해도 거운 되니 하마 하마 오실 텐데

12-뒤

후덕(厚德) 있는 우리 형님 꼭 붙잡고 만류하나? 전곡을 후히 주셔 짐이 복중하시는가? 어이 그리 더디 오나."
난데없는 어떤 사람 지름길로 건너온다. 아기 아범이 분명커든, 홍보 마누라 깜짝 놀라,
"애고, 이게 웬 일이오. 얻어오기는 고사하고 눈물 흔적 웬 일이며 의복 산발 웬 짓이오. 약속하고 모진 사람 전곡은 안 주나마 저 봉변이 웬 일인고."
홍보가 깜짝 놀라,
"여보소 아기 어멈, 자네 그게 웬 말인가?"
"그만 두오, 그만 두오. 그런대도 나도 알고 저런대도 나도 아요."

“아니로세, 내 말 듣게. 형님 댁에 건너가니 형님 내외 썩 나서며 내 손목을

13-앞

꽉 붙잡고 무정타고 낙루(落淚)하데. 큰상같이 차린 상을 밤참까지 들여 놓고 형제 수숙(嫂叔)이 같이 앉아 웃음으로 날을 샜네. 결코 만류하시데만 다녀오마 사정하니 백미 서 말, 밭콩 닷 되 내주시며 전문(錢文) 삼 냥 쌀 속에다 넣어주며 고기 사고 메욱 사서 자네 대접하라기에 남 보기에 수상타고 오쟁이로 덮어 지고 하직하고 돌아서니 내 마음 장히 좋아 구룡목을 얼핏 지내 장승박이 비껴 놓고 서낭당 올라서니 어둠침침 솔밭 속에 슬금찬 두어 놈이 우둥퉁퉁 쑥 나서며

13-뒤

칼을 번뜻 추켜들고, ‘이놈아 재물이 크냐? 목심이 크냐?’ 그 대목에 별 수 있나. 짐 벗어 내던지고 살아옴이 다행커든 배은망덕(背恩忘德) 웬 말인가.”

홍보 마누라 거동 봐라. 눈물짓고 돌아서며,

“수원수구(誰怨誰咎)할 것 있소. 현부(賢婦)는 영부귀(令夫貴)하고 악부(惡婦)는 영부천(令夫賤)이라. 영부귀(令夫貴)는 못할망정 저 봉변을 끼치오며 굶어있는 자식들은 죽고야만 말 테이니 내가 먼저 죽으리라.”

허리띠로 목을 매고 죽기로 자처(自處)하니, 홍보가 깜짝 놀라,

“아기 어멈, 웬 일인가? 마소 마소, 그리 마소. 천한 나는 그만두고 자식들을 돌보아

14-앞

서 부디 부디 그리 마소.”

허리띠를 훌쳐 잡고 내가 먼저 죽을라네 둘이 서로 다투는데 서러이 우는 애원성(哀怨聲)이 구천(九泉)에 사무쳤다. 천고청비(天高聽卑)시라, 천도(天道) 어찌 무심하랴. 중 하나가 내려온다. 중 하나가 내려와. 백주청풍(白晝天風) 맑은 하늘 중 하나가 내려와. 백수풍진(白首風塵) 노장(老長)중 구절죽장(九節竹杖) 비껴 들고 흐늘흐늘 내려와. 육관제자(六觀弟子) 성진(性眞)이는 석교연분(石橋緣分) 찾아가고 달마존자(達磨尊者) 노엽(蘆葉) 타고 항사로 돌아가고 석가여래(釋迦如來) 나옹대사(懶翁大師) 여기 올 일 만무하다. 동구(洞口)로 오는 거동 이상하고 이상하다. 불상이 퇴락(頹落)하여 시주차(施主次)로 다니는

14-뒤

가? 생도(生道)가 빈한(貧寒)하여 동냥차로 내려왔나? 새만 펄쩍 날아가도 허리 굽혀 배례(拜禮)하며 나무아미타불(南無阿彌陀佛), 낙엽만 퍼석 떨어져도 손을 들어 합장(合掌)하며 관세음보살(觀世音菩薩). 이 집 저집 다 지내어 흥보 문전 당도하여 목탁 땅땅 두드리며,

"이 안댁에 중 동냥 왔습니다."

흥보 부처(夫妻) 깜짝 놀라,

"여쭙기는 황송하나 다른 데나 가옵시오."

저 중의 거동 봐라. 천연히 들어서며,

"울기는 왜 우시오?"

흥보 부처(夫妻) 민망하여 공손히 여짜오되,

"굶어서 죽을

15-앞

목숨 미리 자처(自處)하자 하고 서로 죽기 다투는데 자연 느껴 우나이다."

저 중이 바로 홍보를 데려갔다 하면 무미(無味)할 듯하지마는 욕사욕사(欲死欲死) 홍보 신세 이런 짬이 없더니라. 저 중이 긍측(矜惻)하여 진정으로 하는 말이,

"빈승(貧僧)의 말이라고 허수히 알지 말고 나를 즉시 따라오면 일시 곤욕(困辱) 면(免)하리다."

홍보 부처(夫妻) 반기 듣고 어린 자식 앞세우고 중의 뒤를 따라간다. 연일(連日) 굶은 자식들이 완전히 가겄느냐. 비틀비틀 걷는 거동 파장(罷場) 근처 떼거러지 모양이라. 한 곳을 당도하니 기봉(奇峯)은 열봉(列峰)하고 유수(流水)는 협경(峽競)이라. 층암장송(層巖長松) 비껴 서고 무림수죽(茂林脩竹) 둘

15-뒤

러있다. 별유천지비인간(別有天地非人間)이라. 저 중의 거동 봐라. 막대를 넌짓 들어 한 곳을 가리키며,

"저기다가 집을 짓되 저 봉으로 좌(左)를 하고 저 봉으로 안을 하면 탐랑득거문파(貪狼得巨門破)에 간좌곤향(艮坐坤向) 분명하오. 문필봉(文筆峰)이 완연하니 문장재사(文章才士)가 대대부절(代代不絶)할 것이요 창고사(倉庫砂)가 뚜렷하니 무등거부(無等巨富)가 연면부절(連綿不絶)하오리다."

주저주저 한 걸음에 인홀불견(因忽不見) 간 곳 없다. 홍보 부처(夫妻) 낙막(落寞)하여 도승(道僧)인 줄 짐작하고 축수하례(祝手賀禮)한 연후에 대창(大昌)할 사람이라 허수히 알겄느냐. 집짓기를 시작한다. 매우 의사 있게 지어 언덕으로 뒷벽 삼고 작대기로

16-앞

상량(上樑)하고 새떼기로 지붕 덮고 질기양 꼬아 내어 남날개로 문을 달

고 자갈 줍고 흙 뭉쳐서 울뚝불뚝 방을 놓아 굶기로 끼니 삼아 겨우 겨우 지내날 제, 이때는 어느 때냐, 삼춘(三春) 삼월 좋은 때라. 우중춘수만인가(雨中春樹萬人家)에 집집마다 꽃이 피고 주마투계유미반(走馬鬪鷄猶未返)에 사람마다 노를 때라. 전가(田家)에 백사(百事) 망(忘)이라. 포곡조(布穀鳥)는 울음 울고 대승조(戴勝鳥)는 날아든다. 자거자래(自去自來) 제비 한 쌍 함니기소(含泥其巢) 흙을 물고 처마 안에 깃들인다. 홍보가 좋아라고,

"네 아무리 미물(微物)이나 사람도곤 승(勝)하도다. 광대한 천지간에 호가사(好家舍)가 많건마는 여두소옥(如斗小屋) 이내 집을 집이라

16-뒤

고 찾아왔나."

저 제비 거동 봐라. 불일성지(不日成之) 집을 지어 알을 낳아 품었거늘, 홍보가 좋아라고 대쪽 주워 발을 엮어 받치개를 박았더니 제비 새끼 다섯 까서 함충포자(含蟲哺子) 구구상락(呴呴相樂) 밤낮으로 숙성한다. 이때에 홍보 가권(家眷)이 기갈을 못 이기어 다 각기 나가겄다. 건너 비탈 묵정밭에 띠뿌리도 캐먹는 놈, 뒷동산 바위 밑에 칡뿌리도 캐먹는 놈, 고랑 고랑 앞뒤 고랑 가재도 잡는 놈, 주린 식량 채우려고 다 각기 나가겄다. 홍보 마누라는 나물 씻고 물 긷자고 석천(石泉)으로 건너가고 홍보 나무 갔다 들

17-앞

어오니 난데없는 대망(大蟒)이가 처마 안에 내닫거늘, 홍보가 깜짝 놀라 제비집을 굽어보니 네 마리는 잡아먹고 겨우 하나 남았거늘, 홍보의 분한 마음 작대기를 추켜들고 대망(大蟒)이를 겨누면서,

"백제자(白帝子) 죽은 혼이 네가 정녕 환생했나? 고황제(高皇帝)의 적소검(赤霄劍)으로 네 허리를 베고지고."
저 대망(大蟒)이 간 곳 없다. 밤이 가고 날이 오니 제비 새끼 한 마리가 나날로 숙성하여 팔짝팔짝 꿈쩍거리며 놀다가 대발 위에 내려져서 두 나래를 움츠리고 죽은 듯이 엎졌거늘, 홍보가 내달으며 제비 새끼 내려

17-뒤

들고 자세히 살펴보니 대발 틈에 접질리어 다리 하나 부러졌다. 홍보가 깜짝 놀라,
"아기 어멈, 이것 보소. 제비 새끼 다리 하나 아주 질끈 부러졌네."
홍보 마누라가 내달으며,
"아무리 미물(微物)이나 불쌍하고 가련하오. 대망(大蟒)이게 죽을 목숨 천행(天幸)으로 살아나서 절각지환(折脚之患) 웬 말이냐. 어찌하여 살리겠소. 살리도록 살립시다."
여봐라, 정말 홍보 신세 무신 약(藥)이 있겠느냐. 좀의 똥이 아니면은 송진(松津)이나 떼붙여서 휘휘친친 감았던가 보더라. 과연 제비 새끼 아니 죽고 사는구나. 몇 날이 지내

18-앞

더니 어미 따라 밖에 나와 날기를 공부한다. 녹음방초(綠陰芳草) 그늘 속에 앙금앙금 걸어도 보고 세우사풍(細雨斜風) 나는 꽃을 팔짝 날아 차도 본다. 차차 점점 공부터니 구만장공(九萬長空) 높은 하늘 자거자래(自去自來) 횡행타가 표연히 날아온다. 홍보가 좋아라고 제비 보고 하는 말이,
"어디 갔다 내려 왔나? 천상의 광한전(廣寒殿)을 집 지려고 보고 왔냐?

강남(江南)을 가랴 하고 수륙천심(水陸淺深)을 보고 왔냐?"
홍보 부처(夫妻) 거동 봐라. 기갈(飢渴)은 자심(滋甚)하나 제비에게 홍을 붙여 세월을 보내니라. 이때는 어느 때냐, 중양지가절(重陽之佳節)이라. 용산(龍山)에 술 마시며 학림(學林)에 글을

18-뒤

읊고 연자(燕子)는 훨훨 날아 고국을 가는 때라. 저 제비 거동 봐라. 어미 제비 새끼 제비 쌍쌍이 날아 앉아 혜어남남(兮於喃喃) 맑은 소리 고정(故情)을 하례한 듯 홀연히 높이 날아 운외장공(雲外長空) 묘망(渺茫)한 곳 아득히 간 곳 없다. 홍보 마음 결연(缺然)하다.
"새야 새야 현조(玄鳥)새야, 화조(花鳥)는 일반이라. 꽃도 졌다 내명년(來明年) 춘삼월에 다시 피니 너도 응당 내명춘(來明春)에 오려느냐. 불쌍한 내 신세는 명춘(明春)까지 살 수 있나. 주려서도 죽을 테요 얼어서도 죽겄구나."
탄식으로 지내갈 제, 이때에 제비는 강남(江南)에 들어가서 홍보 은혜 갚으려고 주야불

19-앞

망(晝夜不忘)하더니라. 강남이라 하는 데는 별세계(別世界)라. 조화(造化)가 무궁하고 보화가 허다하니 저 제비가 오는 때는 무고히 오겄느냐. 덧없는 여류광음(如流光陰) 한풍백설(寒風白雪)은 간 곳 없고 춘삼월 좋은 때라. 산림비조(山林飛鳥) 뭇새들은 농춘화답(弄春和答) 짝을 지어 쌍거쌍래(雙去雙來) 날아들며 각색으로 울음 운다. 저 두견새 울음 운다.
"솟작 솟작 솟작닥."

저 꾀꼬리 울음 운다.
"위룩 위룩 위리룩."
저 쑥국새 울음 운다.
"쑥국 쑥국 쑤쑥국."
저 풍년(豊年)새 울음 운다.
"풍덩 풍덩 풍덩실 두둥덩실 풍덩실."
온갖 새가 다 나오는데 현조(玄鳥)새는 아니 오랴. 힐지항지(頡之頏之) 제비 소리 홍보 귀에 들리거늘 문

19-뒤

을 열고 내다보니 제비 하나 앉은 모양 절각지흔(折脚之痕) 완연하다. 홍보 부처(夫妻) 좋아라고,
"구시왕사당전연(舊時王謝堂前燕) 심상백성(尋常百姓) 집을 찾아 펄펄 날아든다더니 너도 역시 옛 주인을 찾아왔냐."
저 제비 거동 봐라. 이상한 걸 입에 물고 홍보 앞에 떨어뜨리고 돌다 무심 날아간다. 여자의 이력으로 먼저 주워보겠다. 홍보 마누라가 주워들고 얼토당토않게 대보겠다.
"아이고, 수박씨를 물어왔소."
"아니로세. 수박씨는 검으려니와 길이 조금 짤막하니 수박씨는 만무하네."
의사 있게 물어본다.
"옳소 옳소. 제비가 물어왔으니 강낭콩이 분명하오."
"아니로세. 강낭콩은 붉고 훨씬 동실하니 강낭콩도

20-앞

만무하네."

"이리 주소. 내가 보세."

"어따! 이제 알겠소. 여지(荔枝)씨가 분명하오."

"아니로세. 여지 내력 들어보소. 교지(交趾)골에 악충(惡蟲) 맹수 다 따먹고 동파에서 원숭이가 아주 없이 먹었거든 여지씨가 왜 있으며, 얼턱덜턱 아니 하니 여지씨는 당치 않네."

"애고, 내가 미련하지. 외씨인 것을 그리 했소."

"외씨 내력 들어보소. 서왕모(西王母)가 주릉(朱陵)에서 외를 먹고, 그 후에 여몽(呂蒙)이가 매과자에 외를 먹고 예과정을 지었는데 무슨 외씨가 또 있을까. 가량없는 말이로세. 어디 보세."

홍보가 손에 들고 자세히 살펴보니 갚을 보(報)자, 은혜 은(恩)자, 박 표(瓢)자 보은표(報恩瓢)라

20-뒤

완연히 박았거늘 보은(報恩) 박씨 분명하다.

"아기 어멈, 이것 보소. 보은 박씨 물어왔네."

"여보시오 아기 아범, 보은 대추 있단 말은 들었으되 보은 박씨 있단 말은 금시초문(今時初聞) 첨말이오."

"아기 어멈, 내 말 듣소. 우리 제비 강남서 나올 적에 청산으로 보은으로 왔나보네. 그나저나 심어보세."

땅을 파고 묻었더니 과연 입묘(立苗)하여 크기를 시작한다. 순을 주워 지붕 위로 올렸더니 온 넌출이 집을 덮어 무성하기 댈 데 없다. 홍보 부처(夫妻) 좋아라고 우리 집을 못 이어서 풍우(風雨)가 염려터니 바람이 불어도 걱정 없고 비가 와도 가수로구나. 과연 박 세 통이 여는데, 처음에는 타루박

21-앞

만 하더니 당호박만 하더니 수박보다 커지더니 쇠물 함박만 하더니 통함박 테두리만 하겄다. 폐문(閉門) 북통만 했다 하되 이막집이 부지하겄느냐. 이거는 광대의 풍담(風談)이여. 때마침 좋은 때라. 유화칠월(流火七月) 지내가고 중추십오월명시(中秋十五月明時)라. 오곡(五穀)이 등풍(登豊)하고 백과(百果)는 성실(成實)이라. 오려논에 조도 잡고 밭언덕에 돔부 따고 물코에 부어(鮒魚) 잡고 후타리 호박 따고 갖추 갖추 하더니라. 이때에 홍보 신세는 춘역춘(春亦春) 추역추(秋亦秋)라.

"어떤 사람 팔자 좋아 저다지도 구비커든 우리 팔자 어이하여 이다지도 가난한고. 가난이야 가난이야, 댈 데 없

21-뒤

는 우리 가난. 사마장경(司馬長卿) 사벽가(四壁家)도 내게 대면 호가사(好家舍)요 초인의 남루의(襤褸衣)도 우리도곤 사치로다. 가난 이자(二字) 지은 사람 밥 식(食)자는 모르던가? 전생(前生)에 무슨 죄로 이생(生)에 생겨나서 이다지도 곤한 거나. 아이고 아이고, 내 신세야."

한참 이리 서러이 울 제, 홍보 마누라 하는 말이,

"여보시오 아기 아범, 한탄한들 쓸 데 있소. 천행(天幸)으로 우리집도 박 세 통이 열었으니 박이나 따다 타서 박속이나 먹읍시다."

"자네 말이 진담(眞談)일시. 큰놈도 이리 오고 작은놈도 이리 오고 너희 모두 운력(運力)해라."

간신히 박을 따서 마당에다 놓고 보니 기물답고 어둑하다. 홍보가 옹골져서,

"여보소 아기 어멈,

22-앞

우리 금년 땅벌이는 우리 생천 첨일일시. 한 덩이도 장하거든 세 덩이가 좀 좋은가. 삼분천하(三分天下) 정족지세(鼎足之勢) 너를 두고 일렀더냐? 천상에 삼태성(三台星)이 네 모양을 환했더냐? 큰놈은 어디 갔냐? 작은놈아 말 듣거라. 저 건너 목수집에 건너가서 톱 하나를 얻어오라."
즉시 얻어 왔더니라. 홍보 부처(夫妻) 거동 봐라. 박 한 통을 정히 놓고 톱을 들어 박통 위에 걸쳐 놓고 홍보가 좋아라고,
"여보소 아기 어멈, 내 말 듣소. 용정(舂精)방아 찧는 데는 방아타령 불러 있고 휘휘 둘러 매 갈 제는 맷대소리하는 게니 우리도 박을

22-뒤

타니 톱질 소리를 하여보세."
홍보 마누라 좋아라고,
"톱질 소리를 무엇이라 한단 말이오?"
"아니로세. 우리 살릴 박을 타니 박 내력을 대어보소."
홍보의 거동 봐라. 두 손으로 톱을 잡고,
"아기 어멈 자넬랑은 톱머리를 밀어주소. 나는 박 내력으로 앞소리를 메길 테니 자넬랑은 어떻든지 뒷소리를 맞아주소. 시리렁 시리렁 톱질이야, 당겨주소 톱질이야. 칠월적벽(七月赤壁) 소자첨(蘇子瞻)도 거포준이상속(擧匏樽以相屬)하니 박 아니면 어이하리. 시리렁 시리렁 톱질이야, 밀어주소 톱질이야."
홍보 마누라 거동 봐

23-앞

라. 두 손으로 톱을 잡고 뒷소리를 맞는다.

"시리렁 시리렁 톱질이야, 실근 실근 톱질이야. 톱질 소리를 하자 하니 배가 고파 할 수 있소. 시리렁 시리렁 톱질이야, 실근 살살 톱질이야."
홍보가 좋아라고 신명 겨워 메기는데,
"금석사죽(金石絲竹) 갖은 풍류 박 아니면 어이하리. 시리렁 시리렁 톱질이야, 당기어 주소 톱질이야."
"여보시오 아기 아범, 우리 이 박 어서 타서 박속일랑 국을 끓여 분안(分按) 있게 먹읍시다. 시리렁 시리렁 톱질이야, 실근 실근 톱질이야."
그리하세 그리하세. 두 번이나 할 말인가. 시리렁 시리렁 톱질이야, 양을 드소 톱질이야. 큰놈은 어디 갔냐? 작은놈아 이리 오느라. 허리 아파

23-뒤

못하겠다."
실근 실근 토두락 툭탁 타노니, 대체 무엇이 들었는데 벼룻집만 하더니 내어 놓고 자시 보니 궤짝만큼 하겠다. 여자의 소견이라 홍보 마누라 깜짝 놀라,
"애고, 이것이 무엇이오? 박속이 나올까 바랬더니 부지괴물(不知怪物) 나왔으니 어서 갖다 내버리오. 우리 죽일 것인가부."
"아기 어멈 웬 말인가? 함지사지이후생(陷之死地以後生)이요 절처봉생(絶處逢生)한단 말이 예로부터 있는 바니 그렇게만 할 말인가. 어디 조금 열어보세."
궤문을 열고 보니 쌀이 하나 가득하다.
"아기 어멈, 이것 보소. 얼척없고 옹골지고 별안간 별 일이네. 어서 와서 이것 보소."
홍보 마누라 우둥퉁퉁

24-앞

굽어보니 과연 쌀이 가득하다. 일언폐지(一言蔽之) 다 버리고 홍보 부처(夫妻) 쌀을 퍼 내는데, 궤문 열고 되어 붓고 다시 보면 쌀이 도로 하나 가득, 되어 붓고 다시 보면 쌀이 도로 하나 가득, 열고 보면 하나 가득, 되어 붓고 되어 내고 내고 내고 되어 내니 마당 한 쪽이 그들막. 홍보 부처 거동 봐라. 한숨을 푸루루 내어 쉬며,

"이제는 살겄구나. 어서 밥 좀 하여 먹자."

큰 솥 하나 얻어다가 무지금(無知金)하고 밥을 지어 마당에다 퍼다 놓고 홍보 부처(夫妻) 여러 자식을 낱낱이 챙기겄다.

"큰놈아 작은놈아, 이리로 다 오너라."

주섬주섬 늘어앉아 주린 식량 채우는데 죽으면은 대사냐, 주먹이 작아 서럽겄다. 저 자식들

24-뒤

거동 봐라. 전에 하던 행투어든 두 손에다 위여 들고 주둥이로 떼먹는 놈, 가래샅에 움쳐 넣고 옆의 놈의 주먹 차기, 저 놈은 이 놈 차고 이 놈은 저 놈 찬다. 홍보가 밥을 보니 콱 놓아 밥을 앞에 놓고 농담(弄談) 하겄다.

"밥아, 이 놈 괘씸하고 무상한 놈. 추세(趨勢)를 한다 하되 너같이 더러우랴. 나도 너를 알 만하고 너도 나를 아는 터에 과문불입(過門不入) 종시(終始)하니 그런 법이 없느니라. 마라 마라, 그리 마라. 사람의 괄세를 그리 마라. 낸들 일생 이러하며 넨들 일생 그러할거나. 이거는 광대의 객담(客談)이라고 할 듯하다. 홍보의 거동 봐라.

"여보게 아기 어멈, 우리 이번 뱃심도 든든하고

25-앞

팔힘도 할 만하니 또 한 통을 어서 타세."
박통을 앞에 놓고 톱을 들어 걸쳐 놓고,
"아기 어멈, 들어보소. 모야(暮夜) 첫 통 탈 때에는 신세타령을 했거니와 이 통일랑 시철가로 타보세. 앞소릴랑 자네 하소 뒤소릴랑 내가 함세."
흥보 마누라가 앞소리를 메기겄다.
"시리렁 시리렁 톱질이야, 나짓나짓 톱질이야. 밥 잘 먹기 뉘 덕이냐? 강남 제비 덕이로다. 시리렁 살살 톱질이야, 장히 좋소 톱질이야."
"자네 마음 나와 같네. 천생배필(天生配匹) 그 아닌가? 짜긋짜긋 밀어 주소."
"아기 아범, 이상하오. 이참 톱질 당기기는 팔힘도 매우 나고 소리도 할 만하오. 싸게 싸게 당기시오."
"두 말이나 할 말인가. 자네씨도 그러한가? 나도 역시 그러

25-뒤

하네. 딴 마암이 솔곳하네."
실실 토드락 툭탁 타노니, 궤 한 짝이 또 나와 의심 없이 열고 보니 돈이 담뿍 들었구나. 퍼내기를 시작한다. 궤문 열고 되어 내고 되어 붓고 되어 내니 온 집이 돈 빛이라. 또 한 통을 타놓으니 궤 세 짝이 나온다. 궤 한 짝을 열고 보니 온갖 비단이 다 나온다, 온갖 비단이 다 나와. 절대가인(絶代佳人) 고운 태도 떠오르는 월광단(月光緞), 청의동자(靑衣童子) 홍의동자(紅衣童子) 승부결단(勝負決斷) 일광단(日光緞), 공부자(孔夫子)의 착한 도덕 수천만년(數千萬年) 대단(大緞), 위신난(爲臣難) 난우난(難又難)이라 세세충의(世世忠義) 공단(貢緞), 화류장안(花柳長安) 좋을시고 갖은 풍

26-앞

류 장원주(壯元紬), 부귀공명(富貴功名)하쟀더니 운수불길(運數不吉) 한단(漢緞), 원앙수침(鴛鴦繡枕) 여기 두고 어디로 가계주(紬), 진사급제(進士及第)할 징조라 초지(草紙)마다 괴단, 청명시절(淸明時節) 좋은 때라 세우분분(細雨紛紛) 도리불수, 태산(泰山)같이 중한 언약 경경불매(耿耿不寐) 상사단(上紗緞), 글자가 정히 좋아 입춘(立春) 원문(願文) 길상단(吉祥緞), 열녀(烈女) 정절 곧은 절개(節槪) 마디마디 죽엽문(竹葉紋), 송이송이 국화문(菊花紋), 울긋불긋 도화색(桃花色), 볼고족족 연도색(軟桃色), 둥글둥글 수박색, 괴밥의 송화색(松花色), 얼숭덜숭 호랑문(虎狼紋), 이리 저리 새발문(紋), 꼬부랑 곱장 대하문(大蝦紋), 헐찍하다 갑사(甲紗)까지 꾸역꾸역 꾸역꾸역 꾸역에 다 나온다. 펄렁펄렁 쟁겨 놓고 너울

26-뒤

너울 걸쳐 놓으니 온 집이 꽃빛이라. 방안에도 꽃이 피고 토방(土房)에도 꽃이로다. 흰 백(白)자 붉을 홍(紅)자 송이송이 광채 나고 붉을 단(丹) 푸를 청(靑) 고물고물 단청(丹靑)이라. 춘풍(春風)이 떨쳐 불어 폭폭이 날아가니 낙화만지(落花滿地) 분명하다. 아이들아, 게 두어라. 낙환들 꽃 아니냐. 화락(花落)하니 연불소(憐不掃)를 네 어이 모르느냐. 낙화(落花)도 꽃이요 개화(開花)도 꽃이로구나. 개락(開落)이 하관(何關)이냐? 춘만건곤복만가(春滿乾坤福滿家)가 우리 집이 분명하다. 홍보 부처(夫妻) 좋아라고 홍에 겨워 놀아본다.

"궤문 열면 쌀이 풍풍, 궤문 열면 돈이

27-앞

풍풍, 비단까지 풍풍 나니 우리 살릴 풍풍이라. 풍자로 놀아보세. 빌어먹고 다닐 때는 풍화소견(風化所見) 어렵더니 우리 신세 이리 되니 풍년소식(豊年消息) 좋을시고. 가난 이자(二字) 어디 갔냐, 대풍고(大風庫)에 녹여보자. 풍채 좋은 우리 자식 강남풍월한다년(江南風月閑多年)에 풍족하게 지내보자. 설청운산북풍한(雪青雲散北風寒)에 눈이 와도 걱정없고 일야서풍송우뢰(一夜西風送雨雷)에 비가 와도 가수로구나. 돈 쌀 들여 집을 짓고 네 귀에다 풍경(風磬) 달고 청풍명월(淸風明月) 갖은 풍류 풍덩풍덩 살아보세. 경수무풍야자파(鏡水無風也自波)로 너울너울 놀아보세. 또 한 짝을 열고 보니

27-뒤

온갖 보화가 다 나온다, 온갖 보화가 다 나와. 은금(銀金) 오동(烏銅) 백옥(白玉)이며 밀화(蜜花) 호박(琥珀) 금패(錦貝)로다. 산호(珊瑚) 만호(滿瑚) 무회(無灰)까지 비취(翡翠) 자개 삼녹(三綠)이며 진주(眞珠) 명주(明珠) 수은(水銀)이며 주사(朱砂)까지 다 나오고 온갖 패물이 다 나온다, 온갖 패물이 다 나와. 산호(珊瑚) 동곳, 호박(琥珀) 풍잠(風簪), 금패(錦貝) 관자(貫子)가 다 나오고, 화류면경(花柳面鏡) 대모(玳瑁) 염발 각소(角梳)까지 다 나오고, 아주 검은 오수경(烏水鏡)과 아른아른 반자경에 청피(青皮)집을 겸하였고, 은장도(銀粧刀) 금장도(金粧刀) 낭도(囊刀)까지 다 나오고, 청사립(青絲笠) 홍사립(紅絲笠) 음양립(陰陽笠)이 다 나오고, 게알탕건(宕巾) 별탕건 감투까지 다 나오고, 천은(天銀) 희자(喜字) 일품죽(一品竹)을 오동(烏銅)으로 선 둘러서 설대까지 다 나오고, 토수(吐手) 배자(褙子) 휘양이며

28-앞

팔배 쾌자(快子) 뒤트기며 대소(大小) 창의(氅衣) 실띠까지 꾸역꾸역 다 나오고, 방안 기물이 다 나온다. 값 든 기물이 다 나와. 문갑(文匣) 연상(硯床) 의(衣)걸이며 책상 필통 산통(算筒)이라. 요강 타기(唾器) 대떨이며 쌈지 설합(舌盒) 대결이라. 화로(火爐) 등판 촉(燭)꽂이며 초롱 등롱(燈籠) 납(蠟)초까지 꾸역꾸역 다 나오고, 소병(小屛) 대병(大屛) 침병(枕屛)이며 와상(臥牀) 안석(案席) 좌(坐)틀이라. 벼루 연적(硯滴) 필묵(筆墨)이며 만권 서책 백가어(百家語)라. 퇴침(退枕) 풍침(風枕) 죽침(竹枕)이며 요 이불에 화문석(花紋席)과 양금(洋琴) 가금(琴) 거문고며 단소(短簫) 젓대 해금(奚琴)이라. 북 장구까지 다 나오고 양산 우산 차일(遮日)이며 방장 주렴(珠簾) 죽피석(竹皮席)과 휘장 포장 드림이며 관모(冠帽) 유단(油單) 우상(羽牀)이라. 연엽선(蓮葉扇)에 태극(太極) 놓고 합

28-뒤

죽선(合竹扇)에 선초(扇貂)로다. 치통까지 겸하였고 음양(陰陽) 각자(刻字) 주련(柱聯)이며 담담(淡淡)하다 묵화(墨畫)그림 갖춰 갖춰 다 나오고 안호사(豪奢)가 다 나온다. 용잠(龍簪) 봉잠(鳳簪) 죽절(竹節)이며 국화잠(菊花簪)이 다 나오고 난삼(襴衫) 원삼(圓衫) 족두리라. 월자(月子)까지 다 나오고 용얼레 반월소(半月梳)에 빗치개까지 다 나오고, 면경(面鏡) 체경(體鏡) 경대(鏡臺)에다 기름 단지가 다 나오고 연지(臙脂) 곤지 분통이며 금(金)부전 은돌치 족집게까지 다 나오고, 꽃신 진신 건당혜(乾唐鞋)며 윤도(輪圖) 전도(剪刀) 침척(針尺)이라. 원앙수침(鴛鴦繡枕) 잣베개에 금금요석(錦衾-席) 길이불과 오함상자 삼층장(三層欌)에 요강 대야 질요강과 그 옆에 놋동이라. 세침(細針) 중침(中針) 바늘

상자 전반(剪板) 실패 금(金)실까지 갖춰 갖춰 다 나오고, 채반(盤) 모제비 퉁바구리까지 다 나오고 온갖 세간이 다 나온다. 자구 돌치

29-앞

동거리며 호무 광이 가래까지 끌 송곳 동철(冬鐵)이며 매도구통 절굿대라. 홍두깨 방망이 다듬잇돌이 다 나오고 확돌 풀돌 풀매까지 다 나오고 부엌 세간이 다 나온다. 밥솥 국솥 동솥이며 조리(笊籬) 함박 국자로다. 완자 냄비 차거리며 대루 적쇠 화로로다. 국체 접체 반접이며 쳇솔 솥솔 쇠주걱과 은반상기(銀飯床器) 놋반상기(飯床器) 퉁반상기(飯床器)가 다 나오고, 반간지 별간지 은수저가 다 나오고 은저분 놋저분 금저분이 다 나오고, 기맹 구수 도마까지 시칼 용수 물항(缸)까지 모두 다 꾸역꾸역 다 나오고, 도장 세간이 다 나온다. 소항(小缸) 대항(大缸) 차독이며 동우 단지 귀당이라 시리 소래 반자기까지 꾸역꾸역 다 나오고, 농기 연장이 다 나온다. 장기 따부 써레 조차 자새

29-뒤

길마 설메로다. 말되 장부 당그래며 풍차(風車)까지 다 나오고 물레 베틀 씨아이며 나틀까지 다 나오고 쇠스랑 갈퀴 도리깨며 구렁구 빗자루 부지땅까지 꾸역꾸역 꾸역꾸역에 다 나온다. 또 한 짝을 열고 보니 온갖 짐승 다 나온다, 온갖 짐승 다 나와. 말이 나도 비룡마(飛龍馬)가 나고 소가 나도 특우(特牛)가 나고, 개가 나도 벽사구(辟邪狗)가 나고 닭이 나도 금계(金鷄)가 나고 그 여외 남은 짐승 어찌 다 말할쏘냐.
여봐라, 대체 홍보씨가 이렇게 세간이 늘어 놓으니 못할 일이 왜 있겄냐. 불일성지(不日成之) 성주를 하는데 유전(有錢)이면 가사귀(可使鬼)로

30-앞

똑 이리 하던 것이었다. 이막 헐고 몸채 짓고 안팎 사랑(舍廊)에 줄행랑(行廊) 장원(墻垣) 밖에 도대문(都大門)은 첩사층영상대기(疊榭層楹相對起)로 중천(中天)에 둥실 솟아 있다. 무기방(戊己方)에다 곳집 짓고 청룡방(靑龍方)에다 마구간 짓고 복병방에다 벌통을 놓아라. 팔천형봉 떼무리인들 이 위에 더할쏘냐.
여봐라, 이같이 좋은 가사 화계(花階)가 없것느냐. 때마침 중춘(仲春)이라. 층층이 축(築)을 무어 각색 화초를 배종(胚種)할 제, 영산(映山) 자산(紫山) 철쭉이며 동백(冬柏) 춘백(春栢) 사계화(四季花)라. 혜초(蕙草) 지초(芝草) 난초화(蘭草花)며 파촌(芭蕉)들 없을쏘냐. 광채 있는 금낭화(錦囊花)며 문채 좋은 옥잠화(玉簪花)라. 괴석(怪石) 옆에 분송(盆松) 놓고 사이사이

30-뒤

태석(苔石)이라. 석천(石泉)에 흐르는 물 연당(蓮塘)으로 인수한다. 사시풍경화란형(四時風景華爛炯)이라. 구비하고 갖은 행락(行樂) 무등대복(無等大福) 이 아니냐. 곽자의(郭子義)를 부러워하며 석숭(石崇)인들 당할쏘냐. 슬하자손만세영(膝下子孫萬世永)으로 계계승승(繼繼承承)하잿더라.
이때에 놀보가 이 소문을 아니 들을 리가 있겄느냐. 허욕(虛慾)이 왈칵 나서 홍보 집을 찾아갈 제, 동구 밖에 바라보니 고루거각(高樓巨閣) 둥실 솟아 동악(東嶽)이 가득하다. 문전에 들어서니 주련(柱聯)의 특자서(特字書)는 사시풍경 새겨 있고 벽상의 폭그림은 수첩청산(數疊靑山) 완연하다. 화계(花階) 상의 각색 화초 백백홍홍상간개(白白紅紅相間開)라.

31-앞

춘광(春光)이 만실(滿室)하고, 반묘방당(半畝方塘) 맑은 물은 천광운영공배회(天光雲影共徘徊)라, 거울같이 열렸구나. 이때에 홍보가 놀보를 망견(望見)하고 우루루 내달으며 영접하여 일절 안부 사뢴 후에,
"여보소 아기 어멈, 형님이 와계시네."
홍보 마누라 거동 봐라.
"아이고, 이게 웬 말이오."
우둥퉁퉁 나아가서 인사하고 앉았으니, 놀보의 행사 봐라. 다른 사람 같게 되면 '제수(弟嫂) 이 사이 어떠하오' 할 테인데,
"허허, 의복이 날개라고 미꾸라지 용 되었네. 그나저나 이애 홍보야, 말 듣거라. 네 심보 장히 글러 형제간도 부지(不知)하고 잘못 될 줄 알았더니 천도(天道)도 아주 없다. 어찌하여 이다지도

31-뒤

잘 되었나? 그 내력 좀 들어보자."
주안상(酒案床)이 들어온다. 일등미주(一等美酒) 만반진수(滿盤珍羞) 대탁(大卓)으로 꾸며 들여 놀보를 권한 후에, 홍보의 거동 봐라. 단정히 궤좌(跪坐)하여,
"형님 형님, 제가 이리 되옵기는 형님 덕이 그 아니오. 형님이 분가(分家)시켜 정처 없이 다니다가 예다가 이막하고 겨우 겨우 지내더니, 자거자래(自去自來) 제비 한 쌍 집을 짓고 새끼 까서 자모상락(雌牡相樂) 즐기더니, 난데없는 대망이가 네 마리는 잡아먹고 한 마리 겨우 남아 대발틈에 발이 빠져 절각(折脚)이 되었기로 아무리 미물(微物)이나 가긍(可矜)하기 댈 데 없어 절각을 부여잡고 실로 감아 두었더니, 아니 죽고 살

32-앞

아나서 그 후년(後年)에 나올 때에 박씨 한 개 물고 와서 그 박씨를 심었더니 박 세 통이 열었거늘 박을 따다 타고 보니 쌀만 쌀만 쌀이 나고 돈만 돈만 돈이 나고 온갖 기물(器物) 다 나와서 자연 이리 되었으니 형님 덕이 그 아니오."

놀보가 귀가 뜨여 다시 묻겄다.

"진정으로 제비 절각(折脚) 실로 감아 살렸더니 박씨를 물어와서 박 속에서 이 기물이 나왔어야?"

역력히 들은 후에 욕심보가 터져 놓으니 억제를 하겄느냐. 좋은 보화는 다 가리킨다.

"이것도 나를 도라. 저것도 나를 도라."

값 들고 좋은 것은 욕심대로 앗아 들고 마음이 장히 좋아 홍보를 한번 풀어 이르겄다.

"네가 이리 잘 되기가 내 덕인 줄 안다 하니 내 마음도 장히

32-뒤

좋다. 형제일신(兄弟一身) 중(重)한 윤기(倫紀) 네 것이 내 것이요 내 것이 내 것이라. 넨들 어이 모를쏘냐. 다른 보화 또 있거든 마저 갖다 나를 도라."

제비에게 뜻이 있어 총총(悤悤)히 떠나온다. 놀보의 거동 봐라. 홍보를 위축(慰祝)하여 정담(情談)같이 하는 말이,

"여바라 홍보야, 말 듣거라. 재물이라 하는 것이 뜬구름과 일반이라. 서천(西天)으로 떠갔다가 동천(東天)으로 떠오나니 세상사를 알 수 있니. 사불여의(事不如意)하게 되면 남에게는 알게 마라. 그만하면 알겄지. 쉬 보자."

집으로 돌아와서 제비를 구하자니 유연입소순성숙(唯燕入巢循成宿) 이 때가 이미 지내니라. 놀보의

33-앞

거동 봐라. 밤낮 없이 제비로 일삼는다. 여류광음(如流光陰) 보낼 적에 중양가절(重陽佳節) 지내가고 백설한풍(白雪寒風) 흘려 분다. 제비에게 미망지심(未忘之心) 글 두 귀를 지었는데, 강남이라 하는 데는 제비 사는 곳이로다. 강남으로 한 짝 하고 제비로 한 짝 채워 오언(五言) 한 귀, 칠언(七言) 한 귀 두 귀에 하였으되,
'강남(江南)에 우초헐(雨初歇)하니 연어조량만(燕語雕梁晩)을, 강남풍월한다년(江南風月閑多年)하니 연자함니부오신(燕子含泥夫吾身)이라.'
밤에도 읽어 보고 낮에도 읊어 본들 때 아닌 저 제비를 아무런들 얻어 보랴. 명년 삼월 상길(上吉)날을 고대 고대하올 적에 손가락을 꼽으며 날수를 세보겄다.
"정월 보름 지내가면 그믐이 돌아오고 이월 그믐 지내가면

33-뒤

삼월 삼일 오겄구나. 세월아 펄펄 가려무나. 남의 사정 왜 모르나."
제비에게 상사(相思) 들려 잠을 자도 제비, 잠을 깨도 제비, 밥 먹어도 제비, 말대답도 제비, 모두 다 제비로구나. 콩 종자만 두어도 제비콩만 두고, 표장(標章)만 접어도 제비표장만 접어내고, 종이만 사들여서 간제비만 접쳐두고, 짐승을 키워도 족제비만 구하고, 살림을 사더라도 모제비만 사고, 좋은 일을 보더라도 목제비만 하고, 음식을 하더라도 수제비 칼제비만 해먹겄다.

34-앞

이때는 어느 때냐, 삼춘 삼월 좋은 때라. 이화(李花) 도화(桃花) 만발(滿發)하고 황봉(黃蜂) 백접(白蝶) 춤을 춘다. 가지가지 우는 새는 짝을 불러 날아든다. 웅비종자(雄飛從雌) 까마귀, 환우성성(喚友聲聲) 꾀꼬리, 능탈작소(凌奪鵲巢) 비둘기, 할미새, 쑥국새까지 춘흥(春興) 겨워 날아든다. 이때에 놀보는 제비 올까 고대 고대 바라더니 남남지성(喃喃之聲) 제비 한 쌍 놀보 집에 날아든다. 놀보가 좋아라고 제비 보고 하는 말이, "네로구나 네로구나, 다시 보니 네로구나. 무심한 제비들은 비입심상백성가(飛入尋常百姓家)라 자거자래(自去自來) 가겄마는 너는 어이 유정(有情)하여 요내 집을 찾아왔냐. 원일견지(願一見之)하였더니 하상견지

34-뒤

만야(何相見之晚也)로다. 어서 어서 집을 지어 속히 속히 알을 낳아라." 저 제비 거동 봐라. 불일성지(不日成之) 집을 지어 알을 낳아 품었더니 새끼 다섯 깠는지라. 제비 새끼 숙성하여 뛸 듯 날 듯하는지라. 놀보 부처(夫妻) 좋아라고 대망이만 고대한다. 이리 가도 대망이만 기다리고 저리 가도 대망이만 고대할 제, 세우지당(細雨池塘) 청초(青草) 중에 개구리만 훌떡하면 대망인가 바라보고, 정도원매 썩은 가지 새만 펄쩍 날아가도 대망인가 의심하고, 동고서창(東庫西倉) 곡간 앞에 쥐새끼만 얼른하면 대망이

35-앞

게 왔느냐 백단(百端)으로 의심한다. 놀보 부처(夫妻) 거동 봐라. 댈 데 없는 급한 마음 참다 참다 못 참아서 대망이 살 만한 곳을 찾아간다. 어느 곳을 찾아가나. 천변(川邊) 방천 수풀 속과 도지고목(塗地古木) 잔초

(殘草) 중과 헌 후타리 헌담 근처 으슥한 곳 찾아가서 정설로 원정(原情)한다. 대망이라 하옵기는 과히 경솔하와 존칭하여 구렁이라 하여본다. "구렁님 구렁님, 듣조시오. 구렁님의 행차 앞에 꿈쩍 아니 할 이 없고 으쓱 아니 할 이 없나이다. 어떠하신 앞이라고 주작부언(做作浮言)하오리까. 다른 사정

35-뒤

아니오라 구렁님의 자실 밥을 인도코자 왔습니다. 집집마다 새새끼와 곳곳마다 쥐새끼는 후참거리 두옵시고, 저의 집을 찾아오면 사랑 처마 제비 새끼 많사오니 되는 대로 다 자시고 한 마리만 두시오면, 위초(爲楚)요 비위조(非爲趙)라 구렁님도 위함이요 제 사기(事機)도 소원성취(所願成就)하겠내다. 일차 행차하시기를 손을 들고 바랍니다."
이렇게 원정하되 고루거각(高樓巨閣) 좋은 집에 대망이가 오겠느냐. 날 듯 날 듯 제비 새끼 자칫하면 허사로구나. 저 새끼를 다 두자니 대사(大事)는 불모중(不謀衆)이라, 한 마리만

36-앞

살리자니 그 일 장히 난처하다. 막중대사(莫重大事) 요내 일을 천천미물(賤賤微物) 대망이를 믿겠느냐. 활(闊)한 수단 내 손으로 성사를 하오리라. 달려들어 다 죽이고 한 마리만 남겨 놓고 왕(王)대 조각 엇쪼개어 받치개를 받쳐 놓고 절각(折脚)하기를 고대한다. 제비 새끼 거동 봐라. 대발 위에 앉은 모양 날 기상이 완연하다. 놀보가 하는 말이,
"여보소 아기 어멈, 내 말 듣소. 우리 제비 절각(折脚)키를 대발 틈만 믿겠는가. 절각(折脚)만 되게 되면 나수기만 나수면은 근들 아니 적선(積善)인가. 손으로 절각(折脚)하세."
놀보 댁이 좋아

36-뒤

라고,
"대장부의 의견이오. 말씀인즉 긴착(緊着)하오."
놀보의 거동 봐라. 우루루 달려들어 제비 새끼 잡아들고 곰곰이 생각한즉 한 다리만 분질러서 나술진대 그 공이 적겠구나. 두 다리를 아주 질끈 툭 분질러 두 손에다 안아 들고,
"아기 어멈, 이것 보소. 아무리 미물(微物)이나 가긍(可矜)하기 댈 데 있나. 인정간에 보겠는가. 무엇으로 살려볼까? 우황(牛黃)이나 멕여볼까? 사향(麝香)이나 발라 볼까?"
싸고 싸고 휘휘 싸서 당사(唐絲)실로 고이 감아 제비 집에 넣어 놓고 동정만 보는구나. 여봐라, 대체 놀보 망할 제비거든 죽을 리가

37-앞

있겠느냐. 몇 날이 지내더니 저 제비 완연하다. 날개 벌려 서도 보고 앙금앙금 걸어본다. 홀연히 높이 날아 중천으로 향하더니 불견기처(不見其處) 간 곳 없다. 수의구월(授衣九月) 중추시(仲秋時)라, 수촌(水村) 산곽(山郭) 백성가(百姓家)에 묻노라 뭇 제비도 각귀고국(各歸故國)하는 때라. 이때에 놀보 부처(夫妻) 제비 오기만 기다릴 제 입만 열면 제비로 노래한다.
"금년 삼동(三冬) 어서 가고 명년 삼춘(三春) 어서 오라. 삼춘 삼월 오게 되면 우리 제비 보겠구나."
제비만 생각나면 말끝마다 삼월이라. 눈을 감고 앉았으면 제비 앞에 얼른하고 진정하고 누웠으면 제비 소리 귀에 쟁쟁, 깜짝 반겨 바라보면 오작만 지저귄다.
"아서라! 전곡 두어 무엇하랴. 산 제비는 볼 수 없고 영자(影子)라도 보

오리라. 화공(畵工)을 불러라."
제비 화상(畵像)을 그린다. 제비 화상을 그릴 적에 뚝

37-뒤

이리 그리겼다. 들보머리 늦게 와서 말을 하던 입 그리고, 자모상락(雌牡相樂)하올 적에 서로 보는 눈 그리고, 우후청조(雨後青草) 섬돌 위에 앙금앙금 발 그리고, 나는 꽃을 차려 하고 팔짝 날던 날개 그려, 이리저리 가새지게 양편으로 꼬리 그려, 고개는 짜웃, 쪽지는 획낀, 좌편에는 마을이요 우편에는 들이로다. 오동(梧桐) 양류(楊柳) 섰는 나무 간간이 고목이라. 삼월강남(三月江南) 저 제빈들 이에서 더할쏘냐.
"아나! 동자 거 있느냐? 벽상에다 곧 붙여라. 상거(相距)가 너무 멀면 망견(望見)하기 희미하고 상거(相距)가 가직하면 자미가 아주 없다. 침방문(寢房門) 열고 보면 그 아니 은근하냐."
놀보의 거동 봐라. 누워보고 앉아보고 사모로 바

38-앞

래본들 붓을 들고 그린 제비 무슨 변통 있겠느냐. 매일 장취(長醉) 술만 먹고 제비 오기만 고대할 제, 후리쳐 생각한즉 남자는 동물이라, 좌이대사(坐而待死)하는 일이 장부지사(丈夫之事)가 아니로다. 내가 가서 동서남북 너른 곳에 산지사방(散之四方) 있는 제비 이리저리 모두 몰아 내 소욕(所欲)을 채우리라. 제비 몰러 나간다, 제비 몰러 나간다. 평원광야(平原廣野) 대도상(大道上)으로 제비 몰러 나간다. 구시왕사당전연(舊時王謝堂前燕) 비입심상백성가(飛入尋常百姓家)로다. 제비는 응당코 오고야 말리라. 보기만 보면은 결단코 몰리라. 제비 몰러 나간다. 정정장송(亭亭長松) 들친 가지 까치만 쨰깍하면 제빈가 의심하고,

38-뒤

연사청청(連絲靑靑) 수양지(垂楊枝)에 꾀꼬리만 얼른하면 제빈가 바라보고, 방초지당(芳草池塘) 세우(細雨) 중(中)에 해오리만 낄룩하면 제빈가 바라겄다. 어언간(於焉間) 여류광음(如流光陰) 실성으로 지낼 적에 때마침 삼춘(三春)이라. 나무나무 속잎 나고 가지가지 꽃이로다. 연자(燕子)는 펄쩍 날아 옛 집을 찾는 때라. 이때 놀보 부처(夫妻) 제비 오기를 고대할 제, 홀연히 나는 제비 들보 위에 앉았구나. 놀보 부처(夫妻) 살펴보니 두 다리의 절각지흔(折脚之痕) 우리 제비 완연하구나. 부처(夫妻) 서로 좋아라고 손을 들어 가리키며,
"기특하다. 고정(故情)을 미망(未忘)하여 차점차점 찾아왔냐? 조권비이지환(鳥倦飛而知還)이라, 너를 두고 일렀구나. 행진강남수천리(行盡江南數千里)를 무사히 네 왔느냐? 어이 그리 더디었나? 너의 근처 좋은 풍월 두고 오기 훌훌하여 어언간(於焉間) 더디었나?

39-앞

어이 그리 더디었나?"
저 제비 거동 봐라. 무엇을 입에 물고 표연히 날아들어 놀보 앞에 떨어주고 돌다 무심 간 곳 없다. 놀보가 주워보니 박씨가 분명하다.
"아기 어멈, 이것 보소. 박씨가 분명하네."
부처(夫妻) 서로 즐기는데 여자의 체통이라 놀보댁이 박씨를 손에 들고 홍치로 어루겄다.
"옛 은혜를 갚으려고 강남 각씨 박씨 물고 박씨 가문 들어오니 보은 박씨 네 아니냐. 박씨 대주(大主) 복일러냐? 박씨 실내(室內) 복이로다. 보은 박씨 장히 좋다. 얼씨구나 자미져라. 박씰박씰 놀아보자. 우리 박씨 어서 심어 박이 웅당 열게 되면 ■■보화 나올 테니 옥

39-뒤

상가옥(屋上架屋)하여 보고 금상첨화(錦上添花)하여보세."
놀보의 거동 봐라. 화망살(火亡煞)이 박두커든 잠시 지체 어이하리. 박씨를 심었는데 땅을 파고 거름 주어 깊이깊이 심었더니 과연 움이 나며 순이 생겨 일취월장(日就月將)하는구나. 놀보가 좋아라고 하인 시켜 덕을 매어 몸채로 올렸는데 왜가리 해가 될까 염려하여 마람날개 져 올려서 윈 지붕을 덮어 놓고 박 열기를 고대할 제, 닻줄 같은 넌출이며 삿갓 같은 성한 잎이 온 집을 다 덮

40-앞

었다. 대체 박 세 덩이가 꽃 맺더니 여축(餘蓄)없이 다 크겠다. 밤낮없이 크는 모양 수통만 하더니 세수통만 하더니 쇠죽통만 하더니 두레북통만 하더니 폐문북통만 하겠다. 놀보 부처(夫妻) 거동 봐라. 박에다가 자미 붙여 세월을 보낼 적에, 유화칠월(流火七月) 지내가고 추구월 망간(望間)이라. 한로(寒露)는 징청(澄淸)하여 백과(百果)가 성실(成實)이라. 곳곳마다 여아(女兒)들은 산전(山田)에 목화(木花) 따고 채전(菜田)에 고추 따고 앞뜰에 대추 따고 서로 즐겨 신물(新物)을 자랑한다. 이때에 놀보의 거동 봐라.
"아기 어멈, 거 있는가? 이리 와

40-뒤

서 내 말 듣소. 추분(秋分)이 지내가고 한로절(寒露節)이 당해 오니 박을 아니 타겠는가? 우리는 박을 따세."
박이 아무리 크다한들 놀보의 기구로 무슨 힘이 있겠느냐. 순식간에 따다 놓고 욕심 겨워 바로 탄다. 하인을 시키자니 실수할까 염려하여 외인

(外人)은 그만두고 홍에 겨워 놀부 양주(兩主) 박을 탄다. 놀보의 거동 봐라.
"여보소 아기 어멈, 우리 이 박 타고 보면 온갖 보화가 다 나올 테니 경홀(輕忽)히 타겠는가. 높은 데로 떼 대서 위축(慰祝)하여 노래하세."
박 한 통을 앞에 놓고 톱을

41-앞

들어 걸쳐 놓고,
"여보소 아기 어멈, 나는 앞소리를 메길 테니 자넬랑은 뒷소리를 맞아주소. 시리렁 시리렁 톱질이야, 어기영차 톱질이야. 부모 같은 우리 박통 하늘같이 열려주오. 어기여라 톱질이야."
"가장(家長) 같은 우리 박통 땅같이 벌어지오. 어여루 톱질이야."
"여보소 아기 어멈, 부모 외에 더 중하며 하늘 위에 더 높은가. 어기여라 톱질이야."
"여보시오 아기 아범, 가장 위에 더 높으며 땅 위에 더 중하오. 어여루 톱질이야."
"우리 이 박 타고 보면 바글바글 나는

41-뒤

보화 하늘만치 나올 것이니 어서 어서 밀어주소."
"두 말이나 할 말이오. 박짝박짝 끓는 보물 땅만치나 후히 나오."
실실살살 토드락 툭탁 타놓고 보니 궤 한 짝이 나온다. 처음에는 연상(硯箱)만큼 하더니 내놓고 보니 뒤주짝만 하겠다. 놀보의 거동 봐라. 우루루 달려들어 궤짝을 열고 보니 돈이 하나 가득하다.
"여보소 아기 어멈, 이것 보소."

놀보댁이 깜짝 놀라,

"애고, 이게 무엇이오? 어찌 그리 꿈틀거리오?"

"어따! 이 사람아, 그다지도 미욱한가? 돈을 쾌로 작전(作錢)하여 넣

42-앞

었으니 잔말 말고 내어보소."

놀보댁이 손을 넣으며,

"애고 애고, 이상하오. 왜 그리 선득하오?"

"종 모르는 말이로세. 금(金)이란 게 냉물이라, 차단 말은 할 것 있나."

궤짝이 들썩하며 구렁이 떼가 퍼나온다. 꿈틀꿈틀 황구렁이, 얼룽얼룽 먹구렁이, 울긋불긋 능구렁이, 얼숭덜숭 독사까지, 살모사(殺母蛇) 무자수며, 귀 돋힌 놈, 몽땅한 놈, 늘정한 놈, 늑먹이 동아뱀까지 꾸역꾸역 다 나온다. 토방(土房)에도 구렁이요, 마당에도 구렁이요, 곡간(穀間)으도 구렁이요, 안방에도 구렁이요,

42-뒤

사랑(舍廊)에도 구렁이라. 예 가 꿈틀, 저 가 흐늘흐늘, 흐늘 구렁이라. 온 집안이 경황(驚惶)하다. 놀보댁이 넋을 잃고,

"애고, 이게 웬 일이오."

동동축수(祝手) 발광할 제, 놀보의 거동 봐라.

"자네 그게 웬 말인가? 세상의 사람들이 큰 횡재(橫財)를 하려 하면 구렁이 꿈을 꾸나니 구렁이가 발동하니 횡재할 징조로시. 허중유실(虛中有實)이라 하였으니 남은 박을 타고 보세."

두 통을 갖다 놀고 실렁실렁 타 놓으니 궤 두 짝이 나오는데 문이 펄쩍 열려지며 사람 떼가 퍼나온다. 사람도 이

43-앞

상하다. 병신 떼만 퍼나와. 곱사등이 곰배팔이 알내다리 수중이며 청맹(靑盲)과니 지랄배기 외언청이 쌍언청이 입비뚤이까지 다 나오고, 그 가운데 용천나치 거동 봐라. 밀끔한 두 다리가 피고름이 줄줄 흘러 발등까지 번뜩이고 눈썹은 단풍 들고 앞니는 다 빠지고 양미간은 툭툭 터져 눈코가 상관 있나. 걸쉬고 째진 소리 절름절름 나오면서 신세 자탄가로 노래한다.

"아이고 아이고, 서러운지고. 금일지행(今日之行) 우리 동무 강산귀경 온 일 없고 인물귀경 아니로다. 주인 인심 거룩키로 얻어먹자 들어왔으니 처

43-뒤

분대로 하옵시오. 수가 많소. 들어왔소."

또 한 떼가 나온다. 끼리끼리 짝을 지어 초라니패가 나온다. 어떤 놈은 푸삼 입고 어떤 놈은 선앙 들고 살구씨 입에 물고 비루비루 소리하며 소고(小鼓)를 손에 들고 둥덩둥덩 두드리며,

"서낭님네 모시기는 다른 사정 아니오라 삼살(三煞) 칠살(七煞) 모진 재살(災煞) 서낭님께 시주(施主)하면 이 댁 신수 웃음으로 연화하고 춤으로 대길(大吉)하옵내다. 비루비루 비루비루 구일서낭 삼신(三神)서낭 객귀(客鬼)서낭 들서낭 날서낭이로구나."

비루비루 소리한다. 어떠한 놈 메욱 줄기 맞붙이를 온몸에 걸쳐 입고 전대(錢帶) 둘러 허리

44-앞

매고 소고(小鼓)를 두드리며,

"이 안댁에 동냥왔습니다."
손가락 입에 물고 휘파람 휘휘 불며 제 투(套)를 하겄다.
"에에어이으. 경기도는 삼십사관이요, 충청도는 오십사관이오. 둥덩둥덩. 전라도는 오십육관이요, 경상도는 칠십일관이라. 둥덩둥덩. 황해도는 이십삼관이요, 평안도는 사십이관이라. 둥덩둥덩. 강원도는 이십육관이요, 함경도는 이십사관이라."
둥덩둥덩 둥덩둥덩 두드린다. 삼대치 떼가 나온다.
"떼루떼루 떼루야, 떼떼떼루야. 이 절에다 시주(施主)하면 옥동자(玉童子)를 보련마는, 떼루떼루 떼루야, 떼떼떼루야 떼루. 화상에 절을 짓자. 박샌 박샌

44-뒤

놀보 박샌 이 절에다 시주하소. 떼루떼루 떼루야, 떼떼떼루야."
떼 걸인(乞人)이 나온다. 두 놈이 썩 나서며 두 손바닥 마주 치며 고개를 한데 대고 오졸오졸 들어서며 장(場)타령을 부른다.
"품바품바 들어온다, 각설이가 들어온다. 네 선생이 누구냐? 나보다도 잘한다. 얻어먹자 각설이, 설이 설이가 들어왔소. 품바품바 잘한다. 길로 길로 가다가 돈 한 푼을 주웠구나. 떡전거리 들어가서 떡 하나를 샀구나. 들고 보니 네 귀요, 접쳐 보니 두 귀요, 먹고 보니 요기(療飢)요, 돌아보니 친구라. 친구 대접 못했구나.

45-앞

그나저나 좋구나. 에리고 제리고 정 좋다. 잘도 잘도 잘한다."
또 한 놈이 나온다.
"어따! 이 애, 너희들이 장타령을 하느냐? 산타령도 아니다. 장타령을

들어봐라. 너머다 본다 보성장 고개 아파 못 보고, 그저 먹자 공주장 정신 없어 못 보고, 가다가 섰다 장성장 다리 아파 못 보고, 제미 붙고 담양장 상놈의 장이라 못 보고, 못 보고 못 보고."
또 한 가닥이 나온다. 둥개둥개 잘한다.
"도랑 건너 양첨지, 잔등 너머 장첨지, 나락 섬에 서첨지, 우리집에 동김치, 각시 집에 조각지, 한량(閑良) 손에 활깍지, 내 등거리 더덕지로다. 잘도 잘도 잘한다.

45-뒤

거칠 황(荒)자, 넓을 홍(洪)자 횡설수설(橫說竪說) 잘한다."
난데없는 수상한 놈 이상하게 나온다. 토포(討捕) 행수(行首) 하인인가 홍당사(紅唐絲) 쇠사슬 양손에 갈라 들고 토포어사(討捕御使) 역졸(驛卒)이냐, 사(四)모방치 육(六)모방치 양손에 갈라 들고 새패랭이 젖혀 쓰고 암행어사(暗行御史) 출도하듯 예 가 번뜩 제 가 번뜩, 대문 중문 두드리며,
"이놈 이놈, 놀보야."
그 뒤는 어찌된고 자시 몰라. 아마도 이 사설은 형우제공(兄友弟恭) 바란 듯하노라.

石崗 半戱

46-앞

독경축원(讀經祝願) 몰라봅소리까 이 대문은 첫 비두였다.
몰라봅소리까? 성조 삼신(三神) 존령(尊靈)님과 팔만사천 제 조왕님 전(前) 지성발원(至誠發願) 바랍니다. 다름이 아니오라 기도발원(祈禱發願)하옵기는 예로부터 없으리까. 천하대성(天下大聖) 공부자(孔夫子)도 이구산(尼丘山)에 기도하와 낳으시고, 정(鄭)나라 정자산(鄭子產)도 우

성산에 빌어서 낳았으며, 석가여래(釋迦如來) 관음보살(觀音菩薩) 오백나한(五百羅漢) 부처님이 불경(佛經) 불법(佛法) 포도(布道)하사 후생(後生)이 본(本)을 배워 오늘까지 존숭(尊崇)함은 소원성취(所願成就) 바랍니다. 자고(自古)로 명인(名人) 달사(達士)와 고문대가(高門大家)인들 어찌 기도발원(祈禱發願)하는 법이 없으리까. 해로는 아무 연(年)

46-뒤

이옵고 달로는 아무 달이옵고 날로는 아무 일진(日辰)이올시다. 오늘날이 사정은 다른 사정이 아니오라 가중(家中)은 모씨 대주(大主) 정중은 모씨 정중 몇 살 상남 아무 자손이 금년 신액(身厄)이 불길하와 아프락 슬프락 한열(寒熱) 두통 오한기(惡寒氣)로 누일(累日) 신음 불평하오니, 앉을 데 설 데 모르는 인간이 무슨 분간 있으리까. 삼신(三神)님이 점지하신 자손 삼신님이 어이 아니 돌보시며 성주 조상만 믿는 자손 성주 조상이 어이 아니 돌보리까? 미욱하온 이 자손이 갑갑하고 민망하와 점가(占家)에 문복(問卜)하고 일관(日官)에게 날 가리어 상상길일(上上吉日) 택출(擇出)하사 생기복덕(生氣福德) 다

47-앞

갖추어 상탕(上湯)에 머리 감고 중탕(中湯)에 목욕하고 하탕(下湯)에 손발 씻고 새 동이 정화수(井華水)와 새 시루 불을 밝혀 이 정성을 드립니다.

태고(太古)라 천황씨(天皇氏)는 목덕(木德)으로 왕(王)하시고, 지황씨(地皇氏)는 토덕(土德)으로 왕하시고, 인황씨(人皇氏)는 화덕(火德)으로 왕(王)하시사 형제 구인(九人)이 분장구주(分掌九州)하옵시고, 염제(炎帝) 신농씨(神農氏)는 상백초(嘗百艸) 약을 지어 만민(萬民)을 구(求)하

시고, 수인씨(燧人氏)는 불을 뚫어 교인화식(教人火食)하옵시고, 유소씨(有巢氏)는 구목위소(搆木爲巢) 집을 지어 후생(後生)을 다 가르쳐 오늘까지 유전(遺傳)하니 나무로 지은 집 나무 아니 다루오며, 돌로 지은 집 돌 아니 다루오며, 흙으로 지

47-뒤

은 집 흙 아니 다루오며, 일용사물(日用事物) 가간사(家間事)에 금은동철(金銀銅鐵) 철물이며 삼색 오색 포목(布木) 등물(等物) 아니 다룰 리가 있으리까. 어질고 너그러우신 성주 조왕(竈王)님네 화우동심(和祐同心)하시와, 한 장 소지(燒紙)라도 열 장 소지(燒紙)로 받자옵고, 열 장 소지(燒紙)라도 권소지(卷燒紙) 축소지(軸燒紙)로 받자와, 우환질고(憂患疾苦) 관액수(官厄數)와 구설수(口舌數) 비재수(非財數) 손재수(損財數)난 물 아래로 속거천리(速去千里)하옵시고, 몇 살 생신 아무 자손 약이라도 불로초(不老草) 장생약(長生藥)으로 받자옵고, 축사(祝辭)라도 피흉취길(避凶就吉) 활인방(活人方)으로 받자와 시로 거두고 때로 거두어, 어디가 아팠더냐 슬펐더냐 단밥 단잠으로 시원하게 하옵시고, 가택(家宅)이 평안하사 과년(課年) 열두 달 한 달 서른 날 일일

48-앞

십이시를 웃음으로 연화(蓮花)하고 춤으로 대길(大吉)하고 동서남북 사해팔방(四海八方) 휘둘러 횡행(橫行)하되 만인간(萬人間)이 우러러 바라보고 횡재수(橫財數) 진재수(眞財數)만 점지하여 주시기를 천만축수(千萬祝手) 바랍니다.

축귀경(逐鬼經) 축원(祝願)이었다.

여봐라, 다 듣거라. 동서남북 사해팔방(四海八方) 거리 중천 배고프고 목마르고 임자 없이 떠다니는 잡귀(雜鬼)들 다 듣거라. 남자귀(男子鬼)야, 여자신(女子神)아. 총각 죽은 몽달귀(鬼)야, 아들 죽은 동자신(童子神)아. 소년 죽음 인물귀(人物鬼)야, 자식 없는 무자신(無子神)아. 앉았다 못 먹었다, 섰다 못 먹었다, 안 주어서 못 먹었다, 없어서 못 먹었다 뒷공사 하지 말고

48-뒤

많이 많이 많이 먹고 너 갈 데로 다 가거라. 진것일랑 모두 먹고 마른 것은 끄렁이껏 싸가지고 산도 좋고 물도 좋고 산수풍경(山水風景) 좋은 데로 각기 각기 썩 물러 다 가거라. 만일 자칫 하다가는 용천검(龍泉劍) 드는 칼로 단칼에 목을 베어 돌함 속에 결박하여 만경창파(萬頃蒼波) 깊은 물에 풍덩실 던지면은 국내 장내 다시는 못 맡으리라. 엄엄급급(奄奄急急) 여율령(如律令) 사파하(娑婆訶) 쐐쐐 다 물러가거라.
사이 사이 공 친 데는 북을 둥둥 치는 대문이었다.

찾아보기
(각주번호)

ㄱ

ㄴ

ㄷ

ㅂ

ㅅ

ㅇ

ㅈ

ㅋ

ㅌ

원본영인

운집 ᄒᆞ안이 다루오며 일용사물 가간사에
곰은동철 철물이며 삼셔오식 포목등물
안이달을니가 잇ᄉᆞ리가 ○어질고 너그러신 셩쥬
조왕님니 화위동심 ᄒᆞ시와 ᄒᆞᆫ장 호지라도 열
장 호지토 밧자옵고 열장 호지라도 천호지 축
호지토 밧자와셔 ○우환질고 판임슈와 구셜슈
비저슈 온저슈난 물아뢰로 옥거쳔리 ᄒᆞ옵시고
멧살 징신 아무자손 약이라도 불노초 장성약으
로 밧자옵고 ᄒᆞᆨ사라도 파흥취걸 활인방으로 밧
자와 실로거두고 셰로거두워 어듸가 임펴던야 실
펴던냐 단밥단잠으로 시원ᄒᆞ게 ᄒᆞ옵시고 ○가뤼시
평안ᄒᆞ사 파년ᄒᆞ셔달 ᄒᆞᆫ달 셔른날 일ᄃ

십이시를 우숨으로 연화ᄒᆞ고 ᄒᆞᆷ으로 디월
ᄒᆞ고 동셔남북 사희팔방 휘 둘너 횡횡
ᄒᆞ되 만인간이 우러ᄃ 바뤼보고 횡지슈 진치
슈만 졈지ᄒᆞ여 쥬시기를 천만ᄒᆞ축ᄒᆞ 발입
너다
○ 축귀셩 축원이엿ᄉᆞ
여바라 다듯거라 동셔남북 사희팔방 거ᄅᆞᆷ천 비곱푸
고 죽ᄭᆞᄅᆞ고 임자업시 ᄯᅥ단이난 잡귀덜 다듯거라
○남자귀야 여자신아 ᄒᆞᆼᄀᆡᆨ축은 동댱귀야 아뎔죽은
동자신아 ᄒᆞᆫ년죽엄 인물귀야 ᄌᆞ식업난 무자신아
○안ᄌᆞ셔 못ᄯᅥᆨ엇다 셔셔 못머엇다 산죽어셔 못먹
엇다 업셔ᄃ 못먹엇다 뒤ᄭᅮᆫ사 ᄒᆞ재발고 만이ᄃ

만이먹고 너갈데로 다가거라 진잇실낭 모도먹고
모른거션 싸가지고 산도조코 물도조
코 산슈풍경 조흔데로 가기ᄃ 셔물너 다가거라
○만일잣칫 ᄒᆞᆫ다가던 용천검 드난칼노 디칼으 목
을베혀 나무함으 겨더너코 돌함으 철뎍ᄒᆞ
야 만리창파 깁푼물으 풍덩실 더지면는
죽너장니 다시난 못ᄯᅥᆺ트리라 엄ᄃ 급ᄃ 여률
령 사파ᄒᆞ 쉐쉐 쉬 물너가거라
지이ᄃ 공친뎌난 부ᄌᆞ훙ᄃ 귀난ᄒᆞᆫ
이엿다

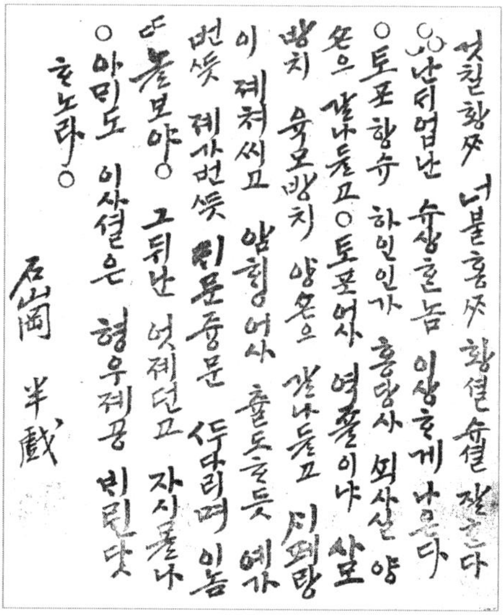

엇진황ᄯᅡ 너불홈ᄯᅡ 황셜슈셜 잘ᄒᆞᆫ다
○난ᄃᆡ업난 슈상ᄒᆞᆫ놈 이상ᄒᆞ게 나온다
○토포향슈 하인인가 홍댱사 외사산 양
손으 갈나들고○토포어사 여쭐이나 삼모
방치 육모방치 양손으 갈나들고 시퍼랑
이 제쳐씨고 암힝어사 출도ᄒᆞᆯ듯 예가
번ᄯᅳᆺ 졔가번ᄯᅳᆺ 비문즁문 ᄉᆞ두다리며 이놈
ᄯᅡ 불보야○ 그뒤난 엇졔던고 자시몰나
○아미도 이사셜은 형우졔공 비린닷
ᄒᆞᆫ노라○

石岡 半戲

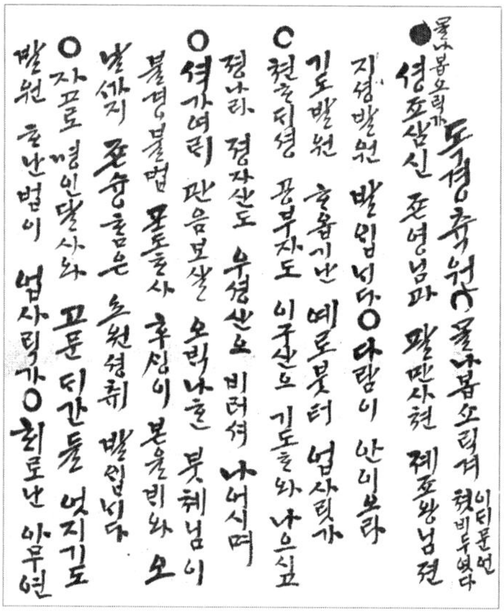

●물나븜오력가 도경츅원○ 물나븜소리ᄒᆞ며 이터문언 쳐비두엿다
셩조삼신 죤영님과 팔만사쳔 졔조왕님젼
지셩발원 발입니다○다람이 산이보라
기도발원 ᄒᆞ옵기난 예로붓터 업사릿가
○쳔ᄒᆞ디셩 공부자도 이구산으 기도ᄒᆞ와 나으시고
졍나라 졍자산도 우셩산으 비러셔 나어시며
○셕가여리 팔음보살 오빅나ᄒᆞᆫ 붓쳐님이
불령불법 ᄯᅩ도ᄒᆞ사 후싱이 본울비와 소
냘셰지 조츙ᄒᆞᆷ은 소쳔셩취 ᄇᆞᆯ원입니다
○자프로 명인달사와 고문디간들 엇지기도
발원 ᄒᆞᆫ난법이 업사릿가○ 회로난 아무연

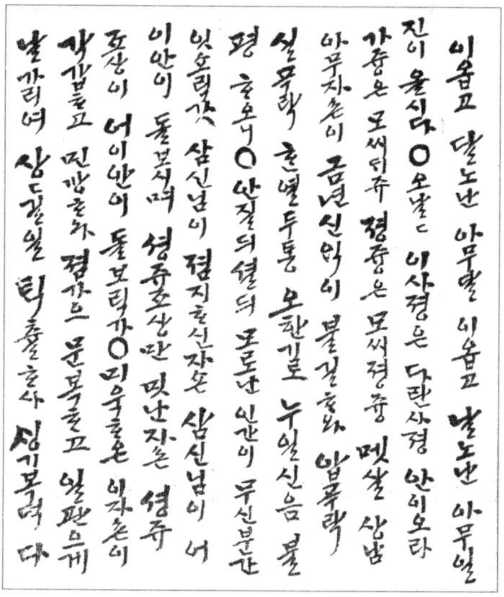

이옵고 달노난 아무ᄃᆞᆯ 이옵고 날노난 아무일
진이 올시다○오날ᄂᆞᆫ 이사졍은 다란사졍 안이오라
가즁은 모셔되쥬 졍즁은 모셔졍즁 멧살 상남
아무자손이 금년신익이 불길ᄒᆞ와 압푸락
실무락 ᄒᆞᆫ열두통 오한기로 누일신음 불
평ᄒᆞ오니○산질되셜되 포로난 인간이 무신분간
잇소릿갓 삼신님이 졈지ᄒᆞ신자손 삼신님이 어
이안이 돌보시며 셩쥬조상만 밋난자손 셩쥬
조상이 어이안이 돌보릿가○미울ᄒᆞᆫ 이자손이
작갑ᄒᆞ고 띤방ᄒᆞ와 졈가으 문복ᄒᆞ고 일판으게
날가리여 상ᄃᆞᆯ길일 퇴ᄐᆞᆯᄒᆞ사 싱기복덕 다

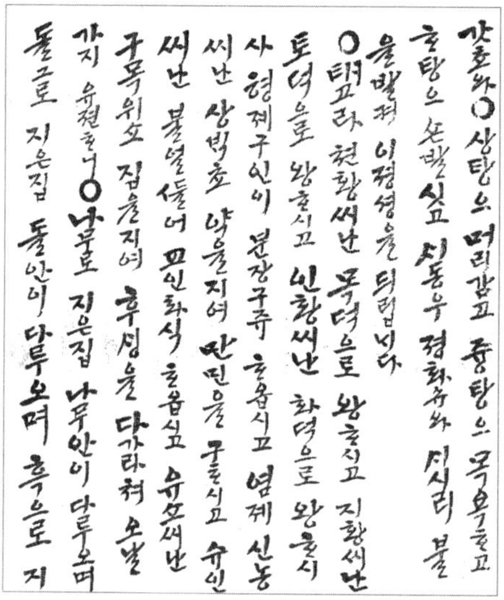

갓초와○ 상탕으 머리감고 중탕으 목욕ᄒᆞ고
ᄒᆞ탕으 손발싯고 시동우 졍화슈와 시시리 불
을밝켜 이졍셩을 듸렵니다
○태고라 쳔황씨난 목덕으로 왕ᄒᆞ시고 지황씨난
토덕으로 왕ᄒᆞ시고 신황씨난 화덕으로 왕ᄒᆞ시
사 형졔구인이 분장구쥬 ᄒᆞ옵시고 염졔 신농
씨난 상빅초 약을지여 만민을 구ᄒᆞ시고 슈인
씨난 불열ᄯᅳᆯ어 교인화식 ᄒᆞ옵시고 슈소씨난
구목위소 집을지여 후싱을 다가라쳐 오날
가지 유젼ᄒᆞ니○나무로 지은집 나무안이 다루오며
돌노로 지은집 돌안이 다루오며 흑으로 지

불너보 ᄒᆞ옵시오○○○ 슝가만쇼 들어왓쇼○
○○ 또 ᄒᆞᆫ 떼가 나온다 쎌ᄃ이 ᄶᅡᆨ을 지여 ᄶᅩᆨ란
이퓌가 나온다○ 엇던 놈은 푸삼입고 엇든
놈은 현앙들고 살구씨 입으물고 떼루ᄃᄃ
쇼릐ᄒᆞ며 쇼고를 ᄯᅩᆫ으들고 둥덩ᄃ ᄯᅮ다
릐며○ 셔낭님네 모시기난 다란 사졍 안이오
라 삼살 칠살 모진 졔살 셔낭님네 시유
ᄒᆞ면 이틱신슈 우슘으로 연화ᄒᆞ고 춤으
로 되갈ᄒᆞ옵니다 떼루ᄃ 떼루ᄃ 구연셔낭
삼신셔낭 각구셔낭 둘셔낭 낫셔낭 이로구나
떼루ᄃ 쇼릐ᄒᆞᆫ다○○ 엇던 ᄒᆞᆫ 놈 메우줌 맛
붓치를 왼몸으 결쳐입고 젼티둘너 허리

띄고 쇼고를 ᄯᅮ다리며○ 이안덕으 동낭왓십
니다 ᄯᅩᆫ갈라 입에물고 쉬파람 휘ᄃ 불며
제투를 ᄒᆞ것다○ 에 에 어이으○ 경기도난 삼십
사판이요○ 츙쳥도난 오십삼판이요○ 둥덩ᄃᄃ○
○젼라도난 오십뉵판이요○ 경상도난 칠십일
판이라○ 둥덩ᄃᄃ○ 황ᄒᆡ도난 이십삼판이요○ 평
안도난 사십이판이라○ 둥덩ᄃᄃ○ 강원도난
이십뉵판이요○ 함경도난 이십사판이라○ 둥
덩ᄃᄃᄃᄃ ᄯᅮ다린다○○ 삼티치 떼가 나온다○ 떼루
ᄃ 떼루야 떼ᄃ 떼루야○ 이졀으다 시슈ᄒᆞ면
옥용자를 보련마난○ 떼루ᄃ 떼루야 떼ᄃ
떼루야○ 떼루화상에 졀을짓차○ 박신ᄃ

놀보박신 이졀으다 시슈ᄒᆞ쇼 떼루ᄃ 떼
루야 떼ᄃ 떼루야○ 떼거리 이 나온다○ 두놈
이 셔나셔며 두손바닥 마조치며 고리를 ᄒᆞᆫ
티ᄯᅵ고 오폴ᄃ 드러셔며 장타령을 부룬
다○ 품바ᄃ 들어온다 각셜이가 들온다 네연
싱이 누구냐 넘보단도 잘ᄒᆞᆫ다 어더ᄯᅥ자
각셜이 셜이ᄃ가 들왓쇼 품바ᄃ 잘헌다
○갈노ᄃ 가다가 돈ᄒᆞᆫ푼을 쥬셔ᄯᅡ야 ᄯᅥᆨ젼에리
드러가셔 ᄯᅥᆨᄒᆞᆫ나를 ᄉᆞ셔야 들고보니 네
귀요 졉혀보니 두귀요 ᄯᅥᆨ고보니 오구요
도라보니 친구라 친구디졉 못ᄒᆞᆺ구나

그나져나 죠쿠나 에리고 졔리고 졍 ᄭᅩᆺ타 잘
도ᄃ 잘ᄒᆞᆫ다 ᄯᅩ ᄒᆞᆫ 놈이 나온다○ 엇ᄯᅡ 이 이 너
으더리 장타령을 ᄒᆞ나냐 산타령도 안이다
장타령을 드러보ᄃ타○○ 너마다 본다 보셩장
고기 압퍼 못보고○ 그져먹자 공쥬장 졍신
업셔 못보고○ 갈다가 셧ᄯᅡ 장셩장 다리압퍼
못보고○ 졔미붓고 담양장 상놈으 장이라 못
보고○ 못보고ᄃᄃ ᄯᅩ ᄒᆞᆫ 가닥이 나온다○ 둥기ᄃᄃ
잘ᄒᆞᆫ다 ᄯᅩ랑첩네 양쳡지 잔등넘에 장쳡
지 나하셤으 셔쳡지 우리집으 동쳡지
각씨집으 ᄯᅩ각지 활냥ᄯᅩᆫ으 활각지 비
둥거리 드덕지로다 잘도ᄃ 잘ᄒᆞᆫ다

보화 하날만치 나올계시○ 어여ᄃ 마ᄃ쥬
요○ 두말이나 ᄒᆞᆯ말이요 박쌕ᄃ 생ᄂᆞᆫ
보물 샹만치나 후이나오ᄃ 실ᄃ살ᄃ 토
드락 툭탁 타노코부니 제ᄒᆞᆫ쌕이 비
나온다○ 처암으난 연쌩만큼 ᄒᆞ더니
노코보니 두지짝만 ᄒᆞ것다○○ 놀보으 거동바라
울두ᄃ 달녀드러 제쌕을 열고보니○ 돈이
ᄒᆞ나 가득ᄒᆞ다○ 여보쇼 아기어멈 이것보쇼○ 놀
보덕이 샹쟉놀비 잇고 이게 무엇시요
엇지그리 굼트리요○○ 엇싸이사람아 그티
지도 미욱ᄒᆞᆫ가 돈을 쾌로 작젼ᄒᆞ야 너

어시니 잔말말고 니여보소○ 놀보덕이 쏘
올너며 입고ᄃ 이상ᄒᆞ오 웨 그리셔 두ᄒᆞ오
○종모르난 말이로셰 금이락게 넝물이라
하단말은 ᄒᆞᆯ것잇냐○○ 제쌕이 뜰셕ᄒᆞ며
구렁이 셰가 뛰나온다○ 쌈틀ᄃ 황구렁
이 널눙ᄃ 먹구렁이 울긋셜군 눈
리 열슝덜슝 독사새지 살무지 무자슈
며 귀뚯친놈 몽생ᄒᆞᆫ놈 눈쪙ᄒᆞᆫ놈
누며이 동이비암 새지 쑤여ᄃ 다나온ᄃ
○토방으도 구렁이요 마당으도 구렁이요
곡간으도 구렁이요 안방으도 구렁이요

사랑으도 구렁이라 예가 셤틀 져기ᄒᆞᆫ놀
흐눌ᄃ 구렁이라○○ 왼집안이 경황ᄒᆞ다
○놀보덕이 너실일코 쉬고이게 웬닐이
요 동ᄃ츅슈 발광ᄒᆞ셰○○ 놀보으 거동바라
자닌그게 웬말인가 셰상으 사람더리 큰
횡질을 ᄒᆞ라ᄒᆞ면 구렁이 셤을 쐐아니
구렁이가 발동ᄒᆞ니 횡진ᄒᆞᆫ 징조로시
허중우실이라 ᄒᆞ여써나 나문박을 타
고보시○○ 두통을 갖다노코 실넝ᄃ 타
노흐니 제두쌕이 나오난듸 문이펀ᄃ젹
열녀지며 사람셰가 뛰나온다 사람이

삼ᄒᆞ다○○ 명신셰만 뛰나와○ 곱사등이 곰바
풀이 알니다리 슈동이며 쳥밍강이 질
알박이 외연쳥이 쌍연쳥이 입비트
리 세가지다나오고 그가온ᄃ 용천나치
거동바라 밀금ᄒᆞᆯ 두다리가 피고름이 쥴ᄃ
ᄒᆞ너 팔둥섹지 번더이요 눈셥은 단풍들
고 입너난 다새지고 양미간은 툭ᄃ터져
눈고가 상판잇나 결쉬고 쎠진소리 졀
눙ᄃ 나오면셔 신셰자타가로 노릭ᄒᆞᆫ다○
○아이고ᄃ 셔룬지거 금일지횡 우리동무
강산귀경 온년업고 인물귀경 안이로다 쥬
인민심 거둑키도 어더먹자 들와써나 처

상가옥 ᄒᆞ여보고 금상첨화 ᄒᆞ여보셔
○놀보으 거동바라 화향살이 박두커ᄂᆞᆫ 잠시
지체 어이ᄒᆞ리○○ 박씨를 ᄉᆞᆷ은 난듸 셕를
파고 거름주어 길피ᄃᆞ ᄉᆞᆷ어ᄯᅥ니○파연
ᄉᆞᆫ이나며 ᄉᆞᆫ이졍여 일취월장 ᄒᆞ난고나
○놀보가 조와라고 ᄒᆞᆫ신식거 ᄃᆡ울미여 굼치
로 올여난듸 와가라 ᄒᆞ가된가 엽여ᄒᆞ야
마랍날지 져올녀셔 윈집영을 덥펴노코
박열기를 고ᄃᆡᄒᆞᆫ졔 얏ᄎᆞᆫ갓탄 넌출이
며 삭갓갓탄 셩ᄒᆞᆫ닙이 윈집을 다덥

펏다○ᄯᅵᆼ체 박셔덩이가 ᄭᅮᆺ밋더니 영츅엽
시 다크거다○○ 밤낫업시 크난모양○슈통만
ᄒᆞ더니 셰슈통만 ᄒᆞ더니 쇠죽통만 ᄒᆞ더
니 두레북통만 ᄒᆞ더니 페문북통만ᄒᆞ
것다○놀보부쳐 거동바라 박우다가 자미붓쳐
셰월을 보닐져으○유화쳔월 지니가고 츄
구월 망간이라 ᄒᆞᆫ로난 징쳥ᄒᆞ야 빅파
가 셩실이라○○ 꼭ᄃᆞᆨ마ᄃᆞᆨ 여아더련○산젼으 목
화ᄯᅡ고 치젼으 고쵸ᄯᅡ고 압뜰으 디쵸ᄯᅡ
고 셔로 질겨 신물을 자랑ᄒᆞᆫ다○○잇ᄯᆡ으
○놀보으 거동바라 아기어멈 거인난가 이리와

셔 닐곱듯소○츄분이 지니가고 ᄒᆞᆫ로졀이 당
ᄒᆞ오니 박을 안이 ᄯᅡ건난가 우리난 박을
ᄯᅡ셔○○박이 아무리 크다ᄒᆞᆫ들 놀보으 기우
로 못신심이 잇것나냐 ᄉᆞᆫ식간으 ᄯᅡ다노코
우심졔위 바로탄다○ᄒᆞᆫ인을 식이자니
셜슈ᄒᆞᆯ가 염여ᄒᆞ여 외인은 고만두고 흥
으졔위 놀보양쥬 박을 탄다○○놀보
으 거동바라 여보소 아기어멈 우리이박타
고보면 윈갓보화가 다나올테니 경ᄒᆞᆯ이
타셧난가 놉픈ᄃᆡ로 ᄊᆡ여셔 위쥭ᄒᆞ여
노ᄒᆡᄒᆞ시○○박ᄒᆞᆫ통을 압페노코 톱을

드러걸쳐노코○여보소 아기어멈 나난 압소리를
메길테니 자닐낭은 뒤소리를 마져쥬소○
○시리렁ᄃᆞᆼ 톱질이야 어기영ᄎᆞ 톱질이야○
○부모갓탄 우리박통 하날갓치 열녀쥬오
○어기려라 톱질이야○○가장가탄 우리
박통 ᄉᆡᆼ갓치 버려지오○어여루 톱
질이야○○여보소 아기어멈○부모외에 더중
ᄒᆞ며 하날우에 더놉풀가○어기여라 톱
질이야○○○여보지요 아기아범○가장우에 더노
푸며 ᄉᆡᆼ우에 더중ᄒᆞ오○어여루 톱
질이야○우리이박 타고보면 박을ᄯᆞ 나는

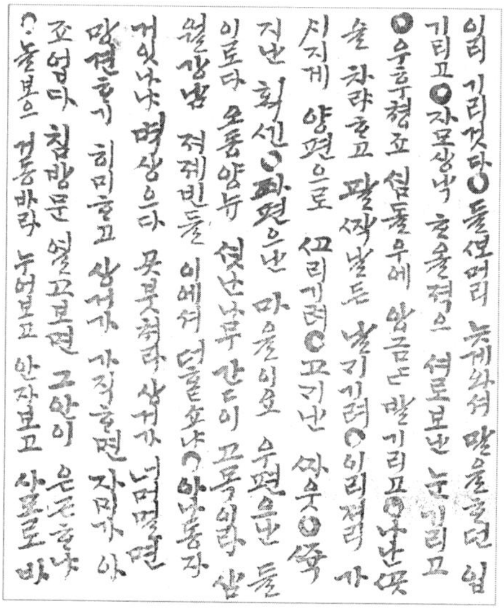

이리 기리것다○돌쎠머리 늣게와셔 말을ᄒᆞ던 입
기티고○자모상낙 ᄒᆞ올적으 셔로보난 눈 기리고
○우후청쵸 쉽돌우에 암금난 말 기리고○나난ᄯᅳᆺ
술 ᄎᆞ랴ᄒᆞ고 팔색날든 날기기려○이리져리 가
시지게 양편으로 ᄭᅩ리기려○ᄭᅩ리난 ᄶᆞ웃○ᄶᅮᆨ
지난 회션○좌편으난 마을이요 우편으난 들
이로다 오동양뉴 셧난나무 간ᄃᆞ이 고목이랴 삼
월강남 져졔빈들 이에셔 더물소냐○아나ᄒᆞᆷ자
거잇나냐 며상으다 못붓쳐랴 상거가 너머멀면
망연ᄒᆞ지 희미ᄒᆞ고 상거가 가직ᄒᆞ면 자미가 아
조엽다 침방문 열고보면 그안이 운ᄌᆞᆫᄒᆞᆫ냐
○놀보으 거동바라 누어보고 안자보고 사포로 바

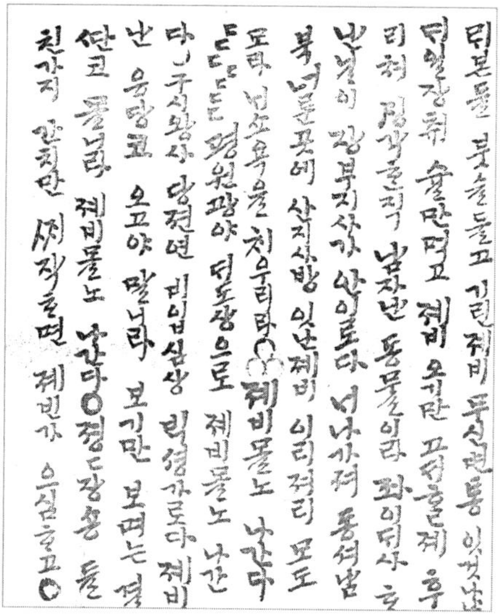

뒤본몰ᄂᆞᆫ 북ᄎᆞᆯ돌고 기린졔비 푸신편 통 잇것ᄂᆞᆫ
뒤일장츄 ᄉᆞᆯ만먹고 졔비오기만 고ᄃᆡᄒᆞᆫ졔 후
리쳐 잉ᄀᆞᆨᄒᆞᆫ지 남자난 동물이라 좌이뒤사 ᄒᆞᆫ
난열이 장부지상가 산이로다 너나가져 동셔남
북너른곳에 산지사방 잇난졔비 이리져리 모도
모다 넘소욕을 치우리랴○○졔비몰노 나간다
ᄃᆞᆫᄃᆞᆫ 평원광야 너른광으로 졔비몰노 나간
다○구시왕사 당젼연 비입심상 리셔가로다 졔비
난 운당코 오고야 말니라 보기만 보며는 셔
ᄲᅡᆫ코 몰니랴 졔비몰노 나간다○졍ᄃᆞᆫ장ᄎᆞᆫ 들
친가지 간치만 ᄲᅱ작ᄒᆞ면 졔비가 우심ᄒᆞ고○

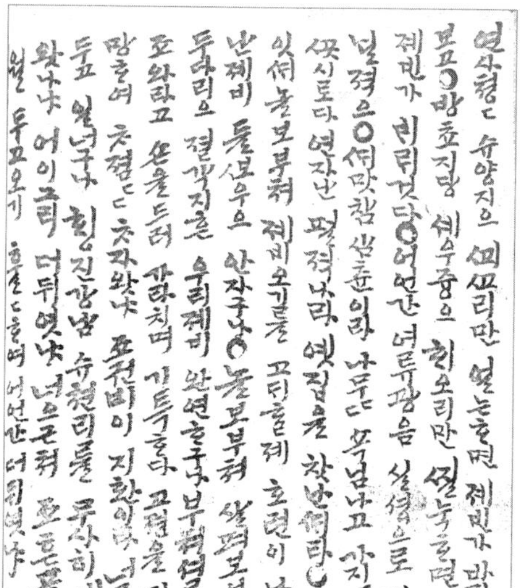

연사월ᄃᆞᆫ 슈양지으 ᄯᅳᆷᄭᅳ리만 열는ᄒᆞ면 졔비가 바뤼
보고○방쵸지당 세우즁으 회오리만 ᄭᅥᆯ눅ᄒᆞ면
졔비가 비뤼것다○어연간 여루광음 실셩으로 지
날적으○셔맛참 삼츈이라 나무ᄂᆞᆫ 옥남나고 가지ᄂᆞᆫ
ᄯᅳᆺ시로다 연자난 평적나랴 옛집을 찻난구나○
잇셔 놀보부쳐 졔비오기를 고ᄃᆡᄒᆞᆫ졔 호편이 나
난졔비 돌쎠우으 안자구나○놀보부쳐 살펴보더
두다리으 절ᄀᆞᆨ지흔 우리졔비 완연ᄒᆞ구나 부쳐셔로
조와랴고 손을들며 자랑치며 기특ᄒᆞ다 고뎌을미
망ᄒᆞ여 ᄎᆞᆺ졈ᄃᆞ ᄎᆞᆺ자왓냐 조권비이 지환이냐 너를
두고 잇너구나 힘진강남 슈쳔리를 무사히 네
왓나냐 어이그리 더뒤엿냐 너으근쳐 조흔풍
월 두고오기 ᄒᆞᆯᄉᆞᆫᄃᆞᆫᄒᆞ여 어언간 더뒤엿냐

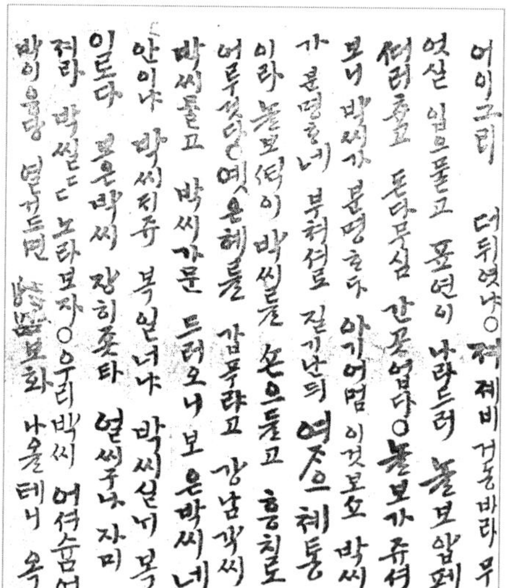

어이그리 더뒤엿냐○져졔비 거동바라 무
엇산 입으물고 표연이 나라드러 놀보압페
써러ᄒᆞ고 두다무심 간곳업다○놀보가 쥬셔
보니 박씨가 분명ᄒᆞ다 아기어멈 이것보오 박씨
가 분명ᄒᆞ네 부쳐셔로 질기난되 여젼으 쳐통
이라 놀보덕이 박씨를 손으들고 흥칠노
어루셧다○옛은혜를 갑푸랴고 강남각씨
박씨물고 박씨가문 드려오니 보은박씨네
안이냐 박씨지쥬 복일너냐 박씨신너 복
이로다 보은박씨 장히조타 열씨구나 자미
져라 박씨ᄂᆞᆫ 노타보자○우리박씨 어셔숨어
박이 열당 열거드면 [illegible]보화 나올테니 옥

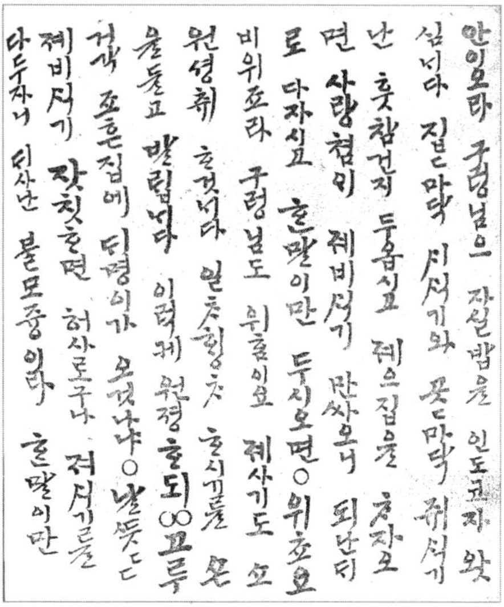
안이오라 구렁넘으 자신밥을 인도코자 왓
심니다 집단마닥 시서기와 풋ㄷ마닥 쥐서기
난 홋참건지 두옵시고 졔으집을 경자오
면 사랑첨이 졔비서기 만싸오니 되난듸
로 다자십고 흔딸이만 두시오면○위효요
비위효라 구렁넘도 위흔이요 졔사기도 오
원성취 흐엿니다 일촌힝ㅊ 흐시기를 온
울돌고 발립니다 이러케 원정 흐되○○고루
거각 조흔집에 듸명이가 오겻나냐○날뜻ㄷ
졔비서기 잣칫흐면 허사로구나 져서기를
다두자니 듸사난 불모중이다 흔딸이만

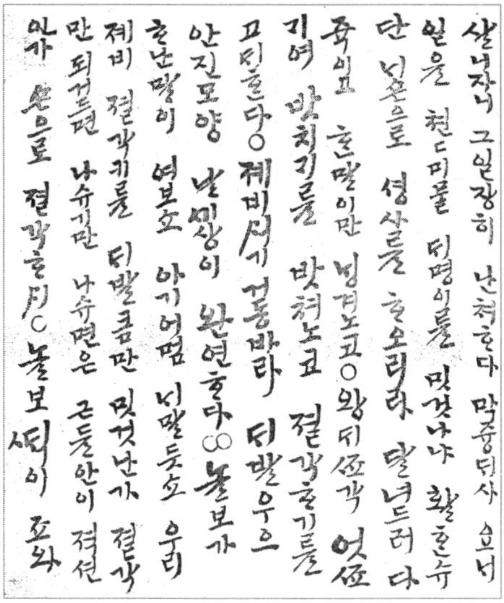
살년자니 그일장히 난처흐다 막중듸사 쇼너
일을 쳔ㄷ미물 듸명이를 밋것나냐 활흔슈
단 닙슨으로 셩살를 흐오리다 달녀드러 다
죽이고 흔딸이만 빙겨노코○왕듸셔각 엇셔
기여 밧치기를 밧쳐노코 졀각흐기를
고듸흔다○졔비서기 거동바라 듸딸우으
안진모양 날뫼상이 완연흐다○○놀보가
흔난딸이 여보쇼 아기어멈 니딸듯쇼 우리
졔비 졀각키를 듸딸콤만 밋것난가 졀각
만되거드면 나슈기만 나슈면은 근돌안이 져션
이가 손으로 졀각흔지○놀보 새듸이 조와

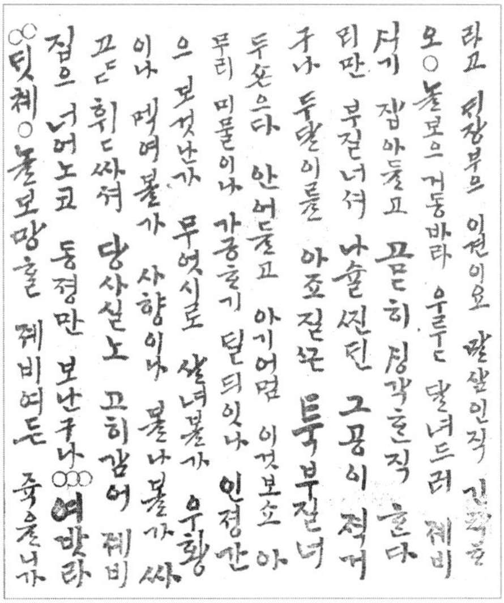
라고 듸장부으 이견이요 팔살인작 긴ㅈ흘
오○놀보으 거동바라 울둔 달녀드러 졔비
서기 잡아돌고 끔ㄷ히 졍각흔직 흔다
듸만 부질너셔 나술션든 그공이 젹어
구나 두달이를 아조질근 툭부질너
두손으다 안어돌고 아기어멈 이것보쇼 아
무리 미물이나 가궁흐기 텰듸잇나 인정안
으 보것난가 무엇시로 살녀볼가 우황
이나 먹여볼가 사향이나 불나볼가 싸
끄ㄷ 휘ㄷ싸셔 당사실노 고히감어 졔비
집으 너어노코 동정만 보난구나○○○여발라
○○듸쳬○놀보망흘 졔비여든 죽흘난가

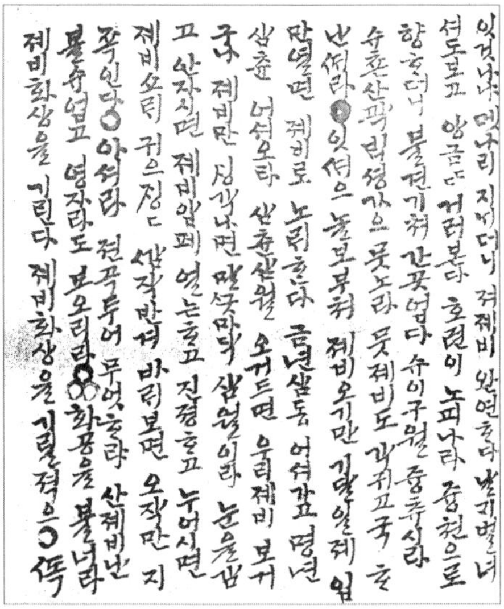
잇것나냐 며나리 지여더니 져졔비 완연흐다 날기벌녀
셔도모고 앙금ㄷ 거러본다 호련이 놉피나라 즁쳔으로
향흐더니 불편기쳐 간곳업다 슈이구월 즁츄시라
슈츈산곽 텬셩가으 못노라 뭇졔비도 각귀고국 흐
난셔라○잇셔으 놀보부쳐 졔비오기만 기달일제 일
망열면 졔비로 노릐흔다 금년삼동 어서갈고 명년
삼츈 어셔오라 산츈삼월 오거드면 우리졔비 보거
구나 졔비만 싱각나면 맛셧마닥 삼월이라 눈을감
고 산자시면 졔비압페 열는흐고 진졍흐고 누어시면
졔비오릐 귀으징ㄷ 새작만녀 바릐보면 오작만 지
쪽인당○아셔라 젼곡두어 무엇흐랴 산졔비난
불슈엽고 영작다도 보오리라○○○화풍을 불너라
졔비화상을 기린다 졔비화상을 기릴적으○또

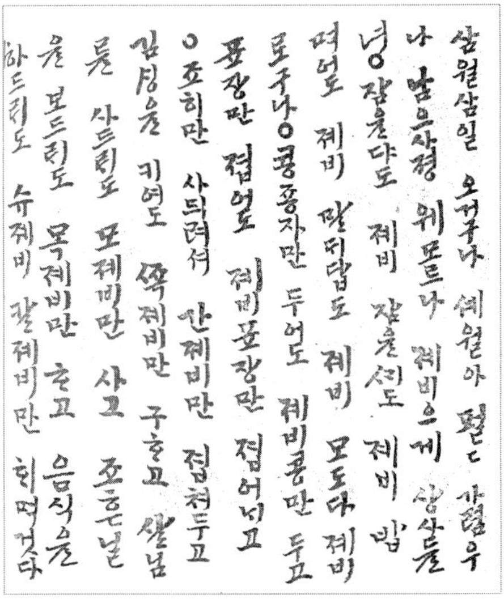
삼월삼일 오거구나 셰월아 펄ㄷ 가졉우
나 날으샤졍 위몰르나 졔비으게 상살을
녕 잘을다도 졔비 잘을션도 졔비 밥
며어도 졔비 딸더답도 졔비 모도다 졔비
로구나○콩종자만 두어도 졔비콩만 두고
풍장만 졉어도 졔비풍장만 졉어니고
○조히만 사되려셔 안졔비만 졉쳐두고
감싱을 키여도 쏙졔비만 구ᄒᆞ고 쌜님
를 사드려도 모졔비만 사고 조ᄒᆞᆫ널
을 보드려도 목졔비만 ᄒᆞ고 음식을
하드려도 슈졔비 칼졔비만 희며거다

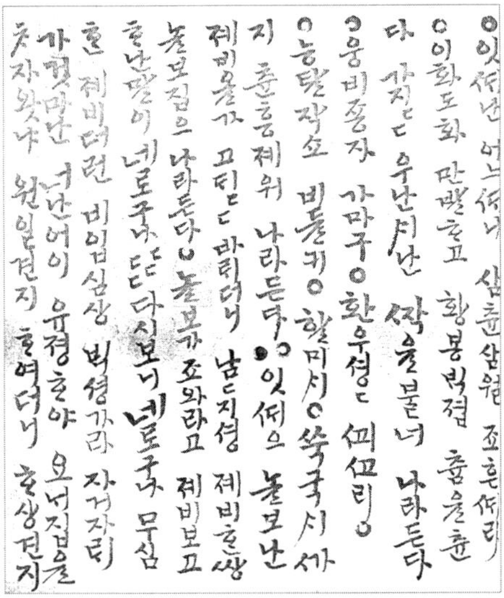
○잇떠난 어느떠냐 삼춘삼월 조ᄒᆞᆫ떠라
○이화도화 만발ᄒᆞ고 황봉빅졉 춤을츈
다 가진ㄷ 우난시난 쇠작을불너 나라든다
○웅비종자 가마구○환우셩ㄷ 띠끄리○
○능탈작쇼 비둘귀○할미시○쑥국시 셔가
지 춘흥졔워 나라든다○●잇떠으 놀보난
졔비올가 고딘ㄷ 바리더니 남ᄃᆞᆫ지셩 졔비ᄒᆞᆫ쌍
놀보집으 나라든다○놀보가 조와라고 졔비보고
ᄒᆞᆫ난말이 네로구나 ᄃᆞᆫᄃᆞᆫ다시보니 네로구나 무심
ᄒᆞᆫ 졔비더련 비입심상 박셩가라 자거자리
가련마난 너난어이 유졍ᄒᆞ야 요너집을
추자왓나 원입견지 ᄒᆞ여더니 ᄒᆞ상견지

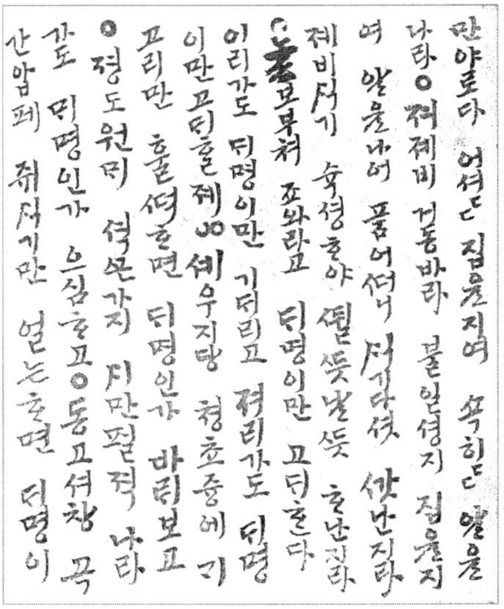
만야로다 어셔ㄷ 집을지여 쏙히ㄷ 알을
나타○져졔비 거동바라 불일셩지 집을지
여 알을나여 품어셔너 서기다셧 샛난지라
졔비서기 슉셩ᄒᆞ야 셸뜻날뜻 ᄒᆞ난지라
○놀보부쳐 조와라고 되명이만 고디ᄒᆞᆫ다
이리가도 되명이만 기더리고 져리가도 되명
이만 고디ᄒᆞᆯ제 ○○셰우지당 청초중에 기
고리만 훌떡ᄒᆞ면 되명인가 바려보고
○졍도원며 쳑쏜가지 시만펄적 나타
가도 되명인가 으심ᄒᆞ고○동고셔창 곡
간압페 쥐서기만 얼는ᄒᆞ면 되명이

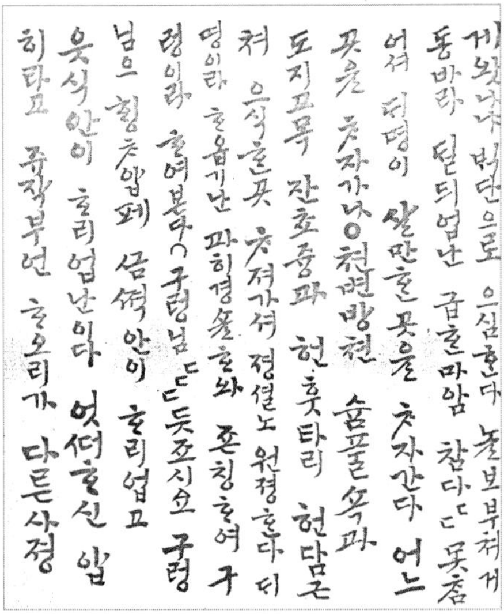
거왓나 바단으로 으심ᄒᆞᆫ다 놀보부쳐거
동바라 턴되업난 급ᄒᆞᆫ마암 참다ㄷ 못참
어셔 되명이 살만ᄒᆞᆫ 곳을 추자간다 어느
곳을 추자가나○쳔변방쳔 숩풀쏙파
도지고목 잔초중파 헌ᄒᆞᆺ타리 헌담은
쳐 으식ᄒᆞᆫ곳 추져가셔 졍셜노 원졍ᄒᆞᆫ다 되
명이라 ᄒᆞ옵기난 파히경쏠ᄒᆞ와 존칭ᄒᆞ여 구
렁이라 ᄒᆞ여본다○구렁님ᄃᆞᆫ 듯조시쇼 구렁
님으 힝츠압폐 삼쳑안이 ᄒᆞ리업고
웃식안이 ᄒᆞ리업난이다 엇떠ᄒᆞᆫ신 압
히타고 쥬작부언 ᄒᆞ오리가 다른사졍

잘되엿냐 그비려좀 드려보자○쥬안샹이 드
려온다 일등미쥬 만진슈 텬퇴으로 ᄀᆞ득ᄒᆞ여드
려 놀보를 권ᄒᆞᆫ후으○○흥보으 거동바라 ᄃᆞᆫ
졍히 궤좌ᄒᆞ야 형님ᄃᆞ 졔가 일이 되옵기
난 형님덕이 그안이요 형님이 분가시겨
쳥쳐엽시 단이다가 예다가 이막ᄒᆞ고 졔우ᄂᆞᆫ
지ᄂᆡ더니○자거자리 졔비ᄒᆞᆫ쌍 집을직고 ᄉᆡ
기ᄶᆡ셔 자모상낙 질기더니 ᄂᆡ더엽ᄂᆞᆫ 디령
이가 네ᄆᆡᆯ이난 자바먹고 ᄒᆞᆫ말이 졔우남아
디ᄇᆞᆯ틈으 ᄲᆞ이ᄲᆞ져 졀각이 되여기로 앙무리
피롤이나 상공ᄒᆞ기 ᄐᆡᆯ듸엽셔 졀각을 부
비잡고 션노감어 두어더니 안이쥭고 사

라나셔 그후년으 나올졔으 박씨ᄒᆞᆫ기 물고와셔
그박씨을 슘어더니 박세둥이 여러거ᄂᆡᆯ 박을
ᄲᅡ다 타고보니○ᄊᆞᆯ만ᄃᆞ ᄊᆞᆯ이낫고 돈만ᄃᆞ 돈이
낫고 왼갖기물 다나와셔 자연이리 되여써니 형
님덕이 그안이요○○놀보가 쥐가뒤여 다시뭇거다
○진졍으로 졔비졀각 살노감어 살녀더니 박씨
물 무러와셔 박쏙으셔 이기물이 나왓셔야 여
ᄃᆞ히 드른후으 욕심ᄶᅩ가 터져노니 여졔를
ᄒᆞᆫ것나ᄯᆡ 조흔보화난 다가라친다○이것도 날
을도라 져것도 날을다라 갑들고 조흔것
은 욕심되로 아셔들고 마암이 장히조와
흥보를 ᄒᆞᆫ번무러 일은것다○네가이리 잘
되기가 비더인줄 안다ᄒᆞ니 니마암도 장히

좃타 형제일신 중ᄒᆞᆫ윤게 네것시 니것시요 니
것시 니것시라 넌들어이 모를소냐 다만보화
ᄯᅩ잇거든 마자갓다 날을다라○졔비으게 ᄯᅩᆺ시
잇셔 좋ᄃᆞ히 ᄯᅥ나온다○○놀보으 거동바라
흥보를 위쥭ᄒᆞ여 졍담갓치 ᄒᆞᆫ난말이
○여바라 흥보야 말듯거라○진물이라 ᄒᆞᆫ난
것시 ᄯᅩ구름과 일반이라○셔쳔으로 ᄯᅥ갓다
가 동쳔으로 ᄯᅥ오나니 셰상사를 알슈잇늬
사물여이 ᄒᆞᆫ거드면 남으게난 알게마라
○그만ᄒᆞ면 알것지○쉬보자 집으로
도라와셔 졔비를 구ᄒᆞᆯ자니○유연입쇼
슌셩쥭이 ᄯᅦ가이무 지너너라○놀보으

거동바라 밤낫엽시 졔비로 일삼난다 여무광
음 보넌젹으 즁양가졀 지너가고 빅셜ᄒᆞᆫ풍
ᄒᆞᆫ녀ᄂᆡᆫ다 졔비으게 미망지심 ᄌᆞᆯ두리를 지
여난듸 강남이라 ᄒᆞᆫ난더난 졔비사난 고지로다
강남으로 ᄒᆞᆫᄶᅡᆨ둘고 졔비로 ᄒᆞᆫᄶᅡᆨ치여 오
연ᄒᆞᆫ귀 쳔연ᄒᆞᆫ귀 두귀으 ᄒᆞᆫ여시되○강남
에 우초혈ᄒᆞ니○연어 조량만을○강남풍
월 ᄒᆞᆫ다년ᄒᆞ니○연자ᄒᆞᆸ너 부도신이라○
ᄂᆞᆯ밤으로 일거보고 낫으도 을펴본들 ᄯᅦ안인
져 졔비를 아무련들 어더보랴○명년삼월
상길날을 고딘ᄃᆞ ᄒᆞᆯ올젹으○손가락을 ᄭᅡᆸ
작이며 날슈를 셰보것다○정월보름 지ᄂᆡ
가면 금음이 도라오고 이월금음 지ᄂᆡ가면

절다 셜메로다 말되장부 당고리며 뭉치사지
다나오고 물네리들 씨아시며 나들사지 다나오
고 쇠시랑 갈쿠도리치며 주렁주 빗자리 부지
생가지 뫼역ᄃᆞᆫ ᄃᆞᆫᄃᆞᆫ 서역ᄃᆞᆫ으 다나온다
○○ 또ᄒᆞᆫ 셕을 열고보니 왼가짐싱 다나온다 외
갓짐싱 다나와○ 말이나도 비룡마가나고 소가나도
특우가 나고 기가나도 며사주가 나고 닥이나도
금계가 나고 그여외 남은짐싱 엇지다 말ᄒᆞᆯ
소냐
● 여바라○○ 더체○○ 흥보셔가 이러케 셰간이 느
러노흐니 못ᄒᆞᆯ날이 웨잇거나 불원셩지
셩쥬를 ᄒᆞ난듸 유쳔이면 가사귀로

녹이터 ᄒᆞ든것시여셔○○ 이막혈고 몸치짓고
안팟살랑으 쥴힝낭 장원밧게 도리문은 쳡
사청당 상더길로 즁쳔으 둥실 소사잇다
무기방●으다 꼿집짓고 쳥풍방으다 마주잔 짓
코 북령방으다 별통을 노와라 팔쳔형봉
예두러인들 이우에더 ᄒᆞᆯ소냐
●○ 여바라○○ 이갓치 조흔가사 화계가 업것나냐
여맛츰 즁츈이라 힝ᄃᆞ리 흙을무어 갓서
화쵸를 비룡ᄒᆞᆯ제○○ 영산자산 쳘쭉이며 동
빅츈락 사계화라 혜쵸지쵸 난쵸화며 파촌
들 엽실노나 망치잇난 금낭화며 문치쵸
혼 옥잠화라 피셕엽폐 불송노코 시이ᄃᆞ

目셔이라 셕쳔으 ᄒᆞ드난문 연당으로 인슈
ᄒᆞᆫ다 사시풍경 화란형이라○ 주비ᄒᆞ고 가진힘
낙 무릉더복 이안이냐○ 파자이를 불러ᄒᆞ며
셕슈인들 영ᄒᆞᆯ소냐○ 살ᄒᆞᆫ자운 파셔영을로
게ᄃᆞ싱ᄆᆞ ᄒᆞ잣더라
○○○ 잇셔으 놀보가 이요문을 안이드를 니가
잇것나냐○○ 허욕이 왈칵나셔 흥보집을 ᄎᆞ자
갈제 동구밧게 바리보니 고루거각 둥실
소사 동악이 가득ᄒᆞ다 문젼으 드러셔니
○ 쥬련으 특자셔난 사시풍경 서여잇고 벽
상으 폭기림언 슈쳡쳥산 완연ᄒᆞ다○
● 사계상으 각셔화쵸 빅ᄃᆞ홍ᄃᆞ 상간기다

ᄎᆞᆫ광이 만실ᄒᆞ고○ 반뵈방당 맑근물은 쳔광
운영 공비회라 거울낫치 열녀사나 ○○ 잇셔으
흥보가 놀보를 맛견ᄒᆞ고 울듯 닙달으며 영
접ᄒᆞ야 인졀안부 살핀후으 여보소 아기어
멈 형님이 와겨시네 ● 흥보마노리 거동바라
아이고 이게 웬말이요 우둥퉁ᄃᆞ 나아가셔 인사
ᄒᆞ고 안자시니○○ 놀보으 힝사바라 다란사람 갓
거드면 제슈이시 엇더ᄒᆞ오 ᄒᆞᆯ테인듸○○
○ 허ᄃᆞ 의복이 날지라고 미셔티 용되엿
네○ 그나저나 이인흥보야 맛듯거라 네심사 장
히ᄒᆞᆯ너 형제간도 부지ᄒᆞ고 잘못된줄 아
라더니 원도ᄃᆞ 아조엽다 엇지ᄒᆞ여 이디질도

○왼갓보회가 다나온다 왼갓보화 다나와○은금
오동 박옥이며 밀화호박 금픽로다 산호만
호 무회ᄭᆞ지 비취자리 삼녹이며 진쥬명쥬
슈은이며 쥬사ᄭᆞ지 다나오고○○왼갓픽물이
다나온다○왼갓픽물이 다나와○산호동곳 호
박풍잠 금픽판자가 다나오고 화류면경 디모염
발 각쇼ᄭᆞ지 다나오고 아죠김은 오슈경과 얄
은ᄃᆞᆫ 반ᄌᆞ경으 청피집을 덤ᄂᆞ여고 은장도
금장도 낭도ᄭᆞ지 다나오고 청ᄉᆞ림 홍ᄉᆞ림 음양
님이다나오고 계얄탕건 멸탕건 감투ᄭᆞ지 다
나오고 쳔은히ᄶᅡ 일품쥭을 오동으로 션둘
너셔 열ᄃᆡᄭᆞ지 다나오고 토슈비자 휘양이며

말비괘자 뒤텨이며 디쇼창의 실ᄒᆡᄭᆞ지 ᄉᆞ역
ᄂᆞᆫ다나오고○방안기물이 다나온다○갑든기물이
다나와○문갑연ᄽᅡᆼ 의거리며 쳐상필통 산통
이라 요강타기 디셔디며 ᄊᆞᆷ지셜합 디거리라
화로등판 쵹ᄭᅩ지며 쵸롱등농 남쵸ᄭᆞ지 ᄉᆞ역
ᄂᆞᆫ다나오고 쇼병디병 침병이며 와상안셕 좌
툥이라 벼루연젹 필묵이며 만권셔ᄎᆡ 빈가
어라 퇴침몽침 쥭침이며 요 이불으 화문
셕파 양금가금 거문고며 단쇼져셔 히금이라
북장고ᄭᆞ지 다나오고 양산우산 차일이며 방
ᄶᅡᆼ쥭렴 쥭피셕파 휘장포장 드림이며
판모유단 우삼이라 연엽션으 틱극노코 합

쥭션오 션쵸로다 치롱ᄭᆞ지 [illegible]
쥭련이며 담듯다 무화기름 빗쵸ᄂᆞᆫ 다나오고○안
호사가 다나온다 용잠봉잠 쥭졀이며 쥭화잠
이 다나오고 반삼원삼 쪽도리라 원ᄉᆞᆷᄭᆞ지 다나오고
용어페 반월쇼으 빗치리 ᄭᆞ지다나오고 면경 휘경
경디으다 기름단지가 다나오고 연지분자 분통
이며 금부젼 은돌치 ᄲᅮᆨ지셔 ᄭᆞ지 다나오고 ᄯᅳᆺ
신진신 건명혜며 운도젼도 침쳑이라 원앙
슈침 잣베기으 금ᄃᆞ요셕 길나불과 오합상자
삼칭장으 요강디와 길요강과 그엽페 놋동우
타 셰칠즁침 바ᄂᆞᆯ상자 젼반실픽 금실ᄭᆞ지
갓효ᄃᆞ 다나오고 치반모레비 통바구리 ᄭᆞ지
다나오고○○왼갓 셰간이 다나온다○자구돌치

동거리며 호무광이 가리ᄭᆞ지 ᄯᅥᆯ숑곳 동쳘이며
디도구통 졀구셔타 홍두기 방망이 다듬이
독이 다나오고 확독쭐독 쭐미ᄭᆞ지 다나오고
○부엌셰간이 다나온다○밥솟국솟 동솟시며 효
티함박 국자로다 완ᄌᆞ남비 ᄎᆞᆺ거리며 디두젹
시 화로로다 국쳬젼쳬 반졉이며 쳇솔솟솔
외쥽격과 은반상기 놋반상기 통반상기가 다나
오고 반간지 별간지 은슈져가 다나오고 은져붐
놋져붐 금져붐이 다나오고 기명구슈 도미ᄭᅡ지
시괄통슈 물항ᄭᆞ지 포도다 ᄭᅮ역ᄂᆞᆫ 다나오고○○
도장셰간이 다나온다 쏘향디향 차독이며 동우단
지 쥐덩이라 시리요리 반악이ᄭᆞ지 ᄭᅮ역ᄃᆞᆫ 다나오고
○농기연장이 다나온다 장기ᄉᆞ부 셔리ᄶᅩᆺᄎᆞᆺ 자시

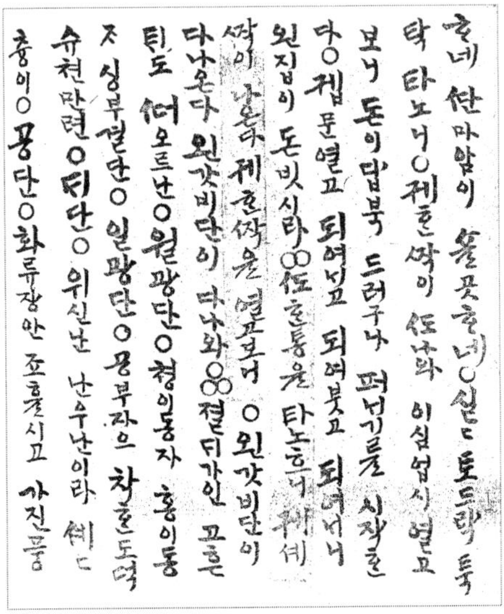
울네 샨마암이 숑곳울네 싣ᄃᆞ 토ᄃᆞ락 특
탁 타노니 졔ᄒᆞᆫ 썩이 ᄯᅩ나와 이샹업시 열고
보니 돈이 답북 드러구나 퍼너기를 시작ᄒᆞᆫ
다 ○켭 문열고 되여너고 되여붓고 되여너니
왼집이 돈빗시라 ∞ᄯᅩᄒᆞᆫ 통을 타노ᄒᆞ니 제게셔
썩이 나오ᄂᆞ 졔ᄒᆞᆫ썩을 열고보니 ○왼갓 비단이
다나온다 왼갓비단이 다나와∞ 졀ᄃᆡ가인 고흔
티도 ᄯᅥ오르난○월광단○쳥이몽자 홍이동
자 샹부결단○일광단○몽부자으 차ᄒᆞᆫ도ᄯᅥ
슈천마련○ᄯᅴ단○ 위신난 난수난이라 ᄯᅳᄂᆞ
총이○공단○화류장안 조흘시고 가진풍

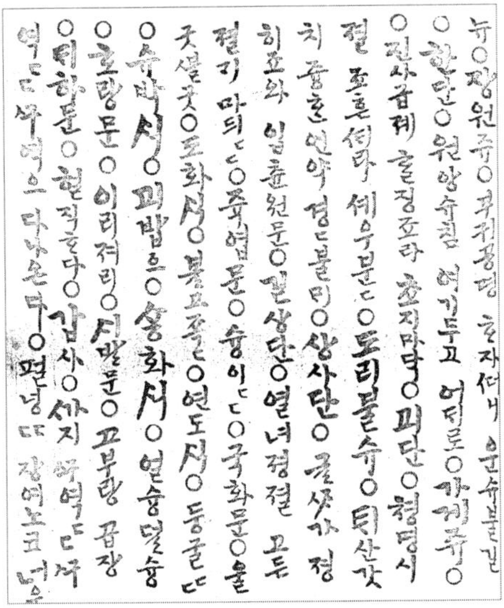
뉴○쟝원쥬○부귀공명 ᄒᆞᆫ자ᄯᅥᄂᆡ 운슈불길
○한단○원앙슈침 여기두고 어ᄃᆡ로○가겨쥬○
○진사숩ᄃᆡ 울징조타 조지마닥○피단○형명시
졀 조흔ᄯᅥ다 셰우분ᄃᆞ○도리불슈○ᄐᆡ산갓
치 즁ᄒᆞᆫ 연약 경ᄃᆞ불미○상사단○굴셧가 졍
히조와 일츈원문○길상단○열녀졍졀 고든
졀기 마듸ᄃᆞ○쥭엽문○숑이ᄃᆞ○국화문○울
긋샐긋○조화사○봉로죵ᄃᆞ○연도사○둥굴ᄃᆞ
○슈박시○피밥으○숑화시○연슝덜슝
○호랑문○이리져리○시발문○고부랑 곱장
○ᄯᅴ하문○현직ᄒᆞ다○갑사○새지 삐여ᄃᆞ새
여ᄃᆞ 쌔여으 다나온다○편녕ᄃᆞ 장여노코 넘오

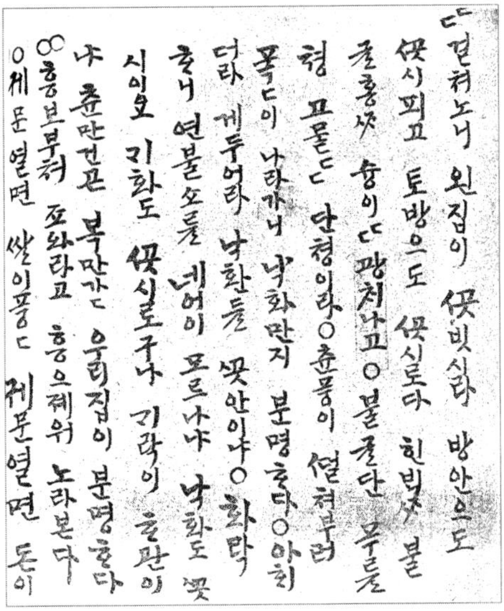
ᄃᆞ 결쳐노니 왼집이 ᄭᅳᆺ빗시라 방안으도
ᄭᅳᆺ시피고 토방으도 ᄭᅳᆺ시로다 힌빗ᄎᆡ 불
골홍ᄉᆡᆺ 숭이ᄃᆞ 광쳐나고○불골단 무늬를
쳥 고물ᄃᆞ 단쳥이라○츈풍이 설쳐부러
꼿ᄃᆞ이 나라가니 낙화만지 분명ᄒᆞ다○아희
더라 게두어라 낙환들 꼿안이냐○화락
ᄒᆞ니 연불소를 네어이 모르나냐 낙화도 꼿
시이오 미화도 ᄭᅳᆺ시로구나 기락이 ᄒᆞᆫ판이
냐 츈만건곤 복만가ᄃᆞ 우리집이 분명ᄒᆞ다
∞홍보부쳐 조와라고 흥으졔워 노라본다
○계문열면 쌀이풍ᄃᆞ 궤문열면 돈이

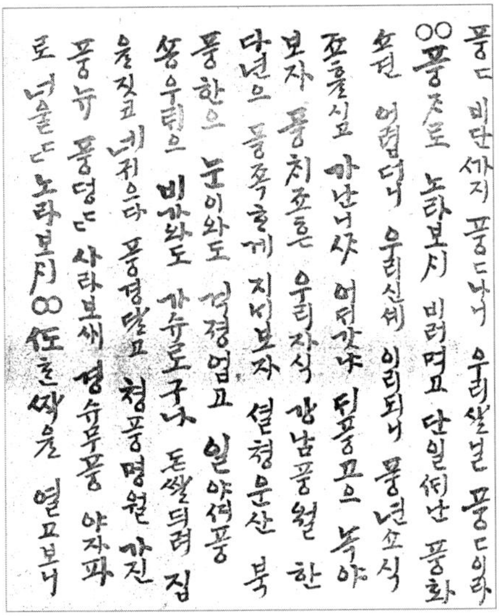
풍ᄃᆞ 비단새지 풍ᄃᆞ나니 우리살님 풍ᄃᆞ이라
∞풍ᄌᆞ로 노라보시 비러머고 단일ᄯᅢ난 풍화
소년 어렵더니 우리신셰 이리되니 풍년소식
조흘시고 가난너샤 어ᄃᆡ갓나 ᄃᆡ풍고으 놀야
보자 풍치조흔 우리자식 장남풍월 한
당년으 풍족ᄒᆞ게 지내보자 셜쳥운산 북
풍한으 눈이와도 걱정업고 일야셔풍
숑우뒤으 비가와도 가슈로구나 돈쌀드려 집
을짓고 네귀으다 풍경달고 쳥풍명월 가진
풍뉴 풍덩ᄃᆞ 사라보새 경슈무풍 야자파
로 너울ᄃᆞ 노라보ᄌᆡ∞ᄯᅩᄒᆞᆫ 썩을 열고보니

못ᄒᆞᆯ것ᄉᆞ○실근ᄃᆞᆫ 토두락 투닥 타타노니
○○텃쳐 무엇시 드러난듸 며무집판 ᄒᆞ더니 비여노
코 자시보니 쥐ᄶᆞᆨ 만큼 ᄒᆞᆫ것ᄉᆞ○○여즈으 소권
이라○흥보 마노릐 ᄉᆡᆷᄶᆞᆨ 놀ᄂᆡ 입고 이여시 무
어시요 박속이 나올ᄭᅡ 바릐더니 부지피물 나
와시니 어셔 갓ᄯᅡ 니바려오 우리쥭일 거싱가부
○아기어멈 윈말인가 함지사지 이후싱이오 졀
쳐봉싱 ᄒᆞᆫ단말이 예로부터 잇난바니 그럼게
만 ᄒᆞᆯ말인가 어듸조곰 여러보시○쥐ᄶᆞᆨ문을
열고보니○쌀이ᄒᆞᆫ나 가득ᄒᆞ다○아기어멈 이것
보소○열쇠업고 옹물지고 별탄간 별날이네
어셔와셔 이것보소○흥보 마노릐 우둥퉁ᄃᆞ

구버보니 괴연 쌀이 갓득ᄒᆞ다○일언폐지 다바리고
○흥보부쳐 쌀을 퍼니난듸○○쳡문열고 되여붓
고 다시보면 쌀이도로 ᄒᆞᆫ나갓득○되여붓고 다시보
면 쌀이도로 ᄒᆞᆫ나갓득○열고보면 ᄒᆞᆫ나갓득○
○되여붓고○되여니고○니고ᄃᆞ 되여니니○○마당ᄒᆞᆫ
ᄉᆡᆨ이 그둘막○흥보부쳐 거동바라○ᄒᆞᆫ숨을 푸
루ᄃᆞ 니여쉬며 이제난 살거구나 어셔밥좀 ᄒᆞ
여먹자○큰솟ᄒᆞ나 어더다가 무지금ᄒᆞ고 밥을지
여 마당으다 퍼다노코○흥보부쳐 여러자식을
낫ᄃᆞ치 창기것다 큰놈아 자근놈아 이리로 다오나
타 쥬렴ᄃᆞ 느러안자 쥬린식냥 치우난듸 쥭으며
는 덕사나 쥭머이자ᄒᆡ 셔럽것다○져자식들

거동바라 편으ᄒᆞ든 횡투어든 두손으다 웡여
들고 쥬둥일로 셰며난놈○가리샤듸 웅켜녁
코 엽페놈으 쥬머차기○져놈은 이놈착고 이
놈은 져놈찬다○○흥보가 밥을보니 과노와
밥을아푸노코 노담ᄒᆞ것다○○밥아 이놈 패씸
ᄒᆞ고 무상ᄒᆞᆫ놈 츄세를 ᄒᆞ다ᄒᆞ되 너갓치 더러
우랴 나도너를 알만ᄒᆞ고 너도나를 아난터으
파문불임 홍시ᄒᆞ니 그런법이 업난이라 마
라ᄃᆞ 그리마라 사람으 팔셰를 그리마라 넌들
일싱 이러ᄒᆞ며 넨들일싱 굴ᄒᆞᆯ거나 이거난
광덕으 러담이라고 ᄒᆞᆯ듯ᄒᆞ다(1)흥보으 거동바라
여보게 아기어멈 우리이번 빗심도 든든ᄒᆞ고

팔힘도 ᄒᆞᆯ만ᄒᆞ니 ᄯᅩᄒᆞᆫ통을 어셔타셔 ᄲᅢ통을
압페노코 톱을드려 결쳐노코○아기어멈 드러보소
모야쳐통 탈셰에난 신세타령을 헤재너와 이톱
일냥 시쳘갈로 타보시○○압소릐난냥 자시ᄒᆞ쇼
뒷소릐난냥 니가ᄒᆞᆷ시○흥보 마노릐가 압소릐를
메기것다○시리렁 ᄯᅳᆫ 톱질이야 나직ᄃᆞ 톱질이야
○밥잘먹기 뉘덕이나 강남제비 덕이로다○실이렁
살ᄃᆞ 톱질이야 장히좃쇼 톱질이야○자네마암
나와갓네 원싱비편 그안인가 ᄶᆞᆨᄎᆞᄃᆞ 미러쥬쇼○
○아기아범 이상ᄒᆞ오 이츰톱질 당긔기난 팔힘도
뒤우나고 소릐도 ᄒᆞᆯ만ᄒᆞ오 ᄊᆞ게ᄃᆞ 당기시요○두말
이냐 할말인가 자네써도 그러ᄒᆞᆫ가 나도역시 그러

난 우리가난○사마장졍 사려가도 니게되면 훈가사
요 훈인으 남누의도 우리두군 사치로다○
가난니쏫 지은사람 밥식갓난 모르던가 젼싱
으 무신죄로 이싱으 싱겨나셔 이되지도 끈훈거
나 아이고ᄃᆞᄃᆞ 서신세야 훈참이리 셜니울제○
○훙보마노릐 훈난말이 여보시요 아기아범 훈
탄훈들 쓸데잇소 쳔힝으로 우리집도 박셔
통이 여러써니 박이나 타다타셔 박속이나 먹읍
시다○자닉말이 진담일세 큰놈도 이리오고 자
근놈도 이리오고 너으모도 운력훈라 간신이
박을따셔 마당으다 노코보니 기물답고 어
목훈다○훙보가 옹골져셔 여보소 아기어멈

우리금년 셩버리난 우리싱젼 쳠보일시 훈덩
이도 장훈거던 셰덩이가 좀 조흔갓ᄀᆞ 삼분쳔훈
졍혹지셰 너를두고 일너던야 쳔상으 삼티셩
이네모양을 환희던야○큰놈은 어듸갓나 작은
놈아 말듯거라 져건네 목슈집으 건네가셔 톱
훈나를 어더오라 지시어던 왓더니라○○훙보부
쳐 거동바라 박훈통을 졍히노코 톱을드
러 박통우으 걸쳐노코●훙보가 조와라고
여보쇼 아기어멈 너말듯소 용졍방이 쎤난
듸난 방이타령 불너잇고 휘ᄃᆞ둘너 뫼
갈제난 뫼써소릐 훈난게나 우리도 박을

타니 톱질소릐를 훈여보시○훙보마노릐
조와라고 톱질소릐를 무엇시라 훈단말이
요○안이로쇠 우리살년 박을타니 박너력을
듸여보시○훙보으 거동바라 두손으로 톱을잡
고 아기엄엄 자네낭은 톱머리를 미러주
소 나난 박너력으로 압소릐를 멕일테니
자네낭은 어터턴지 뒷소릐를 마져쥬소
○○시리렁ᄃᆞᄃᆞ 톱질이야 당겨쥬소 톱질이야
○쳔원젹벽 소자쳠도 어포쥼이 상쏙훈니
박안이면 어이훌릐○시리렁ᄃᆞᄃᆞ 톱질이야 미
러쥬소 톱질이야○훙보 마노릐 거동바

라 두손으로 톱을잡고 뒷소릐를 맛는다
●시리렁ᄃᆞᄃᆞ 톱질이야 실근ᄃᆞ 톱질이야○톱질
소릐를 훈잔ᄒᆞ니 빈가곱파 훈슈잇소○시리렁
ᄃᆞᄃᆞ 톱질이야 실근살ᄃᆞ 톱질이야○○훙보가 조
와라고 살명졔위 멕이난듸○금셕사쥭 가진풍
뉴 박안이면 어이훌릐●시리렁ᄃᆞᄃᆞ 톱질이야
당기여 쥬소 톱질이야○여보시요 아기아범 우리
이박 어서타셔 박속일낭 국을셰려 분안잇게
먹읍시다○시리렁ᄃᆞᄃᆞ 톱질이야 실근ᄃᆞ 톱질이
야●○그리훌시ᄃᆞᄃᆞ 두번이나 훈말인가○시리렁
ᄃᆞᄃᆞ 톱질이야 양을돌쇼 톱질이야○큰놈
은 어듸갓나 작은놈아 일오나라 허리압파

울열고 너다보니 졔비ᄒᆞ나 안진모양 절각지흔
완연ᄒᆞ다○흥보부쳐 조와라고○구시왕사 당
젼연 심상비셩 집을ᄎᆞ자 펄〃나라 드러더니
너도역시 옛주인을 ᄎᆞ자왓냐○져졔비 거동바라
이상ᄒᆞᆫ결 입으물고 흥보압페 ᄯᅥ러쥬고 돈
다무심 나라간다○여ᄌᆞ으 이력으로 먼져쥬셔
보것다○흥보 마로ᄃᆡ가 쥬서ᄃᆞᆯ고 열토당토 안
케 ᄯᅱ보것다○아이고○슈박씨물 무러왓소○안
이로쇠 슈박씨난 거무련과 기리조끔 잘ᄯᅡᆨᄒᆞ너
슈박씨난 만무ᄒᆞ네○의사잇게 무러본ᄃᆞᆺ 울쇼ᄃᆞ
졔비가 무러와씨니 강남콩이 분명ᄒᆞ오○안이로쇠
망남콩은 붉고 흰신 동실ᄒᆞ니 강남콩도

만무ᄒᆞ네○이리쥬소 ᄂᆡ가보시○여ᄉᆞ인자 알것소
○여지씨가 분명ᄒᆞ오○안이로쇠 여지니력 드러
보소○ᄑᆞ지꼴에 악츙뎡슈 다ᄊᆞ며고○동파에셔
원셩이가 아조업서 떠어거든 여지씨가 워잇서며
열덕덜덕 안이ᄒᆞ니 여지씨난 당치안네○싀고
ᄂᆡ가 미련ᄒᆞ지○외씨것을 그리ᄒᆞᆺ소○외씨니력
드러보소○셔왕모가 쥬룽으셔 외를먹고○그후
으 여롱이가 ᄃᆡ파ᄌᆞ으 외를ᄌᆞ먹고 예파정을 지
여난듸 무신외씨가 ᄯᅩ잇신가 가량업난 말이로
쇠 어듸보시○흥보가 손으들고 자서이 살펴보니
○감풀보ᄯᆞ○은혜은ᄯᆞ○박표ᄯᆞ○보은표타

완연이 박어거ᄂᆞᆺ○보은박씨 분명ᄒᆞ다○아기어멈
이것보소 보은박씨 무러왓네○여보시오 아기아범
보은되소 잇단말은 드러씨되 보은박씨 잇단
말은 금시초문 첨말이오○아기어멈 니말듯소 우
리졔비 강남셔 나올적으 청산으로 보은으로
왓나부네○○고나져나 슈머보시 ᄯᅡ를파고 무더더
니 파연입모ᄒᆞ여 크기를 시작ᄒᆞᆫ다 슌을쥬
어 집엉울로 올녀더니 왼넌출이 집을
덥퍼 무셩ᄒᆞ기 ᄃᆡᆫ되업다○흥보부쳐 조와라고
우리집을 못니여셔 풍우가 염녀터니 바람
이 부러도 걱졍업고 비가와도 가슈로구나
○파연 박셰통이 여난듸○쳐음으난 타루박

만ᄒᆞ더니 당호박만 ᄒᆞ더니 슈박보단 커지더니 쇠
물함박만 ᄒᆞ더니 통함박 테두리만 ᄒᆞ것다○○
페문북통만 ᄒᆞᆫ셔ᄒᆞ되 이막집이 부지 ᄒᆞ것나
나 이거난 팡터으 풍댐이여○○셔맛츰 조흔셔
라 유화칠월 지너가고 즁츄십오 월명시라 오
곡이 등풍ᄒᆞ고 ᄇᆡᆨ파난 셩실이라○오리논으
조도잡고 밧어덕으 돔부ᄯᅡ고 물코으 부어잡
고 후타리 호박ᄯᅡ고 갓초〃ᄒᆞ더니라○잇셔
으 흥보신셰난 츈여츈 츄여츄라○어ᄯᅥᆫ사
람 팔ᄌᆞ조와 져되지도 구비커던 우리팔ᄌᆞ 어
이ᄒᆞ야 이ᄃᆡ지도 가난ᄒᆞ고○가난이야 ᄃᆞ〃 ᄃᆡᆫ되업

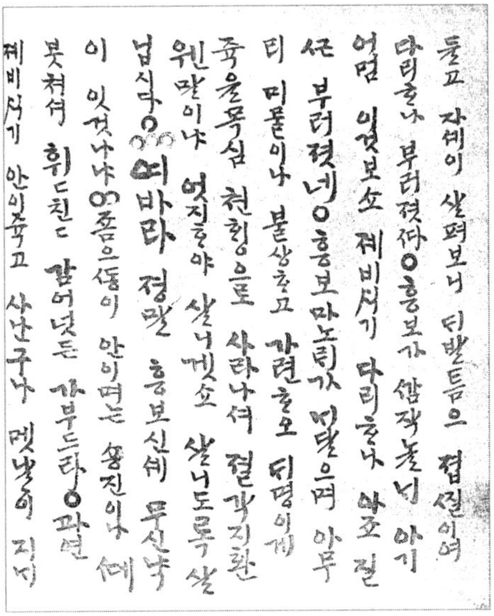

돌고 자세이 살펴보니 뒤발틈으 접질녀여
다리ᄒᆞ나 부러졋다○흥보가 깜작놀니 아기
어멈 이것보소 제비ᄉᆡ기 다리ᄒᆞ나 아조 질
ㅅ근 부러졋네○흥보마노릿가 벗ᄃᆡ으며 아무
티 미물이나 불상ᄒᆞ고 가련ᄒᆞ오 뒤뎡이게
죽을목심 천힝으로 사라나셔 절각지환
원말이냐 엇지ᄒᆞ야 살니겟소 살니도록 살
넘시다○○○○ 여바라 정말 흥보신세 무신낙
이 잇것나냐○○좀으ᄯᅩᆼ이 안이면는 ᄉᆞᆼ진이냐 ᄯᅦ
못쳐셔 휘ᄃᆞ친ᄃᆞ 감어넛든 가부드랴○파연
제비ᄉᆡ기 안이죽고 사난구나 멧날에 지너

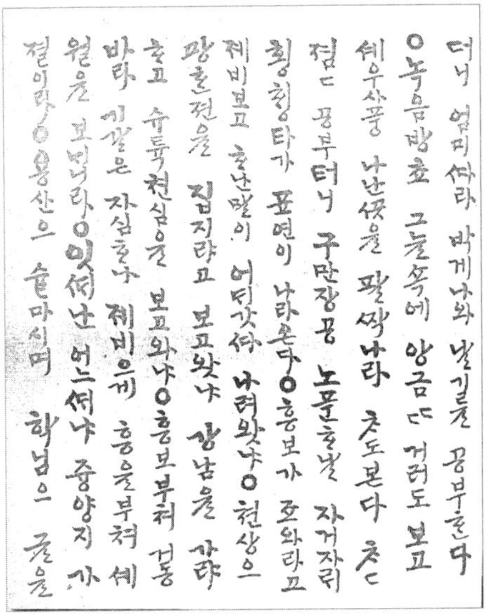

더니 엄미ᄯᅡ라 바게나와 날길을 공부ᄒᆞᆫ다
○녹음방초 그늘속에 앙금ᄃᆞ 거러도 보고
셰우사풍 나난ᄭᅩᆺ을 팔ᄶᅡᆨ나라 ᄎᆞ도본다 ᄎᆞᆫᄃᆞ
졈ᄃᆞ 공부터니 구만장공 노풀ᄒᆞᆫ날 자거자리
횡횡타가 표연이 나라온다○흥보가 조와라고
제비보고 ᄒᆞᄂᆞᆫ말이 어ᄃᆡ갓ᄯᅡ 나려왓냐○천상으
광ᄒᆞᆫ전을 집지랴고 보고왓냐 강남을 가랴
ᄒᆞ고 슈륙천심오ᄅᆞᆯ 보고와냐○흥보부쳐 거동
바라 이갈은 자심ᄒᆞᆫ나 제비으게 흥을부쳐 셰
월을 보니니라○잇셔난 어느ᄯᅢ냐 중양지 가
절이라○용산으 술마시며 학님으 굴을

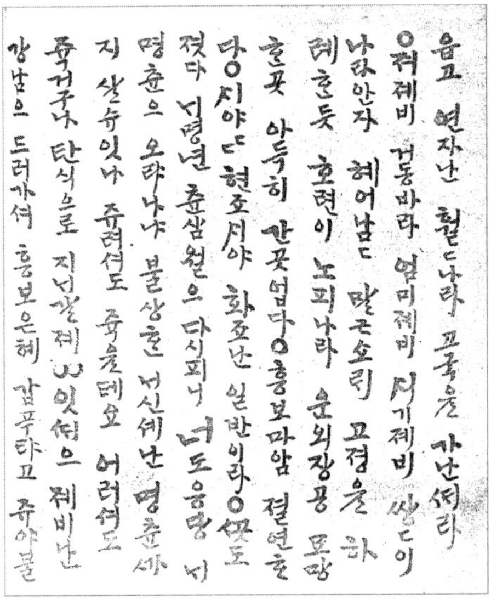

읍고 연자난 훨ᄃᆞ나라 고국을 가난셰라
○져제비 거동바라 염미제비 ᄉᆡ기제비 쌍ᄃᆞ이
나랴안자 혜어남ᄃᆞ 말근소리 고졍을 ᄒᆞᆫ
뎨ᄒᆞᆫ듯 호련이 노피나라 운외장공 모랑
ᄒᆞᆫ꼿 아득히 간곳업다○흥보마암 결연ᄒᆞᆫ
다○시야ᄃᆞ 현조시야 화조난 일반이라○ᄭᅩᆺ도
졋다 다펑년 춘삼월으 다시피너 너도움ᄯᅡᆼ 너
명춘으 오랴나냐 불상ᄒᆞᆫ 너신세난 명춘ᄉᆡ까
지 살슈잇나 쥭더셔도 죽을테요 어러셔도
죽거구나 탄식으로 지너갈제 ○○잇ᄯᅢ으 제비난
강남으 드러가셔 흥보은혜 갑푸랴고 쥬야불

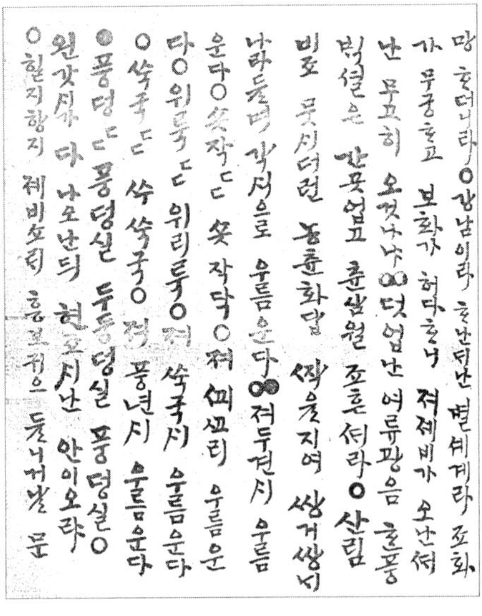

망 ᄒᆞ더니라○강남이라 ᄒᆞ난ᄃᆡ난 별세계라 조화
가 무궁ᄒᆞ고 보화가 허다ᄒᆞ니 져제비가 오난셔
난 무고히 오것나냐○○덧업난 어류광음 ᄒᆞᆫ풍
벽셜은 간곳업고 춘삼월 조흔셔라○산림
비조 뭇시더런 농춘화답 ᄶᅡᆨ을지여 쌍거쌍너
나라들며 각치으로 울름운다○○져두견시 울름
운다○쏫작ᄃᆞ 쏫 작닥○져 ᄯᅢᄭᅩ리 울름운
다○위륙ᄃᆞ 위리륙○져 쑥국시 울름운다
○쑥국ᄃᆞ 쑥 쑥국○져 풍년시 울름운다
●풍뎡ᄃᆞ 풍뎡실 두둥뎡실 풍뎡실○
원갓시가 다 나오난듸 현조시난 안이오랴
○흰지향지 제비소릐 흥보귀으 돌너거날 문

너잇ᄯᅡ 별유천지 비인간이라○○져즁으 거동바라
○막뒤를 넌짓들러 ᄒᆞᆫ곳을 가라치며 져기다가
집을지되 져봉으로 좌를ᄒᆞ고 져봉으로 안
을ᄒᆞ면○탐낭득 거문파으 간좌곤향 분명
ᄒᆞ오○문필봉이 완연ᄒᆞ니 문장지사가 ᄯᅵᆫ부
절 ᄒᆞᆯ거시요 창고사가 둘렷ᄒᆞ니 무궁거부가
연면부절 ᄒᆞᆯ소리다○쥬져ᄯᅢ ᄒᆞᆫ거름으 인ᄒᆞᆯ불
견 간곳업다○흥보부처 낙막ᄒᆞ야 도싱인줄 짐
작ᄒᆞ고 츅슈ᄒᆞ례 ᄒᆞᆫ연후으○ᄃᆡ창ᄒᆞᆫ 사람이라
허슈히 알것나냐 집지키를 시작ᄒᆞᆫ다 ᄆᆡ우이
사 잇게지여○어ᄃᆡ으로 뒤여삼고 작뒤기로

상냥ᄒᆞ고 시ᄯᅵ기로 집엉덥고 질기양 쌉아시여
남날길로 문을달고 자갈줏고 흑뭉쳐서
울ᄯᅮᆨ쌓들 방을노와 굼ᄭᅦᆯ로 ᄯᅩᆫ이삼아 졔우
ᄂᆞᆫ 지서날졔○○잇ᄯᅵ난 어느ᄯᅵ냐 삼츈삼쳘 조흔
ᄯᅵ라○우즁츈슈 만인가으 집ᄃᆞ마닥 ᄭᅩᆺ시피고
쥬마두게 유미반으 사람마닥 노를ᄯᅵ라 젼가으
빅사망이라○꼿곡조난 우름울고 뒤싱조난 나
라든다○자거자티 졔비ᄒᆞᆫ쌍 함니기쇼 흑을물고
쳠이안으 깃드린다○흥보가 조와라고 네아무리
미물이나 사람두곤 싱ᄒᆞ도다 광ᄃᆡᄒᆞᆫ 쳔지간으
ᄒᆞ가사가 만컨마난 여두쇼옥 이너집을 집이라

고 차져왓나○져제비 거동바라 불일셩지 집을
지여 알을나어 품어거날○흥보가 조와라고 ᄃᆡ셕
쥬셔 밥을여거 밧치기를 막어서니 졔비시기
다섯마셔 함츙꼿자 굳상낙 밤나진도 슉셩
ᄒᆞᆫ다○○잇ᄯᅵ으 흥보가권이 기갈을 못니기여
다각기 나가것ᄯᅡ○건네빈탈 무졍밧으 ᄯᅱ샤
리도 킈며난놈 뒤동산 바우밋티 칙샤부
리도 킈며난놈 고랑ᄯᅢ 입뒤고랑 가지도
집난놈 쥬린식냥 치우라고 다각기 나가
것다○흥보마노ᄅᆡ난 나물싯고 물질ᄎᆞ고
셕쳔으로 건네가고 흥보난 나무맛ᄯᅡ 드

러오니○난ᄃᆡ업난 ᄃᆡ명이가 쳠이안으 너닷
거날○흥보가 삼작놉니 졔비집을 구버
보니 네말이난 자바먹고 졔우ᄒᆞ나 나머거날
○흥보으 분ᄒᆞᆫ마암 작ᄃᆡ기를 츅켜들고
ᄃᆡ명이를 젼우면셔● 박졔ᄌᆞ 쥭은혼이
네가졍녕 환싱힛나 고황졔으 젹쇼
검으로 네허리를 베고지거○져ᄃᆡ명이 간
곳업다○밤이가고 날이오니 졔비시기 ᄒᆞᆫ마리
가 날ᄃᆞ도 슉셩ᄒᆞ야 팔작ᄃᆡ 굼노리다 ᄃᆡ발우
으 비려져서 두나ᄅᆡ를 옴ᄃᆞ리고 쥭은다시
업저어날○흥보가 빌다르며 졔비시기 비려

칼을번듯 죽여둘고 이놈아 지물이 크냐
목심이 크냐 그디목으 별슈잇나 집머셔 너
던지고 사라옴이 다행커든 비은망덕 웬말인
강○○흥보 마노리 거동바라 눈물직고 도라셔
며 슈원슈구 ᄒᆞᆯ것잇소● 현부난 영부귀ᄒᆞ
고 악부난 영부쳔이라 영부귀난 못ᄒᆞᆯ
망졍 져봉변을 셰치오며 굴머잇난 자식더
런 죽고야만 말테이니 빌가먼져 죽으리라
허리ᄯᅴ로 목ᄒᆞᆯ미고 죽길로 자쳐ᄒᆞ니● 흥보
가 ᄭᆞᆷ작놀니 아기어멈 웬날인가 마쇼ᄃᆞ 그리
마쇼 쳔ᄒᆞᆫ나난 ᄭᅳ만두고 자식더를 ᄒᆞᆯ보와

셔 부디ᄃᆞ 그리마쇼 허리ᄯᅴ를 ᄒᆞᆯ쳐잡고 비가
몬져 죽술나네 두리셔로 닷튀난듸 셜넝우
난 이원셩이 구쳔으 사못쳤다○○ 쳔고 청비시
타 쳔도어지 무심ᄒᆞᆫ타●○ 중 ᄒᆞ나가 나려온다
중 ᄒᆞ나가 나려와 빗쥬쳔풍 말근ᄒᆞᆫ날 중
ᄒᆞ나가 나려와 빗슈풍진 노장중 구절중장
빗기들고 흔날ᄃᆞ 나려와○ 육판졔ᄌᆞ 셩진이
난 셕교연분 ᄎᆞᆺ자가고○ 달마존자 노엽타고
향산로 도라가고○ 셕가여릭○ 나옹되사 여기올
닐 만무ᄒᆞᆯ다 동구로 오난거동 이상ᄒᆞ고 이
상ᄒᆞ다 불상이 퇴락ᄒᆞ야 시쥬ᄎᆞ로 단이난

가 상도가 빈ᄒᆞᆫᄒᆞ야 동냥ᄎᆞ로 나려왓나
○시만 펄젹 나라가도 허리굽펴 비례ᄒᆞ며
●나무아미 타불○ 낙엽만 펏셕 ᄯᅥ러져도
손을드러 합장ᄒᆞ며○ 관셰음 보살○ 이집
져집 다지니여 흥보문젼 당도ᄒᆞ야○ 목탁
ᄯᅡᆨ ᄯᅮ다리며 이안딕으 중 동냥 왓십니다
○흥보부쳐 ᄭᆞᆷ작놀니 엿즙기난 황송ᄒᆞ
나 다란딕나 가옵시오● 져중으 거동바라 쳔
연이 드러셔며 울기난 웨우시오○ 흥보부
처 민망ᄒᆞ야 공슌이 엿자오되 굴머셔 죽을

도실 어디자쳐 ᄒᆞ자ᄒᆞ고 셔로죽기 닷투난듸 자
연 누귀 우나이다○○ 져중이 말로 흥보를 다려간다
ᄒᆞ면 무미ᄒᆞᆯ뜻 ᄒᆞ지마난 욕사ᄃᆞ 흥보신셰 이런
ᄭᅳᆷ이 엄연이라○ 져중이 공칙ᄒᆞ야 진졍으로 ᄒᆞ
난 말이 빈상으 말이다고 허슈히 아지말고 나를
자시 셔타오면 일시곤욕 면ᄒᆞ리다○ 흥보부쳐 반
기 듯고 어린자식 압셰우고 중으뒤를 ᄯᅡ라간다
○연일굴문 자식더러 완젼이 가거나나 비틀ᄃᆞ
걸난거동 파장ᄅᆞᆫ쳐 ᄯᅦ거라지 모양이라○○ᄒᆞᆫ
곳을 당도ᄒᆞ니○ 기봉은 열병ᄒᆞ고 슈슈난 협
경이라 청암장송 비겨 [illegible] 슈죽 둘

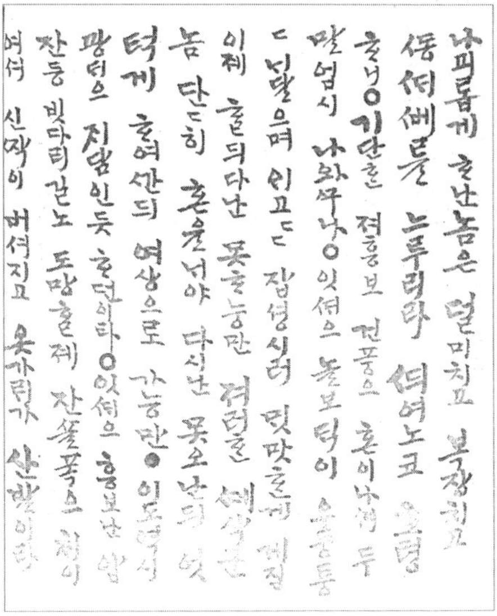

나피롭게 ᄒᆞ난 놈은 덜미치고 복장치고
똥셔쌔를 느루리다 셔여노코 오령
ᄒᆞ니 기단ᄒᆞᆫ 젼흥보 권풍으 ᄒᆞᆫ이나셔 두
말업시 나와ᄯᅡ나 잇ᄯᅢ으 놀보덕이 울퉁통
ᄃᆞ 닐ᄯᅢ으며 읫고ᄃᆞ 잡영실러 밋맛ᄒᆞᆫ게 예절
이제 ᄒᆞᆯ 되다난 못ᄒᆞᆯ 능만 져러ᄒᆞᆫ 셰상은
놈 단ᄃᆞ히 혼ᄋᆞᆯ 너야 다시난 못오난되 엇
덕게 ᄒᆞ여싼되 여상으로 가능만 이도여시
팡텅으 지닷인듯 ᄒᆞ던이타 잇ᄯᅢ으 흥보난 암
잔등 빗다티갈노 도망ᄒᆞᆫ제 잔솔폭으 ᄎᆔ이
여셔 신ᄶᅡᆨ이 버셔지고 옷가티가 산ᄯᆡ이타

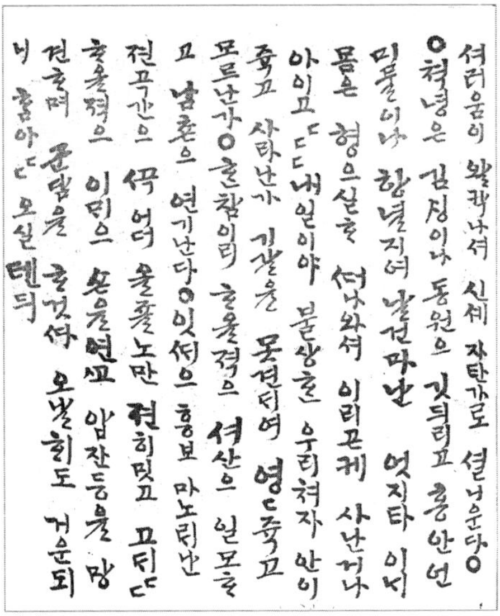

셔러움이 왈칵나셔 신셰 자탄가로 셜니운다
쳐녕은 김징이나 동원으 깃드리고 홍안연
미물이나 항녈지어 날건마난 엇지타 이내
몸은 형으실ᄒᆞ 셔나와셔 이리꼬게 사난거나
아이고ᄃᆞᄃᆞ 내일이야 불상ᄒᆞᆫ 우리쳐자 안이
죽고 사라난가 기갈을 못견듸여 영ᄃᆞ죽고
모르난가 ᄒᆞᆫ참이리 ᄒᆞ올젹으 셔산으 일모를
고 남촌으 연기난다 잇ᄯᅢ으 흥보 마노리난
젼곡간으 셕어 올ᄎᆞᆯ노만 편히밋고 고ᄃᆡᄃᆞ
ᄒᆞ올젹으 이딘으 온을던고 암잔등을 망
견ᄒᆞ며 군담을 ᄒᆞᆫ것ᄯᅡ 오날히도 거운되
비 ᄒᆞᆷ아ᄃᆞ 오실텐듸

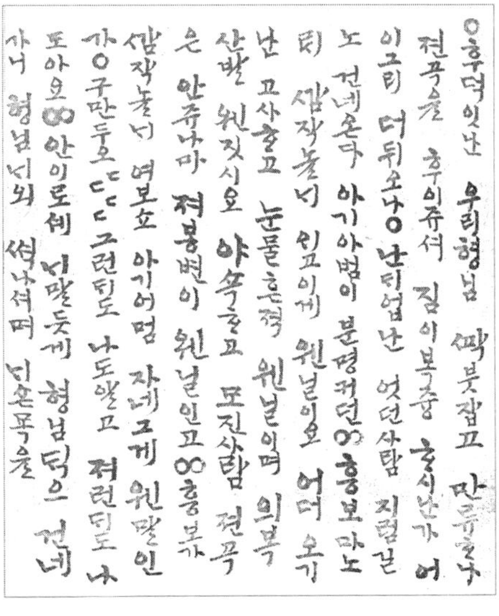

후덕잇난 우리형님 ᄯᅡᆨ붓잡고 만류ᄒᆞ나
젼곡을 후이쥬셔 집이복중 ᄒᆞ시난가 어
이그리 더뒤오나 난되업난 엇던사람 지렴갈
노 건네온다 아기아범이 분명커던 흥보마노
티 ᄉᆡᆷ작놀니 읫고이게 원날이요 어더 오ᄂᆞ
난 고사ᄒᆞᆯ고 눈물ᄒᆞᆫ젹 원날이며 의복
산발 원지시요 야속ᄒᆞ고 모진사람 젼곡
은 안쥬나마 져봉변이 원날인고 흥보가
ᄉᆡᆷ작놀니 여보쇼 아기어멈 자네그게 원말인
가 구만두오ᄃᆞᄃᆞ 그런되도 나도앨고 져런되도 나
도아오 안이로셰 니말듯게 형님덕으 건네
가너 형님너뫼 셕나셔며 니온목을

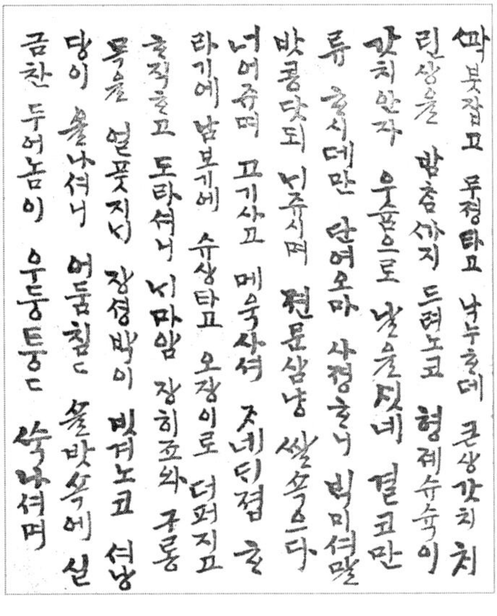

ᄯᅡᆨ붓잡고 무정타고 낙누ᄒᆞᆫ데 큰상갓치 치
린상을 밥츰ᄉᆡ지 드려노코 형제슌숙이
갓치안자 우슴으로 날을짓네 결코만
류 ᄒᆞ시데만 단여오마 사정ᄒᆞ니 흰미셕말
밧콩닷되 니쥬시며 젼문삼냥 쌀속으다
너어쥬며 끄기사고 메숙사셔 ᄌᆞ네디접 ᄒᆞ
타기에 남보기에 슈상타고 오장이로 더퍼지고
ᄒᆞ직ᄒᆞ고 도타셔나 니마암 장히조와 구롱
목을 연픗지나 장셩박이 빗겨노코 셔낭
당이 올나셔나 어둠침ᄃᆞ 올밧속에 실
금찬 두어놈이 우둥퉁ᄃᆞ 쑥나셔며

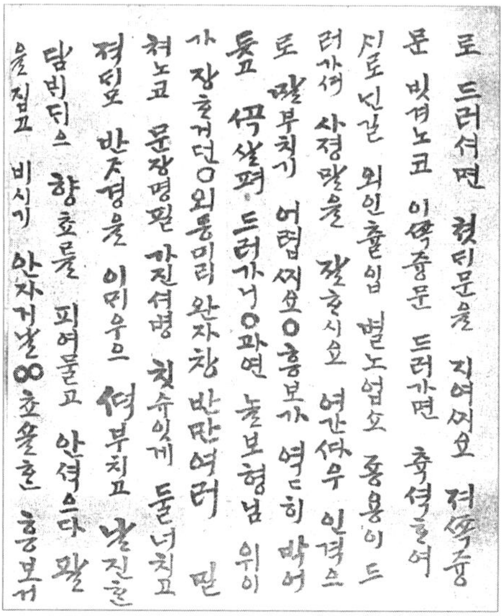
로 드러셔면 혓되문을 지여써요 져ᄶᅩᆨ 즁
문 밋겨노코 이ᄶᅩᆨ 즁문 드러가면 츅셕ᄒᆞ여
지도 닌간 외인츌입 별노업쇼 죵용이 드
러가셔 사졍말을 잘ᄒᆞ시요 여간ᄯᅡ우 인격으
로 ᄯᅡᆯ부치기 어렵씨요 ○ 흥보가 엳ᄃᆞ히 ᄇᆡᆨ어
듣고 ᄲᅮᆨ살펴 드러가니 ○ 과연 놀보형님 위이
가 장ᄒᆞ거던 ○ 외룡미리 완자창 반만여러 ᄯᅡᆯ
쳐노코 문장명필 가진셔령 칫슈잇게 둘너치고
져되모 반ᄌᆞᆺ영을 이며우으 ᄯᅥᆨ부치고 날진흔
담비뎌스 향초를 피여물고 안셕으다 ᄯᅡᆯ
을 집고 비시기 안자거날 ○○ 초올ᄒᆞᆫ 흥보거

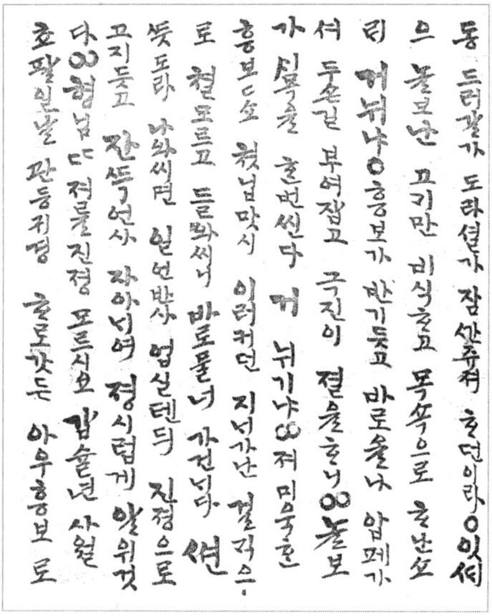
동 드러갈가 도라셜가 잠ᄉᆞᆫ쥬져 ᄒᆞ더이라 ○ 잇셔
으 놀보난 ᄭᅩ기만 비식ᄒᆞ고 목쇽으로 ᄒᆞ난쇼
리 ᄲᅥ뉘나 ○ 흥보가 반기듯고 바로ᄉᆞᆯ나 압ᄯᅦ가
셔 두손길 부여잡고 극진이 졀을ᄒᆞ니 ○○ 놀보
가 식목ᄒᆞᆯ ᄒᆞᆫ번 썬다 ᄲᅥ 뉘기냐 ○○ 져 미욱ᄒᆞᆫ
흥보ᄂᆞᆫ쇼 형님맛시 이러컨던 지너가난 결각으
로 쳘모르고 들와써니 바로물너 가건닛다 ○ 셔연
ᄯᅳᆺ도라 나와씨면 일언반사 업실텐듸 진졍으로
고지듯고 잔ᄯᅳᆨ연사 자아니여 졍시럽게 알위것
다 ○○ 형님ᄂᆞᆫ 졀물진졍 모르시요 갑슐년 사월
초팔일날 관등귀경 ᄒᆞᆯ모갓든 아우흥보로

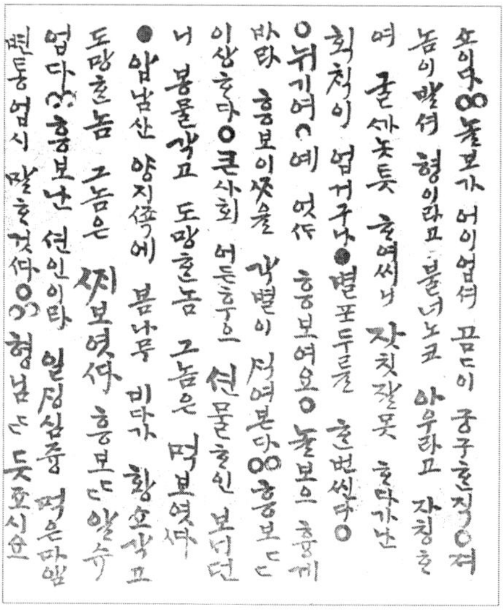
쇼이다 ○○ 놀보가 어이업셔 ᄭᅳᆷᄃᆞᆫ이 궁구ᄒᆞᆫ직 ○ 져
놈이 ᄯᅢᆯ셔 형이라고 불너노코 아우라고 자칭ᄒᆞᆫ
여 ᄀᆞᆯᄉᆞ놋틋 ᄒᆞ여써나 자칫잘못 ᄒᆞ다가난
회칙이 엽거구나 ● 별포두를 ᄒᆞᆫ번씨다 ○
○ 뉘기여ᄋᆞ 예 엇ᄯᅡ 흥보여요 ○ 놀보으 흉계
바타 흥보이ᄯᆞᆺ을 각별이 ᄯᅥ여본다 ○○ 흥보ᄂᆞᆫ
이상ᄒᆞ다 ○ 큰사회 어둔후으 션물ᄒᆞ인 보너던
너 봉물각고 도망ᄒᆞᆫ놈 그놈은 ᄯᅥᆨ보엿ᄯᅡ
● 압남산 양지ᄶᅩᆨ에 봄나무 비다가 황초각고
도망ᄒᆞᆫ놈 그놈은 ᄶᅵᆺ보엿ᄯᅡ 흥보ᄂᆞᆫ 알슈
업다 ○○ 흥보난 션인이라 일성심즁 ᄯᅥᆨ은마암
변동업시 ᄯᅡᆯᄒᆞᆯ것ᄯᅡ ○○ 형님ᄂᆞᆫ 듯ᄌᆞ시요

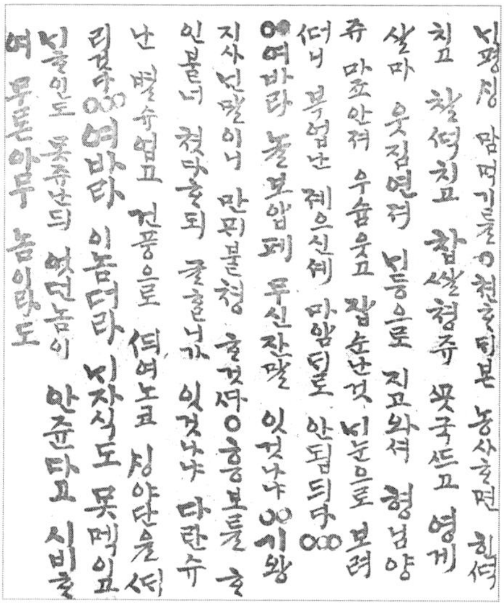
ᄂᆡ평ᄉᆡᆼ 맘먹기를 ○ 쳔ᄒᆞᆺ되본 농사ᄒᆞ면 희셕
칩고 찰셕치고 찹ᄊᆞᆯ쳥쥬 ᄭᅳᆺ국ᄯᅳ고 영게
살마 웃짐연져 ᄂᆡ등으로 지고와셔 형님양
쥬 마죠안져 우슘웃고 잡순ᄂᆞᆫ것 ᄂᆡ눈으로 보려
ᄯᅥ니 복업난 졔으신셰 마암되로 안됩듸다 ○○○
○● 여바타 놀보압폐 무신잔말 잇것나 ○○ 이왕
지사 ᄂᆡ말이너 만뫼불청 ᄒᆞᆯ것ᄯᅡ ○ 흥보를 ᄒᆞ
인불너 쳣ᄃᆞᆺᄒᆞ되 ᄀᆞᆯᄒᆞᆫ나ᄀᆞᆺ 잇것나ᄂᆞᆫ 다란슈
난 별슈업고 건풍을로 ᄯᅴ여노코 ᄉᆡᆼ야단을 ᄯᅥᆨ
리것ᄯᅡ ○○○ 여바타 이놈더타 ᄂᆡ자식도 못먹이고
ᄂᆡᆯ인도 못쥬넌듸 엇던놈이 안쥰다고 시비ᄒᆞᆯ
여 무론아무 놈이라도

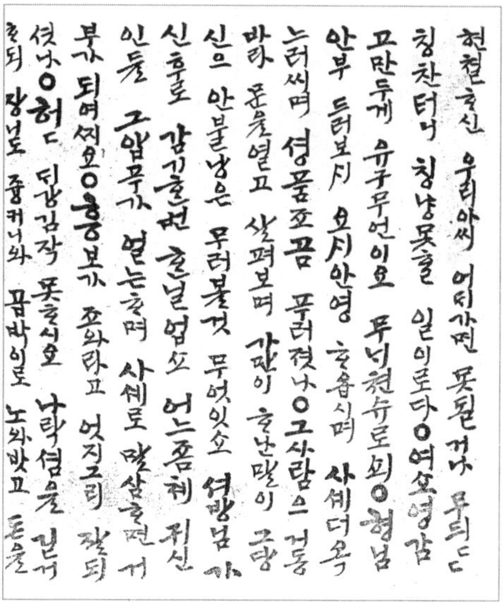
현쳘ᄒᆞ신 우리아씨 어ᄃᆡ가면 못될거나 무듸ᄃᆞ
칭찬터니 칭냥못ᄒᆞᆯ 일이로다○여보영감
고만두게 유구무언이요 무니쳔슈로쇠○형님
안부 드러보시오 요시안영 ᄒᆞ옵시며 사셰더옥
느러씨며 셩품조흠 무러졋나○그사람으 거동
바라 문을열고 살펴보며 가ᄯᅡᆫ이 ᄒᆞ난말이 그ᄃᆞᆼ
신으 안불낭은 무러볼것 무엇잇쇼 셔방님 아
신후로 감기ᄒᆞᆫ번 ᄒᆞᆫ날업쇼 어느죰쳐 지신
인들 그암무가 엽는ᄒᆞ며 사셰로 ᄆᆞᆯ삼ᄒᆞ면 거
부가 되여셔요○흥보가 조와라고 어지그리 잘되
셧나○허ᄃᆞ 되당감작 못ᄒᆞ시요 나락셤을 깃거
ᄒᆞ되 장넘도 즁커니와 곰박이로 노와밧고 돈을

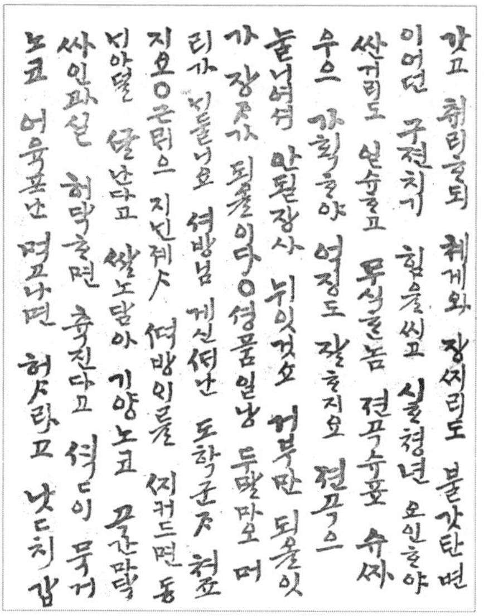
갓고 취리ᄒᆞ되 취게와 장ᄯᅵ리도 불갓탄면
이어던 구전치기 힘을씨고 실ᄒᆞᆯ쳥년 요인ᄒᆞ야
ᄊᆞ거리도 ᄲᆞᆫ슈ᄒᆞ고 무식ᄒᆞᆫ놈 젼곡슈효 슈ᄶᆞ
우으 가획ᄒᆞ야 여정도 잘ᄒᆞ지요 젼곡으
눌너여셔 안된장사 뉘잇것쇼 허부만 되올이
가 장ᄶᅵ가 되올이다○셩품일낭 두말마오 머
리가 빗둘너요 셔방님 계신ᄯᅢ난 도학군ᄌᆞ 쳐쇼
지요○근ᄂᆡ으 지닌졔ᄉᆞ ᄯᅧ방이를 ᄶᅵ커드면 동
니아ᄃᆞᆯ ᄯᅥᆨ난다고 쌀노담아 기양노코 ᄭᅮᆯ간ᄆᆞᆨ닥
ᄊᆞ인파실 허닥ᄒᆞ면 ᄒᆞ진다고 셕ᄃᆞ이 묵거
노코 어육포산 ᄯᅧᆨ고나면 허ᄉᆞ타고 낫ᄃᆞ치 갑

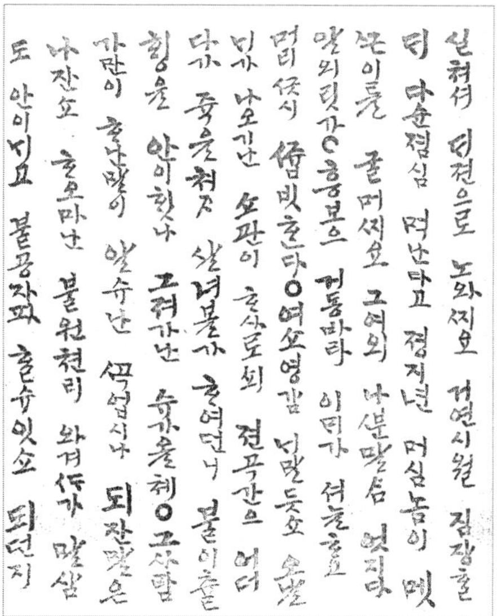
실쳐셔 ᄃᆡ쳔으로 노와ᄯᅵ요 거연시월 짐장ᄒᆞᆯ
ᄯᅵ 다슌졈심 먹난다고 졍지년 머심놈이 ᄯᅥᆺ
ᄯᅳᆫ이룰 굴머ᄯᅵ요 그여외 너샨말ᄉᆞᆷ 엇지다
말ᄒᆞ리잇가○흥보으 거동바라 이ᄯᅢ가 셔ᄂᆞᆯᄒᆞ고
먹리셧시 ᄲᆞᆷ빗ᄒᆞᆫ다○여보영감 니말듯쇼 오날
니가 나오기난 쇼판이 ᄒᆞᆫ사로쇠 젼곡간으 어더
다가 쥭을쳐ᄌᆞ 살녀볼가 ᄒᆞ여던니 불이ᄒᆞᆫ
횡을 알이 ᄒᆞᆺ나 그러가난 슉가올체○그사람
가ᄯᅡᆫ이 ᄒᆞ난말이 알슈난 ᄲᅮᆨ엽시나 되잔말은
나잔쇼 ᄒᆞ오마난 불원쳔리 와겨ᄯᅥ가 말삼
도 안이ᄒᆞ고 불공자ᄑᆡ ᄒᆞᆯ슈잇쇼 되던지

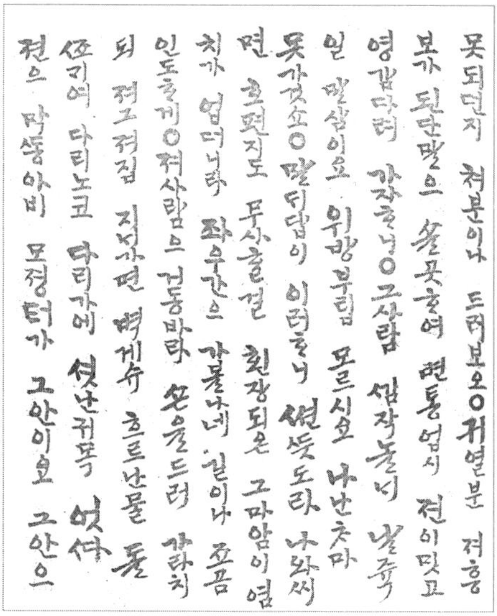
못되던지 쳐분이나 드러보오○귀연분 져흥
보가 되단말으 ᄯᅳᆺ못ᄒᆞ여 면통업시 젼이밋고
영감다려 갓ᄌᆞᆨᄒᆞ니○그사람 섬작놀니 날쥭
인 말삼이요 위랑무립 모르시요 나난초마
못가것쇼○말되답이 이러ᄒᆞ니 셥ᄯᅳᆺ도라 나와ᄯᅵ
면 초면지도 무사ᄒᆞᆯ결 ᄎᆡᆨ장되온 그마암이 염
치가 엽더니라 좌우간으 갈볼나네 길이나 죠흠
인도ᄒᆞ게○져사람으 거동바라 ᄯᅩᆫ을드러 가라치
되 져그져집 지나가면 벽계슈 흐르난물 돌
ᄯᅩᆫ지여 다리노코 다리가에 셧난귀목 엇셔
졋으 막ᄯᅩᆼ아비 모졍터가 그안이요 그안으

소릐 청초지당 봄비뒤으 뭇기고리 우름이
요 평원광야 슈댱논으 세곤이 소릐로다 곱ᄉᆞ
ᄃᆞ 못쓸머셔 부황난놈 간ᄃᆞ잇고 심셩ᄒᆞᆫ놈 혹
간잇다 ○○여바라 이판세으 져흥보가 병영으로
뒤품팔노 갓ᄉᆞᄒᆞ되 굶고굴문 그졍샹으 무신뒤
품을 팔것나냐 이거난 광뒤으 취담인듯 ᄒᆞ건이
와 셰염업난 자식더리 오장이 헌ᄃᆞᆫᄒᆞ니 져기가
원이되여 먹기타령을 부르난되 육ᄉᆞᆺ박이 명
창ᄒᆞᆫ듯 못놈이 원ᄒᆞᆫ것ᄉᆞᆼ ᄒᆞᆫ놈 셔나셔며
그렵ᄃᆞᆫ 쓸난 지경국으 ᄒᆞᆫ현쌀밥 ᄯᅩᆨᄃᆞ마라 쳘
량되로 먹어시면 ᄯᅩᄒᆞᆫ놈 나안지며 울긋셜
긋 풋찰떡 온으질ᄃᆞ 셔여놓고 ᄯᅳᆨᄃᆞ데여

며어씨젼 ᄯᅩᄒᆞᆫ놈 거동바라 비시기 지뒤누어 혈
ᄯᅳᆺᄒᆞ게 쉰ᄒᆞᆫ것ᄉᆞ 자짐ᄃᆞ 방ᄌᆞ굼 셥푼닙푼
집어놓고 약쥬ᄒᆞᆫ잔 ᄯᅥ어씨면 큰놈이 셕나셔
며 어타 이밋친놈덜 너으모도 빈소릐ᄉᆞ 니
으원을 드러바라 어우둥ᄃᆞ 보리기떡 도리납
ᄲᅡ작 손으돌고 열네ᄯᅩᆼᄃᆞ ᄒᆞ고지거 그밋뒤 어
린것들 말도밋쳐 못다ᄒᆞ고 이상ᄒᆞ게 보치여
○○킹 키잉맘 ○○흥 흐응맘○○흥ᄃᆞ 웅ᄃᆞ
맘ᄃᆞ 맘○○이졍상을 듯고보니 소위부모 그
마암이 엇더타 ᄒᆞ엿나냐 흥보마노릐 거동바
타 여보시요 아기아범 자식더릐 죽게되니 무신

염치 창기겟소 기블두고 미로가며 살고보ᄅᆡ
죽고보릐 속담을 모르시요 조ᄒᆞᆫ날은 ᄉᆞ름이
요 나진날은 실가라고 형제간으 젼곡두고
자식굶겨 죽여ᄉᆞ면 근돌안이 악셜이요 형
님덕으 건네가셔 이사졍을 엿쥬오면 이ᄉᆞ아
반 그형님이 셜마팔세 ᄒᆞ오릐가 ᄉᆞᆨᄃᆞ히
건네가오○오장열분 져흥보가 젼자사난 망각
ᄒᆞ고 되단말으 지사열녀 ᄉᆞᆨ 되기로만 건
네간다○○심상상인 비젹ᄒᆞ게 헌박넘으 노
ᄭᅳᆫ달고 뒤집펑이 파모다타 ᄒᆞᆫ놀ᄃᆞ 건네
가셔 암잔등으 운신ᄒᆞ고 촌양을 망견

ᄒᆞᆫ거 슈목이 텅쳔ᄒᆞ고 와ᄀᆞᆺᄃᆞ 전미ᄒᆞ여 젼
물셔이 엄난지라 발로드러 갓잘ᄒᆞ나 골목길
도 쳔경ᄒᆞ고 형으듯을 괘히몰나 젼뒤쥬란
길질ᄒᆞ고 션돌거리 노ᄌᆞ집을 ᄎᆞ자가니 노ᄌᆞ
너외 그져잇다○삼ᄉᆞᆨ놓너 니달으며 인ᄉᆞᄒᆞ고
영졉ᄒᆞ며 뒤프이게 윈날이요 어뒤가셔 세
옵시요 아기셰와 아기네들 엇더케 지뇌시요○
○옵고 ᄒᆞᆫ난말이 자셔그ᄭᅵ 엇더ᄒᆞᆫ가 뇌야무려
무엇ᄒᆞ릐 고금이 여실도셰○헌이게 무신말
삼이요 위삼날을 알슈잇소 져으둥이 공논
잇소 ᄒᆞᆫ자ᄭᅡᆺ탄 그셔방님 어뒤가면 잘못되며

몸도 어렵거든 절문안히 어린자식 어이ᄒᆞᆯ
여 구평ᄒᆞ리 정처업시 단인적으 못갈듸가
위잇시리○슈ᄎᆞᆫ산곽 시너가에 물방이집도
드러가셔 그렁저렁 지닉보고 잔산단녹 ᄎᆞᆫ곤
쳐으 산직집도 ᄎᆞ져가셔 흥보 마노리난 ᄯᅩ
가리도 저러팔고 흥보난 집신ᄉᆡᆨ도 열거판
둘 여러ᄌᆞ식 저목심을 ᄯᅥᆫ질슈가 잇거나냐
○○살거운 흥보마노리가 ᄒᆞᆫ난말이 여보시
요 아기아범 궁무쇼 물위타너 못ᄒᆞᆯ널이 위
잇것쇼 우리나셔 밉품이나 ᄒᆞᆸ시다○두번이난
ᄒᆞᆫ말인강 흥보마노리가 품을판다 오라ᄒᆞᆷ이
감축ᄒᆞ여 열녕시행 ᄒᆞ더이타 ○ 유월염천

밧머기며 셜ᄒᆞᆫ풍으 물질키며 모ᄯᅵᆼ답으 망옷
노키 양ᄌᆞᆷ답으 피ᄲᅡᆸ기며 ᄎᆞ상난집 셔ᄃᆞᆸᄒᆞ
기 화루집으 현옷집기 ᄎᆞᆯ막명인 구병
ᄒᆞ기 드ᄃᆞᆯ방이 용정ᄒᆞ기 시이ᄃᆞᄃᆞ 나물
킈기 진날진날 업시ᄒᆞᆯ고○ᄯᅩ 흥보가 품을
판다○슈학자리 되가잇셔 힘든날은 ᄒᆞᆫ슈잇나
샥얻넝은 불고ᄒᆞ고 못ᄒᆞᆯ짓시 업던이타○셔신
비용 되팔ᄉᆞᆯ기 ᄎᆞᆫ전논으 시보기며 병든파긱 엽
고가기 임자업난 용장치기 상예압페 삽션
들기 신힝길으 농짐지기 ᄎᆞ란이판 불노키며
마산도부 슉짐지기 시졀모군 저녁참질 시이

든 동냥ᄒᆞ여 이바르게 셔두러도 복업난 흥
보신세 살기리 망연ᄒᆞ다 전곡복은 고ᄉᆞ타긔
만 자식복은 그리탄나 풀ᄃᆞ이 낫난ᄌᆞ식
ᄒᆞ리거리 잇틀거리 ᄯᅥᆯ복인복 ᄭᅡᆨ난ᄒᆞ
번 난널업시 영축업시 ᄯᅡ다큰다 싀구난
드세지고 가난은 놀거지너 사자ᄒᆞ되 살슈업고
죽자ᄒᆞᆫ들 ᄎᆞ마ᄒᆞ랴○흥보마노리가 ᄒᆞᆫ난말이
여보시요 아기아범 사듸부 이향직 천싱이타 ᄒᆞ
여씨되 기ᄀᆞᆯ이나 면ᄒᆞᆯ테면 무신분간 잇쇼마난
피ᄎᆞ가 일반이면 고향으로 가옵시다○이셰으
흥보부쳐 어린자식 압셰우고 고향산쳔 ᄎᆞᆺ
가며 신세자탄 가로 울름운다○평슈상봉 요너

신세 얼슈화가 가련ᄒᆞ다 고향금야 사쳔리타
운외청산 먼ᄃᆞᆫ길을 어느날노 ᄎᆞ져가리 아이
고ᄃᆞᄃᆞ 셔룬지거 그렁저렁 ᄎᆞ자와셔 션산
ᄒᆞᆺ스 이막ᄒᆞ고 셔적자리 셔적문으 방이타
고 누어서가 업풀사 발써드면 세염업난
상투쌋은 셔적ᄯᅳᆯ코 토방우으 쑥나가고 불
알쌋고 누어셰면 기천도 겯난다시 말근ᄒᆞᆫ날
잠긴별이 담운ᄃᆞ 베이것샤 중천으셔 셰우
소면 방으셔난 쏘나기온다 슈만ᄒᆞᆫ 자식더런
방천신를 ᄒᆞᆺ것나냐 토방으도 안자난놈 마ᄃᆞᆼ
으도 누어난놈 기ᄀᆞᆯ을 못이기여 밥달나고 우난

우러러 보니 즁쳔으 일월 ᄂᆡ리 구버보니
통쳔ᄒᆞ지 일식이라 ᄉᆞ 엽난 져 일월
오년 ᄭᆞ치 걸고지거 즁츈시졀 ᄇᆡᆨ화 명월
니 안이노듯 못ᄒᆞ리라 강구연월 노인
ᄯᅡ라 젹양가로 노라볼가 남훈젼 ᄇᆡᆨ용
것치 오현금을 화답ᄒᆞᆯᄭᆞ 운담풍경
군오쳔으 방화슈류 놀고지거
에라 다바리고 쳔지음양 반복지이
젹션지가 여경이오 젹악지가 여앙이라
두번 일너 무엇ᄒᆞ랴 아우 박디 자심키도

곤둘 안이 젹악이며 형을 공경 극히 함도 그
션심이 오직ᄒᆞ랴 형으게 공슌ᄒᆞ고 지션무악
ᄒᆞᆫ 사람은 박흥보요 아우으게 우의치 못ᄒᆞ고
지악무도 ᄒᆞᆫ 사람은 흥보형 박놀보라
디져ᄒᆞᄂᆞ 이사람으 부리 힝사 ᄯᅥᆺᄯᅥᆺ잇고 욕심
만코 오장 육부ᄭᆞ 남과 달나 심술보ᄭᆞ 놀납기로 위지
놀보 여다 남이야 쥭고 살고 실속이만 ᄎᆞᆺ기난듸
ᄯᅥᆨ젼 유ᄭᆞ 업더져셔 ᄲᅡᆷ가죡이 벗겨져도 ᄯᅳᆫ디기난
고 ᄯᅡᆫ두고 ᄯᅥᆨ을 쥐고 나셔것다 욕심디로 안이되면
심술만 부리난듸 졍말 심술이 이상ᄒᆞ것다
남으 혼신 될 듯ᄒᆞ면 뒤로 살작 훼담ᄒᆞ기

힝인 파각 ᄯᅡᆫ류ᄒᆞ야 황혼되면 ᄉᆞᆺ너기 불난집
으 물 질난 놈 ᄯᅢ박 붓잡고 실난ᄒᆞ기 이웃집으 셔
신 둘면 기되야지 살생ᄒᆞ기 곰줄치고 치셩ᄒᆞ면
상복 입고 드러가기 투장ᄒᆞᆫ듸 위장치고 슈졀
과부 무함잡기 졀문 여자 지니가면 여니노코 오잠
누기 그 여외으 나셔분 힝사 별ᄒᆞᆫ 짓시 만ᄒᆞ것다 음흉
ᄒᆞ고 흉칙시려 부지인사 단지 져리ᄒᆞ난 즁으 남으
말은 불쳥ᄒᆞ고 산 희말은 션쳥이라 이러ᄒᆞᆫ
이사람이 형졔 윤을 알거나냐 아우ᄒᆞ나 잇난 것을
구박이 자심ᄒᆞ니 흥보부쳐 사셰부득 ᄯᅥ나셔것
다 흥보 거동 바라 눈물 씻고 이러셔며 워졍을
희보것다 형님 드러시오 옛날에 장공예난 구셰동
거 ᄒᆞ여잇고 옛날에 강공이난 공피일금 ᄒᆞ여거던 형졔

일신 즁ᄒᆞᆫ 윤기 각분 동거 ᄒᆞ오리ᄭᆞ 놀
보으 거동 바라 쥬먹 쥐고 일어셔며 엇ᄯᅡ 이놈
유식ᄒᆞ다 부모덕분 글ᄭᆞ 비와 언쪽 식비 언
슈ᄒᆞᆫ다 무엇시 엇지ᄒᆞ여 옛날으 공숙단은
어이ᄒᆞ야 두 아우를 쥭여시며 당티종은 어
이ᄒᆞ야 그 형도 형살ᄒᆞ고 그 아우도 쥭여거
든 그난 어이 모르나냐 이갓치 호령ᄒᆞ야
흥보를 ᄶᅩᆺ차 닛다 ᄒᆞ여씨되 이거난 팡티
으 망발인 듯 ᄒᆞ거니와 아무리 후덕이난 져
흥보가 외어기고 ᄒᆞᆫ런이와 형으 ᄯᅳᆺ을 받으
랴고 부득이 나가니라 젹슈로 나간 신셰 니흔

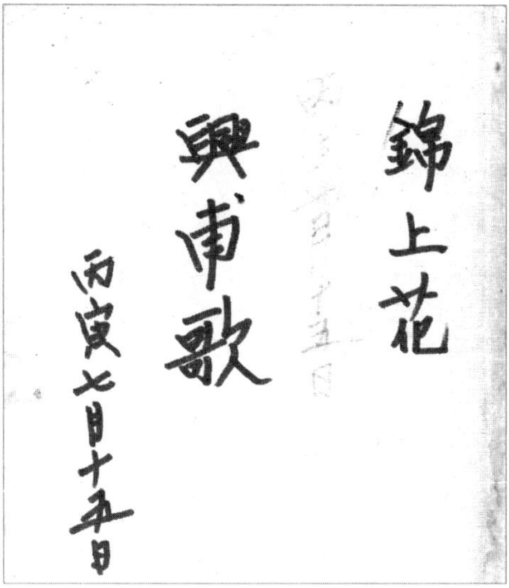

錦上花

興甫歌

丙寅七月十五日

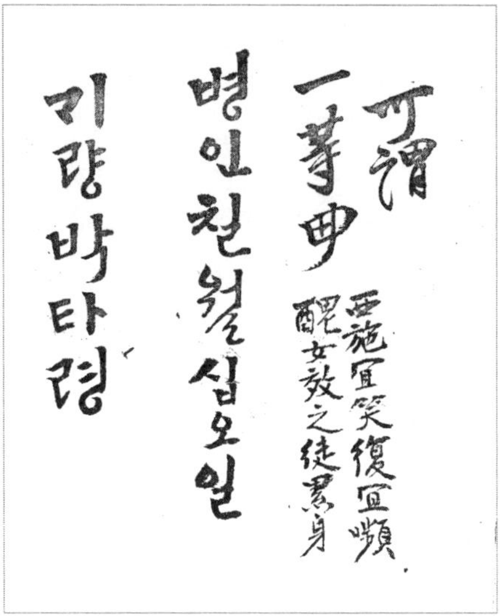

可謂一等曲

西施宜笑復宜嚬 醜女效之徒累身

병인칠월십오일

개량박타령

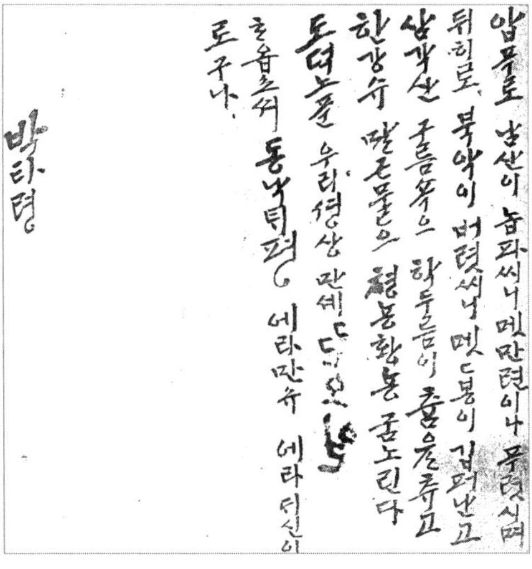

박타령

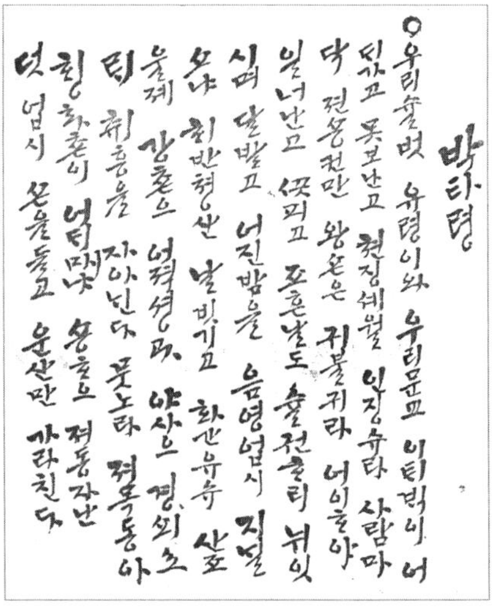

박타령

개량박타령

원본영인

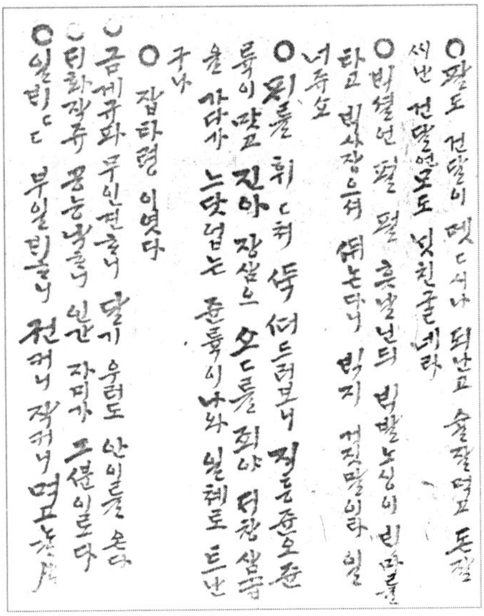

○팔도 건달이 떼ㄷ서나 되난고 술잘먹고 돈잘
쓰난 건달연모도 빗친줄네라
○비셜연 팔 필 흣날넌듸 빅발노싱이 티마를
타고 비사장으셔 쉬논다니 빅지 거짓말이라 일
너주오
○뒤를 휘ㄷ쳐 뚝 써드러보니 젊은 춘오춘
륙이 많고 진아 장삼으 오ㄷ를 죄야 더찬 삼금
을 가다가 느닷없는 춘륙이나와 실체로 드난
구나
○잡타령 이엿다
○금세규화 무신편ᄒᆞ니 달기 우러도 안이 온다
○티화작쥭 몽농쿡ᄒᆞ니 신간 자미가 그샘이로다
○일티ㄷㄷ 부일틧ᄒᆞ니 천ᄒᆞ거니 작ᄒᆞ거니 먹고논다

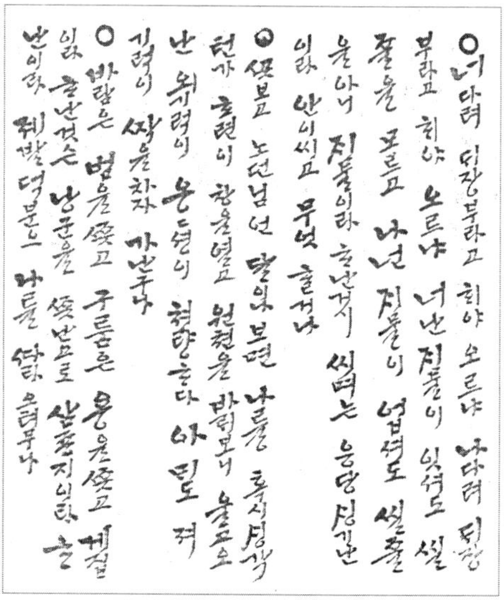
○너 다려 디장부라고 ᄒᆞ야 오르나 나다려 디장
부라고 ᄒᆞ야 오르나 너난 진물이 잇셔도 셜
졸을 모르고 나넌 진물이 업셔도 셜졸
을 아너 진물이라 ᄒᆞᆫ난거시 씨며는 웅덩 싱긴
이라 안이씨고 무엇 ᄒᆞᆯ거나
◉쌍보고 노던님연 달잇보면 나를 ᄉᆡᆼ각
턴가 ᄒᆞᆫ편이 창을열고 원천을 바리보니 울고오
난 왼기럭이 운졍이 쳐량ᄒᆞ다 아 될도 져
기럭이 쌍을차자 가난구나
○바람은 범을쏘고 구룸은 용을쏘고 계절
이라 ᄒᆞᆫ난거슨 남군을 쏘난고로 삼쳔지이라 ᄒᆞᆫ
난이라 쥐발덕분으 나를살라 온덕무나

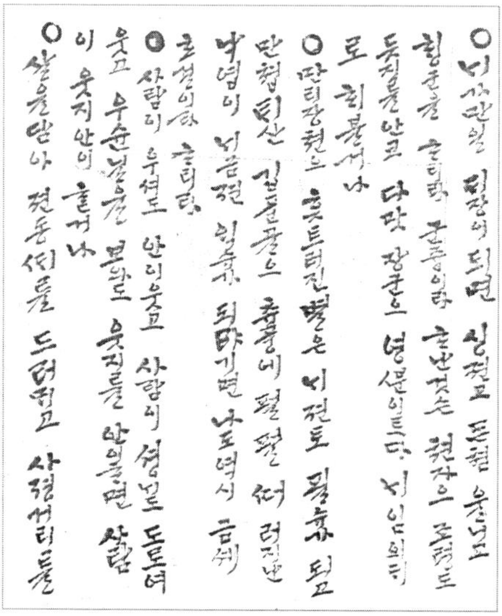
○니가 간일 디장이 되면 심쳔고 도쳡 웃너고
힘군ᄒᆞᆫ ᄒᆞ디라 군중이라 ᄒᆞᆫ난거슨 쳔자으 조련도
둣지를 안고 다만 장군으 명ᄉᆡᆼ이로다 니일외ᄒᆡ
로 ᄒᆡ볼셔나
○만리장쳔으 훗트러진 별은 니 쳔도 필휴 되고
만쳡 티산 깁흔골으 츅룡에 필쳔 ᄯᅥ러진난
낙엽이 니츰쳔 일휴 되다기면 나도역시 금쉐
ᄒᆞᆯ연이다 ᄒᆞ디다
◉사람이 우셔도 안이웃고 사람이 셩닐도 도토여
웃고 우순 님을 보와도 웃지를 안이ᄒᆞ면 살람
이 웃지안이 ᄒᆞᆯ거나
○살을 담아 쳔동 ᄯᅱ를 드러쥐고 사졍서티를

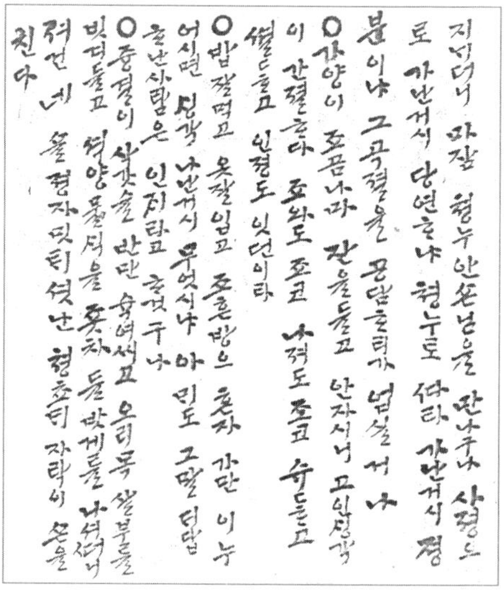
지너더니 마잘 쳥누안손님을 만나구나 사졍도
로 가난거시 당연ᄒᆞ나 쳥누도 ᄯᅡ라 가난거시 졍
분이나 그곡졀을 몬담ᄒᆞ디가 엽실거나
○가양이 조끔나마 잔을들고 안자시너 고 일싱각
이 간졀ᄒᆞ다 조와도 조코 나져도 조코 ᄉᆔ들고
ᄊᆡᆯ들ᄒᆞ고 신졍도 잇던이라
○밥잘먹고 옷잘입고 조흔방으 혼자 가단 이누
어시면 심각 나난거시 무엇시나 아 밉도 그말 더답
ᄒᆞᆯ난 사람은 인지라고 ᄒᆞ것구나
○즁졍이 삭갓술 만단 슈여셔고 오리목 살부를
빗더들고 석양 물셔을 ᄯᅩᆺ차 들밧게를 나셔셔너
져건 네 월 쳔자 딕티 셧난 쳥쵸ᄃᆡ 자락이 손을
친다

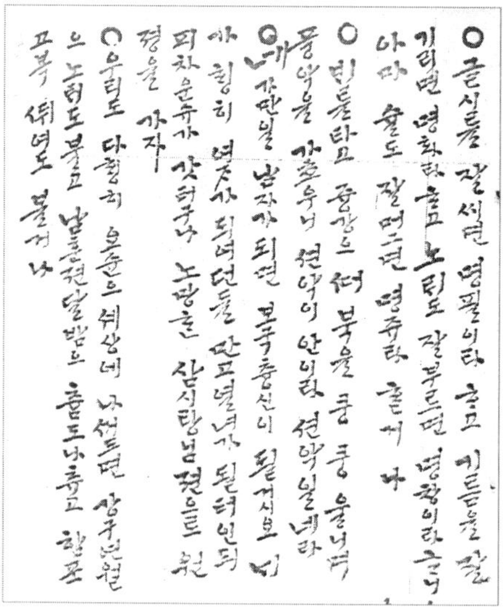
○ᄒᆞᆫ실를 잘셔면 명필이라 ᄒᆞ고 기름을 잘
기리면 명화라 ᄒᆞ고 노ᄅᆡ도 잘부르면 명창이라 ᄒᆞ니
아마 술도 잘먹으면 명쥬라 ᄒᆞᆯ거나
○빈물타고 즁강으 ᄯᅥ 북을 쿵 쿵 울니며
풍악을 갖초우니 션악이 안이라 션악일네라
◉내가 간일 남자가 되면 북즁신이 될거시요 니
야 ᄒᆡᆼ히 여자가 되여던들 ᄯᅡᆫ고열녀가 될터인되
피차 운슈가 갓터구나 노랑은 삼시당님 쳔을토 원
졍을 가자ー
○우리도 다ᄒᆡᆼ히 호츈으 세상에 나셔도면 상구언연
으 노리도 부르고 남훈젼 달밤으 츔도나 츄고 향포
고복 ᄯᅱ여보 볼거나

모기낙고 안자신들 문왕이 안이어던 여상인들
거뉘알니 여유으 금이나면 보환들은 알거이와
곤산으 불이타면 옥셕구분 어이알니 난세간
운 조명더이 동장티 노피지고 삼국을 비양
터니 봉추션성 연환게수 와룡션싱 동남풍
으 탁만티면 일시으 간곳업고 만고영웅 진시
환이 아방궁 노푼집으 천츄를 호령터니
만리장셩 허 도히 쌍년후으 츄칠월 이산늘으
일취고분 속절업구나 구관으 녀설열고 명나슈
김푼물으 뭄 덧실 몸이싸져 어복충혼 되
여시니 만국유를 어이알며 쥬나타 곡식을 안
이먹자 하고 슈양산 김푼골으 쳐미식지 하엿시니

현지청자 이안이나 엇 다춘현 져롱황아
청절이나 놉피엿다 기불탁속 하여시나
디장부으 열우르다 칭안연 중 중하고
절벽은 관장이라 웃 두셧난 놉흔관
운 사시장츈 푸러시니 장부지절이 그안
이나 가 오롭다 셰쇽이여 두번일너 무
엇하리 ——

∞ 퇴셰젼 단가엿다

광디한 천지간으 인싱이 다늑건만 영웅호
걸 절디가인이 더 욱 히 가련하다 진시
황 간년후으 삼신산 불노초난 임자업시

잇건마난 운 심하니 부지하라
우히로 곡 속사 천상으로 가면 보지으
삼천련 벽도화 가지 가지 푸려잇고
아티로 하를 쳐열 쳐 나려오면 남양
으 국화슈라는 물이 가 득 히 싸여시니
그물노 술을 만 이 빗지고
벽 도를 따다가 안쥬를 하면 청녕
히 불노쥬라 반 가울사 우 리인싱 일단
강취 하거드면 절 문 오년은 늑지를 안코
늘근노인언 쥭지를 달면 천정셰월 인

징슈요 설하자손 만셰영이라 팔티셔를
머 다마쇼 칭호를 부려하며 삼원갑자 지날
진던 만형을 원하소나 다 맛 져 강티공
언 궁달팔십 생일로다 져시인간 별유천
으 살뜰히 놀고지거 경유무궁 야자파로
풍던 풍 던 노라보시
퇴셰젼을 연경코자 하나 두셔업셔 못을
것기세 혯비두 단가을마디를 공중
누각으로 힛셔 —— ○

∞ 슈힝 잡가엿다

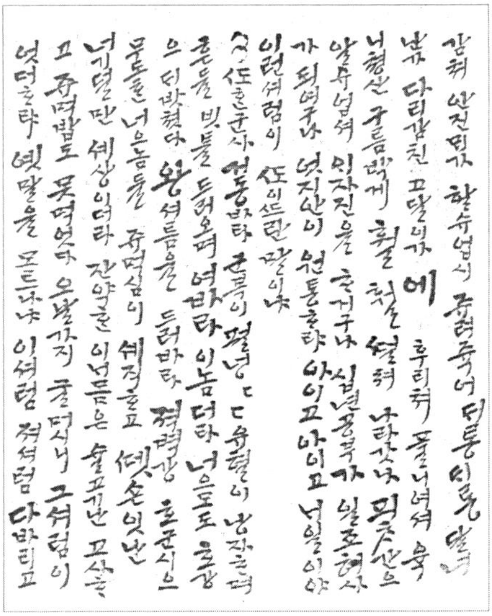

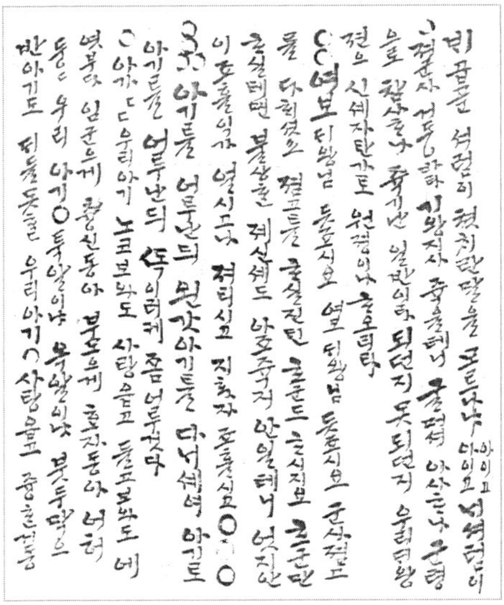

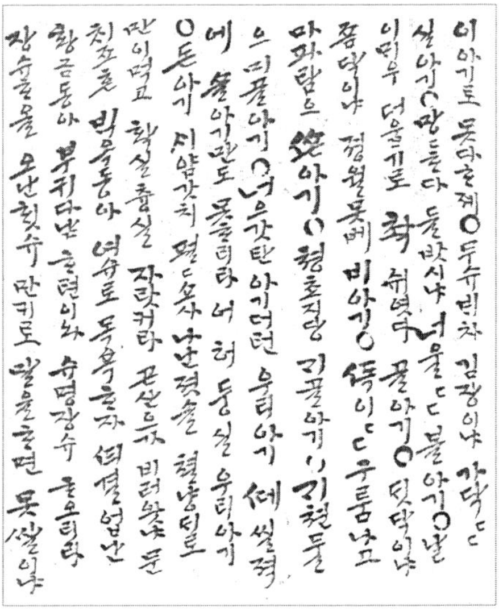

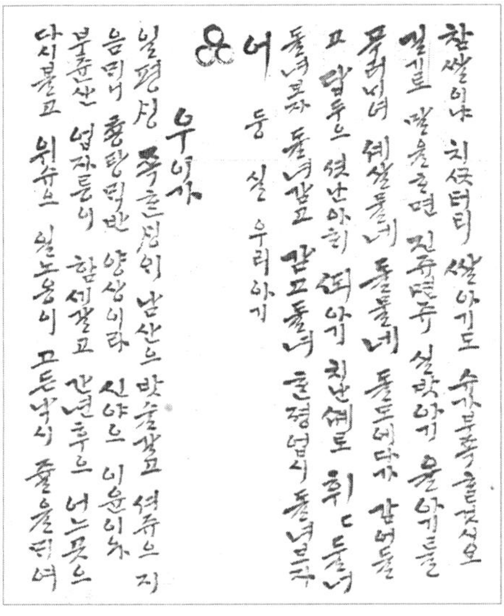

노푼봉 허위허위 올나가니 청산단이 일고흥흥
원포귀범 쓰난비난 우영이 아 득호구나 산
힝 놉흔봉을 드러가니 사시풍경 화란젼이다
비유직호 풍풍수 절벽이 광ㄷ 다조취고 무심
출슈 쏘쿠름 기봉이 칭ㄷ 펴러잇다 에 티
줍은 놉흔관옹 광몽을 못이기여 우 출
ㄷㄷ출을 춘다 무릇ㄷ 쿨무리 너울ㄷㄷ다
티년출 칙년출 섯기 휘느러졋구나 한유셩 져싀
싸리 휘홍은 자아납고 셕부토난 져동이 슈두ㄷ
펄펄 나라든다 산중에 춘이만호니 깅 긱
홍흑 상잔호다 동자야 술부어라 놀고더가
아 밋도 우리인싱 일장춘몽 덧업노다

○ 화룡도 타령

불상코 가궁코 원통코 셔러운 젹군사덜
리 다삭시 계셔름을 자탄호논듸 쏘
이러케 좀 히롭것다
● 비셔럼 드러바라 너으셔름 고만두고 비셔름 드러
바타 형죽은 셔텬도 고만두고 아우죽은 셔텬드
게두어라 삼되독신 우리부친 무뎐독신 나뿐나타
열오셩 춘마일로 시집출지 갈너니여 모조슉녀
호혼리필 동방화촉 깁푼사랑 쥬야업시 안
고놀제 난뒤업난 벽력소리 젹벽셔젼이 문분으
로 안이갈고 네방오셔 잠을자나 어셔밧비 나오나타
달녀드려 쓰어닐제 ○ 당상학발 우리부모 새작놀
비 닐달으며 각녁으 힘이업셔 실죽나상 춘겨던가

쎄쓰러져 쌍으업셔 쥭어들고 부르지며 나죽이고 게
가거라 몸부름으 뒤둥굴며 ○ 유흥혼안 우리소
쳐 흰진도지 쓰타나와 닉온길 부여잡고 못가나ㄷㄷㄷ
날울두고 어디가오 노혼호신 져부모를 봉양인들 뉘
와쓸며 엽칠된칠 쥐자식이 찬ㄷ장셩 호거드면 꼬혼인들 뉘흔겻소
짝붓잡고 셔둘쥐오 닉으사셰 부듯호야 속걸셰여
셜쳐가니 박경호안 우리안히 졸졸ㄷ 쓰타오며
춘온으로 눈물싯고 춘온으로 나부드며 엇셕ㄷ
웬닐인가 닉발졸곰 듯고가오 얼진ㄷ 실픈소리
오날가지 귀으징ㄷ 우리부모 뒤둥굴며 자진부통
춘신경상 오날가지 눈으암ㄷ 간련타 우리안히 양위
부모 구평호여 안졈호사 지나난가 상살도 병이되

여 춘유워워 쥭연난가 양만앙으 안슈인가 아이고 아이고
ㅣ신세야 ㅊ다셜위 나죽것다
○ 또흔군사 거동바라 부러진 창디를 셕즈로 집고
고셩티딘 드러온다 ○ 여바타 이인더타 닉말조곰 드러
바타 넘으셔럼 드러보니 조죽지혈 일토구나 닉으셔럼
드러바타 ○ 친후양명 구경호으 호인호식 지낸다가 유협
으 듯시잇셔 청춘곽판 나놀물제 춘일장티 양뉴
셕거 꼬마가면 달녀보고 셰우청명 호시졀으 황화촌
울 차자가셔 미일장취 노통허오 못할날이 업던이
라 문즉양지 기적부신 셩민자밧 굴되될제 거온ㄷ
슉이들여 이리물너 술밥주고 져리물너 술밥덕여
회장우에 산쳐노코 쥬야업시 어루던니 모군으로
잡펴와셔 여기온지 몃힐년가 우리집 회장우에 두발

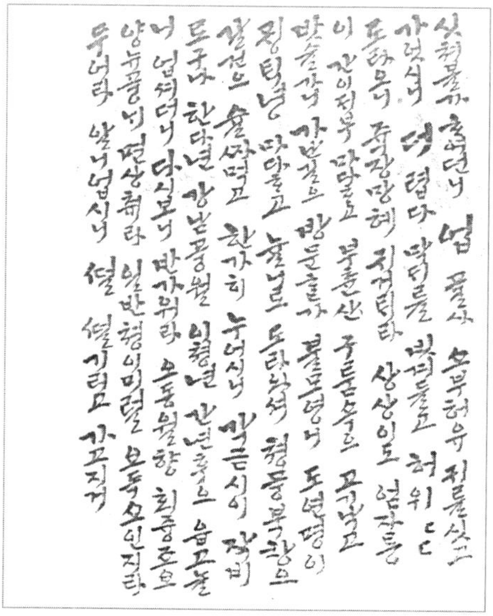

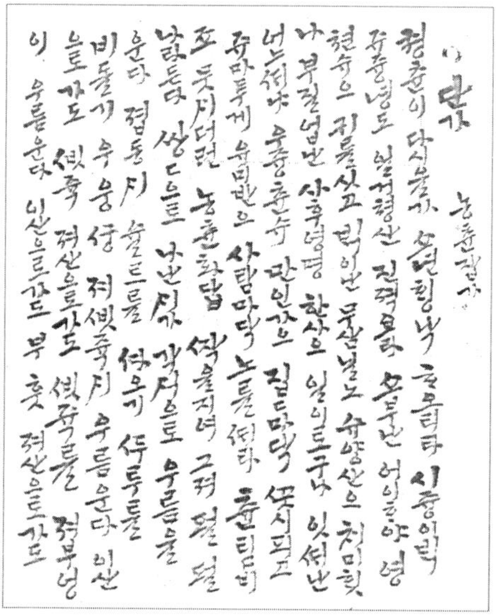

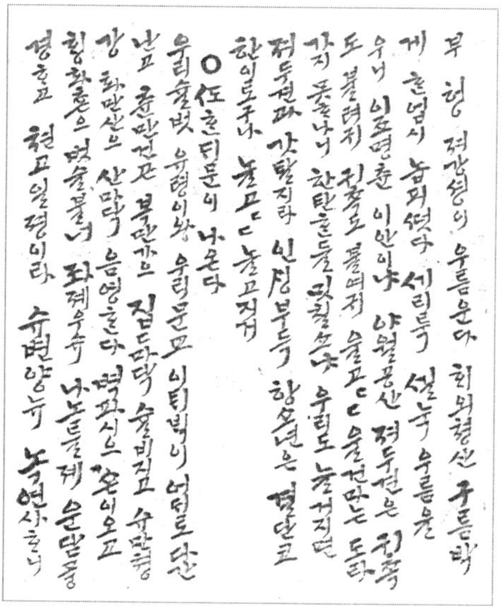

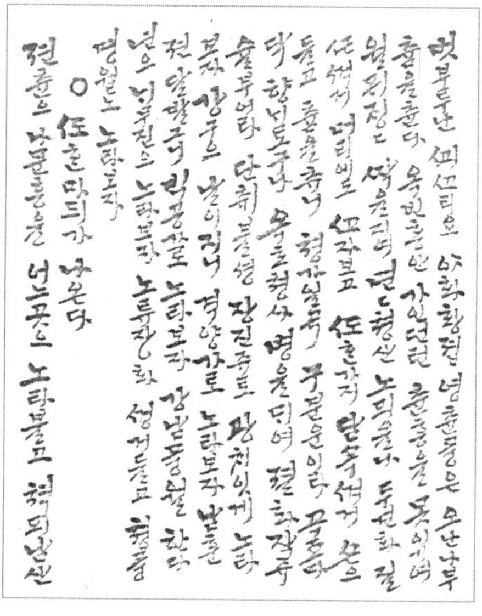

다시 한번 보거구나 울어러보니 구만으 장공
오슈와나니 부상지다라 등실 소사난 혀이
광 구시들이 완연구나 일장 여소년을 노헌
보자 ○우리 황제 놀든도여 오운시으 선년이라
티평가로 노라보자 강구으 날여지니 격양
가로 부러보자 남훈현 달밝구니 빈풍가로
화답을 장 부중심남 중심녀라 달노난 들여
더니 허언이 안이로다 열시구나 조쿠나○
우리사회로 취가자오 우리셩도 취상녀라 쇄할
녀셔 아덜자서 일어져티 할주여셔 조
흥 호서로 노라보자○○언조창셩 만면더
타 오님말솜 드러바타 삼관현실 중흔중으 흉년
조 중천이와 티황지원 호도토다 엇지안이 조흘손냐

○단가 단중황국 호시절으 시경을 실셩군자
구추하일 부중양은 허언이 안이로다 용산으 올나서
고 한님으 조롱 읍고 읍조 궁신고 노난 셔라 진이를
심치라고 삼츄으 낙올보셔 오음녹봉 말곤 목조
두실을 문탄너 작자으 뇌인길을 구엇다 니여
던고 후산으 통쇼 문권으 젓티 취강으 거문고
여 인싱여으 질탕고사지 강초다 강초왓고 취산으
모인벗슨 뉘기다 모와던고 시중셔으 이청년과 주중
션으 유령이며 황산곡 티냥현 이러한 호걸이 모할
티 취갈로 상화구나 예산난 금삼채이요 싱인난 쥭
일비랏 읍고놀고 먹고놀제 국화섞거 쏘으돌고
단 산셩을 바티보니 상엽이 홍여 이월화라 셔역
시 찬 히로다 서를그리고 놀어지구

○단가 시월 적시 노름이로다
셔마촐 오춘이라 상노난 기장 홍고 목염연 셔 러
져 절정으 셔반기암 연다이 낫쉬난다 상준으
실을 울고 현외으 홍안셩언 세자운 지촉을
제 연시조취 나운금과 병주면요 작인흰분 몃
안이면 어엿티 병상으 삼취금을 조창 안는
후으 허 도시 두어던니 형산녹쥭 양곡을 지은
을 어더구나 동자야 옹노자주 가득부어 취토록
천 주여라 형명흔시 화상춘과 종양추셕 풍국
절인들 이어셔 더울손냐 빈주천을 놀고지거
○단가 동지셧달 지심 노름이로다 셜경운소한 올
삼춘과 구추풍이 시롭다 일너건만 동셜경은
당홀소냐 강천이 빅을고 산화이 안는듯 중천

으 흔날니니 편는 점이요 온다 낙화라
운외헌산 간곳업고 뵈이난니 옥봉이라 절벽으 셧
난 시서 노션이 염불을고 청상으 셔는 온동 비학
이 춤울춘다 우 줍간으 나난 뜨길 후 티
허 다발티고 옥누분장 화쉬거라 이런 싱경여
도 잇시라 안이 노든 못흐리라 빅셜갈트 놀고지거
○단가 잡탄가
그도저도 못흐거구나 안삼 무삼 일호권으 편주를 무어
탐고 빅파상으 둥둥 떠서 노흥숙 탄상만으 어부나
되울서나 십여부운 무시빈랏 사말위싱 종이되여
국낙길을 다그라고 빅팔염주 목에걸고 염불이
나 흘울거나 기산으 가난질으 연천수 말근물으 손도
씻고 발도싯고 취탕만고 유라 셔길으 연진 셔룬

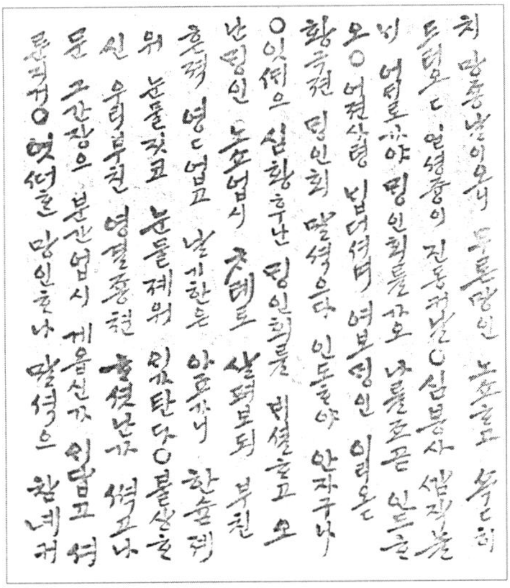
치 당ᄌᆞᆼ난이오니 무론당인 노ᄒᆞ고 ᄉᆞᆫ히
드러오ᄂᆞᆫ 엄셩즁이 진동ᄒᆞ니 심봉사 셤짝놀
비 어ᄃᆡ로 가야 딩인회를 ᄎᆞᆺ오 나를 ᄎᆞᆺ근 인ᄂᆞᆫ
오○ 어련상련 님더셔며 여보영인 이러온
황극젼 딩인회 ᄯᆞᆯ셕으다 인도야 안자구나
○이ᄯᆡ으 심황후난 딩인회를 비셜ᄒᆞ고 오
난 딩인 노ᄒᆞ업시 ᄎᆞᆺ뎌도 살펴보되 부친
혼젹 영ᄂᆞ 업고 날기한은 아ᄒᆞᆫ자니 한숨켜
위 눈물짓고 눈물제워 이판탄다○ 불샹ᄒᆞᆫ
신 우리부친 영결ᄒᆞᆫ 쳔 ᄒᆞ셔난가 ᄯᅥᆨ고나
문 고간장으 분간업시 게옵신가 이담고 ᄯᅥᆨ
문리거ᄂᆞᆯ○ 여ᄉᆞᆺ션ᄂᆞᆫ 망인ᄒᆞ나 ᄯᆞᆯ셕으 참녜거

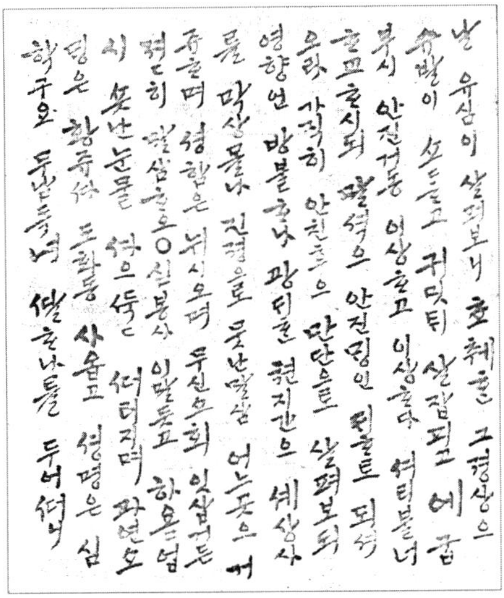
날 유심이 살펴보니 ᄒᆞ쳐ᄒᆞᆫ 그형상으
슈발이 ᄉᆡ고 귀ᄯᅵ 살잡피고 에굽
부시 안진거동 이상ᄒᆞ고 이상ᄒᆞ다 여티불너
ᄒᆞ고ᄒᆞ시되 ᄯᆞᆯ셕으 안진딩인 뒤ᄂᆞᆯ토 되셔
우라 가ᄌᆞᆨ히 안친ᄌᆞ으 단단을토 살펴보되
영향연 방불ᄒᆞ나 광뒤ᄒᆞᆫ 텬지간으 세상사
를 막상몰나 진경을로 뭇난ᄯᆞᆯ삼 어느곳으 ᄉᆞ
ᄌᆞᆫᄒᆞ며 셩함은 뉘시오며 무신오회 잇삽거든
편히 ᄯᆞᆯ삼ᄒᆞ오○ 심봉사 이말듯고 하올업
시 솟난눈물 ᄯᅥᆨ으ᄯᅳᆺ ᄯᅥ러지며 과연오
딩은 황쥬ᄯᅡ 도화동 사옵고 셩명은 심
학구요 두ᄂᆞᆫ드뎌 ᄯᆞᆯ ᄒᆞ나를 두어ᄯᅥ니

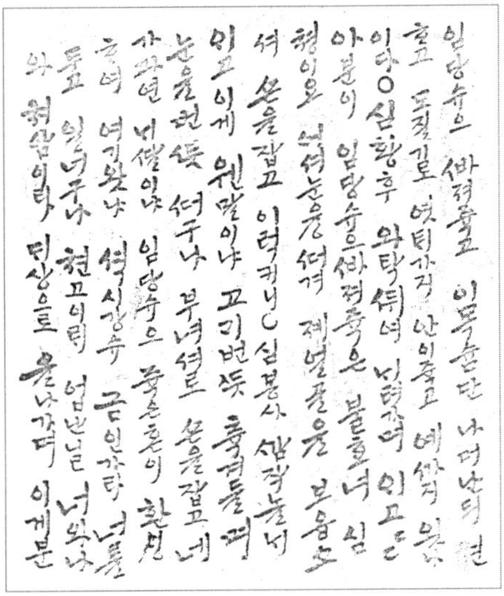
임당슈으 ᄲᅡ져ᄌᆞᆨ고 이목숨단 나머난디 쳔
ᄒᆞ고 도직길노 엿티가져 안이ᄌᆞᆨ고 예ᄊᆡ거 잇나
이다○ 심황후 와탁ᄯᅱ여 니ᄯᅥᆺᄌᆞ며 이고ᄂᆞᆫ
아분이 임당슈으 ᄲᅡ져ᄌᆞᆨ은 불효녀 심
쳥이오 여셔눈을 ᄯᅥ겨 졔연골을 보옵소
셔 손을잡고 이러커니ᄂᆞᆫ 심봉사 셤ᄶᆞᆨ놀너
이고 이게 원말이냐 고기번ᄯᅳᆺ ᄌᆞᆨ겨들 ᄯᅥᆨ
눈을 번ᄯᅳᆺ ᄯᅥ구나 부녀셜토 손을잡고 네
가 ᄯᅡ연 니ᄯᆞᆯ이냐 임당슈으 ᄌᆞᆨ은혼이 환션
ᄒᆞ여 여기왓냐 ᄯᅥᆨ시강슈 금인가타 너를
묵고 잇너구나 쳔고이뒤 업난니를 너외나
와 ᄒᆡᆼ심이타 뒤상으로 올나가며 이게분

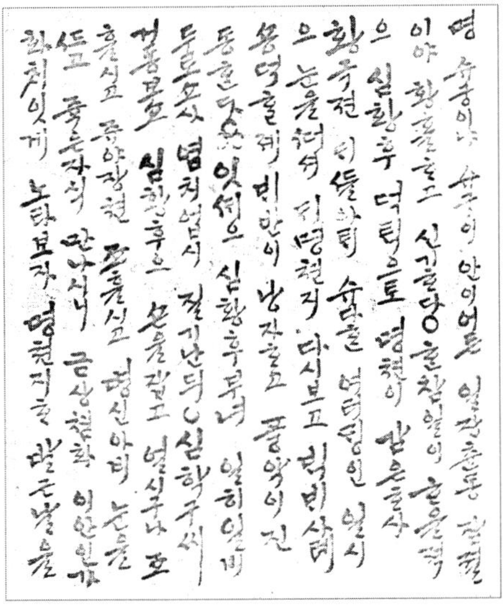
명 슈ᄋᆞᆼ이냐 ᄉᆞᆯ아이 안이어든 일관ᄒᆞᆫ동 ᄉᆞᆯ쳘
이야 황홀ᄒᆞ고 신기ᄒᆞᆫ당○ᄒᆞᆫ참일이 ᄒᆞᆫ옥
으 심황후 더퇴으로 명쳔이 갑은ᄒᆞ사
황극젼 ᄯᅱᄯᅳᆯ이 슈ᄀᆞᆫ ᄒᆞᆫ 여러딩인 일시
으 눈을ᄯᅥ셔 ᄯᅱ명쳔지 다시보고 뒤비샤례
옹ᄃᆡᄒᆞᆯ졔 ᄯᅵ안이 방자ᄒᆞ고 풍악이 진
동ᄒᆞᆫ다○ 잇ᄯᆡ으 심황후부녀 일히일비
두로오사 념치업시 절기난ᄃᆡ○ 심학구씨
거동보소 심황후으 손을잡고 엿시구나 ᄒᆞ
ᄒᆞ시고 좋아쟝쳔 ᄯᅩᆯ올시고 당신아ᄃᆡ 눈을
ᄯᅳ고 ᄌᆞᆨ은자식 만나시니 금상쳠화 이안인가
화치잇게 노타보자 명쳔지ᄒᆞᆫ ᄯᆞᆯ은 ᄂᆞᆯ을

ᄒᆞᆫ들 시우에 더장ᄒᆞ며 삼국시절 노장
중 조상산을 의지ᄒᆞ고 고룡제를 ᄒᆞᆫᄒᆞᆫ
들 이우에 더ᄒᆞᆯ소냐 졀위보셩 모ᄒᆞᆫ이치
션궁후달 이안이냐 아이고 ᄯᅩ 쳔ᄒᆞ여 어ᄃᆡ사
ᄭᅩ 모르난가 ᄋᆞᄋᆞ 그난그리 희ᄒᆞ나와 황셩운
두달ᄒᆞ야 기갈을 못이기여 ᄒᆞᆫ골목골
드러가니 여ᄒᆞ션 ᄭᅩ루거각 반공으 덩실
ᄯᅥᆺ다 용정방이 ᄒᆞᆫ난소ᄅᆡ 장히오란ᄒᆞ
난ᄒᆞ다 ᄭᅮᆺ잠고 드러셔며 거룩ᄒᆞ신 덕
분으로 ᄒᆞᆫᄒᆞ오기 ᄒᆞ옵시다 소ᄅᆡ를 질
너보니 이난 놋성상ᄃᆡ이다 용정ᄒᆞ난 여
아더ᄅᆡ 심뎡인을 여ᄒᆞ보고 짓으져워 소

경을 ᄒᆞ엿여 방인타령을 불르란듸 이ᄂᆞᆫ
져소경 이상ᄒᆞ고 이상ᄒᆞ네 어 여기려타 방
인로구나 일이 ᄒᆞ셔 놀ᄒᆞ니 심봉사로 아주
리 페인이나 인심은 일반이타 여아더ᄅᆡ ᄒᆞ
난 놈을 뎌답ᄒᆞᆫ번 못ᄒᆞ엿나 지담으로 뒤
소ᄅᆡ를 ᄒᆞ져부ᄒᆞ 어 이ᄯᅢ 각셔님네 이상
ᄒᆞ고 이상ᄒᆞ네 어 여기어타 방인로구나 져
소경은 모양보소 ᄒᆞ더ᄒᆞ ᄂᆞᆫ슐ᄒᆞ고 페이ᄒᆞ
판ᄒᆞ여쎠니 영낙업난 우인인가 불견 안
중인이다 어 여기어다 방인로구나 각셔님
니 허리ᄶᅥᆨ난 부상으 버들이다 이려도 ᄒᆞ
놀그리고 져려도 ᄒᆞᆫ놀그려 ᄒᆞᆫ평을 못

니기니 시쳠단장이다 어 여기어다 방인로구
나 져소경으 모양보소 소진장이 아뎡인가
말속은 장히좃네 입속자랑 ᄒᆞ고나 쉬
염업시 웃고셧네 져문에 문경제로고 여 여
기어다 방인로구나 각셔님네 고흔얼골 장두
으 반ᄃᆡ화다 가난살람 ᄒᆞ거둘고 오난살람 ᄒᆞ
거드니 임자업난 물견인다 낙화 난마족이 이
안인가 어 여기어다 방인로구나 져소경은 걸흔
보소 갈보롭고 쉬담구단 버들갓치 시론빗ᄎᆞᆯ
ᄒᆞᆺ갓치 고흔빗슬 ᄒᆞ기난 고살고 보지도 못
오니 ᄒᆞᆫᄅᆡ 불사ᄒᆞᆫ이 그안인가 어 여기어다
방인로구나 각셔님네 눈을보니 ᄒᆞ경찰나는

미눈인가 이놈을 보와도 ᄒᆞ웃ᄂᆞᆫ 져놈을 보와
도 ᄒᆞ웃ᄂᆞᆫ 눈ᄒᆞ는 이상ᄒᆞ네 져소경으 눈
을보니 착구다건 ᄒᆞ경에 눈인가 ᄯᅩ그타지게도
감어구만 각셔님네 가리딧션 용당기를 기
렷난가 울곳불곳 싱긋네 헌ᄃᆡ 포구나 방
인로구나 져소경으 다리시는 강아지를 굼
어난가 울눅생눅 싱겨구만 히ᄃᆡ 조구
나 방인로구나 이려난 팡더으 진담이다 글
ᄒᆞᆯ넌가 잇것나냐 황ᄒᆞ련 뎡인희를 ᄎᆞᄌᆞᆯ
졔 종놈으 뇌다ᄒᆞ 일려져 방황ᄒᆞᆫ다 일이가
야 울제가나 져리가야 발로가나 닥쳐소향 ᄒᆞ
져ᄒᆞᆯ졔 난디업난 웨장소ᄅᆡ 너일이 뎡인잔

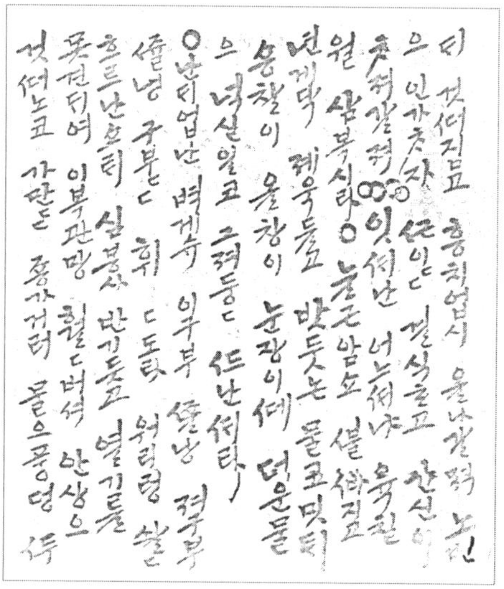

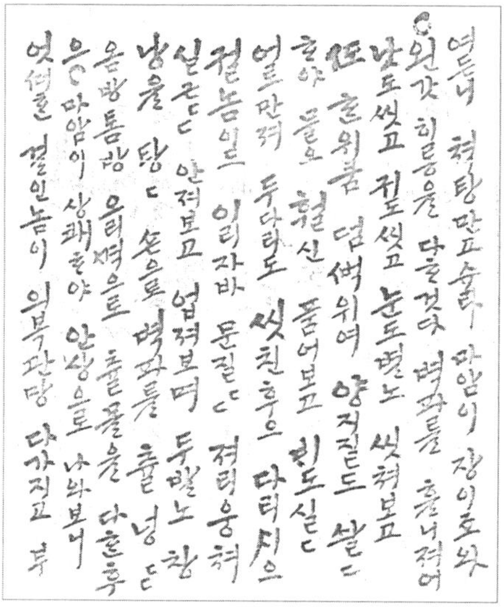

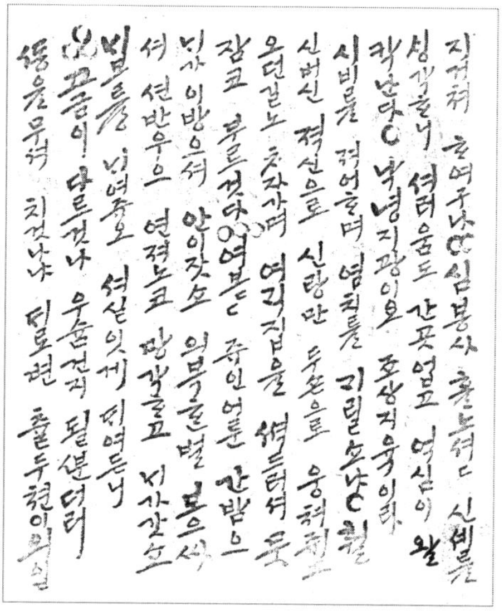

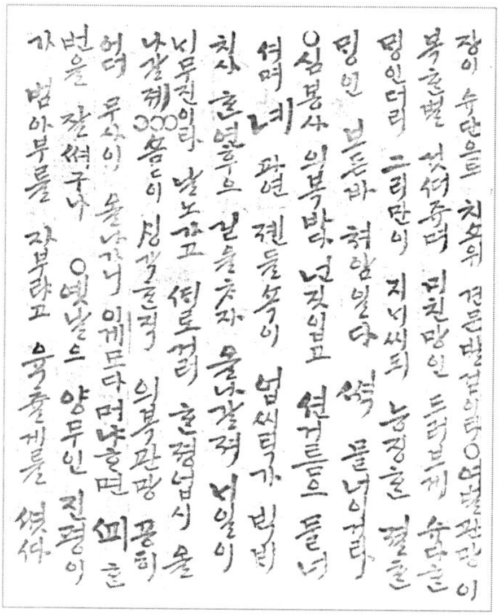

○셰집이 갓셰셔나 안싱원이지요○또 져분
은 뉘씨의가○녜 비셩은 현만번 맛셰되요
씨기난 쉬은자요○녜 셰씨가 쉽다ᄒᆞ나 뎡신
원이지요○또 져분은 셩씨가 뉘씨의가○녜 졔
셩은 안장지여 셥비듕고 이랴ᄂᆞᆫ 전녜바타 ᄒᆞ
난그작옹○마싱원 인가부그려○또 져편으 누은
분은 뉘씨의가○녜 실녜ᄒᆞ시다○현만으 말삼
이요○녜 졔셩쌰난 ᄒᆞᆺ장히 ᄯᅡᆫᄒᆞᆫ자요
야ᄒᆞᆫ아홉으 ᄒᆞ나 더잇난자요○울쇼ᄂᆞᆫ 아ᄒᆞᆫ
아홉으 ᄒᆞᆫ나 더잇다ᄂᆞ 티싱원이 분명치요
○또 아티뭇으 양ᄒᆞ안젼 져분은 뉘씨의가
○녜 비셩쌰난 곤본잇고 셰력만코 사람

마ᄃᆞᆨ ᄒᆞ타지요○셩쌰난 이상ᄒᆞ으 사람마다
ᄒᆞ타ᄒᆞ니 어듸ᄒᆞ곰 드릅시다○녜 나무
토막 들을갈나 우의로 맛뒤놀 셥
을발샹 ᄒᆞᆯ너되면 곤알이 독티어져 녑
폐가 분난자요○옥싱원 인가부 그려 참 양
반은 양반이요○엿보뎟쳬 알시쌰는 용쳬야
오 엇지그리 자시아으○녜 ᄌᆞ시단 알깃쇼
ᄒᆞᆨ실로 아옵지요○ᄒᆞᆫ 참이리 지담으로 노
를져으 횡난듕이라 ᄒᆞᆫ난팅인 얼골이 덥
잔ᄒᆞ고 외입속이 잇쌰ᄒᆞ니 몹쓸셰집 셩
덕어미 그팅인으게 디ᄒᆞᆨᄒᆞ야 그날 밀 살
령야으 여간의복 노유냥을 도모다 셰가지고

황봉사와 싱야도쥬 영ᄃᆞᆫ 가쑈나 그려져덕
날이시니○심봉사 겨롱바타 셩덕어미 ᄃᆞᆫ
이러나쏘ᄂᆞᆫ 무신짐을 그티자나 더듬ᄂᆞᆫ 더
듬어도 분명이 업난지라 심봉사 ᄉᆡᆫ작놀
비 녁이업시 불르것쌰 셩덕어미 어티갓나 어
셔오쇼ᄂᆞᆫ 관쇼셰를 ᄒᆞ랴ᄒᆞ고 유슈쟝현 ᄎᆞ쟛
나 뎌쇼띄를 ᄒᆞ랴ᄒᆞ고 우시ᄒᆞᆫ곤 ᄎᆞᄌᆞ갓나
어셔오쇼ᄂᆞᆫ 신ᄒᆞ반 것칠게 어셔으쇼 어셔와
○현호만ᄒᆞ 불너본들 ᄒᆞᆫ련쥬쌰 ᄒᆞᆫ게집이
다시올나 잇것나냐 심샹ᄒᆞᆫ 팅인더른 다ᄀᆞᆨ기
탈젼ᄒᆞ고 심봉사난 ᄒᆞᆯ노안자 신셰쟝탄 갈로
울음울 운다○아이고ᄃᆞᆫ 아이고ᄃᆞᆫ 니일이야

현티원졍 황셩길을 머이홍가 ᄎᆞ자갈며
일ᄂᆞᆫ조셕 오난숀이 무엇먹고 사를거나
야속ᄒᆞ고 몹씰게집 다뒤잡고 니압셔던
기현이요 구렁이요 열ᄂᆞᆫ히 ᄒᆞᆫ믄쇼티 엇
지잇고 차마가리 아이고ᄃᆞᆫ 니일이야 ᄎᆞᆺ
마쳐려 못살것네 무남독녀 ᄉᆡᆼ자식은
만경창파 깁푼물으 어복으 밥이되고
단독일신 이니몸언 현리타향 무ᄒᆞ공
산 오작으 밥이되니 모진놈으 팔ᄌᆞ로
다 아이고ᄃᆞᆫ 아이고ᄃᆞᆫ 니팔ᄌᆞ야 아이고
니신셰야○○아무티 강탄ᄒᆞᆫ들 무신슈
가 잇것나냐 쥬인으게 ᄒᆞᆫ직ᄒᆞ고 집평막

고 ᄒᆞᆯ노산가 탄식ᄒᆞᆫ다○어이ᄒᆞᆯ티 딴 이사셰튼
어이ᄒᆞᆯ티○연근쳘신 샤랴시되 턴인잔쳐 ᄒᆞᆫ흔
말은 금시스 효든이타 곡졀잇난 일이드구
나 눈뜨기로 자식팔라 싱몽심을 죽여거던
필경무사 ᄒᆞ겟나냐 나죽을 날이로구나 비가안
이 가장ᄒᆞᆯ 팔령이 지엄ᄒᆞ고 황셩을 갓
ᄒᆞᆫ들 압못보난 이내몸이 몃날거뎌 어이가리 아
잇고ᄃᆞ 비얼이야○○생덕어미 이달듯고 그덜ᄒᆞᆯ
스 황셩이나 귀경ᄒᆞ고 ᄒᆞᆯ반ᄒᆞ나셔ᄯᅡ○○편ᄒᆞ샤
난 각셜ᄒᆞ고 갈쳐빌들 ᄎᆞ리난듸○여보쇼 생덕
어멈 져건네 달낭쇠 모친으게 돈삼십냥 안쥬엇나
여셧가셔 바더오게○일곱발셔 바더썻쇼 ᄒᆞ든그일 잘
되엿네 노자틱은 거ᄒᆞᆫ되네○일곱 웬그리 당각히
쇼 다셧냥고 안이희요○엇ᄯᅥ이게 웬

달인가 어디다가 다셧난가○ᄉᆞᆯ혀시던 셩덕어
미 열넘식 되뎝ᄒᆞᆫ듯 셕사먹고 엿사먹고
외사먹고 그럭져럭 다썻지요 볼셕자포되
옵듸다○아이고 이사람아 그것ᄒᆞ곤 사먹기으
그돈이 드르뎟나○그뿐만 되나요 살구갑시
더만치요○웬살ᄒᆞ를 그시질도 사먹엇나○
○여보ᄃᆞ 구만두오 남으사졍 모룽되다 이셔
누라고 입덧나셔 밥못먹고 잠못자고 이려ᄒᆞ
티 쉬피여도 비외간도 모룽되ᄯᅡ 시금털ᄃᆞ
미살구 십덧난듸 션약인쥴 어이그리
모르시오 아이고 비신셰야○심봉사 셜각
ᄒᆞᆫ비 빈몸ᄯᅩᆺ네ᄃᆞᄃᆞ 그자졍을 빈몸ᄯᅩᆺ네

안심ᄒᆞ쇼ᄃᆞᄃᆞ 아달만 나커드면 그뿐만 되건난
가 삼몰탕도 먹여ᄒᆞ고 용봉탕도 고와ᄒᆞᆯ
시○○ 그난ᄯᅡ 우ᄒᆞᆷ으 말이로되○ 간신이 셔두
러셔 노자의복 짐을 머여 셩덕어미 압세
우고 황셩길을 차자갈 졔○심봉사 슛ᄒᆞᆫ다
암 셩덕어미를 사랑ᄒᆞ야 권담으로 이른 것
○여보게 셩덕오미 비밀듯게 여자다 ᄒᆞ난 것
시 길가으 힝동ᄒᆞ면 무론모인 너나업시
ᄒᆞᆫ번볼뒤 두번보니 부딕ᄃᆞ 조심ᄒᆞ게 ᄂᆡ야
자네만 밋난터니 우리가 황셩을 가자ᄒᆞ면
거리ᄃᆞ 도회쳐와 무듸ᄃᆞ 힝리실으 심
상ᄒᆞᆫ 유산리파 즁ᄃᆞᄒᆞᆫ 유협소년 응당

허다 ᄒᆞᆯ테니 그안이 난처ᄒᆞᆫ가 일이단속
졀이 단속 ᄎᆞ첨ᄃᆞ 옹나ᄂᆞᆫ다○ᄒᆞᆫ곳ᄒᆞᆯ 당도
ᄒᆞ니 셔산으 일모ᄒᆞ고 각녁이 곤핍ᄒᆞᆫ듯 긱
졈ᄎᆞᆺ자 드러가니 각쳐으 당인더리 황셩잔치
가난 길으 맛ᄎᆞᆷ셔로 되여것ᄯᅡ 셕반을 물닌
후으○○○진스위 ᄉᆞᆫ여상종이요 ᄒᆞ룻동서이
라 밍인ᄲᅮᆫ지 되여서나 장판이엇ᄯᅡ 논인장단
도 일슈ᄒᆞ고 엽난ᄭᅩᆺ도 령노니며 져그쇼위
슈인사를 ᄒᆞᆫ난듸 미우 유식ᄒᆞ여 지담으로
회포ᄒᆞᆫ당○한밍인 나안지며 참 우리가 흑우
강남 이라고 미우좃쇼○져분은 셩씨가 뉘시
익가○녜 비셩은 ᄒᆞ듸입고 갓신자요

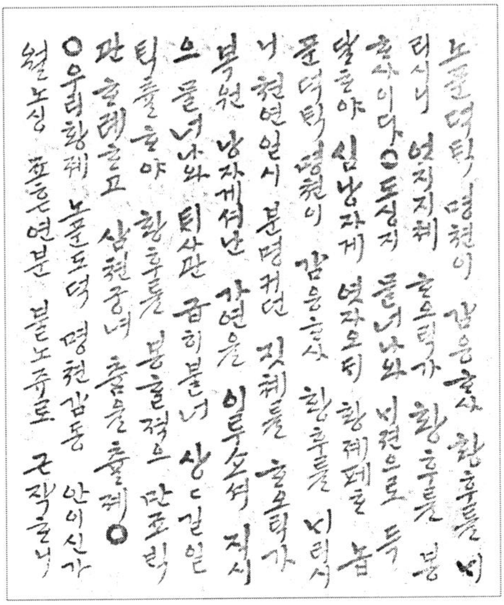
노ᄅᆞᆫ덕이 명쳔이 감응ᄒᆞᄉᆞ 황후를 ᄂᆡ
리시니 엇지지쳬 ᄒᆞ오리가 황후를 봉
ᄒᆞ시이다 ○ 도셩지 물너나와 비현으로 득
달ᄒᆞ야 심낭자게 엿자오되 황제폐ᄒᆞ 놉
푼덕택 명쳔이 감응ᄒᆞᄉᆞ 황후를 니리시
니 쳔연일시 분명커던 짓쳬를 ᄒᆞ오리가
복원 낭자게셔난 가연을 이루소셔 지시
으 믈너나와 티사판 급히불너 상ᄃᆡ길일
티출ᄒᆞ야 황후를 봉ᄒᆞᆯ젹으 만조ᄇᆡᆨ
관 ᄒᆞ례ᄒᆞ고 삼쳔궁녀 ᄎᆞᆷ을ᄎᆞᆷ쳐 ○
○우리황졔 노ᄅᆞᆫ도덕 명쳔감동 안이신가
월노싱 ᄒᆞᆫ연분 불노쥬로 근작ᄒᆞ니

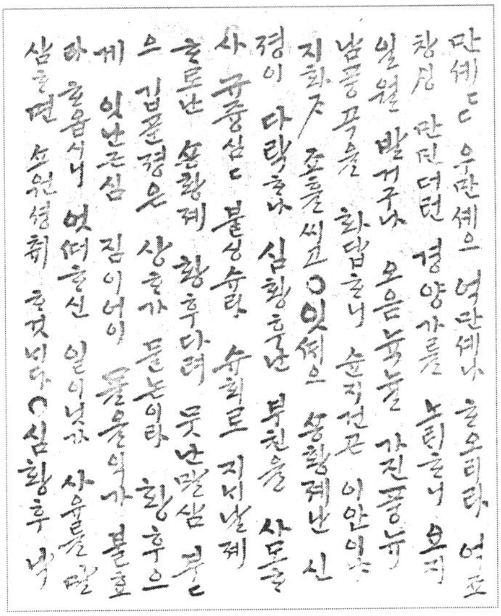
만셰ᄃᆡ 우만셰으 억만셰나 ᄒᆞ오리다 억조
창싱 만인더런 경양가를 노ᄅᆡᄒᆞ니 요지
일월 밝거구나 오음뉵늘 가진풍뉴
남풍곡을 화답ᄒᆞ니 슌지건곤 이안인ᄂᆞ
지화ᄌᆞ 좃ᄐᆞᆯ시고 ○ 잇ᄯᆡ으 ᄉᆡᆼ황제난 신
졍이 다락ᄒᆞ나 심황후난 부친을 사모ᄒᆞ
사 슈즁심ᄃᆡ 불승슈락 슈회로 지ᄂᆡᆯ제
ᄒᆞ로난 ᄉᆞᆫ황제 황후다려 뭇난말삼 ᄂᆞᆯ
으 깁흔경은 상ᄒᆞ가 듣논이라 황후으
게 잇난ᄃᆞᆫ삼 짐이어이 몰을잇가 불효
하ᄒᆞ옵시니 엇지ᄒᆞ신 일이닛가 사유를 말
삼ᄒᆞ면 소원셩취 ᄒᆞ것니다 ○ 심황후 ᄂᆡ

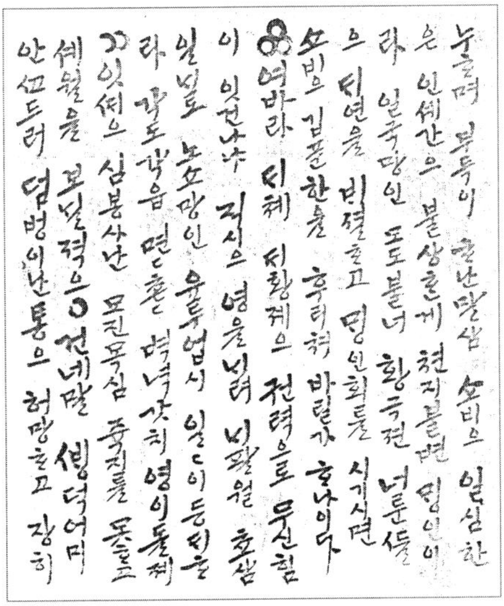
누ᄒᆞ며 부득이 ᄒᆞ난말삼 소비으 일심한
은 인세간으 불상ᄒᆞᆫ게 쳔지불편 밍인이
라 일죽당인 모도불너 황극젼 너른뜰
으 티연을 비셜ᄒᆞ고 명인회를 시기시면
소비으 깁흔한을 후티쳐 바릴가 ᄒᆞ나이다
○ 여바라 티쳬 티황제으 젼력을로 무신험
이 잇건나ᄯᆞ 지시으 영을 닌려 비팔월 초삼
일 닙토 노소망인 윤두업시 일ᄃᆡ이 둥티을
라 각도각읍 면촌 너나갓치 영이돌쳐
○잇ᄯᆡ으 심봉사난 모진목심 죽지를 못ᄒᆞ고
셰월을 보닐젹으 ○ 건네말 ᄲᆡᆼ덕어미
안ᄭᅳ드러 덤벙이난통으 허망ᄒᆞ고 장히

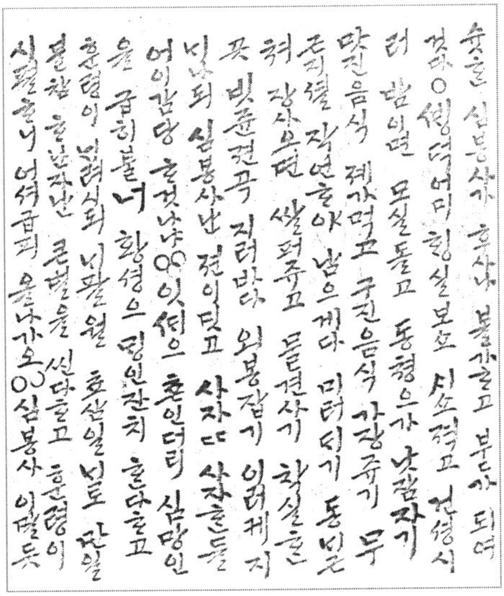
슉ᄒᆞᆫ 심봉사가 ᄒᆞ사나 볼가ᄒᆞ고 부디가 되여
것ᄂᆞ ○ ᄲᆡᆼ덕어미 황실보소 시소젹고 젼셩시
터 밤이면 모실돌고 동형으가 낫잠자기
막ᄒᆞᆫ음식 졔가먹고 구진음식 가장쥬기 무
죽지셜 작연ᄒᆞ야 남으게다 미터디기 동빈은
쳐 장사으면 쌀퍼쥬고 믈견사기 착실ᄒᆞᆫ
곳 빗ᄒᆞᆫ견곡 지러바다 외봉잡기 이려케 지
니ᄂᆞ되 심봉사난 젼이듯고 사자ᄃᆡ 사자ᄒᆞᆫ들
어이감당 ᄒᆞ것나냐 ○ 잇ᄯᆡ으 ᄎᆞᆫ인더티 심망인
을 급히불너 황셩으 밍인잔치 ᄒᆞᆫ다ᄒᆞ고
ᄒᆞᆫ련이 빗려시되 비팔월 초삼일 닙토 잔일
불참 ᄒᆞ난자난 큰벌을 쓴다ᄒᆞ고 ᄒᆞᆫ련이
시ᄒᆞᆼᄒᆞ니 어셔급피 올나가오 ○ 심봉사 이말듯

해당화가 물으졀쳐 나려오냐○ 쳔향국셔 모란화가 바람졀으
날녀왓ᄂᆞ○ 심낭자 슉은혼이 환싱ᄒᆞ여 ᄭᅩᆺ되엿ᄂᆞ 신긔ᄒᆞ
고 황홀ᄒᆞ다○ 션인덜 거동바라 그ᄭᅩᆺ슬 고히건져 ᄇᆡ
예실코 셔로보며 화즁군자 잇다더니 이ᄭᅩᆺ두고 ᄒᆞᆫ말인ᄃᆞ 화
즁왕이 잇다더니 이ᄭᅩᆺ시 분명ᄒᆞ구○ 인세상으 엽
난ᄭᅩᆺ 쳔상으 벽도화냐 월즁으 단계화냐
곱고도 ᄭᅩᆺᄭᅩᆺᄒᆞ다 어셔밥비 노져어라 망졍
창파 너룬물으 부난이 슌풍이오 가나니 비
션이라 어기야 우리동두 어셔밥비 가쟈셔라○ 잇
ᄯᆡ으 송황졔 황후 붕ᄒᆞ시고 슈회를 못니기여
화쵸로 흥을붓쳐 각ᄉᆡᆨᄭᅩᆺ슬 구ᄒᆞ져으 남경션
인 임당슈으 어든ᄭᅩᆺ시 소문이 엽쳔나냐○ 동징지
션인불너 그ᄭᅩᆺ슬 안어드려 황극젼 화원즁으

단졍히 고어노코 황졔젼 쥬달ᄒᆞ니 황졔 뒤히
ᄒᆞ사 그ᄭᅩᆺ슬 지셩ᄒᆞ시니 빗흘 상간이으 각
셔화쵸 난만ᄒᆞᆫ즁 비범ᄒᆞᆫ 져ᄭᅩᆺ봉지 양화
비쳐 모란기타 인간물셔 안이로다 그ᄭᅩᆺ으
흥을부쳐 쥬야업시 이셕ᄒᆞᆯ졔○ 그ᄭᅩᆺ봉지
이상ᄒᆞ다 움ᄯᅳ더져 염은ᄭᅩᆺ시 무위이
화 버러지니○ ᄭᅩᆺ봉속으 심낭ᄌᆞ난 심
상ᄒᆞᆫ 이상도ᄃᆞᆺ ᄭᅩᆺ봉지 ᄯᅴ이로셔 쳔연이
빗다보니 인셰간이 분명ᄒᆞ도 흠상몽즁
비몽즁이라 뉘다려 말을ᄒᆞ며 말을ᄒᆞᆫ
들 무신말을 ᄒᆞ올거냐 유우무연 비안이
나 슈셔ᄯᅴ여 안ᄌᆞᆺ난ᄃᆡ○ 잇ᄯᆡ맛ᄎᆞᆷ

궁녀들이 ᄭᅩᆺ취경 드려오니 만되염난
일낭ᄌᆞ가 ᄭᅩᆺ봉속으 안자거날 궁녀
들이 셔로보고 신기ᄒᆞ고 이상ᄒᆞ다 월
명읍ᄒᆞ 미인니라 귀화시난 잇거니와
엿더ᄒᆞ신 낭ᄌᆞ로셔 ᄭᅩᆺ송온ᄃᆡ 안져나보 아압
고쳐 ᄒᆞᆫ나이다 아모도 인셰인물 안이로다 원
당이 분명커던 월즁으 항아로셔 벽희
장원 양슈를 허다가 못니져여 우연이
ᄒᆞᆫ강 희ᄂᆞ 오지으 셔왕모로 반도진상 가
난길으 잠탕코져 ᄂᆡ려왓나 진위를 아사
이당○ 심쳥이 싱각ᄒᆞ직 문은졍이요
답은예야라 쳔경을로 뭇난말을 졍녀

되답 업슬면 극히무례ᄒᆞᆫ 온바다 부득히
ᄒᆞ난말이 심가으 쳔싱을로 물을로 ᄃᆡ기 ᄒᆞ
옵기로 용엽연난 이목심이 망풍으 낙
화로다 품ᄃᆡ이 날니다가 부토칠곳 바이업
셔 구릇졉쳐 드려ᄂᆞ다 옥편으 슈셔ᄯᅴ
여 다시말치 못ᄒᆞ거날 궁녀등이 신기
ᄒᆞ야 연유를 쥬달ᄒᆞ니○ 황졔직시 나
보시니 ᄭᅩᆺ봉속으 안진미인 듯든말과
일반이라 궁녀로 시위ᄒᆞ사 ᄂᆡ젼을로 좌졍
ᄒᆞ와 신기ᄒᆞᆷ을 칭찬ᄒᆞ며 결연ᄒᆞ신 그
마암이 마지안이 ᄒᆞ더니다○ 잇ᄯᆡ으 단
모졔신이 황졔젼으 하례ᄒᆞ되 폐ᄒᆞ으

판이요 몸으난 홍포로다 빅옥탑의 젼좌ᄒᆞ야
좌우제신 물니치고 시녀로 인도ᄒᆞ사 심쳥보고
ᄒᆞᆫ난말삼 인셰간 귀ᄒᆞᆫ몸을 누지로 뫼시오
니 황공무지 ᄒᆞ옵시나 일젼의 조회차로 옥경
으 올나가니 옥황이 ᄒᆞ교ᄒᆞ시되 조월모일
모시으 인간효녀 심소져가 임당슈으 돌테이
니 비궁으로 인도ᄒᆞ야 삼삭을 관ᄃᆡᄒᆞ와 인
당슈로 환송ᄒᆞ라 영귀국진 ᄒᆞ올지라 칙명이
게시기로 이와갓치 ᄒᆞ온바니 용셔ᄒᆞ기 바랍니
다● 심쳥이 다시이러 북지지비 녀자오ᄃᆡ 용
궁이라 ᄒᆞ옵시니 ᄃᆡ강짐작 ᄒᆞ건니와 존중ᄒᆞ신
좌지로셔 진세간 천ᄒᆞᆫ몸이 불효으 죄가되여

죽으로 ᄒᆞᆫ난몸을 빌투타 안이시고 이ᄃᆡ지 ᄒᆞ옵시나
황공무지 ᄒᆞ옵니다○ 용왕이 하ᄉᆞᄒᆞ사 시녀를 명ᄒᆞ
옵셔 일등진슈 다갓초와 심소져를 권ᄒᆞᆫ후으 별
궁으로 인도ᄒᆞ여 극진이 졉우ᄒᆞᆯ제 다티슈궁으
이친으 슈희를 위로ᄒᆞ고 시녀로 동거ᄒᆞ여 나지면
후원으 들러 기화요쵸를 완상ᄒᆞ고 밤이면 침기으
올나 션풍낭월을 음농ᄒᆞ져 셰월이 여류ᄒᆞ
야 삼삭을 지닌후으 심소져를 인간으로 환
송ᄒᆞᆯ져○○ 용궁으 조화어든 못ᄒᆞᆯ닐이 워잇셧
다 진슈로 후ᄃᆡᄒᆞ고 보픠로 졍표ᄒᆞ여 금동옥
동 옥ᄉᆡ담고 진셰간으 업난화치 ᄭᅩᆺ송이로 봉
을지여 두렷ᄒᆞᆫ 고ᄉᆞ온ᄃᆡ 심소져를 졍히모샤 단졍

이 산천ᄒᆞᆫ스 ᄭᅩᆺ봉지 ᄯᅥ문다시 ᄒᆞᆫ젹업시 염으이고
시녀로 옹위ᄒᆞ야 임당슈로 보ᄂᆡ니다○○ 셔맛
ᄒᆞᆫ이라 희샹ᄒᆞᆫ경 장히ᄒᆞᆫ다 벽파으 니잠기고 평호으
달이ᄯᅥᆺ다 ᄉᆞᄂᆞᆫ세우 잠간기니 ᄒᆡ변ᄒᆞ노 단잘ᄒᆞ
고 안지젼난 무리엿다 동졍이여 쳔 ᄑᆞ시ᄒᆞ다 상ᄒᆞ
쳔광 이안이냐○○ 남경장사 션인더티 억심단금 퇴를
넘여 고향산천 도라올져 슌풍으 ᄃᆡ를ᄯᅴ고 이ᄂᆡ셩
말은곡조 이가 양도ᄒᆞ다○ 동자야 노져어라 만경창파
만리쳔을 슈이져어 가자셔라 월두셜풍 이요 ᄒᆡ블
양ᄌᆞ로다 ᄑᆞᆼ이 가난거동 유화등션 이안이냐 ᄒᆞᆫ슈
션여 쳔상ᄒᆞᆫ 허연이 안이로다 삼공이 ᄭᅩᆺ타ᄒᆞᆫ물
이강산을 박ᄒᆞᆯ소냐 흥당무러 운단혼은 니으
지취 몰ᄂᆞᆺ나 오지노화 월일션 자리둥으 져
션 시더라 우리고향 어셔가 월리둥ᄒᆞ 조혼

셩돌 안이보든 못ᄒᆞᆯ러라 ᄃᆡ우난 흥당나ᄃᆞ 사상
으로 되와들고 근난은 ᄯᅥᆯ져셔여 벽오상으 유
령ᄒᆞ다 셔봉으 일도ᄒᆞ니 강촌으 밥을짓고 운
간으 나난홍셩 끄삭가 완연ᄒᆞ다 ᄒᆞᆫ참이티 ᄯᅥ나올
져 임당슈을 당도ᄒᆞ나○ 션인들 거동바타 가난ᄃᆡ를
ᄒᆞᆼ지ᄒᆞ고 여바타 동무더타 이물으 죽은심쳥 불상
ᄒᆞ고 가긍ᄒᆞ다 혼ᄇᆡᆨ이나 위로ᄒᆞ쟈 공논이 분분ᄒᆞ
며 션두으 나아셔니 인자상심 슈자루다○ 난ᄃᆡ
업난 ᄭᅩᆺ ᄒᆞᆫ봉지 벽파상으 반만잠겨 두리둥둥 ᄯᅥ
나온다○ 션인더티 셔로보고 헌그ᄭᅩᆺ 이상ᄒᆞ다 만경
창파 이물우으 ᄭᅩᆺ시타니 단두ᄒᆞᆫ다○ 쳥파광상 피난ᄭᅩᆺ시 연
ᄭᅩᆺ박기 엄건마난 입도업고 줄기업시 ᄒᆞᆫ졍업시 ᄯᅥᆺ나
오니 알슈업난 ᄭᅩᆺ시로다○ ᄒᆞᆫ티ᄯᅥᆫ시 도화슈타 불변션원
도화인가 안이그ᄭᅩᆺ 안이로다○ 진왕여히 절부ᄒᆞᆫ제 석거가든
옥화슈화냐 안이그ᄭᅩᆺ 안이로다○ 한두제 슈양공쥬 ᄃᆡᆼ궁ᄒᆞ든
미화인가 만이오ᄭᅩᆺ 안이로다○ ᄭᅩᆺ실낭은 이상ᄒᆞ다○ 명사십니

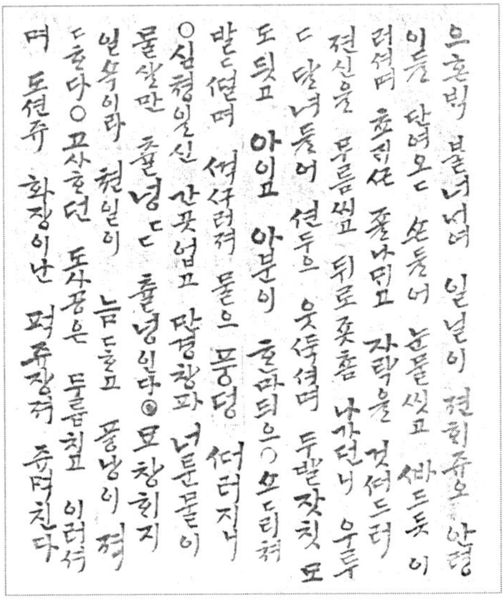
으ᄒᆞᆫ빅 불너너여 일년이 쳔히쥬오 안령
이ᄂᆞᆯ 단여오ᄃᆞ 손들어 눈물씻고 ᄉᆡ드듯 이
러셔며 ᄒᆞ리쇼 졸나며고 자탁을 것셔드러
져신을 무릅씹고 뒤로죳츰 나가던니 우두
ᄃᆞ 달녀들어 션두으 웃뚝셔며 두ᄇᆞᆯ잣칫 모
도 되고 아이고 아분이 ᄒᆞ마되으○ 오ᄃᆞ티쳐
발ᄃᆞ셔며 셔ᄉᆡ러쳐 물으 풍덩 ᄯᅥ러지나
○심쳥일신 간곳업고 만경창파 너룬물이
물살만 ᄒᆞᆯ넝ᄃᆞ ᄒᆞᆯ넝이다◉ 모창히지
연속이라 쳔일이 늑ᄃᆞᄒᆞ고 풍낭이 젹
ᄃᆞᄒᆞ다○ 고사ᄒᆞ던 도사공은 두릅치고 이러셔
며 도션쥬 화장이난 펵쥬장쳐 쥭여친다

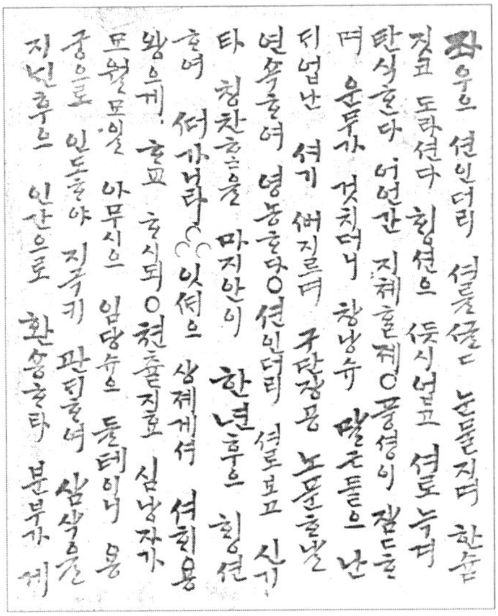
좌우으 션인더리 셔룰셔ᄃᆞ 눈물지며 ᄒᆞᆫ숨
짓고 도라션다 힝션으 ᄯᅳᆺ시업고 셔로누며
탄식ᄒᆞᆫ다 어언간 지쳬ᄒᆞᆫ제○ 풍셩이 잠ᄃᆞᄒᆞᆫ
며 운무가 것치더니 창낭슈 ᄆᆞᆯ근들으 난
디업난 셔기 ᄲᅥ지르며 구단장 노문ᄒᆞᆯ날
연속ᄒᆞ여 영농ᄒᆞ다○션인더리 셔로보고 신기
타 칭찬ᄒᆞᆫ을 마지안이 ᄒᆞᆫ년후으 힝션
ᄒᆞ여 ᄯᅥ가니라ᄋᆞᄋᆞ 잇ᄯᆡ으 상제게셔 셔히용
왕으게 ᄒᆞ고 ᄒᆞ시되○ 쳔출지ᄒᆞ 심낭자가
모월모일 아무시으 임당슈으 들테이니 용
궁으로 인도ᄒᆞ야 직수키 판되ᄒᆞ여 삼삭을
지닌후으 인간으로 환송ᄒᆞ타 분부가 셔

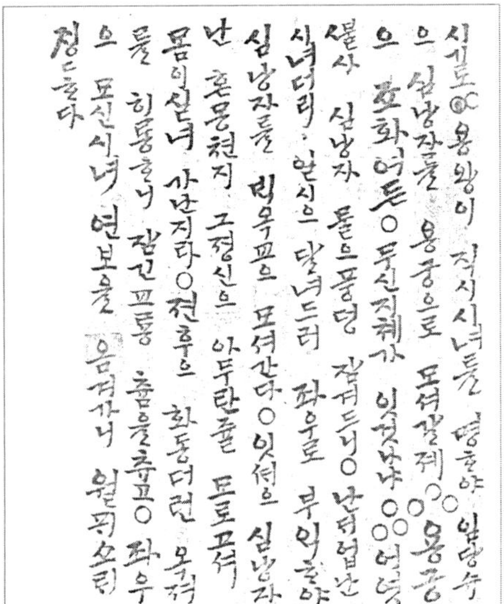
시길도◉ᄋᆞ 용왕이 직시시녀를 명ᄒᆞ야 임당슈
으 심낭자를 용궁으로 모셔갈제ᄋᆞᄋᆞ 용궁
으 ᄒᆞ화어든○ 무신지취가 이것나나ᄋᆞᄋᆞ 여덧
ᄉᆡᆼ물사 심낭자 물으풍덩 잠겨드니○ 난뎌업난
시녀더리, 안신으 달녀드러 좌우로 부익ᄒᆞ야
심낭자를 비옥끄으 모셔간다○ 잇ᄯᆡ으 심낭자
난 혼몽쳔지 그졍신으 아두탄ᄒᆞᆯ 모로고셔
몸이신녀 가난지라○ 젼후으 화동더련 오쳐
를 히롱ᄒᆞ니 잠간끄롱 츔을츄고○ 좌우
으 모신시녀 연보을 옴겨가니 월궁소리
정ᄃᆞᄒᆞ다

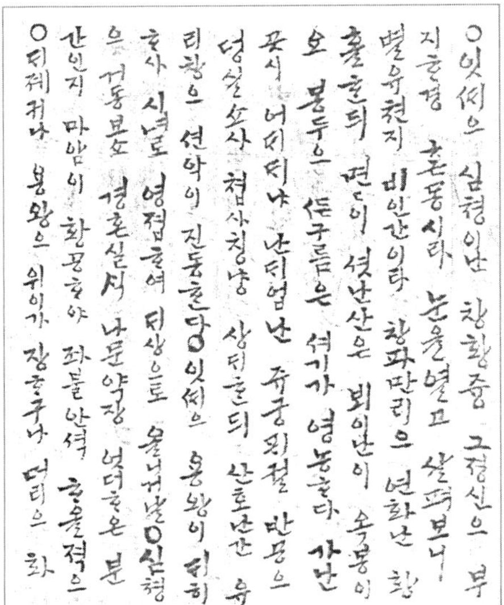
○잇ᄯᆡ으 심쳥이난 창황즁 그졍신으 부
지ᄒᆞᆫ경 ᄒᆞᆫ동시타 눈을열고 살펴보니
별유쳔지 비인간이다 창파만리으 연화난 찬
ᄒᆞᆯᄒᆞᆫ되 면이 셧난산은 뵈이난이 속봉이
오 봉두으 ᄯᅳᆫ구름은 셔기가 영농ᄒᆞ다 가난
곳시 어ᄃᆡ되나 난디업난 쥬궁픠궐 만동으
덩실소사 쳡사청낭 상되ᄒᆞᆫ되 산호난간 유
리창으 션약이 진동ᄒᆞᆫ당○잇ᄯᆡ으 용왕이 위히
ᄒᆞ사 시녀로 영접ᄒᆞ여 되상으로 올너안ᄂᆞᆫ○심쳥
은 거동보ᄉᆞ 경혼실ᄉᆡ 나문약장 어더ᄒᆞ온 분
간인지 마암이 황공ᄒᆞ야 좌불안셕 ᄒᆞ올적으
○되쳐커나 용왕으 위이가 장ᄒᆞ구나 ᄯᅥ리으 화

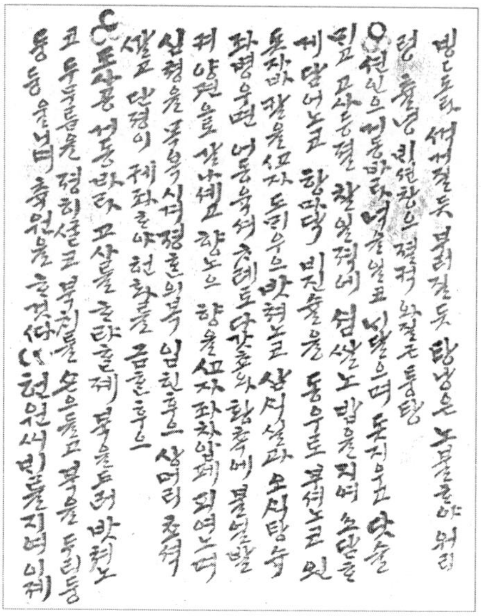
벙ㄷ올타 셔서절듯 부러질듯 탕냥은 노불ᄒᆞ야 워리
렁 출렁 뒤션한으 절처 와절ᄒᆞ 통탕
○션신으 제동바다여ᄒᆞ얼교 닝믈으며 돗지우교 닷술
빈교 고사ᄒᆞᆯ젹 찰일젹에 셤쌀노 밥을지여 ᄉᆞ담ᄒᆞ
제담어노교 항마댝 비진술을 동우로 부셔노코 왼
소자바 갈을ᄭᅩᆽ자 동이우으 밧쳐노코 삼색실과 오쉭탕슈
좌편우편 버롤슉셔 ᄎᆞ례로 ᄂᆞᆺ고ᄒᆞ와 칼죽에 불얼발
켜 양편을 갈나셰교 향노으 향을ᄭᅩᆽ자 좌찬일폐 되여노며
심청을 목욕시셔 졍ᄒᆞᆫ의복 입친후으 상머리 ᄋᆞᆽ쳐
셰교 단졍이 졔좌ᄒᆞ야 쳔ᄒᆞᆯ를 끔ᄒᆞᆫ후으
○도사공 거동바타 고사를 ᄒᆞᆫ타ᄒᆞᆫ졔 북을ᄒᆞ둘러 밧쳐노
코 두우ᄒᆞ름ᄒᆞ 졍히설교 북치를 손으둘교 북을 두리둥
둥 둥 울니며 축원을 ᄒᆞ엿ᄉᆞ오대 헌원씨 비롤지여 이졔

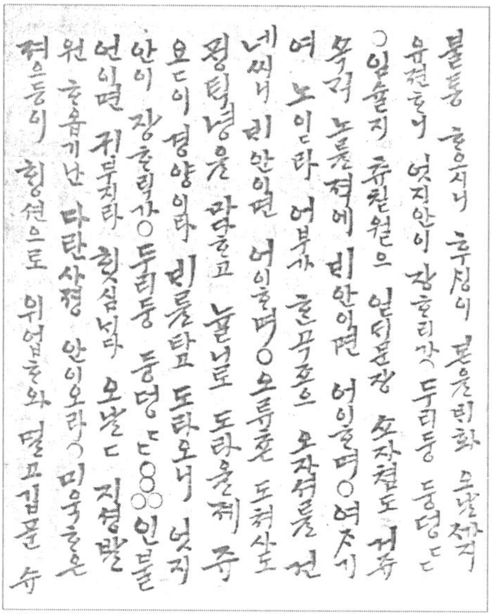
불통 ᄒᆞ오시니 후심이 본을바다 으날 셔셕
유젼ᄒᆞ니 엇지안이 강ᄒᆞ리ᄭᆞ 두리둥 둥덩ㄷㄷ
○임술지 츄칠월으 인디본장 소자쳠도 거쥬
쑥거 놀뎐적에 비안이면 어이ᄒᆞ며○여ᄌᆞ시
여 노인다 어부ᄭᅡ ᄒᆞᆫ꾸ᄒᆞ오 오작셔를 건
네씨니 비안이면 어이ᄒᆞ며○오류ᄒᆞᆫ 도쳐상도
평틱당을 ᄆᆞᆼ당ᄒᆞ교 눈닐로 도타울졔 주
요ㄷ이 경양이다 비를탑교 도타오니 엇지
안이 장ᄒᆞ리ᄭᆞ○두리둥 둥덩ㄷㄷ○○○인물
언이면 귀무지다 힘심니다 오날ㄷ 지셩발
원 ᄒᆞ옵기난 다란사졍 안이오라○미욱ᄒᆞᆫ
쳐으둥이 힘셔으로 위엽ᄒᆞ와 멀교깁문 슈

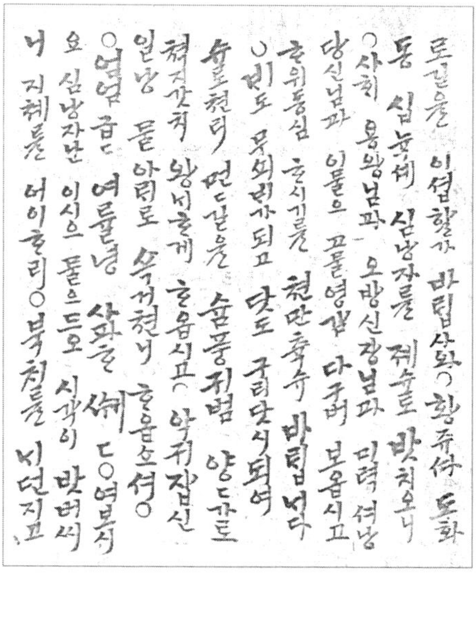
로같을 이셥할ᄭᅡ 바렵사와○황쥬ᄯᅡ 도화
동 심눈세 심낭자를 졔슈로 밧치오니
○사히 용왕님과 오방신장님과 미력 셔낭
당신님과 이물으 고물영산 다구버 보옵시교
ᄒᆞ위동심 ᄒᆞ시기를 천만축슈 바렵니다
○비도 무쇠비가 되교 닷도 구리닷시 되여
슌로천리 먼ㄷ같을 슌풍귀범 양ㄷ같도
쳐지갓처 왕니ᄒᆞ게 ᄒᆞ옵시교 악귀잡신
일낭 물아리로 쓱거쳐니 ᄒᆞ옵소셔○
○엿엿 금ㄷ 여룰녕 상파ᄒᆞ 쉬ㄷ○여보시
요 심낭자난 이시으 돌으드오 시각이 밧버씨
니 지체는 어이ᄒᆞ리○북치를 비던지교

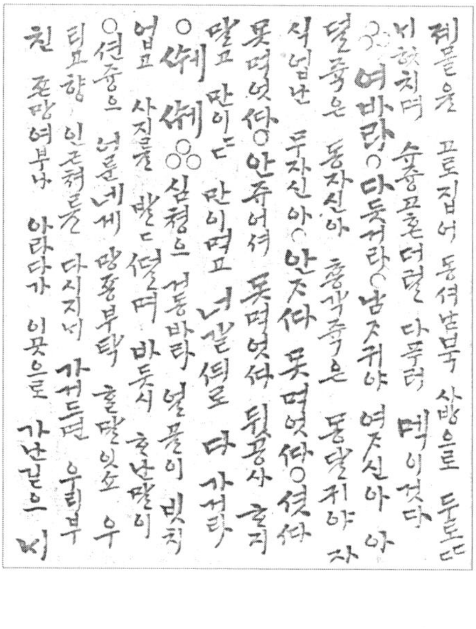
제몰을 고로집어 동셔남북 사방을로 두로ㄷ
○○○비 ᄒᆞᆫ치며 슌ᄒᆞᆼ고혼 더럽달 다무러 먹이것다
여바라○다둣거라○남ᄌᆞ귀야 여ᄌᆞ신아 아
덜죽은 동자신아 ᄒᆞᆼ각죽은 몽달귀야 자
식업난 무자신아○안ᄌᆞᄯᅡ 못먹엇ᄯᅡ○셧ᄯᅡ
못먹엇ᄯᅡ○안쥬어셔 못먹엇ᄯᅡ 뒤공사 ᄒᆞ지
말교 만이ㄷ 만이먹교 너갈ᄯᅦ로 다 가거라
○쉬예 쉬예○○○심쳥으 거동바타 얼굴이 빗치
업교 사지를 발ㄷ떨며 바둣시 ᄒᆞᆫ난말이
○션즁으 어룬네게 망종부탁 ᄒᆞᆯ말잇소 우
리교향 인ᄎᆞ쳐를 다시지니 가거드면 우리부
친 ᄌᆞᆫ망여부나 아라다가 이곳으로 가난길으 비

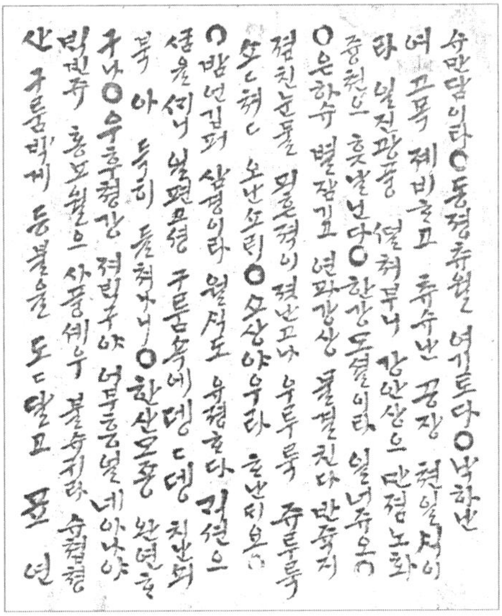

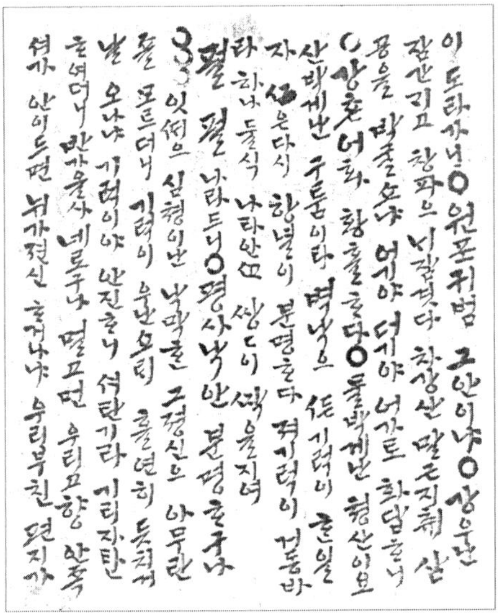

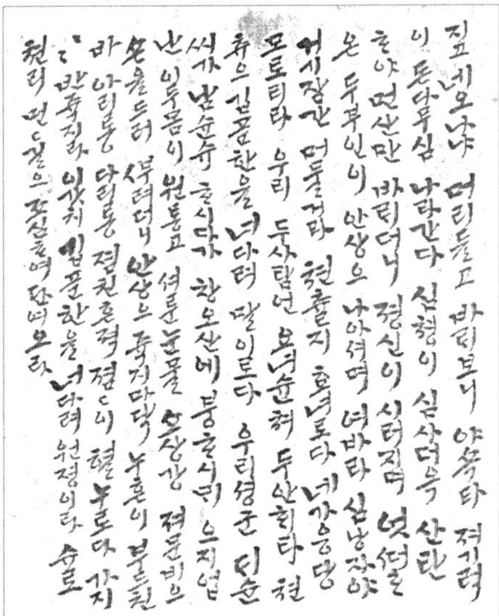

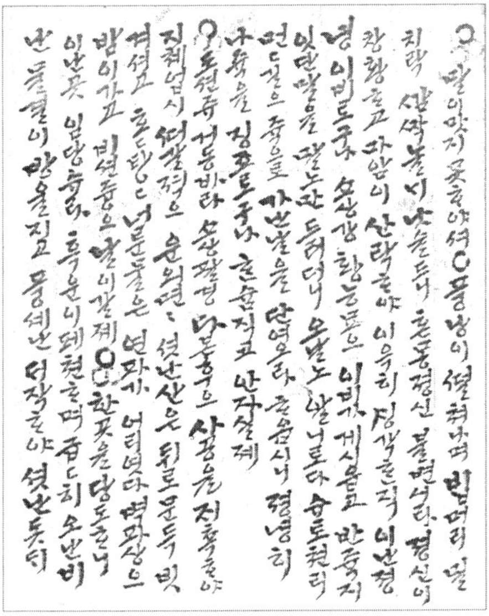

나 동고셔향으 새인곡셕 궁민구굴도 훈
여셔던 공양미 삼빅셕이 그티디단 말엇
냐냐○ 에라○이것 야속훈것 쳐지경이 되
울젹으 자진강탄 오직훈다 나를 츳자 안
이오고 몸을 팔녀 가난시난 인뎌오리가 되
거나냐 명천이 갈동훈신바타 출천지 효녀
로다 장탄식으 나누둥며 훈숨짓고 셧던이다
○○○잇셔으 심쳥이난 션인들 셔타갈제 훈
걸음으 슈쉬훌며 두셔름으 도타셔다○ 쥬쳔으
발은일광 쳬운이 샛여잇고 나무는 끝든 샛치
휘느러져 홍은난듯○ 져 샛가지 져두견은 귀
촉도 불여귀 불여지타 울건마난 갑슬

밥고 가난몸이 어이다시 도타가리○ 부친으 자진
발광 훈시난졍상 눈으본듯 다름업고○ 장싱
상턱 노부인과○ 압뒤집 동무더티 나를보타
니다드며 무졍코 야속타고 손을드터 훈난쇼
티 바람결으 열진듯 무터든 듯치오너 원통
코 셔룬졍곡 말터담은 이천만난 왕손은 귀
불귀타 도타가지 못홀우너 밀명도도 이안
이냐○ 눈물노 산을넘고 훈숨으로 들을
지너 츳츳첨첨 머러지너 우리고향 어디미냐
면이 션난쳥산 운영이 아득훈다 들을
지너 산을넘고 산을넘어 들을지너 훈
곳슬 다드르니 물은 흘녕 탁쳥파요

비난것당 졍강션이라 비 셔티 쥭판노코
심쳥을 인도훈야 풍셕니려 졍히살고
훈편으로 안친후으○○ 져사공으 거동바타
○슌풍으 돗슬달고 제비를 손으들고 엇
영ᄎ 노를져어 신명지게 노리훈다○어기야
더기야 슌풍으 비를노나 쥭일위지 쏘여도
다○어기야 더기야 져어가자○ 능파경지 당연이라
부지쇼지 가난고나○어기영ᄎ 노져가야○○잇셔
으 심쳥이난 풍낭으 넉슬일코 쥭은다시
엎져셔너 연신이 비월훈야 어셔쥭기를 기
달인졔○사풍은 훌녀불고 가난비난 살갓
티여 범ᄃ중뉴 셔나간다○벽파상으 빈구

더런 풍영실 잠겨다가 다시나타 물으셰고 구름밧게
셧난산은 아득히 잠긴열골 연ᄃ이 나타닛다 삼산반
낙 쳥쳔의요 이슈즁분 빅노쥬타 무산쳡ᄎ 실이
봉은 누진안긔 떠여주나 칠빅평호 말은물은 삼츄
쳔광 무티엿다 탄상으 렙을짓고 노죵으 잠을자
너 졍녀으 헌곤디요 한즁에 일월광이타○ 쳥어이 훈쇼나 이안이
○○도션쥭 거동바타 취흥이 도ᄃ훈야 션두으 비겨
안자 손을드러 동티치여 오상팔경을 자랑훈다
○○○슈초난 투림훈고 산영은 도상훈니 셧난팡
용 셔다더져 노룡이 굽노티고 쳥벽상 자진안
기 승슈가 걸녀엿다○우산낙호 이안이냐○ 유화난
빗치셜쳐 셔쳔으로 흘너가고 운영은 참담훈야
쳔이사 나작훈다 오연동산 오사나니 월단봉산

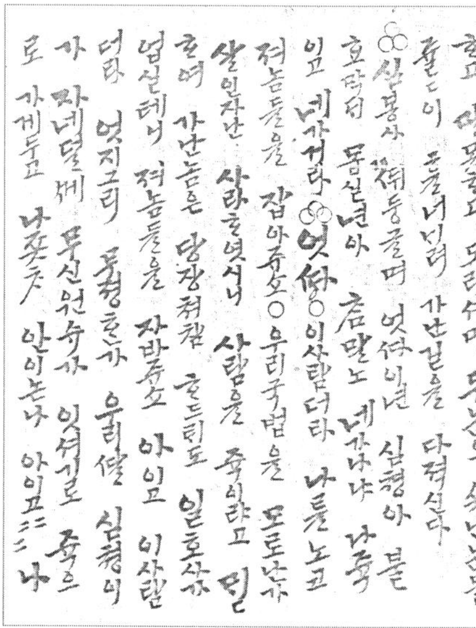
ᄒᆞ고 말못ᄒᆞ고 도라서며 두눈으 솟난눈물
흘니이 ᄒᆞᆯ너니려 가난길을 다젹신다
○○○심봉사 ᄭᅴ둥굴며 엇ᄯᅥᆺ이년 심쳥아 불
효막심 몹실년아 ᄎᆞᆷ말노 네가나냐 나죽
입고 네가거라○○엇ᄯᅥ○이사람더라 나를노코
젹놈들을 잡아쥬오○우리국법을 모로난냐
살인자난 살타ᄒᆞ엿서니 사람을 죽이라고 민
ᄒᆞ여 가난놈은 당장쳐참 ᄒᆞ드리도 일호삭
염실테니 젹놈들을 자바쥬오 아입고 이사람
더라 엇지그리 몰쳥ᄒᆞ냐 우리ᄯᆞᆯ 심쳥이
가 자네ᄯᆞᆯ세 무신원슈ᄯᅡ 잇서ᄀᆞᆯ로 죽으
로 가게두고 나죳ᄎᆞ 안이노나 아이고〃〃나

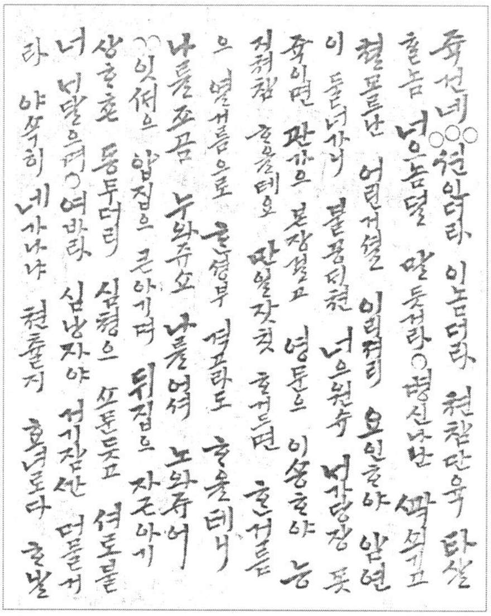
쥭건네○○○쳔인이더라 이놈더라 쳔참단육 타살
ᄒᆞᆯ놈 넘은놈덜 말듯거라○평신나난 ᄲᅡᆨ쥐기고
쳘모르난 어린거설 이리쳐리 요인ᄒᆞ야 암연
이 둘너가니 불공디쳔 너으원슈 너가당장 못
쥭이면 짝가으 본장결고 영문으 이ᄉᆞᆼᄒᆞ야 능
지쳐참 ᄒᆞᆯ테오 만일잣침 ᄒᆞ거드면 ᄒᆞᆫ거듭
으 열거름으로 ᄒᆞᆫ셩부 셕ᄒᆞᆯ로 ᄒᆞᆯ테니
나를조곰 누와쥬오 나를여서 노와쥬어
○○잇서으 압집으 큰아기며 뒤집으 자근아기
상ᄒᆞᆫᄒᆞᆫ 동무더리 심쳥으 손붓듯고 셔로불
너 니덜으며○여바라 심낭자야 너기잠산 머물거
라 야속히 네가나냐 쳔ᄒᆞᆯ지 ᄒᆞ너로다 ᄒᆞᆯ날

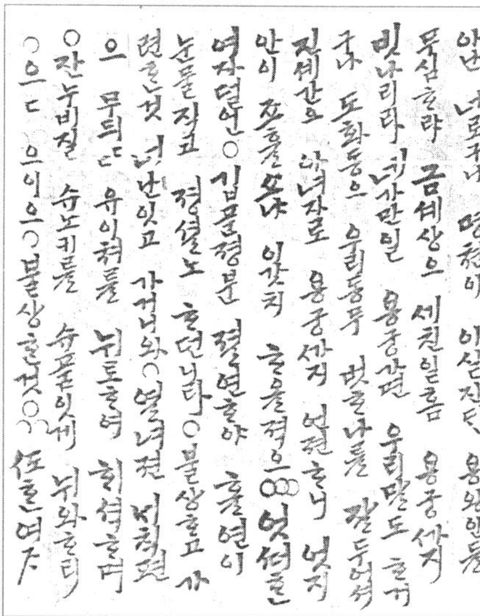
악ᄒᆞᆫ 네로구나 명쳔이 아실진덴 용왕인들
무심ᄒᆞ랴 금세상으 세친일흠 용궁서자
빗나리라 네가만일 용궁가면 우리ᄯᆞᆯ도 ᄒᆞᆫ번
구나 도화동으 우리동무 헛ᄒᆞᆫ나를 잘두어서
지셔간으 안녀잘로 용궁서지 어쳔ᄒᆞ나 엇지
안이 조흘소냐 이갓치 ᄒᆞᆫ울젹으○○○엇섯ᄒᆞᆫ
여자덜언○깁분쳥분 쳥연ᄒᆞ야 ᄒᆞᆯ연이
눈물지고 졍셜노 ᄒᆞᆫ던니다○불상ᄒᆞ고 사
련ᄒᆞᆫ것 너난잇고 가거니와○열녀젼 비쳑편
으 무뤼ᄃᆞᆫ 유이쳐를 뉘로ᄒᆞ여 희셕ᄒᆞ며
○잔누비질 슈노키를 슈풀이세 뉘와ᄒᆞ리
○으ᄃᆞ 으이으○불상ᄒᆞᆫ것○ 任ᄒᆞᆫ여즈

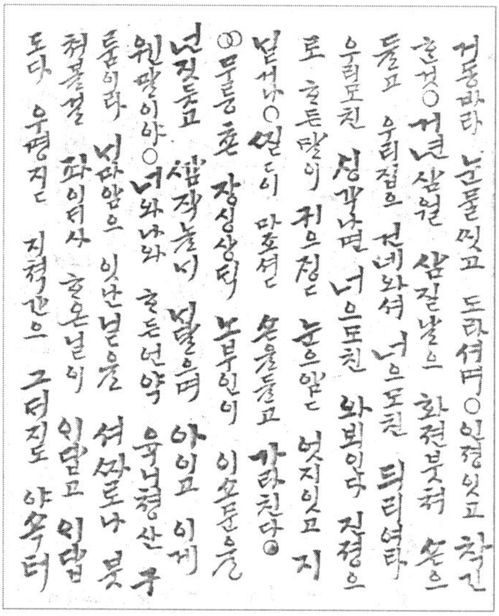
거동바라 눈물씨고 도라서며○인졍잇고 착ᄒᆞᆫ
ᄒᆞᆫ것○거년삼월 삼질날으 화젼부쳐 손으
들고 우리집으 건너와서 너으도친 되리여ᄯᅡ
우리도친 싱각나면 너으도친 와뵈이ᄃᆞ 진졍으
로 ᄒᆞ든말이 귀으징ᄃᆞᆫ 눈으앞ᄃᆞᆫ 엇지잇고 지
닐서나○엳ᄃᆞ이 마조션 손을들고 가다친다◉
○○무릉촌 장싱상덕 노부인이 이소문을
넌짓듯고 셥작놀니 니덜으며 아이고 이게
윈말이야○너와나와 ᄒᆞ든언약 육녀쳥산 굿
듯이라 니마암으 잇난날을 셔삭도나 붓
쳐볼결 과이되사 ᄒᆞ온날이 이덜고 이덥
도다 우평지ᄃᆞ 지쳑간으 그터지도 야속터

이다 자식이라 싱각말고 원슈다 미지시고
기쳐안보 ᄒᆞ옵시오○ 심봉사 이말듯고
○이고 이게 윈말이야 두슈먹을 불ᄭᅳᆫ쥐고
가삼광ᄃᆞ ᄯᅮ다리며 빗놈으게 몸팔녀단○
○아가 심쳥아 윈말이냐 나난고지 안두건.
다 나난자시 모르겻다 그말다시 드러보자○○○
○아무리 ᄑᆡ인이나○ 심쳥으 ᄒᆞ난말도 ᄉᆡᆨ막이
잇서나와 문쳔으 사람쇼리 아비도 으심난다
○엇ᄯᅥ심쳥아 무엇시 엇ᄯᅥᄒᆞ야 나다려 무러
보도 안이ᄒᆞ고 네 맛디로○ 봉사령신 아비라고
감슈로 네가알고○네가살고 너는ᄯᅳ면 그난웅당
ᄒᆞ련이와 이ᄯᅥ우 그말일낭 말도참아 못ᄒᆞᆯ것다

니가죽고 너살테면 이시라도 죽을텐듸 나난살
고 너죽어야 안되지야 ᄯᅳ스가당업고 무가니다 나
죽이고 네가거라○○ 잇ᄯᅢ으 션인더런○ 입동에 션
견장자어든 동두던을 안이ᄒᆞᆫ다 보너냐○사설
직고 다ᄒᆞᆫ후으○ ᄒᆞᆫ인덜과 션인덜이 심쳥문
젼 셔로모와 공논이 분쥬ᄒᆞᆯ제○ 션인의 거
동하다○ 돈 삼쳔금을 니여노며 동즁노쇼
어룬네게 엿ᄌᆞᆸ말삼 잇나이다○ 이돈 삼쳔금
슈회즁으 오뵉금은 동즁으 보용 ᄒᆞ옵시고
오뵉금은 심뎡인을 안졉시켜 작ᄒᆞᆫ못으 련환
ᄒᆞ야 ᄉᆡᆼ평보죤 시기시고 니쳔금은 본관으 완
문니여 각인쳐으 식니ᄒᆞ야 심뎡인으 징쳔

살우 디오산을 널ᄃᆞ사용 ᄒᆞ옵소셔○ 외돗잘
고동우술노 사되려셔 상ᄒᆞᆫ존 노쇼업시
쥐뜻으 ᄒᆞ온후으○ 션인들이 모와셔며 ᄌᆞᆫ
인으게 엿자오되 말삼ᄒᆞ시 황송ᄒᆞ나 쳐은길
이 망박ᄒᆞ니○ 심뎡인으 쳐경상을 엇지쳐
단 ᄒᆞ옵잇가 동즁으 어룬네들 쳐분단
발입니다○○○ ᄒᆞᆫ인들 거동바라○ 어좌여우 그
되몸으 무신ᄒᆞᆫ달 잇것나냐 공연이 도라셔며
ᄲᅡᆫ쇼티를 ᄒᆞ던이라○ ᄒᆞᆫ사람 거동바라○ 쳐
건녀 힝화ᄒᆞᆫ으 ᄂᆞᆯ울치난 쳐사람은 나를
웅당 차나부다 장터거리 아무기졔○ ᄯᅩᄒᆞᆫ사
람 거동바라○ ᄯᅥ다중쳔 쳐구름으 허ᄃᆞ

미사 오셔구나 이이도동 계잇나냐 ᄯᅩ쳔녀
쇼ᄉᆞ어타 ○ ᄯᅩᄒᆞᆫ사람 거동바라 쥐덤도 ᄂᆡ방
살ᄒᆞ고 파단쏜이 되단ᄒᆞᆫ듯 구딴두오 아무되
여어른들 욕피불통 별슈잇소 문쳔으 드
러셔며○ 여보시오 심뎡인 니일몰세 드러보오
○활을 디려 쏘와써니○ 즁쳔으 넌뜻 잡
셔을 뉘사막어 니오리가 슈원슈ᄌᆡ ᄒᆞ시것소
쳔ᄒᆞᆫ지 호녀어든 쳔도무심 ᄒᆞᆯ울이가 쳔
평이나 바린시오○○ 난쳐ᄒᆞᆫ 이사졍은 언지기즁
이안이냐○ 이ᄯᅢ으 션인더리 동인으게 심문
사ᄅᆞᆯ ᄯᅥᆨ둣돌고 심쳥이를 다려간다○ 심쳥
으 졍상보소○ 당ᄒᆞ으 졔우나려 부친세 사리

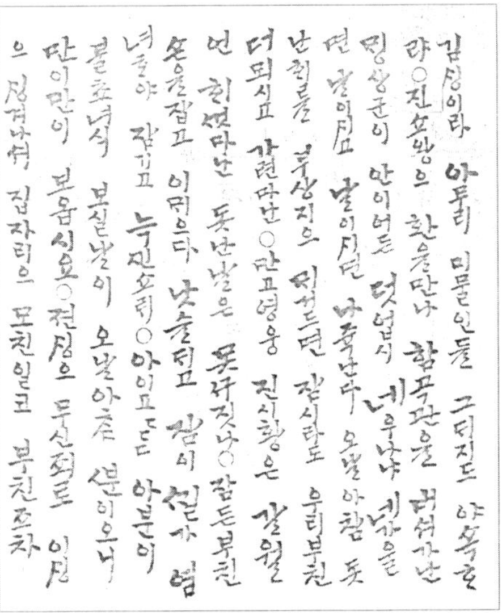
김싱이라 아무리 미물인들 그디지도 야속ᄒᆞ
랴○진오왕으 환을만나 함곡관을 머셔가난
띵상군이 안이어든 닭업시 네우나냐 네가울
면 날이가고 날이시면 나죽난다 오날 아참 듯
난 천들 부상지으 믹어두면 잠시라도 우리부친
더뫼시고 가련마난○만고영웅 진시황은 갈월
언 희셔마난 못난날은 못다지나○참든부친
손을잡고 이머으다 낫술퇴고 잠시 쉬다가 엽
녀ᄒᆞ야 잡기고 누진소리○아이고 ᄃᆞᆯ 아부이
불효녀식 보실날이 오날아츰 뿐이오나
만이 만이 보옵시요○천싱으 무산죄로 이ᄂᆞᆫ
으 싱겨나셔 집자리으 모친일코 부친조차

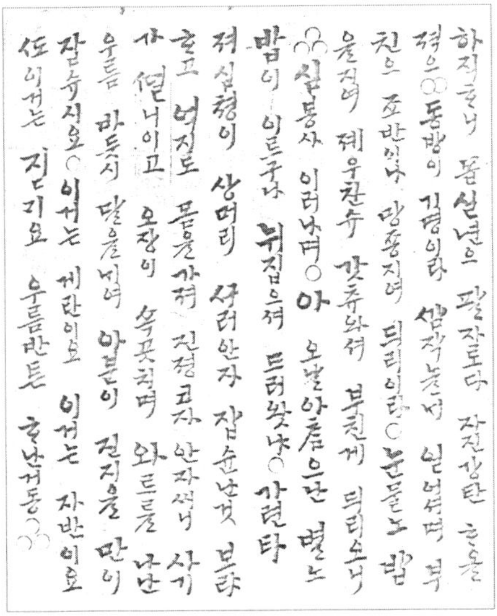
하직ᄒᆞᄂᆞ 몹신년으 팔자로다 자진상탄 ᄒᆞ올
젹으○동방이 기명이라 섬작놀너 일어셔며 부
친으 조반이나 망종지여 듸리이라○눈물노 밥
을지여 졔우찬슈 갓츄와셔 부친계 듸리오나
○심봉사 이러나며○아 오날아츰은 별노
밥이 일르구나 뉘집으셔 드러왓냐○가련타
져심청이 상머리 샹려안자 잡순난것 보랴
ᄒᆞ고 어진도 몸을가쳐 진경코자 안자셔너 사기
가 업너이고 오장이 속곳치며 와르를 나난
울음 바두시 달을너여 아분이 진지을 만이
잡슈시요○이거는 게란이요 이거는 자반이요
또이거는 짐ᄃᆞ기요 우름만튼 ᄒᆞ난거동○

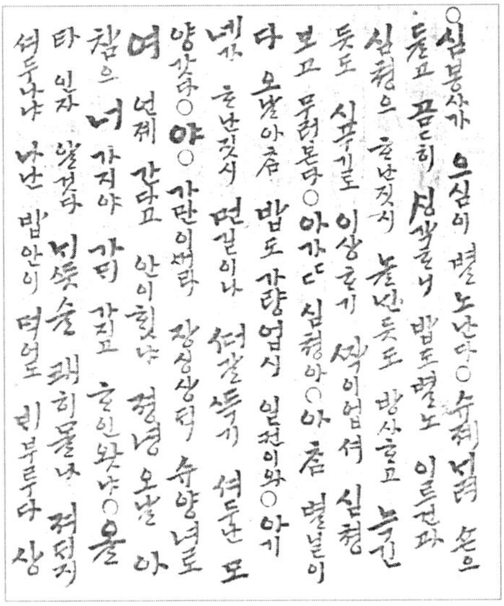
○심봉사가 으심이 별노난다○슈져너며 손으
돌고 끔ᄃᆞ히 성상ᄒᆞ니 밥도별노 이르던파
심쳥으 ᄒᆞ난짓시 놀난듯도 방상ᄒᆞ고 늑긴
듯도 실푸길도 이상ᄒᆞ기 색이업셔 심쳥
보고 무러본다○아가ᄃᆞ 심쳥아○아 참 별날이
다 오날아츰 밥도 가량업시 일천이와○아기
네가 ᄒᆞ난짓시 먼길이나 써날드기 셔두난 모
양갓다○야○가만이셔라 장싱상덕 슈양녀로
여 언제 갓다고 안이힛냐 청령오날 아
참으 너 가지야 갈텨 갈질고 ᄒᆞ인왓냐○울
타 일자 일러다 비웃술 ᄏᆡ히물냐 져덕지
셔두나냐 나난 밥안이 먹어도 비부르다 상

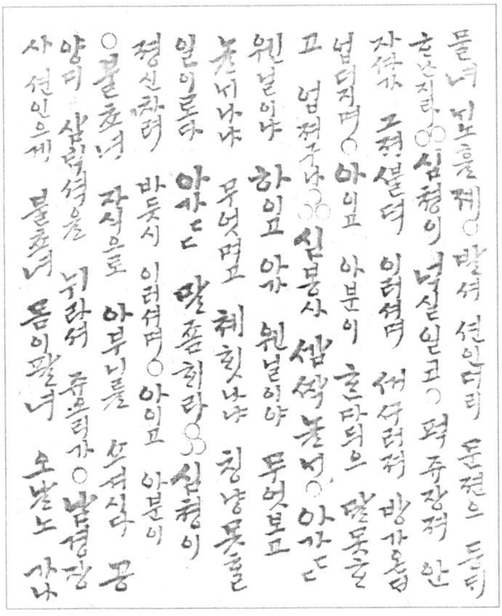
물너 빌호졔○말셔 션인더리 문젼으 드리
ᄒᆞ난지라○○심쳥이 너실일고○펵쥬장져 안
자셔ᄀᆞ 그져셜더 이러셔며 셔셔더져 방가옵
넙더지며○아이고 아분이 ᄒᆞᆫ다되으 딸못ᄒᆞᆯ
고 업쳐구나○○심봉사 샙색놀너○아가ᄃᆞ
윈날이냐 하이고 아가 윈날이야 무어보고
놀너나냐 무어며고 쳐힛나냐 칭낭못ᄒᆞᆯ
일이로다 아가ᄃᆞ 말좀히라○○심쳥이
졍신차려 바둣시 이러셔며○아이고 아분이
○불효녀 자식으로 아부니를 소셔시다 공
양미 삼빅셕을 ᄂᆡ라셔 쥬오리가○남경장
사 션인으게 불효녀 몸이팔녀 오날노 가나

ᄒᆞ여 일날 미설ᄒᆞ더니라○션인ᄒᆞ나 나아셔며
비미 삼ᄇᆡ셕을 어ᄂᆞ날노 슈운ᄒᆞ며 어ᄂᆞ곳
으로 ᄒᆞ오리가○심쳥이 엿자오되 삼일ᄂᆡ로
몽운사 불젼으로 밧치기를 쳔만축슈ᄒᆞ
옵ᄂᆡ다○삼ᄇᆡ셕 공양미를 삼일ᄂᆡ로 슈운
ᄎᆞᄂᆡ 지쳬를 ᄒᆞ엿ᄂᆞ냐○심쳥유ᄂᆡ 사례ᄒᆞ며 우
티등의 힝션날은 ᄂᆡ월 초삼일이오니 명
심ᄒᆞ오 ᄂᆡ월초의 다시와셔 보셧다 왕젼이
당부ᄒᆞ고 직시물너 가던이다○잇ᄯᆡ의 심쳥이난
션인을 보낸후의 방으로 드러와셔 ᄉᆞᆼ히 ᄉᆡᆼ
각ᄒᆞ직 만일 힝션날이 당ᄒᆞ고보면 부친을 ᄯᅦ
고갈셰의 무신말삼으로 엿줄ᄭᅡ 삼단 오ᄅᆞᆫ

을토 셰얏ᄂᆞᆫ다○이웃집에 간다ᄒᆞ고 압연이 가자
ᄒᆞᆫ들 ᄌᆞ셕ᄯᆞᆯ이 셰가되여 갈웃업시 안이오면
셥작놈ᄂᆡ 이러셔며 이집으로 ᄎᆞ져가셔 날을 ᄎᆞᆷ
녕 불너보고 져집으로 ᄎᆞ져가셔 날을 웅달 ᄎᆞ
질테니 불샹ᄒᆞ신 그졍상을 어지ᄎᆞᆷ아 잇고가며
○장싱상ᄃᆡ 노부인ᄭᅦ 슈양ᄯᆞᆯ노 간다ᄒᆞᆫ들 일
거영ᄒᆞᆯ 되거드면 분심이 왈칵나며 웅당ᄎᆞ
자 가실테니 졍되ᄒᆞ신 싱상부인 그쳬면을
어이ᄒᆞ리○불젼의 공을드려 부친눈을 ᄯᅳ
다ᄒᆞ고 몽운사 염불당으로 즁을ᄯᅡ라 간다ᄒᆞ
둘 욕급션영 될거시오○임당슈라 ᄒᆞᆫ다물이
어ᄂᆞ곳의 잇난거나 허상물결 지령ᄎᆞ고 션인ᄯᅡ

라 간다ᄒᆞᆫ들 여자힝실은 안이오나 부친안
졉만 되다ᄒᆞ면 ᄯᅩᄒᆞᆫ날이 업지마난 다시오
지 못ᄒᆞᆯ테니 ᄒᆞ로 잇틀 사ᄂᆞᆫ갑고 삼오
일이 지ᄂᆡ가면 으지업난 우리부친 날ᄎᆞ자
단이다가 노즁객사 되실테니 될되업난 그
졍상은 좌우간의 일반이라 사신적고로 말
삼ᄒᆞ야 영ᄃᆞ망단 ᄒᆞ옵시ᄂᆡ 진졍으로 엿ᄌᆞ다
졍신업시 지ᄂᆡ다가○ᄒᆞᆯ연이 ᄉᆡᆼ각ᄒᆞᆫ니 업ᄯᅳ러
진 물이되고 ᄊᆞ와노흔 살이되여 변통업난
일이로구나 불상ᄒᆞ신 우리부친 ᄯᅥ일날이 멋
날이며 뫼실날이 몃날이나 ᄂᆞ살어 싱젼이나
졍셩ᄭᅥᆺ 밧ᄯᅳᆯ니라○ᄒᆞ되 신을 잘ᄭᅥᆫ 조ᄒᆞ고

아드득 독심먹고○사시졀ᄎᆞ 의복이며 조셕
시ᄉᆡᆼ 찬슈등졀 각별히 고로살펴 션후ᄎᆞ자 너
어두고 죽기로 밧칠젹의○어언간 힝션날이 일
야간이 되엿ᄭᅡ나○업풀사○이제ᄭᅡ나 연쳔상자
니려노코 부친의 신ᄯᅳᆫ보신 ᄇᆞᆯ잇난 맘졍 ᄇᆞᆺ드럿다
○마ᄂᆞᆫ실을 ᄊᆞ으드니 ᄒᆞᆯ옴업시 소ᄉᆞᆫ 눈물 금ᄎᆞᆯ
ᄒᆞ되 ᄒᆞᆯ슈잇나 등잔불은 아득ᄒᆞ고 졍신은 시
러지니 바ᄂᆞᆯ실을 상자담어 져만치 밀쳐노코
한숨짓고 눈물씻고 졍처업시 안자신제
○야여ᄒᆞ기오 자야시타 사정업난 야셰로다○기
우난 져닭소리 귀의얼풋 들치거날○심쳥이
ᄉᆡᆼ작놈ᄂᆡ 셔를품시 샐ᄃᆞ작며○에타 ᄯᅩᆷ실

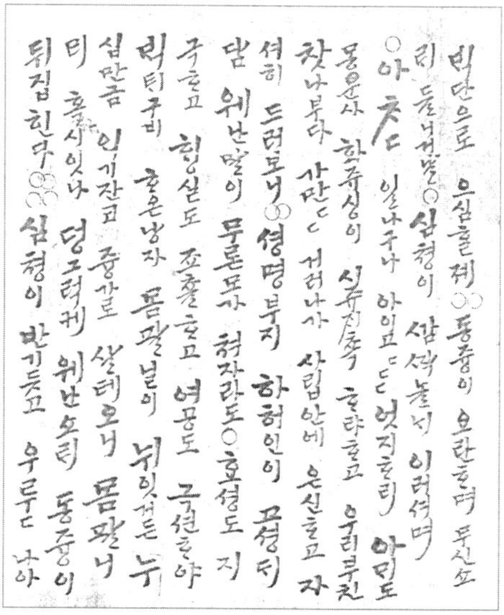
비단으로 으심ᄒᆞᆯ제○○ 동즁이 요란ᄒᆞ며 무신쇼
리 들너셔 볼○ 심쳥이 삼ᄉᆡᆨ 놀ᄂᆡ 이러셔며
○아ᄎᆞ 일나구나 아이고ᄃᆞ ᄃᆞ 엇지ᄒᆞ리 아마도
몽운사 화쥬승이 시쥬칙 ᄒᆞ라ᄒᆞ고 우리부친
찻나부다 가ᄯᅡᆫᄃᆞ ᄃᆞ 거러나가 사립안에 은신ᄒᆞ고 자
셔히 드려보니○○ 셩명부지 ᄒᆞ허인이 고셩디
담 위반말이 무론모ᄉᆞ 쳐자라도○ 호셩도 지
극ᄒᆞ고 힝실도 조촐ᄒᆞ고 여공도 극션ᄒᆞ야
리티구비 ᄒᆞᆫ온낭자 몸팔 날이 뉘잇거든 누
심만큼 인기잔코 즁갈로 살테오니 몸팔니
티 ᄒᆞᆫ시잇나 덩그러케 위반소리 동즁이
뒤집힌ᄃᆞ○○ 심쳥이 반기듯고 우루루 나아

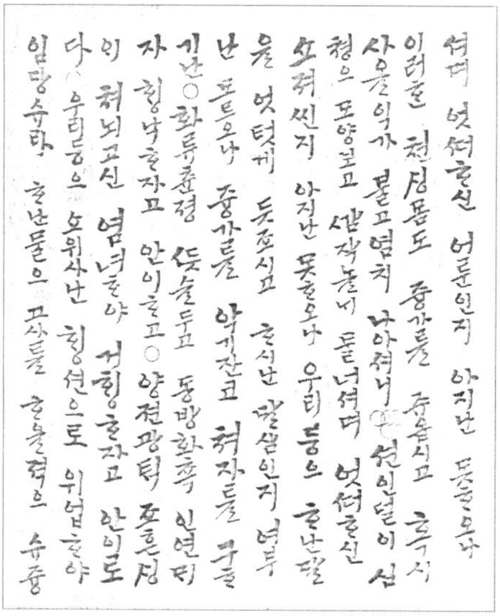
셔며 엇셔ᄒᆞ신 어룬인지 아지난 못ᄒᆞ오나
이러ᄒᆞᆫ 쳔ᄉᆡᆼ몸도 즁가를 ᄎᆞᄌᆞ시고 ᄒᆞᄉᆞ시
사올익가 불고염치 나아셔니○○ 션인덜이 실
쳥으 모양보고 ᄉᆡᆨ작놀ᄂᆡ 둘너셔며 엇셔ᄒᆞ신
쇼져씬지 아지난 못ᄒᆞ오나 우리둥으 ᄒᆞᆫ난말
을 엇터케 듯조시고 ᄒᆞ시난 말삼인지 여부
난 모르오나 즁가를 아기잔코 쳐자를 구ᄒᆞᆯ
기난○ 화류츈졍 ᄯᅳᆺ슬두고 동방화쵹 인연디
자 힝낙ᄒᆞ자고 안이ᄒᆞ고○ 양쳔광티 ᄌᆞ흔징
이 쳐뇌고신 염녀ᄒᆞ야 셔힝ᄒᆞ자고 안이로
다○ 우리둥으 오위사난 힝션으로 위업ᄒᆞ야
임당슈타 ᄒᆞᆫ난물으 고사를 ᄒᆞᆯ적으 슈즁

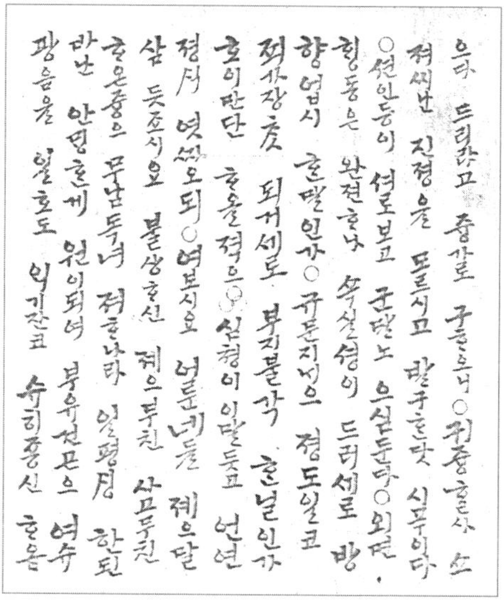
으다 드리라고 즁갈로 구ᄒᆞ오니○ 귀즁ᄒᆞ신 소
져시난 진졍을 모르시고 탈구ᄒᆞᆫ닷 시푸이다
○션인둥이 셔로보고 군말노 으심두다○ 외면·
힝동은 완젼ᄒᆞ나 쇽실셩이 드러셔로 방
향업시 ᄒᆞᆫ말인가○ 규문지녀으 졍도일코
쥐ᄉᆞ장ᄎᆞᆺ 되거셰로 부지불각 ᄒᆞᆫ날인가
호이만단 ᄒᆞᆯ적으○○ 심쳥이 이말듯고 언연
졍셔 엿ᄌᆞ오되○ 여보시오 어룬네들 졔으말
삼 듯조시오 불샹ᄒᆞ신 졔으부친 사고무친
ᄒᆞᆫ온즁으 무남독녀 졍ᄒᆞ니라 일평ᄉᆡᆼ 한되
난만 안명ᄒᆞ게 원이되여 부유쳔끈으 여슈
광음을 일호도 이기잔코 슈히 죵신 ᄒᆞ옵

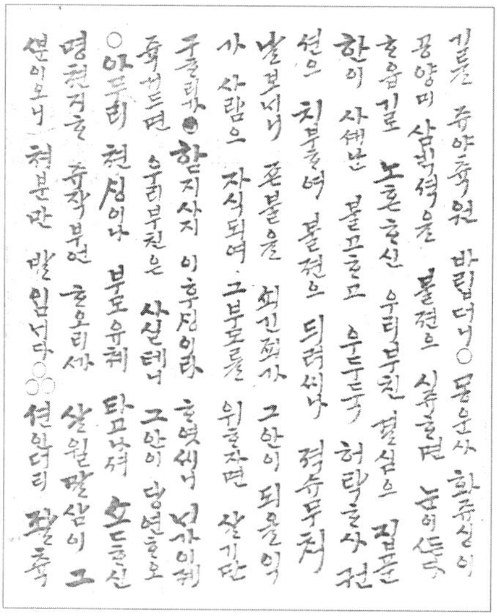
기를 츅야츅원 바린더니○ 몽운사 화쥬승이
공양미 삼ᄇᆡᆨ셕을 불젼으 시쥬ᄒᆞ면 눈어 ᄯᅳᆫᄃᆞ
ᄒᆞ옵길로 노흔ᄒᆞ신 우리부친 쳘심으 집ᄒᆞᆫ
한이 사셰난 불고ᄒᆞ고 우두룩 허락ᄒᆞ사 권
션으 치부ᄒᆞ여 불젼으 드려시나 젹슈무쳐
날보시니 ᄌᆞᆫ불을 쇠긴죄사 그안이 되올익
가 사람으 자식되여 그부모를 위ᄒᆞ자면 살기단
구ᄒᆞ리ᄭᆞ● 한지사지 이후징이라 ᄒᆞ엿시니 니가이졔
ᄎᆔ서드면 우리부친은 사신테니 그안이 당연ᄒᆞ오
○아무리 쳔ᄉᆡᆼ이나 부모유체 타고나셔 오ᄃᆞᆫᄒᆞ신
명쳔지ᄒᆞ 츅작부언 ᄒᆞ오리샤 살월말삼이 그
년이오니 쳐분만 ᄇᆞ라ᄂᆞ니다○○ 션인더리 ᄉᆞᆯ죽

다기에○ 쳐술셔셔 먹든밥을 상치덜쳐 지
쳡ᄒᆞ고○ 라품ᄒᆞ나 빈돈돈을 ᄒᆞᆫ푼도 안이쎠고
셰미처 다ᄉᆞᆫ날을○ 이저ᄭᅥᆺ쇼 아옵시요○○심
봉사 슈ᄒᆞᆫ마ᄋᆞᆷ 암ᄃᆞ히 싱각ᄒᆞᆫ직 ᄀᆞᆯᄒᆞᆫ셩
도 시푸거든○○○ ᄑᆞ기를 ᄊᆞ댁이며○움 울쳐
○마파람 살ᄃᆞ불고 쏘나기 ᄊᆞ게오고 감나무
셔 가마귀 ᄶᅡᆨᄃᆞ 울든 그날이져○ 참 남
으공을 갑기난 몸ᄒᆞᆯ당졍 이질 ᄭᅥ시간듸○
○아가 ᄃᆞ 이어런으 말삼일낭 너도안이 드러
나냐 우리살넌 운인이라 부도갓치 디졉ᄒᆞ다
○○심쳥은 션인이라 부친으 ᄯᅳᆺᄒᆞᆯ받다 남은쥭ᄒᆞ뇨
다갓ᄎᆞᆷ와 진졍으로 션딕ᄒᆞ고 기양덜기 셥ᄃᆞ

ᄒᆞ야○ 명듸ᄊᆞᆯ나 국슈ᄒᆞ고 ᄯᅥ우셔셔 찰졍덜고
다슌밥을 얼는지여 셍덕어미를 딕졉ᄒᆞ니
○○셍덕어미 얼는먹고 셍ᄃᆞ도타 나아가며 셍
ᄀᆞ흔 우시면셔 곤리으 빗가와셔 ᄒᆞᆫ번도 못보귀
난 구명도싱 ᄒᆞ자ᄒᆞ니 자연간 그리되데 인젼
이야 엽실손가 ᄎᆞᄃᆞ곰일 인후로난 두른ᄇᆡᆨ사
쳔여날은 빗가와셔 부와줄ᄯᅵ 엇ᄃᆞᆯ 그리고 가
던이라○잇ᄯᅦ으 심쳥이난 만사으 ᄯᅳᆺ시업고 공양
미 슈쳔ᄒᆞᆯ날을 싱각ᄒᆞᆫ직 두눈이 캄캄
ᄒᆞ고 인신이 쇽곳친다 단단으로 셰알년도 ᄒᆞᆯ
묘친이 엽난지라 아이고 이일를 엇지ᄒᆞᆯ거나
자신이나 방틔찬들 삼틱셕을 뉘가쥬티

부친을 쇠긴죄로 자결이나 ᄒᆞ자ᄒᆞᆫ들 유치
엽난 우리부친 그졍상은 어이ᄒᆞ티 일이삼
삭 젹리싱각 사모로 셰알녀도 빅세두쳐 어
이ᄒᆞ티 불상ᄒᆞ사 이사졍을 어느곳으 원졍
ᄒᆞ티 명쳔이 알르신가 ᄒᆞ나님젼으나 원졍을
ᄒᆞ티라○○그날보틈 문쳔으 졍토셜고 목
욕지게 졍히ᄒᆞ고 무고ᄎᆞᆯ문 젼폐ᄒᆞ고 삼
쳔일을 지닌후으○ 후원으다 칠셩단을 졍
히무고○ 시쇼반으 박지더퍼 심이울녀 불발
키고 지동우 졍화슈를 기우잔게 밧쳐노코
○단ᄒᆞ으 살어엽져 지셩발원 ᄒᆞ올적으
○○비난이다 닷ᄃᆞ 명쳔님젼으 비난이다○안명ᄒᆞᆫ

ᄉᆞ녀 아부 몽운사 부쳐님젼으 기당지젹트는
지어셔셔 부녀난 일신이라 아부으 허물일낭
이몸으로 디ᄒᆞ옵시고 아부죄 사ᄒᆞ옵시기를
쳔단츅슈 발입니다○두손길 마조드러 이
미으다 연지면셔 허리를 곱피더니 구부ᄃᆞ
사뢰ᄒᆞᆫ다○자야반으 샤려엽져 게명후으 이러날
졔 날파람이 엽셔이라○이와갓치 발원키를 삼
색을 지닌후으○잇ᄯᅦ으 심쳥이난 시츄일ᄌᆞ
가 ᄎᆞᄃᆞ졈ᄃᆞ 지쳐ᄒᆞ나 졍신이 아득ᄒᆞ야 몸들곳
시 엽난지라○시만펼쳐 나라가도 몽운사 화쥬
싱이 장삼셜쳐 나려오나○기만헝ᄃᆞ 짓고
와도 몽운사 화쥬싱이 목탁셩ᄃᆞ ᄯᅳ디티나

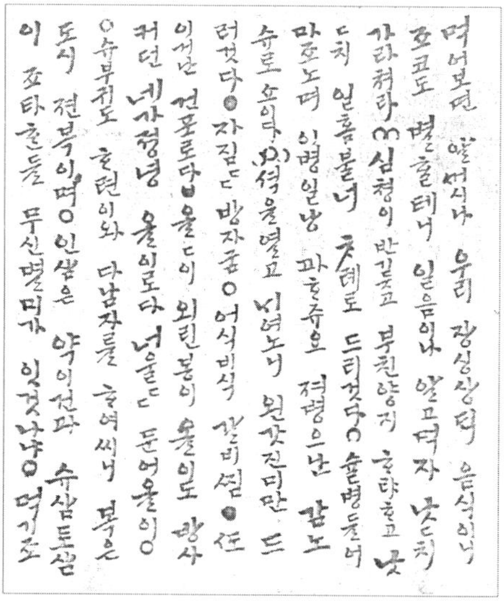

며어보면 알어시나 우리 장싱상뎍 음식이나
조코도 별ᄒᆞᆯ테니 일음이나 알고뎌자 낫ᄃᆞ치
가다쳐다〻 심쳥이 반길ᄯᅳ고 부친양지 ᄒᆞ다ᄒᆞ고 낫
ᄃᆞ치 일홈불너 ᄎᆞ례로 드리것다○ ᄒᆞᆫ병ᄃᆞᆯ어
마ᄌᆞ노며 이평일낭 파ᄒᆞ쥬오 쳐평으난 감노
쥬로 ᄒᆞ이다〻 셕을열고 니여노니 원갓진미만 드
러것다● 자진ᄃᆞ 방자즁○ 어시비식 갈비셤● ᄯᅩ
이서난 건포로다● 울ᄃᆞ이 외틴봉이 울이로 방사
커던 네가형녕 울이로다 너울ᄃᆞ 둔어울이○
○쥬부귀도 ᄒᆞ련이와 다남자를 ᄒᆞ여씨니 복은
도시 젼복이며○ 인ᄉᆡᆼ은 약이던파 쥬삼토삼
이 조타ᄒᆞᆫ들 무신별미가 잇것나냐○ 먹기조

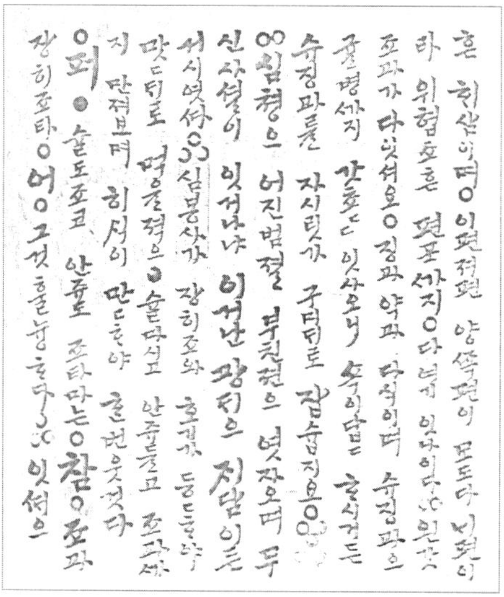

ᄒᆞᆫ 혀샹이며○ 이편저편 양ᄶᅩᆨ편이 모도다 니편이
라 위협ᄒᆞᆫ 편포셔지○다녀 잇나이다〻 원갓
ᄌᆞ파가 다잇셔오○ 징파 약파 다식이며 슈정과으
ᄅᆞᆫ경셔지 갖초ᄂᆞᆫ 잇사오니 ᄯᅮᆨ이답ᄃᆞ ᄒᆞ시거든
슈졍파를 자시랴가 구뎌뎌도 잡슙지요〻
〻심쳥으 어진범절 부친젼으 여ᄶᅡᆸ오며 무
신사셜이 잇서나냐 이서난 광뎌으 지담이는
서시엿ᄉᆞ〻 심봉사가 장히조와 ᄒᆞ게가 둥둥ᄒᆞ야
맛ᄃᆞ뎌로 먹을젹으● ᄒᆞᆯ다신고 안쥬ᄒᆞ고 조파ᄒᆞ
지 만져보며 히서이 만ᄃᆞᄒᆞ야 ᄒᆞᆫ권웃것다
○뫼● ᄒᆞᆯ도조코 안쥬로 조타마는○ 참○조파
장히조타○ 어○ 그것ᄒᆞᆯ능ᄒᆞ다〻 잇셔으

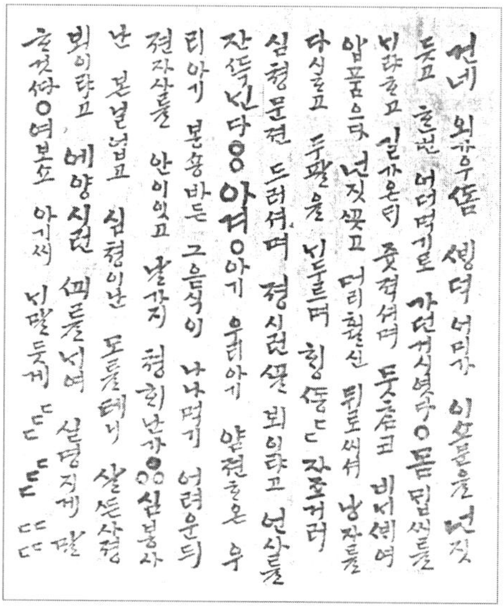

건네 외유우ᄯᅳᆷ 생뎌 어미가 이ᄉᆞ문을 엇짓
듯고 ᄒᆞᆫ권 어더먹기로 가던거시엿다○ 몸 뎝ᄉᆡ를
니다ᄒᆞ고 길가온ᄃᆡ 줏쳐셔며 동ᄂᆞᆫ코 비셔여
압품으다 너짓ᄉᆞᆸ고 머리칠신 뒤로셔셔 낭자를
다시ᄒᆞ고 두팔을 님두르며 힝ᄯᅢᄂᆞᆫ 자조거러
심쳥문젼 드러셔며 졍시런ᄉᆡᆼ 뫼이다고 언살를
잔ᄯᅳᆨ 닌다〻 아겨○아기 우리아기 약젼ᄒᆞᆫ온 우
리아기 본숑바든 그음식이 나나먹기 어려운ᄃᆡ
졍자살롤 안이잇고 날가지 쳥히난가〻 심봉사
난 본녑업고 심쳥이난 모롤테니 살ᄯᅳᆫ살졍
뫼이다고 에양시런 ᄭᅮᆷ를너여 실명지게 ᄯᅡᆯ
ᄒᆞᆫ것ᄉᆞ○여보소 아기씨 니ᄯᅡᆯ둣게 ᄯᅩ ᄯᅩ ᄯᅩ ᄯᅩ

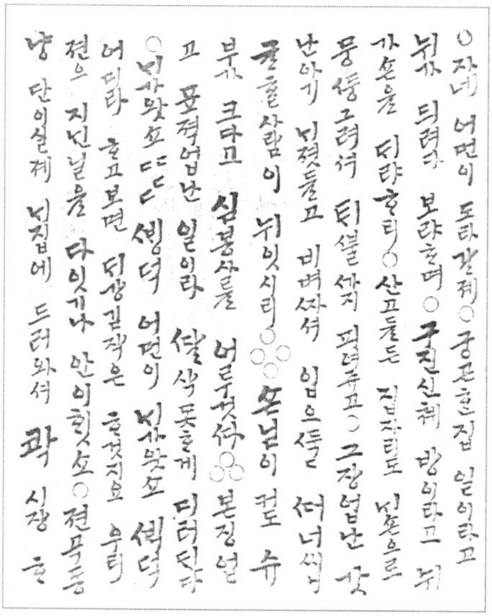

○자네 어면이 도타갈쳐○ 궁곤ᄒᆞᆫ집 일어다고
뉘가 듸려다 보다ᄒᆞ며○ 구진신혜 방이다고 뉘
가ᄒᆞᆫ을 듸다ᄒᆞ리○ 산고들든 지ᄃᆞ쟈뎌도 니혼으로
뭉ᄯᅵᆼ그려셔 듸셜셔지 피뎌쥬고○ 그장업난 갓
난아기 니젓들고 비벼샤셔 입으ᄯᅥᆯ 셔너씨ᄂᆡ
ᄀᆞᆯᄒᆞᆫ사람이 누이잇시리〻 ᄯᅩᆫ남이 ᄭᅥᆫ도 슈
부가 크다고 심봉사를 어루것ᄉᆞ〻 본정언
고 포젹업난 일이라 ᄯᅡᆯ삭못ᄒᆞ게 디려디다
○니사왓소ᄯᅩᄯᅩ 생뎌 어면이 니사왓소 셰뎌
어미다 ᄒᆞ고보면 뒤상길작은 ᄒᆞ엿지요 우리
젼으 지닌날을 다잇기나 안이힛소○ 젼곰ᄒᆞᆫ
낭 단이실계 니집에 드러와셔 곽 시장 ᄒᆞᆫ

으 말이라도 사쳬가 당연ᄒᆞ나 종ᄂᆡ기졍 ᄒᆞ엿
나나 진졍으로 말을 ᄒᆞᆫ다○○ 엇ᄯᅡ○ 글ᄒᆞᆫ 것
시냐○네가 싱상ᄃᆡᆨ으 건네가셔 날이장찻 져두
러도 네가죵시 오잔키에 기ᄃᆞ리다 못ᄒᆞ여셔 허
명ᄯᅡ명 나가다가 져건네 독ᄃᆞ리으 실족ᄒᆞ야
물으ᄲᅡ져 거운쥭게 되엿ᄯᅥ니○몽운사 화쥬싱
이 견당기시 지내다가 날을건져 살녀쥬며
○몽운사 붓쳐젼으 빅미 삼빅셕을 시쥬ᄒᆞ면
눈이ᄯᅳᆫ다 ᄒᆞ옵기으○이도롭다니 마암이 우리사셰
셩ᄀᆡᆨ잔고 눈ᄯᅳ기으 환장되여 삼빅셕을
시쥬키로 권션치부 ᄒᆞ여쥬고 집으로 도라와셔
졍션ᄎᆞ려 싱각ᄒᆞ즉 쥭어시면 영도쥭제 무

신슈가 잇ᄉᆞᆸ나냐 허망ᄒᆞ고 원통키로 이지경이
되나부다 ᄒᆞᆫ슘짓고 눈물지니○○심쳥갓탄
효녀로셔 부친을 속기다 마난 사셰부득 지사
엿ᄉᆞᆸ○부친으 손을잡고○어허 그일 잘되엿소
몽운사 화쥬싱이 견당기시 ᄒᆞ옵길ᄂᆡ 쳔우신조
안이잇가 이려ᄒᆞ는 이상킈오 장싱상ᄃᆡᆨ 노부
인이 젼불보고 사랑ᄒᆞ사 슈양녀로 둘나ᄒᆞ며
돈쳔금파 빅미 잠빅셕을 쥬셧시니 너으
부친 공양ᄒᆞ고 니게와셔 거쳐ᄒᆞ되 오고가
난 니왕간으 싱부양도 밧들길을 네졍셩
으 잇난바니 하락만 ᄒᆞ다ᄒᆞ고 진졍만 집
ᄒᆞ시길로 불ᄎᆞ녀다 그러ᄒᆞᆫ지 졔마암은 근

리ᄒᆞ나 삼분이 ᄯᅳᆺ슬 괘히 몰나 미결ᄒᆞ고
왓사오니 아분이만 허ᄒᆞ시면 이날 이시라도
빅미 삼빅셕을 슈운 ᄒᆞᆯ테이니 두신염
녀 잇소리가 거쳥을 말으시고 조흔쥬ᄒᆞ고
여잇시니 어셔조곰 잡슙지요○○심봉사
이말듯고●귀가 번ᄯᅳᆺᄯᅴ여 심쳥손을 덜
컥잡고○엇ᄯᅡ이게 원말이냐 장싱상ᄃᆡᆨ 노부
신이 쌀 삼빅셕을 쥬셧시나 슈양ᄯᆞᆯ노 오
라고 ᄒᆞ야 참 그부인 졍경부인 될만ᄒᆞ다
○허ᄃᆞ그즁 ᄃᆡ쳬 롱타 ᄒᆞᆫ안ᄒᆞᆫ도 나다려 말ᄒᆞ
길를 ᄯᅳᆺ밧게 횡지가탄 젼곡으로 빅미 삼
빅셕을 힘업시 시쥬ᄒᆞ리라고 ᄒᆞ더라 그즁

으 지조보니 너눈은 졍녕 ᄯᅳ것구나◎밥이야 밥모ᄒᆞᆯ
졔 다탄 멋ᄒᆞ야우 갓거드면 삼빅셕은 그샹ᄒᆞ고
육빅셕을 쥰단되도 슈양ᄯᆞᆯ노 간단말이 어리
으 당켓나냐 마난 장싱상ᄃᆡᆨ 부인이야 무신관계 잇
것나냐 슈양ᄯᆞᆯ노 간단되도 니ᄯᆞᆯ어디 가것나냐 니ᄯᆞᆯ
은 니ᄯᆞᆯ이라 우리부녀 두일려은 ᄃᆡᆨ상ᄃᆞᆨᄒᆞ
ᄒᆞ것구나○나난이제 눈을ᄯᅥ셔 쳔지만물 다시보고
네얼골도 볼거시옹○너난이제 지상가으 ᄯᆞᆯ이
되여 금의옥식으 ᄭᅩ무치며 ᄯᅡᆨ즁귀물이 될
테이니 엇지안이 조흘소냐○너잘되고 나잘되
니 어허 그인 장히조타 조흔쥬ᄒᆞᄭᅩ를 가져왓
다니 어듸조곰 먹어보자 다탄쥴ᄒᆞ 갓거드면

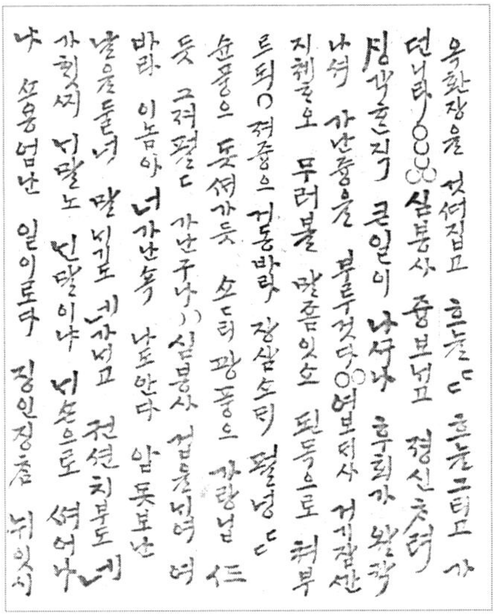
옥환장을 것셔집고 흔들ᄃ 흔눈그듸고 사
던니다/○○○심봉사 즁보넘고 정신ᄎ려
싱각흔직 큰일이 나ᄉ나 후회가 왈칵
나셔 가난흔중을 불우것다○여보대사 거ᄀ잠션
지뀌놓오 무러볼 말흠잇소 되도으로 ᄎ부
르되○ 져중은 거동바라 장삼소ᄆ 떨넝ᄃ
슌풍으 돗셔가듯 쇼ᄃ 광풍으 가랑닙 ㅅ드
듯 그져필ᄃ 가난구나))심봉사 겁을닉여 여
바라 이놈아 너가난놈 나도안다 암뭇보난
날을둘녀 말니고 네가넘고 쳔션치부도 네
가힛씨 니달노 닌달이나 니손으로 셔어나
나 쇼용엄난 일이로다 징인징츔 닉잇시

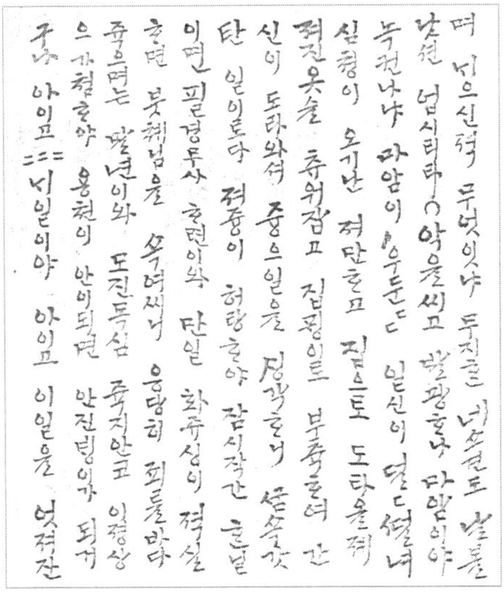
며 니으신ᄎᆨ 무엇잇나 무지ᄒᆞᆫ 니손으로 날볼
낫션 업시리다○악을씨고 발광ᄒᆞ나 다알이야
녹ᄭᅥᆫ나나 마암이 우둔ᄃ 일신이 덜ᄃ셜녀
심쳥이 오기난 져단ᄒᆞ고 집으로 도타올졔
져진옷슬 츄워잡고 집펑이로 부축ᄒᆞ여 간
신이 도타와셔 중으일을 싱각ᄒᆞ니 셜움갓
탄 일이로다 져중이 허랑ᄒᆞ야 잠시작간 ᄒᆞᆫ날
이면 피ᄅ경무사 ᄒᆞ련이와 만일 화쥬싱이 젹실
ᄒᆞ면 뭇쳐님을 속여쌋너 응당히 죄를바다
쥭으면는 팔년이와 도진독심 쥭지안코 이셩상
으 가쳠ᄒᆞ야 용쳔의 안이되면 안진빙이가 되거
구나 아이고 ===니일이야 아이고 이일을 엇져잔

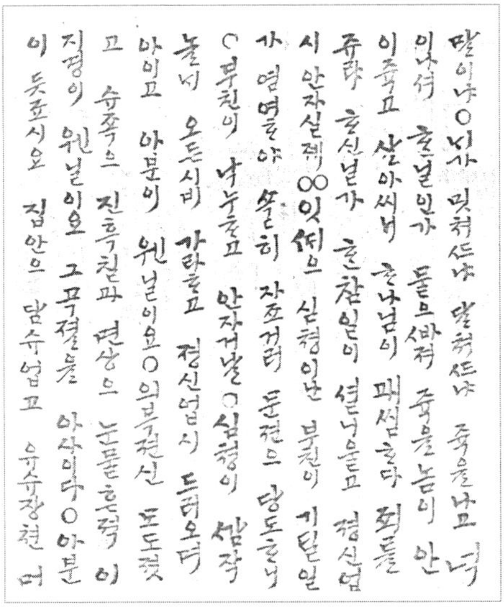
말이나○니사 밋쳐ᄯᅳᆫ나 달쳐ᄯᅳᆫ나 죽을나고 녀
인나셔 ᄒᆞᆫ날인가 들으섀쳐 쥭을놈이 안
이쥭고 살아써셔 ᄒᆞᆫ나님이 패셥ᄒᆞ다 죄를
쥬다 ᄒᆞ신날가 ᄒᆞᆫ참만이 셜니울고 졍신엄
시 안자실졔∞잇셔으 심쳥이난 부친이 기ᄃᆞ린일
가 염녀ᄒᆞ야 속히 자조거려 문젼으 당도ᄒᆞ니
○부친이 나누ᄒᆞ고 안자거날○심쳥이 섬작
놀니 오든시ᄇ 가라ᄒᆞ고 졍신업시 드러오며
아이고 아부이 웬닐이요○의복젼신 모도젓
고 슈쵹으 진흑칠파 면상으 눈물흔젹 이
지경이 웬닐이요 그곡절을 아사이다○아분
이 듯ᄌᆞ시오 집안으 담슈업고 유슈장쳔 며

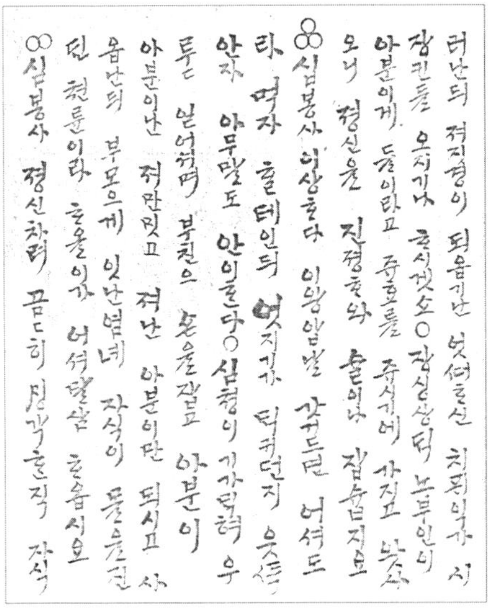
러난듸 져지경이 되옵기난 엇셔ᄒᆞ신 ᄎ본이가 시
장ᄭᅥᆫ를 오시기나 ᄒᆞ시것소○장싱상뎌 노부인이
아분이게 둥이라고 쥭ᄌᆞ를 쥬시기에 사지고 낫ᄉᆞ
오니 졍신을 진졍ᄒᆞ와 ᄌᆞᆷ이나 잡슙지요
∞심봉사 이상ᄒᆞ다 이왕알ᄀᆞᆯ 갈ᄃᆞ듸 어셔도
타 여자 ᄒᆞᆯ테인듸 엇지ᄀᆞ 티ᄒᆞ던지 웃셔
안자 아무말도 안이ᄒᆞᆫ다○심쳥이 기가막혀 우
루ᄃ 일어셔며 부친으 손을잡고 아분이
아분이난 져만밋고 져난 아분이만 되시고 사
옵난되 부모으게 잇난염녀 자식이 물을진
딘 쳔륜이라 ᄒᆞ올이가 어셔말삼 ᄒᆞ옵시요
∞심봉사 졍신차려 곰ᄃ히 싱각ᄒᆞᆫ직 자식

훌쳐 건네다가 집핑이가 다셧치며 달이갓
칫 빗두ᄒᆞ야 진이넘은 지천둘으 풍덩
실 ᄲᅡ져구나○심봉사 넉을일코 감은눈을
ᄲᅥᆫ덕ᄯᅳ 고ᄅᆡ를 휘여들고 허우덕ᄯᅳ 물살
은 출넝〃 두손을 촉켜들고 어덕물얼
검쳐잡고 어고영차 힘을쥬다 도토흠속
드러가며 일ᄯᅳ 사람주게네○한참일이 셔
둘져은○셧마춤 셕양이다○산ᄒᆞ난 펄ᄯᅳ나타
임간으로 데져들고 산연은 운들야 강물
으 셕사려져 취연으 잠겨이슨다○난데업난
즁ᄒᆞ나가 나려온다 즁ᄒᆞ나가 나려와○져즁으
거동바타○ 헉져보 장삼으 다홍ᄯᅴ 조흔ᄯᅴ를

허ᄅᆡ눌너 느짓ᄯᅴ고 실굴앗 숙여써고 염쥬
난 목에걸고 단쥬난 폴으 걸고 오년당상
옥환장을 ᄒᆞᆫ편으로 빗길들고 ᄒᆞ날그티고
나려온다 ᄒᆞ날그티고 나려오며○관셰음
보살○남무아미 타불○ᄒᆞᆫ참일이 ᄒᆞ날그
티고 나려오다가○심봉사으 경상을보고○져즁으
거동바타○옥환장을 ᄯᅦ지고 굴갓벗고 장삼
벗고 바지가리 훨ᄯᅳ것고 다경창파 갈막이
ᄯᅧ으로 그져 풍덩실 ᄯᅱ여들어 심봉사를
ᄭᅳ어니여 어덕우으 안쳐노코○져즁이 공치ᄒᆞ야
자탄으로 ᄒᆞ난말이 엇던ᄒᆞ신 냥인인지 아지난
못ᄒᆞ오나 불상ᄒᆞ고 가긍ᄒᆞ오○다 사졔판 유여

ᄒᆞ면 우리졀 부쳐님게 빅미 삼빅셕을
시쥬ᄒᆞ면 직시으 눈을ᄯᅥ셔 완인이 되련마난
가셰를 알슈잇소○심봉사 ᄒᆞᆫ이나셔 낙막
ᄒᆞᆫ 그졍신으 두신분간 잇던나냐마난 눈ᄯᅳᆫ단 말
으 귀가ᄯᅴ여 가셰난 싱각잔코 뭇슴고 말ᄒᆞ
것다○뉘기시요 디사잉사 빅미삼빅셕을 불
젼으 시쥬ᄒᆞ면 니눈이 ᄯᅳᆫ다ᄒᆞ니 시쥬싱이 분
명커든 권션으 치부ᄒᆞ오○사람징길고 짐물셰져
지물셰고 사람셰깃소○져즁이 어이업셔 심딩
인을 살펴보며 진졍이요 농담이요○정신슈
십을 덜히기로 허언으로 ᄒᆞᆫ말이요○농슈
ᄒᆞᆫ간이 잇난투기 니으지기를 보다ᄒᆞ오 권션치

부ᄒᆞᆫ 후으드면 우ᄒᆞᆯ불용 될테이니 쳔수단
타 심낭ᄒᆞ오○심봉사 ᄯᅩ를바타 쾌를펼셔
니셔터며 언으몸셜 죽실놈이 눈ᄯᅩ나다가 안
진뱅이 될나고 허말 ᄒᆞ깃소 사람을 ᄯᅥ
져으로 아오그려○져즁이 진졍으로 고지듯
고 바랑열고 보를니여 ᄯᅡ으다가 졍히ᄯᅡᆯ고 단
졍히 귀좌ᄒᆞ야 권션문을 펴여노코○졔일
칭 노폰간으 셩명두ᄌᆞ 써여셔되○도화동
심학구 공양미 삼빅셕이라 ᄯᅥ셔투ᄅᆞᆫ ᄒᆞᆫ
년후으 권션문 고히기여 바랑속으 접어
넉코 여보시요 심싱원 삼빅셕을 삼삭니
로 쥰비ᄒᆞ야 ᄒᆞᆯ테이니 명심불망 부듸ᄒᆞ오

십니명사 되여구나 ᄒᆞᆫ만으 희당화다○
○예를 아난 네으범절 목난으 ᄯᅡᆨ이로다 ᄎᆔᆫ자
방봉 네으시은 장강인들 더ᄒᆞᆯ손냐○도화
동으 네사나고 무릉춘으 비잇새나 무릉춘으
봄이 돌면 도화동으 ᄯᅩᆺ시ᄒᆞᆫ다 ᄯᅡᆨ이업난 네
로구나 잡고 놀담 ᄎᆔᆫ히업다○상경ᄒᆞᆫ온 두
아달은 낫여오지 안이ᄒᆞ고 손아악ᄀᆞᆨ 안이보고
다른 자녀 업서서나 밤으면양 잠못ᄌᆞ면 ᄯᅩ
나니 충을우요 벗ᄒᆞᆯ나니 담뇌되다 우흉연
난 닐로구나 너를 보고 달ᄀᆞᆺ나냐 신기ᄒᆞ다 오날
이ᄅᆡᆨ ᄎᆔᆫ우신ᄒᆞ 이안이냐○네사셰난 아난바다
오랑되로 ᄒᆞᆯ테이나 비실ᄒᆞᆫ으 거ᄌᆔᆨᄒᆞ야 문

ᄯᅡᆯ도 강논ᄒᆞ고 예절도 상될ᄯᅦ나 ᄃᆞ녀간
이름 뵈ᄃᆞ 나를 ᄉᆡᆼ각다 지서밤이 네다얌이 엇
더ᄒᆞᆯ나○심청이 여자오되 정시럽고 ᄒᆞᆫ신
닐 감사무지 ᄒᆞᆫ음시냐○안평ᄒᆞ신 졔으부친
으탁ᄒᆞᆯ곳 업건이와 시ᄒᆞᆫ셩눈 아녀이력 자
힝으로 ᄒᆞ오리ᄉᆞ 부친젼으 사론후으 여부를
삽사리다○○심상부인 이연ᄒᆞᆫ사 심청으 손을 잡
고 작ᄒᆞ고 기특ᄒᆞ다 당연ᄒᆞᆫ 말이로다 외양
이 절ᄒᆞᆫ적으 중심인들 달을소냐 ᄎᆔᆫ부전
셩 일심이다 명불허전 젹실ᄒᆞ다 네사단
일 몸을 믿녀 비게다사 슈양ᄒᆞ든 츄일사
가지어든 싱부양모 밧들기를 오고가난 ᄀᆞ시

이에 너ᄒᆞ기으 미엿시나 말년으 닌으자미 ᄌᆞᆷ
ᄒᆞᆯ닷 실혹도다 조흔 전슈로 션뇌ᄒᆞ야 신지상
셕 이충ᄒᆞᆷ을 오장녀와 뒤ᄎᆞ사 엄던이라
○심청이 부인게 여자오되 미ᄃᆞᆫ ᄎᆔᆫ싱으로
조혼후신 덕을 입어 반일을 뫼시오나 감ᄒᆞᆷ
무지 ᄒᆞᆫ사이다○일녀이 거운되나 ᄀᆞᆫ친귀양
ᄒᆞᆫ것니다○○심상부인 ᄒᆞᆯ등ᄒᆞᆸ 연ᄃᆞᆫᄂᆞᆺ 사지ᄉᆞ
당연ᄒᆞᆫ나 구지젼만 ᄒᆞᆫ것나냐 네가 사친졍이
감격ᄒᆞᆫ나 약소ᄒᆞᆫ나 친졍을 봉양ᄒᆞᆫ다
○일등미슈 병으덕고 진파상ᄒᆞ 셔으너어
시비들녀 비셰우며 모시고 네가거다 문젼으
보너니다○○잇셔으 심봉사난 심청을 보신

후으 궁금ᄒᆞ기 ᄯᅡᆨ이업셔 시장키도 ᄒᆞᆫ련이와 얼
녀이 거운된ᄃᆞ 중시오지 안이ᄒᆞᆫ나 마얌으 고이
ᄒᆞ야○○ᄀᆞᆫ말을 별노ᄒᆞᆫ다○이상ᄒᆞ고 이상ᄒᆞ다 지
쥐된날이 엄던다난 어이고리 더뒤오나○셔네거
리 걸음길으 오고가난 힝인즁으 ᄌᆞᆼ중판각
을 만나기도 무신치뫼를 당ᄒᆞ엿나○치상ᄒᆞ
난 여아덜파 ᄎᆔᆫ권ᄒᆞᆫ난 여탕덜이 중노으셔
마잡단나 구지잡고 노장ᄒᆞ나○어이고리 더뒤오나
○집평막대 것어잡고 더듬ᄃᆞ 더듬으며 조츰
ᄃᆞ 실을좋사 ᄎᆔᆫ천을 져우지서 울뚝불
뚝 도다리를 건넨젹으 짐쟁이를 자조놀
녀 여고젼 집벼보며 집평이다 힘을주고

ᄒᆞ고 시비불너 보니것다○○심쳥이 젼갈듯고
부친ᄭᅴ 엿ᄌᆞ오되 무릉촌 장승상ᄃᆡᆨ 노부인이
져를보랴 ᄒᆞ옵시고 시비부려 왓나이다○○심봉
사 반기ᄒᆞ고○ 그리 ᄒᆞᆫ듯 ᄎᆞ거들고○ 엇지여◉
○장승상 노부인이 너를 ᄃᆡ와갈냐고 가ᄃᆡ가지
고 왓셔야○ 아◉무신슈나 낼낭거나○ 아ᄒᆞ달
이제○ 연간 ᄯᅥᆺᄒᆞᆫ듸 ᄀᆞᆺ거든 가것나냐 ᄆᆞᆫ 장
승상ᄃᆡᆨ 부인이야 ᄌᆞᆷ 상셔 본듯 뉘가 경거 ᄒᆞᆫ
것가나○나도 만이보왓다○ 참○부자니라 그부인
ᄆᆞᆫ 친히셔면 ᄒᆡ로 흘을 뭇엇나 어셔가 단여
오라○○심쳥이 이러셔며 ᄭᅩᆺ단여 오것나다 입든의
복 그ᄃᆡ도로 시비ᄯᆞ라 건너갈제 지쳐업시

셔ᄂᆡ들ᄋᆞ 승상문젼 당도ᄒᆞ니○ 쳥삽살녕냥 샹
ᄃᆡ셰라 가샤장히 웅장ᄒᆞ다 즁문안 드러셔니○
○사계츅셕 가진화쵸 황ᄃᆡ난 반만피고 홍
도난 만발ᄒᆞ야 호졉이 징촐ᄒᆞ고 노송은 울
어지고 ᄯᅧᆨ오동 그ᄂᆞᆯ지니 션난학이 조을ᄒᆞ
다○다츄으 푸른너는 난간머리 어리잇고 송
쳥으 감긴포도 초룡이 농ᄎᆡ토다○시비들은
ᄯᅡ라드러 상방으로 올나가니○ 좌츠으 안진부인
반빅이나 거운되며 용도도 슌슈ᄒᆞ고 기부도
풍영ᄒᆞ야 유덕ᄒᆞᆫ닷 시문지타○좌츠으 노
인기물 ᄃᆡ상단 뫼이난되○○장농머리 경ᄃᆡᄒᆞᆷ
은 포도얼픗 뫼이거날 유리단지 옥단지 분
통을 갓초와셔 경ᄃᆡ우으 언져노코 ᄃᆡ소요

강 ᄃᆡ와밧쳐 져만치 덜쳐노코 금침슈칠
잣베기난 이불우으ᄃᆞ 고야노코 쳥동화로
ᄃᆡ셔ᄃᆡ난 방가온ᄃᆡ 졍히노코 쳔은설합
향초담아 어시기 ᄃᆡ여노코 구리빅통 삼돈
쥭을 가진낙쥭 집게맛쳐 ᄃᆡ서ᄃᆡ으 걸쳐잇
다○소상팔경 기린병풍 반만거더 벽으기ᄃᆡ
세워ᄭᅥᆺ날◉말목으 평사낙안 기려난ᄃᆡ 영
향이 방불ᄒᆞ다○나라안진 기려이난 오난ᄉᆡᆨ
을 부르랴고 고기를 휘여들고 ᄯᅡ웃ᄃᆞ
발이보며○ 셔ᄯᅡ 즁쳔 쳐가려이난 회
외청산 구룸밧게 아득히 오난거동 슈
형두형 희미ᄒᆞ고도 희미ᄒᆞ다○승상부인

좌으 입셔 시비로 영졉ᄒᆞ야 좌를 ᄆᆞᆫ녀 안진후
으 승상부인 ᄒᆞᆫ난달삼 ᄆᆞᆫ녕두이 ᄒᆞᆫ닐을
슈고를 악기잔코 직시으 일ᄒᆞ오니 불안ᄒᆞᆫ
날이로다○심쳥이 다시이러 ᄌᆡ좌ᄒᆞ며○귀즁ᄒᆞᆫ
신 좌지도셔 비천ᄒᆞᆷ을 싱각ᄌᆞ고 이셔지 ᄒᆞᆫ
오시니 황공무지 ᄒᆞ옵니다◉승상부인 다암으
신기ᄒᆞ사 진정으로 ᄒᆞᆫ난달삼 기특ᄒᆞᆫ 녀로구나
원일결지 ᄒᆞ여던니 듯든말이 비허사라 진
셰간으 싱장ᄒᆞ나 웅당히 네젼신은 쳔상으
노던션여 벗ᄒᆞ나를 이러구나○속ᄯᅳ된난 젼이
업다○조츌ᄒᆞᆫ 네졍신은 소연동산 소사나니
운간으 명월이오○곰고고ᄒᆞᆫ 너으 용모

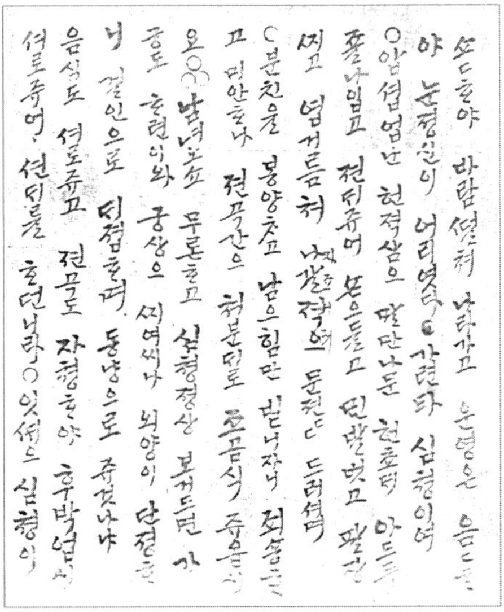
쏘ᄃᆞᄒᆞ야 바람결쳐 나라가고 운영은 음ᄃᆞᆫ
야 눈졍신이 어리엿다● 가련타 심쳥이여
○암셥엄난 현적삼은 ᄯᆞᆯ단나문 현초ᄆᆡ 아드두
졸나입고 젼녀쥬어 쏘은듯고 던ᄇᆞᆯ벗고 팔ᄀᆞᆫ
셔고 엽거름쳐 나ᄀᆞᆯ젹에 문젼ᄃᆞ 드러셔며
○분친을 봉양ᄒᆞ고 남으힘만 빋나자니 죄송ᄒᆞᆫ
고 미안ᄒᆞ나 젼곡간은 쳐분ᄃᆡ로 조금식 쥬옵시
오○ 남녀노소 무론ᄒᆞ고 심쳥졍상 보거든 가
긍ᄒᆞ ᄒᆞ련이와 궁상으 ᄡᅥ여셔나 외양이 단졍ᄒᆞᆫ
니 걸인으로 ᄃᆡ졉ᄒᆞ며 동냥으로 쥬거나냐
음식도 셔로쥬고 젼곡도 자쳥ᄒᆞ야 후박업시
셔로쥬어 션ᄃᆡ를 ᄒᆞ던니라○ 잇ᄯᆡ으 심쳥이

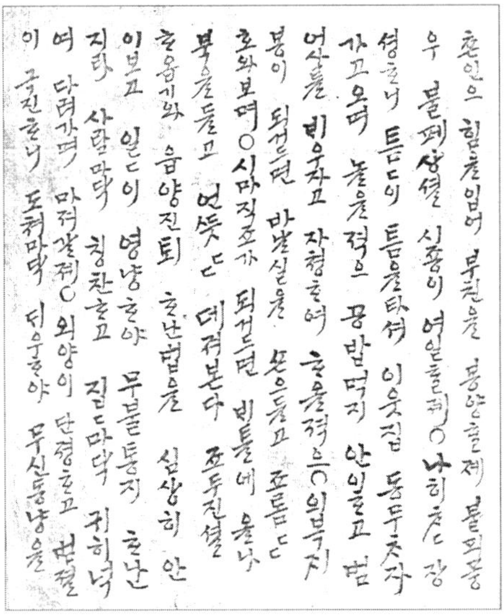
ᄒᆞᆫ인으 힘ᄒᆞᆯ입어 부친을 봉양ᄒᆞᆯ제 불피풍
우 불폐상셜 시흉이 어ᄋᆞᆯ는ᄯᆡ○ 나히ᄒᆞ는 장
셩ᄒᆞ니 틈ᄃᆞ의 틈을타셔 이웃집 동무조차
가고오며 놀은젹으 공밥먹지 안이ᄒᆞ고 범
어사ᄅᆞᆯ 비우자고 자쳥ᄒᆞ여 ᄒᆞ올젹으○의복지
봉이 되거드면 바ᄂᆞ질을 쏘은듯고 조롬ᄃᆞ
포와보며○시마직조가 되거드면 비틀에 올나
부ᄃᆞᆯ듯고 언뜻ᄃᆞ 뎌져본다 조두진셜
ᄒᆞ올니와 음양진퇴 ᄒᆞ난법을 심상히 안
이보고 일ᄃᆞ이 영낭ᄒᆞ야 무불통지 ᄒᆞ난
지라 사람마다 칭찬ᄒᆞ고 집ᄃᆞ마다 귀히넉
여 다려가며 마져갈제○외양이 단졍ᄒᆞ고 범졀
이 극진ᄒᆞ니 도쳐마다 ᄃᆡ우ᄒᆞ야 무신동냥을

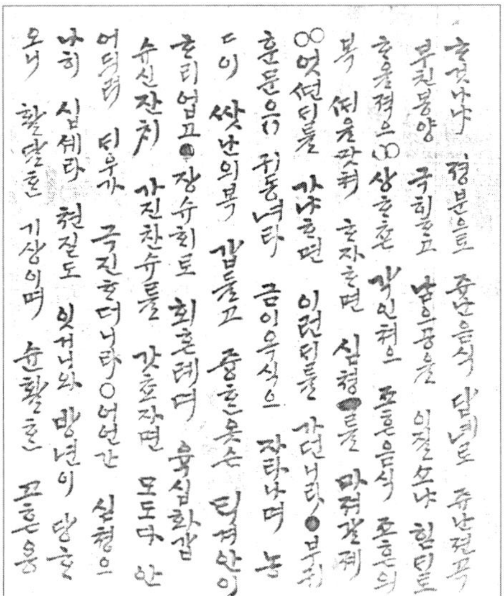
ᄒᆞ거나냐 졍분으로 쥬난음식 ᄃᆞᆷ녀로 쥬난젼곡
부친봉양 극히ᄒᆞ고 남으공을 이질소냐 힘ᄃᆡ로
ᄒᆞ올젹으○ 상ᄒᆞᆫ ᄀᆞᆨ인쳐으 조흔음식 조흔의
복 셔울팟쳐 ᄒᆞ자ᄒᆞ면 심쳥●를 마져갈제
○엇더ᄃᆡ를 가나ᄒᆞ면 이런ᄃᆡ를 가던니라●부쳐
ᄒᆞᆫ문을 귀동녀라 금이우식으 자라나며 농
ᄃᆞ이 ᄊᆞᆺ난의복 갑들고 중ᄒᆞᆫ옷ᄉᆞᆫ 듸셔안이
ᄒᆞ리업고●장슈히로 회ᄒᆞᆫ뎨며 육심화갑
슈신잔치 가진찬슈를 갓초자면 모도다 안
어ᄃᆡ며 ᄃᆡ우가 극진ᄒᆞ더니라○어연간 심쳥으
나히 십셰라 쳔질도 잇거니와 방년이 당ᄒᆞ
오니 활달ᄒᆞᆫ 기상이며 슌활ᄒᆞᆫ 고흔용

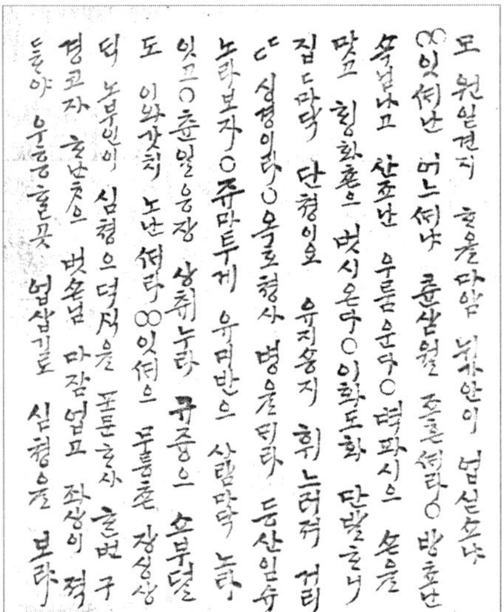
모 원산견지 ᄒᆞᆫ올다암 뇌가안이 엽신소냐
∞잇ᄯᆡ난 어느ᄯᆡ냐 ᄒᆞᆫ삼월 조흔ᄯᆡ라○ 방ᄒᆞ난
쏫을 피고 산ᄒᆞ난 우름운다○ 더파시으 쏫을
ᄆᆞᆺ고 힝화촌으 벗시운다○이화도화 단쟝ᄒᆞ니
집ᄃᆞ마다 단쳥이요 유지송지 휘늘어져 거리
ᄃᆞ 심쳥이다○옥로청사 병을ᄯᅴ고 등산임슈
노라보자○쥬마투계 유ᄃᆡ반으 사람마다 노ᄂᆞᆫ
잇고○ᄒᆞᆫ일융장 상쳐누다 규중으 쇼부덜
도 이와갓치 노난ᄯᆡ라∞잇ᄯᆡ으 무릉ᄒᆞᆫ 장셩상
딕 노부인이 심쳥으덕시을 조흔ᄒᆞ사 ᄒᆞᆫ번 구
경코자 ᄒᆞ난ᄎᆞ으 벗ᄉᆞᆫ님 마잠업고 좌상이 젹
드야 우연ᄒᆞᆫ쏫 엽삽기로 심쳥을 보다

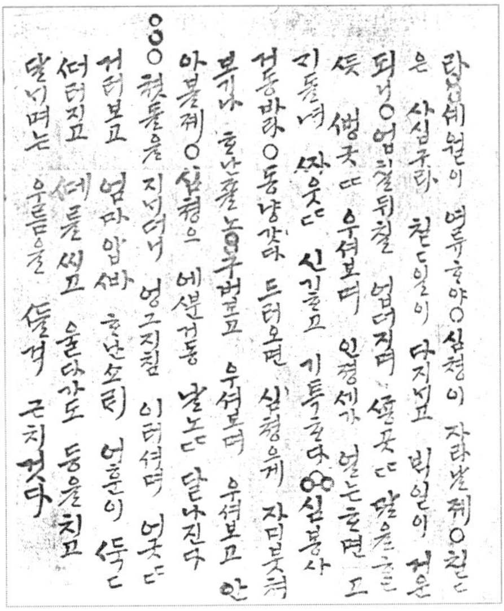

탄셰월이 여류ᄒᆞ야○심쳥이 자라날제○쳔ᄂᆞ
은 사십구라 쳔ᄃᆞ일이 다지ᄂᆡ고 비일이 거운
되니○엄길뒤칠 업더지며 ᄯᅩ 못ᄃᆞ 달을ᄀᆞᆷ은
ᄯᅳᆺ 생긋ᄃᆞ 우셔보며 인졍셰가 열는ᄒᆞ면 ᄀᆞ
지동녀 ᄶᅡᆨ웃ᄃᆞ 신기ᄒᆞ고 기특ᄒᆞ다○○심봉사
거동바라○동냥갓다 드러오면 심쳥으게 자더붓쳐
보기나 ᄒᆞ난ᄎᆞᆷ놈우머ᄅᆞ고 우셔보며 우셔보고 안
아볼제○심쳥으 예ᄲᅮᆫ거동 날노ᄂᆞᆫ 달나진다
○○져ᄃᆞᆯ을 지ᄂᆡ더니 엉그지칠 이더셔며 엇ᄃᆞ
거더보고 엄마압바 ᄒᆞ난소ᄅᆡ 어훈이 ᄯᅮᆨᄃᆞ
셔더지고 셔ᄅᆞᆯ씨고 울다가도 동을치고
달니며는 우름을 ᄯᅳᆫ져 근치것다

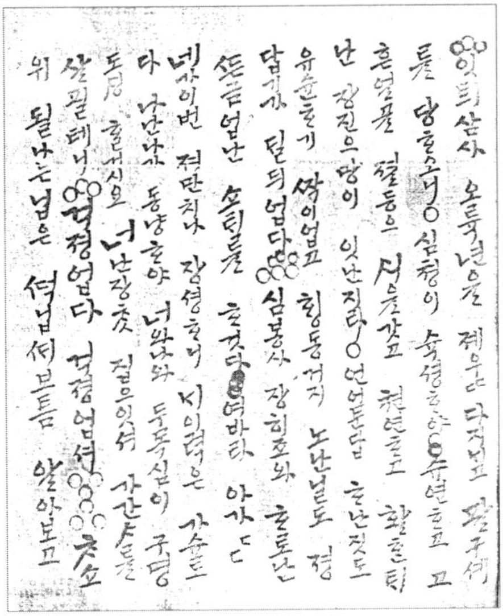

○○잇ᄐᆡ 삼사 오륙년을 졔우ᄂᆞᆫ 다져ᄂᆡ고 팔구셰
둘 당ᄒᆞ오니○심쳥이 숙셩ᄒᆞ야○유연ᄒᆞ고 ᄀᆞ
흔열풀 절둥으 시를갓고 쳔연ᄒᆞ고 활ᄒᆞ티
난 장진으 땅이 잇난지라○연어분답 ᄒᆞ난짓도
유슌ᄒᆞ기 ᄶᅡᆨ이업고 힝동거지 노난날도 졍
답기가 틀듸업다○○○심봉사 장히죠와 ᄒᆞ돈난
ᄯᅳᆫ금업난 소ᄅᆡᄅᆞᆯ ᄒᆞ것다○여바타 아가ᄃᆞ
네가이번 져단치나 장셩ᄒᆞ니 시이려은 가슐도
다 나간낫가 동냥ᄒᆞ야 너와나와 두목심이 구명
도ᄆᆡᆼ ᄒᆞ여시요 너난장ᄎᆞᆺ 집으잇셔 가간ᄉᆞ를
살필테니○○여졍업다 ᄀᆞ졍업셔○○○ᄎᆞᆺ쇼
위 될나는 닙은 셕닙셔보름 알아보고

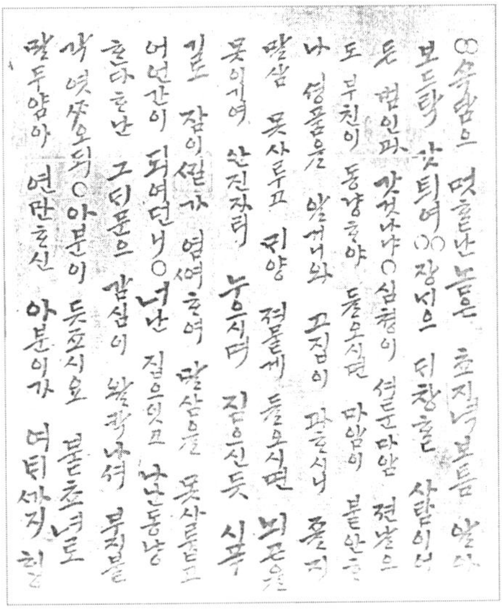

○○슉ᄆᆞᆷ으 며ᄒᆞ난 놈은 ᄎᆞ지나 보름 알아
보드락 갓틔여○○장시으 ᄃᆡ창ᄒᆞᆫ 사람이나
든 볌인과 갓것나야○심쳥이 셜운다암 젼날으
도 부친이 동냥ᄒᆞ야 돌오시면 마암이 불안ᄒᆞ
나 셩품을 알거니와 고집이 파ᄒᆞ시니 홀지
말삼 못사루고 귀양 젼물게 들오시면 뵈ᄋᆞᆸ을
못이기여 산진자티 누우시며 짐으신듯 시부
길노 잠이셔가 염여ᄒᆞ여 말삼을 못사룹고
어연간이 되여던니○너난 집으잇고 나난동냥
ᄒᆞᆫ다ᄒᆞ난 그ᄃᆡ문으 감심이 ᄲᅡᆨ나셔 부칠볼
가 엿쪼오되○아분이 듯조시요 불효녀로
말두얌아 연만ᄒᆞ신 아분이가 여티셔지 힐

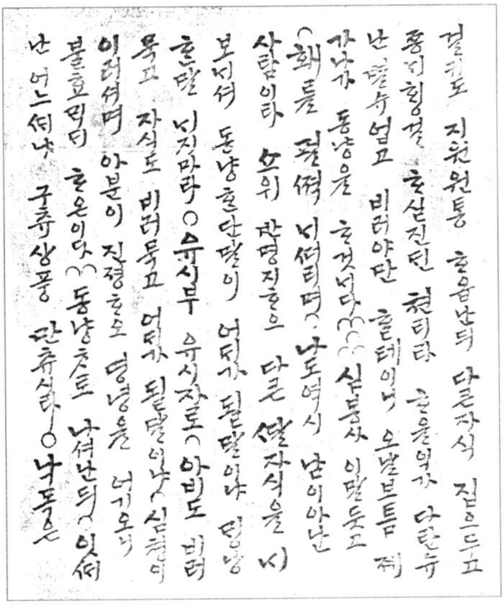

걸ᄒᆞ도 지원원통 ᄒᆞ옵난듸 다른자식 집으두고
퐁이횡결 ᄒᆞ신진던 쳔티타 ᄒᆞ올엿가 다탄뉴
난 ᄯᆞᆯ슈업고 비러야단 ᄒᆞᆯ테이나 오날보틈 졔
가나가 동냥을 ᄒᆞ것나다○○심봉사 이말듯고
○홰를 펄셕 비셔티며○나도역시 남이아난
사람이라 ᄉᆞ위 관명지ᄒᆞ으 다른 ᄯᆞᆯ자식을 시
보니셔 동냥ᄒᆞ단ᄯᆞᆯ이 어ᄯᅥᄀᆞ 된ᄯᆞᆯ이냐 퇴냥
ᄒᆞᆫ달 니지마라○유시무 유시자도○아비도 비러
묵고 자식도 비러묵고 어ᄯᅥᄀᆞ 된ᄯᆞᆯ이냐 심쳥이
이러셔며 아분이 진졍ᄒᆞ소 뎡녕을 어기오니
불효막ᄃᆡ ᄒᆞ온이다○동냥ᄎᆞᆺ토 나셔난듸 잇셔
난 어느셔냐 구츄상풍 만츄시라○나ᄃᆞᆼ은

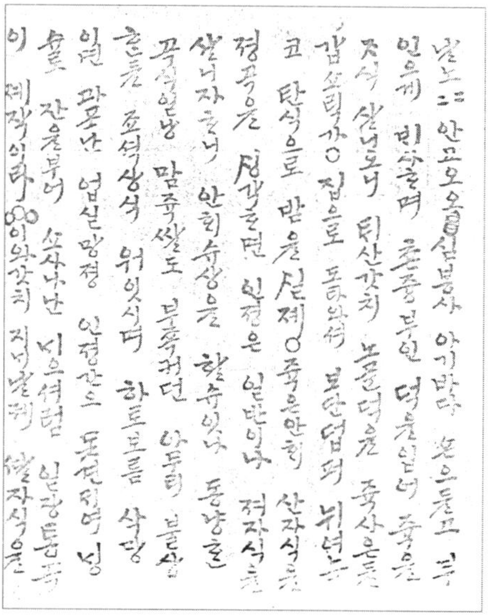

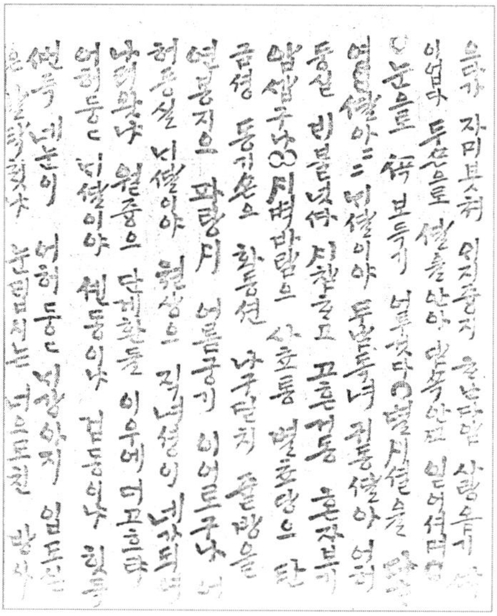

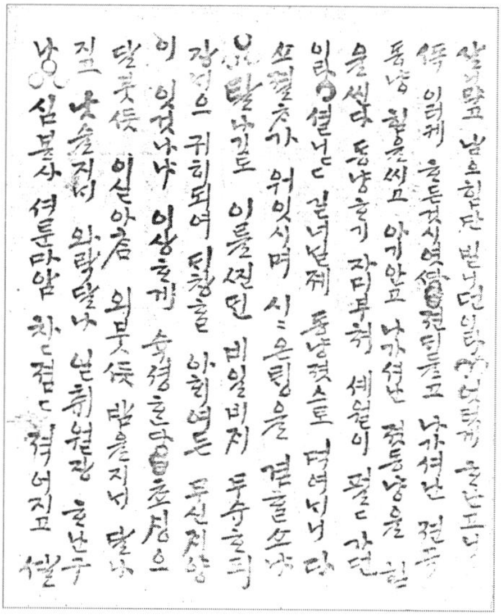

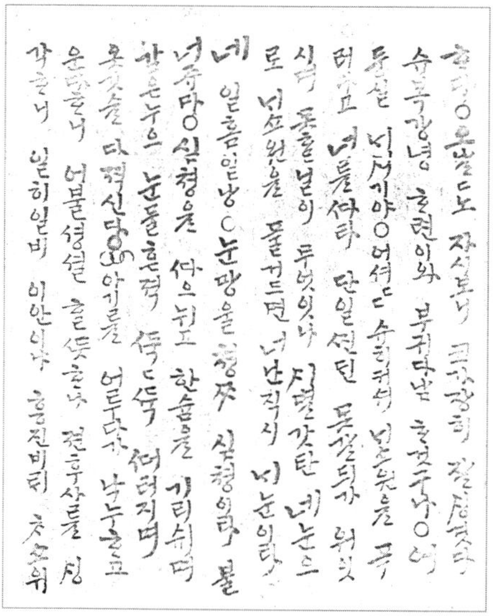

고 길을삼펴 나가더니 귀신작은 이상ᄒᆞ야 소
리로 징거삼어 이사잇게 ᄎᆞ자간다○동구밧 ᄀᆞᆫ
셔니으 정쳐업시 나아셔며 사면으로 ᄃᆞ니며 ᄃᆞᆫ다
○○항용달노 ᄒᆞ다가면○듯거던 둘어셔며 남녀간
물논ᄒᆞ고 인정세만 열는ᄒᆞ면 젓즐데여 ᄃᆞᆫ니
ᄒᆞ면 ᄯᅳᆨᄃᆞᆺᄒᆞ고 현통업는 궁인으 거동이야 되니
다난○○암커나 광되라 ᄒᆞ난것슨 고쳐장단 ᄭᅳᆫ코
맛쳐 영향을 자랑키도 이와갓치 ᄒᆞ던이라
○○○행쳔빅셔 ᄃᆞᆯ근여를 녹졸간으로 ᄒᆞᆯ너간다
가쥬둥셔 사람으집 슈년으 지음ᄒᆞᆺ다 셔
답ᄒᆞ난 들친소리 바람셜쳐 ᄯᅳᆯ리나니
○심봉사 강히ᄒᆞ와 집평막치 것더집고 더듬ᄃᆞᆫ

길을ᄎᆞ자 여올가으 ᄃᆞ니셔며○울안으 아ᄅᆞᆷ니여
두온으로 안어ᄃᆞᆯ고 허리를 구부려○엿셔ᄀᆞᆺ
신 부인인지 알슈난 업사오나 쳔힝으로 젹
잇거든 소경으 자식이라 더럽다 말르시고 ᄀᆞᆫ를
안이 적션이요 이미젓즘 메여쥬오○가난티
만 가션나 막쳐소향 나올쳐으 젹셕갈 빈
지ᄒᆞᆯ코 이ᄉᆞᆨ갈노 동가오니○셕장으 오계을
고 십븐으 미짓거날 우흔지불원이라 어이안
이 조흘소냐○인간칠십 고리ᄒᆡ라 옛날으 강티
공은 어일ᄒᆞ여 궁달팔십 사라던고 신기ᄒᆞᆫ 봄
업실소냐○조작ᄒᆞ던 용졍방이 셜셔ᄋᆞᆫᄃᆞᆫ
셧난소ᄅᆡ 자ᄌᆞᄃᆞᆫ ᄃᆞᆯ쳐나니 연치업시 ᄃᆞᆯ어

셔며 아ᄅᆞᆷ니여 안아ᄃᆞᆯ고 여보시오 부인님네
○쳔ᄒᆞᆫ소경 자식이나 길을두고 벌로가며 살고보
제 죽살이라 쳔힝외로 젓잇거든 이이젓
좀 메여쥬오○○인정은 일반이라 괄세ᄒᆞᆯ티 뇌
잇것나○○심봉사 조와하고 빈티친ᄒᆞᆫ ᄒᆞᆫ연후으
셜을바다 품으품고 정쳐업시 도라올제
○○잇ᄯᆡ난 어느ᄯᆡ나 청화사월 조흔ᄯᆡ라○산은쳡
ᄃᆞ 쳔봉이라 황조편ᄃᆞᆫ 나라ᄃᆞᆯ고 바람은 실ᄃᆞᆫ
부러 남풍지훈 이안이냐○녹양셜둔 시슈
강오 ᄌᆞᆷ쳔ᄒᆞᆫ난 여랑이며 힝등나화 장단셧
으 ᄯᅴ티ᄒᆞᆫ난 여아더런 녹음방쵸 성화시다 ᄒᆞᆫ
졍을 모니기여 명환여티 벗을지셔 룡산인슈

노ᄂᆞᆫ구나 긍갈로 상화ᄒᆞᆫ니 유조다무 본운이라
연쳔 불연덕이 이안이냐○심봉사 탄식ᄒᆞ고 ᄒᆞ
명과명 나더을 ᄎᆞ제○이도요 셕양이 지산이라
셕쳔으 ᄆᆞᆫ자소ᄅᆡ 쥐으영풋 ᄃᆞᆯ니거날 조롬
ᄂᆞᆫ를여가며 품은이를 안어ᄃᆞᆯ고○쳔두ᄒᆞᆫ 이
무심이 무신염치 잇소리가 치ᄒᆞᆫ아기 먹든젓
슬 쥬시티기 황송ᄒᆞᆫ나 죽난셩을 보오티가
젹션으로 귀쳔잇소 이미젓좀 메여쥬오
○○무론 부인ᄒᆞ고 아무티도 고ᄒᆞ고 무심ᄒᆞᆫ들 심
텬ᄋᆞᆫ으 젼상이 가근도 ᄒᆞᆫ련이와 사졍달이
당ᄒᆞᆫ니 팔션들 어이ᄒᆞ며 쳬면을 ᄎᆞ티
것슨 ᄒᆞᆯ낭안코 메여쥬며 어렵다 마ᄅᆞ시고

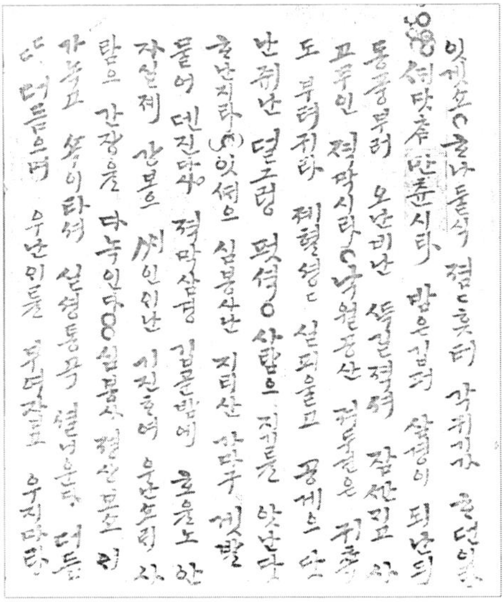

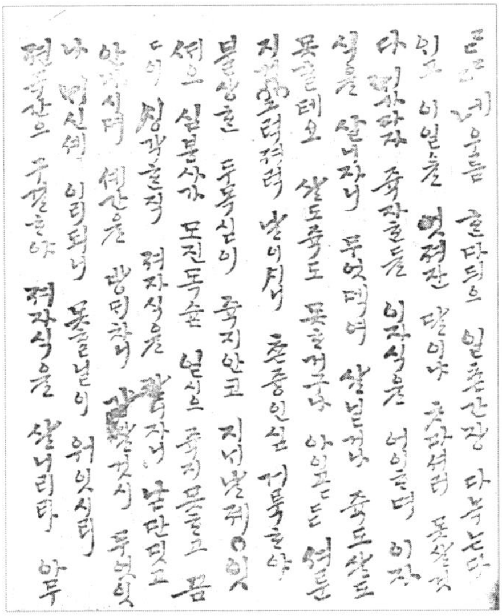

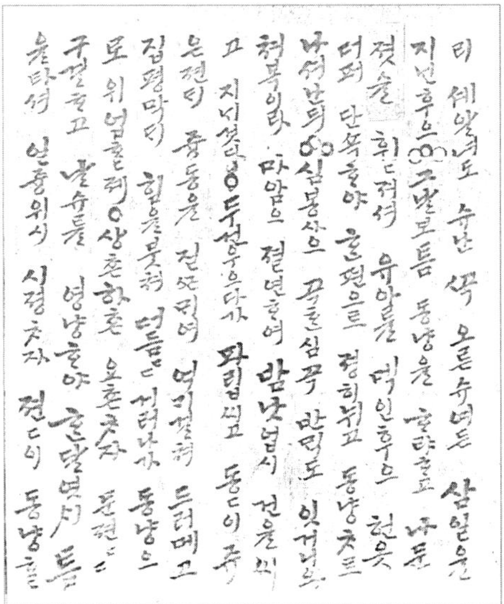

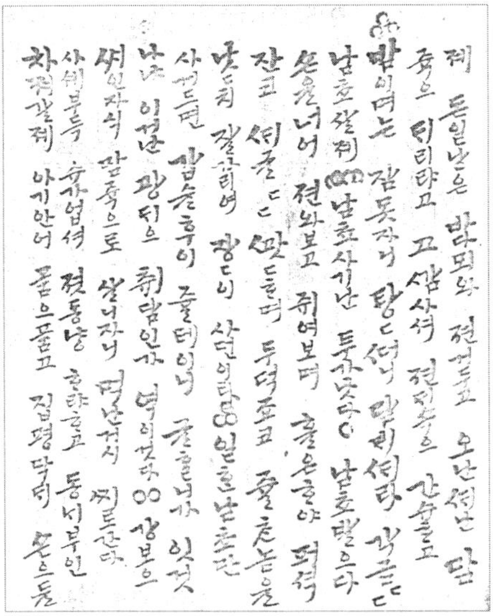

시ᄃᆡ○○인졍인난 츈인들이 심당인으 졍상드
가ᄅᆞᆫ ᄒᆞ련이와 곽씨집젼 셜ᄒᆞᆫ법젼 혈노ᄒᆞᆺ
지 동ᄂᆞᆯ 야ᄒᆞ○○ 공조부이 여러공논 여츌일구
되여구나○○ 공관장으 큰일이라 엄난ᄒᆞ시 오작히
만ᄒᆞᆯ소냐 염십판곽 츌상려구 찬ᄃᆞ연에 차
일쳐으○ 지상에 곱게ᄯᅡᆷ여 물서이 잘히ᄯᅩ타○
○○ 홍포장으 오서드린 금당지로 부친돌녀 구
서맛쳐 듸려잇고 네귀으 초롱달고 난간우으
각서ᄶᅩᆺ션 ᄇᆡᆨ홍ᄃᆞᆫ 상간기타 츄광을 작당
ᄒᆞᆫᄃᆞᆺ○○ 심뎡인으 셕틴차비 ᄒᆞᆫ년졔록 각진범졀
갖초와난 못ᄒᆞᆯ망졍 컨덕좃ᄎ 안ᄒᆞᆯ소냐 염모비
계짓시여 무건졉고 복ᄃᆡ달고 ᄒᆞᆯ권셔지 졔

우ᄂᆞᆫ야 심뎡인을 부축ᄒᆞ여 건너을 가ᄌᆞᆫ후으
○심뎡인 거동바라 힝상뒤를 ᄯᅡ르라고 집뎡
이를 것더집고 실셩통곡 셜니운다ᄂᆞᆫ도가셔
ᄃᆞᆫ 곽씨ᄯᅡ라 나도가셔 어린자식 엇쳐두고 영
결종천 ᄒᆞᆫ오가니 불상ᄒᆞᆫ 이놈신세 뉘을ᄃᆡ고
사ᄌᆞᆫ난가 아이고ᄃᆞᆫ 너신세야○○ 츈인으 거동바라
○네다리 셰타 니다리 박자 ᄒᆞᆫ난두로 메고나너
상부군이 되여구나 아무리 정상이 가중ᄒᆞᆫ
들 무셩무츼 가련ᄒᆞ냐 엄난실뎡이 졀노난
당 압소리 ᄒᆞᆫ난상담 ᄯᅥᆯ노두식 안이울야 의
사잇서 ᄯᅢᆯ을지여 곽씨를 위축ᄒᆞ여 심뎡
인ᄒᆞᆯ 위로ᄒᆞᆫ다○ 어너ᄃᆞᆫ 어ᄀᆞᆯ이넘자 어너

○불상ᄒᆞ다 곽씨부인 황천ᄀᆡᆨ이 되단ᄆᆞᆯ가ᄃᆞᆫ
○어너ᄃᆞᆫ 어ᄀᆞᆯ이넘자 어너○ 염나국으로 가신셔
도 연봉지속 유ᄌᆞᆫ 안진다ᄃᆞᆫ○ 어너ᄃᆞᆫ 어ᄀᆞᆯ이
넘자 어너○ 하직ᄒᆞ고 어진범졀 국나셰계로 ᄀᆞᆫ
울이라○ 어너ᄃᆞᆫ 어ᄀᆞᆯ이넘자 어너○○ 일년이
거운되니 힝상길이 밤부거토 ᄒᆞᆫ터두전 자츈
셔당○ 국나셰계토 가건드면 지장보살이 되오리
라○ 어너ᄃᆞᆫ 어허ᄃᆞᆫ○ 셜위마오ᄃᆞᆫ 심뎡인은 울지
마오○ 어너ᄃᆞᆫ 어허ᄃᆞᆫ○ 져귀녀를 곱게길너 ᄯᅡᆯ련자
미를 보옵시요○ 어너ᄃᆞᆫ○ 일낙셔산에 희셔뎌
지고 월츌동녕에 ᄯᅡᆯ오른다○ 어너ᄃᆞᆫ○ 북
망청산이 어듸며냐 어셔가셔 안장ᄒᆞᆯ자

○어너ᄃᆞᆫ○ 심뎡지게 운상ᄒᆞ야 압남산 무덤견ᄃᆞᆫ 향
양ᄒᆞᆯ를 ᄎᆞᆺ자가셔 고히안장 ᄒᆞᆫ연후으 츈인들
이 심뎡인을 셔부들고 집으로 도라와셔
빈단으로 위로ᄒᆞ며○○ 여보시요 심뎡인 가중ᄒᆞᆫ
졍상이야 ᄃᆞᆯ을수가 잇소마난 신운이라 ᄒᆞᆯ수잇소
사셜이라 다바리고 강보으 ᄊᆡ인이ᄋᆞ 졀우으
ᄒᆞᆨ큼이요 아츈풀으 이실이나 무남독녀 ᄯᅡᆯ
이오니 길너시야 ᄒᆞᆫ날어져 ᄯᅡᆯ어셔야 된날이
오 중무소 불위어든 못ᄒᆞᆯ날이 무엇잇소
우리동니 이역이야 뒤강드러 아옵지요 아기가
진 여인들이 만츈단히 잇사오니 신조셔
찬ᄒᆞᆯ ᄎᆞᆺ자 동냥젓 먹여너오 팔씨운리 뉘

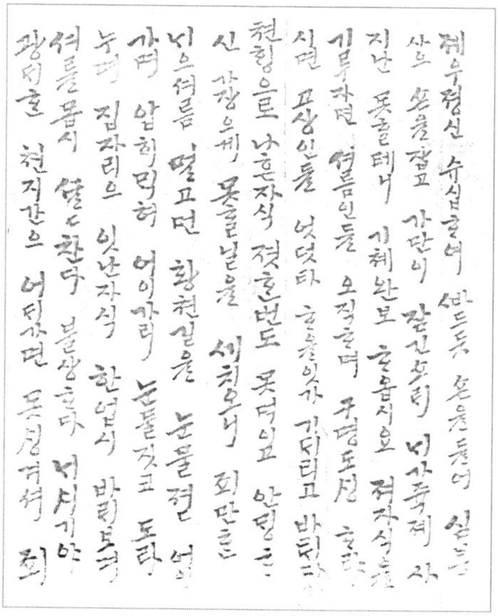

졔우졍신 슈습ᄒᆞ여 ᄉᆡᆨ드듯 온온듯어 실ᄂᆞᆫ
상으 손을 잡고 가단이 잠간오리 니가죽제 자
지난 못ᄒᆞᆯ테니 기체안보 ᄒᆞᆸ시요 져자식을
길우자면 셔름인들 오직ᄒᆞ며 구령도셩 ᄒᆞᆫ
시면 고상인들 엇덧타 ᄒᆞᆯ잇가 기ᄃᆡ리고 바ᄃᆡ니
쳔힝으로 나ᄒᆞᆫ자식 젓ᄒᆞᆫ번도 못머기고 안
신 가장으게 못ᄒᆞᆯ닐을 세치오니 회만ᄒᆞᆫ
니으셔름 열고던 황쳔길을 눈물젼 엇
가며 암희미허 어이가리 눈물짓고 도타
누며 집자리으 잇난자식 한엽시 바ᄅᆡ보며
셔름몹시 설ᄂᆞᆫ판다 불상ᄒᆞ다 너시기야
광ᄃᆡᄒᆞᆫ 쳔지간으 어ᄃᆡ가면 못볼거셔 회

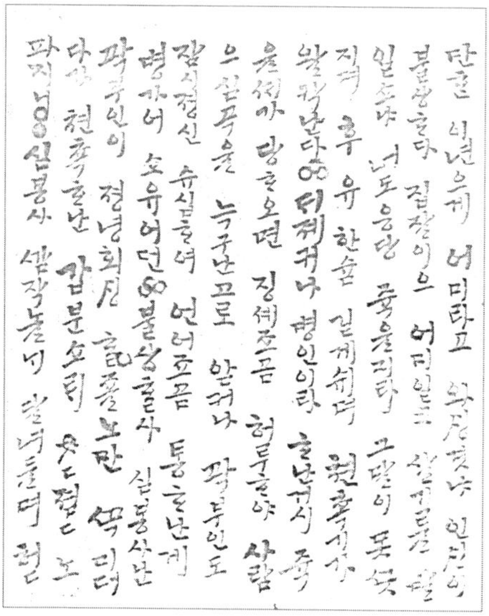

단ᄂᆞᆫ 시년으귀 어미라고 와보곗나 인간이
불상ᄒᆞ다 집찰이으 어ᄃᆡ알고 살어ᄂᆞᆫᄃᆞᆯ
일ᄂᆞᆫ냐 너도응당 죽을거다 그ᄯᆡ여 못오
지여 후유 한숨 길게쉬며 쳔촉기ᄉᆞ
왈락난다 ○○ 디레거나 병인이라 ᄒᆞᆫ난거시 죽
을셔야 당ᄒᆞ오면 징셰조곰 허무ᄒᆞ야 사람
으 실곡을 누구난고로 알거나 곽부인도
잠시졍신 슈습ᄒᆞ여 언어조곰 통ᄒᆞᆫ난계
병가어 소유어던 ○○ 불상ᄒᆞ다 심봉사난
곽부인이 졍녕회신 ᄒᆞᆫ줄노만 싹미더
다ᄉᆞ 쳔촉ᄒᆞᆫ난 갑분소리 옷ᄃᆞ졉ᄃᆞ노
파지닝 ○ 심봉사 샐작놀니 ᄯᅡᆯ니ᄒᆞᆫ더 편

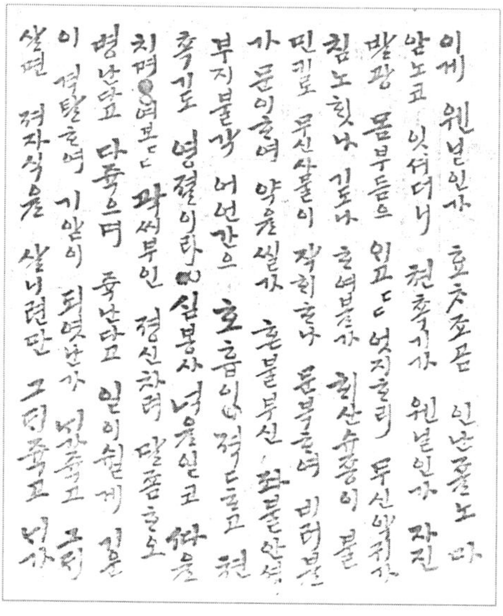

이게 웬닐인가 호ᄎᆞ조곰 인난ᄃᆞᆯ노 ᄯᅡ
암노코 잇셔더니 쳔촉기ᄉᆞ 웬닐인가 자진
발광 몸부듬으 엎고ᄃᆞ 엇지ᄒᆞᆯ리 무신애귀ᄉᆞ
침노힛나 길노나 ᄒᆞᆫ여볼ᄉᆞ 회산슈종이 불
민키로 무신사불이 작희ᄒᆞᆫ나 문복ᄒᆞ여 비러볼
가 문의ᄒᆞ여 약을씰ᄉᆞ ᄒᆞᆫ불무신 좌불안셕
부지불각 어언간으 호흡이ᄯᆞ 젹ᄃᆞᆯ고 쳔
촉길도 영졀이라 ○ 심봉사 넉을일코 싹을
치며 ○ 여보ᄂᆞ 곽씨부인 졍신차려 달좀ᄒᆞ소
병난다고 다죽으며 죽난다고 일이쉬워 기운
이 셕탈ᄒᆞ여 기안이 되엿난가 니가죽고 그ᄃᆡ
살면 져자식을 살니련만 그ᄃᆡ죽고 니가

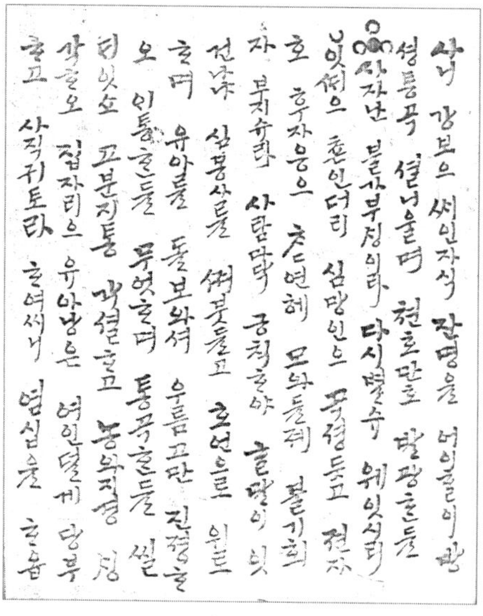

사나 강보으 써인자식 잔명을 어이ᄒᆞᆯ이랴 ᄒᆞᆫ
셩통곡 셜니울며 쳔호만호 발광ᄒᆞᆫ들
○○ 사자난 불가부졍이라 다시보슈 웨잇셔더
잇셔으 ᄒᆞᆫ인더리 심당인으 곡셩듯고 젼자
호 후자응으 ᄎᆞ연헤 모와들녀 불기회
자 부지슈라 사람마다 궁칙ᄒᆞ야 ᄒᆞᆯ말이 잇
건ᄂᆞᆫ 심봉사를 붓드러고 ᄒᆞᆫ선으로 위로
ᄒᆞ며 유아를 돌보와서 우름그단 진졍ᄒᆞ
오 이통ᄒᆞᆫ들 무엇ᄒᆞ며 통곡ᄒᆞᆫ들 씰
ᄃᆡ잇소 고분지통 과셜ᄒᆞ고 봉의지셩 ᄒᆞᆼ
사ᄒᆞ오 집자리으 유아낭은 여인ᄃᆞ레 당부
ᄒᆞ고 사직기도라 ᄒᆞ여서니 염십을 ᄒᆞᆫᄒᆞᆸ

히 손을들어 아기샷슬 만져본니 가남이 훤션
툭나거ᄂᆞᆫ○○ 심봉사 열쳐업셔 눈어더만 ᄉᆞ박
ᄃᆞ 민코만 ᄒᆞᆯ적ᄃᆞ 못튼기침 자조ᄒᆞ며 에
엽시 안자것다○ 곽씨부인 그정신으 ᄆᆞ암이 이
상ᄒᆞ여 다시지쳐 무러본다 자녀간으 무엇시요
만텬두남 ᄒᆞ엿길노 ᄒᆞᆯ도것며 글ᄒᆞ시요○ 심봉
사 달져달이 아조 자미가 잇ᄂᆞᆫ던 아ᄃᆞᆯ이나 어
런이나 순산ᄒᆞ면 고만이지 기어킬것 무엇잇소
아희샷을 만져보니 어름우에 박미두기 셰ᄂᆞᆫ
ᄒᆞ게 지나가니 정말 우리네외 나물국은 단
이 묵게소○ 곽씨부인 이말듯고 셔름셜ᄃᆞ 듯
시착며 ᄒᆞᆫ숨을 니리쉬며 무이덧친 누긴숨텨

일고이게 원ᄃᆞᆯ이요 사십후으 나흔자식 ᄯᆞᆯ이
라니 원ᄂᆞᆯ이요 삼신님도 야속ᄒᆞ고 션영님도
무복ᄒᆞ오 눈물짓고 도탄ᄒᆞ니○심봉사ᄂᆞᆫ 곡졀
모ᄂᆞ 자식욕심은 일반이라 시원ᄒᆞᆫ 업지다ᄂᆞᆫ 곽씨
의 허ᄒᆞᆫ심장 원졍ᄒᆞᆯ가 염여ᄒᆞ여 ᄒᆞᆫ졍업ᄂᆞᆫ
조흔말노 위로ᄒᆞᆫ다○여보ᄃᆞ 곽씨부인
한숨이 웬일이요 순산을 ᄒᆞ엿시니 쳔만다ᄒᆡᆼ
ᄒᆞ옵거던 아ᄃᆞᆯᄯᆞᆯ이 원ᄃᆞᆯ이요 아ᄃᆞᆯ두고 못ᄒᆞ
기ᄂᆞᆫ 비집가운 쇼치어든 삼신졔왕이 ᄒᆞᆫ단이요
○아ᄃᆞᆯ이라도 잘못두면 죄가당신으 욕급션영
부지ᄒᆞᆫ경이 될거시요 ᄯᆞᆯ이라도 잘두오면 여
둥ᄃᆞᆷ졀 ᄭᅳᆯ로식어 귀가덕문으 일등낭ᄌᆞ

티지우틱 잘가리여 빅ᄂᆞᆫ가ᄀᆞᆨ을 산을진디
ᄌᆞ서제질은 일반이라 아ᄃᆞᆯ이나 퍽ᄌᆞᆺ잇소
니ᄆᆞ암은 서운ᄎᆞᆺ소 두손을 아기안아 부인
엽혜로 밀쳐노며 니가나가 밥절테니 부ᄃᆡ 안
심ᄒᆞ오○심봉사 급ᄒᆞᆫ마암 첫국밥을 지ᄋᆡᄒᆞ고
쌀씻어 손으들고 부억으 나가더니 조리함박 찬
겨둘고 동우만져 솟ᄉᆞᆯ열며 셜큼ᄃᆞ 물을ᄒᆡ
라 더듬ᄃᆞ 더듬을제○잇ᄯᆡ으 곽씨부인 산후
별징이 이러나다○정신이 혼미ᄒᆞ며 복통ᄒᆡ
가 셕춍ᄒᆞ여 우을로 칩셔밀며 아리로 ᄲᆞᆺ
셜닉여 호흡ᄒᆞᆯ슈 바이업고 ᄒᆞᆫ신ᄒᆞᆯ길
젼이업셔 심봉사ᄅᆞᆯ 불우것다 여보ᄃᆞ

밥일낭은 고만두고 발을조금 살녀쥬오 이고ᄃᆞ
어지ᄒᆞᆫ리 ᄯᆡ둥굴며 셔두적으○심봉사 ᄉᆞᆯ착
ᄂᆞᆯ히 더듬ᄃᆞ 들어오며 이고이게 원ᄂᆞᆯ인가 곽
씨염페 쥬장지며 두손두을 ᄎᆞᆨ겨들고 퇴
도업풋 집허보고 가삼으다 손을너어 일이져
리 만져보며 여보ᄃᆞ 곽씨부인 이위이 원ᄂᆞᆯ
이요 정신치려 진정ᄒᆞ오 산후별징이 잇ᄯᅡ
ᄒᆞᆫ들 무지불각 일ᄒᆞᆫ손가 삼신젼으 원정
ᄒᆞᆯ가 셩쥬젼으 비러볼가 국밥지체가 되여기로
쇽이비여 이러ᄒᆞᆫ가 구미가 디양 업다더니 산쳠
샨이 먹은것시 격체가 되여ᄂᆞᆫ가 ᄒᆞᆫ불부
신 셔둘적으○곽씨부인 얼풋시 진졍ᄒᆞ며

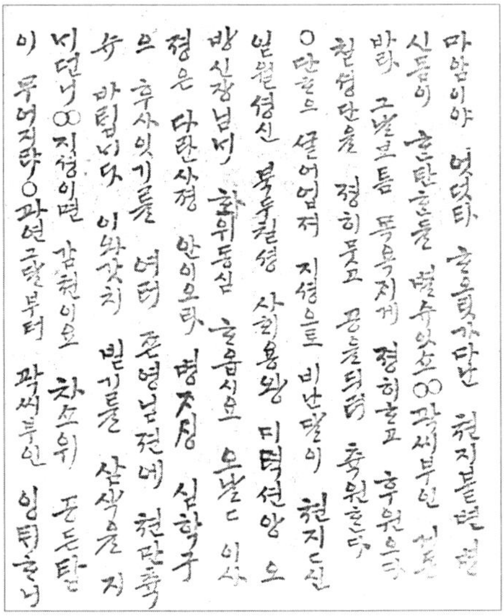
마암이야 엇더타 ᄒᆞ올텃가 다난 쳔지불변 쳔
신돌이 ᄒᆞᆫ탄ᄒᆞᆫ들 별슈잇소∞곽씨부인 쳔신
바라 그날보틈 목욕지게 졍히ᄒᆞ고 후원으로
쳔셩단을 졍히뭇고 공을듸려 축원ᄒᆞᆫ다
○단ᄒᆞ으 셜어업져 지셩으로 비난달이 쳔지ᄃᆞ신
일월셩신 북두칠셩 사ᄒᆡ용왕 디덕션앙 오
방신장님ᄂᆡ ᄒᆞᆯ위동심 ᄒᆞ옵시오 오날ᄃᆞ 이사
졍은 다단사졍 안이오ᄆᆡ 명ᄌᆞ싱 심학구
으 후사잇기를 여ᄇᆡ 쥰영님젼에 쳔단축
슈 바랍니다 이와갓치 빌기를 삼삭을 지
ᄂᆡ던니∞지셩이면 감쳔이요 차쇼위 공든탑
이 무어지랴○과연 그달부터 곽씨부인 잉틱ᄒᆞᆫ니

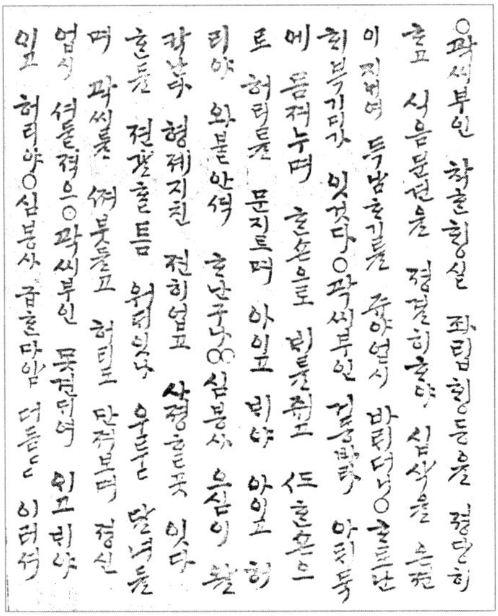
○곽씨부인 착ᄒᆞᆫ 힝실 좌팀힝동을 졍당히
ᄒᆞ고 시음문견을 졍결히ᄒᆞ야 심삭을 ᄎᆞᆫ쵸
이지버여 득남ᄒᆞ기를 쥬야업시 바리더니○ᄒᆞ로난
ᄒᆡ복기미가 잇것다○곽씨부인 긔별팅가 아리둑
에 들져누며 ᄒᆞᆫ손으로 빌을쥐고 ᄯᅩᄒᆞᆫ손으
로 허리를 문지르며 아이고 ᄇᆡ야 아이고 허
리야 와불안셕 ᄒᆞ난구나∞심봉사 으심이 황
곽ᄒᆞ야 형제지친 젼히업고 사졍ᄒᆞᆯ곳 잇다
ᄒᆞᆫ들 젼ᄀᆞᆯᄒᆞᆯ틈 워ᄃᆡ잇나 우루난 달녀를
며 곽씨를 쎠부들고 허리로 만져보며 졍신
업시 션물젹으○곽씨부인 뭇ᄀᆡ더여 쉬고ᄇᆡ야
밋고 허리야○심봉사 곱ᄒᆞᆫ다암 더듬ᄃᆞ 이러셔

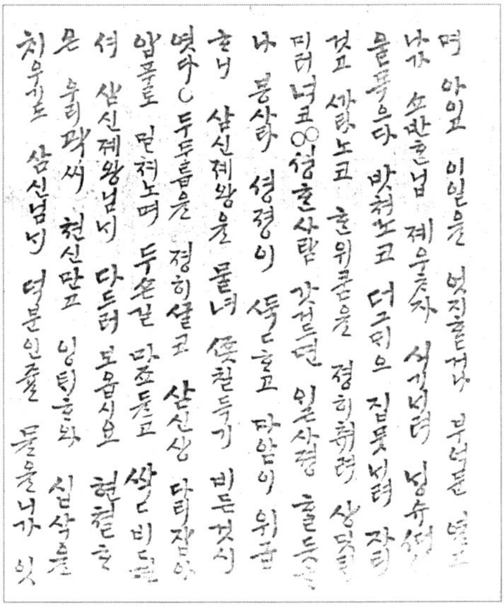
며 아이고 이일을 엇지ᄒᆞᆯ거나 무엇문 연고
난가 쇼반ᄒᆞᆫ납 졔우ᄎᆞ자 서거너며 닝슈셧
물뜨우다 밧쳐노코 더그미으 집뭇너며 자리
겻고 ᄉᆡ탕노코 ᄒᆞᆫ위큰울 졍히ᄎᆔᄒᆞ며 상덧의
미러녀코∞심ᄒᆞᆫ사람 갓겁드련 일은사졍 ᄒᆞᆯ듯ᄒᆞ
나 봉사라 셩졍이 ᄯᅩᆨᄃᆞᄒᆞ고 다암이 위급
ᄒᆞ니 삼신졔왕을 물녀 ᄯᅥᆺ칠두기 비든것시
엿다○두두룹을 졍히셜고 삼신상 다리잡아
압폭로 먼쳐노며 두손길 다조두고 ᄊᆞᆨᄃᆞ비든
서 삼신졔왕님ᄂᆡ 다드려 보옵시요 현쳘ᄒᆞᆫ
몬 우리곽씨 쳔신만고 잉틱ᄒᆞ야 십삭을
치우시요 삼신님ᄂᆡ 덕분인줄 몰을니가 잇

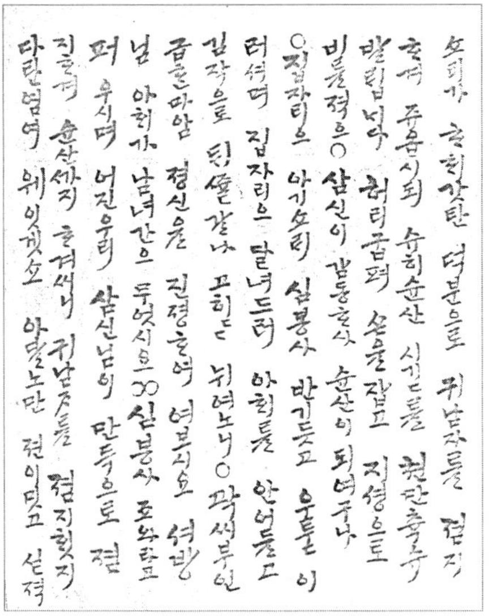
소리가 ᄒᆞ히갓탄 덕분으로 귀남ᄌᆞ를 졈지
ᄒᆞ셔 쥬옵시되 슌히슌산 시긔ᄂᆞᆫ를 쳔단축수
발립니다 허리곱펴 손을잡고 지셩으로
비를젹으○삼신이 감동ᄒᆞ사 슌산이 되여구나
○집자리으 아기소리 심봉사 반기듯고 우룸이
더셔며 집자리으 달녀드러 아희를 안어듯고
감작을로 뒤ᄯᅳᆯ갈나 고히ᄂᆞᆫ 뉘여노니○곽씨부인
곱ᄒᆞᆫ다암 졍신을 진졍ᄒᆞ여 여보시요 셔방
님 아희가 남녀간의 무엇시요∞심봉사 조와ᄒᆞ고
떠우시며 어진우리 삼신님이 만득으로 졈
지ᄒᆞ셔 슌산ᄭᆞ지 ᄒᆞ셔시니 귀남ᄌᆞ를 졈지ᄒᆞ엿지
다란염여 위이겟소 아뎔노만 젼이밋고 신젹

어렵 선어와 즁ᄒᆞ고도 장ᄒᆞ던 전뉘
디슌졍모 장권이와 자로난 뒤너으 발 은셜고 빈
종연 음즁ᄒᆞ야 눈물로 쥭순셧고 왕샹연 구
빙ᄒᆞ야 어름구시 이어 어더 그물로 밧 듸려
신ᄂᆡ 명쳔감동 이안이냐
이ᄂᆡ 여바다 뒤헙 쳔지음양 이치다 ᄒᆞ난거손 불
남열시 갓탄게되 쥐편ᄒᆞᆫ ᄒᆞ자더리 이와갓치 나
어난듸 효년들 산이낙너가 잇섯나냐
○파연 ᄒᆞᆷ 만고으 셥난 ᄒᆞᆯ쳔지ᄒᆞ니 ᄒᆞᆫ나가 잇시
되셧써난 ᄒᆡᆫᄀᆞᄒᆞ니 심 쎼요 아다 일홈은
쳥이라 ᄒᆞᆫ난듸○그러ᄒᆞ나 남으집 쥐자다도 유
만 부유이체 ᄒᆞᆯ쳔지ᄒᆞ니 일흠을 되고 부른
자너 취터상 실호듯 실우건단 그 ᄒᆞ형을

모ᄒᆞ쳐 위ᄒᆞ야 이와갓치 좀 혀보엿다
○○심쳥으 뇌력을 드러바라 심쳥으 뇌력을 드
러바라○그부친언 심학구요 그모친언 곽씨로
다 살기난 황쥬ᄯᅡ 도화동 사난듸 심학구 연장사십
으 안밍ᄒᆞ고 삼고무 친쳑이요 가세조차 빈ᄒᆞᆫᄃᆞ 즁
실ᄒᆞᆫ으 혈육엽셔 일ᄂᆞᆫ 장탄 날노볏뒤
○현쳘ᄒᆞ온 곽씨부인 명신가장 밧들쳐으 여
자으 이려으로 다란슈난 혈쥬엽고 밤낫업시 품
을팔되 이와갓치 ᄯᅥᆨ파러보것다
○강티공이 조작ᄒᆞ야 질ᄂᆞᆫ 마당 육궐ᄒᆞ니 졀ᄒᆞᆯ 둘
고 힘을쥬며 어 기영ᄎᆞ 방이셔커
○신동새 지으신법 쳔ᄒᆞ지본 농사로다 열 년ᄃᆞ

상사뒤오 심방 져방 모슈무어
○쳔동지졍 구든이치 너를두고 일너ᄒᆞᆫ다 횡물ᄃᆞ
독이갈기○엄셕쳥탄 여당생기○견당며심 슈견젹이
○두레걸ᄒᆞᆫ 외옷직키○기박단으 연생박기○흰
신파서 현옷목시○부자집으 장목두기○진광ᄒᆞ으
밧ᄃᆡ기를 노치안코 셔두러도 복업난 곽씨신세
어이ᄒᆞᆯ여 갈당ᄒᆞ리
○ᄒᆞ토난 곽씨부신 젼후사를 싱각ᄒᆞ야 신세
자탄가로 우름을 운다
○불ᄒᆞᆫᄒᆞ온 이년몸이 젼싱으 무신죄로 이
싱으 세집되여 ᄒᆞᆫ날가탄 우리가장 단현안밍
이 원날식며 사십연광이 지나시되 일졈혈
육 업셔시니 니신세난 고상ᄒᆞ고 가군으 후사를
어이ᄒᆞ며 션셰 향화를 뉘게ᄃᆞ 단갈

셔나 아이고 ᄃᆞᆫ니 신셔야○불효삼쳔으 두루되
타 쥭어황쳔 도타간들 무신면목으로 션
셰영혼을 뵈일거나 아이고 ᄃᆞᆫ니 열이야 츈마
셔터 어이ᄒᆞ터○○우름을 진졍ᄒᆞ고 ᄒᆞᆫ숨짓고
나안지며 여보시요 셔방님 니말삼을 듯조
시요 우리신셰 이러ᄒᆞᆫ즁 자식혼ᄎᆞ 업셔시니
가운단 바티것소 두던지 못두던지 신공이나
ᄒᆞᆫ번들여 보옵시다○쳔ᄒᆞ 티셩 공부자도 니
러셔 나으시고 정나타 정자산도 비러셔 낫셧시
니 좌이되사 ᄒᆞᆫ슈잇소 우리도 신공드려 자식
을 비릅시다○○심봉사 조와다고 쳔ᄒᆞᆫ나들 싱각
ᄒᆞᆫ와 그사직 ᄒᆞᄋᆞᆸ시니 감삼무지 ᄒᆞ오이다 빈들

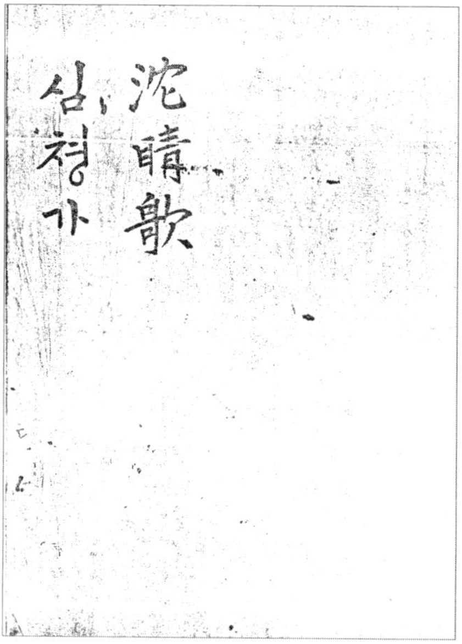
沈晴歌
심쳥가

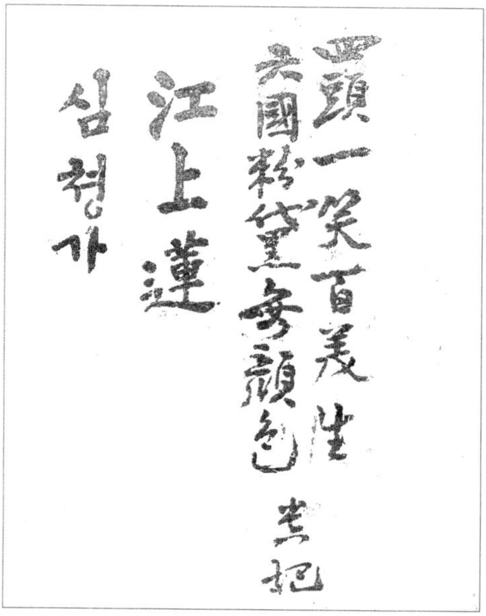
西頭一笑百美生
大國粉黛無顔色
江上蓮
심쳥가

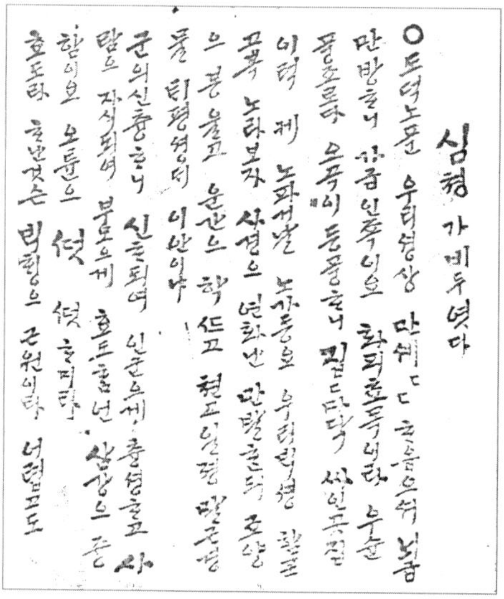
심쳥가 비두엿다

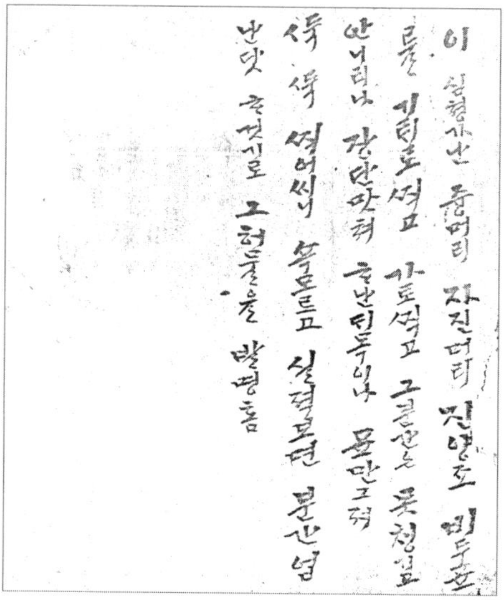

강상련

원본영인

□ 김진영(金鎭英)

서울대학교 국어교육과, 동대학원 국어국문학과 졸업. 문학박사.
현재 경희대학교 국어국문학과 교수. 중앙도서관 관장. 한국문화연구소 소장. 국어국문학회 대표이사.

〈주요저서〉
이규보문학연구
춘향가 · 흥보전 · 심청전 · 토끼전 · 화용도(공역주: 박이정, 1996~1999)
춘향가 · 심청전 · 토끼전 · 흥보전 · 적벽가 · 숙향전 전집 · 실창판소리사설집(공편: 박이정, 1997~2004)
최치원 · 이규보 · 이인로 · 임춘 · 홍간 · 이덕무 · 유정 · 일선 · 휴정 · 초의 한시집(공역주: 민속원, 1997~2004)
바리공주 · 당금애기 · 서사무가 심청 전집(공편: 민속원, 1997~2001)
숙향전(공역주: 민속원, 2001)
하서 김인후 시어 색인(공편: 이회문화사, 2002)
단가집성(공역주: 월인, 2002)
고전작가의 풍모와 문학(경희대 출판국, 2004)
한국서사문학논고(이회, 2004)
판소리의 비평적 이해(공저: 민속원, 2004)
가정 이곡 시어 색인(공저: 이회문화사, 2005)
정간보와 함께 하는 김수연창본 춘향가 · 심청가 · 흥보가(공저: 이회문화사, 2005~2006)
정간보와 함께 하는 박송희창본 흥보가(공저: 이회문화사, 2006)
목은 이색 시어 색인(공저: 이회문화사, 2007)
판소리 문화 사전(공저: 박이정, 2007)

□ 김동건(金東建)

경희대학교 국어국문학과, 동대학원 국어국문학과 졸업. 문학박사.
현재 경희대학교 교양학부 교수. 판소리학회 학술이사.

〈주요저서〉
춘향전 · 토끼전 · 흥보전 · 적벽가 · 실창판소리사설집(공편: 박이정, 1997~2004)
하서 김인후 시어 색인(공편: 이회문화사, 2002)
토끼전 연구(민속원, 2003)
심청전 · 흥보전 · 토끼전 · 화용도(공역주: 민속원, 2004~2005)
판소리의 비평적 이해(공저: 민속원, 2004)
가정 이곡 시어 색인(공저: 이회문화사, 2005)
정간보와 함께 하는 김수연창본 춘향가 · 심청가 · 흥보가(공저: 이회문화사, 2005~2006)
정간보와 함께 하는 박송희창본 흥보가(공저: 이회문화사, 2006)
목은 이색 시어 색인(공저: 이회문화사, 2007)
판소리 문화 사전(공저: 박이정, 2007)
수궁가 토끼전의 연변 양상 연구(보고사, 2007)

嵐沙張在烈親筆本

강상련·개량박타령

2008년 2월 29일 발행

역　주　김진영·김동건
펴낸이　김홍국
펴낸곳　도서출판 **보고사**

등록　1990년 12월(제6-0429)
주소　서울시 성북구 보문동 7가 11번지
편집부　922-5120~1, 영업부　922-2246, 팩스　922-6990
홈페이지　www.bogosabooks.co.kr
메일　kanapub3@chol.com

ISBN　978-89-8433-638-4(93810)

정가　20,000원